Reise des Schicksals

Robin Wells

Reise des Schicksals

Roman

Aus dem Englischen von
Angela Schumitz

Weltbild

Die englische Originalausgabe erschien 2016 unter dem Titel *THE FRENCH WAR BRIDE*
bei Berkley, an imprint of Penguin Random House LLC, New York.

Besuchen Sie uns im Internet:
www.weltbild.de

Übersetzung: Angela Schumitz
Projektleitung & Redaktion: usb bücherbüro, Friedberg, Bay
Umschlaggestaltung: Johannes Frick, Neusäß
Umschlagmotiv: © Johannes Frick unter Verwendung von Motiven von Arcangel Images
(© Rekha Arcangel) und Shutterstock
(© Rawpixel, © Red Fish Images, © Kraphix, © Stockforliving)
Satz: Datagroup int. SRL, Timisoara
Druck und Bindung: CPI Moravia Books s.r.o., Pohorelice
Printed in the EU
ISBN 978-3-95973-282-6

2020 2019 2018 2017
Die letzte Jahreszahl gibt die aktuelle Ausgabe an.

Dieses Buch widme ich dem französischen Volk und den tapferen Alliierten, die für seine Befreiung gekämpft haben, darunter mein Vater Roscoe Rouse Jr., der in der US-Luftwaffe eine B-17 flog; mein Schwiegervater Edward Phillips Wells, der nahe der Front in Frankreich als Arzt in der amerikanischen Armee diente, und William »Wild Bill« Correll, der in der 100. Infanteriedivision der US-Armee in Frankreich als Späher tätig war.

Wie immer möchte ich dieses Buch auch meinen beiden wundervollen Töchtern Taylor und Arden sowie der Liebe meines Lebens, meinem Mann Ken, widmen.

Erstes Buch

1
Amélie, 2016

»Ich habe nie verstanden, was er in dir gesehen hat.«

Einen Moment lang kommt es mir vor, als ob ich mir die Stimme der Frau eingebildet habe. Mon Dieu, diese Worte sind mir wahrhaftig vertraut, ich habe sie mir in den letzten siebzig Jahren oft selbst im Stillen gesagt. Aber als ich mich umdrehe und zur Tür meiner Wohnung in der Seniorenresidenz blicke – ich lasse sie gern offen, damit Freunde wissen, wann ich sie empfangen kann –, steht sie tatsächlich auf der Schwelle: die verlassene Verlobte meines Mannes.

Sie ist natürlich älter – die ganze Welt ist älter geworden, nicht wahr? Dennoch erkenne ich sie sofort. Sie ist immer noch groß, zumindest im Vergleich zu mir, obwohl ihr Rücken vom Alter gebeugt ist und sie sich auf einen Stock stützt. Ihre Haut ist immer noch so blass wie Milch in einem Porzellankrug, obwohl auch sie jetzt welk ist wie bei allen Frauen eines bestimmten Alters. Ihre Augen sind immer noch bestechend kornblumenblau, ihre Nase zierlich. Und jetzt rümpft sie die Nase, als sie mich betrachtet – als läge etwas Ranziges in der Luft.

Ich kann nicht behaupten, dass ich ihr das verüble. Wenn ich Jacks Highschool-Liebe gewesen wäre, die ihm während seines Medizinstudiums und dann später beim Militär fast täglich einen Brief schrieb, hätte auch ich ein Leben lang einen Groll gegen die Frau gehegt, für die er mich sitzen gelassen hat.

Vor allem, wenn diese Frau eine französische Kriegsbraut gewesen wäre und wenn ich seinen Verlobungsring getragen und darauf gewartet hätte, dass er heimkommt, mich heiratet und in die Arztpraxis meines Vaters einsteigt, sodass ich das angenehme Leben einer Arztfrau in einer Kleinstadt führen könnte, genau wie meine Mutter. Und vor allem, vor allem – kann man das wie im Französischen mit diesem Wort machen? Es verdoppeln, wie bei »sehr«? Das habe ich nie herausbekommen. Vor allem, wenn ich eine große, schöne, glatthaarige Blondine wäre, vor der die Männer Schlange standen, wenn sie mit ihr tanzen wollten, und wenn die Kriegsbraut eine kleine dunkelhaarige Französin wäre.

»Kat!«, sage ich ein wenig verlegen wegen meines Akzents, den ich nie losgeworden bin, so sehr ich mich auch bemüht habe. »Was für eine Überraschung!«

»Das kann ich mir denken. Obwohl sie ganz sicher nichts ist im Vergleich zu der, die du mir damals beschert hast.«

Ich lache, bevor ich merke, dass sie das nicht lustig gemeint hat. »Da hast du natürlich recht.«

Sie nickt, die Lippen zu einem schmalen missbilligenden Strich zusammengepresst.

Nun denn, dieser Besuch wird anstrengend werden. Ich halte mich an den Armlehnen meines Sessels fest und stemme mich langsam hoch. »Komm rein, Kat. Komm schon rein, setz dich.«

Sie folgt meiner Aufforderung sehr langsam und sieht sich dabei gründlich um. Ich kann mir gut vorstellen, wie dieser Raum auf sie wirkt. Ich bin zusammen mit Jack in das Shady Oaks Assisted Living Center gezogen, als wir noch hofften, er würde sich von seinem Schlaganfall erholen. In dem Versuch, es wie zu Hause aussehen zu lassen, habe ich es mit unseren Habseligkeiten vielleicht etwa zu voll gestellt. Aber was soll's – mein Geschmack ist der einer altmodischen Pariserin: reich verziert und üppig. Ich mag es, wenn meine Umgebung alle Sinne anspricht. Nun betrachte ich Kat dabei, wie sie die in dicken Rahmen hängenden Bilder betrachtet, das große Plüschsofa, die straff gepolsterten altrosafarbenen Sessel, die Fransenvorhänge. Nahezu alle Oberflächen sind mit Nippes, Büchern und Zeitschriften bedeckt. In so einem Raum kann man immer wieder Dinge entdecken: kleine Schätze wie den kristallenen Briefbeschwerer in Form einer Rose, das geschnitzte Schiff in einer Ecke oder die Skizze einer nackten Frau, die Kat gerade anstarrt – einer Frau, die, wie Jack meinte, mir ähnelt. Kat wirkt schockiert. Ob sie wohl denkt, dass ich dafür Modell gestanden bin? Die Vorstellung amüsiert mich ein wenig.

Doch viel wahrscheinlicher denkt sie gerade: Wie um alles in der Welt hat es Jack mit all diesem Kram ausgehalten?

»Bitte, setz dich doch auf diesen Sessel.« Ich deute auf die große, mit weichen Kissen gepolsterte Bergère, von der ich gerade aufgestanden bin. Das ist der bequemste Platz in dieser Wohnung. »Kann ich dir einen Tee anbieten? Oder einen Kaffee?«

»Nein, danke.« Sie lässt den Sessel links liegen und plumpst aufs Sofa – das große, mit goldenem Samt überzogene Sofa, das früher im Salon unseres Hauses stand.

»Nun, was führt dich zurück nach Wedding Tree?«, frage ich und setze mich so anmutig, wie es mir meine arthrotischen Hüften erlauben, wieder auf meinen Platz.

Sie spielt mit der doppelreihigen Perlenkette an ihrem Hals. »Eine meiner Urenkelinnen ist kürzlich hierher gezogen. Sie arbeitet bei der neuen Computerfirma in diesem grässlichen Gebäude im Norden der Stadt.«

»Aha.« Es ist eine Software-Firma. Das Gebäude hat viele runde gläserne Fronten, und in den Außenanlagen blühen immer irgendwelche Pflanzen. Mir gefällt es ganz gut. »Dann bist du also hier, weil du sie besuchst?«

»Das ist mein Vorwand. Eigentlich bin ich hier, weil ich mit dir reden wollte.« Sie umklammert ihren Stock. »Ich muss wissen, was damals passiert ist.«

»Mit Jack?« Plötzlich fühlt sich meine Brust heiß und wie zugeschnürt an. »Er hatte vor zwei Jahren einen Schlaganfall.« Ich spüre den Verlust noch immer wie einen körperlichen Schmerz – als hätte ich einen Arm und ein Bein und die Hälfte meiner wichtigsten Organe verloren.

»Ich weiß, ich weiß. Es hat mir leidgetan, als ich das gehört habe. Mein aufrichtiges Beileid. Aber das hatte ich nicht gemeint.« Immerhin hat sie den Anstand, etwas verlegen zu wirken. »Ich meinte früher. Was ist zwischen dir und Jack in Frankreich passiert? Ich muss das ganz genau wissen.«

Ich runzle die Brauen. »Verzeih, aber nach so langer Zeit spielt das doch gewiss keine Rolle mehr.«

Kats Kinn hebt sich gebieterisch. Einen Moment lang sieht sie aus wie ein Porträt von Ludwig XVI., auf dem er einen dieser Röcke mit einem engen Kragen trägt. »Es hat immer eine Rolle gespielt.«

Olala. Ich schlage die Beine übereinander, entfalte sie wieder. »Manchmal ist es am besten, die Vergangenheit auf sich beruhen zu lassen.« Ich merke, dass der Satz so nicht ganz stimmt. »Manchmal muss man …« Wie übersetzt man passer l'éponge? »Schwamm drüber. Vergeben und vergessen.«

»Ach, vergeben habe ich, zumindest Jack.«

Et moi?

»Ich habe versucht, auch dir zu vergeben«, fährt sie fort, wobei ich mir nicht sicher bin, ob ich diese Frage nun gedacht oder tatsächlich laut gestellt habe. Je älter ich werde, desto öfter passiert mir so etwas. »Zumindest so weit wie möglich, bei dem wenigen, was ich darüber weiß. Jack habe ich sofort vergeben, um nicht verbittert zu werden. Und das bin ich tatsächlich nicht geworden.« Wieder reckt sie das Kinn in die Höhe, und in ihren Augen blitzt eine Kampfansage auf. »Ich hatte ein sehr schönes Leben.«

»Da bin ich aber froh.« Und das stimmt tatsächlich. Ich hatte immer heftige Schuldgefühle, wenn ich an die Folgen dachte, die mein Tun für sie gehabt hatte. »Ich habe erfahren, dass du geheiratet hast.«

»Oh ja. Einen wundervollen reichen Mann, der mich angebetet hat. Ich habe vier Kinder, neun Enkel, achtzehn Urenkel und zwei Ururenkel.«

»Welch ein Reichtum.«

»Ja.« Sie streift einen unsichtbaren Fussel von ihrem marineblauen Rock. »Ich habe meinen Mann in Dallas kennengelernt, kurz nachdem ich aus Wedding Tree weggezogen war. Ich bin wirklich reich gesegnet. Aber es gibt noch einen Punkt auf meiner Liste von Dingen, die ich vor meinem Lebensende noch regeln will. Du und Jack … Das ist das Einzige in meinem Leben, was ich nie verstanden habe. Und …« Sie hält inne. »Ich habe nicht mehr viel Zeit.«

Ich lächle. »In unserem Alter geht das allen so.«

»Ja, aber ich weiß genau, wie wenig Zeit mir noch bleibt«, erwidert sie. »Weißt du, ich hatte vor Jahren Krebs, und jetzt … na ja, jetzt ist er wieder da, und diesmal kann man ihn nicht mehr behandeln. Mir bleibt vielleicht noch ein halbes Jahr, wahrscheinlich sogar weniger.«

Ich runzle die Stirn und muss den Drang unterdrücken, mich zu bekreuzigen. »Das tut mir wirklich schrecklich leid.«

Sie winkt ab. »Es gibt mir einen gewissen Rahmen. Ich kann mir sehr genau überlegen, wie ich diese Zeit verbringen will.«

»Und da hast du dir überlegt, dass du etwas Zeit mit mir verbringen willst?« Ich fürchte, ich klinge ein wenig ungläubig. Ich an ihrer Stelle hätte mir in dieser Lage garantiert nicht meine Gesellschaft ausgesucht.

Sie nickt nur kurz und brüsk. »Ich habe einfach nie verstanden, wie ich mich in Jack so irren konnte. Ich bin zusammen mit ihm aufgewachsen, und … na ja, ich habe ihn immer für einen anständigen Kerl gehalten.«

Ich betrachte meinen Ehering. Der Reif ist auf der Innenseite so dünn, dass er kaum noch hält. »Das war er auch.«

»Er hat sein Versprechen gebrochen und mich sitzen lassen.«

»Das war eigentlich nicht seine Schuld.«

»Ach, ich weiß schon, wer die größte Schuld daran hat.« Bei der Feindseligkeit in ihrer Stimme bekomme ich eine Gänsehaut. »Aber trotzdem …«, fährt sie fort. »Ich war mir so sicher, dass Jack …«

Ihre Stimme ist so leise geworden, dass ich sie nicht verstehe. Ich beuge mich vor und fasse mir ans Ohr. »Wie bitte?«

Sie schließt die Augen. Ihre Miene wirkt gequält. Mit brüchiger Stimme, die mir einen Stich ins Herz versetzt, sagt sie: »Ich dachte, dass er mich liebt.«

»Oh, das hat er auch getan«, erwidere ich rasch.

»Offensichtlich nicht stark genug, sonst wäre er nicht deinen … Reizen erlegen.«

Die Pause in ihrer Feststellung wäre lustig gewesen, wenn sie nicht so weh getan hätte. Mir war immer klar, dass Kat eine große Schönheit war, während ich – nun ja, niemand hätte mich je so beschrieben. »Ich habe ihm eigentlich keine Wahl gelassen«, erwidere ich.

»Verführung ist keine Entschuldigung für Untreue – es sei denn, du hast ihn unter Drogen gesetzt und gefesselt.«

Ich bin verblüfft und amüsiert zugleich, bemühe mich aber darum, diese Reaktion zu verbergen. »Ach nein?«, frage ich.

»Nein. Verführung ist nur ein Versuch, eine Versuchung. Wahre Liebe widersteht so einem Versuch.«

Ihre Vorstellung von wahrer Liebe – so naiv, so albern, so … amerikanisch! Unwillkürlich muss ich darüber lächeln.

»Darin kann ich nichts Komisches entdecken.« Ihre Stimme klingt wie Nadeln, spitz und scharf.

»Nein, nein, natürlich nicht. Es ist nur so … Kat, es herrschte Krieg, damals war nichts einfach nur schwarz oder weiß.«

Sie tut meine Bemerkung mit einer abschätzigen Handbewegung ab. »Es gibt keine Entschuldigungen.«

Bei dieser Einstellung wird nichts, was ich sage, ihre Meinung ändern. »Nun denn – warum bist du hier?«

»Um die ganze ungeschminkte Wahrheit zu erfahren. Mein Hospizbegleiter ist sehr hilfreich. Und dabei ist er ausgerechnet Jude.« Sie beugt sich ein wenig vor. »Weißt du, Amélie, in deinem Alter solltest du vielleicht auch daran denken, dir so eine Beratung zu holen.«

Das halte ich für einen – wie sagt man gleich noch mal? – Seitenhieb, aber ganz sicher bin ich mir nicht. »Ich glaube nicht, das man einen Hospizbegleiter bekommt, wenn man nicht krank ist«, sage ich leise und frage mich, ob Kat wohl auch unter irgendeiner Form von Altersdemenz leidet.

Sie zuckt die Schultern. »Krank, alt – das ist doch alles ein und dasselbe. Egal – Jacob hat vorgeschlagen, dass ich tun soll, was ich tun muss, um Frieden mit der Vergangenheit zu schließen. Und da ist mir klar geworden, dass ich mit dir reden und endlich die Wahrheit erfahren muss. Was ist damals wirklich geschehen?«

Die Wahrheit. Mon Dieu, was für eine erschreckende Vorstellung. Ich spüre, wie mein Herz beginnt, gegen die Rippen zu pochen. »Was hat Jack dir denn erzählt?«, frage ich und versuche, so ein wenig Zeit zu gewinnen.

»Sehr wenig. Irgendwas in der Richtung, dass du ihn ausgetrickst hast, aber das habe ich natürlich nicht akzeptieren können.«

»Du hättest ihm glauben sollen«, sage ich.

Zum ersten Mal, seit sie sich gesetzt hat, sieht sie mir direkt in die Augen. »Aber wie hast du das angestellt? Ich muss unbedingt wissen, was passiert ist. Ich will die ganze Geschichte erfahren, damit ich endlich loslassen und in Frieden sterben kann.«

»Wie kommst du darauf, dass es dir Frieden schenken wird? Viel wahrscheinlicher wirst du dich schrecklich darüber ärgern.«

»Sag es mir einfach. Bitte. Meiner unsterblichen Seele zuliebe.«

Ach du meine Güte. Wie kann man eine solche Bitte ablehnen? Mir stockt der Atem.

»Ich muss wissen, was du getan hast, damit ich dir vergeben kann«, sagt sie. »Dabei geht es nicht um dich – offen gestanden bist du mir ziemlich gleichgültig –, sondern um mich. So wie ich das sehe, vergibt Gott uns nur, wenn wir unseren Mitmenschen vergeben.« Sie legt eine kurze Pause ein. »Ich muss erfahren, was du getan hast.«

Ich hatte immer gedacht, dass die Geheimnisse der ersten Zeit zwischen Jack und mir mit mir begraben werden würden. Die Vorstellung, sie alle ans Tageslicht zu befördern, ein Licht auf das scheinen zu lassen, was ich so mühsam verdrängt habe, bringt mein Herz dazu, gleichzeitig zu rasen und zu stocken – auch wenn mir klar ist, dass das medizinisch betrachtet unmöglich ist. »Ich möchte nicht unhöflich sein, aber diese Angelegenheit geht nur Jack und mich etwas an, nicht dich.«

»Sie geht mich nichts an? Ist das dein Ernst?« Plötzlich wird sie zu einer Löwin. Mit wutverzerrtem Gesicht und weit aufgerissenem Mund brüllt sie so laut, dass wahrscheinlich gleich eine

Pflegekraft herbeieilen wird. »Du hast mir mein Leben gestohlen!« Bei jedem Wort knallt sie zur Verstärkung ihren Stock auf den Boden.

Auf meiner Oberlippe bilden sich Schweißperlen, während mein Mund sich anfühlt, als wäre er mit Watte ausgestopft. »Du – du hast doch gesagt, dass du ein sehr schönes Leben gehabt hast. Dass du einen wunderbaren Mann geheiratet hast ...«

»Das habe ich auch. Er war reich, attraktiv, erfolgreich, liebenswürdig. Aber ...«

Sie legt eine winzig kleine Pause ein. Ich weiß genau, was nun kommt. Und tatsächlich, auch wenn diese Worte nur noch geflüstert sind und die Löwin zu einem verwundeten Lamm geworden ist: »... er war nicht Jack.«

Nein, natürlich war er das nicht. Keiner war wie Jack. »Ich ...« Eigentlich wollte ich sagen, dass es mir leidtut, aber was würde das helfen? Eine Entschuldigung würde nichts zurückbringen, würde ihr nichts geben. Und mir würde sie nicht aus dem Herzen kommen. Ich hätte auf keinen einzigen Moment mit diesem wundervollen Mann verzichten wollen.

»Bitte!«, fleht sie.

Ich mustere sie und versuche, sie objektiv zu sehen, so, wie Jack das immer bei seinen Patienten gemacht hat. Er hat immer versucht, Vermutungen und Urteile beiseitezuschieben und die Person vor sich klar zu sehen. Ich sehe eine alte Frau, die versucht, eine für sie wesentliche, für ihr Leben entscheidende Wahrheit zu erforschen. Ach, merde.

»Die Wahrheit wird dir wahrscheinlich nicht den Frieden schenken, um den es dir geht«, warne ich sie abermals.

Wahrscheinlich ist Frieden das Letzte, was sie ihr schenken wird, denke ich. Wie kann sie mir vergeben, sobald sie das volle Ausmaß meines Betrugs erfahren hat?

Wie kann ich mir selbst vergeben? Ich hatte gehofft, zu sterben, ohne diesen Keller meiner Vergangenheit umgraben zu müssen und all die Leichen, die Skelette von Schuldgefühl und Beschämung und Schmerz ans Tageslicht zu befördern: Scham und Schmerz, die ich selbst durchlebt habe, aber schlimmer noch, die ich anderen zugefügt habe, auch wenn ich das nicht wollte.

Dennoch – mit welcher Begründung kann ich ihr vorenthalten, was sie wissen will, abgesehen von reinem Selbstschutz? Elise ist tot, sie muss ich nicht mehr beschützen. Ich habe den größten Schrecken des Alters durchlebt – älter zu werden als mein Kind.

»Ich weiß nicht einmal, wo du Jack getroffen hast«, sagt Kat.

Das kann ich ihr gern sagen, ohne dass es mich große Mühe kostet. »In einer Kirche«, erwidere ich. Es war in der Église Saint-Médard auf der Rue Mouffetard im fünften Arrondissement, auch wenn Jack und ich uns dort noch nicht richtig kennengelernt haben. Es war eher eine zufällige Begegnung.

»Ich bin vor dem Altar gekniet, oder vielmehr gekauert, und habe den Kopf auf die Brüstung gelegt, als Jack in den Beichtstuhl trat. Er hat mich nicht gesehen, und ich habe den Kopf nicht gehoben, um ihn anzuschauen.«

»Moment mal.« Kat hebt die Hand wie ein Verkehrspolizist. »Jack hat gebeichtet? Aber er war doch Baptist.«

Ich nicke. »Er hat es im Auftrag eines anderen getan.«

Kat braucht eine Weile, um diese Nachricht zu verarbeiten. Schließlich fragt sie: »Und du? Warst du auch zum Beichten dort?«

»Nein. Ich war da, weil ich verzweifelt war.« Ich war damals so hoffnungslos und verzweifelt, dass ich nicht mehr ein noch aus wusste.

Als ich daran denke, wabern die Erinnerungen an mir vorbei wie Nebelschwaden und verdichten sich wie solche. »Ich war – wie sagt man das? – am Boden zerstört. Mein Herz war gebrochen, und ich – ich war einfach völlig zerbrochen. Ich brauchte ein Wunder.«

»Warum? Was war denn passiert?«

»Sehr viel. Sehr, sehr viel.« Der Nebel wird immer dichter, er verschmilzt zu etwas, was eine Form und ein Gewicht hat.

»Ich meine, mit Jack. Du hast gesagt, er hat gebeichtet.«

Sie will nichts von mir wissen, sondern nur von Jack. Natürlich. »Ja. Er war in den Beichtstuhl getreten, und ich habe gehört, wie er mit dem Priester gesprochen hat. Sein Französisch war ziemlich gut, musst du wissen. Und was er gesagt hat – nun, ich konnte nicht anders, als zuzuhören.«

»Was hat er denn gesagt?«

»Er hat erklärt, dass er bei einer Feldlazaretteinheit in der Normandie war, die der Ersten Armee auf ihrem Marsch durch Frankreich gefolgt ist.«

»Ja, ja. Das hat er mir geschrieben.«

»Er sagte, dass er und ein junger Sanitäter einem verwundeten Infanteriesoldaten aus einem Jeep halfen, als ein einsamer deutscher Soldat völlig benommen und vielleicht auch verwundet in den Lazarettbereich taumelte. Der Mann hatte ein Maschinengewehr, das er auf sie richtete. Der Sanitäter war ebenfalls bewaffnet, und er wusste, dass Jack keine Waffe bei sich trug. Deshalb schob er Jack beiseite und erschoss den Soldaten.«

Ich weiß noch genau, wie Jacks Stimme brüchig wurde, als er dem Priester das erzählte. Selbst jetzt schnürt sich mir dabei die Kehle zu.

»Der Sanitäter hat Jack das Leben gerettet, aber dabei ist er von mehreren Schüssen in die Brust getroffen worden. Als er im Sterben lag, hat er Jack gebeten, einen Priester zu holen, denn er wollte beichten. Doch dazu gab es keine Zeit mehr. Jack hat ihm gesagt, dass er ihm beichten sollte, er würde die Beichte später einem Priester übermitteln. Deshalb war Jack an jenem Tag in der Kirche – um als Stellvertreter des Sanitäters zu beichten.«

»Können Katholiken das denn tun?«, fragt Kat.

Welch lächerliche Details die Aufmerksamkeit dieser Frau erregen. Aber schließlich kennt sie sich in solchen Dingen nicht aus, sie ist wie Jack im baptistischen Glauben erzogen worden. »Nein, und das hat der Priester Jack dann auch erklärt. ›Aber ich habe es ihm doch versprochen‹, meinte Jack. ›Und deshalb werde ich Ihnen jetzt seine Beichte auch übermitteln.‹«

»Und – hat er?«

»Ja. Jack erzählte, dass der Sanitäter nach der Landung der Alliierten – dem Tag, der heute allgemein als D-Day bekannt ist – von seiner Einheit getrennt worden war. Eine junge Französin hatte ihn ein paar Wochen vor den Deutschen versteckt und ihm geholfen, zu der amerikanischen Lazaretteinheit vorzustoßen. Er befürchtete, dass er sie damals geschwängert hatte. Doch er liebte sie und hatte vor, zurückzukehren und sie zu heiraten.

Der Priester sagte schließlich, dass er für die Seele des jungen Mannes beten würde, und fragte Jack nach dessen Namen.

›Er hieß Doug Claiborne und kam aus Whitefish, Montana‹, erwiderte Jack.

Dann fragte der Priester Jack, ob er den Namen des Mädchens kenne oder wisse, woher sie stammte.

›Nein‹, erwiderte Jack. ›Der Sanitäter rang um seinen letzten Atemzug, als er mir das erzählte. Doch er meinte, er habe einen Zettel mit ihrer Adresse in seiner Rocktasche. Als ich nachsah, fand ich nur ein Loch an der Stelle, an der diese Tasche sich befunden hatte.‹

›Dann können Sie nichts mehr tun‹, sagte der Priester.«

Ich schließe die Augen und sehe die düstere Kirche vor mir. Ich kann die Holzpolitur auf der Altarbrüstung riechen und sehe die flackernden Opferkerzen vor meinem inneren Auge.

»Es war falsch von mir, das zu tun, aber als ich Jack und den Priester reden hörte und ihre Stimmen immer leiser wurden, schlich ich näher, um besser hören zu können. Vor dem Beichtstuhl stand etwas, was wie eine Arzttasche aussah, versehen mit einem Metalletikett. Ich drehte das Etikett um und las seinen Namen: Dr. Jack O'Connor.

›Und du, mein Sohn?‹, fragte der Priester. ›Hast du etwas zu beichten?‹

›Nur, dass ich es nicht verdient habe, am Leben zu sein‹, erwiderte Jack. ›Ein Mann hat sein Leben für mich geopfert.‹

›Offenbar war Gott anderer Meinung. Kehrst du denn bald heim?‹

›Nein, ich bin im Lazarett der 365. Armee stationiert, hier in Paris.

Früher befand sich dort das amerikanische Krankenhaus. Ich werde wohl noch einige Monate, vielleicht auch länger, hierbleiben.‹

›Aha‹, erwiderte der Priester. ›Nun, dann werde ich für dich beten.‹«

Ich öffne die Augen und merke, dass Kat mich mit gerunzelter Stirn betrachtet. Bis dahin war mir nicht klar, dass ich die Augen geschlossen hatte. »In diesem Moment fasste ich einen Plan.«

Kats Brauen heben sich. »Einen Plan?«

»Ja. Aber um das zu verstehen, musst du wissen, wie das Leben im Krieg für mich war.«

Kat winkt wieder geringschätzig ab. »Deine Leiden interessieren mich nicht. Hast du dich denn in all den Jahren für meine interessiert?«

»Nicht in dem Maße, wie ich es hätte tun sollen.« Ich habe den Eindruck, dass sie mir im Grunde gar nicht vergeben will. Sie will mich nur nicht ungeschoren davonkommen lassen – vom Haken lassen, wie man so sagt. Doch ich zügle meinen Ärger und zwinge mich, sie wieder so zu betrachten, wie es Jack getan hätte – möglichst objektiv, ohne Vorurteile oder Gefühle.

Sacré cœur. Sie ist eine alte Frau, die bald sterben wird. Ich sehe ein, dass ich ihr ihren Wunsch erfüllen muss. Aber zuvor müssen wir uns auf ein paar Dinge einigen.

»Manche Handlungen sind nur dann verständlich, wenn man den Grund dafür kennt. Wenn ich dir diese Geschichte wirklich erzählen soll – die ganze hässliche Wahrheit –, geht das nur, wenn ich sie in meinem eigenen Tempo und auf meine Weise erzähle. Entweder ich erzähle sie dir, ohne dass du mich unterbrichst oder mir irgendwelche Fragen stellst, oder ich lasse es bleiben.«

Sie nickt wortlos, mit verkniffenen Lippen.

»Es könnte eine Weile dauern«, warne ich sie.

Sie zuckt die Schultern, steif, wie sie es vorhin schon einmal getan hat. »Ich habe nichts mehr zu tun, als diese Geschichte zu erfahren, und dann zu sterben.«

Und ich habe nichts zu tun, als diese Geschichte zu erzählen. Ich seufze, hole tief Luft und lege los.

2
Amélie, 1. September 1939

Für mich begann der Krieg mit dem Kampf um den Reißverschluss.

An jenem Freitagnachmittag war ich mit meiner Mutter bei der Schneiderin. Wir suchten Stoffe und Besatz für neue Winterkleider aus. In Mme Depards Schneiderei duftete es immer nach Lavendel und Gesichtspuder, vermengt mit dem scharfen Geruch von Färbemitteln. Diese Mischung erfüllte mich stets mit einer schwebenden Hoffnung – dass die Schneider ein perfektes Kleid für mich zaubern würden, das mich von einem viel zu dürren jungen Mädchen in eine schöne, selbstbewusste, vollbusige Frau verwandeln würde. Der Geruch war ein schwülstiges Versprechen.

Aber ich reagierte auch allergisch darauf – meine Augen begannen zu jucken und zu tränen.

Es war in der ersten Woche nach den Sommerferien, und ich trug meine Schuluniform: eine gestärkte weiße Bluse mit rundem Kragen, ein marineblaues, formloses Trägerkleid und flache Schnürschuhe. Ich war sechzehn und natürlich aufgeregt bei der Aussicht auf ein neues Kleid. Maman und ich hatten grünen Wolljersey ausgesucht, und ich hatte Maman schließlich zu einer taillierten Passform mit Gürtel überredet. In so einem Kleid würde ich richtig erwachsen wirken. Zudem hatte Maman mir vor Kurzem erlaubt, bei speziellen Anlässen Schuhe mit Absätzen und Strümpfe zu tragen.

Maman wollte Knöpfe für den Rücken aussuchen, aber ich wollte unbedingt einen Reißverschluss. Alle schicken Studentinnen im Quartier Latin trugen Kleider mit Reißverschlüssen. Ich besuchte noch das Lyzeum und sah zu ihnen auf. Maman fand, dass Reißverschlüsse billig wirkten, und sie waren tatsächlich billiger als Knöpfe, da sie leichter anzubringen waren. Deshalb galten Reißverschlüsse als Zeichen von Massenware.

Papa war Professor. Für Maman galten daher Kleider von der Stange als unter unserer Würde. Natürlich trugen wir keine Haute Couture, aber laut Maman wäre es eine Beleidigung für Papas Status gewesen, wenn wir keine maßgefertigten Kleider getragen hätten.

»Nur Leute, die sich nichts Besseres leisten können, tragen Reißverschlüsse«, belehrte sie mich.

»Filmstars können sich bestimmt etwas Besseres leisten«, widersprach ich. Meine beste Freundin Yvette und ich waren begeistert von Filmen, vor allem amerikanischen Filmen. Mein Vater behauptete, dass die französischen Filme besser seien – viel tiefsinniger und künstlerischer. Frankreich sei der Geburtsort von le cinéma, sagte er, und in Frankreich würde immer noch die Filmhauptstadt der Welt stehen, wenn der Große Krieg die Industrie nicht beschädigt hätte, wie er es mit ganz Frankreich getan hatte.

Mein Vater und eigentlich alle Erwachsenen, die ich kannte, redeten endlos darüber, wie Frankreich »vorher« gewesen war. Ich wusste nichts von »vorher«, weil ich »danach« geboren worden war. Doch seit ich lebte, wurde täglich vom Krieg geredet. Wie Brot wurde das Thema bei jeder Mahlzeit und jeder Gesellschaft aufgetischt. Wenn die Erwachsenen nicht über einen drohenden nächsten Krieg redeten, dann käuten sie die Ereignisse des Großen Krieges wieder und immer wieder.

Selbst die französischen Filme handelten vom Krieg. Die Regierung bestand darauf, dass mindestens ein französischer Film für sieben amerikanische Filme in den Kinos lief. Damit sollte die französische Filmindustrie wieder auf die Füße kommen. Yvette und mir waren die unbeschwerten Hollywoodfilme tausendmal lieber als die düsteren, grimmigen, kriegsbezogenen Filme in unserer Sprache. Wenn in den Nachrichtensendungen deutsche Soldaten im Gleichschritt marschierten, war das für unseren Geschmack mehr als genug militärisches Drama.

»Katherine Hepburn trägt Reißverschlüsse«, erklärte ich meiner Mutter.

»Na und? Wenn Katherine Hepburn eine Kloschüssel als Hut tragen würde, würdest du das dann auch tun?«, fragte Maman.

Wir stritten uns in einer hinteren Ecke der Schneiderei, als Mme Avant mit tropfendem Regenschirm und hochrotem Gesicht hereinstürmte. Ihre Brust, die groß und rund war wie die einer Taube, hob und senkte sich heftig. Alle wandten sich ihr zu.

»Die Deutschen greifen Polen an!«, verkündete sie.

Alle Frauen in dem Geschäft erstarrten. Maman wurde kreidebleich. »Oh nein«, murmelte sie und presste die Hand aufs Herz. »Meine Jungs!« Sie stützte sich an einem Schaukasten ab.

Meine Brüder waren siebzehn und achtzehn, und sie konnten es seit einer gefühlten Ewigkeit kaum erwarten, in die französische Armee einzutreten. Maman hatte darauf bestanden, dass sie warteten, bis sie eingezogen wurden. Pierre, der ältere, gab ihr immer zu bedenken, dass die Männer, die freiwillig eintraten, die besten Posten bekamen. Papa meinte, sie müssten auf alle Fälle Wehrdienst leisten, aber bislang hatte Maman sich durchgesetzt.

Ich hatte Gespräche über Krieg und Politik zum großen Teil ausgeblendet, aber bei den jüngsten Ereignissen war mir das nicht mehr gelungen. Erst in der vergangenen Woche hatte Deutschland einen Nichtangriffspakt mit Russland unterzeichnet, woraufhin Frankreich und Großbritannien einen Pakt zur Verteidigung von Polen geschlossen hatten.

In der Schule hatte meine Freundin Lisette, deren Vater im Louvre arbeitete, berichtet, dass das Museum Gemälde und Skulpturen einpackte, um sie wegzuschaffen und auf dem Land zu verstecken. Ihr Vater habe persönlich dabei geholfen, die Venus von Milo in einer Kiste zu verstauen.

In der Luft lag bleiern und schwer das Gefühl, dass bald etwas Schlimmes passieren würde, bedrohlich wie eine schwarze Wolke, aus der sich ein Schneesturm entladen würde.

»Heißt das, dass wir uns jetzt im Krieg befinden?«, fragte ich.

»Jetzt noch nicht, aber sicher sehr bald«, erwiderte Mme Avant.

»Wir müssen sofort heim.« Maman richtete sich auf und griff zu ihrer Handtasche. »Komm.«

»Und was ist mit unseren Kleidern?«, fragte ich.

»Darum kümmern wir uns später.« Sie wandte sich an die Verkäuferin, die den Stoff an den Besatz und die Knöpfe hielt. »Das verstehen Sie doch sicher.«

»Bien sûr«, murmelte diese mit gesenktem Kopf. »Ich lege den Stoff für Sie beiseite.«

Maman bedankte sich leise und umklammerte auf dem ganzen Heimweg meinen Ellbogen. Wir wohnten in einem schmalen dreistöckigen Stadthaus, eine Seltenheit im Quartier Latin, wo fast jeder in einer Wohnung lebte. Das Haus gehörte seit etlichen Generationen der Familie meines Vaters, und erst letztes Jahr hatte Papa einen Großteil seiner Ersparnisse darauf verwendet, das Fundament zu verstärken und Bad und Küche zu modernisieren.

Yvette hatte mich aus ihrer Wohnung auf der gegenüberliegenden Straßenseite wohl beobachtet, weil sie gleich nach unserer Ankunft an der Tür klopfte. »Hast du es gehört?«, flüsterte sie.

»Ja«, erwiderte ich.

Wir waren aufgeregt. Wir wussten, dass es schrecklich war, aber wir waren in vieler Hinsicht noch Kinder und hatten nun das Gefühl, am Rand eines großen Abenteuers zu stehen. Trotz allem, was die Menschen um uns herum sagten, kam uns der Krieg wahnsinnig aufregend und schillernd vor. All diese Männer in all diesen stattlichen Uniformen, so tapfer, so attraktiv, so bereit zur Liebe!

Maman schaltete das Radio an. An diesem Abend kam keine Musik, es wurde nur endlos geredet.

»Wir müssen uns eine Frisur ausdenken, die uns älter aussehen lässt«, flüsterte Yvette mir zu.

Wir verschwanden in meinem Zimmer, stellten uns vor den

Spiegel meines Schrankes und steckten uns gegenseitig die Haare hoch. Yvette und ich waren wie Schwestern; unsere Eltern waren eng befreundet, und wir kannten uns unser ganzes Leben lang.

Doch obgleich wir uns wie Schwestern fühlten, hätten wir nicht unähnlicher aussehen können. Yvette hatte blondes Haar und blaue Augen, und ihre Wangen und Lippen waren stets rosig, als wäre sie gerade aus der Kälte gekommen. Auch ihr Wesen war farbenfroh und munter. Ich hingegen war klein und dünn. Meine Haare waren dunkelbraun, meine Augen hellbraun.

»Oh, diese Yvette, das wird mal eine wahre Herzensbrecherin«, pflegten die Leute zu sagen. Über mich verlor kaum jemand ein Wort. Ich verschmolz immer mit dem Hintergrund, was mir nichts ausmachte. Yvette bei ihren Plänen und Streichen zu unterstützen, war mir lieber, als selbst welche auszuhecken. Ich war introvertiert und beschäftigte mich am liebsten mit Lesen und Schönschrift. Ich hätte mein ganzes Leben damit verbringen können, mit einem Stapel Bücher in einer Ecke zu sitzen oder bewaffnet mit einem Bleistift exotische Schriftzüge aus Zeitschriften oder von Filmplakaten zu kopieren, während Yvette ständig auf der Suche nach neuen Abenteuern war.

Yvette ging, als Maman mich bat, ihr bei der Zubereitung des Abendessens zu helfen. Es gab geschmortes Huhn mit neuen Kartoffel und Karotten. Papa kam zur gewohnten Zeit nach Hause. Er wirkte sehr grimmig. Normalerweise begleiteten ihn meine Brüder von der Universität nach Hause.

»Wo sind Pierre und Thomas?«, fragte Maman.

Mein Vater hängte wortlos den Hut auf.

»Non«, ächzte Maman. Ihre Stimme klang wie im Gebet. Sie stürzte sich auf Papa und klammerte sich an die Aufschläge seines Mantels. »Du musst sie aufhalten!«

»Es sind Männer, Marie.«

»Thomas nicht«, widersprach Maman. »Er ist noch ein Junge.«

»Mit siebzehn kann man in die Armee eintreten. Im Übrigen wird er in zwei Monaten achtzehn. Dann wird er eingezogen, wenn er jetzt nicht mit Pierre eintritt.«

Maman ließ die Hände fallen. »Trotzdem – es hätte ihm ein bisschen Zeit verschafft.«

Mein Vater lockerte seine Krawatte und seufzte. »Marie, es ist wichtig, dass er diese Entscheidung selbst fällt.«

»Er ist zu jung, um solche Entscheidungen zu fällen.«

»Womöglich ist das seine letzte freie Entscheidung in einer sehr langen Zeit.« Er zog den Mantel aus. »Die beiden tun etwas Ehrenhaftes, und wenn sie Glück haben, können sie zusammen dienen und einander im Auge behalten. Du darfst ihnen keine Vorwürfe machen.«

Meine Mutter kehrte meinem Vater den Rücken zu und weigerte sich, weiter mit ihm zu reden. Mit abgehackten, schroffen Bewegungen hantierte sie in der Küche herum und klapperte mit Topfdeckeln und Pfannen.

Meine Brüder kamen an jenem Abend nicht rechtzeitig zum Essen nach Hause. Vater und ich aßen ohne sie, Mutter aß nichts. Sie saß zwar bei uns am Tisch, schob jedoch ihr Essen nur auf dem Teller herum.

Als wir den Tisch abräumten, kehrten meine Brüder heim.

»Nun?«, fragte mein Vater.

Pierres Rücken war straff, sein Kinn nach vorn gereckt, als wappne er sich für einen Kampf. Auch Thomas stand aufrecht neben ihm wie ein Soldat, der auf seine Befehle wartet. »Wir sind in die Armee eingetreten.«

Meine Mutter fing an zu weinen. Ich glaube, auch meinem Vater traten Tränen in die Augen, doch er stand auf und umarmte erst Pierre, dann Thomas so rasch, dass man nicht sagen konnte, ob er weinte.

Sie setzten sich an den Tisch, und Papa schenkte ihnen Wein ein.

»Bekommt ihr eine Uniform?«, wollte ich wissen.

»Ja«, antwortete Thomas.

»Und Waffen?«

Meine Mutter legte die Hand auf den Mund und wimmerte.

»Amélie!«, rügte mich mein Vater.

»Was ist denn? Ich wollte nur wissen, ob sie ausgerüstet sein werden, um sich zu verteidigen.«

»Na klar, Kleine.« Thomas zerzauste mir die Haare. Normalerweise hasste ich das, aber heute Abend machte es mir nicht so viel aus. Vielleicht war es seine plötzlich so aufrechte Gestalt, die ihn größer wirken ließ als sonst. »Wir werden bestens gerüstet sein, um Frankreich zu verteidigen.«

Pierre erhob sein Glas. »Vive la France!«

Papa, Thomas und ich hoben ebenfalls unsere Gläser und riefen: »Vive la France!«

Papa winkte Maman zu. »Komm her, Marie, du musst mit uns anstoßen.« Er schenkte ihr etwas Wein ein. Als sie das Glas hob, zitterte ihre Hand.

»Vive la France!«, riefen wir abermals aus voller Kehle.

Bis auf Maman. Ich hörte es ganz deutlich, auch wenn sie es nur halblaut sagte: »Vive mes fils.« Mögen meine Söhne am Leben bleiben.

3
Amélie, 3. September bis 29. Oktober 1939

Zwei Tage später war es offiziell: Frankreich erklärte Deutschland zusammen mit unserem Verbündeten Großbritannien den Krieg.

Meine Brüder wurden noch in derselben Woche in ein Ausbildungslager geschickt. Es waren nicht die einzigen. Plötzlich schien es, als habe jeder Pariser Bürger unter fünfunddreißig die Stadt verlassen. Yvette und ich waren zutiefst enttäuscht. Wir hatten uns vorgestellt, wie französische Soldaten die Straßen von Paris bevölkerten, in Cafés aßen und in den Nachtklubs, in die wir uns heimlich schleichen wollten, tranken und tanzten. Wir hatten uns nicht vorgestellt, dass alle weggehen würden.

Auch die meisten Briten und Amerikaner verließen Paris. In jenen ersten Tagen waren die Straßen menschenleer. Doch dann strömten plötzlich Fremde aus anderen Ländern in die Stadt – aus Russland, der Ukraine, Belgien und Gott weiß woher. Viele waren schäbig gekleidet, manche schienen keine Wohnung zu haben. Französische Polizisten fingen an, die Leute aufzuhalten und ihre Ausweise zu überprüfen. Wozu sie das taten, habe ich nie herausbekommen.

Ich weiß nicht mehr, ob wir keine Schule hatten oder ob unsere Mütter uns einfach nicht in die Schule schickten. Mein Vater bestand darauf, Yvette und mir weiter Deutsch- und Englischunterricht zu erteilen, wie er es seit etlichen Jahren tat. Doch Yvettes Vater, ein Professor für Ingenieurwesen, arbeitete an einem geheimen Regierungsprojekt und konnte uns deshalb nicht wie üblich in höherer Mathematik unterrichten.

Ich war erleichtert. Ich hasste Geometrie, Algebra und Analysis. Papa pflegte zu sagen, Wissen ist Gold, das einem niemand wegnehmen kann; dass ich mit Freuden alles nehmen sollte, was ich bekäme, und dass man nie wisse, wann man so etwas brauchen könne. Yvette und ich meinten immer scherzhaft, dass wir uns die Handgelenke aufschlitzen würden, wenn unser Leben je so öde würde, dass wir Mathematik brauchten.

Die Stimmung in der Stadt war gespannt wie ein Drahtseil. Alle gierten nach Informationen. Die Zeitungen waren, kurz nachdem sie in den Kiosken landeten, ausverkauft. Wir hörten ständig Radio. Musik wurde kaum gespielt, meist kamen grimmige Nachrichten über Deutschland, das Polen überrollte.

Die Zahlen, von denen gesprochen wurde, waren so gigantisch, dass sie keine richtige Bedeutung hatten. Wie sollte man sich eineinhalb Millionen deutsche Soldaten vorstellen? Wie sollte man sich vorstellen, wie Tausende von Panzern Hunderte von Kilometern durch die Dörfer rollten und alles zerquetschten, was sich ihnen in den Weg stellte? Wie konnte man begreifen, dass zehn-, zwanzig-, fünfzig-, hunderttausend Polen getötet wurden? Die Zahlen schwankten zwar, waren aber alle astronomisch hoch, und die Schätzungen stiegen stetig.

Am erschreckendsten waren die Geschichten über die deutsche Luftwaffe. Den Nachrichten zufolge verdunkelten plötzlich Schwärme von Flugzeugen den Himmel und bombardierten Zivilisten wie auch militärische Angriffsziele. Bahngleise, Brücken, Wasserwerke, sogar Schulen wurden von den grausamen Bombern ins Visier genommen. Straßen, auf denen sich fliehende Familien drängten, wurden systematisch dem Erdboden gleichgemacht. Deutsche Flugzeuge flogen plötzlich tief unter den Wolken heran, und es wurde mit Maschinengewehren auf Zivilisten geschossen – das sogenannte Terrorbombardement.

Für Yvette und mich war alles ein Terrorbombardement. Wie viel Terror kann man ertragen, bevor man die Ohren davor verschließt? Wir wollten bald nichts mehr davon hören. Gelegentlich schlichen wir uns davon – jede sagte zu Hause, sie wolle die Freundin besuchen –, und streiften durch das Quartier Latin. Wenn wir uns besonders mutig fühlten und unsere Eltern andere Sorgen hatten, taten wir das nach dem Abendessen. Eines Abends gingen wir in einen Kellerklub. Es war ein winziger, karg möblierter Raum ohne Strom, dafür mit Kerzen, die in Weinflaschen steckten – eine richtige Studentenkneipe eben. Wir teilten uns ein Glas Wein und hörten einem Bariton in mittleren Jahren zu, der begleitet von einem scheppernden Klavier »Begin the Beguine« sang.

Die Musik weckte eine starke Sehnsucht in mir. »Wie schafft es eine Frau, solche Gefühle in einem Mann hervorzurufen?«, fragte ich meine Freundin.

»Sie zeigt ihm ihre Brüste«, erwiderte Yvette. Wir kicherten wie die Schulmädchen, die wir waren, doch gleichzeitig machte mich diese Antwort auch traurig, weil ich fürchtete, dass ein Körnchen Wahrheit darin steckte. Yvette hatte eine beeindruckende Oberweite, meine Brüste hingegen waren klein wie alles an mir.

»Und was ist, wenn man nicht viel Busen hat?«, fragte ich.

»Na ja, dann muss man wohl flirten. Mit den Augen, mit Berührungen, mit dem Körper. Abgesehen davon muss man die Männer faszinieren.«

»Wie soll das gehen?«

Yvette trank nachdenklich einen Schluck Wein. »Ich glaube, am besten macht man den Mann etwas verlegen. Wenn du es schaffst, ihn aus der Ruhe zu bringen, dann kannst du ihn erobern.«

Ein älterer Mann in einem abgewetzten Jackett beäugte Yvette von der Bar aus. Er war mir nicht ganz geheuer. Nachdem die meisten Studenten eingezogen worden waren, bestand das Klientel in den billigen Bars des Quartier vor allem aus Flüchtlingen in mittleren Jahren.

»Ich glaube, du hast gerade eine Eroberung gemacht.« Ich stupste sie an und wies mit dem Kopf Richtung Bar.

Sie drehte sich um. Der Mann grinste und zeigte dabei mehrere Zahnlücken.

»Merde«, flüsterte sie. »Hauen wir ab.«

Wir gingen zu mir nach Hause, weil Maman mit den Nerven

am Ende war und mich am liebsten ständig in ihrer Nähe gehabt hätte. Sie schlief kaum und füllte die vielen wachen Stunden mit hektischen Aktivitäten. Sie hortete Getreide, Hülsenfrüchte, Tee und Zucker sowie Gemüsekonserven, die sie im Laden kaufte. Früher hatte sie nur das Gemüse, das sie im Sommer in dem kleinen Garten hinter unserem Haus zog, eingemacht. Außerdem versah sie sämtliche Fenster mit grauenhaften Verdunkelungsvorhängen. Papa sagte, dass sie Geld ausgab wie ein betrunkener Matrose auf Landgang. Maman sagte, Geld kann man nicht essen, wenn Lebensmittel knapp werden.

Papa ging noch immer jeden Tag in die Universität, doch in seinen Vorlesungen saß nur noch ein Achtel der Studenten, die sich ursprünglich eingeschrieben hatten. Ausländische Studenten hatten Paris verlassen, Studentinnen blieben zu Hause, und die jungen Franzosen hatten die Schulen verlassen und waren zum Militär gegangen. Gehetzten, besorgten Gesprächen zwischen meinen Eltern, die ich belauschte, entnahm ich, dass Papas Bezahlung in Übereinstimmung mit der schwindenden Studentenzahl gekürzt worden war.

Die Kriegsnachrichten wurden immer bedrohlicher und komplizierter. Am 17. September war Russland offenbar auf Hitlers Drängen hin in Polen einmarschiert. Wir warteten auf die Nachricht, dass die Briten und die Franzosen in den Kampf eintraten, doch nichts dergleichen geschah. Ganz Frankreich schien kollektiv den Atem anzuhalten.

Und plötzlich schien es vorbei zu sein. Am 1. Oktober, einen Monat nach Beginn der Invasion, ergab sich Polen den Deutschen. Die Deutschen machten keine Anstalten, in Frankreich einzumarschieren. Wir befanden uns zwar theoretisch immer noch im Krieg, aber nichts geschah, was sich auf das Leben in Paris ausgewirkt hätte.

Yvette und ich gingen wieder zur Schule, Maman und ich suchten die Schneiderei auf. Aber seit meine Brüder weg waren, war Maman so angespannt, dass ich es nicht über mich brachte, mit ihr wegen des Reißverschlusses zu streiten. Ich tat so, als würden mir die mit Stoff bezogenen Knöpfe, die sie auswählte, gefallen.

Mitte Oktober machte Deutschland ein Friedensangebot, das zuerst von Großbritannien und dann von Frankreich abgelehnt wurde. Wie alles andere war auch dies ein heiß umstrittenes Thema. Manche fanden, dass unsere führenden Politiker dumm seien, wenn sie einen Friedensvertrag nicht annahmen, andere meinten, das Ganze sei nur eine deutsche List.

Die meisten Franzosen waren erleichtert, dass dieses Angebot gemacht worden war, und viele äußerten die Hoffnung, dass das bedeutete, Deutschland würde nicht bei uns einmarschieren. Unsere hervorragend befestigte Maginot-Linie an der Ostgrenze sei viel zu abschreckend, behaupteten die meisten. Die Deutschen hätten bestimmt gemerkt, dass Frankreich uneinnehmbar sei. Viele hofften, dass Frankreich und Großbritannien einen diplomatischen Frieden aushandeln würden und dass der Kriegszustand bald aufgehoben würde.

Die Tage zogen sich dahin, das Leben wurde wieder normal – oder bei uns zu Hause zumindest so normal wie möglich, ohne Pierre und Thomas. Das Haus wirkte riesig und einsam ohne sie. Immerhin ließen sie regelmäßig von sich hören. Sie waren an einer geheimen Stellung in den Alpen stationiert, die ein Teil der Maginot-Linie war. Mutter und ich strickten warme Socken und Fäustlinge für sie.

Yvette und ich waren rastlos. Als eines der forscheren Mädchen in unserer Schule einen Ausflug zu einem Jazzklub auf dem Montmartre vorschlug, waren wir sofort dabei. Wir würden uns allerdings hinter dem Rücken unserer Eltern davonschleichen müssen, die der altmodischen Ansicht waren, dass junge Mädchen sich nachts nicht ohne Begleitung herumtreiben sollten, und Montmartre war ein berüchtigtes Vergnügungsviertel. Deshalb sagten wir unseren Eltern, dass wir bei Lisette Schallplatten hören wollten.

Für Lisettes Eltern mussten wir uns etwas Besseres einfallen lassen. Ich fälschte einen Brief meiner Mutter, in dem sie Lisette zu uns nach Hause einlud; Lisettes Eltern hielten nämlich sehr viel von förmlichen Einladungen, und ich verstand mich bestens darauf, fremde Handschriften zu kopieren.

Es lief alles so glatt, dass ich fast schon ein schlechtes Gewissen bekam. Yvette kam um sieben an meine Tür, und wir schlichen wie zwei Diebe zur Metro. In unseren Handtaschen steckte das wenige Geld, das wir von Geburtstagsgeschenken und gelegentlichem Kinderhüten gespart hatten. Wir trafen Lisette und unsere Freundin Madeline, und nach einer zwanzigminütigen Bahnfahrt machten wir uns auf den Weg zum La Grosse Pomme – Der große Apfel, wie der Klub hieß. Er war von einer schönen schwarzen Jazzsängerin, Adelaide Hall, gegründet worden, aber Adelaide war wie viele Amerikaner in den letzten Monaten aus Frankreich geflohen.

Vor der Bar drangen die klagenden Laute eines Saxofons durch die geschlossene Tür. Ein Türsteher mit weißen Handschuhen öffnete die Tür, und die Musik purzelte ins Freie, legte sich um uns und zog uns hinein. Kichernd traten wir in den gut besuchten Klub.

Es war wie der Eintritt in eine andere Welt. Der Innenraum war luxuriös mit roter Velourstapete, kristallenen Lüstern und Wandleuchtern sowie weißen Leinentischdecken ausgestattet, die Luft war rauchgeschwängert. Die schmelzenden Töne von Zigeunerjazz – eine Geige wickelte ihre süßen Töne um das bluesige Schnarren eines Saxofons, aufgeweicht vom melodischen Klang einer Klarinette und einem Jazzbesen, der die Trommel streichelte –, zogen uns in ihren Bann. An der Garderobe zögerten wir, denn die Aufbewahrung der Mäntel kostete Geld. Aber da wir nicht geizig wirken wollten, gaben wir unsere Mäntel ab.

Sobald ich mir die Gäste besah, fühlte ich mich fehl am Platz. Männer – viele im Alter unserer Väter – flirteten mit schockierend jüngeren Frauen. Alle waren förmlicher und viel, viel schicker gekleidet als ich. Die Männer trugen Anzüge, die Frauen maßgeschneiderte Seiden- oder Kunstseidekleider mit tiefem Ausschnitt. Ihre Haut schimmerte im Kerzenlicht.

Yvette und meine anderen Schulfreundinnen hatten es geschafft, sich in Kleidern aus dem Haus zu stehlen, auch wenn wir alle unpassend gekleidet waren. In meinem Wollrock und der Baumwollbluse mit dem runden Kragen kam ich mir vor wie ein Schulmädchen auf einem Ball.

Wir wurden zu einem Tisch im hinteren Teil des Raums geführt, weit entfernt von der Bühne, und eine gelangweilt wirkende Bedienung in einem skandalös kurzen roten Rock trat zu uns, um unsere Bestellung aufzunehmen.

Eigentlich hatten wir vorgehabt, Getränke zu teilen, um Geld zu sparen, aber davon wollte sie nichts wissen. »Wer nichts trinkt, bekommt auch keinen Sitzplatz.« Ihr Tonfall ähnelte dem einer unserer Lehrerinnen so stark, dass ich Yvette zuflüsterte: »Glaubst du, sie arbeitet tagsüber als Nonne?« Das Kichern unterdrückend, bestellten wir den billigsten Wein auf der Karte.

Sobald die Kellnerin gegangen war, näherte sich ein Herr in modisch blauem Anzug unserem Tisch. Er sah aus wie Anfang zwanzig – von unserem Blickwinkel aus ein älterer Mann. Er stellte sich als Herman Beck vor und erzählte uns, er sei ein Schweizer Bankier und habe geschäftlich in der Stadt zu tun. Wir nickten lächelnd. Er betrachtete jede Einzelne von uns mehrere unbehagliche Momente lang eingehend, dann verbeugte er sich vor Yvette. Kein Wunder, denn Yvette sah umwerfend aus. Mit ihrer beeindruckenden Oberweite und ihrer selbstbewussten Haltung schien sie älter, als sie tatsächlich war, und mit Sicherheit älter als wir anderen. »Würden Sie gern mit mir tanzen?«

Yvette lächelte kokett blinzelnd. »Nur, wenn Sie auch einen Partner für meine Freundin haben.« Sie deutete anmutig auf mich.

Herman drehte sich um, hob die Hand und schnipste mit den Fingern jemandem zu. Ein junger Mann mit einer weißen Schürze trat zu uns. Dunkle Locken hingen ihm in die Stirn.

»Mademoiselle würde gern tanzen«, sagte Herman und deutete auf mich. Der junge Mann strich sich die Haare aus dem Gesicht. Er hatte hohe Wangenknochen und ein markantes

Kinn – ein ansprechendes Gesicht. Allerdings sah er so aus, als wüsste er nicht recht, was er tun sollte.

»Nimm deine Schürze ab und tanz mit ihr«, befahl Herman.

»Aber … ich muss arbeiten.«

Hermans Augen verengten sich. »Ich bin mir sicher, dass dein Chef es schätzt, wenn du die Gäste glücklich machst.«

Der junge Mann trat von einem Fuß auf den anderen. Offenkundig wägte er Hermans Aufforderung gegen die Folgen ab, ihr nachzukommen. »Ja, natürlich«, meinte er schließlich.

»Gut.« Herman nahm Yvettes Ellbogen und führte sie auf die Tanzfläche, als sei damit alles geregelt. Yvette lächelte mir über die Schulter hinweg aufmunternd zu. Der junge Mann zerrte sich rasch seine Schürze vom Leib, dann trat er hinter meinen Stuhl.

»Ich möchte nicht, dass Sie Ärger bekommen«, sagte ich und erhob mich verlegen.

Er zuckte mit den Schultern. »Den werde ich so oder so bekommen.«

Die Mädchen am Tisch kicherten. Der junge Mann hängte seine Schürze über meine Stuhllehne, nahm mich am Arm und führte mich auf die Tanzfläche.

»Werden Sie wirklich Ärger bekommen?«, fragte ich.

»Machen Sie sich deswegen keine Sorgen.«

Sein Französisch war mit einem starken ausländischen Akzent behaftet. »Woher kommen Sie?«

»Aus Österreich.«

Das war ein Land, das die Deutschen im vergangenen Jahr erobert hatten. Ich verstand die Gründe nicht ganz, aber es hatte etwas mit einem Vertrag zu tun, und ich wusste, dass es eine Rolle bei der raschen Kriegserklärung Frankreichs, als Deutschland in Polen einmarschierte, zu tun gehabt hatte. »Sind Sie wegen der Deutschen nach Frankreich gekommen?«

»Ja.«

Ich überlegte mir krampfhaft, was ich sagen sollte, um das seltsame Gefühl in mir zu normalisieren. Da erklang eine leise, langsame Melodie. »Was arbeiten Sie denn hier?«

»Ich helfe aus und räume die Tische ab. Tagsüber studiere ich.«

»Ach ja? Ich auch. Was studieren Sie denn?«

»Ingenieurwesen, mit Schwerpunkt Physik.«

»Geht es da viel um Analysis?«

»Eigentlich nicht, aber gelegentlich muss man Analysis einsetzen.« Er betrachtete mich. Als sich unsere Blicke begegneten, kam er mir auf einmal ganz anders vor. Plötzlich bekam ich weiche Knie. Ich hatte noch nie so braune, ausdrucksvolle Augen gesehen, die mich nun mit echtem Interesse musterten. »Was wissen Sie über Analysis?«

»Mehr als mir lieb ist. Der Vater meiner Freundin ist Professor und unterrichtet uns in diesem Fach.«

»Wie heißt er denn?«

»Jean-Claude Chaussant.«

Er riss die Augen auf. »Das war mein Professor!«

»Ach ja?«

»Ja. Er ist brillant, aber in diesem Semester unterrichtet er nicht.«

»Ich weiß. Er hilft Frankreich bei einem geheimen Projekt.«

Er zog mich näher und ließ mich um ihn drehen. »So etwas sollten Sie nicht sagen!«, flüsterte er mir warnend ins Ohr.

»Warum nicht?«

»Weil die Deutschen überall Spione haben.

»Hier?«

»Überall.«

Ich schenkte ihm ein, wie ich hoffte, neckisches Lächeln. »Woher soll ich wissen, dass Sie kein Spion sind?«

»Das können Sie nicht wissen«, erwiderte er schroff.

Ich spürte, wie mir die Röte ins Gesicht stieg. »Vielleicht sollten Sie mich jetzt lieber zu meinem Tisch zurückbringen.«

»Es tut mir leid.« Seine Hand verlagerte sich ein wenig auf meinem Rücken und weckte damit einen Strudel unbekannter Gefühle in mir. »Ich wollte Ihnen keine Angst einjagen. Es ist nur … ich habe ein wenig Erfahrung mit den Nazis, und die sind …« Er zögerte, dann schüttelte er den Kopf. »Reden Sie nicht mit anderen über jemanden – vor allem, wenn dieser Jemand an der Verteidigung Ihres Landes arbeitet –, wenn Sie ihn nicht angreifbar machen wollen. Stellen Sie sich einfach vor, dass alle Wände Ohren haben.«

»Das werde ich tun. Und als Erinnerungsstütze werde ich so tun, als wären die Wandleuchter Ohrringe.«

Ich wurde mit einem Grinsen belohnt. »Wenn Ihnen das hilft, es nicht zu vergessen …«

Das Lied ging zu Ende. Er ließ seine Hand fallen, und ich trat zögernd einen Schritt zurück.

»Gleich beginnt die Vorstellung«, sagte er. »Ich glaube, sie wird Ihnen gefallen.« Er führte mich an meinen Tisch zurück, holte sich seine Schürze und rückte mir meinen Stuhl zurecht. Dann verbeugte er sich steif und machte sich auf den Weg zum hinteren Teil des Restaurants. Yvettes Tanzpartner brachte sie kurz darauf zu uns zurück.

Der Trompeter blies ein paar laute Töne wie eine Fanfare. Ein Mann in Smoking trat ins Rampenlicht. »Und nun, meine Damen und Herren, präsentiere ich Ihnen Miss Marigold Smith!«

Scheinwerfer drangen durch den Rauch und beschienen eine hohe Wendeltreppe. Ein zarter Fuß in einem Stöckelschuh und ein langes Bein in einem durchsichtigen Seidenstrumpf trat aus der Decke. Ein weiteres Bein folgte, und dann war sie zu sehen – eine Vision purer Weiblichkeit, eingehüllt in blaue Federn und Pailletten, kam die schmale Wendeltreppe herunter wie eine Göttin, die vom Himmel herabsteigt. Noch nie hatte ich etwas so Beeindruckendes gesehen. Ihre Haut war schokoladenfarben und glatt wie Eiscreme, und sie bewegte sich mit außerordentlicher Anmut. Sie war wirklich großartig, und das wusste sie auch.

In dem Moment wurde mir klar, dass darin das Geheimnis liegt – in dem Wissen. Es verlieh ihr Macht, dass sie wusste, wie großartig sie war. Es zeigte sich in ihrer Haltung, wie sie mit dem Rampenlicht spielte, wie sie lächelte. Sie wusste, dass alle Augen auf sie gerichtet waren. Sie wusste, dass sie das Publikum in der Hand hatte. Sie wusste, dass sich kein Mann in dieser Bar ihrem Zauber entziehen konnte.

Die Band begann zu spielen, als sie die Stufen herabglitt, aber ich hörte die Musik erst, als sie zu singen begann. Ihre sinnliche Stimme nahm uns alle auf einen fliegenden Teppich mit.

Wir Mädchen saßen da und starrten sie an wie ein Geschöpf von einem anderen Stern. Wir waren felsenfest davon überzeugt, dass sie jede Zeile, die sie sang, persönlich erlebt hatte.

Am Ende des Sets war ich emotional völlig ausgelaugt. In der Pause spielte eine andere Band. Yvettes Galan, der unserem Tisch eine Runde Getränke spendiert hatte, kehrte zu ihr zurück und nahm sie mit auf die Tanzfläche. Mein Partner folgte ihm.

»Ich hoffe wirklich sehr, dass ich Ihnen keinen Ärger mit Ihrem Arbeitgeber einhandle«, sagte ich, als er hinter meinen Stuhl trat, um ihn herauszuziehen.

»Keine Sorge«, sagte er. »Monsieur Beck hat meinen Chef für meine Zeit bezahlt.«

»Dann ist Ihnen also befohlen worden, mit mir zu tanzen?«

»Ja.«

»Das ist nicht sehr schmeichelhaft«, sagte ich.

Seine Wangen färbten sich rot. »Ich – ich habe nichts dagegen, mit Ihnen zu tanzen. Es ist besser als meine reguläre Arbeit.«

Vielleicht war es der Wein, vielleicht borgte ich mir auch ein wenig von der forschen Zurschaustellung weiblicher Macht, deren Zeugin ich gerade geworden war; jedenfalls konnte ich nicht widerstehen, ihn ein bisschen aufzuziehen. »Also ist es besser, mit mir zu tanzen, als schmutziges Geschirr abzuräumen? Du meine Güte, Sie verstehen sich wirklich meisterhaft darauf, Komplimente zu machen.«

Die rosafarbenen Flecken auf seinem Gesicht wurden dunkler. »Ich wollte damit sagen, dass ich gern mit Ihnen getanzt habe. Vorhin, meine ich. Und … und jetzt auch.«

Darauf fiel mir nichts mehr ein. Ich war froh, dass die Musik einsetzte. Der Wein stieg mir zu Kopf. Ich lehnte mich an meinen Tanzpartner, ja, ich schmiegte mich richtig an ihn und genoss das Gefühl eines männlichen Körpers so nah an meinem. Es war alles auf seltsame Weise berauschend.

Als die letzten Töne verklangen, öffnete ich die Augen und bemerkte, dass Lisette auf ihre Armbanduhr klopfte.

Olala. Ich hatte überhaupt kein Zeitgefühl mehr, und dabei hatte ich Maman doch versprochen, gegen elf zu Hause zu sein. »Ich muss jetzt gehen«, ächzte ich erschrocken.

»Ja, es ist besser so. Und es wäre ratsam für Sie, nicht mehr hierherzukommen.«

»Wollen Sie mich nicht mehr sehen?«

»Oh doch, das würde ich sehr gern.« Er begleitete mich zu meinem Stuhl. Ich griff zu meiner Handtasche. »Aber hier ist es nicht sicher.«

»Wo denn dann?« Seit wann war ich so kühn?

»In der Bibliothek in der Sorbonne, im Saint-Jacques-Lesesaal. Morgen Nachmittag um vier.«

»Ich … ich werde es versuchen.«

Er nahm seine Schürze von meinem Stuhl und brachte mich zur Garderobe, wo die anderen bereits auf mich warteten. Yvettes Tanzpartner bezahlte gerade für die Aufbewahrung unserer Mäntel. Ich spürte die Nähe meines Tanzpartners. Mein Körper schien noch nachzuspüren, wie er mich auf der Tanzfläche berührt hatte.

Er nahm meinen Mantel und half mir hinein. »Ich weiß nicht einmal, wie Sie heißen.«

»Ich heiße Amélie. Und Sie?«

»Joshua. Joshua Koper.«

»Es hat mich sehr gefreut, Sie kennenzulernen.«

»Ganz meinerseits.« Er lächelte mich an. Als seine braunen Augen sich in meine versenkten, begann mein Magen zu kribbeln. Ich sah, dass seine Wangen sich wieder rot gefärbt hatten.

Er war zwar älter als ich und weltgewandter, aber ich hatte ihn zum Erröten gebracht. Joshua Koper – meine erste Eroberung.

Ich verstaute dieses Wissen in mir wie ein köstliches Geheimnis, während ich meinen Mantel zuknöpfte und aus der rauchigen Bar hinaustrat in die kühle Herbstnacht, umringt von meinen kichernden Begleiterinnen.

4
Kat, 2016

»Das ist ja alles ganz faszinierend, aber bislang hast du mir noch nichts von Jack erzählt.«

Amélie blinzelt, als wäre sie soeben aus einem Nickerchen erwacht und stellte überrascht fest, dass ich ihr gegenübersitze. Sie kneift die Augen zusammen. Es sieht aus, als würde sich ihr herzförmiges Gesicht zusammenziehen und spitzer werden. »Ich habe gesagt, dass ich diese Geschichte auf meine Weise erzählen werde.«

»Aber das ist nicht die Geschichte, die ich hören wollte.«

Sie hebt das Kinn. »Tant pis.«

War das ein Schimpfwort? Ich ziehe eine Braue hoch. »Wie bitte?«

»Es tut mir leid, dass ich dich enttäusche.«

»Das hast du aber vorhin nicht gesagt.«

»Nein, du hast recht.«

»Also – was hast du gesagt?« Meine Stimme klingt ein bisschen schärfer als beabsichtigt, aber meine Güte – diese Frau kann einem wirklich auf die Nerven gehen!

»Ich habe gesagt: zu schade.« Sie lehnt sich zurück und dreht die Handflächen nach oben. »Nun, jetzt bist du dran.«

»Wie bitte?«

»Jetzt bist du dran mit dem Erzählen, weil du meine Geschichte unterbrochen hast.«

»Ich?«

»Ja. Ich würde auch gern etwas über dein Leben mit Jack erfahren.«

Darauf war ich wahrhaftig nicht vorbereitet. Ich bin einigermaßen empört. Da bin ich nun wegen bestimmter Auskünfte den langen Weg von Dallas hierher gereist, und jetzt stellt diese

Frau Forderungen an mich? Die hat vielleicht Nerven. Aber eigentlich war sie immer schon recht forsch. Das hat sich offenbar nicht geändert.

Dennoch … vermutlich war es ja auch ein bisschen dreist von mir, einfach so in ihr Zimmer zu stürmen. Ich gebe es zwar nicht gern zu, aber vielleicht habe ich tatsächlich eine Art Prinzessinnenkomplex, wie mein Sohn mir mal vorgeworfen hat. Ich fürchte, das kommt daher, dass ich ein Einzelkind war und meine Eltern mich nach Strich und Faden verwöhnt haben.

Es stimmt schon – ich habe das Gefühl, dass andere – und das Leben ganz allgemein – meinen Plänen folgen sollten. Aber das kommt nur daher, weil ich normalerweise recht habe. Allerdings beschleicht mich allmählich der Verdacht, dass Gott nicht immer derselben Meinung ist.

Durch das Fenster beobachte ich ein Rotkehlchen, das im Gras herumstochert und etwas erwischt, was zu klein ist, als dass ich es sehen könnte. Der kleine Vogel hat wahrscheinlich mit einem großen dicken Wurm gerechnet und stattdessen nur ein Samenkorn gefunden.

Als ich erfuhr, dass der Krebs zurückgekehrt war – der Krebs, der mich vor zehn Jahren eine Brust gekostet hat –, fragte mich der Arzt, ob ich mit einem Hospizseelsorger sprechen wollte. Das habe ich natürlich erst einmal abgelehnt. Ich habe es noch nie leiden können, wenn Leute, die plötzlich mit ihrer Sterblichkeit konfrontiert werden, gefühlsduselig und frömmlerisch werden.

Doch der Seelsorger kontaktierte mich trotzdem, und dabei stellte ich fest, dass mir seine Besuche ganz gut taten. Zum Teil ist es die Aufmerksamkeit – er ist sehr interessiert an allem, was ich zu sagen habe. Wem würde das nicht gefallen? Zum Teil ist es aber auch seine Sichtweise von Gott, die sehr viel breit gefasster, freundlicher, verzeihender ist als die, mit der ich vertraut bin. Ich weiß nicht, wie er zu dieser Sichtweise gelangt ist – als Jude hat er schließlich nur das Alte Testament, auf das er sich stützen kann, oder? Und ich habe den Eindruck, dass Gott in diesen Geschichten stets ausgesprochen richtend und zornig ist. Trotzdem fordert Jacob mich auf, meine Ansichten zu erforschen, sowohl innerhalb als auch außerhalb der Grenzen meines Glaubens.

»Ist es nicht ein bisschen spät für solche Dinge?«, fragte ich ihn mit einer ordentlichen Prise Sarkasmus, als er dieses Thema zur Sprache brachte.

»Es ist nie zu spät«, erwiderte er.

»Ich habe nur noch sechs Monate zu leben«, sagte ich.

Er zuckte mit den Schultern. »So viel Sie wussten, hatten Sie nie mehr Zeit.«

Dieser Gedanke überraschte mich. »Wie bitte?«

»Sie hätten an jedem Punkt Ihres Lebens an einer Krankheit oder bei einem Unfall oder durch einen herunterfallenden Meteoriten sterben können. Sie haben nie gewusst, dass Sie mehr als sechs Monate zu leben hatten – oder auch nur sechs Minuten.«

Diese Antwort wäre mir normalerweise nicht tröstlich erschienen, aber komischerweise war sie es jetzt. Und auch die Dinge, die er über die Selbstliebe und das Verzeihen und Friedenfinden sagte, waren tröstlich und sogar erfrischend logisch.

Bis auf den Teil über die Erwartungen. Was hatte er gleich noch mal gesagt? Ach ja – Erwartungen führen zu Enttäuschungen. Am klügsten ist es, zu handeln, aber die Ergebnisse Gott zu überlassen. Das habe ich nicht ganz verstanden. Wie soll man motiviert werden, zu handeln, wenn man nichts erwartet? Sind Erwartungen denn nicht einfach nur Dinge, die man gern geschehen lassen möchte? Wenn man aufhört, sich Dinge zu wünschen, hört man dann nicht auch auf zu leben?

Ja, das ist das Erschreckende an dem Wissen, dass meine Zeit sich dem Ende zuneigt – ich blicke ständig zurück und hinterfrage alles. In letzter Zeit versuche ich, mir selbst gegenüber schonungslos ehrlich zu sein, obwohl mir manches von dem, was ich sehe, nicht gefällt und ich eigentlich nicht die Zeit habe, mich jetzt noch zu verändern.

Wenn ich darüber nachdenke, fürchte ich, dass ich ein sehr selbstbezogenes Leben geführt habe. Das wollte ich nicht, aber ich habe es getan. Doch wenn man mit dem Gefühl aufwächst, dass Sonne und Mond sich um einen drehen, ist es doch ganz natürlich, dass man das irgendwann einmal wirklich glaubt. Ich habe es nie geschafft, mich ernsthaft in andere Menschen hineinzuversetzen, ausgenommen vielleicht meine Kinder. Und das kam wahrscheinlich auch nur daher, weil ich sie als Erweiterungen meiner selbst betrachtet habe. Das ist eine sehr unangenehme, ja beschämende Wahrheit, aber ich fürchte, sie trifft trotzdem zu.

Ganz bestimmt habe ich nie versucht, mich in Amélie hineinzuversetzen. Der Rabbi hat mir vorgeschlagen, dass ich das einmal tun sollte, und auf seinen Vorschlag hin habe ich diese Reise unternommen. Allerdings fürchte ich, dass ich nicht hier bin, um mich in sie hineinzuversetzen, sondern weil ich es als Vorwand brauchte, um Antworten auf die Fragen zu erhalten, die seit Jahrzehnten an mir nagen. Um ehrlich zu sein, fürchte ich, dass ich ihr nicht verzeihen kann. Ich kann diese Frau nicht einmal anschauen, ohne dass der bittere Geschmack von Eifersucht und Neid in mir aufsteigt.

Obwohl ihre Haare zu lang für ihr Alter und schneeweiß sind, wirkt sie immer noch auf eine seltsam selbstbewusste Weise attraktiv. Ich würde lieber sterben, als einen grauen Haaransatz zu zeigen – ich sorge peinlich genau dafür, dass meine Haare blond bleiben –, aber bei ihr wirkt ihre natürliche Haarfarbe lebhaft und unbekümmert. Ihre Haare lassen sie aussehen, als wäre sie in ihrer inneren Einstellung jung geblieben. Sie wirkt, als wollte sie sagen: Alles an mir ist schön, nicht wahr? So war sie immer. So nervig. Und am schlimmsten ist wohl, dass ihr Selbstbewusstsein auch andere dazu verleitet, sie schön zu finden.

Aber schließlich hat sie auch den richtigen Teint für eine extreme Haarfarbe – diesen mediterranen Einschlag, wie Sophia Loren. Mit so einem Aussehen altert man gut. Einmal habe ich sie geringschätzig als dunkelhäutig bezeichnet, aber eigentlich ist ihr Teint eher olivfarben, und ihre Haut ist glatt und faltenlos. Sie hat nie viel Make-up getragen, aber mit ihren dunklen Augen und den dunklen Wimpern hat sie auch nicht viel gebraucht bis auf Lippenstift. Auch jetzt hat sie welchen aufgetragen, eine knallrote Farbe, die bei mir grell aussehen würde, bei ihr aber lebhaft wirkt.

Ich verüble es ihr, dass sie so mühelos attraktiv ist. Mein Aussehen benötigt ständige Pflege.

Ich verüble ihr auch ihren überbordenden Stil. Sie ist so unnötig dramatisch! Am meisten ärgert mich, dass es funktioniert. Man sehe sich nur dieses Appartement an. Es platzt aus allen Nähten mit all dem Zeug, das hier herumsteht und an den Wänden hängt. Aber statt vollgestopft und chaotisch und überladen zu wirken, wirkt es üppig und faszinierend, und – ja, ich muss es wohl oder übel zugeben – einladend; zum Beispiel das geschnitzte Schiff auf einem Beistelltisch oder diese kleine Skizze von einer nackten Frau in der Ecke. Ich beuge mich näher heran, um sie noch einmal zu betrachten. Ach du meine Güte – ist das etwa eine Zeichnung von ihr? Hat sie wirklich ihre Kleider ausgezogen, um dafür Modell zu stehen?

»Ich würde gern mehr darüber erfahren, wie du damals in dieser Stadt mit Jack gelebt hast«, sagt sie und lenkt meinen Blick von dem skandalösen Bild weg. »Ich würde gern wissen, wie er in seiner Jugend war. Wie es hier vor dem Krieg war.«

Sie greift nach einem Wasserglas, anmutig wie eine Ballerina, den Kopf gebieterisch erhoben wie eine Königin. Ihre Schönheit ist fließend, geht mir auf. Sie wird nicht von all den Fotos eingefangen, die in diesem Raum an den Wänden hängen. Sie drückt sich in ihren Bewegungen aus – und diese Frau scheint ständig in Bewegung zu sein. Ich beobachte sie, wie sie wieder in den Sessel zurücksinkt und den Kopf in einem enervierend herrischen Winkel neigt.

Am ärgerlichsten an ihrem herrischen Auftreten ist es, dass sie es nicht vorsätzlich zu tun scheint. Sie versucht nicht, herablassend zu sein, sie ist einfach – französisch.

»Wie haben du und Jack euch kennengelernt?«, fragt sie mit ihrem entzückenden Akzent. Herzlos überlege ich mir, ob sie ihn nicht eigens kultiviert. Nach siebzig Jahren in diesem Land – jawohl, ich zähle immer noch die Jahre – sollte sie die englische Sprache eigentlich akzentfrei beherrschen.

»Ich kann mich an keine Zeit erinnern, in der ich ihn nicht kannte«, sage ich ein bisschen steif.

Ihre Augen werden groß. »Wirklich?« Die Sehnsucht in ihrem Blick ist entwaffnend.

»Ja. Das hier war – und ist es heute noch – ein kleiner Ort.«

»Ach, ich weiß, ich weiß.« Ein reumütiges Lächeln huscht über ihr Gesicht. »Er war älter als du, nicht wahr?«

»Ja. Er war zwar nur ein Jahr älter, aber weil er die zweite Klasse übersprungen hat, war er in der Schule zwei Klassen vor mir. In dem Jahr, in dem er mich zum ersten Mal bemerkt hat, wechselte ich in die zehnte und er in die zwölfte Klasse.«

»Du hast ihn also schon früher bemerkt?«

»Selbstverständlich. Alle Mädchen schwärmten für ihn.«

»Ja.« Amélies Augen verschwinden fast in den Lachfältchen. »Ja, natürlich.«

Ich stelle fest, dass ich in ein Kaninchenloch stürze. Doch bei mir führt dieses Loch nicht ins Wunderland wie bei Alice, sondern zu zahllosen Erinnerungen. Das passiert mir in letzter Zeit immer häufiger. »In der Highschool waren wir alle in ihn verknallt. Ich glaube, das ging sogar einigen Lehrerinnen so.«

»Das wundert mich nicht.« Amélie schiebt ein angewinkeltes Bein unter sich, eine überraschend mädchenhafte und gelenkige Bewegung für eine Frau in den Neunzigern, auch wenn sie dazu eine Hand benutzen muss. »Erzähl mir mehr. Ich will alles wissen.«

Das Kaninchenloch lockt mich wie ein aufgeschlagenes Bett. Meiner Jugend einen Besuch abzustatten – dieser Verlockung kann ich tatsächlich nicht widerstehen. »Bis zu jenem Sommer habe ich ihn immer nur in der Kirche gesehen.«

»In der Kirche? Der Baptistenkirche?« Sie betont die zweite Silbe und spricht sie gedehnt aus. Ihre ausdrucksvollen Brauen schnellen hoch. »Du bist in dieselbe Kirche gegangen wie Jack?«

»Ja.« Es ist zwar kleinlich, aber es freut mich, dass ich Jack in einem Zusammenhang gekannt habe, der ihr fremd ist. Es verleiht mir ein Gefühl von … ach, ich weiß nicht. Macht vielleicht? Oder Eigentumsrecht? Nein, das klingt hässlich und boshaft. Ich versuche, all meine hässlichen, boshaften Gedanken abzustreifen.

Aber ich kann ja nichts dafür. Auch ich hatte ein Stück von Jack, er hat nicht nur ihr gehört. Zuerst hat er mir gehört.

»Erzähl mir, wie eure Liebesgeschichte angefangen hat.«

Warum sollte ich? Der Gedanke ist nicht angenehm, und die Antwort ist es auch nicht. Um das zu bekommen, was ich von ihr will, lautet sie.

Aber schließlich ist das der Anlass für die meisten Gespräche, oder? Zu bekommen, was man will. Das treibt die Menschen ein Leben lang an, und eigentlich ist daran nichts Verwerfliches.

Ich zögere, doch das ist nur eine Kunstpause. Ich will mich nicht zu rasch fügen, aber ich werde ihr erzählen, was sie wissen will. Vielleicht macht es mir ja sogar Spaß.

Ich versinke in dem prachtvollen Sofa und lasse meine Gedanken in die Vergangenheit eintauchen. Mühelos fange ich an zu reden, und bevor ich es recht weiß, ist es, als fielen die Jahre von mir ab und ich wäre wieder ein junges Mädchen.

1937

Ich war in jenem Sommer fünfzehn, erfüllt von unbekannten Regungen und romantischen Sehnsüchten und Schwärmereien für Filmstars. Meine Freundinnen und ich erlagen der Hollywoodfantasie der großen Liebe, und ich glaubte, dass ein Doppelgänger von Cary Grant mein Herz im Sturm erobern würde, wenn ich älter wäre.

Keiner in Wedding Tree kam auch nur entfernt in Frage, diese Fantasie wahr werden zu lassen – keiner bis auf Jack O'Connor. Als ich noch jünger war, besuchten Jack und seine Familie regelmäßig den Gottesdienst, aber nach dem Tod seines Vaters, also seit zwei Jahren, ging er nur noch gelegentlich in die Kirche. Mutter meinte, es käme daher, weil er so viel arbeiten müsse, um die kleine Farm seiner Familie zu unterhalten. Sie hatten Milchkühe und bauten Erdbeeren an. Jack hatte seit der Mittelstufe eine Freundin, eine hübsche Brünette namens Beth Ann Knutson, deren Vater die Farm neben der von Jack gehörte. Sie war protestantisch, weshalb ich die beiden selten zusammen sah.

Ich erinnere mich nur, dass ich an den Sonntagen, in denen er in der Kirche war, sehr unruhig war und ihn ständig anschauen musste. Er hatte kohlschwarze Haare – keine braunen, sondern richtig schwarze Haare – und strahlend blaue Augen, die mich regelrecht hypnotisierten. Er war groß und schlank, hatte dabei aber breite Schultern; Schultern, die aussahen, als trüge er ein Jackett, selbst wenn er keines anhatte. Seine Nase war sehr gerade, sein Kinn wurde durch ein kleines Grübchen akzentuiert, sein Adamsapfel war stark ausgeprägt. Das ließ ihn älter erscheinen, als er war. Und ich vermute, dass er damals tatsächlich schon sehr reif war für sein Alter. Er hatte nicht nur in der Schule die besten Noten, sondern er verdiente in den Zeiten der großen Depression den Lebensunterhalt für sich, seine Mutter und seine Schwester.

Die Wirtschaftskrise spielte in meinem Leben keine große Rolle. Die Praxis meines Vaters lief so gut wie eh und je. Die Leute werden in schlechten Zeiten genauso oft krank wie in guten. Ich wusste, dass Daddy manchmal ein paar Hühnereier statt Geld von seinen Patienten bekam, und meine Freundinnen redeten oft davon, dass ihre Eltern finanzielle Schwierigkeiten hatten, aber auf mein Leben wirkte sich die Flaute nicht aus.

Ich wusste nicht viel von Jack. Damals fand das neunte Unterrichtsjahr noch in der Junior Highschool statt, weshalb wir anfangs nicht dieselbe Schule besuchten. Ich sah ihn nur in der Kirche. Und die Aussicht, ihn zu sehen, machte mir den Kirchgang um einiges schmackhafter.

Sehr zum Verdruss meiner Mutter interessierte mich Religion nicht annähernd so stark wie die Liebe. Mutter glaubte, dass nur die Menschen, die sich öffentlich zu Jesus Christus als ihrem persönlichen Erlöser bekennen, in den Himmel kommen. In der Baptistenkirche von Wedding Tree bedeutete das, dass man vor der versammelten Gemeinde zu den Klängen einer Einladungshymne an den Alter treten musste. Und nicht nur das, es bedeutete auch, dass man sich vom Pastor vor der versammelten Gemeinde in dem gläsernen Taufbecken, das so groß war wie eine Badewanne, untertauchen lassen musste.

Meine besten Freundinnen hatten das mit zwölf hinter sich gebracht, nachdem sie im Sommer vor der siebten Klasse in einem kirchlichen Ferienlager gewesen waren. Ich hatte Mumps gehabt und konnte in jenem Sommer nicht mit ins Camp, sonst hätte ich den Tauchgang bestimmt zusammen mit meinen Schulfreundinnen über mich ergehen lassen.

Ich schreckte davor zurück, es allein zu tun, und zwar hauptsächlich deshalb, weil ich nicht die Einzige in der Kirche mit nassen Haaren sein wollte. Aus einem albernen, eitlen Grund riskierte ich, den Zorn Gottes auf mich zu lenken, oder auch – was damals für mich die größere Rolle spielte – meine Eltern zu enttäuschen. Aber je länger ich wartete, desto schwerer fiel es mir, mich taufen zu lassen.

Allerdings war ich nicht grundlos eitel. Ich hatte eine kleine, gerade Nase, große haselnussbraune Augen, einen für mein Alter recht entwickelten Busen und vor allem – was ich am wichtigsten fand – schulterlange, goldblonde Haare. Ich wusch meine Haare stets am Samstagabend, und meine Mutter half mir, sie um weiche Baumwollstreifen zu wickeln. Wenn ich die Locken am Sonntagmorgen ausbürstete, waren meine Haare genau so, wie sie sich jedes Mädchen wünschte. Wo ich ging und stand, bekam ich Komplimente wegen meiner Schönheit und vor allem wegen meiner Haare. Ich konnte es einfach nicht ertragen, öffentlich wie eine nasse Ratte dazustehen an einem Tag, an dem alle anderen ihre Haare sonntäglich frisiert hatten.

Also schob ich es vor mich hin, bei der Einladungshymne vorzutreten. Ein Jahr verstrich, die nächste Schülergruppe ging ins Ferienlager und ließ sich anschließend taufen, ein weiteres Jahr verstrich auf dieselbe Weise. Ich hätte einfach mit den anderen vortreten sollen, aber sie waren um einiges jünger als ich, und ich wollte auf gar keinen Fall so wirken, als sei ich ein bisschen zurückgeblieben.

Jeden Sonntag spürte ich, wie meine Mutter den Atem anhielt und mich hoffnungsvoll ansah. Mit jedem Sonntag, der sich seinem Ende zuneigte, spürte ich ihre wachsende Enttäuschung.

Es war sehr ungewöhnlich für mich, etwas, von dem ich wusste, dass meine Eltern es sich wünschten, nicht zu tun. Normalerweise bemühte ich mich sehr, es ihnen recht zu machen, und übertraf ihre Erwartungen in fast allen Bereichen. Ich war hübsch, ich war sympathisch, ich war höflich. Ich war eine gute Schülerin, ich war fröhlich und ordentlich. Ich half meiner Mutter beim Abspülen und besuchte zusammen mit ihr meine Großeltern; und wenn sie mich drängte, begleitete ich sie auf ihre Hausbesuche bei Daddys bettlägerigen Patienten.

Vielleicht drückte ich mich genau deshalb vor der Taufe. Vielleicht wollte ich in diesem einen persönlichen Bereich meines Lebens den Ton angeben. Oder vielleicht war ich auch nur ein übermäßig eitles und oberflächliches junges Mädchen.

Einmal sprach ich mit meinen Freundinnen nach der Schule darüber. Wir hatten uns alle auf mein Bett niedergelassen bis auf Minxy, die vor meiner Frisierkommode saß und mit ihren Haaren spielte.

»Ich finde, du solltest es einfach tun«, sagte Minxy.

»Ich begreife nicht, warum du es ständig aufschiebst«, sagte Darla. »Willst du denn nicht erlöst werden?«

Ich nickte, weil das die einzig akzeptable Antwort war, aber in Wahrheit war ich mir nicht sicher. Es klang jedenfalls nicht besonders spaßig.

»Wie habt ihr euch danach gefühlt?«, fragte ich.

»Tropfnass«, sagte Minxy.

»Und sauber«, fügte Helen hinzu. »Als ob alles, was ich je falsch gemacht hatte, weggespült worden war und ich völlig neu anfangen konnte.«

Wir schwiegen andächtig und dachten uns, dass Helen eine Tiefe hatte, die uns anderen fehlte.

»Du musst erlöst sein, um in den Himmel zu kommen«, erklärte Minxy und bürstete ihren Pony.

»Vergiss den Himmel.« Darla beugte sich zum Spiegel vor und zog eine sinnliche Scarlett-O'Hara-Schnute. »Du musst erlöst sein, wenn du in diesem Sommer auf die Missionsfahrt mitwillst, die von der Highschool veranstaltet wird.«

Minxy, Helen und ich wandten uns ihr zu. »Ist wieder eine Fahrt geplant?«

Darla nickte. Ihre Mutter arbeitete ehrenamtlich im Kirchensekretariat. Dadurch hatte sie oft Insider-Kenntnisse. »Die Highschool-Schüler fahren in einen kleinen Ort in Mississippi, um dort bei der Renovierung der alten Kirche zu helfen, und wir übernachten in einem Kirchenlager ganz in der Nähe. Als zukünftige Zehntklässler dürfen wir mitfahren.«

»Juhu!« Helen machte vor Freude einen Luftsprung.

»Aber man muss ein getauftes Mitglied der Kirche sein«, sagte Darla. »Das ist eine der Voraussetzungen.«

»Nur Mädchen, oder auch Jungs?«, fragte Minxy.

»Sowohl als auch«, erwiderte Darla.

»Oh, wow!«, meinte Helen andächtig. »Ob Jack O'Connor wohl auch mitfährt?«

»Oho, der schöne Jack«, sagte ich.

»Das glaube ich nicht.« Minxy glättete ihre Haare vor dem Spiegel. »Mein Vater hat gesagt, dass ihre Farm bald untergehen wird.«

»Unter was denn?«

»Wirtschaftlich, meinte er. Sie haben eine Hypothek auf ihr Land aufgenommen, und jetzt will die Bank den Schuldschein annullieren.«

»Was bedeutet das?«, fragte Darla.

»Das bedeutet, dass sie Geldprobleme haben«, erklärte Minxy.

»Ich will von Geldproblemen nichts mehr hören«, sagte Darla.

»Ich auch nicht.« Helen nickte. »Meine Eltern reden von nichts anderem. Im Übrigen ist Jack vergeben.«

»Nicht mehr«, erklärte Minxy mit einer gewissen Autorität in der Stimme. »Beth Ann und ihre Familie sind vor ein paar Monaten nach Iowa oder so umgezogen. Vielleicht sucht er sich auf dieser Kirchenfahrt ja eine neue Freundin.«

Meine Gedanken verhakten sich bei dieser Information. Um mich herum ging das Gespräch weiter.

»Ach, übrigens, was sagt ihr zu James? Er wird dieses Jahr Quarterback!«, verkündete Helen.

»Ja. Und was ist mit Leon?«

»Oh, der große Leon!«

Während meine Freundinnen die Vorzüge sämtlicher Jungs entsprechenden Alters aus unserer Gemeinde erörterten, konnte ich nur noch an eines denken: Es war Zeit, den schweren Gang anzutreten.

Am folgenden Sonntag erhob ich mich beim ersten Vers der Einladungshymne und durchquerte den Mittelgang. Strahlend umfasste Pastor Hasten meine Hand.

»Brüder und Schwestern in Christus«, verkündete er der Gemeinde, als das Lied zu Ende war, »die Gebete von Katherine Thompsons Familie und ihren Freunden wurden erhört. Endlich hat sie Jesus Christus als ihren persönlichen Retter und Erlöser angenommen.«

Endlich? Als hätte ich ein langes, verderbtes Leben geführt. Meine Wangen brannten. Hatte meine Verweigerung dazu geführt, dass die Leute hinter meinem Rücken über mich tuschelten? Ich war beschämt. Und um meine Scham auf die Spitze zu treiben, musste ich nach dem Gottesdienst vor der Kirche stehen, während die gesamte Gemeinde an mir vorbeiging, mir die Hand schüttelte und mir zu meinem Entschluss gratulierte.

Nur eines machte mir die Sache leichter: dass die Highschool-Schüler ebenfalls zu mir traten – auch Jack. Meine Güte, er sah wirklich wahnsinnig gut aus! Mit einem Blick, in dem ein Stückchen Himmel lag, schaute er mir direkt in die Augen. Meine Knie wurden weich.

»Herzlichen Glückwunsch«, sagte er. »Es war klug von dir, so lange zu warten, bis du alt genug warst, um dir deiner Entscheidung sicher zu sein.«

Vor lauter Verblüffung brachte ich nur ein Nicken zustande. Danach schüttelte ich bestimmt noch ein Dutzend weitere Hände, aber meine Finger brannten immer noch von seiner Berührung.

»Das war alles? Das war euer romantischer Augenblick?« Amélies Miene wirkt ungläubig.

»Das war der Moment, als es anfing«, sagte ich. »Später hat mir Jack erzählt, dass er mich in diesem Moment zum ersten Mal richtig wahrgenommen hat. Davor hat er mich immer nur für ein Mädchen aus der Junior High gehalten, die wie ihre Clique von Freundinnen nicht wusste, was sie wollte. Aber ich bin ganz allein an den Altar getreten, und das hat ihm gezeigt, dass ich nicht so hohl war.«

»Aber im Grunde warst du das damals doch.« Amélie kann manchmal wirklich sehr direkt sein. »Du hast mir doch gerade erzählt, dass du es nur getan hast, um an der Schulfahrt teilnehmen zu können.«

Diese Frau ist wirklich lästig. Ich winke ab. »Entscheidend für unsere Liebesbeziehung war, dass Jack anderer Meinung war. Und ich wollte dem, was er von mir dachte, gerecht werden.« Das war tatsächlich ein grundlegender Teil meiner Beziehung zu Jack gewesen. Er brachte mich dazu, ein besserer Mensch sein zu wollen–die Person sein zu wollen, für die er mich hielt.

»War Jack denn da, als du getauft wurdest?«

»Nein, zum Glück nicht. Wegen seiner Farm konnte er nicht jeden Sonntag in die Kirche gehen. Aber am Sonntag danach trat er nach dem Gottesdienst zu mir und sagte Hallo. Er meinte, er würde gern mit meinem Vater sprechen, weil er Arzt werden wolle, und ob mein Vater wohl etwas dagegen hätte, wenn er ihm ein paar Fragen stellte.

›Oh nein, sicher nicht. Er würde sich bestimmt sehr gern mit dir unterhalten‹, erwiderte ich.

Ich brachte ihn gleich zu meinem Vater, und sie gaben sich die Hand. Daddy erinnerte sich an Jack von einer früheren Begegnung, als Jack einem kranken Freund geholfen hatte.

›Ich würde gerne Arzt werden, und darüber würde ich sehr gern mal mit Ihnen reden, wenn Sie Zeit haben‹, sagte Jack.

Und einfach so«, ich schnipse mit den Fingern, »lud Daddy ihn ein, doch gleich zum Mittagessen zu uns nach Hause zu kommen. Leider konnte Jack nicht kommen, er musste seine Schwester heimbringen.

›Warum fährt sie nicht mit deiner Mutter?‹, fragte ich.

›Mutter ist mit Mr Brandon in der Methodistenkirche. Die beiden gehen miteinander.‹

›Deine Mutter und der Bankangestellte?‹ Ich konnte es kaum glauben, dass Leute in dem Alter noch an einer Liebesbeziehung interessiert waren.

›Na, dann kannst du ja vielleicht später noch vorbeikommen‹, meinte Daddy fragend. ›Wir unterhalten uns ein bisschen, und dann kannst du mit uns zu Abend essen.‹

›Sehr gern‹, sagte Jack. ›Wirklich sehr gern.‹«

1937

Drei meiner Freundinnen kamen vorbei, um mir zu helfen, mich auf Jacks Ankunft vorzubereiten, ganz so, als hätten er und ich eine richtige Verabredung.

»Du musst älter ausschauen«, sagte Minxy. »Mach was mit deinen Haaren.«

»Nein«, widersprach Helen. »Du solltest nicht so ausschauen, als würdest du versuchen, ihn zu beeindrucken.«

»Wenn er redet, musst du viele Fragen stellen«, meinte Carol. »Du solltest so tun, als wäre alles, was er sagt, absolut spannend.«

Letztlich behielt ich einfach mein Sonntagskleid an und ließ meine Haare so, wie ich sie am Morgen frisiert hatte. Schließlich bemühte ich mich jeden Sonntag darum, besonders hübsch auszusehen.

Am Esstisch saß ich ihm gegenüber. Mein Magen war wie zugeschnürt, ich bekam kaum einen Bissen herunter, während er und mein Vater redeten und redeten. Sie redeten über Colleges, über die einzelnen Fachgebiete, über die medizinischen Fakultäten. Ab und zu versuchte meine Mutter, ein anderes Thema anzuschneiden.

»Nun, Jack, was ist denn dein Lieblingsfach in der Schule?«, fragte sie.

»Ich würde sagen, Biologie«, erwiderte Jack. »Obwohl mir Chemie auch sehr viel Spaß macht.«

Das war das erste – und vielleicht einzige – Mal, dass ich die Worte Chemie und Spaß aus dem Mund eines Highschool-Schülers in ein und demselben Satz hörte.

»Das waren auch meine Lieblingsfächer«, sagte Daddy. »Chemie ist die Grundlage für alles.«

»Besonders spannend finde ich die Elektrochemie«, sagte Jack.

»Ach, mir geht es genauso«, sagte Daddy. »Mit Elektrophorese kann man eine Menge aufregender Dinge tun.« Woraufhin er sich ausgiebig über dieses Thema ausließ.

Ein paar Minuten später wagte es Mutter, sich abermals in das Gespräch einzumischen. »Jack, warst du denn in letzter Zeit mal im Kino? Kat hat gerade *Topper* gesehen und war ganz begeistert.«

»Ich fürchte, für so etwas habe ich keine Zeit«, erwiderte Jack höflich.

»Aber ein bisschen Freizeit musst du doch haben. Was machst du denn in deiner freien Zeit?«

»Nun, ich lese«, antwortete Jack.

»Kat liest auch sehr gern«, sagte Mutter. Gott segne sie, ihr war klar, dass ich von Jack hin und weg war, und sie versuchte, mich ein wenig zu unterstützen. In Wahrheit las ich kaum etwas bis auf Zeitschriften. »Welche Bücher liest du denn gern?«

»Alles, was ich über Anatomie, Physiologie und Medizin finden kann«, erwiderte er. »Aber ich fürchte, das Angebot der Bücherei habe ich ausgereizt.«

»Ach, in meinen Regalen stehen zahllose Lehrbücher und medizinische Fachzeitschriften«, sagte Daddy. »Die kannst du dir gern ausleihen.«

Nach dem Essen half ich Mutter beim Aufräumen, während Daddy und Jack in der Bibliothek meines Vaters verschwanden. Nach einer Weile klopfte Mutter an die Tür und fragte, ob Jack sich nicht zu einer Limonade und ein paar Keksen zu mir auf die Veranda setzen wolle.

Er stimmte sofort zu. Gemeinsam blätterten wir durch eines der Bücher, die Daddy ihm geliehen hatte. Jack blieb bei einem Diagramm des Nervensystems hängen, und ich tat so, als würde ich dem folgen, was er mir erzählte. In Wahrheit war ich zufrieden damit, einfach neben ihm zu sitzen und ihm zuzuhören.

In der folgenden Woche brachte Jack die Bücher zurück, und Vater lieh ihm ein paar weitere. Sie redeten über zwei Stunden miteinander, und dann aß Jack wieder mit uns zu Abend. Und wieder scheuchte Mutter Jack und mich anschließend auf die Veranda.

Es wurde zu einem richtigen Sonntagsritual. Er und Daddy sprachen stundenlang über Medizin, und dann gingen Jack und ich auf die Veranda und blätterten durch eines der ausgeliehenen Bücher.

Ich wusste, dass Jack uns besuchte, weil er sich gern mit Daddy unterhielt, aber ich vermutete, dass er auch mich ein wenig mochte. Mehrmals ertappte ich ihn dabei, wie er mich anschaute, wenn er dachte, dass ich es nicht merkte. Allerdings befürchtete ich, dass er glaubte, ich wäre zu jung für ihn.

Auf das Drängen meiner Freundinnen hin beschloss ich, das Thema direkt anzusprechen. Wir saßen nebeneinander auf der Verandaschaukel. Ich hatte einen seidenbespannten Fächer in der Hand. »Am nächsten Sonntag findet das Picknick zum Vierten Juli statt«, sagte ich. »Nimmst du jemanden mit?«

In Wedding Tree bedeutete es, dass man ein Paar war, wenn man mit jemandem zu einem lokalen Fest ging. Seine Ohrenspitzen färbten sich rot.

»Ich – äh – ich habe noch nicht darüber nachgedacht.«

»Na ja, die Zeit wird knapp.«

Er sah mich an. »Willst du damit andeuten, dass ich dich fragen sollte?«

Ich wandte den Blick ab, denn ich war etwas verblüfft über seine direkte Art. »Möglicherweise.«

»Findest du nicht, dass du ein bisschen zu jung bist, um mit jemandem aus der zwölften Klasse auszugehen?«

»Du bist bloß deshalb in der zwölften Klasse, weil du in der Grundschule eine Klasse übersprungen hast. Du bist nur ein Jahr älter als ich.« Ich wedelte mir mit meinem Fächer Luft zu. »Mein Daddy ist fünf Jahre älter als Mutter.«

»Hm«, sagte er.

»War dein Vater nicht auch älter als deine Mutter?«

»Acht Jahre.« Er starrte auf den bemalten Holzfußboden. »Ich frage mich oft, ob das einer der Gründe war, weshalb sie nicht so gut miteinander ausgekommen sind.«

Das war mir neu. »Taten sie das nicht?«

Er schüttelte den Kopf. »Sie waren zu verschieden. Mutter war an ein luxuriöses Leben in Charleston gewöhnt, und Pop war ein Farmer, der für sein Geld immer schwer schuften musste.«

»Das klingt eher nach einem unterschiedlichen Lebensstil als nach unterschiedlichem Alter.«

»Vermutlich war das ein Teil ihrer Probleme.«

»Na ja, du und ich haben dieses Problem nicht.«

Seine Augen blitzten amüsiert auf. »Ach nein?«

»Nein. Wir sind in demselben Ort aufgewachsen, wir gehen in dieselbe Kirche, und wir waren auf derselben Schule.«

»Abgesehen davon, dass ich jetzt in der Oberstufe bin und du in der Mittelstufe.«

»Das bin ich nicht. Im Herbst komme ich in die Oberstufe, besuche also dieselbe Schule wie du. Und ich bin sehr reif für mein Alter. Das sagen alle.«

»Ach ja?« Er lächelte mich an. Seine blauen Augen lächelten mit.

»Jawohl.«

»Denken denn deine Eltern, dass du alt genug bist, um mit einem Jungen auszugehen?«

Ich hatte keine Ahnung. Mich hatte bisher noch keiner um eine Verabredung gebeten, aber das wollte ich ihm natürlich nicht auf die Nase binden. »Selbstverständlich.«

»Na ja, wenn du schon so alt und reif bist, würdest du dann gern mit mir zum Picknick am Vierten Juli gehen?«

Ich bin mir sicher, dass ich bis über beide Ohren grinste. Ich hatte das Gefühl, dass die Sonne bis in mein Herz drang. »Jack Bradford O'Connor, das würde ich mit dem größten Vergnügen tun.«

»Jack war immer sehr direkt, dabei aber auch sehr charmant«, sagt Amélie und holt mich damit aus meinen Erinnerungen. »Es ist interessant, dass er selbst mit sechzehn schon so war.«

Das sieht ihr wieder mal ähnlich – mich daran zu erinnern, dass Jack den größten Teil seines Erwachsenenlebens ihr gehört hat. Ich recke das Kinn nach vorn. »Später hat er mir einmal gesagt, dass es die beste Entscheidung seines Lebens war, mich auf dieses Picknick einzuladen.«

Amélie sagt nichts dazu. Wahrscheinlich fragt sie sich, ob Jack gedacht hat, dass es eine noch bessere Entscheidung war, sie zu heiraten. Ich hoffe, dass das nicht so war. Ich hoffe, dass nichts, was die beiden jemals geteilt haben, an die wonnige Erregung der ersten Liebe herankam, wie Jack und ich sie erlebten.

Aber das muss ich herausfinden. Ich muss herausfinden, was passiert ist. »So hat unsere Romanze also begonnen. Und jetzt erzähl mir, wie eure anfing.«

»Dazu wollte ich noch kommen.«

Ich winke ab. »All das Hintergrundwissen über dein Leben vor dem Krieg brauche ich wirklich nicht.«

»Oh doch, das brauchst du. Ohne dieses Wissen ergibt nichts einen Sinn.«

»Ich bin mir ziemlich sicher, dass ich es auch ohne verstehen kann.«

Sie neigt den Kopf. »Entweder erzähle ich es dir so, wie ich es für richtig halte, oder gar nicht.«

Ich hätte mir denken können, dass sie Schwierigkeiten macht. »Na gut, na gut«, seufze ich. »Erzähl weiter.«

5
Amélie, 1939

Atemlos, weil ich mich so beeilt hatte, kam ich am nächsten Nachmittag im Lesesaal der Bibliothek in der Sorbonne an. Ich blieb im Eingangsbereich stehen, um mich zu sammeln. Der Raum sah mit seinen hohen Decken, den vielen üppigen Schnitzereien und den langen Tischen, die wie Chorgestühl wirkten, eher wie das Innere eines Doms aus als ein Studiensaal. Die Wände waren mit grünem Seidendamast bespannt, die Decken mit goldenem Stuck verziert. Vorne hingen drei riesige Gemälde von großen Denkern der Welt hinter einem Bogengang, der aussah wie eine Kanzel. Selbst die Stille in diesem Raum erinnerte an eine Kirche. Es fehlten nur das Kreuz und der Altar.

Joshua saß am Ende eines Tisches neben einem riesigen Sprossenfenster, beleuchtet von der untergehenden Sonne.

Er war nicht besonders attraktiv, und er war mit Sicherheit nicht gut gekleidet. An jenem Tag trug er einen handgestrickten Pullover aus rauer, ungefärbter Wolle, und die Manschetten seines Hemdes waren fadenscheinig. Aber etwas an ihm–seine Haltung, seine breiten Schultern, sein dichtes, widerspenstiges Haar – ließ meinen ganzen Körper erregt kribbeln.

Als er mich sah, stand er auf. »Du bist hier«, sagte er in gedämpftem Ton.

»Du auch«, erwiderte ich lahm. Mein Herz pochte wild. Er zog den Stuhl neben dem seinen hervor, und ich ließ mich darauf nieder, dankbar, dass ich nicht mehr auf meinen plötzlich so wackeligen Beinen stehen musste.

Er schlug das Buch zu, das er gerade gelesen hatte. »Auf welche Schule gehst du denn?«

Ich war geknickt, dass er mich nicht für eine Studentin hielt. Nach der Schule war ich nach Hause geeilt und hatte meine

Schuluniform rasch gegen ein Alltagskleid ausgetauscht; denn ich wollte ihn nicht wissen lassen, dass ich noch das Lyzeum besuchte. »Ich glaube nicht, dass ich dir das sagen sollte«, erwiderte ich in einem, wie ich hoffte, koketten Ton. »Du hast mich doch gewarnt, dass ich aufpassen soll, was ich sage.«

»Nur, wenn du glaubst, dass du damit jemanden belastest.« Seine braunen Augen funkelten belustigt. »Befürchtest du, dass du dich selbst belastest?«

Ich lief rot an. »Natürlich nicht.«

Sein Blick blieb an mir haften. »Ich vermute mal, du willst nicht, dass ich weiß, wie jung du bist.«

»Das stimmt nicht.«

»Nein? Wie alt bist du denn?«

»Achtzehn.«

»Du bist eine schlechte Lügnerin.« Er musterte mich von oben bis unten. »Ich glaube, du bist nicht älter als vierzehn.«

»Vierzehn!« Das Wort kam als empörtes Quietschen heraus, viel lauter, als ich vorgehabt hatte.

»Aha.« Er grinste. Dieser Ausdruck veränderte sein Gesicht komplett. »Du hast dich soeben verraten. Wenn du achtzehn wärst, hättest du es lustig gefunden, dass ich dich so jung einschätze, und wärst nicht beleidigt gewesen. Meine echte Vermutung läuft darauf hinaus, dass du ungefähr sechzehn bist.«

Und dabei hatte ich mich doch so angestrengt, weltgewandt und raffiniert zu wirken. Ich nickte zögernd.

»Es ist schon in Ordnung«, sagte er. »Ich bin auch erst siebzehn.«

»Wirklich? Du wirkst viel älter.«

Seine Lippen wurden schmal. »Ich fühle mich auch älter.«

»Wegen der Dinge, die in Österreich passiert sind?«

»Deswegen, und wegen der Dinge, die bald hier passieren werden.«

»Taisez-vous!«, befahl der Aufseher, ein großer, dürrer Mann, der im Raum auf und ab lief und darauf achtete, dass niemand die Bücher schlecht behandelte oder die Grabesstille störte.

»Gehen wir einen Kaffee trinken?«, flüsterte Joshua.

»D'accord.«

Er hängte sich die Büchertasche über die Schulter, nahm meinen Ellbogen und führte mich zum Ausgang.

Bei der Berührung seiner Hand auf meinem Arm zuckte ich zusammen. Es war eine solch männliche, besitzergreifende Geste. Er hat die Manieren eines Jungen aus gutem Hause, hätte meine Mutter gesagt.

Draußen war es kalt. »Woher hast du gewusst, dass ich bei meinem Alter geschwindelt habe?«

»Abgesehen davon, wie jung du aussiehst?« Er grinste mich an, während er mich an einem Radfahrer vorbeiführte.

»Ja.«

»Du hast alle Anzeichen gezeigt, die auf die Unwahrheit hinweisen.«

»Zum Beispiel?«

»Deine Stimme hat sich verändert. Du hast den Blick abgewendet und mir nicht mehr in die Augen geschaut. Du hast die Schultern gestrafft und das Kinn vorgereckt.«

»Woher weißt du, dass man nach solchen Anzeichen Ausschau halten muss?«

Er zuckte mit den Schultern. »Ein paar Veteranen aus dem Ersten Weltkrieg haben mir Dinge beigebracht, die nützlich sein werden, wenn die Deutschen einmarschieren.«

»Aber warum …«

»So viele Fragen!«, fiel er mir lächelnd ins Wort. »Jetzt bin ich an der Reihe, dir ein paar Fragen zu stellen.«

»Na gut«, sagte ich, weil ich merkte, dass ich ihn, seit wir die Bibliothek verlassen hatten, wirklich mit Fragen gelöchert hatte. »Was würdest du denn gern wissen?«

»Zuallererst, wie es dazu kommt, dass du das Glück hast, von Professor Chaussant unterrichtet zu werden.«

Als Glück hätte ich die grausamen, zwei Mal die Woche stattfindenden Unterrichtsstunden wahrhaftig nicht bezeichnet, aber das wollte ich ihm natürlich nicht auf die Nase binden. »Unsere

Familien sind eng befreundet. Wir wohnen in derselben Straße, und mein Vater ist ebenfalls Professor an der Sorbonne. Daher erteilt mein Vater Yvette Chaussant, meinen Brüdern und mir Englisch- und Deutschunterricht, und Professor Chaussant unterrichtet uns in höherer Mathematik. So geht das schon seit etlichen Jahren.«

»Ach, dann sprichst du also Deutsch? Das kann sehr nützlich sein, wenn sie dieses Land einnehmen.«

»Dazu wird es nicht kommen«, erwiderte ich zuversichtlich. »Hitler hat uns den Frieden angeboten.«

Er schnaubte abfällig. »Der will nur, dass Frankreich nicht so wachsam ist, damit er euch überrumpeln kann. Sie werden angreifen, da kannst du dir sicher sein.«

Unser Gespräch stockte, als wir in ein schäbiges Café traten. Wir setzten uns an einen kleinen Fenstertisch und bestellten zwei Tassen Kaffee. »Warum bist du dir so sicher, dass Deutschland angreifen wird?«

»Weil Hitler gnadenlos ist. Er will die ganze Welt erobern.«

»Keiner kann die ganze Welt erobern.«

»Tja, er denkt, dass er das kann. Deshalb ist er auch so gefährlich. Er ist ein Irrer – beispiellos in seinem Wahnsinn. Und weil er glaubt, dass es machbar ist, wird er vor nichts zurückschrecken.«

Ich konnte mir gut vorstellen, dass Hitler womöglich verrückt war, aber das war keine Erklärung für das deutsche Heer. »Wie hat ein Irrer es geschafft, sein ganzes Land zusammen mit ihm verrückt werden zu lassen?«

»Es ist über viele Jahre hinweg passiert. Deutschland hatte es nach dem Ersten Weltkrieg sehr schwer. Die Deutschen waren geschlagen und gedemütigt worden. Hitler bietet ihnen ein Gefühl von Stolz und Sinn an. Nachdem sie jahrelang die Verlierer waren, kaufen die Deutschen ihm jetzt sehr eifrig die Botschaft ab, die er ihnen einimpft.«

»Und die lautet?«

»Dass sie die Eroberer sind und nicht die Eroberten. Dass sie es verdient haben, das Kommando zu übernehmen.«

»Selbst wenn die Deutschen angreifen – alle sagen, dass sie die Maginot-Linie auf keinen Fall überwinden können«, sagte ich. »Frankreich hat sie seit dem Ersten Weltkrieg befestigt und verstärkt.«

»Ich hoffe, dass du recht hast, aber ich fürchte, du irrst dich.«

»Warum bist du nach Paris gekommen, wenn du glaubst, dass die Deutschen auch in Frankreich einmarschieren werden?«

Er trank einen Schluck Kaffee. »Wir wussten nicht, wohin wir uns sonst wenden sollten.«

»Wer ist wir?«

»Meine Mutter und ich. Die Deutschen haben meinen Vater ermordet, kurz bevor wir weggehen wollten.«

Es klang wie etwas, das in einem Film geschieht, nicht wie etwas, das einem Menschen passiert war, den ich kannte. »Oh, das tut mir aber schrecklich leid. Warum haben sie ihn getötet?«

»Wir sind Juden.«

Er sah mich mit seinen klaren braunen Augen an, und ich spürte, dass er wissen wollte, wie ich auf diese Feststellung reagierte. Ich wusste nicht viel über die Juden, abgesehen davon, dass die Deutschen sie hassten und dass meine Eltern sie bemitleideten, weil sie viel zu leiden hatten.

»Das war Jesus auch«, sagte ich.

Er lachte. »Ganz genau. Das haben die Deutschen jedoch offenbar vergessen.«

»Warst du dabei, als dein Vater …«

»Bitte!«, unterbrach er mich und hob die Hand. »Ich möchte nicht darüber reden.«

Das war eines der großen Mysterien, über die Yvette und ich uns immer wieder den Kopf zerbrochen hatten – worüber redete ein Mädchen mit einem Jungen? Schmerzhafte Themen gehörten offenbar nicht dazu.

»Entschuldige«, sagte ich ein wenig verstimmt. »Ich wollte dir nicht zu nahe treten.«

»Schon gut.« Er nahm einen weiteren Schluck Kaffee. »Erzähl

mir doch noch etwas über deine Familie und eure Freundschaft mit den Chaussants.«

Also tat ich es. Ich redete über meine Mutter, meinen Vater und meine Brüder, und auch über meine enge Freundschaft mit Yvette.

Er beugte sich zu mir. »Ist Yvette diejenige, die mit Herman Beck getanzt hat?«

»Ja.«

»Ich hoffe, dass sie so vernünftig ist, ihn nicht wiederzusehen.«

Ich stellte meine Tasse klirrend auf der Untertasse ab. »Warum? Ist er einer der Spione, vor denen du mich gewarnt hast?«

Er senkte die Stimme. »Ich weiß nur, dass er mit allen möglichen Widerlingen in Verbindung steht, und viele von ihnen verkaufen einem alles – Informationen, Hehlerware, Menschen, solange man genügend Geld dafür bezahlt.«

»Was soll das heißen, sie verkaufen Menschen?«

»Prostituierte, arglose Frauen, junge Mädchen wie dich, manchmal auch Kinder.«

»Warum tun sie das?«

Er verzog das Gesicht. »Kannst du dir das nicht denken?«

Ich zögerte. Ich wollte zwar nicht naiv wirken, aber ich wusste es wirklich nicht.

Seine Lippen wurden schmal. Er beugte sich noch ein wenig näher zu mir vor. Seine Stimme war kaum mehr als ein Flüstern. »Es gibt Männer, denen es Spaß macht, anderen wehzutun. Es gibt Männer, die mit Kindern schreckliche Dinge anstellen.«

»Wirklich?«, ächzte ich schockiert. Ich hatte wahrhaftig noch nie von solchen Dingen gehört oder auch nur daran gedacht.

»Ich fürchte, ja.« Er sah mich an. »Ich sehe es dir an, dass Yvette vorhat, ihn zu treffen. Wann hat sie das vor?«

»Heute Abend«, gestand ich unwillkürlich. »Er – er wollte ein Auto vorbeischicken, mit dem sie abgeholt werden sollte.«

»Will sie denn mit ihm Verkehr haben?«

»Natürlich nicht!« Ich lief dunkelrot an. »Sie möchte tanzen und flirten und – na ja, ihn vielleicht auch mal küssen.« Schon allein das Wort küssen war mir schrecklich peinlich.

»Er ist kein Mann, der sich mit einem Flirt und einem Kuss zufrieden gibt. Du musst ihr unbedingt sagen, dass sie nicht gehen soll.«

Meine Haut fühlte sich an, als wäre eine Kakerlake darüber gekrochen. »Aber er wirkte doch so nett und anständig …«

»Wie, glaubst du, schauen böse Menschen aus? Sie haben keine Hörner wie Teufel. Sie sehen völlig normal aus, und sie können sehr nett wirken, vielleicht sogar überdurchschnittlich nett.«

»Bist du dir sicher, dass Herman böse ist?«

Er zog die Schultern hoch. »Ich kenne nur eine Menge Gerüchte über ihn. Aber meiner Erfahrung nach sind Gerüchte wie Fliegen; wenn sie umherschwirren, dann normalerweise um etwas Verdorbenes.«

»Ich werde Yvette warnen, dass sie heute Abend zu Hause bleiben soll.«

»Das reicht nicht«, sagte Joshua. »Du musst sie aufhalten.«

Wir tranken rasch unseren Kaffee aus, und er begleitete mich zur nächsten Ecke. »Hier biege ich ab«, erklärte ich.

»Kann ich dich wiedersehen?«, fragte er.

»Sehr gern.«

»Morgen Nachmittag habe ich Vorlesungen, aber übermorgen habe ich bis um fünf frei. Kannst du mich wieder zur selben Zeit am selben Ort treffen?«

Ich nickte und hielt ihm meine Wange für das traditionelle Abschiedsküsschen hin, aber er blieb einfach nur verlegen stehen. Ich richtete mich wieder auf und winkte. »À bientôt«, sagte ich und eilte davon.

Ich begab mich direkt zu Yvette. Ihre Mutter ließ mich herein, und ich ging in ihr Zimmer, wo sie sich gerade für ihr Rendezvous herrichtete.

Rasch erzählte ich ihr, was Joshua gesagt hatte.

Sie sank auf ihr Bett und drückte sich das Kissen an die Brust. »Oh, mon Dieu!«

»Du kannst nicht gehen.«

»Aber woher wissen wir, dass Joshua recht hat? Vielleicht sieht er ja nur überall Gespenster?«

»Yvette, es ist einfach zu riskant. Du kannst nicht in das Auto eines Mannes steigen, der in Prostitution oder noch Schlimmeres verwickelt ist.«

»Aber er wirkte doch so nett!«

»Yvette, denk darüber nach. Was will ein Mann seines Alters von einem jungen Mädchen wie dir?«

»Ich sehe nicht so jung aus. Ich habe ihm gesagt, dass ich einundzwanzig bin.«

»Ich bezweifle, das er dir das abgenommen hat. Schließlich bist du an einem Tisch mit lauter jungen Mädchen gesessen, die so alt aussehen wie ich.«

Sie betrachtete mich lange, dann seufzte sie resigniert. »Vermutlich hast du recht.« Sie legte sich quer auf ihr Bett. »Aber ich habe mich so darauf gefreut.«

»Ich weiß, Yvette, aber es geht nicht.«

Sie starrte die Decke an. »Ich langweile mich schrecklich. Es wäre mir beinahe lieber, mir etwas Ärger einzuhandeln, als mich so zu langweilen.«

»Aber nicht solchen Ärger.«

»Nein.« Sie stieß einen weiteren Seufzer aus und drehte sich auf den Bauch. »Nein, du hast recht.«

Ich legte mich neben sie. »Soll ich Joshua mal fragen, ob er noch andere Jungs kennt?«

Sie schüttelte den Kopf. »Jungs interessieren mich nicht besonders. Herman hat mir gefallen, weil er erwachsen ist.« Sie zupfte an einem Faden ihres Bettüberwurfs, dann bedachte sie mich mit einem seitlichen Blick. »Weißt du, wen ich wirklich gern sehen würde?«

»Wen?«

»Pierre.«

»Meinen Bruder Pierre?« Meine Brauen schossen in die Höhe.

Sie schien völlig fasziniert von dem Faden des Bettüberwurfs. »Ja.«

Ich war überrascht und gleichzeitig ein wenig bestürzt.

»Ich schreibe ihm«, gestand sie.

»Ach ja?«

Sie nickte. »Und er antwortet mir. Zwei Briefe die Woche.«

»Zwei Briefe! So viele schickt er uns nicht.«

Lächelnd hob sie die Schultern.

»Was schreibt er denn so?«

»Dasselbe, was er auch euch schreibt.« Ihr Blick war immer noch auf den Bettüberwurf gerichtet. »Und außerdem schreibt er über seine Gedanken und Gefühle.«

»Pierre hat Gedanken und Gefühle?«

»Selbstverständlich. Er ist ein sehr feinfühliger Mann.«

Ein Mann? Seit wann war Pierre ein Mann? »Dann – dann magst du ihn also?«

»Ja. Ja, ich glaube schon.«

Diese Wendung war eine Überraschung für mich, wenn auch keine angenehme. »Ist denn zwischen euch etwas gewesen, bevor er weg ist?«

»Nein …« Sie klang so zögerlich, dass ich nicht anders konnte, als weiter zu fragen.

»Nein, aber …?«

Sie wich noch immer meinem Blick aus. »Na ja, in den letzten Monaten, bevor er weg ist, habe ich mich ein bisschen in ihn verliebt.«

Warum wusste ich nichts davon? Vielleicht, weil ich es nicht wissen wollte. Die Vorstellung von meiner besten Freundin mit meinem Bruder behagte mir nicht. Das hatte Yvette wahrscheinlich geahnt, denn sonst hätte sie mir davon erzählt.

»Und jetzt? Ist jetzt etwas zwischen euch?«

»Nein. Na ja, vielleicht. In die Richtung geht es schon.« Sie lächelte. »Er findet mich hübsch, aber er hat mich nicht wirklich als Freundin in Betracht gezogen, weil ich deine beste Freundin bin und um einiges jünger als er.«

Stimmt, dachte ich.

»Ich habe ihm geschrieben, dass wir ja nur zwei Jahre auseinander sind, was wirklich nicht viel ist. Und dass ich deine beste Freundin bin, ist ebenfalls kein guter Grund, warum ich nicht seine Freundin sein kann.« Sie wickelte sich eine Haarsträhne um den Finger. »Ich habe ihm gesagt, dass du nichts dagegen hast. Das hast du doch nicht, oder?«

Doch, das hatte ich sehr wohl, aber warum das so war, konnte ich mir selbst nicht erklären. »Ein bisschen seltsam ist es schon.« Ich konnte nicht sagen, wie es mir damit ging. Ich fühlte mich übergangen, vielleicht auch an den Rand gedrängt, auf alle Fälle verwirrt.

Ein weiterer beunruhigender Gedanke schoss mir durch den Kopf. »Schreibst du ihm von mir? Hast du ihm von unserem letzten Ausgehabend erzählt?«

»Nein, natürlich nicht. Ich kann doch nicht riskieren, dass er es deiner Mutter erzählt.«

Gott sei Dank hatte sie nicht völlig den Verstand verloren. »Bitte, bitte, schreib ihm nichts von Joshua.«

»Nein, das tu ich schon nicht. Keine Sorge.« Sie grinste. »Deine Geheimnisse sind bei mir sicher. Und ich hoffe, dass es meine auch bei dir sind.«

»Ja, selbstverständlich. Es ist nur so, dass …«

»Dass was?«

»Na ja, ich fände es schrecklich, wenn du ihn nur an der Nase herumführst und ihm das Herz brichst.«

Sie lachte, als wäre das immens komisch. »Als ob ich das könnte!«

»Nun, ich finde, du solltest es erst gar nicht versuchen.«

»Das würde ich nie tun. So läuft das nicht zwischen uns. Es ist nur ein kleiner Flirt auf die Distanz, mehr nicht. Und jetzt erzähl mir mehr von deiner Verabredung mit Joshua.«

»Es war keine richtige Verabredung. Wir haben uns in der Bibliothek getroffen und sind dann in ein Café gegangen.«

»Hat er dir deinen Kaffee spendiert?«

»Selbstverständlich.«

»Dann war es eine Verabredung. Du musst mir alles erzählen.«

Also erzählte ich ihr alles.

»Wirst du ihn deinen Eltern vorstellen, damit du dann richtig mit ihm zusammen sein kannst?«

»Ich weiß nicht. Was, glaubst du, werden sie sagen?«

Sie starrte nachdenklich auf die Wand. »Deiner Mutter wird es nicht gefallen, dass er ein Immigrant ist.«

Wenn es nur das wäre … Ich war mir ziemlich sicher, dass meine Mutter es nicht gutheißen würde, wenn ich mich regelmäßig mit jemandem traf, der einen anderen Glauben hatte als wir. »Meinem Vater wäre es wahrscheinlich egal. Er würde beeindruckt sein, dass Joshua sehr gut Französisch spricht, obwohl Jiddisch und Deutsch seine Muttersprachen sind. Wahrscheinlich wäre er auch beeindruckt, dass Joshua Ingenieurwissenschaft studiert und gute Zukunftsaussichten hat.«

»Ja. Aber deine Mutter wird alles über seine Familie wissen wollen.« Sie lächelte schief. »Du kennst deine Mutter doch, oder?«

»Zur Genüge.« Ich seufzte. Yvette hatte recht, meine Mutter konnte manchmal ausgesprochen dünkelhaft sein.

Zwei Tage später schlich ich mich aus dem Haus, um Joshua zu treffen, und sah ihn im Lauf des Winters regelmäßig zwei bis drei Mal die Woche. Wir gewöhnten uns an, herumzulaufen und zu reden. Er hielt meine Hand, und zur Begrüßung und zum Abschied gab er mir einen raschen Wangenkuss, aber richtig küsste er mich nie.

Yvette löcherte mich nach jeder Verabredung. »Ist es passiert?«

»Nein, aber er betrachtet meine Lippen und atmet den Geruch meines Haares ein.«

»Ach, wie romantisch! Wahrscheinlich ist er einfach nur schüchtern. Du musst ihn dazu bringen, den ersten Schritt zu machen.«

Nach einigen Monaten sorgte ich dafür, dass wir auf eine verlassene Nebenstraße gelangt waren, als es Zeit zum Abschied wurde. Und dann drehte ich ihm mein Gesicht zu, als er mich auf die Wange küssen wollte. Seine Lippen landeten auf meinen. Er erstarrte, und ich dachte schon, dass ich mich völlig verrechnet hatte. Doch dann bewegten sich seine Lippen auf meinen mit einer Hitze, die mir den Atem raubte. Es war alles, was ich mir erträumt hatte, und noch viel mehr. Es war ein Schokoladensoufflé-Kuss – heiß, schmelzend und süß.

Doch viel zu bald stöhnte Joshua und trat einen Schritt zurück.

»Hör nicht auf«, flüsterte ich.

»Ich will keinen Pfad einschlagen, auf dem ich dich vielleicht irgendwann nicht mehr respektiere.«

»Das würdest du nie tun.«

»Ich würde es wahrscheinlich versuchen. Die Wünsche eines Mannes sind nicht ehrenwert. Es wird immer schwieriger werden aufzuhören, und am Ende könnte ich dich vielleicht kompromittieren.«

»Das würdest du nie tun«, wiederholte ich.

»Vielleicht würdest du es ja wollen.«

»Ich will, dass du mich wieder küsst«, murmelte ich.

Sein Adamsapfel bewegte sich. »Das will ich auch. Du hast keine Ahnung, wie sehr ich das will. Manchmal denke ich nachts an dich, und …« Er atmete schroff aus. Mich durchzuckte eine starke Erregung.

Aber seine nächsten Worte waren wie ein Eimer kaltes Wasser. »Eine Romanze sollten wir in diesen kriegerischen Zeiten nicht in Betracht ziehen.«

»Wir befinden uns doch gar nicht im Krieg«, entgegnete ich. »Es finden keine Kämpfe statt.« Viele Leute sprachen vom »drôle de guerre« – dem Witz eines Krieges. Die Amerikaner bezeichneten ihn als Sitzkrieg.

»Der Krieg wird kommen«, erwiderte Joshua düster. »Und wenn es so weit ist, wird es brutal. Es ist am besten, wenn wir vorläufig nur Freunde bleiben.«

Der Gedanke, dass wir irgendwann einmal mehr als nur Freunde sein könnten, machte mir Mut. Ich trat näher zu ihm und legte die Hand auf seine Brust. »Unsere Freundschaft wäre noch spezieller, wenn du mich noch einmal küssen würdest.«

Er schob meine Hand weg und wich von mir zurück. »Beharre nicht darauf, meine niederen Instinkte in Versuchung zu führen, sonst kann ich dich nicht mehr treffen.«

»Du würdest also lieber damit aufhören, mich zu sehen, als mich zu küssen?«

»Ja. Ich will dir niemals ein Leid zufügen.«

Wenn seine Küsse ein Vorgeschmack waren, wie sich das anfühlen würde, dann sehnte ich mich danach, dass er mir ein Leid zufügte.

Da ich ihn weiterhin sehen wollte, hielt ich mich an seine Regeln. Wir küssten uns nicht mehr, sondern unterhielten uns ausführlich über Politik, über Hitler, über die bevorstehende deutsche Attacke. Ich fragte ihn nach seiner Familie und erfuhr, dass viele seiner entfernten Tanten, Onkel und Cousins nach Paris strömten. Viele von ihnen übernachteteten vorübergehend bei ihm und seiner Mutter. Ich erfuhr auch, dass er eine jüngere Schwester hatte, die gestorben war. Wie, das wollte er mir nicht sagen. Jedes Mal, wenn ich darauf zu sprechen kam, sagte er mir, dass er jetzt gehen müsse.

Ich erfuhr, dass sein Vater ein edles Lederwarengeschäft besessen hatte. Seine Familie hatte in einem schönen Haus in Wien gewohnt, lebte jetzt jedoch in einem heruntergekommenen Appartement im elften Arrondissement. Seine Mutter bügelte fremden Leuten die Wäsche, um ein bisschen Geld dazuzuverdienen, was ihn beschämte und ärgerte.

»Sie sagt mir immer, dass es ihr nichts ausmacht, aber es ist wahrscheinlich ganz gut, dass mein Vater tot ist«, knurrte er verbittert. »Es hätte ihn umgebracht, wenn er hätte erleben müssen, wie weit es mit ihr gekommen ist. Ich würde gern mein Studium abbrechen und sie voll unterstützen, aber sie meint, meine Bildung sei der Schlüssel für die Zukunft, und ihr bleibe nur noch die Hoffnung auf eine bessere Zukunft, an die sie sich klammern kann.«

Ich machte mich daran, selbst in Erfahrung zu bringen, was 1938 in Österreich passiert war. Mein Vater konnte mir eine Menge erzählen. Er freute sich, dass ich plötzlich anfing, mich für die Weltpolitik zu interessieren, und hielt mir lange, öde Vorträge über Polen und andere Länder, die mich nicht weiter interessierten. Er ließ sich so ausführlich darüber aus, dass meine Augen glasig wurden wie ein Weihnachtsschinken.

Wenn ich Joshua über die politische Lage ausfragte, redete er völlig ungezwungen darüber. Doch sobald ich ihn nach seiner persönlichen Geschichte fragte, verschloss er sich. Aber mit der Zeit durchbrach ich seine Abwehr.

An einem kalten Nachmittag saßen wir in einem leeren Studentencafé an einem Tisch gleich neben dem Ofen, als er mir endlich erzählte, was passiert war.

»Ich weiß, dass Deutschland Österreich vor anderthalb Jahren annektiert hat«, sagte ich. »Warum hat sich Österreich nicht dagegen gewehrt?«

»Wir hatten eine sehr schwache politische Führung. Die Nazis stellten die Annexion als eine wunderbare Sache hin, und die Mehrheit der Österreicher hatte nichts dagegen. Aber die jüdische Bevölkerung – das steht auf einem anderen Blatt.«

»Was ist passiert?«

»Die Nazis leiteten beinahe sofort eine Hasskampagne gegen uns ein. An jedem Laternenpfahl hingen auf einmal Plakate, in den Zeitungen erschienen grässliche Karikaturen, in denen wir als Diebe, Betrüger und Geißel der Menschheit bezeichnet wurden. Juden konnten nur noch unter Schwierigkeiten reisen und Geschäfte betreiben. Aber nach der Kristallnacht wurde es vollends unerträglich.«

»Die Nacht, in der viel Glas zu Bruch ging. Mein Vater hat mir davon erzählt. Es fing mit einem Mord in Paris an, richtig?«

Er nickte. »Ein deutscher Diplomat wurde ermordet. Die Nazis haben behauptet, dass es eine von den Juden ausgeheckte Verschwörung war. Das nahmen sie als Begründung, um Juden in Deutschland und Österreich anzugreifen. In jener Nacht wurden die Fensterscheiben in unserem Haus, in dem Geschäft meines Vaters und bei einem Nachbarn eingeworfen. Danach verfolgten die Soldaten alle Mitglieder der jüdischen Gemeinde. Sie hielten uns auf und zwangen uns, irrsinnige Sachen zu machen.«

»Was denn?«

»Eine ältere Frau aus unserer Straße musste mit einem Wasserkrug in der Hand auf einem Bein herumhüpfen, und ein älterer Mann musste auf der Straße kriechen.«

Ich presste erschrocken die Hand auf den Mund.

»Sie sind mehrmals in unsere Wohnung eingedrungen und haben alles auf den Kopf gestellt, und das Geschäft meines Vaters wurde geplündert. Sie haben Entschädigungen der Versicherung für den Schaden, den sie selbst angerichtet hatten, konfisziert und behauptet, dass wir für die Zerstörung verantwortlich seien. Da beschlossen wir auszuwandern. Vater glaubte, dass Paris für den Neubeginn ein guter Ort sei. Aber die Deutschen machten es den Juden nicht leicht, das Land zu verlassen. Wir brauchten Visa und mussten sämtliche Dokumente beglaubigen lassen. Dafür mussten zahllose Leute bestochen werden, und alles verzögerte sich ständig.«

Joshua umklammerte seine Kaffeetasse. »Um auswandern zu können, mussten wir uns bereit erklären, alles zurückzulassen und extrem hohe ›Steuern‹ zu bezahlen. Am Ende blieb uns nur sehr wenig Geld, es reichte vielleicht eine Zeit lang für Lebensmittel, aber keineswegs für einen Neuanfang. Doch das war uns egal. Die Lage war so aussichtslos, dass wir auf keinen Fall bleiben konnten. Wir waren unendlich froh, als wir schließlich alle nötigen Unterlagen hatten.«

Ich wagte kaum noch zu atmen. Sein Blick war weit in die Ferne gerichtet. Ich wollte ihn nicht unterbrechen, denn ich hatte Angst, dass er dann aufhören würde, weiterzuerzählen, wie er es bislang immer getan hatte. Doch diesmal redete er weiter.

»Am Abend vor unserer Abreise wollte ich mich noch von einem Mädchen verabschieden. Wir … na ja, wir waren eng befreundet. Das war ein Fehler, den ich mein Leben lang bereuen werde. Ich hätte meine Familie nicht allein lassen dürfen.«

»Warum?«, fragte ich behutsam nach.

»Als ich zurückkam, war meine Mutter hysterisch, und meine Schwester …« Er rieb sich die Stirn. »Sie war nicht ansprechbar. Mein Vater … mein Vater lag in der Diele. Erst dachte ich, er läge auf einem roten Teppich, doch dann erkannte ich, dass es eine Blutlache war und dass er tot war.«

»Mon Dieu! Was war passiert?«

»Drei deutsche Soldaten waren vor unserer Tür gestanden. Angeblich wollten sie überprüfen, was wir zurücklassen wollten. In Wahrheit haben sie wohl nach mir gesucht. In jener Nacht wurden alle jungen jüdischen Männer in unserem Viertel zusammengetrieben und in Konzentrationslager verschleppt.«

Instinktiv wollte ich mich bekreuzigen, überlegte es mir jedoch anders.

»Mein Vater wollte die Soldaten nicht ins Haus lassen. Das ärgerte sie natürlich. Sie rammten die Tür ein, und dann sahen sie meine Schwester. Mein Vater rief ihr zu, dass sie wegrennen sollte. Das brachte die Soldaten noch mehr auf. Sie fesselten meine Schwester ans Bett und meine Eltern an Stühle, und dann …« – er fuhr sich mit der Hand übers Gesicht. »… dann vergewaltigten sie sie. Alle drei, einer nach dem anderen. Sie fielen wie Tiere über sie her, vor den Augen meiner Eltern. Meinem Vater gelang es, sich von den Fesseln zu befreien. Wie er das geschafft hat, weiß meine Mutter nicht. Vielleicht war es der Zorn, der ihm übernatürliche Kräfte verliehen hat. Er stürmte laut Mamas Worten wie ein wütender Stier auf die Kerle los. Sie haben ihn erschossen, und dann sind sie weg.

Gleich nach meiner Ankunft tauchte ein älterer Nachbar auf, der das Haus von der gegenüberliegenden Straßenseite aus beobachtet hatte. Er erzählte uns, dass die Nazis in eben jener Nacht die jungen Juden zusammentrieben. Ich wollte bleiben und meinen Vater begraben, aber meine Schwester war völlig benommen, und meine Mutter stand kurz vor einem Nervenzusammenbruch. Der Nachbar drängte uns, zu gehen. Wir nahmen nur mit, was wir tragen konnten. Wir liefen und liefen, bis wir endlich an einem Bahnhof in einer Wiener Vorstadt ankamen, in der niemand mit Juden rechnete. Deshalb konnten wir mit unseren Dokumenten – den Dokumenten, für die wir alles aufgegeben hatten – in einen Zug nach Paris einsteigen.«

Er sah mich an. »Das ist meine Geschichte. Deshalb bin ich hier. Und deshalb weiß ich, dass die Nazis unbeschreiblich grausam sind.«

»Deine Schwester – du hast mir doch erzählt, dass sie tot ist.«

»Meine Mutter fand sie zwei Wochen später im Bad der Wohnung, in der wir mit mehreren anderen Flüchtlingen nach unserer Ankunft in Paris untergekommen waren. Sie hatte sich die Pulsadern aufgeschlitzt.« Er senkte den Kopf, doch ich sah, dass seine Augen feucht waren. »Sie konnte mit der Schande nicht leben«, sagte er tonlos.

Ich legte die Hand auf seinen Arm.

»Ich habe sie im Stich gelassen. Ich habe meinen Vater und meine Mutter im Stich gelassen, meine ganze Familie. Ich hätte zu Hause bleiben sollen. Wenn ich da gewesen wäre, wäre all das nicht passiert.«

»Nein.« Ich wollte ihn unbedingt von der Last seiner Schuld befreien. »Wenn du da gewesen wärst, hätten sie dich ebenfalls umgebracht.«

»Das wäre immerhin ein ehrenwerter Tod gewesen. Aber ich glaube, wenn ich da gewesen wäre, hätten sie mich einfach mitgenommen und meine Schwester in Ruhe gelassen.«

»Das kann man nicht wissen.«

Er vergrub den Kopf in den Händen.

»Wichtig ist jetzt, dass du am Leben bist und versuchst, deiner Mutter eine Zukunft zu ermöglichen.«

Er rieb sich die Augen und trank einen Schluck Kaffee.

»Nachts, wenn ich wach im Bett liege, denke ich anders, und ich fürchte, meiner Mutter geht es genauso.«

Ich griff nach seiner Hand, doch als ich mich vorbeugte, um ihn zu küssen, wich er mir wie üblich aus.

6
Amélie, 1940

Der Witz eines Krieges hörte am 10. Mai auf, witzig zu sein. Als Yvette und ich an dem Tag aus der Schule nach Hause kamen, saß Maman händeringend vor dem Radio. Yvettes Mutter stand neben ihr.

»Was ist passiert?«

»Deutschland ist in Belgien einmarschiert«, ächzte Maman.

»Und in Luxemburg und Holland«, fügte Yvettes Mutter hinzu. »Es ist ein Blitzkrieg.«

Diesen Begriff hörten Yvette und ich zum ersten Mal. Ich fand, er klang irgendwie harmlos. »Was heißt das denn?«

»Plötzlich tauchen Flugzeuge auf und werfen eine Bombe nach der anderen ab«, erklärte Yvettes Mutter. »Und dann rollen die Panzer ein und zerstören alles auf ihrem Weg.«

Mich überlief es eiskalt. »Warum greifen sie denn diese Länder an? Hat Deutschland ihnen den Krieg erklärt?«, wollte ich wissen.

»Nichts ist erklärt worden. Sie haben einfach mit dem Bombardieren und Einmarschieren angefangen.«

Wenn die Deutschen das mit Ländern machten, mit denen sie sich offiziell nicht einmal im Krieg befanden, was würden sie dann mit uns machen?

Als ich beim Abendessen diese Sorge laut äußerte, beeilte sich Papa, mich zu beruhigen, aber vielleicht wollte er vor allem meine Mutter beruhigen. Sie wirkte völlig aufgelöst. Ihre Haare waren zerzaust, ihr Kleid zerknittert, ihr Gesicht kreidebleich.

»Es gibt genügend Verteidigungsstellungen«, sagte er. »Und wir haben Verbündete. Zur Verstärkung unseres Heeres befinden sich über dreihunderttausend britische Truppen – das große britische Expeditionskorps – in unserem Land.«

Die Briten hatten einen neuen Premierminister, einen Mann namens Winston Churchill. Keiner schien etwas über ihn zu wissen, abgesehen davon, dass er im Gegensatz zu seinem Vorgänger nie für den Versuch gewesen war, sich mit den Nazis friedlich zu einigen.

Wir hörten, dass sich britische und französische Truppen zum belgischen Fluss Dijle in Bewegung gesetzt hatten. Waren Thomas und Pierre auch darunter?

Erst einmal ging das Leben in Paris unverändert weiter, abgesehen davon, dass das Radio wieder mehr Nachrichten als Musik brachte. Yvette und ich gingen zur Schule, Vater lehrte weiterhin an der Universität. Frankreich hatte sich so sehr an einen Krieg gewöhnt, der eigentlich keiner war, dass die Leute kaum merkten, wie dramatisch sich die Lage verändert hatte. Alle glaubten nach wie vor, dass die undurchdringliche Maginot-Linie dem Feind standhalten würde.

Joshua war derjenige, von dem ich die Neuigkeiten erfuhr, als wir uns im Jardin des Plantes in der Allée Becquerel trafen. Wir waren dazu übergegangen, uns hier zu verabreden, seit es warm geworden war. »Die Deutschen sind in Frankreich. Sie sind über die Ardennen einmarschiert.«

»Den Ardennen-Wald?« Ich hatte erst letztes Jahr französische Erdkunde in der Schule gehabt. »Der soll doch nicht passierbar sein.«

Joshua nickte grimmig. »Deshalb war er auch nahezu ungeschützt. Noch nie hat ein Heer es geschafft, die Ardennen zu passieren.« Er schüttelte den Kopf. »So eine Art der Kriegsführung ist noch nie da gewesen. Die Deutschen setzen Panzer und die Luftwaffe völlig neu ein. Keiner hätte die Dinge voraussehen können, die sie machen.«

»Was wird jetzt passieren?«

»Das weiß keiner. Wir können nur hoffen, dass die Engländer uns retten.« Er steckte die Hände in die Taschen. »Ich würde gern in die französische Fremdenlegion eintreten, aber ich kann meine Mutter nicht allein lassen. Sie sagt, dass sie es ohne mich nicht schafft.« Er stieß einen Seufzer aus. »Ich fürchte, dass das leider stimmt.«

»Ich will auch nicht, dass du weggehst.«

Er legte die Hand auf meine. »Vielleicht wäre es am besten, wenn wir alle weggingen.«

»Aber wohin?«

»Tja, das ist die Frage«, erwiderte er. »Deshalb bleiben wir hier.« Er presste entschlossen die Lippen zusammen. »Aber das heißt nicht, dass ich nicht kämpfen werde. Die Front ist nicht der einzige Ort, um den Feind zu bekämpfen.«

Die Tage verstrichen. Aus dem Radio erfuhren wir nicht viel. Joshua meinte, das sei Propaganda, um uns ruhig zu halten. Von Leuten, die in die Stadt strömten, und von Radiosendungen aus London erfuhren wir jedoch, dass Holland kapituliert hatte.

Selbst danach setzten die Deutschen ihre grausamen Angriffe fort. Wir hörten, dass sie Rotterdam bombardiert hatten. Über tausend Zivilisten wurden dabei getötet, über fünfundachtzigtausend wurden obdachlos, über zehntausend französische Soldaten waren an einem einzigen Tag von den Deutschen gefangen genommen worden.

Und dann hörten wir, dass die Deutschen Nordfrankreich bombardierten. Die Straßen in Paris füllten sich mit Massen von Leuten aus Nordfrankreich, die entweder aus ihren Häusern bombardiert worden waren oder befürchteten, dass das demnächst passieren würde. Die französischen und britischen Truppen, die geglaubt hatten, dass die Deutschen durch Belgien kommen würden, saßen nun in der Falle, als die Deutschen durch Wälder und Flachland rollten und sie Richtung Meer trieben.

Ich verstand nicht alles, was da passierte, aber ich verstand, dass die Briten sich zum Ärmelkanal zurückgezogen hatten und dort auf die Überfahrt nach England warteten.

»Was machen sie denn da?«, schimpfte Papa. »Jeder weiß, dass der Kanal kein Ort für militärische Manöver ist. Das wird niemals funktionieren.«

Später erfuhren wir, dass es doch funktioniert hatte. Die Briten hatten dreihunderttausend britische Soldaten evakuiert. »Sie haben uns im Stich gelassen«, stöhnte Papa.

Joshua sah das anders. »Es war klug von den Briten, sich zurückzuziehen. So können sie zurückkommen und Frankreich bei weiteren Kämpfen helfen.«

Wir hörten, dass Zehntausende französische Soldaten geflohen waren oder sich ergeben hatten. Waren Pierre und Thomas unter ihnen? Ich betete darum, denn dann waren sie nicht unter den hunderttausend französischen Soldaten, die angeblich bereits tot waren.

Maman und ich gingen jeden Tag in die Kirche und zündeten Kerzen für sie an. Als wir hörten, dass rund hundertfünfzigtausend französische Soldaten von den britischen Schiffen gerettet worden waren, betete ich darum, dass Pierre und Thomas unter ihnen waren und sich jetzt in England in Sicherheit befanden.

Plötzlich wurde es unglaublich voll in Paris. Flüchtlinge aus Belgien, Holland und Nordfrankreich drängten sich auf den Straßen. In meiner Schule wurde der Unterricht eingestellt – drei Wochen vor den Ferien –, weil viele Schülerinnen mit ihren Familien aus Paris flohen.

Anfangs meinte Papa, wir sollten bleiben. »Wer jetzt geht, zeigt, dass er nicht an Frankreich und an unser Heer glaubt. Die Deutschen werden es nicht bis nach Paris schaffen. Wir werden sie aufhalten, genau wie damals im Großen Krieg.«

Yvettes Mutter besuchte uns mit düsteren Nachrichten, aus denen das Gegenteil hervorging.

»Die Deutschen sind auf dem Weg nach Paris«, murmelte sie leise. »Ich habe es von Jean-Claude erfahren.«

»Französische Truppen werden sie am Einmarsch hindern«, beharrte Papa.

»Er sagt, dass es keine französischen Truppen gibt, um Paris zu verteidigen. Diejenigen, die nicht gefangen genommen oder getötet worden sind, waren entlang der Maginot-Linie stationiert und können nun nicht zusammengezogen werden, um den Vormarsch aufzuhalten. Yvette und ich brechen morgen zum Hof meines Vaters auf.«

Dort hatte ich mit Yvette mehrere Sommer verbracht. Der Hof lag in der Nähe von Dijon in einem sehr schönen Teil des Landes. Yvettes verwitweter Großvater war ein überaus freundlicher Mann, der darauf bestand, dass auch ich ihn Grand-père nannte. Ich warf mich in ihre Arme. »Oh, Yvette, du kannst Paris nicht verlassen!«

»Ich muss«, sagte sie. »Und du musst es auch.«

Selbst Joshua, der glaubte, dass es keine sichere Zuflucht gab, fand, dass wir Paris verlassen sollten.

»Aber dann sollten du und deine Mutter ebenfalls weg«, meinte ich, als wir uns zwei Abende später trafen.

»Wir haben kein Geld und keinen Ort, wo wir hingehen könnten«, erwiderte Joshua düster. »Außerdem beherbergen wir viele entfernte Verwandte, die ihr Zuhause verloren haben und noch viel schlimmer dran sind als wir. Aber du und deine Familie – es wäre wirklich das Beste, wenn ihr weggehen würdet.«

Maman und Papa stritten sich an jenem Abend. Papa hatte seine Meinung geändert, nachdem er erfahren hatte, dass Professor Chaussant Paris nicht mehr für sicher hielt und dass die meisten seiner Kollegen die Flucht ergriffen hatten. Nun bestand er darauf, dass wir sofort loszogen. »Wir haben keine andere Wahl.«

»Aber hier ist unser Zuhause«, wandte Maman ein. »Wie sollen unsere Söhne uns finden, wenn wir weg sind?«

»Sie kehren nicht in absehbarer Zukunft nach Hause zurück«, stellte Papa grimmig fest.

»Woher willst du das wissen?«

»Ich weiß es einfach, Marie, und du weißt es auch. Vor unseren Soldaten liegt noch ein langer, erbitterter Kampf.«

7
Amélie, 1940

Maman und Papa stritten sich bis spät in die Nacht. Am nächsten Tag kam die Rede des französischen Premierministers Reynaud vor dem Senat im Radio, darunter auch die düstere Feststellung: »Unser Land ist in Gefahr.«

»Hast du das gehört, Marie?«, wollte Papa wissen. »Wir bringen Amélie in Gefahr.«

Das veranlasste Maman, zu packen. Mir wurde aufgetragen, einen Koffer nur so schwer zu bepacken, dass ich ihn noch tragen könne. Papa schickte seinem Bruder Roland in Marseille ein Telegramm, in dem er ihm mitteilte, dass wir kämen. Mon oncle lebte mit seiner Frau und meinem Großvater väterlicherseits in einer zwar kleinen, doch hübschen Wohnung mit großen Fenstern, schmiedeeisernen Balkonen und einem atemberaubenden Blick auf den Hafen.

»Ich will nicht dorthin«, grummelte Maman. Ich konnte sie gut verstehen, denn die Frau meines Onkels, Margaux, war eine schroffe, unangenehme Frau. »Wenn wir schon unser Zuhause verlassen müssen, dann ganz Europa. Reisen wir doch nach Amerika.«

»Womit?« Papa verlor offensichtlich die Geduld. »Wir haben einen Großteil unserer Ersparnisse für die Renovierung des Hauses verbraucht. Unser Geld reicht nicht für eine lange Reise zu einem anderen Erdteil.«

Ich packte meine Sachen. Aus dem Radio kamen weitere schlechte Nachrichten, eingehüllt in einen derart offenkundig törichten Optimismus, dass sogar ich, die insgeheim glaubte, dass sich schon alles zum Guten wenden würde wie in einer dieser Romanzen in einer Zeitschrift, wusste, dass es gelogen war. Beim Blick aus dem Fenster hatte ich den Eindruck, dass ganz

Paris, ja ganz Frankreich, durch die Straßen strömte. Noch nie hatte ich derart verstopfte Straßen gesehen, noch nie so viele grimmige, besorgte Gesichter. Mein Magen schnürte sich zusammen.

Maman bestand darauf, Wurst, Brot und ein paar Gläser mit eingemachtem Obst und Gemüse mitzunehmen. Sie hinterließ eine Nachricht für Thomas und Pierre für den Fall, dass sie vor uns heimkämen, dann spülte sie sämtliches Geschirr und staubte jede Oberfläche ab.

»Was machst du denn da?«, fragte Papa unwirsch, als er vom Telegrafenamt heimkehrte. »Wenn die Stadt bombardiert wird, wird hier alles voller Staub sein, falls noch irgendein Stein auf dem anderen steht.«

»Ah, aber wenn es nicht dazu kommt – und ich bete zu Gott, dass es das nicht tut –, dann möchte ich, dass alles sauber und blitzblank ist, um uns bei unserer Rückkehr willkommen zu heißen.«

Papa warf die Hände in die Luft und murmelte halblaut etwas über die weibliche Unvernunft. »Ich gebe dir noch dreißig Minuten.« Als diese Zeit abgelaufen war, schaltete er den Strom ab, trug unsere Koffer nach draußen und stellte sie an der Treppe ab, dann nahm er Maman am Arm und begleitete sie mit fester Hand ins Freie. Er verschloss die Haustür hinter uns. Wir stiegen die vier Stufen zur Straße hinab und tauchten in die Welle von Menschen ein, die sich langsam vorwärts bewegte. Die Menge war so dicht, dass man sich nur in eine Richtung bewegen konnte.

Wir machten uns auf den Weg zum Gare d'Austerlitz, der in der Nähe des Jardin des Plantes lag, wo Joshua und ich uns immer getroffen hatten. Ich hielt nach ihm Ausschau, konnte ihn aber nirgends entdecken.

Der Bahnhof war so voll, dass man sich nur mit Mühe einen Weg zum Fahrkartenschalter bahnen konnte.

»Sie verkaufen Fahrkarten, obwohl es keine Plätze mehr gibt«, beklagte sich eine Frau bei Maman, während Papa sich in die Schlange vor dem Schalter einreihte. »Und die Leute achten nicht mehr auf das Datum und die Abfahrtszeiten. Sie steigen in den ersten Zug, in den sie hineinklettern können.«

Maman berichtete Papa davon, als er endlich mit Fahrkarten für den nächsten Tag zurückkehrte. »Wir müssen den nächsten Zug nehmen«, beharrte sie.

Papa weigerte sich, die Regeln zu missachten, wie es für ihn typisch war. »Ich werde nicht an Anarchie teilnehmen.«

Maman nahm ihm zwei Fahrkarten ab. »Wie du meinst, Alphonse. Komm, Amélie.« Sie packte mich am Ellbogen und fing an, sich durch die Menge zu den Gleisen zu drängeln. Dort war soeben ein Zug angekommen.

»Aber das ist nicht richtig!«, fauchte Papa. »Es ist nicht fair gegenüber den Leuten, die Fahrkarten für diesen Zug gekauft haben.«

»Diese Leute haben bereits einen früheren Zug genommen«, rief ihm Maman über die Schulter hinweg zu.

»Ich fasse es nicht, dass du so etwas tust.«

»Wenn die Lage so schlimm ist, dass wir unser Zuhause verlassen müssen, um unser Kind zu beschützen, dann rechtfertigt das alles, was man dafür tun muss.«

»Aber all diese Menschen …« Papa deutete auf die Menge. »Auch sie haben Kinder.«

»Du zitierst doch immer gern das Sprichwort: ›In der Liebe und im Krieg ist alles erlaubt.‹ Nun, Alphonse, in diesem Fall trifft beides zu.«

»Aber, Marie …«

Auf das Gesicht meiner Mutter trat ein Ausdruck, den ich von Kämpfen bei der Schneiderin kannte. Wenn ihr Mund zu einem schmalen Strich wurde und ihr Kinn sich in einem starren Winkel neigte, war es nicht mehr möglich, sie umzustimmen. »Mach, was du willst«, sagte Maman. »Egal, wie du dich entscheidest, Amélie und ich steigen in diesen Zug ein.«

Es war ein heißer, beengter, erschöpfender Albtraum einer Reise. Die Fahrt dauerte fünf Stunden, die wir im Stehen verbrachten, eingezwängt neben einer belgischen Familie, darunter ein weinendes Kleinkind, eine alte, zahnlose Frau und ein Mann mit nur einem Auge. Der Gestank von schwitzenden Körpern, schmutzigen Windeln und Knoblauchatem hielt mich davon ab, Hunger zu verspüren, obwohl ich seit dem Frühstück nichts mehr gegessen hatte.

In Lyon hielt der Zug an, und der Schaffner rief ohne jedwede Vorankündigung: »Tout le monde débarquent.«

Papa packte ihn am Arm. »Pardon, Monsieur. Wir haben Fahrkarten nach Marseille.«

»Die Armee hat diesen Zug beschlagnahmt, um Soldaten zu befördern. Alle müssen aussteigen.«

»Wann fährt der nächste Zug Richtung Süden?«

»Das weiß ich nicht. Erkundigen Sie sich bei jemandem am Fahrkartenschalter.«

Offenbar mussten die meisten Reisenden in diesem Zug ebenfalls mit dem Mann am Fahrkartenschalter reden. Wir standen fast vier Stunden in der Warteschlange. Als wir endlich am Fenster angelangt waren, erfuhren wir, dass der nächste Zug nach Marseille erst in zwei Tagen fuhr.

»Das ist lächerlich!«, fauchte Papa.

»Wir können leider nichts daran ändern«, erwiderte der Mann hinter dem Fenster.

Sämtliche Hotels waren ausgebucht. Zusammen mit vielen anderen Reisenden fanden wir schließlich Zuflucht in einer Kirche. Maman und ich schliefen auf einer Bank, Papa schlief auf dem Boden neben uns. In der Kirche war es heiß und stickig, und ein Kind mit einem grässlichen Husten raubte uns fast die ganze Nacht den Schlaf.

Den nächsten Tag verbrachten wir nahezu ausschließlich in irgendwelchen Warteschlangen – um Brot zu kaufen, um Käse zu kaufen, um auf die Toilette zu gehen. Die Toiletten waren das Schlimmste. Einmal musste ich so dringend, dass ich mich in einer Gasse hinkauerte, während Maman Wache stand. Ich dachte, ich müsste vor Scham sterben.

Nach einer weiteren qualvoll beengten Zugfahrt schafften wir es schließlich nach Marseille. Die Straßen waren verstopft von Autos, Pferde- und Ochsenkarren, Bussen, Lastwagen und vielen Leuten wie uns – Fußgängern, beladen mit Gepäck, die müde, schmuddelig und vertrieben wirkten. Meine Füße pochten, als wir mehr als drei Kilometer auf gepflasterten Straßen zur Wohnung meines Onkels liefen. Ich war hungrig und müde, und meine Schultern schmerzten unter der Last meines Koffers. Für ein warmes Bad hätte ich meine Seele verkauft.

Die Wohnung lag im dritten Stock. Auf unser Klopfen hin öffnete uns Tante Margaux die Tür. Ihre Augen waren rot gerändert, die Ringe darunter faltiger und geschwollener als das letzte Mal, als ich sie gesehen hatte. Sie trug eine Schürze über einem schwarzen Kleid, in dem ihre hagere Gestalt noch hagerer wirkte.

»Ihr kommt zu spät.« Sie verschränkte die Arme vor der Brust.

Maman und Papa sahen ebenso verwirrt aus, wie ich mich fühlte. »Zu spät wofür?«, fragte Papa.

»Die Beerdigungen. Wir haben sie gestern begraben.«

»Wie bitte?«, keuchte Maman erschrocken.

Das Gesicht meines Vaters wurde kreidebleich. »Wen?«

»Roland und deinen Vater.« Margaux verzog verärgert das Gesicht und fragte schroff: »Habt ihr das Telegramm nicht erhalten?«

Papa taumelte rückwärts.

Maman ließ ihre Tasche fallen und stützte ihn. »Wir hören zum ersten Mal davon«, sagte sie. »Er muss sich setzen.«

Margaux trat zur Seite, um uns in den Salon einzulassen. Maman und ich halfen Papa zum Sofa.

Sein Gesicht war blass und wächsern, seine Stimme ein leises Krächzen. »Mein Vater, mein Bruder, beide … gestorben?«

»Warum seid ihr hier, wenn ihr das nicht gewusst habt?«

Maman antwortete an seiner Stelle. »Alle fliehen vor der Wehrmacht aus Paris.«

»Was ist passiert?«, fragte Papa.

»Roland hat deinen Vater zum Barbier begleitet. Dein Vater ist auf die Straße gefallen – keiner weiß, warum. Vielleicht war es sein Herz, vielleicht ist er auch nur gestolpert. Roland beugte sich hinunter, um ihm zu helfen, und dann sind beide von einem Lastwagen überfahren worden.«

»Mon Dieu, mon Dieu!« Papa wurde immer bleicher. Er sah plötzlich sehr gebrechlich und krank aus. Es ging mir durch Mark und Bein, meinen starken Papa in einem solchen Zustand zu erleben.

»Der Doktor hat gesagt, dass beide sofort tot waren«, erklärte Margaux.

»Also mussten sie wenigstens nicht leiden.« Maman streichelte Papas Arm.

Ich ging in die Küche. Dort fand ich eine Karaffe mit Cognac und ein Glas. Ich ging damit ins Wohnzimmer zurück und schenkte Papa ein Glas ein. Seine Hand zitterte. Maman musste ihm helfen, das Glas an den Mund zu führen. Tante Margaux wollte mir die Karaffe abnehmen. In meiner ersten offenen Rebellion gegen einen Erwachsenen ließ ich es nicht zu. Stattdessen füllte ich das Glas erneut und reichte es Maman, die einen winzigen Schluck trank und den Rest Papa reichte. Margaux sah mich finster an. Ich warf ihr einen aufsässigen Blick zu und schenkte das Glas erneut voll.

»Falls ihr hier übernachten wollt, muss ich euch leider sagen, dass ich keinen Platz habe«, erklärte Tante Margaux. »Meine Eltern, meine Schwester und ihre Familie sowie unsere Tochter und ihre Kinder sind hier. Die Frauen und die Kinder unserer zwei Söhne übernachten in der Wohnung deines Vaters.«

»Ich – ich verstehe.« Papa rieb sich die Augen.

»Du kannst uns nicht auf die Straße setzen, Margaux.« Mamans Stimme klang wie geschärfter Stahl. »Wir haben zwei Nächte in einer Kirche in Lyon übernachtet, und Marseille sieht ebenso überfüllt aus. Du hast Alphonse soeben einen grauenhaften Schock versetzt.«

»Ja, aber ich habe nur eine begrenzte Zahl von Betten, und …«

»Heute und morgen schlafen wir auf dem Fußboden.« Maman klang, als wäre bereits alles geregelt. »In der Zeit kümmern wir uns um eine andere Möglichkeit. Ich bin mir sicher, dass es Alphonses Vater und Bruder nicht recht gewesen wäre, wenn du uns in einer solchen Zeit abweist.«

»Nein, nein, natürlich nicht.« Sie bedachte uns mit einem unaufrichtigen Lächeln. »Ihr seid hier willkommen.«

So fühlten wir uns allerdings nicht. Wir schliefen auf Strohsäcken in der Küche. Ich hörte, wie meine Eltern leise miteinander sprachen. Ich hörte Papas unterdrücktes Weinen. Ich kann dir gar nicht sagen, wie schrecklich das für mich war.

Ich war zu jung, um zu begreifen, wie tief seine Verzweiflung reichte – er hatte seinen Vater und seinen einzigen Bruder verloren, er war trotz der Einwände seiner Frau aus seinem Haus geflohen, und nun war er nicht willkommen in der Zuflucht, mit der er fest gerechnet hatte. Zum Glück war ich auch zu jung, um zu begreifen, wie schrecklich unsere Lage war.

Ich weiß noch, dass ich mich damals fragte: Wie kann ein alter Mann auf die Straße fallen, wenn die Nazis einmarschieren? Wie können ganz alltägliche Tragödien passieren, während unser Land angegriffen wurde? Hätte Gott denn in dieser Zeit nicht wenigstens die Menschen vor Tragödien, die nichts mit dem Krieg zu tun hatten, verschonen können?

8
Amélie, 1940

Am nächsten Tag besorgten wir einen Blumenstrauß und gingen zum Friedhof. Ich fühlte mich weder meinem Onkel noch meinem Großvater besonders verbunden, da ich sie seit Jahren nicht mehr gesehen hatte; doch Papas Trauer legte sich wie eine Schlinge um mein Herz.

Nachdem Papa mit dem Priester gesprochen hatte, wollte er die Gräber alleine besuchen. Maman und ich blieben in der Kirche und beteten für die Seelen der Verstorbenen und für die Sicherheit von Thomas und Pierre. Ich betete auch für Joshua und für Papa, dass Gott ihm Trost schenken möge.

Maman schlug Papa vor, einen Professor anzurufen, den er von der Universität in Aix-en-Provence kannte, etwa dreißig Meilen von Marseille entfernt. Es gab dort keine Arbeit für Papa, aber der Professor verhalf uns zu einem Platz in einem Studentenwohnheim.

Dort angekommen dachte ich, ich würde hier durchdrehen. Ich schlief über meinen Eltern in einem Stockbett. Es gab keine Küche. Wir aßen Obst und Gemüse, das wir im Ort besorgten, und eine warme Mahlzeit am Tag in einem Altenheim. Es war heiß und öde. Ich dachte, dass es nicht schlimmer kommen könnte.

Doch es kam schlimmer. Am 10. Juni hörten wir über uns Flugzeuge; Maman und ich traten gerade aus einer Patisserie. Ein paar Minuten darauf ertönten mehrere Explosionen in der Ferne.

Die Menschen strömten auf die Straße und starrten in den Himmel. Aus Richtung Marseille stiegen mehrere Rauchwolken auf.

»Was ist da los?«, fragte Maman.

»Offenbar ist Marseille bombardiert worden«, erwiderte eine Frau in einem blau-weißen Kleid.

»Es ist weiter im Osten«, meinte ein Mann in einem modischen Anzug. »Sieht mir eher wie Hyères aus.«

Wir eilten in das Studentenwohnheim und warteten darauf, dass Papa aus der Bibliothek zurückkehrte. Sobald er den Raum betrat, packte ihn Maman. »Die Deutschen bombardieren uns.«

»Nein.« Papa sank auf das Bett. Müdigkeit und Trauer zerfurchten sein Gesicht. Beunruhigt stellte ich fest, dass er wie ein alter Mann aussah. »Es sind die Italiener.«

Maman und ich rissen den Mund auf wie zwei Fische.

»Das begreife ich nicht«, sagte Maman.

Papa seufzte. »Mussolini hat darauf gewartet, ein geschwächtes Land anzugreifen. Alle dachten, er würde Jugoslawien ins Visier nehmen, aber er ist ein Opportunist, und Frankreich – Frankreich steht kurz vor der Niederlage.«

»Ist denn die ganze Welt verrückt geworden?«, jammerte Maman.

»Es sieht ganz danach aus.«

»Wären wir doch nur in Paris geblieben!«

»Leider nähert sich die Wehrmacht der Stadt noch schneller als befürchtet, Marie.«

»Nun, hier können wir jedenfalls nicht bleiben. Wir müssen zu den Chaussants aufs Land. Sie haben uns eingeladen, und dort gibt es genügend Platz für uns.«

Papa nickte. Ich weiß nicht, ob er wirklich damit einverstanden war oder einfach nur nachgab. Zum ersten Mal erlebte ich Trauer und Leid hautnah. Bei Papa sah es aus wie eine schwere Krankheit.

Und so unternahmen wir eine weitere lange, anstrengende Bahnreise, diesmal Richtung Dijon. Da wir jetzt nach Norden fuhren, war das Gedränge nicht ganz so schlimm.

Während der Zug dahinratterte, erfuhren wir von einem Herrn, der neben uns saß, dass die französische Regierung aus Paris nach Tours geflohen war.

Wie bitte? Die Regierung – geflohen? Ich konnte es kaum fassen.

Mein Leben lang hatte ich geglaubt, dass mein Land eine unveränderbare Kraft war, eines der Dinge, die für mich absolut waren, auf die man sich verlassen konnte, quasi meine Existenzgrundlage. Gott und das Land – die Worte waren ein Paar. Und jetzt? Jetzt rannte die Regierung, das Herz meines Landes, weg? Mir war, als zöge es mir den Boden unter den Füßen weg.

Wir waren hundemüde, als der Zug in den Bahnhof von Dijon einfuhr. M. Chaussants Hof lag mehrere Meilen außerhalb der Stadt in der Nähe eines kleinen Dorfs, Arcy-sur-Cure. Papa trieb einen Taxifahrer auf, der vor Kurzem aus Paris hierhergekommen war. Auf der Fahrt berichtete er uns von dem Exodus.

»Sie hatten Glück, dass Sie Paris mit dem Zug verlassen konnten«, sagte er. »Die Straßen waren mehr oder weniger unpassierbar. Nicht nur die Pariser Bevölkerung, sondern auch Flüchtlinge aus Nordfrankreich und Belgien, Leute mit grauenhaften Geschichten über ihr zerbombtes Zuhause, viele von ihnen zu Fuß, andere in Lastwagen, Autos, auf Fahrrädern oder auf Karren, gezogen von Pferden, Maultieren und sogar Ochsen drängten aus der Stadt. Wer kein Benzin mehr hatte, ließ sein Fahrzeug einfach stehen. Mein Taxi ist zum Glück mit zwei Tanks ausgestattet.

Am ersten Tag legte ich in fünfzehn Stunden gerade mal fünf Kilometer zurück. Ein Regiment französischer Truppen versuchte, nach Norden zu marschieren. Wir konnten nicht einmal die Straße freimachen, um sie vorbeizulassen.«

»Mon Dieu«, murmelte Maman.

»Viele von ihnen waren französische Soldaten auf ihrem Heimweg. Manche waren verwundet, andere völlig verzweifelt. Oh weh – die Geschichten, die sie erzählten!« Er nahm in einer Geste des Entsetzens die Hände vom Lenkrad und presste sie an die Wangen, sodass ich schon befürchtete, der Wagen würde gleich im Straßengraben landen. »Grauenhafte Geschichten.«

Maman beugte sich besorgt vor. »Was haben sie denn erzählt?«

»Sie meinten, dass die Deutschen mit Waffen kämpften, auf deren Abwehr wir nicht vorbereitet waren. Ihre Panzer sind unbezwingbar. Und erst die Flugzeuge … Die deutsche Luftwaffe fliegt in großer Höhe, und plötzlich taucht sie in die Tiefe. Es sind so viele Flugzeuge, dass sie den Himmel verdunkeln. Sie bombardieren Straßen, ohne auf Zivilisten Rücksicht zu nehmen. C'est terrible. C'est vraiment terrible.«

Maman knetete unablässig den Stoff ihres Kleides und hinterließ dabei zahllose Falten. Es war so untypisch für sie, dass ich befürchtete, sie verlöre den Verstand.

Es dämmerte schon, als wir den Hof erreichten und das Taxi quietschend zum Stehen kam. Ich sprang heraus und stürmte zu Yvette, die ich im Garten entdeckt hatte. Sie starrte mich an, dann rannte sie mir entgegen. Stürmisch fielen wir uns in die Arme.

»Habt ihr Pierre dabei?«, fragte sie, als wir uns voneinander lösten.

»Non.« Die Frage kränkte mich – oder vielleicht war es auch Yvettes Gesicht, aus dem bei meiner Antwort die Freude zu weichen schien. Wahrscheinlich war es beides. Ich fürchtete, dass sie lieber Pierre als mich gesehen hätte.

»Wir haben nichts von ihm gehört«, sagte ich. »Du etwa?«

»Non. Aber auf die Post ist kein Verlass mehr.«

Auch Telegramme erreichten ihre Empfänger nicht mehr zuverlässig. Nichts schien mehr so zu funktionieren, wie es sollte. Zu viele Menschen hatten ihre Arbeitsstellen verlassen und waren geflohen.

Ich versuchte, meinen Ärger über Yvettes Begrüßung zu vergessen. Ich wollte mir nicht von ihrer Verliebtheit in meinen Bruder unser Wiedersehen zerstören lassen. »Pierre weiß bestimmt, dass er hier nach uns suchen sollte«, sagte ich.

Wir hakten uns unter und gingen ins Haus.

Beim Abendessen drehte sich alles um den Krieg. »Im BBC heißt es, dass Paris zur offenen Stadt erklärt worden ist«, sagte Yvettes Vater.

»Was heißt das?«, fragte Yvette.

»Das heißt, dass der Feind einfach in die Stadt einmarschieren kann, ohne dass jemand auch nur einen Finger zu ihrer Verteidigung krümmt.« Papas Stimme klang verbittert.

Yvettes Vater wirkte versöhnlicher. »Es soll den Deutschen zu verstehen geben: Bombardiert uns nicht. Wir werden nicht gegen euch kämpfen.«

Yvette und ich sahen uns an. »Also ist Frankreich jetzt ein Teil von Deutschland?«

»Niemals!« Die Augen von Yvettes Großvater blitzten in seinem wettergegerbten, eingefallenen Gesicht auf. »Frankreich wird nie aufhören, Frankreich zu sein.«

»Aber was bedeutet das? Werden die Soldaten noch kämpfen?«

»Nicht in Paris«, sagte Yvettes Vater.

»Woanders schon?«

Ein langes Schweigen trat ein. »Das wissen wir nicht«, sagte M. Chaussant schließlich leise.

»Werden Pierre und Thomas heimkehren, wenn die Armee nicht mehr kämpft?«, fragte Yvette.

»Wie sollen sie das bewerkstelligen?«, fragte Maman. »Sie können nicht nach Paris, wenn die Stadt besetzt ist.«

»Wenn Paris fällt, dann fällt ganz Frankreich«, verkündete Papa.

»Stimmt das?«, fragte Yvette.

Sie sah ihren Vater an, doch der blieb stumm. Stattdessen knallte ihr Großvater die Hand auf den Holztisch. »Frankreich wird kämpfen. Das haben wir immer getan, und das werden wir immer tun.« Er klang, als wollte er damit sagen: »Das ist mein letztes Wort.«

Keiner sagte mehr etwas.

Am nächsten Morgen kam eine Familie vorbei – ein großer blonder Mann, seine dunkelhaarige Frau und zwei hübsche kleine Töchter, sieben und neun Jahre alt. Sie baten um einen Schluck Wasser und stellten sich als die Morans vor. Sie hatten eine Boulangerie im siebten Arrondissement besessen und waren vor zwei

Tagen aus Paris geflohen. Als ihr Wagen zusammenbrach, setzten sie ihren Weg auf kleinen Landstraßen zu Fuß fort. Sie wollten zu einem Verwandten in Dijon.

Maman und Mme Chaussant bestanden darauf, dass sie mit uns zu Mittag aßen. Beim Essen berichtete M. Moran uns, was in Paris passiert war.

»Schon am dritten Juni hörten wir die Bomben – sie schlugen in Orly, Bourget und sogar in einigen Gebäuden im 15. und 16. Arrondissement ein. In den Zeitungen und im französischen Radio hieß es, wir sollten bleiben und abwarten. Wenn eine Evakuierung notwendig sei, würde man es uns sagen. Ich habe es geglaubt.« Seine Stimme zitterte. »Schließlich ging der Schulbetrieb der Mädchen ganz normal weiter. Ich dachte, die Regierung würde den Betrieb doch bestimmt einstellen, wenn es nicht mehr sicher wäre.« Er schüttelte den Kopf, sein Mund war zusammengepresst, sein Blick verbittert. »Ich war ein Narr.«

Seine Frau legte ihm beruhigend die Hand auf den Arm. »Du hast nur getan, was du für richtig gehalten hast.«

»Ich war ein Narr!«, wiederholte er aufgebracht. »Am achten Juni schlossen die Schulen ohne irgendwelche Vorankündigung. Am Abend hieß es im BBC, dass die Deutschen sich bereits hundertzwanzig Kilometer nördlich von Paris befanden. Am zehnten Juni standen die Boches vor unserer Tür, und trotzdem hieß es im französischen Radio, dass alles in bester Ordnung sei. Am zehnten Juni hörten wir, dass die Regierung am Vortag geflohen war.«

Grand-père fluchte leise.

M. Morans Augen funkelten empört. »Als ich erfahren habe, dass die Regierung mitten in der Nacht feige davongelaufen war, kam ich mir abgrundtief verraten vor.«

»Völlig zu Recht«, stellte Grand-père unverblümt fest. »Wir sind alle verraten worden.«

Die Straßen waren so verstopft, dass die Morans zwei Tage gebraucht hatten, um eine Entfernung zurückzulegen, für die man normalerweise zwei Stunden gebraucht hätte. Um Benzin zu sparen, hatte M. Moran stets den Motor abgestellt, wenn der Verkehr zum Erliegen kam. Vorsorglich hatte er ein paar Reservekanister mit Benzin besorgt, und wahrscheinlich hätten sie es zu ihrem Ziel geschafft, wenn der Motor nicht plötzlich abgestorben wäre und nicht mehr anspringen wollte.

Nach dem Essen – und nach dem Angebot, sich ein bisschen frisch zu machen und die Kleidung zu wechseln – brachte Grandpère die Familie mit seinem alten Traktor nach Arcy-sur-Cure. Dort konnten sie ihren Verwandten in Dijon anrufen und ihn bitten, sie abzuholen.

An jenem Abend verkündete der französische Sender, dass alle Männer zwischen achtzehn und fünfzig Paris sofort verlassen sollten, um nicht von den Deutschen als Zwangsarbeiter eingesetzt zu werden. Natürlich dachte ich sofort an Joshua. Ich musste immer wieder an ihn denken.

9
Amélie, 1940

Am 14. Juni verkündete das Radio, dass Paris von den deutschen Truppen besetzt worden sei. Das noch vor wenigen Wochen Unvorstellbare war eingetreten.

Die Reaktion unserer Eltern kam Yvette und mir noch beängstigender vor als die eigentliche Nachricht. Unsere Väter vergossen Tränen. Selbst der stählerne, kratzbürstige Grand-père wischte sich mit dem Taschentuch übers Gesicht, dann räusperte er sich und murmelte irgendetwas darüber, dass er sich wohl erkältet hätte. Maman heulte wie ein Baby. Selbst Yvettes Mutter, die ruhigste, gelassenste Frau, die ich je gekannt hatte, weinte.

Wir klebten am Radio fest, erpicht auf sämtliche Details, auch wenn sie kaum erträglich waren. Am nächsten Tag brachte der BBC den Augenzeugenbericht eines Pariser Bürgers. Er lautete ungefähr folgendermaßen:

»Gestern Morgen wurde ich von einer Stimme mit einem deutschen Akzent geweckt, die durch einen Lautsprecher schallte. Uns wurde erklärt, dass die Wehrmacht in die Stadt einmarschierte und sie besetzte. Für den Abend um acht wurde eine Sperrstunde verhängt. Die meisten Läden wurden verbarrikadiert und geschlossen. Die Straßen waren verlassen. Die Wehrmacht marschierte in geschlossener Formation ein, es war ein beängstigender Anblick. Uns war erzählt worden, dass die deutschen Soldaten dürr, abgerissen und unterernährt seien. Das stimmte nicht.

Sie wirkten alle gut genährt und waren sowohl größer als auch kräftiger als unsere Leute. Nichts an ihnen wirkte schwach oder kränklich. Sie trugen feste Stiefel und waren alle glatt rasiert. Sie marschierten zur Musik eines Nazi-Orchesters. Wir erfuhren, dass sie vor der Stadt Halt gemacht hatten, um sich zu rasieren und ihre Stiefel zu putzen.

Als Nächstes donnerten riesige, Unheil verkündende Panzer, Lastwagen und Geschütze über das Pflaster. Die Nazis hängten eine Hakenkreuzflagge mitten in den Arc de Triomphe. In ganz Paris wurden die französischen Fahnen durch Hakenkreuzfahnen ersetzt, auf sämtlichen Regierungsgebäuden, an Denkmälern, vor den großen Hotels. Überall in der Stadt wurden Schilder aufgestellt, auf denen es hieß, dass sich Paris nun unter dem Schutz des deutschen Heeres befand.«

»Schutz!«, knurrte Papa abfällig.

»Wir erfuhren, dass die französische Regierung erst nach Tours umgezogen ist, dann nach Bordeaux, dann nach Clermont-Ferrand und schließlich nach Vichy. Jetzt ist in Paris alles ruhig, obwohl angeblich südlich der Stadt noch gekämpft wird.«

Am 17. Juni hörten wir, dass Ministerpräsident Paul Reynard zurückgetreten war und Marschall Philippe Pétain, ein französischer Held aus dem Großen Krieg, ihm nachfolgte. Pétain hielt sofort eine Rede, die im Radio auf sämtlichen Kanälen übertragen wurde: »Ich teile Ihnen heute mit schwerem Herzen mit, dass es Zeit ist, diesen Kampf zu beenden. Die französische Regierung ersucht bei der Führung des Deutschen Reichs um Waffenstillstand.«

»Was ist ein Waffenstillstand? Was bedeutet das?«, fragte ich.

Maman sah Papa an. »Ist ein Waffenstillstand dasselbe wie eine Kapitulation?«

»Ja«, antwortete Grand-père verbittert. »Waffenstillstand ist eine Kapitulation, die mit Lippenstift und Stöckelschuhen aufgehübscht wurde.«

Bald erfuhren wir, dass Frankreich tatsächlich vollständig kapituliert hatte. Wir hörten, dass Hitler darauf bestanden hatte, das Abkommen dort zu unterzeichnen, wo Deutschland gezwungen worden war, den Waffenstillstand am Ende des Ersten Weltkriegs zu unterschreiben: in einem Salonwagen der Eisenbahn in Rethondes, einem kleinen Dorf drei Kilometer östlich von Compiègne.

Am 18. Juni versammelten wir uns wieder um den Radioapparat. General Charles de Gaulle richtete sich von London aus an Frankreich.

Als er zu sprechen begann, bekam ich eine Gänsehaut; selbst meine Knochen schienen zu vibrieren. Instinktiv war mir klar, dass diese Ansprache von historischer Bedeutung war. Rasch holte ich mir ein Blatt Papier und notierte in Stenografie seine genauen Worte an den wichtigsten Stellen. Danach prägte ich sie mir fest ein.

»Gewiss waren und sind wir überschwemmt von der mechanischen Übermacht des Feindes zu Lande und in der Luft. Unendlich viel mehr noch als ihre Zahl haben uns die Panzer, die Flugzeuge, die Taktik der Deutschen zurückweichen lassen. Die Panzer, die Flugzeuge und die Taktik der Deutschen haben unsere Heerführer so überrascht, dass sie nicht mehr ein noch aus wissen.

Aber ist das letzte Wort gesprochen? Muss die Hoffnung weichen? Ist die Niederlage endgültig? Nein!

Dieselben Mittel, die uns überwältigt haben, können eines Tages den Sieg herbeiführen. Denn Frankreich ist nicht allein. Es ist nicht allein! Es ist nicht allein! Es hat ein großes Weltreich hinter sich. Es kann zusammengehen mit dem britischen Weltreich, das die Meere beherrscht und weiterkämpft. Wie England kann es von der unermesslichen Industrie der Vereinigten Staaten uneingeschränkten Gebrauch machen.

Was auch immer geschieht, die Flamme des französischen Widerstandes darf und wird nicht erlöschen.«

»Wir müssen kämpfen«, sagte M. Chaussant. »Er fordert uns zum Widerstand auf. Das heißt, wir müssen kämpfen.«

»Nun, ich bin bereit«, sagte Grand-père.

Vier Tage später tönte es aus dem Radio, dass das Waffenstillstandsabkommen unterzeichnet worden war. Die französische Armee war aufgelöst worden.

»Was wird mit Pierre und Thomas passieren?«, fragte Maman.

»Abgesehen von dem, was bereits passiert ist?«, fragte Papa.

Mama erbleichte. »Alphonse!«

»Ich wollte dich nicht beunruhigen, Marie. Aber im Grunde wissen wir nichts. Ich denke, dass jeder französische Soldat, der jetzt gefangen genommen wird, nach Deutschland in ein Arbeitslager geschickt wird.«

»Vielleicht gehen sie ja nach England und schließen sich General de Gaulle an«, meinte ich.

»Ja. Oder sie schließen sich dem Widerstand in Frankreich an«, sagte M. Chaussant.

Radioberichten zufolge war Frankreich jetzt zweigeteilt: Es gab die zone occupée, die Paris und Nordfrankreich umfasste, also auch Grand-pères Hof, und die zone libre, die von der neuen französischen Regierung in Vichy kontrolliert wurde.

»Die freie Zone!« Papa spuckte diese Worte wie einen Bissen verdorbene Wurst aus. »Was für ein Witz! Die neue französische Regierung ist nichts als eine deutsche Marionette. Die Deutschen benutzen französische Politiker und Polizisten, um das französische Volk zu unterdrücken, und heben sich dadurch ihre Männer für den Krieg auf.«

»Es ist ein Versuch, unsere innere Wahrnehmung zu täuschen«, pflichtete Grand-père ihm bei. »Wir sollen uns im Glauben wiegen, dass wir das tun wollen, was sie von uns wollen. Sie versuchen, uns gegeneinander aufzubringen.«

»Wer ist schlechter dran?«, wollte ich wissen. »Das besetzte Frankreich oder das freie Frankreich?«

»Die Zeit wird es weisen«, antwortete Yvettes Vater. »Aber vermutlich wird es überall gleich sein.«

In jener Nacht sprach General de Gaulle ein weiteres Mal auf BBC zu dem französischen Volk. Wir klammerten uns an jedes seiner Worte wie an Rettungsringe, die aus einem sinkenden Schiff abgeworfen wurden. Wieder griff ich zum Stift, um die wichtigsten Teile festzuhalten.

»Es ist absurd, den Kampf verloren zu geben. Ja, wir haben eine schwere Niederlage erlitten. Ein falsches Militärsystem, die bei der Führung der Operation begangenen Fehler, die Selbstzweifel der Regierung während der letzten Kämpfe haben uns die Schlacht um Frankreich verlieren lassen. Aber uns bleibt ein riesiges Weltreich, eine intakte Flotte, viel Gold und Verbündete mit gewaltigen Ressourcen.

Wenn nun die Kräfte der Freiheit über jene der Knechtschaft triumphierten – welches wäre dann das Schicksal eines Frankreich, das sich dem Feind unterworfen hätte? Die Ehre, gesunder Menschenverstand und das Interesse des Vaterlandes gebieten allen freien Franzosen, den Kampf fortzusetzen, wo sie sind, und so, wie sie es können.

Ich, General de Gaulle, unternehme hier in England diese nationale Aufgabe.

Ich fordere alle Franzosen, die frei bleiben wollen, auf, mich anzuhören und mir zu folgen. Es lebe das freie Frankreich in Ehre und Unabhängigkeit!«

»Wir müssen Widerstand leisten«, sagte Papa.

»Ja, aber wir müssen klug vorgehen«, sagte M. Chaussant. »Wir können nicht einfach anfangen, auf Nazis zu schießen, sonst werden wir selbst erschossen, und das hilft Frankreich nicht weiter. Wir müssen uns organisieren. Wir müssen zusammenarbeiten. Wir müssen ein Untergrundnetzwerk bilden, um ihre Bemühungen zu vereiteln und sämtliche ihrer Schritte zu unterlaufen.«

»Amélie und ich können helfen«, meinte Yvette.

»Ihr seid junge Mädchen.« Maman wedelte mit der Hand in der Luft herum, als wäre dieser Vorschlag eine Fliege, die sie verscheuchen wollte. »Haltet euch heraus und überlasst den Männern den Krieg.«

Aber als wir zu Bett gingen, flüsterten Yvette und ich noch lange eifrig.

»Es gibt doch bestimmt etwas, was wir tun können, um Frankreich zu helfen«, sagte ich. »Wir sprechen deutsch.«

»Ja. Wir sind zwar junge Mädchen, aber wir finden bestimmt etwas, womit wir den Kampf unterstützen können. Wir können die Nazis wenigstens ablenken. Wir können ihre Aufmerksamkeit auf uns richten, während französische Widerstandskämpfer ihre Waffen klauen.«

Ich verdrehte die Augen. »Du und dein Ausschnitt können sie vielleicht ablenken.«

»Auch du kannst es. Du kannst ihnen deine Beine zeigen und ihnen dein sinnliches kleines Lächeln schenken.«

»Ich kann nicht sinnlich lächeln«, erwiderte ich geringschätzig. Doch dann keimte ein Funken Hoffnung in mir auf. »Oder etwa doch?«

»Auf alle Fälle! Ich habe dich beobachtet, wie du es bei Joshua gemacht hast. Du verstehst dich darauf, deine Weiblichkeit auf eine Weise einzusetzen, die ziemlich verhängnisvoll sein kann.«

»Weißt du, was ich tue? Ich tue so, als wäre ich diese Sängerin von damals im Klub.«

»Ach, wirklich?« Yvette kicherte. »Dann ist das deine Geheimwaffe.«

Eine Geheimwaffe, dachte ich beim Einschlafen. So etwas war wahrscheinlich ganz gut, wenn ich an einem geheimen Krieg teilnehmen wollte.

10
Amélie, 1940

Zwei Wochen später rollte ein deutscher Lastwagen auf den Hof und vier Soldaten kletterten heraus. Yvette und ich halfen Maman und Mme Chaussant gerade in der Küche.

Wir starrten erschrocken aus dem Fenster. »Mon Dieu«, ächzte Maman. Sie fing an herumzuflattern wie ein verängstigtes Huhn und riss sich ihre mit einem Apfelmuster bedruckte Schürze vom Leib, als wären soeben Gäste angekommen.

»Hol deinen Grand-père«, befahl Mme Chaussant Yvette.

Er hatte uns mit seiner furchteinflößendsten Miene gewarnt: Wenn die Soldaten kämen – und er war sich sicher, dass sie kommen würden –, sollten wir den Mund halten und ihm das Reden überlassen, egal, was passierte. Sie sollten auf keinen Fall merken, dass wir deutsch sprachen oder verstanden, denn sonst würden sie uns vielleicht dazu zwingen, für sie zu arbeiten. Dabei hatte er meinen Papa so streng angesehen, bis dieser schließlich zögernd nickte.

Yvette rannte aus der hinteren Tür in den Garten und rief nach ihrem Großvater, der gerade Tomatenpflanzen an ein paar Stangen festband.

Ich starrte weiter aus dem Fenster. Einer der Soldaten war älter, vielleicht fünfunddreißig, die anderen waren jung, kaum älter als Pierre, und überraschend gut aussehend. Es verunsicherte mich, dass dieser grauenhafte Feind attraktiv sein konnte.

Mme Chaussant durchquerte das Esszimmer, um aus dem Fenster auf die Felder zu blicken. Mein Vater kehrte gerade zum Haus zurück; Yvettes Vater hatte sich einen großen Hut gegen die Sonne aufgesetzt und schlurfte mit gebeugten Schultern und langsam wie ein viel älterer Mann zu dem hintersten Feld.

Die Nazis pochten an die Tür.

Grand-père öffnete sie, wir anderen drängten uns hinter ihm. »Ja bitte?«

»Guten Tag, Monsieur«, sagte der Ältere in stockendem Französisch, jedoch nicht unhöflich. »Wir brauchen ein paar Auskünfte.«

»Welche Art von Auskünften?«

»Wir benötigen die Namen, das Alter und die Berufe sämtlicher Bewohner dieses Hauses.«

Grand-père nannte ihm unsere Namen. Ein junger Soldat mit welligem blondem Haar und blauen Augen schrieb sie eifrig auf. Die drei anderen Soldaten blieben auf der Schwelle stehen, die Hände hinter dem Rücken verschränkt, und beäugten verstohlen Yvette und mich. Na ja, hauptsächlich Yvette. Einer von ihnen lächelte sie an. Sie begann, zurückzulächeln – ist es nicht ein Reflex, wenn ein junges Mädchen das Lächeln eines attraktiven jungen Mannes erwidert? –, doch ihre Mutter zwickte sie in den Arm. Yvette versteckte sich hinter ihr und hielt den Blick fortan gesenkt. Ich stupste sie an, und wir grinsten uns heimlich an.

Grand-père erzählte den Soldaten, dass M. Chaussant sein verwitweter jüngerer Bruder sei. Dabei benutzte er seinen mittleren Namen und fügte seinem wahren Alter zwanzig Jahre hinzu. Mein Alter gab er mit zwölf an, Yvettes mit dreizehn. Darüber waren wir natürlich höchst empört, bis er uns später erklärte, dass heranwachsende Kinder eine größere Lebensmittelration erhielten und dass die Nazis uns nicht in Arbeitslager nach Deutschland verschleppen würden, wenn sie uns für so jung hielten. Bei dieser Gelegenheit erfuhren wir zum ersten Mal, dass sogar junge Mädchen nach Deutschland verschleppt wurden. Es jagte uns einen gehörigen Schrecken ein.

Grand-père erzählte den Soldaten, dass meine Familie Freunde aus Paris seien und dass Papa Lehrer sei. Nebenbei erwähnte er, dass mein Vater vor Kurzem einen Schlag auf den Kopf abbekommen habe und jetzt ein bisschen langsam sei. Später erklärte er uns, dass die Deutschen Papa ansonsten wahrscheinlich gezwungen hätten, für sie zu arbeiten oder ihn in ein Arbeitslager nach Deutschland geschickt hätten; denn gesunde, kräftige Männer in der Zivilbevölkerung erachteten sie als potenzielle Bedrohung.

Der ältere Deutsche, offenbar der einzige, der französisch sprach, erklärte, wir müssten uns im Rathaus registrieren lassen. Ab sofort seien die Lebensmittel rationiert. Sodann forderte er uns auf, alle unsere Waffen abzugeben. Grand-père händigte ihnen die Pistole und das Gewehr aus.

»Können wir Ihr Haus durchsuchen?«

Grand-père hob die Schultern. »Ich kann Sie nicht daran hindern.«

Die Soldaten durchsuchten zu zweit jedes Zimmer. Sie hoben Matratzen und Kopfkissen hoch, spähten in jeden Schrank, durchwühlten Schubladen. Unter Grand-pères Bett fanden sie sein Bajonett. Als sie die Kommode in dem Raum, den Yvette und ich uns teilten, durchsuchten, fiel einem der jungen Soldaten ein BH von Yvette in die Hände.

Er hielt ihn hoch. »Die Dreizehnjährige hat einen ziemlich großen Busen«, sagte er auf Deutsch.

Der andere kicherte. »Stell dir mal vor, wie sie mit Sechzehn aussehen wird.«

Beide lachten. Grand-père kam an die Tür und starrte sie böse an. Verlegen schlossen sie die Schublade mit der Unterwäsche und nahmen wieder ihre Suche im übrigen Zimmer auf.

Sie machten sich umfangreiche Notizen, die für uns keinen Sinn ergaben, von allen möglichen Dingen – Familienporträts an der Wand, die Anzahl der Schlafzimmer, die Töpfe in der Küche.

Aus dem Keller nahmen sie alle Kartoffeln, Rüben und Zwiebeln mit. Draußen pflückten sie das Obst von den Bäumen und ernteten das reife Gemüse aus dem Garten. Zum Schluss trieben sie noch alle Hühner bis auf vier zusammen. »Es tut mir leid, wenn wir Ihnen Unannehmlichkeiten bereiten«, sagte der Älteste. »Doch der Führer braucht Lebensmittel für die Truppen, die für Ihren Frieden sorgen.«

Grand-père sah aus, als stünde er kurz vor dem Ersticken. Sein linkes Auge zuckte.

»Noch eines«, sagte der Soldat. »Wir müssen auch Ihr Radio mitnehmen.«

Grand-pères Gesicht lief dunkelrot an. »Das Radio? Non!«

»Der Befehl des Führers lautet, dass alle Radios konfisziert werden müssen.«

»Il y a une couille dans le potage«, murrte Grand-père.

Der ältere Deutsche runzelte die Stirn.

»Was hat er gesagt?«, fragte der Kleinste auf Deutsch. Seine Hand rutschte gefährlich nah an sein Pistolenhalfter. »Hat er den Führer beleidigt?«

»Ich glaube, er hat gesagt, in der Suppe sei ein Hoden«, erwiderte der Ältere auf Deutsch ziemlich verwirrt.

Zwei der jüngeren Deutschen grinsten, einer lachte sogar laut.

»Das wirft ein Problem auf«, erklärte Grand-père die umgangssprachliche Redewendung in verständlichen Worten. »Ohne Radio wissen wir nicht, was passiert.«

»Ach so. Da kann ich Sie beruhigen. Wir werden die Bürgerschaft über alles Wissenswerte informieren.«

»Darauf möchte ich wetten«, murmelte Grand-père, als sie das Gerät – es war ziemlich groß – zu zweit auf ihren Lastwagen verfrachteten.

»Ich hoffe, die Hühner kacken auf die Antenne und ruinieren es«, sagte Grand-père, als sie endlich davonfuhren.

Papa war fuchsteufelswild. Nur Mamans Hand auf seinem Arm hatte ihn davon abgehalten, sich in das Gespräch einzumischen oder zu versuchen, die Deutschen zu erwürgen. Sein Gesicht war knallrot und wutverzerrt. Während der Lastwagen in einer Staubwolke davonbrauste, fluchte er heftig auf Deutsch. Die Worte kannte ich nicht, doch ich konnte mir denken, was sie bedeuteten,

Als M. Chaussant vom Feld zurückkehrte und erfuhr, was passiert war, blieb er gelassener. »Ich kann ein Radiogerät basteln. Alles in allem hätte es weitaus schlimmer kommen können.«

»Das kann ich mir nicht vorstellen«, erwiderte Papa verbittert.

Grand-père sah ihn an, und zum ersten Mal fragte ich mich, ob er tatsächlich glaubte, Papa sei nicht mehr ganz bei Trost. Der Schock über den Tod seines Bruders und seines Vaters, seine Sorgen über das Schicksal seiner Söhne und sein Unvermögen, seiner Frau und Tochter eine Zuflucht zu bieten, hatten vielleicht wirklich dazu geführt, dass etwas in ihm zerbrochen war. »Fordere das Schicksal nicht heraus, Alphonse, sonst belehrt es dich eines Besseren.«

Grand-père sollte recht behalten. Ende August kamen Yvettes Tante, deren Mann, zwei Töchter und drei Söhne im Teenageralter aus Elsass-Lothringen auf den Hof. Kurz nachdem die Wehrmacht in Frankreich einmarschiert war, war ihr Haus bei einem Luftangriff zerstört worden. Sie hatten bei der Familie ihres Mannes in der Nähe von Tours unterschlüpfen können, aber als die Deutschen alle Männer zwischen vierzehn und fünfzig zusammentrieben und sie in Arbeitslager nach Deutschland verschleppten, hatten sie sich auf den Weg zu uns gemacht.

Das Haus war jetzt zu voll, und die Lebensmittel wurden knapp.

»Es gehört sich nicht, dass wir Dinge für uns beanspruchen, die die Chaussants für ihre Verwandten brauchen«, meinte Maman.

Papa sah sie erschöpft an. »Was sollen wir deiner Meinung nach tun?«

Mama seufzte wehmütig. »Den Berichten nach sieht es so aus, als ob in Paris alles ruhig ist.«

Tatsächlich klangen sämtliche Berichte so, als wäre das Leben in Paris fast wieder normal. »Eh, bien«, seufzte Papa. »Gehen wir nach Hause.«

Ich war begeistert, wieder in die Stadt zurückzukehren – zurück zu Joshua! –, aber traurig, es ohne Yvette zu tun.

»Ihr solltet ebenfalls nach Paris zurückgehen«, bestürmte ich Yvettes Mutter.

»Non, chérie. Unsere Familie muss hierbleiben. Die Boches würden meinen Mann liebend gern dazu zwingen, sie bei der Entwicklung tödlicher Waffen zu unterstützen, und wenn er sich weigert – was er bestimmt tun würde –, dann würden sie ihn töten.«

»Aber sie können ihn doch auch hier finden, oder?«

»Ja, aber dafür müssten sie aktiv nach ihm suchen. Wir haben erfahren, dass sie französische Wissenschaftler zusammentreiben, wenn sie leicht zu finden sind, aber sie begeben sich nicht auf die Suche nach ihnen. Unsere Familie ist hier sicherer.«

Dagegen kam ich nicht mehr an. Außerdem wussten Yvette und ich, dass M. Chaussant mit mehreren Leuten aus der Umgebung Widerstandsaktivitäten gegen die Deutschen organisierte, auch wenn er kaum darüber sprach. Darüber hinaus hatte er im Dachboden eine falsche Wand eingezogen, hinter der er ein neues Radiogerät versteckt hatte. Außerdem hatten er und Papa in der Scheune einen breiten Keller ausgegraben und einen Heuhaufen darüber geschichtet.

Maman, Papa und ich schmiedeten Pläne für unsere Abreise. Das Reisen erforderte, wie alles, seit die Deutschen im Land waren, viel Zeit und Papierkram. Wir hatten uns bereits im Dorf registrieren lassen, um Lebensmittelkarten und Ausweispapiere zu erhalten. Jetzt mussten wir noch einmal dorthin, um eine Reiseerlaubnis zu besorgen. Danach erstanden wir Fahrkarten am Bahnhof. Sie kosteten das Dreifache dessen, was sie vor ein paar Monaten gekostet hatten, und wir konnten frühestens in zwei Tagen reisen. Offenbar war ein Großteil der Züge für das deutsche Heer reserviert; die Franzosen mussten sich auf wenige Abteile beschränken.

Zurück auf dem Hof packten wir unsere Habseligkeiten und bereiteten uns auf den Abschied vor. Am Abend vor unserer Abreise kam Maman mit einem formlosen Kleid an, das Yvettes verstorbener Großmutter gehört hatte. Ich sollte es auf der Bahnfahrt tragen.

Entsetzt hielt ich den abgetragenen grauen Fetzen hoch und

fragte bestürzt, warum ich denn so ein hässliches Kleid anziehen sollte.

»Grand-père und Papa halten es für das Beste, wenn die deutschen Soldaten dich nicht attraktiv finden.«

Als ob das ein Problem wäre! Ich war verlegen und erbost zugleich. Yvette fand das Ganze urkomisch.

»Keine Sorge«, erklärte ich Maman. »Die Männer finden mich nicht so unwiderstehlich, dass wir meine Reize verhüllen müssen.«

Yvette wälzte sich lachend auf dem Bett.

»Du hast keine Ahnung, wie hübsch du bist«, sagte Maman.

»Das stimmt, Amélie.« Yvette richtete sich auf und nickte.

»Du wirst dieses Kleid tragen, und du wirst deine Haare zu einem festen Knoten zusammenbinden«, befahl Maman.

Ich hielt mir das Kleid an den Leib. »Bist du dir sicher, dass es hässlich genug ist, um meine erlesene Schönheit zu schmälern? Vielleicht sollte ich Papas Hose und M. Chaussants Arbeitshemd tragen und so tun, als wäre ich ein Junge.«

»Und dein Gesicht beschmieren wir mit Erde und setzen dir eine Kappe auf den Kopf«, fügte Yvette hinzu. »Du kannst Grand-pères mit Mist verschmutzte Arbeitsstiefel tragen, dann schreckst du die Männer auch noch mit deinem Geruch ab.«

Maman weigerte sich, von ihrem Ansinnen Abstand zu nehmen.

»Gut, ich ziehe es für die Zugfahrt an«, gab ich schließlich nach. »Aber wenn wir wieder zu Hause sind, werde ich meine eigenen Kleider tragen. Ich laufe in Paris auf keinen Fall wie eine Babuschka herum.«

Am nächsten Morgen zog ich das scheußliche Kleid an und band meine Haare zu einem Knoten.

Zum Abschied umarmte ich Yvette, und wir weinten beide. »Ich werde dich schrecklich vermissen«, schluchzte sie.

»Und ich dich. Wer wird mit mir lachen? Wie soll ich es durch diesen Krieg bloß ohne dich schaffen?«

»Du bist stärker, als du glaubst, ma petite«, erwiderte sie. »Und vergiss nicht – du hast eine Geheimwaffe!«

»Du hast zwei, aber du musst sie gut verstecken, es sei denn, eine große Ablenkung ist vonnöten.«

Kichernd umarmten wir uns noch ein letztes Mal, dann fuhr Grand-père meine Eltern und mich zum Bahnhof.

Unser Zug war pünktlich, aber selbst in den für Franzosen reservierten Abteilen drängten sich Deutsche. Als ein Soldat nach dem anderen mich frech beäugte, merkte ich rasch, dass mein hässliches Kleid doch recht nützlich war.

Beim nächsten Halt betraten drei junge Französinnen unser Abteil. Sie waren geschminkt und trugen hübsche Kleider und hohe Schuhe. Ich kam mir vor wie eine unansehnliche alte Nonne. Die deutschen Soldaten überschlugen sich schier, um ihnen behilflich zu sein. Sie verstauten das Gepäck der jungen Frauen, boten ihnen Feuer für ihre Zigaretten an und besorgten ihnen Getränke im Speisewagen. Die Frauen schäkerten mit den Soldaten, als wären es keine feindlichen Besatzer, sondern ganz normale attraktive junge Männer.

»Wie erbärmlich«, murrte Papa. Er reichte mir einen Teil seiner Zeitung. »Lies das«, meinte er, »dann fällst du nicht so auf.«

»Ich würde nicht weniger auffallen, wenn ich unsichtbar wäre«, flüsterte ich ihm zu.

»Gut so«, flüsterte er zurück.

Papa war sehr erregt. Seine Lippen waren zusammengepresst, sein Gesicht rot, und er klopfte ständig mit dem Fuß auf den Boden. Er sah aus, als stünde er kurz davor, zu explodieren.

»Was ist mit dir los?«, fragte ich.

»Es macht mich wütend, wenn ich sehe, wie diese Soldaten mit ihren gut gefüllten Bäuchen in unseren Zügen fahren«, flüsterte er.

»Alphonse, denk nicht daran«, mahnte Maman leise.

»Woran soll ich denn sonst denken?«

»An das, woran du vorher gedacht hast.«

»Ich weiß nicht mehr, was das war.«

»Dann schau dir die Gegend an.«

Ich beschloss, Mamans Rat zu befolgen, und lenkte meine Aufmerksamkeit auf die vorbeiziehende Landschaft. Sie wirkte unverändert, aber auf jedem Bahnhof stach die militärische Anwesenheit der Deutschen ins Auge. Die Bahnsteige waren ein Meer von graugrünen Uniformen mit flaschengrünen Krägen und Achselstücken. Beim Anblick der Nazifahnen, die überall dort hingen, wo normalerweise die französische Flagge gehisst war, schnürte es mir die Brust zusammen.

11
Amélie, 1940

Am Spätnachmittag kamen wir in Paris an. Als erstes fielen mir die Hakenkreuzfahnen am Bahnhof auf. Als wir auf die Straße hinausgingen, war ich jedoch überrascht, wie unverändert die Stadt wirkte. Ein Großteil der Läden war geöffnet, was mich ebenfalls wunderte, weil ich davon ausgegangen war, dass viele geschlossen sein würden.

Wir nahmen ein Taxi. Der Fahrer erzählte uns, dass es in der Stadt ziemlich ruhig war, die Nazis jedoch alles und jeden beobachteten. Er meinte, alle möglichen Waren von Schnürsenkeln bis hin zu Brennholz seien knapp, und am knappsten seien Lebensmittel.

»Die Boches haben einen Riesenhunger«, sagte er. »Sie schlagen sich die Bäuche voll und lassen uns nicht viel übrig.«

Mittlerweile neigte sich der Tag dem Ende zu, und wir waren erschöpft und hungrig. »Ich bin heilfroh, dass ich so viele Sachen eingemacht habe«, sagte Maman, als das Taxi in unser Viertel einbog. »Zum Abendessen kann ich ein bisschen Gemüse aufwärmen. Wie schön es sein wird, endlich wieder im eigenen Bett zu schlafen.«

Ich spähte eifrig aus dem Fenster, als das Taxi in unsere Straße fuhr. Mein erster Gedanke war, dass unser Haus wunderschön aussah und bereit, uns zu empfangen; denn aus den Fenstern fiel helles Licht.

»Warum sind die Lampen an?«, wunderte sich Maman.

Papa war damit beschäftigt, den Taxifahrer zu bezahlen, und hörte sie deshalb wohl nicht. Auf dem Weg zur Haustür kramte er die Schlüssel aus der Tasche.

Sobald er den Schlüssel ins Schloss gesteckt hatte, ging die Tür auf. Im Türrahmen stand ein großer Deutscher, der mit seiner schwarzen Krawatte aussah, als wollte er ausgehen.

Papa keuchte erschrocken auf. Ich weiß nicht, wer überraschter war, Papa oder der große Deutsche.

»Kann ich Ihnen helfen?«, fragte der Deutsche in holprigem Französisch.

Papa blinzelte, dann fragte er unwirsch: »Wer sind Sie, und was machen Sie in meinem Haus?«

»Ihrem Haus?«, fragte der Mann.

»Jawohl, meinem Haus.« Zornig trat Papa ein. Maman und ich folgten ihm zögernd.

In der Diele hatten sich etwa zehn bis zwölf Männer um den Esstisch versammelt. Aus dem Salon drang Musik. Der Duft von geschmortem Fleisch – so köstlich, dass mir das Wasser im Mund zusammenlief – hing in der Luft.

»Sie irren sich. Hier wohnt Oberst Schiltzen.«

»Ich irre mich nicht.« Papa deutete auf das Klavier. »Das da ist mein Klavier, und das ist mein Tisch, an dem Ihre Freunde sitzen. Und das Glas, das Sie in der Hand halten, ist einer der Kristallkelche aus der Aussteuer meiner Frau.«

Maman zog an Papas Arm. Sie war kreidebleich und höchst beunruhigt. Um den Tisch wurden die Stühle nach hinten gerückt, und die Männer erhoben sich.

»Was ist los?«, rief einer.

»Nichts«, erwiderte der Deutsche. »Nur jemand, der sich in der Adresse geirrt hat.« Er nahm einen langsamen, unverschämten Schluck aus Mamas Glas.

Papa riss es ihm aus der Hand. Wein spritzte auf den Teppich in der Diele.

»Alphonse!« Maman trat vor und wollte Papa wegziehen. Doch in dem Moment versetzte der Deutsche Papa eine Ohrfeige, und Maman wich zurück, als wäre auch sie geschlagen worden.

Papa holte aus und schlug den Mann nieder. Ich glaube, Maman kreischte, aber vielleicht stammte das Geräusch auch von mir. Ich drückte mich an die Wand. Das Herz schlug mir bis zum Hals. Papa kniete sich auf den Deutschen und begann, ihn zu würgen. Plötzlich waren wir umringt von Deutschen in Abendkleidung oder Ausgehuniformen. Ein Schuss knallte.

Papa brach zusammen. Seine Hände lösten sich vom Hals des Deutschen, die Arme fielen schlapp nach unten wie Lumpen. Der große Deutsche kroch unter ihm hervor. Papas Beine gaben nach. Sein Blut ergoss sich auf den Aubusson-Teppich, der unsere Diele seit mindestens hundert Jahren zierte.

»Alphonse!« Maman kniete sich neben ihn und drehte ihn um. Seine Augen waren offen, in seinem Blick vermengten sich Schock und Schmerz. Ein schreckliches Loch klaffte in der Mitte seines ehemals weißen und mittlerweile rot gefärbten Hemdes. Maman umfasste sein Gesicht, dann flehte sie die Deutschen an: »Sie müssen ihn in ein Krankenhaus bringen!«

»Schafft ihn raus«, befahl einer der Deutschen in einer Uniform mit gepolsterten Schultern und mehreren Orden, ein stämmiger, feister Mann. Er winkte mit der Hand. »Legt eine Decke ins Auto, damit nicht alles blutig wird.«

Zwei uniformierte Männer hoben meinen Vater an den Achselhöhlen hoch und zerrten ihn zur Tür. Maman erhob sich mühsam und wollte ihnen folgen.

Ein dritter uniformierter Deutscher versperrte ihr den Weg. »Sie können nicht mit.«

Mamans Augen waren weit aufgerissen, ihr Blick irrte wild umher. »Aber ich muss ihn ins Krankenhaus begleiten.«

Zwei Offiziere in der Diele lachten.

»Keine Sorge, Madame. Ihr Mann ist bei uns in guten Händen«, sagte einer von ihnen auf Französisch.

Als die Offiziere Papa hinauszerrten, war sein Kopf schlaff und rollte hin und her, und seine Augen waren geschlossen. Er war bewusstlos – oder noch schlimmer. Kurz darauf sprang ein Motor an, und ein Wagen setzte sich in Bewegung. Papa war weg.

Ich legte die Arme um Maman. Mein Kopf nahm zwar wahr, was passierte, aber innerlich war ich völlig leer.

»Was sollen wir mit der Frau und dem Mädchen machen?«, fragte einer der Offiziere in der Diele auf Deutsch. »Sie sind Zeugen.«

»Na und? Sie können andere warnen, was mit dreisten Franzosen passiert.«

»Aber du kennst doch die Befehle. Wir sollen nichts tun, um die Öffentlichkeit gegen uns aufzubringen.«

»Das sind alte Befehle. Sie werden sich bald ändern.«

»Ja. Bald werden wir viele brüskieren.« Die Männer feixten.

»Trotzdem – sie haben gesehen, dass ich ihn erschossen habe«, sagte der stämmige Deutsche. Bis er das sagte, war mir nicht klar gewesen, wer die Waffe gezogen hatte. Ich sah ihn mir genau an. Sein Bild brannte sich in mein Gedächtnis ein, in irgendeinen heißen, dunklen Teil meiner Seele, von dem ich bislang gar nicht gewusst hatte, dass es ihn gab. Einem Teil, in dem der Hass schwelte.

»Er hat den Tod verdient«, sagte der Mann mit den Schulterpolstern, der offenbar der Oberst war. »Er hat einen deutschen Offizier angegriffen.«

Ein Mann mit weißer Krawatte wandte sich an Maman. Sein Französisch war schrecklich. »Madame, Sie müssen jetzt gehen und dürfen nie mehr zurückkehren. Außerdem könnte es schlimm für Sie ausgehen, wenn Sie über diesen Vorfall reden. Sehr schlimm, fürchte ich.«

»Aber mein Mann …«

»Er hat einen deutschen Offizier angegriffen. Daran ist er gehindert worden.« Er machte die Tür auf. »Es tut mir leid, dass Sie aus Versehen in das falsche Haus geraten sind.«

»Es ist nicht das falsche Haus«, sagte ich.

Die Soldaten sahen mich an.

Ich war überrascht, dass ich etwas gesagt hatte, denn mein Mund fühlte sich wie mit Watte ausgestopft an. Dennoch redete ich weiter. »Dieses Haus gehört uns. Wir haben es vor der Invasion verlassen, aber jetzt sind wir wieder da.«

»Es tut mir leid, Mademoiselle, aber das Haus ist für einen Offizier beschlagnahmt worden. Es gehört jetzt dem Führer.«

»Bitte, sagen Sie mir, wohin Sie meinen Mann gebracht haben«, beharrte Maman.

»Dort wollen Sie nicht sein.« Der Mann mit der weißen Krawatte schob uns aus der Tür.

»Aber wohin sollen wir gehen?«, fragte ich. »Wo sollen wir wohnen?«

»Das ist nicht unsere Sorge. Vielleicht dort, wo Sie bislang gewohnt haben.« Er schob uns weiter auf den Treppenabsatz. »Gehen Sie jetzt.«

Als die Haustür mit einem schmerzlich vertrauten dumpfen Knall hinter uns zuging, wurde mir klar, dass das Leben, das ich gekannt hatte, unwiderruflich vorbei war.

12
Amélie, 1940

Maman war ein schluchzendes Häufchen Elend, sie wollte Papa unbedingt finden. Sie weigerte sich, zu glauben, dass er tot war oder bald tot sein würde. Sie wollte unbedingt die Krankenhäuser nach ihm absuchen.

Ich glaubte nicht im Geringsten daran, dass die Nazis vorhatten, Papa medizinische Hilfe zukommen zu lassen. Und selbst wenn, wäre es sinnlos gewesen. Ein Mann, der aus solch kurzer Entfernung ins Herz geschossen worden war, war nicht mehr zu retten.

Maman taumelte wimmernd auf die Straße. Zum ersten Mal – aber nicht zum letzten Mal – hatten sich unsere Rollen umgekehrt. Ich war die Erwachsene, sie das Kind. Ihre Not zwang mich zu handeln. Seltsamerweise kam mir das wie ein Segen vor, denn ich hatte etwas Greifbares, worauf ich mich konzentrieren musste.

Ich fühlte mich merkwürdig distanziert und blutleer – als wäre mein Blut mit dem von Papa auf den Teppich geflossen. Mein ganzer Körper war taub, so wie es mit einem Bein passieren kann, wenn man darauf sitzt. In dieser Nacht und in den nächsten Wochen funktionierte mein Kopf wie eine Uhr. Mein Gehirn tickte zur nächsten Aufgabe und dann zur übernächsten. Es hörte nie auf zu ticken, es hielt nie inne, um in Ruhe nachzudenken.

»Schauen wir bei Mme LeMans vorbei«, sagte ich und führte Maman zur Haustür unserer Nachbarin. Wir klopften, doch die Wohnung war dunkel und verlassen.

»Vielleicht können wir in Yvettes Wohnung übernachten«, schlug ich vor. »Yvette hat mal erzählt, dass ihr Schlafzimmerfenster nicht gut schließt.« Sie war früher oft mitten in der Nacht aus dem Fenster gestiegen und hatte mich besucht. Wir hatten den Nervenkitzel genossen, wenn wir irgendwelche tollkühnen, gefährlichen Sachen angestellt hatten. Wie kindisch mir das jetzt vorkam!

Ich ging ums Haus zu dem Fenster und drückte die Nase an die Scheibe. Das Licht reichte gerade noch, um zu erkennen, dass drinnen alles durchwühlt worden war. Jemand hatte die Wohnung völlig auf den Kopf gestellt.

»Sie haben M. Chaussant gesucht«, sagte ich. »Hier zu übernachten ist wahrscheinlich nicht sehr sicher.«

»Warum suchen wir jetzt überhaupt nach einer Übernachtungsmöglichkeit?«, fragte Maman verständnislos. »Wir können uns nicht ausruhen. Wir müssen die Krankenhäuser nach deinem Papa absuchen.«

»Maman.« Ich nahm sie an den Schultern und schaute ihr fest in die Augen. Sie wirkten seltsam leer, so, als würden sie nichts sehen. »Die Männer haben Papa nicht in ein Krankenhaus gebracht.«

»Aber das müssen sie. Sie müssen!« Ihre Stimme wurde schriller und lauter.

»Probieren wir es bei den Lauries«, schlug ich vor. Ich wollte sie unbedingt ein wenig zur Ruhe kommen lassen. Deshalb klopfte ich nun an die Tür unserer Nachbarn. Im Haus brannten Lampen, aber es kam niemand zur Tür. Ich klopfte lauter.

Endlich ging die Tür einen Spalt auf. »Wir können euch nicht helfen. Ihr müsst weiter.«

»Aber Mme Laurie, wir sind es, Amélie und Maman.«

»Ich weiß. Ich habe den Schuss und die lauten Stimmen gehört.«

»Dann wissen Sie doch, dass wir Hilfe brauchen.«

»Es tut mir leid, aber sie haben euch doch schon gesagt, dass ihr wegmüsst.«

»Sie haben gemeint, dass wir nicht in unserem Haus bleiben können. Ich bin mir sicher, dass sie nicht gemeint haben, wir …«

Sie hielt die Hand hoch. »Sie beobachten alles, was in diesem Viertel passiert. Ich kann es nicht riskieren, euch zu helfen.«

Maman zwängte das Gesicht in den Spalt. »Lorraine, wie kannst du uns abweisen?«

»Ich – ich muss mich um mich selbst kümmern. Mein Onkel und meine Tante aus Polen sind hier, und … und wir dürfen nicht auffallen.«

»Aber …«

»Nein. Es tut mir leid.« Sie schloss die Tür mit einer schrecklichen Endgültigkeit.

Maman setzte sich auf den Treppenabsatz und fing wieder zu heulen an. Aus ihrer Kehle drangen wilde, animalische Klagelaute.

Ich packte sie am Arm und zog sie hoch wie ein Kleinkind, das einen Trotzanfall hat. »Hör damit auf!«, herrschte ich sie streng an und erkannte meine Stimme kaum wieder. »Wenn die Nazis dich hören, bringen sie uns um.«

»Das ist mir egal.«

»Aber mir nicht.«

Endlich wirkte ihr Blick klarer. Sie sah mich an, als würde sie sich erst in dem Moment erinnern, dass ich ihre Tochter war. »Ja. Oh ja, Amélie, du musst leben. Aber was sollen wir tun? Papa hatte all unser Geld, ich habe nur ein paar Sous bei mir.«

Ich kann nicht behaupten, dass mich in dem Moment der Mut verließ, denn der hatte mich schon lange verlassen. Die Sache mit dem Geld verblasste neben dem unmittelbaren Problem: Wohin sollten wir gehen?

Wir kannten viele Leute in Paris, aber keinen besser als die Nachbarin, die uns soeben abgewiesen hatte.

»Wir schauen bei Joshua vorbei. Er wird wissen, was wir tun sollen.«

»Joshua? Wer ist das denn?«

»Ein Junge, mit dem ich ab und zu gelernt habe.«

»Du hast nie von ihm erzählt.«

»Er gehörte zu einer Gruppe junger Leute, mit denen Yvette und ich uns manchmal trafen«, erwiderte ich ausweichend.

»Weißt du, wo er wohnt?«

»Ich weiß, wo er arbeitet«, sagte ich. »Dort wird man uns sicher seine Adresse nennen.«

»Was für ein schreckliches Viertel«, murrte Maman, als wir unsere Koffer durch Montmartre schleppten. »Das ist ein Rotlichtbezirk.«

Ich wusste nicht, was das bedeutete, aber die Gegend wirkte gefährlicher, als sie es vor der Besatzung getan hatte. Eine Frau mit einer tief ausgeschnittenen Bluse stand an einer Ecke, eine Zigarette in der einen und eine offene Flasche in der anderen Hand. Weiter unten in der Gasse glimmten zwei Zigaretten in der Dunkelheit. Ich bekam eine Gänsehaut, als ein deutscher Soldat uns musterte. Doch als wir um eine Ecke bogen, stellte ich erleichtert fest, dass La Grosse Pomme offenbar immer noch geöffnet war. Das Schild über dem Eingang war hell erleuchtet.

»Was ist das denn für ein Lokal?«

»Es ist ein Klub, in dem Musiker auftreten.«

»Aber …«

Vor der Tür stand kein Türsteher. Wir mussten die schwere Messingtür selbst aufstemmen. Auf der Bühne spielten ein paar Musiker eine französische Ballade. Jazz oder Dixieland wurde offenbar nicht mehr gespielt, und man sah auch keine schwarzen Gesichter. Die Musiker waren weiß, und ihre Musik war fade wie Vanillepudding.

»Arbeitet Joshua heute Abend?«, fragte ich den Oberkellner.

Sein Blick schweifte zwischen mir und Maman hin und her. Er erkannte mich nicht.

»Joshua Koper«, stellte ich klar.

Er zog die Brauen hoch. »Der Hilfskellner?«

Ich neigte den Kopf und beschwor die selbstbewusste Haltung der schwarzen Sängerin herauf. »Ja. Können Sie ihm bitte sagen, dass Amélie ihn sprechen möchte?«

Ich sah ihm kühn in die Augen, bis er nickte. »Warten Sie hier.«

Maman und ich setzten uns an einen Tisch nahe dem Eingang.

Maman war sichtlich schockiert. Unter normalen Umständen hätte sie ein solches Lokal niemals betreten, geschweige denn sich hingesetzt. Unter normalen Umständen hätte sie mich gelöchert, wie es kam, dass ich einen solchen Ort kannte, und was ich mir denn dabei dachte, mit jemandem, der hier arbeitete, zu verkehren.

Der Kellner kehrte zurück. »Er kommt zum Hinterausgang.«

»Danke«, sagte ich und legte die Hand auf Mamans Arm. »Warte hier. Ich bin gleich wieder da.«

Joshua erwartete mich in der Gasse. Anfangs erhellte ein Lächeln sein Gesicht. »Amélie! Du bist zurück.«

Doch sein Lächeln verblasste, als seine Augen mein Gesicht erforschten. »Was ist passiert?«

Ich erzählte es ihm. Die Worte durchbohrten meine Kehle wie Glasscherben. Es tat schrecklich weh, sie auszusprechen. Als ich fertig war, war mein Gesicht tränennass.

Er zog einen Zettel aus der Tasche und schrieb etwas auf. »Geht zu dieser Adresse und gebt den Zettel der Frau, die die Tür öffnet. Das ist meine Mutter. Sie spricht nur Jiddisch, aber sie wird euch helfen. Wir beherbergen momentan viele Freunde und entfernte Verwandte, aber sie wird bestimmt noch ein Plätzchen für euch finden.«

»Danke. Vielen, vielen Dank.« Ich drückte ihm einen Kuss auf die Wange. Er hielt mich ganz kurz fest, und seine Wärme, der feste Trost seiner Brust – nun, ich fing zu schluchzen an. Nein, mahnte ich mich streng, du darfst nichts fühlen. Wenn ich anfing, Gefühle zuzulassen, konnte ich nicht mehr klar denken. Also straffte ich die Schultern, nahm den Zettel und ging. Nach ein paar Schritten blieb ich stehen und drehte mich um.

»Ich weiß nicht, ob Maman mitkommt. Sie will unbedingt in den Krankenhäusern nach Papa suchen.«

»Sag ihr, dass ich die Krankenhäuser absuchen werde. Es reicht, wenn sie sich morgen der Wahrheit stellt.«

13
Amélie, 1940

Die Wohnung lag in einem heruntergekommenen Viertel in einem Gebäude, das so schlicht war, dass es nicht einmal einen Concierge gab. Auch ein Treppenhaus gab es hier nicht. Maman und ich stiegen auf wackeligen, auf der Außenseite des Hauses angebrachten Stufen nach oben und klopften an eine schmuddelige Tür.

Wie versprochen hieß uns Joshuas Mutter willkommen, nachdem sie seine hastig aufgeschriebene Notiz gelesen hatte. Sie sprach weder Französisch noch Englisch und nur sehr wenig Deutsch. In der Wohnung blätterte die Farbe von den angeschlagenen Gipswänden, und die fleckigen Decken wölbten sich nach unten. Jedes der drei kümmerlichen Zimmer – es gab eine winzige Küche, ein Wohnzimmer, in dem auch gegessen wurde, und ein Schlafzimmer – wurde von einer einzigen Glühbirne erhellt, die an einem brüchigen Kabel baumelte. Am Ende des Ganges befand sich ein übel riechendes Bad, das von allen Bewohnern des Stockwerks benutzt wurde.

Joshuas Mutter gab uns zu verstehen, dass wir in ihrem Bett schlafen sollten. Ich wollte ablehnen, aber Maman war so entkräftet, dass ich einwilligte, nur damit sie sich hinlegen konnte. Mittlerweile zitterte sie am ganzen Leib, und aus ihrem Gesicht war jegliche Farbe gewichen. Auf dem Weg vom Klub zu der Wohnung hatte sie keinen Laut mehr von sich gegeben. Mme Koper wärmte eine dünne Suppe auf und bot uns beiden eine Tasse davon an. Einen Löffel reichte sie uns nicht. Ich hielt die Tasse an Mamans Lippen und nötigte sie, ein paar Schluck zu trinken.

Ich weiß nicht, wie viele Leute in dieser Wohnung hausten. Es waren mindestens zehn, als wir ankamen, und später etwa fünfzehn oder sogar zwanzig. Als wir schon längst im Bett lagen, kamen immer noch welche, und vier von ihnen, vielleicht auch mehr, schliefen auf dem Boden in unserem Zimmer.

Ich war erschöpft, aber meine Nerven waren zum Zerreißen gespannt. Jedes Mal, wenn ich die Augen schloss, sah ich das Loch in Papas Brust. Es sah aus wie eine seltsame rote Höhle. Allerdings brachte ich das Bild, das sich auf dem Inneren meiner Lider eingebrannt hatte, rein gefühlsmäßig nicht mit meinem Vater in Verbindung. Mein Herz funktionierte getrennt von meinem Verstand.

Ich war mir sicher, dass ich niemals einschlafen würde. Ich hielt meine Mutter fest und streichelte ihr über die Haare wie bei einem Kind. Endlich hörte sie zu zittern auf, und ihr Atem wurde langsamer und stetig. Ich sprach ein kleines Dankgebet, dass Gott ihr die Gnade der Bewusstlosigkeit gewährt hatte, dann lag ich da und wartete darauf, dass Joshua heimkehrte. Doch irgendwann übermannte auch mich die Müdigkeit.

Im frühen Morgengrauen – die Sonne war erst ein Versprechen am Horizont – erwachte ich und richtete mich auf. Die Erinnerung an den vergangenen Tag kam mir wie ein böser Traum vor. Als ich merkte, dass es kein Traum gewesen war, stürmten Trauer, Verzweiflung und Panik so heftig auf mich ein, dass ich auf das Kissen zurückfiel. Doch dann schloss sich die Stahltür, die meinen Kopf von meinem Herzen getrennt hatte, wieder mit einem dumpfen Knall, und ich erhob mich, um mich dem neuen Tag zu stellen.

Obwohl es so früh war, hatte sich vor dem Bad bereits eine Schlange gebildet. Maman saß aufrecht da, als ich ins Schlafzimmer zurückkehrte. Sie hatte einen Nachttopf benutzt, den ich nun leeren musste.

Sie erwartete mich schon voller Ungeduld. »Hat dein Freund Alphonse gefunden?«, lautete ihre erste Frage.

»Ich – ich weiß es nicht«, erwiderte ich und kam mir feige vor.

Joshua war in der Küche. Er war sehr viel direkter als ich. Nachdem er einen Stuhl für Maman zurechtgerückt und sie angewiesen hatte, sich zu setzen, sagte er: »So leid es mir tut, Ihnen das mitteilen zu müssen, Madame – Ihr Mann ist tot.«

Tränen traten in Mamans Augen. Sie presste die Lippen fest zusammen, und dann tat sie es auch mit den Augen. Schließlich öffnete sie die Augen und wischte sich die Tränen ab. »Ich muss mich um seine Beerdigung kümmern. Wo ist seine Leiche?«

»Die Nazis haben sie beseitigt. Sie werden Ihnen nicht sagen, wohin sie sie geschafft haben.«

Maman brach fassungslos zusammen. Ich hielt sie fest, während sie lange weinte. Ich weiß nicht, ob mein Hals von ihren oder von meinen Tränen nass wurde.

Joshua sprach in einer Sprache, die ich nicht verstand, mit Leuten, die in die Küche schlurften. Wahrscheinlich erklärte er ihnen, warum wir trauerten. Eine grauhaarige Frau stellte zwei Becher Tee für uns auf den Tisch und legte mitfühlend eine Hand auf meine Schulter.

»Es tut mir wirklich schrecklich leid, Madame«, erklärte Joshua meiner Mutter. »Aber es herrscht Krieg, und dieser Krieg holt seine Opfer auch hier, nicht nur an der Front.«

Ich wusste nicht recht, was wir nun tun sollten, aber eines wusste ich: Wir brauchten ein Dach über dem Kopf, und wir brauchten Essen. Für beides brauchten wir Geld. »Maman, wo hat Papa seine Bankgeschäfte erledigt?«

»An der Rue des Écoles, in der Nähe der Rue Monge.«

»Wir müssen dorthin.

Ich zog mein hübschestes Kleid an und half Maman, sich zurechtzumachen. Ich bemalte ihre Lippen mit Lippenstift – ihre Hand zitterte zu sehr dafür – und trug auch selbst welchen auf, obwohl sie mir bislang verboten hatte, mich zu schminken. Unser Gepäck ließen wir bei Joshua zurück.

Wir gingen zu Fuß zur Bank. Dort angekommen bat ich um ein Gespräch mit einem leitenden Angestellten.

Wir wurden zu einem Schreibtisch geführt, an dem uns ein hagerer Mann mit geölten grau melierten Haaren begrüßte und uns zwei Stühle holte. Er sah Maman erwartungsvoll an, doch sie saß schweigend da wie ein verunsichertes Kind. Deshalb übernahm ich das Reden und erklärte ihm kurz die Lage.

Er faltete die Hände auf dem Schreibtisch. Mir fiel auf, dass seine Nägel sehr gepflegt waren. »Ihr Verlust tut mir sehr leid, Mme Michaud.« Seine Augen schimmerten mitfühlend. »Können Sie sich denn ausweisen?«

Maman sammelte sich, um ihm zu antworten. »Mein – mein Mann hatte die Papiere eingesteckt. Wir waren unterwegs, und …«

»Es tut mir leid«, sagte der Bankangestellte, »aber ich brauche irgendeine Art von Ausweispapieren.«

Ich nahm Mamans Handtasche und durchsuchte sie verzweifelt. Schließlich stieß ich auf ein Foto von Papa, das ich dem Mann überreichte. »Das ist mein Vater. Kennen Sie ihn?«

Er betrachtete das Foto, dann sah er meine Mutter an, die die Tränen nicht mehr zurückhalten konnte. Ich dachte an Joshuas Worte. »Mein Vater ist ein Kriegsopfer«, sagte ich. »In solch einem Fall kann man doch sicher eine Ausnahme machen.«

Der Mann fuhr sich mit den Händen übers Gesicht, dann seufzte er tief. »Ich sehe mal zu, was ich für Sie tun kann.« Er nahm das Foto und verschwand in ein Hinterzimmer.

Ich öffnete Mamans Handtasche erneut und holte ihren Rosenkranz heraus. Den drückte ich ihr in die Hand, und gemeinsam beteten wir leise.

Es dauerte eine ganze Weile, bis ein Mann mit einer Habichtsnase an den Schreibtisch trat und sich vor Maman verbeugte. »Madame, ich möchte Ihnen mein aufrichtiges Beileid bekunden. Ich kannte M. Michaud und hielt ihn immer für einen ganz außergewöhnlichen Mann. Ihren schweren Verlust bedauere ich zutiefst.«

Sein würdevolles Auftreten weckte in Maman einen Teil ihrer normalen Haltung. Sie tupfte sich die Augen und brachte ein schwaches Nicken zustande.

Er setzte sich ihr gegenüber. »Als Finanzinstitut müssen wir uns an bestimmte Vorgehensweisen und Regeln halten. Das erwarten das Gesetz und unsere Kunden von uns. Bevor ich das Guthaben eines verstorbenen Kunden seiner Familie übertragen kann, brauchen wir entsprechende Ausweispapiere, eine Heiratsurkunde und eine Sterbeurkunde.«

»Das haben wir alles nicht«, warf ich ein.

»Ich verstehe. Leider kann ich Ihnen ohne diese Unterlagen keinen Zugang zu dem Guthaben Ihres Mannes gewähren.«

»Aber …«, fing ich an.

Er hob die Hand und wendete sich wieder an Maman. »Ich kann Ihnen jedoch ein kleines Darlehen – zur Sicherheit hat die Bank ja das Guthaben – bewilligen, damit Sie über die Runden kommen. Später, wenn Sie sich die entsprechenden Dokumente beschafft haben, kommen Sie zurück und holen sich den Rest.«

»Aber verstehen Sie denn nicht? Es ist unwahrscheinlich, dass wir diese Dokumente jemals bekommen«, sagte ich.

»Das verstehe ich.« Er beugte sich vor und sprach sehr leise, als fürchte er, belauscht zu werden. »Aber Deutsche sind hier in der Bank und beobachten alles, was wir tun. Ich kann es nicht riskieren, allzu weit von den üblichen Vorgehensweisen abzuweichen. Und wenn M. Michaud getötet wurde, weil er einen deutschen Offizier angegriffen hat, werden sie ihn zweifellos als Kriminellen abstempeln und sein gesamtes Hab und Gut beschlagnahmen. Ich biete Ihnen mehr Hilfe an, als ich normalerweise dürfte.«

So kam es, dass Maman eine Summe ausgehändigt bekam, die in etwa dem Verdienst meines Vaters von zwei Monaten entsprach. Ich sah ihr dabei zu, wie sie das Geld sorgfältig in ihr Portemonnaie steckte. Wir suchten uns ein Hotelzimmer – es kostete ein kleines Vermögen –, und ich steckte sie ins Bett, nachdem ich die Decke aufgeschlagen, das Kissen aufgeschüttelt und ihr beim Ausziehen der Schuhe geholfen hatte. Jeder einzelne Handgriff fiel ihr schwer. Plötzlich wirkte sie sehr alt.

In der Bank war mir die Summe, die uns zur Verfügung gestellt worden war, immens hoch vorgekommen, aber als ich die

Hotelkosten durchrechnete, wurde mir klar, dass wir nur drei Wochen dort bleiben konnten. Und dabei hatte ich noch gar nicht das Geld für Lebensmittel einkalkuliert. Als ich uns Croissants und einen Kaffee besorgte, merkte ich, dass die Preise astronomisch angestiegen waren.

»Das kommt daher, weil alles knapp ist«, erklärte mir Joshua, als ich unser Gepäck aus seiner Wohnung holte. »Und dazu kommt noch, dass die Deutschen den Wechselkurs zu ihren Gunsten erhöht haben. Die Reichsmark ist also viele Francs wert. Sie zahlen viel weniger als wir für die Grundnahrungsmittel.«

»Was sollen wir tun?«

»Du musst eine günstigere Unterkunft für euch finden und eine Möglichkeit, Geld zu verdienen.«

Es reichte nicht, dass ich jetzt Mamans Mutter war, nun musste ich auch noch an die Stelle meines Vaters treten und das Geld für unseren Lebensunterhalt beschaffen.

Ich musste eine Arbeit finden.

14
Amélie, 1940

Ich ließ Maman schlafen und begab mich auf Arbeitssuche. Ich hoffte auf Arbeit in einer Schneiderei oder einem Kaufhaus, doch ich wurde nicht fündig. Am nächsten Tag versuchte ich mein Glück in Hotels und Restaurants – ebenfalls vergeblich. Nach zwei Tagen Arbeitssuche hatte ich nichts vorzuweisen als wunde Füße.

Als ich am zweiten Nachmittag in unser Hotelzimmer zurückkehrte, war Maman nicht da. Sie kehrte in der Abenddämmerung zurück, sah aber viel besser aus. Ihr Gesicht war zwar immer noch von Leid zerfurcht, hatte jedoch wieder ein bisschen Farbe angenommen.

»Wo warst du?«, wollte ich wissen.

»Ich habe mit einem Priester gesprochen.« Sie legte die Handtasche auf einen Stuhl und streifte sich die Handschuhe ab. »Papa wird bald seine Ruhe gefunden haben.«

»Was soll das heißen?«

Sie setzte sich aufs Bett und glättete ihren Rock. »Ich habe einen Ablass gezahlt.«

»Wie bitte?«

»Der Priester wird dreißig Gebete sprechen. Wenn Papa ohne eine Todsünde auf sich zu laden gestorben ist, sollte das reichen, um seine Seele aus dem Fegefeuer zu befreien.«

Mein Herz fühlte sich an wie ein Sack Steine. »Wie viel hast du bezahlt?«

Bei der Summe, die sie nannte, sank ich aufs Bett neben ihr. »Ich kann es nicht fassen, dass ein Priester so viel Geld von dir verlangt hat.«

»Für die Seele deines Vaters ist kein Preis zu hoch.«

»Aber das ist die Hälfte dessen, was wir besitzen!«

»Es ging nicht anders. Wir haben ihm keine Sterbesakramente und keine anständige Beerdigung zukommen lassen. Es war unerlässlich.«

Ich stützte den Kopf in die Hände. Mir war schlecht vor Sorgen. Ich war eher praktisch als tief gläubig veranlagt und dachte mir, dass es Gott doch bestimmt recht wäre, wenn wir etwas zu essen und eine Bleibe hätten. Aber Maman – na ja, Maman war Maman.

»Hast du den Priester gefragt, ob er eine Arbeit für uns hat?«

»Nein, natürlich nicht.«

»Maman, wir müssen einen Weg finden, um Geld zu verdienen. Und wir müssen eine Bleibe für uns finden.«

»Vielleicht kann Cousine Hildie uns aufnehmen.«

Hildie, die älteste Tochter von Papas verstorbener großer Schwester, hatte ich völlig vergessen. Das war nicht verwunderlich, denn ich hatte sie zum letzten Mal mit etwa neun Jahren gesehen. Wenn meine Erinnerung mich nicht trog, war sie eine mürrische alte Jungfer, die in einem kleinen Wohnkomplex als Concierge arbeitete.

Maman meinte, sie sei uns gegenüber nie besonders herzlich gewesen, und das änderte sich auch nicht, als wir an jenem Abend vor ihrer Haustür standen.

»Hier könnt ihr nicht bleiben«, sagte sie barsch. »Die Wohnung ist winzig, ich habe keinen Platz für euch.«

»Ich entsinne mich, dass Papa dir bei der Arbeitssuche geholfen hat«, sagte ich. »Und ich glaube, er hat die Kosten für die Beerdigung deiner Eltern übernommen.«

»Amélie!« Maman sah mich tadelnd an. Sie war schockiert, dass ich so taktlos die Sprache auf solch empfindliche Themen lenkte.

Doch bei Hildie hatte es die erwünschte Wirkung. Sie entfaltete die Arme und seufzte. »Ich weiß wirklich nicht, wie ich zwei Leute in dieser winzigen Wohnung unterbringen soll.«

»Dann lass zumindest Maman bei dir wohnen«, sagte ich. »Ich bleibe nur für ein oder zwei Nächte.«

»Aber Amélie«, meinte meine Mutter fragend, das Gesicht von Sorgenfalten zerfurcht. »Wo willst du denn hin?«

»Mir wird schon etwas einfallen.«

»Bei der Familie dieses jungen Mannes kannst du jedenfalls nicht wohnen.«

»Nein, natürlich nicht.«

»Und ich finde, du solltest dich nicht mehr mit ihm treffen.«

Ich starrte sie ungläubig an. »Maman, er hat uns aufgenommen. Er hat nach Papa gesucht. Er hat uns geholfen, als kein anderer uns helfen wollte.«

»Ja, aber er ist ein Ausländer. Ich weiß nicht einmal, in welcher Sprache diese Leute sich unterhalten haben. Er stammt nicht aus denselben Kreisen wie wir.«

Empörung stieg in mir auf. Wie konnte sie nur so borniert sein?

»Außerdem«, fügte Maman hinzu, als hätte sie nicht schon genug gesagt, »sind sie sehr arm.«

»Du und ich sind jetzt auch sehr arm.«

»Unsinn. Sobald wir unser Haus zurückbekommen, wird es uns wieder gut gehen.«

Sie war nicht recht bei Verstand. In diesem Zustand hatte es keinen Zweck, mit ihr zu streiten. Ich nahm das Geld aus ihrer Handtasche und ließ ihr nur einen Bruchteil, damit ihr nicht noch andere Gebete einfielen, für die sie den Priester bezahlte.

Dann besuchte ich Joshua in seiner Wohnung und fragte ihn, ob er mir nicht helfen könne, eine Arbeit zu finden. »Vielleicht gibt es ja in deinem Klub eine freie Stelle?«

»Nein. Und selbst wenn, dann wäre das immer noch kein guter Ort für dich.«

»Aber …«

»Nein.« Seine Miene versteinerte sich. »Nach Montmartre solltest du keinen Fuß mehr setzen, wenn du nicht vergewaltigt oder zur Prostitution gezwungen werden willst. Dort war es für ein junges Mädchen schon früher nicht sicher, aber jetzt ist es äußerst gefährlich. Komm nie mehr in den Klub!«

Ich erinnerte mich an Mamans Reaktion auf dieses Viertel und daran, wie ich eine Gänsehaut bekommen hatte, als ich all die Frauen in tief ausgeschnittenen Blusen und geschlitzten Röcken und die glühenden Zigaretten in der dunklen Gasse sah. Zögernd nickte ich. »Aber ich muss eine Arbeit finden. Ich kann deutsch sprechen, das hat doch bestimmt einen gewissen Wert.«

»Ja.« Joshua musterte mich nachdenklich. »Ja, das hat es. Vielleicht sogar einen größeren Wert, als du denkst.«

»Ich werde alles Nötige tun, um mich und Maman versorgen zu können. Ich werde mich richtig ins Zeug legen. Ich bin stark, und ich bin mutig.«

»Das weiß ich, und eben das macht mir Sorgen.« Seufzend rieb er sich das Kinn. »Komm morgen zur naturwissenschaftlichen Fakultät der Sorbonne. Um sieben, in den Vorlesungssaal 129. Und sag keinem, wohin du gehst. Ich glaube, ich kenne jemanden, der dir helfen kann.«

Pünktlich um sieben trat ich in den kleinen Vorlesungssaal, in dem Joshua mit einem bärtigen Mann mittleren Alters saß. Der Mann trug ein Jackett und sah wie ein Professor aus. Vielleicht war er das ja auch.

Auf dem Dozentenpult lag ein Papierstapel neben einem französischen Analysis-Lehrbuch. Zwei Stühle standen dahinter. Vielleicht nahm Joshua Unterricht bei diesem Mann, vielleicht half er ihm auch, Prüfungsbögen zu korrigieren.

Beide Männer erhoben sich höflich, als ich zu ihnen trat. »Amélie, das ist M. Henri.«

Wir schüttelten uns die Hände, dann holte Joshua einen Stuhl für mich und schob mir ein Blatt Papier zu. »Wenn jemand hereinkommt, tu so, als würden wir ein Analysis-Projekt erörtern«, murmelte er.

Ich nickte.

»Wenn ich es recht verstanden habe, können Sie Deutsch und Englisch lesen und schreiben?«, fragte M. Henri. Sein Französisch war von einem englischen Akzent gefärbt.

»Ja«, erwiderte ich.

»Dann braucht Ihr Land Sie, wenn Sie bereit sind, ein paar Risiken einzugehen.«

Mein Herz machte einen kleinen Satz. Ich nickte eifrig, denn ich konnte es kaum erwarten, gegen die Nazis zu kämpfen. »Was soll ich tun?«

»Zuerst müssen wir uns darüber unterhalten, was Sie nicht tun dürfen.« Er beugte sich vor. »Sie dürfen niemandem – absolut niemandem – erzählen, dass Sie für uns arbeiten. Das können Sie weder Ihrer Mutter noch Ihren besten Freundinnen, Ihren Brüdern oder Ihren Kollegen sagen. Sie müssen äußerst diskret sein, und wenn Sie erwischt werden, müssen Sie sich bemühen, den Boches mindestens drei Tage lang nichts zu verraten.«

»Versprochen.«

»Na ja. Anfangs versprechen wir das alle, und gute Absichten sind wichtig. Aber wenn Sie geschnappt werden, werden Sie bald alles ausplaudern, was Sie wissen. Die Kerle werden Sie dazu zwingen.«

»Nein.«

»Doch. Das steht außer Frage. Aus diesem Grund werden wir Ihnen keine Informationen geben, die Sie nicht unbedingt benötigen. Alles, was Sie wissen müssen, werden wir Ihnen erst kurz vor dem Zeitpunkt mitteilen, wenn Sie diese Kenntnisse brauchen.«

»Das klingt einleuchtend.«

»Es ist wichtig, dass Sie die Gefahr verstehen, der Sie sich und Ihre Angehörigen aussetzen. Sie müssen wissen, dass die Boches jeden umbringen, den sie dabei ertappen, wie er gegen sie arbeitet.« Er sah Joshua an. »Du weißt, dass sie dich und deine Familie in große Gefahr bringt.«

Joshua zuckte mit den Schultern. »Wir sind Juden. Wir schweben andauernd in Gefahr. Ich vertraue ihr.«

»Hmmm.« M. Henri sah Joshua lange an, dann wandte er sich wieder an mich.

»Sind Sie bereit, erniedrigende Arbeit zu verrichten?«

Bei dieser Frage zögerte ich. »Was meinen Sie damit? Wenn Sie von mir wissen wollen, ob ich bereit bin, entgegen meiner Moralvorstellungen zu handeln, dann …«

»Nein, nein, das hat er nicht gefragt«, fiel Joshua mir ins Wort.

»Jedenfalls noch nicht«, sagte M. Henri.

»Niemals!« Joshua sah ihn zornig an.

Die Lippen des Engländers kräuselten sich. »Das sollte ein Scherz sein.«

»Ich fand ihn nicht lustig.«

»Vielleicht war er das auch nicht.« Er wandte sich wieder an mich. »Pardonnez-moi. Aber Sie müssen wissen, Mademoiselle, dass Sie wahrscheinlich nicht mit Ihrem Leben davonkommen, und mit Ihrer Unschuld erst recht nicht, wenn Sie ertappt werden. Wahrscheinlich würden Ihnen nicht einmal Ihre Zähne bleiben.«

»Ich hätte sie nicht vorschlagen sollen.« Joshua wollte aufstehen. »Es war eine schlechte Idee.«

Ich legte die Hand auf seinen Arm und hielt ihn zurück. »Die Entscheidung liegt immer noch bei mir.«

Wir starrten uns an. Ich beschwor die Ausstrahlung der schwarzen Sängerin herauf und merkte plötzlich, dass nicht die Erotik meine Geheimwaffe war, sondern das Selbstvertrauen. Ich wollte – nein, ich musste – gegen die Boches arbeiten, die meinen Vater brutal ermordet und vielleicht auch meine Brüder verletzt, getötet oder verschleppt hatten.

Joshua setzte sich wieder. Ich sah M. Henri an. »Was müsste ich tun?«

»Wir brauchen Augen und Ohren an Orten, an denen sich Offiziere versammeln, in ihrer Wachsamkeit nachlassen und ungezwungen miteinander plaudern. Wir werden Sie an einem Ort arbeiten lassen, an dem Sie vielleicht etwas Nützliches belauschen oder beobachten können. Sie sehen sehr jung aus. Deshalb werden wir Ihnen irgendeine niedere Tätigkeit zuweisen, bei der Sie nicht auffallen.« In seinem Blick schien eine gewisse Herausforderung zu liegen. »Mit niederer Tätigkeit meine ich, dass Sie Badezimmer und Nachttöpfe säubern oder Töpfe und Pfannen schrubben müssen.«

»Na gut.«

»Wir können Ihnen eine Stelle als Zimmermädchen verschaffen, vielleicht in einem Hotel. Das Hotel, an das ich denke, bietet einigen seiner Vollzeitangestellten eine Unterkunft.«

Eine Unterkunft würde mich von Hildie befreien. »Das wäre in meiner Lage sehr günstig.«

»Wenn wir Sie dort unterbringen, werden Sie sich sehr anstrengen müssen. Keiner der Mitarbeiter im Hotel wird wissen, dass Sie auch für uns arbeiten. Sie werden bei den einfachsten Arbeiten anfangen und sich hocharbeiten müssen, bis Sie die Gästezimmer und öffentliche Räume putzen können. Erst dann werden Sie unserer Sache wertvolle Dienste erweisen können.«

»Ich habe nichts gegen schwere Arbeit.«

Er kritzelte etwas auf ein Blatt Papier. »Füllen Sie den Bewerbungsbogen gleich hier aus.«

Ich warf einen Blick auf den Namen des Hotels. »Dort habe ich es bereits versucht. Mir wurde gesagt, dass es keine freien Stellen gebe.«

»Morgen wird eine frei.« Er legte die Fingerspitzen aneinander. »Es gibt noch eine weitere Bedingung, eine sehr wichtige. Sie ist von größter Bedeutung.«

»Welche denn?«

»Niemand darf erfahren, dass Sie Deutsch oder Englisch verstehen. Wenn jemand Sie in einer dieser Sprachen anspricht, müssen Sie so tun, als ob Sie nichts verstünden, solange es nicht um einen Gruß oder irgendeinen einfachen Satz geht, den jedes Schulkind kennt. Das ist schwerer, als Sie denken.«

»Das schaffe ich schon.«

»Wirklich? Das schaffen Sie?«, fragte er auf Englisch.

»Selbstverständlich«, erwiderte ich ebenfalls auf Englisch.

Er zog eine Braue hoch. Als ich meinen Ausrutscher bemerkte, presste ich die Hand auf den Mund.

Joshua berührte meine Hand. »Mit ein bisschen Übung wird es schon klappen.«

Ich starrte ihn an. »Du sprichst englisch?«

Er nickte.

»Warum hast du mir das nie gesagt?«

M. Henri sah mich an wie eine Schwachsinnige, dann wandte er sich an Joshua. »Um unsere Arbeit nicht zu gefährden, dürft ihr zwei auf keinen Fall zusammen gesehen werden. Es könnte sonst alles zunichtemachen.«

Joshua nickte abermals.

»Du darfst sie nicht im Hotel besuchen«, fuhr er fort, dann wandte er sich wieder an mich. »Und Sie dürfen sich weder in der Wohnung seiner Familie noch an seiner Arbeitsstelle blicken lassen. Nie wieder. In den nächsten zwei Monaten dürft ihr zwei euch überhaupt nicht sehen, verstanden?«

Ich sah Joshua an. Nach dem Tod meines Vaters war ich in meinem Inneren wie taub. In der Gegenwart von Joshua belebten sich meine Gefühle wieder, und das tat weh. Vielleicht war es ohnehin besser, wenn wir uns nicht sahen – zumindest vorläufig. Ich nickte.

»Wir probieren es aus, dann sehen wir schon, wie es läuft«, meinte M. Henri. »Sie werden beobachtet. Wenn Ihre Beurteilung nicht darauf schließen lässt, dass Sie mit der Arbeit zurechtkommen, werden Sie entlassen.«

»Aber ich brauche diese Arbeit!«

»Und Frankreich braucht Informationen. Aber noch wichtiger ist absolute Geheimhaltung.« Er wandte sich an Joshua. »Sie braucht eine Ausbildung.«

»Ja. Sie ist keine gute Lügnerin, und sie merkt auch nicht, wenn jemand sie belügt.«

M. Henri kritzelte etwas auf einen Zettel und schob ihn mir zu. »Gehen Sie jeden Donnerstagabend um sieben Uhr zu dieser Adresse. Dort sagen Sie, dass Sie Ihre alte Tante, Mme Dupard, besuchen wollen. Donnerstagabend haben Sie im Hotel frei.« Er musterte mich ernst. »Ich mache mir Sorgen, dass Sie zu jung sind und dass Ihre Gefühle und Gedanken zu leicht zu lesen sind. Wir werden es mit Ihnen versuchen, aber ich habe meine Zweifel.«

»Amélie ist sehr klug und mutig«, sagte Joshua. »Ich glaube, dass sie es schafft.«

In den folgenden Monaten hallten Joshuas Worte noch oft in meinem Kopf nach. Ich bekam Arbeit im Hotel Palais. Mir wurde ein winziges Stockbett in einem Raum mit zwölf weiteren jungen Frauen zugewiesen. Außerdem bekam ich Arbeitskleidung – ein schwarzes Kleid mit einer weißen Schürze und ein Hütchen. Schwarze Schuhe und Strümpfe musste ich mir selbst besorgen. Anfangs arbeitete ich ausschließlich in den Wirtschaftsräumen. Meine Schürze und mein Hütchen waren schlicht. Später, als ich zum Zimmermädchen aufstieg, waren Schürze und Hütchen mit Rüschen verziert, die extrem schwierig zu bügeln waren.

Wie versprochen bekam ich als Neuzugang die schlimmsten Arbeiten zugewiesen. Meine Arbeitszeiten waren lang, und ich musste die Küche und die Angestelltenbereiche putzen. Anfangs kam ich kaum in Kontakt mit den Hotelgästen. Mit meinen Zimmergenossinnen und den anderen Mitarbeitern pflegte ich einen freundlichen Umgang, aber richtig nah ließ ich keinen von ihnen an mich heran.

An meinem ersten freien Tag ging ich mit Maman zur Polizeipräfektur unseres Viertels, wo man sich für Lebensmittelkarten registrieren lassen musste. Unter den Nazis waren Lebensmittel, Kleidung, Schuhe und nahezu alles andere rationiert worden. Meine Karte wurde im Hotel abgestempelt, wo ich in der Kantine aß.

Bei Maman schaute ich dreimal die Woche kurz vorbei – sonntags, dienstags und freitags – und gab ihr die Hälfte meines Lohns. Auf Hildies Drängen hin fing Maman an, Näharbeiten für die Mieter des Gebäudes zu übernehmen. Sie sagte mir, dass sie genügend Geld für ihre Lebensmittel verdiene, aber sie schien ständig knapp bei Kasse. Ich fürchtete, dass Hildie sie ausnutzte und alles verschlang, was Maman kaufte, denn meine Mutter wurde immer dünner. Sie ging nicht mehr zum Friseur, bügelte ihre Kleider nicht und kümmerte sich auch sonst nicht mehr um ihr Äußeres. Seit Papas Tod hatte sie das Interesse am Leben verloren. Regelmäßig ging sie zum Gottesdienst und betete für Thomas und Pierre. Es schien ihre einzige Sorge zu sein, dass ihre Söhne unversehrt heimkamen.

Auch ich betete für sie, obwohl mein Glaube nicht mehr besonders stark war. Ich betete für Papas Seele, für Mamans Gesundheit, für Yvette und ihre Familie, dafür, dass der Krieg bald zu Ende gehen möge, und für Joshuas Sicherheit. Ich glaubte zwar nicht recht daran, dass meine Gebete etwas nützten, aber ich fürchtete, dass es schaden könnte, wenn ich nicht betete. Ich betete, als wären Gebete magische Sprüche, die dafür sorgten, dass der Himmel uns gnädig sei, und als läge es an mir, weiterhin meinen Teil dazu beizutragen.

Jeden Donnerstagabend ging ich zu der Adresse, die M. Henri mir gegeben hatte. Sie lag etwa fünfzehn Block vom Hotel entfernt. Mme Dupard war eine attraktive Frau, die ihre silbergrauen Haare in einem sorgfältig arrangierten Dutt trug und stets denselben schwarzen Pullover anhatte. Ihre Wohnung war groß, doch sehr sparsam möbliert.

Mein Unterricht war vielfältig. Anfangs redete sie nur mit mir. Sie war sehr interessiert an meinen Kalligrafie-Fertigkeiten und bat mich, ein paar Handschriften, die sie mir vorlegte, zu kopieren. Als Nächstes ließ sie mich durch den Salon laufen. Sie legte mir nahe, die Schultern einzuziehen und mit anderen nicht in Blickkontakt zu treten, um möglichst harmlos und unsichtbar zu wirken. Außerdem brachte sie mir bei, wie man einen Raum beherrschen konnte. Dazu musste ich die Schultern straffen, den Kopf hoch aufrichten und die Augen blitzen lassen.

»Das wirst du eines Tages gut brauchen können«, sagte sie lächelnd.

Diese Lektion gefiel mir besonders gut, denn sie verstärkte meine Geheimwaffe.

An den meisten Abenden saß ich jedoch in ihrer Küche und hörte mir eine Geschichte an, die ich dann einer anderen Person im Wohnzimmer erzählen musste. Diese Person gab vor, eine bestimmte Person zu sein – der Hotelmanager, ein Nazioffizier, ein Freund, eine Mitarbeiterin, ja sogar meine Mutter. Anschließend musste ich ein Kreuzverhör über mich ergehen lassen und Teile dazuerfinden, die gefehlt hatten, um die Geschichte glaubwürdig zu machen. Dinge wie Blickkontakt, Gesten und sogar mein Atem wurden kritisiert. Schließlich wurde ich ins Schlafzimmer geschickt, um die Geschichte einer weiteren Person zu erzählen. Manchmal musste ich sie dann noch ein drittes Mal wiederholen. Ich wusste nie, ob die Leute in der Wohnung Ausbilder oder wie ich Auszubildende waren.

Es war mir ein Rätsel, wie sich so viele Leute in Mme Dupards Wohnung treffen konnten, ohne von den Nazis bemerkt zu werden. Später wurde mir klar, dass es zwei Geheimtüren gab, die ihre Wohnung mit Nachbarwohnungen verbanden. Es gab sogar durch einen Schrank, der oben offen war, einen Zugang zur Wohnung im nächsten Stock. Es herrschte ein ständiges Kommen und Gehen aus mehreren Wohnungen in diesem Gebäude.

In der Anfangszeit meines Unterrichts hörte ich bei verschiedenen Gesprächen aufmerksam zu und sollte feststellen, wer die Wahrheit sagte und wer log. Ich sollte mir auch Notizen machen und einen Bericht auf Englisch verfassen.

Im Lauf der Zeit wurde ich ziemlich gut darin, Dinge vorzutäuschen, und noch besser darin, festzustellen, wenn jemand mich belog. Auch in der Zusammenfassung von Gesprächen, wobei ich die wichtigen Dinge herausstellte und die Information in klaren, zutreffenden Worten wiedergab, entwickelte ich beträchtliches Geschick.

Das Interesse der anderen an meinen Schreibkünsten wuchs. Ein Mann mit einem dicken Schnauzer unterwies mich weiter darin und half mir, meine Fertigkeiten zu verbessern. Endlos oft musste ich den Namen eines hohen Beamten der Polizeipräfektur schreiben und wurde schließlich damit betraut, diesen Namen auf Reisedokumente zu setzen. Von da an verbrachte ich mindestens eine halbe Stunde meiner Ausbildungszeit damit, Unterschriften auf offiziellen Dokumenten zu fälschen.

Nach einigen Wochen wuchsen auch im Hotel meine Pflichten, wenn auch nicht mein Lohn. Ich arbeitete nach wie vor den ganzen Tag, doch nun musste ich auch noch nachts Bereitschaftsdienst leisten, falls Hotelgäste mich brauchten.

So wurde ich manchmal aus dem Tiefschlaf gerissen, um Erbrochenes von betrunkenen deutschen Offizieren oder ihren Huren wegzuwischen. Ich wurde gerufen, um blutige oder urinbefleckte Betttücher zu wechseln oder Teppiche zu reinigen. Ich musste am Bett eines Kindes wachen, weil seine Mutter krank war, ich musste Naziuniformen waschen und bügeln, ich musste Eis bringen und Nazistiefel putzen. Ich entfernte Hundekot, und einmal musste ich auch eine erwürgte Katze aus einem Zimmer entfernen.

Bei all diesen Aufgaben nickte ich nur lächelnd und tat, als würde ich kein Wort verstehen, wenn ich auf Deutsch angesprochen wurde. M. Henri hatte recht. Es war sehr schwer, nicht zu reagieren, vor allem, wenn die Boches unflätige Kommentare und Mutmaßungen äußerten.

Ich bemühte mich um eine ausdruckslose Miene, wenn sie sich darüber unterhielten, was ich wohl unter meinem Rock trug, meine kleinen Brüste kommentierten oder anzügliche Bemerkungen über mein Hinterteil abgaben. Ich tat so, als würde ich nichts davon mitbekommen, wenn sie Wetten abschlossen, ob ich wohl beim Saugen männlicher Organe ebenso tüchtig sei wie mein kleiner Staubsauber oder ob ich meinen Freund wie ein Pferd ritt. Meine Haare waren stets zu einem festen Knoten zurückgebunden, mein Kopf und meine Schultern eingezogen, der Blick auf den Boden gerichtet. Ich dankte Gott für meinen dunklen Teint, der die Flammen verbarg, die bei solchen Gelegenheiten auf meinen Wangen loderten.

Meine Ausbildung bei Mme Dupard änderte sich ebenso wie meine Pflichten im Hotel. Als ich anfing, die Schlafzimmer von Offizieren zu putzen, begannen sich die Lektionen bei Mme Dupard darauf zu konzentrieren, wie man am besten an Informationen kam. Mir wurde beigebracht, Unterlagen zu durchforsten, wenn sie offen herumlagen, nach Dokumenten zu suchen, die in der Kleidung der Offiziere oder deren Koffern oder auch irgendwo im Zimmer versteckt waren – hinter Regalen oder unter losen Bodenbrettern etwa. Ich lernte, Schlösser an Aktentaschen und Gepäck zu öffnen. Ich lernte, unter Teppichen und Matratzen zu suchen, unter Innensohlen von Schuhen und dem Futter von Jacketts. Bald stellte ich fest, dass die Nazis Dokumente gern im Futter ihres Jacketts versteckten. Manche hatten dazu sogar Reißverschlüsse anbringen lassen.

Ich wurde darin ausgebildet, besonderes Augenmerk auf Landkarten, Konstruktionspläne, Notizen in Taschen und Kritzeleien auf Streichholzheftchen zu legen. Mir wurde beigebracht, nach Dingen wie Haaren oder Fäden Ausschau zu halten, die auf Dokumenten oder Aktenkoffern lagen, damit ihr Besitzer feststellen konnte, ob in seiner Abwesenheit etwas entfernt worden war. Ich lernte, Dinge genauso zurückzulegen, wie ich sie vorgefunden hatte.

Schließlich ging man davon aus, dass ich geschickt genug geworden war, um voll eingesetzt zu werden. Endlich erhielt ich genaue Instruktionen zusammen mit einem kleinen Fotoapparat und einer Rolle Klebeband. Ich sollte alles, was ich fand, auf hauchdünnem Papier zusammenfassen, es klein falten und in meinen BH schieben. Wenn ich auf Karten oder Konstruktionspläne stieß, sollte ich diese abfotografieren. Jedes Mal, wenn ich meine Mutter besuchte, sollte ich in einer Kirche auf der Rue des Gallois am Rand der fünften Reihe links niederknien und meine Zusammenfassungen sowie die Filmrolle, falls ich Fotos gemacht hatte, unter die Kirchenbank vor mir kleben.

Manchmal stand ich kurz davor, aufzufliegen. Eines Nachmittags durchsuchte ich einen Aktenkoffer, als ich den Schlüssel im Schloss knirschen hörte. Rasch schob ich den Inhalt zurück in den Koffer und verschloss ihn in dem Moment, als die Tür aufging und der Offizier in Begleitung einer Prostituierten hereinkam.

Ein anderes Mal durchsuchte ich ein Jackett und wurde vom Zimmergast dabei ertappt. Ich behauptete, dass ich überprüfen wollte, welche Kleider gebügelt werden müssten. Daraufhin musste ich seine Kleider jeden Tag bügeln, solange er in dem Hotel wohnte.

Pflichtbewusst hielt ich alles fest, was ich fand. Ich schrieb auch Berichte über Dinge, die mir gar nicht so bedeutend vorkamen, weil mir gesagt worden war, dass ich unmöglich wissen könne, was wichtig war und was nicht.

Offenbar stimmte das auch. Ich berichtete über eine handgeschriebene Notiz: 19.00, Café du Bois, Rue de Charonne. Diese Notiz hielt ich für eine Abendessenreservierung, doch sie erwies sich als ein Treffen der Nazi-Intelligenz.

Als Mme Dupard mir das mitteilte, freute ich mich sehr. Das war der einzige Hinweis, dass sich das, was ich tat, lohnte. Vermutlich war ihr gestattet worden, mir diesen Hinweis zu geben, weil ich mich beklagt hatte, dass all meine Bemühungen offenkundig nicht ins Gewicht fielen.

Der Herbst ging in den Winter über. Da wir im späten Frühling aus Paris geflohen waren, befand sich nur leichte Kleidung in Mamans Koffern. Wintermäntel für uns beide kosteten mich ein Vermögen. Es war eine Ironie des Schicksals, dass die Empfindungslosigkeit, die mich vor der Trauer um Papas Tod geschützt hatte, schmolz, als es anfing, kälter zu werden. Nachts wachte ich schluchzend auf, und in meinem Kopf hallte der Knall der Nazipistole wider. Ich weinte, wenn ich in die Kirche ging, um meine Nachrichten zu deponieren. Bei nahezu jeder Musik stiegen mir Tränen in die Augen. Mehrmals musste ich eine Erkältung vortäuschen, als ich in meiner Arbeit ein Lied im Radio hörte und in Tränen ausbrach.

Ich trauerte um Papa. Ich trauerte um mein früheres Leben und um all die Dinge, die ich für selbstverständlich gehalten hatte – ein voller Magen, warme Socken, ein heißes Bad, Privatsphäre. Ich vermisste meine Brüder, Yvette und ihre Familie, Maman, wie sie früher gewesen war.

Und ich vermisste Joshua. Als ich im November herausbekam, dass einer der Pagen im Hotel sich ein wenig Geld als Privatkurier dazuverdiente – für ein paar Centimes und einen Métro-Fahrschein lieferte er Briefe und Päckchen in sämtliche Richtungen –, schrieb ich Joshua einen Brief und bat ihn, mich zu treffen. Mein Herz hüpfte vor Freude, als er zurückschrieb und vorschlug, dass wir uns noch am selben Tag vor der Sperrstunde um neun Uhr an unserem alten Treffpunkt im Jardin des Plantes am Fluss treffen sollten.

Wir umarmten uns. Er küsste mich nicht, doch sein Blick fuhr zärtlich über mein Gesicht, was sich fast so schön anfühlte wie ein Kuss.

»Ich habe dich vermisst«, sagte ich.

»Und ich dich«, erwiderte er. »Aber wir dürfen uns nicht regelmäßig sehen.«

Sein Gesicht wirkte schmaler, älter. Ich wagte es nicht, ihn zu fragen, was er in letzter Zeit getan hatte. Mme Dupard und die anderen hatten mir immer wieder eingeschärft, wie wichtig es war, möglichst wenig zu wissen. Was ich nicht wusste, konnte ich nicht verraten.

Wir entfernten uns von der Seine – die vom Wasser herüberwehenden Windböen fühlten sich messerscharf an – und liefen tief in den Garten hinein. Joshua redete über die Nazis. Am Verhalten der Deutschen machte er Unheil verkündende Muster und Absichten aus.

»Anfangs haben sie die Einwohner von Paris relativ sanft behandelt, damit unser Wunsch, sich gegen sie aufzulehnen, nicht allzu stark wurde. Außerdem wollten sie, dass Paris Paris bleibt – ein attraktiver Erholungsort für die Wehrmacht. Sie stellen sogar ihren einfachen Soldaten in Aussicht, dass jeder mal einen Tag in Paris Urlaub machen kann. Deshalb dürfen die französischen Bürger ihre Geschäfte ganz normal weiterführen.«

Und tatsächlich schien es so zu sein. Geschäfte, Bars und Restaurants öffneten wieder ihre Pforten. Allerdings wurden sie kaum von Einheimischen besucht. Die Franzosen hatten kein Geld.

Joshua berichtete mir auch, dass Juden zunehmend schikaniert wurden. Vieles davon war mir unbekannt, auch wenn ich antisemitische Artikel in den Zeitungen gelesen hatte.

Im Oktober hatte eine Zählung der Juden stattgefunden. Die SS war in Joshuas Wohnung aufgekreuzt und hatte von allen, die dort wohnten, Pässe und sonstige Dokumente sehen wollen. Joshua war zu dem Zeitpunkt nicht zu Hause gewesen – sehr zu meiner Erleichterung. Doch die Nazis hatten den Namen seiner Mutter notiert und die Namen aller anderen, die dort untergeschlüpft waren.

»Warum haben sie denn nicht gelogen und behauptet, sie seien keine Juden?«, wollte ich wissen.

»Du hast meine Mutter doch kennengelernt«, erwiderte Joshua. »Sie spricht nur jiddisch.«

Ich kam mir töricht vor. »Nun, dann …«

»Außerdem leben in unserem Viertel fast nur Juden. Das wissen die Nazis. Sie haben versucht, uns zu bestechen, damit wir unsere Nachbarn anschwärzen.«

»Wie schrecklich.«

»Ja. Sie wollen uns gegeneinander aufhetzen. Hier wird es wohl nicht anders laufen als in Österreich. Manche werden ihre Nachbarn verraten, wenn sie glauben, dass es ihrer eigenen Familie hilft.«

Doch das war noch lange nicht alles. Juden durften nun in bestimmten Bereichen – im Bankwesen, der Justiz und im Staatsdienst – nicht mehr arbeiten, und jüdische Geschäftsinhaber mussten ein Plakat in ihre Schaufenster hängen, auf dem verkündet wurde: »Dieses Geschäft wird fortan von einem arischen Stellvertreter geleitet, der in Übereinstimmung mit dem deutschen Erlass vom 18. Oktober 1940 ernannt worden ist.«

»Die Stellvertreter stecken das ganze Geld ein«, erklärte Joshua verbittert. »Es ist wie eine Neuauflage von Österreich.«

Plötzlich packte er mich und küsste mich ungestüm. Ich war bestürzt über diesen seltsamen Zeitpunkt und Joshuas Heftigkeit, doch rasch gab ich mich ihm hin und genoss die Wärme seiner Lippen und die Stärke seiner Arme. Zu schade, dass wir beide Mäntel trugen; ich hätte liebend gern mehr von seinem Körper gespürt.

So plötzlich er begonnen hatte, so plötzlich zog er sich zurück. »Es tut mir leid«, murmelte er. »Zwei Boches sind vorbeigekommen, und ich dachte, es wäre unauffälliger, wenn wir uns küssten und nicht redeten.« Sein Atem ging abgehackt, seine Stimme klang rau.

»Ich hatte nichts dagegen«, erwiderte ich. »Ja, es wäre mir sogar durchaus recht, wenn sie zurückkämen.«

»Ach Amélie, wie sehr du mich quälst!«

»Auf angenehme Weise, hoffe ich doch.«

»Ja, es war eine köstliche Folter, aber dennoch eine Folter.« Etwas, das an Verzweiflung grenzte, verdüsterte seinen Blick. »Du solltest mich lieber nicht treffen. Wenn du mit einem Juden ertappt wirst, bekommst du Schwierigkeiten.«

»Das ist mir egal.«

»Es mag dir egal sein, aber mir nicht. Du würdest deinen Job verlieren, wenn die Résistance oder die Nazis uns erwischen, und ich vielleicht sogar mein Leben. Geh jetzt, es ist schon spät.«

»Wann kann ich dich wiedersehen?«

»Ich weiß nicht. Frag mich nicht, und schicke mir auch keine Botschaften. Wir dürfen uns in den nächsten Monaten nicht mehr treffen.«

»Aber …«

»Wenn dir etwas an mir liegt, musst du dich daran halten.«

»Aber ich muss wissen, dass ich dich wiedersehen werde, Joshua. Ich brauche etwas, wofür ich leben kann.«

Einen Moment lang blieb er stumm, dann seufzte er. »Auch ich brauche ein kleines Licht in der Dunkelheit. Du bist für mich dieses Licht. Nach Neujahr sehen wir uns wieder. Ich werde dich kontaktieren.«

Die Feiertage waren schrecklich. An Weihnachten musste ich arbeiten. Die Deutschen wünschten sich ein frohes Fest und labten sich an gefüllten Weihnachtsgänsen, während mir der Magen knurrte. Der Anblick verstärkte den dunklen, bitteren Teil in mir, der sich anfühlte wie das schwarze Zentrum von Papas Schussverletzung. Jesus war doch bestimmt nicht gekommen und für uns gestorben, damit solche Männer feiern konnten, während wir Übrigen hungerten. Gott würde diesem Treiben doch bestimmt nicht mehr viel länger zuschauen.

Doch er tat es. Es ging so weiter und wurde sogar noch schlimmer. Der Winter war der kälteste in der Geschichte Frankreichs, so lange sich die Leute zurückerinnern konnten. Am Neujahrstag fielen fünfzehn Zentimeter Neuschnee. Lebensmittel wurden immer knapper, weil die Zufuhr durch die schlechten Straßenverhältnisse abgeschnitten war. Die Suppe, die für die Hotelmitarbeiter das Grundnahrungsmittel war, wurde immer dünner.

Und genauso erging es all den hungernden Bewohnern von Paris.

15
Kat, 2016

Als Amélie kurz innehält, kann ich mich nicht zurückhalten und melde mich zu Wort. »Ich bin jetzt seit etlichen Stunden hier, und deine Geschichte ist immer noch jahrelang entfernt von dem Zeitpunkt, als du Jack kennengelernt hast.«

»Eh, alors?«

Ich weiß nicht, was das heißt, aber ihrer Miene nach heißt es wohl: Na und. Ärger steigt in mir auf. »Wann kommst du endlich zu dem Teil, der mich interessiert?«

»Nachdem ich dir den Teil erzählt habe, den du erfahren musst.«

»Das dauert aber wirklich ziemlich lange. Ich muss mal auf die Toilette.«

»Gerne. Dort vorne links.«

In dieser kleinen Wohnung ist die Toilette wohl kaum zu verfehlen. Ich erhebe mich weniger anmutig, als ich wollte, und mache mich, auf meinen Stock gestützt, auf den Weg. Ich schließe die Tür hinter mir und verriegle sie, und dann schnüffle ich natürlich ein bisschen herum. Ich werfe einen Blick in die Schubladen, davon ausgehend, dass diese von Make-up und Schönheitsmittelchen überquellen. Doch zu meiner Überraschung stoße ich nur auf eine dermatologisch getestete Hautcreme, eine billige Augencreme und drei Lippenstifte – einen korallenroten, einen hellrosafarbenen und einen blauroten. Sind das wirklich all ihre Schminkartikel?

Auch ihr Arzneischränkchen erscheint mir lächerlich karg bestückt. Es gibt Zahnseide, eine Mundspülung und drei Reservezahnbürsten. Für wen die wohl sind? Für männliche Besucher, die hier übernachten?

Oder vielleicht für ihre Verwandten. Ich weiß, dass sie und

Jack zwei Kinder hatten, einen Jungen und ein Mädchen. Beide sind Ärzte geworden und haben eine Familie gegründet. Auch Amélie hat eine Horde von Enkeln und Urenkeln.

Doch für eine Frau ihres Alters hat sie wirklich nicht viele Medikamente in ihrem Schränkchen. Ich stoße auf ein Blutdruckmittel und verschreibungspflichtige Schlaftabletten. Ich schüttle drei aus dem Röhrchen und stecke sie ein. Das Mindeste, was sie mir schuldet, sind ein paar Nächte guten Schlafes.

Ich gehe auf die Toilette, spüle und wasche mir die Hände.

»Hast du alles gefunden, was du brauchtest?«

Ich weiß nicht, ob sie mich das fragt, weil sie weiß, dass ich in ihrem Bad herumgeschnüffelt habe. Ihr Lächeln wirkt gelassen und freundlich. Ihr Gesicht verrät selten etwas. »Ja, danke.« Ich setze mich wieder.

»Würdest du gern etwas zu Mittag essen?«

»Ja, warum nicht.«

»Wir können etwas bestellen oder in den Speisesaal gehen.«

»Essen wir lieber hier. Ich würde unser Gespräch gern fortsetzen.«

»Selbstverständlich.« Sie zieht eine Karte aus einer Schublade und reicht sie mir. Ich rechne mit Krankenhauskost, doch die Auswahl entspricht eher dem, was man in einem anständigen Restaurant finden würde.

»Die Quiche ist immer gut, und zum Dessert gibt es frisches Obst.«

»Das klingt gut«, sage ich.

Sie greift zum Telefon und gibt ihre Bestellung auf.

»Nun.« Sie verschränkt die Hände und blickt mich an. »Erzähl mir, wie sich deine Liebesgeschichte mit Jack entwickelt hat.«

»Ich habe dir doch schon erzählt, wie sie anfing.«

»Ja, aber ich möchte gern den Verlauf erfahren. Habt ihr euch bei diesem Picknick zum ersten Mal geküsst?«

Ich will ihr sagen, dass sie das nichts angeht, doch sie hindert mich mit einem strengen Blick daran.

»Ich gehe davon aus, dass du dasselbe auch von mir hören willst.«

Selbstverständlich will ich das. Einerseits ärgert mich ihr ziemlich dreister Versuch, mich zu gängeln, andererseits will ich, dass sie mit derselben Eifersucht zu kämpfen hat, die ich fühle. Ich werde mir mit der Fortsetzung meiner Geschichte Zeit nehmen, damit sie auch ein wenig von meinem Ärger verspürt. »Wir sind zusammen zur Feier am Vierten Juli gegangen.«

»Ja. Amerikas Unabhängigkeitstag.« Sie macht es sich auf ihre irritierend anmutige Art in ihrem Sessel bequem und schenkt mir ein amüsiertes Lächeln. »Vermutlich gab es ein Feuerwerk.«

Soll das eine Anspielung sein?

»In der Tat. Mehrere sogar.«

»Natürlich.« Wieder dieses ironische Lächeln. »Wie könnte es bei Jack anders sein?«

1937

In jenem Jahr fiel der 4. Juli auf einen Sonntag. Statt der üblichen Parade beschloss der Stadtrat, die Feier an jenem Abend im Stadtpark abzuhalten. Jack kam am Nachmittag bei uns vorbei und verbrachte ein paar Stunden bei meinem Vater. Es war alles so wie immer, nur dass wir diesmal nicht gemeinsam zu Abend aßen, sondern dass Jack und ich uns auf den Weg in den Stadtpark machten. Er trug den schweren Weidenkorb, den ich mit meiner Mutter gepackt hatte. Es gab kaltes Brathuhn, Kartoffelsalat, Krautsalat und Brownies, und dazu ein paar Flaschen Eistee. Ich hatte eine Decke dabei und eine Einkaufstasche mit Porzellantellern, Besteck und Stoffservietten.

Wir breiteten unsere Decke im Schatten der Parkwiese aus, mit Blick auf die mit einer Stoffkuppel bedeckte Bühne, auf der nacheinander verschiedene lokale Musiker mit ihren Gitarren, Banjos und Geigen auftraten. Nachdem wir unseren Platz besetzt hatten, schlenderten wir ein wenig herum und plauderten mit Bekannten. Ich platzte fast vor Stolz, dass ich mit dem attraktiven Jack zusammen war. Wir beobachteten den Dreibeinlauf der Kinder, sahen uns die patriotischen Quilts des Damenkränzchens an und gaben unsere Stimmen für den schönsten patriotischen Fahrradschmuck ab. Die Highschoolband spielte patriotische Lieder, und die Veteranen des Orts, darunter auch mein Vater, marschierten unter tosendem Applaus der Zuschauer über die Bühne.

Als die Sonne hinter den Baumwipfeln unterging, setzten wir uns auf unsere Decke und aßen. Früher war es tatsächlich so, dass man sein Essen einfach drei Stunden lang herumliegen ließ, ohne dass man befürchtete, es könnte in der Zeit schlecht werden würde. Komisch, dass ich mich an dieses Detail erinnere.

Der Musiklehrer der Junior Highschool, der sehr hoch singen konnte, wenn auch ein wenig schräg, gab eine etwas merkwürdige Auswahl von Liedern zum Besten – Hymnen, Musicalstücke, Liebesballaden und patriotische Lieder. In der Ferne entdeckten wir meine Eltern, die sich mit ein paar Gleichaltrigen unterhielten. Daddy hatte den Arm um die Taille meiner Mutter gelegt.

»Deine Eltern haben ein gutes Leben«, beobachtete Jack.

Ich nickte.

»Dein Vater hat mich gefragt, welche Art von Praxis mir vorschwebt. Ich habe ihm gesagt, dass ich gerne Arzt in einer Kleinstadt sein würde, so wie er.«

»Ich würde sehr gern die Frau eines Arztes in einer Kleinstadt sein, wie meine Mutter.« Noch während mir diese Worte über die Lippen kamen, merkte ich, wie sie klangen. Ich hatte nicht so keck klingen wollen; eigentlich hatte ich nur eine Tatsache ausdrücken wollen. »Ich – ich wollte nicht ... ich wollte nicht durchblicken lassen, dass ... ich habe nicht gemeint, dass du und ich ...« Ich spürte, wie mir die Wangen brannten.

Er zwinkerte mir zu. »Nun, das klingt, als ob wir unsere Zukunft bereits bestens geplant haben.«

Die Hitze in meinen Wangen breitete sich bis zu meinen Zehen aus. Ich versuchte, mir vorzustellen, was Barbara Stanwyck in einem Film darauf erwidern würde. Wie gern hätte ich etwas Witziges, Freches gesagt, aber mir fiel einfach nichts ein. »Du warst dir ja nicht einmal sicher, ob du dich mit mir verabreden wolltest«, sagte ich schließlich ziemlich lahm.

»Das stimmt nicht. Ich wollte die Sache nur etwas langsamer angehen.«

»Langsamer?«

»Na ja, ich habe rund acht Jahre Studium vor mir, bevor ich eine Frau ernähren kann. Deshalb schien es mir ratsam, nichts zu überstürzen.« Er spielte mit einer meiner Haarlocken. »Du bist kein Mädchen, mit dem man einfach so herummacht.«

Meine Brust war plötzlich wie zugeschnürt. Ich bekam kaum noch Luft. »Und was war mit Beth Ann?«

»Nun, auch sie war so. Sie war ein sehr anständiges Mädchen. Ich wollte damit nichts Gegenteiliges andeuten.«

»Aber was heißt das denn genau für dich?«

»In der Zeit mit ihr habe ich erkannt, dass ich nicht einfach zum Zeitvertreib mit einem Mädchen ausgehen möchte. So etwas braucht nämlich seine Zeit, und wenn es nicht klappt, tut es einem oder auch beiden weh.«

»Wie romantisch.«

Er lachte. »Genau darum geht es mir – das ist es nämlich gerade nicht.«

»Soll das heißen, dass eine Romanze in deinen Augen nicht romantisch ist?«

»Es ist jedenfalls nicht so, wie es im Film gern dargestellt wird. Meine Eltern hatten eine dramatische Liebesbeziehung, alles ging rasend schnell und war furchtbar leidenschaftlich, und am Ende ging es beiden schrecklich.«

»Aber Paare brauchen ein bisschen Romantik. Die Funken müssen sprühen.«

»Ja, das finde ich auch«, erwiderte Jack.

»Nun, dann …«

Er sah mich an. »Willst du wissen, ob ich einen Funken spüre, wenn ich mit dir zusammen bin?«

Ich nickte. Über uns explodierten die ersten Feuerwerkskörper.

»Oh ja«, sagte er. »Bei dir fühle ich mich wie der Himmel, wie er soeben aussieht.«

Gerade flammte eine riesige rote Kugel auf. Befriedigung machte sich in mir breit. »Gut.«

»Und du?« Er beugte sich zu mir vor. »Spürst du etwas Ähnliches?«

Ich klimperte kokett mit den Wimpern. »Das weiß ich erst, wenn wir uns küssen.«

Er lächelte. »Na ja, dann haben wir etwas, worauf wir uns freuen können.«

»Und – hat er dich geküsst?«

Amélies Worte holen mich in die Gegenwart zurück. »An jenem Abend nicht. Erst beim nächsten Tanz. Er meinte, er würde mich zu sehr achten.«

Und dich hat er bestimmt nie geachtet, denke ich gehässig. Amélie wirkt so ernüchtert, dass ich einen Moment lang glaube, dass ich diese grausamen Worte laut geäußert habe.

»Das stimmt«, sagt Amélie schließlich. »Er hat dich wirklich sehr geachtet, Kat. Er hat von dir und deiner Familie stets in höchster Achtung gesprochen.«

»Er hat von mir gesprochen?« Mein Herz tanzt.

»Oh ja. Es hat ihn schrecklich belastet, dass er dir und deiner Familie so übel mitgespielt hat.«

Warum hat er es dann getan? Aber eben deshalb bin ich hier, um endlich die Wahrheit zu erfahren. »Also – wie fing das zwischen euch beiden an?«, frage ich.

»Dazu komme ich noch, Kat. Keine Sorge. Aber um es zu verstehen, musst du erst alles erfahren, was vorher passiert ist.«

Seufzend sinke ich auf das Sofa. Es wird ein langer Nachmittag werden.

16
Amélie, 1941/1942

Einen Großteil des folgenden Jahres hielt ich den Kopf gesenkt und konzentrierte mich auf die gerade anstehenden Aufgaben. Die Nachrichten klangen immer schlimmer. Die Briten konnten die Wehrmacht nicht besiegen, die Deutschen gewannen die Oberhand und die Amerikaner zögerten immer noch, in den Krieg einzutreten. Die Knappheiten verschlimmerten sich ebenfalls. Für alles gab es riesige Warteschlangen. Manchmal fiel wegen Eis oder Überschwemmungen der Strom aus. Im Sommer dampfte und schwitzte die Stadt. Es schien, als hätte Gott selbst sich gegen Frankreich verschworen.

Allerdings gab es auch ein paar Lichtblicke in diesem düsteren Jahr. Im Januar ließ Joshua von sich hören. Von da an trafen wir uns einmal im Monat in einer Schusterwerkstatt, die einem seiner Freunde gehörte. Der Schuster entfernte sich, sobald ich die Werkstatt betrat, und Joshua umarmte mich. Ich wünschte, er würde mich nie mehr loslassen, doch viel zu bald zog er sich wieder zurück. Er wollte nach wie vor vermeiden, dass unser Verhältnis noch inniger wurde.

»Wenn ein Deutscher hereinkommt, tu so, als würde ich hier arbeiten und dir einen Schuh reparieren«, sagte er. Jeden Monat blieben uns nur wenige Momente, in denen wir uns an den Händen halten und plaudern konnten, aber ich lebte für die Zeit, in der ich Joshua nahe war.

Er erzählte mir von den wachsenden Feindseligkeiten der Nazis gegenüber den Juden. Im Mai wurden viertausend jüdische Männer in die Polizeipräfektur einbestellt, um ihren »Bürgerstatus« zu überprüfen. Sie wurden an Ort und Stelle verhaftet und in deutsche Lager verschleppt. Juden durften in Paris kein Fahrrad mehr besitzen und auch kein Radio oder Telefon. Sie durften nicht mehr in Restaurants oder Klubs, in Kinos oder Konzerte und durften auch kein öffentliches Telefon benutzen.

»Bist du dir sicher, dass du mich weiterhin sehen willst?«, fragte er. »Ich kann dir nichts bieten.«

»Du bietest mir einen Grund, weiterzuleben«, sagte ich, und das meinte ich von ganzem Herzen.

Im Oktober erhielt ich endlich einen Brief von Yvette. Einer der vielen Briefe, die ich ihr geschrieben hatte, hatte es auf dem extrem unzuverlässigen Postweg geschafft, sie zu erreichen. Sie hatte meine Adresse, und nun war auch ein Brief von ihr zu mir gelangt. Er enthielt die wunderbare Nachricht, dass Yvette von meinem Bruder Pierre gehört hatte.

Ich machte einen Freudensprung, als ich das las. Er hatte den Krieg heil überstanden, und er lebte und arbeitete sogar in Paris – bei der Polizei in einer Präfektur im elften Arrondissement.

Bei dieser Neuigkeit geriet mein Herz ins Stolpern. Pierre arbeitete für die Polizei? Die französische Polizei war den Nazis unterstellt.

Aber welche Art von Arbeit stand einem jungen, gesunden Franzosen in Paris während der Besatzung schon offen? Alle jungen Männer, die nicht unter den Deutschen in irgendeiner Art von staatlicher Tätigkeit beschäftigt waren, kamen in Arbeitslager. Pierre konnte von Glück sagen, dass er überhaupt eine Arbeit bekommen hatte. Vielleicht arbeitete ja auch er subversiv für die Freiheit Frankreichs?

Bei der ersten Gelegenheit ging ich zu seiner Präfektur und fragte nach ihm. Er war gerade nicht im Haus, sodass ich ihm nur eine Nachricht mit meiner Adresse hinterlassen konnte.

Am nächsten Tag sagte mir mein besorgter Vorgesetzter, dass ein Polizist im Foyer sei und mich sprechen wolle.

Es war Pierre! Ich stürzte mich in seine Arme, und er hob mich hoch und drehte sich mit mir im Kreis. Er war schmal geworden und sah aus, als wäre er in den zwei Jahren, die wir uns nicht gesehen hatten, um zehn Jahre gealtert.

Wir umarmten uns immer wieder. Der Mann hinter der Empfangstheke kam zu uns, tippte mir auf die Schulter und tadelte mich. Es zieme sich nicht für ein Zimmermädchen, öffentlich persönliche Kontakte zu pflegen. Als ich ihm erklärte, dass es sich um meinen Bruder handelte, den ich seit dem Krieg nicht mehr gesehen hatte, gab er nach und schlug vor, dass ich mich mit Pierre in seinem Büro unterhalten könne.

Wir waren beide zu aufgeregt, um uns zu setzen. »Wo warst du denn?«, lautete meine erste Frage.

»In einem Arbeitslager in Deutschland.« Ihm war zusammen mit einigen anderen ehemaligen französischen Soldaten die Flucht geglückt, als sie zu Straßenreparaturarbeiten eingesetzt worden waren. »Wie geht es dir? Wo sind Maman und Papa? Ich bin zu unserem Haus gegangen und habe dort erfahren, dass es von den Deutschen beschlagnahmt worden ist. Was ist passiert?«

Als Erstes berichtete ich ihm, dass Maman bei Hildie lebte, dann teilte ich ihm mit, was Papa zugestoßen war. Er wandte sich abrupt ab und drehte den Kopf zur Wand. An seinen bebenden Schultern sah ich, dass er schluchzte.

»Ich kann es kaum glauben, dass Papa nicht mehr da ist«, sagte er, nachdem er sich etwas gefasst hatte. »Unsere Familie dezimiert sich ja im Dominoeffekt.«

Mein Herz stolperte. Wahrscheinlich war ich inzwischen sehr geschickt darin geworden, zwischen den Zeilen zu lesen. »Meinst du … Thomas?«

Er nickte wortlos. Ich sank in seine Arme, und wir weinten beide. Dann erzählte er mir, was passiert war. Sie waren in derselben Einheit gewesen. Bei der Schlacht von Dünkirchen hatte sich Thomas bei einem Angriff direkt vor ihm befunden und war im Trommelfeuer der Deutschen ins Gesicht getroffen worden. Pierre hatte versucht, ihn aus der Gefahrenzone zu schleppen, doch Thomas starb in seinen Armen. Er musste ihn unter einer Eiche zurücklassen.

»Oh, Pierre! Das wird Maman zugrunde richten. Sie wird sich unendlich freuen, dich zu sehen, und dann …«

Wir brachen beide erneut in Tränen aus.

Am nächsten Tag begleitete ich Pierre zu Maman. Sie öffnete die Tür, dann riss sie den Mund auf, als sähe sie ein Gespenst, und legte rasch die Hand vor den Mund, doch schließlich bekreuzigte sie sich und umarmte Pierre. Sie wollte ihn gar nicht mehr loslassen. »Mon fils«, murmelte sie unablässig. Endlich trat sie einen Schritt zurück und betrachtete sein Gesicht. Sie streichelte seine Wangen zärtlich mit den Knöcheln, und in ihre Augen traten Freudentränen. »Mon fils.«

Doch ihre Freude schlug in tiefste Verzweiflung um, als wir an Hildies Küchentisch saßen und Pierre ihr berichtete, dass Thomas gefallen war. Anfangs wollte sie es einfach nicht glauben. »Vielleicht war es ein anderer. Alle Soldaten tragen Helme und die gleiche Uniform, sodass sie sich alle ähneln. Du hast doch gesagt, der Mann vor dir ist ins Gesicht getroffen worden. Vielleicht lebt Thomas ja noch.«

»Maman, es war Thomas. Ich habe seine Brieftasche an mich genommen.«

»Die kann ihm doch gestohlen worden sein.«

»Nein, Maman. Es war Thomas. Er stand direkt vor mir.«

»Nein.« Sie schüttelte den Kopf. »Ich wüsste es, wenn einer meiner Söhne tot wäre.«

Als ich sie drei Tage später besuchte, berichtete Hildie mir, dass Maman aufgehört hatte, zum Einkaufen zu gehen. Bislang hatte meine Mutter die Last auf sich genommen, stundenlang in der Schlange vor dem Lebensmittelladen zu stehen, um die Rationen für sich und Hildie zu kaufen.

»Isst sie denn von deinen Rationen?«, fragte ich.

Ich hätte es Hildie zugetraut, zu lügen, um von mir etwas Geld zu bekommen, doch sie schüttelte den Kopf. »Ich glaube nicht, dass sie überhaupt etwas zu sich nimmt.«

Maman kauerte im Schlafzimmer und flickte den Saum an einem weißen Hemd. »Was ist los, Maman?«

Schließlich entlockte ich ihr, dass sie wieder zu dem skrupellosen Priester gegangen war und all ihr Geld für einen Ablass gezahlt hatte, um Thomas aus dem Fegefeuer herauszubekommen, obgleich sie weiterhin zu glauben schien, dass er womöglich noch lebte.

Und sie fastete. Sie dachte, dass Fasten ein Wunder bewirken könnte, und wenn schon kein Wunder, dass es gut für Thomas' Seele sei.

Ich erzählte es Pierre. Er fluchte leise, dann führte er Maman in ein Restaurant und beharrte darauf, dass sie etwas aß. Sie tat es Pierre zuliebe, damit dieser sein Geld nicht umsonst ausgab.

Doch dann hat sie bestimmt weiter gefastet, denn in den nächsten Monaten schwand ihr Gewicht in alarmierender Schnelligkeit.

1941 war die Jahreswende ausgesprochen düster. Der einzige Lichtblick war, dass die Amerikaner sich auf die Seite der Alliierten gestellt hatten, weil Japan sie bombardiert hatte. Viele von uns konnten das nicht verstehen. Japan? Was hatte Japan denn mit Hitler zu tun? Doch offenbar waren die Japaner und die Deutschen eine unselige Allianz eingegangen. Die Welt war tatsächlich verrückt geworden.

Viele fassten neuen Mut. »Im Großen Krieg haben die Amerikaner mit den Deutschen kurzen Prozess gemacht«, sagte ein Türsteher mittleren Alters in der Hotelkantine. »Bestimmt läuft es diesmal genauso.«

Wenn es nur so einfach gewesen wäre! Auch jener Winter war ungewöhnlich hart. Maman entwickelte einen schlimmen Husten. Hildie beschwerte sich, dass sie kaum schlafen konnte, weil Maman ununterbrochen hustete. Sie deutete mehrmals an, dass sie sie rauswerfen wolle. Daraufhin schickte Pierre einen uniformierten Bekannten zu ihr, der ihr mitteilte, dass der Polizei zu Ohren gekommen sei, sie lebe allein. Alle alleinstehenden Frauen mussten einen Nazi-Offizier bei sich aufnehmen und versorgen. Danach verstummten Hildies Klagen über Maman schlagartig.

Pierre ging mit Maman zu einem Arzt, der ihr ein Hustenmittel verschrieb. Aber er meinte auch, dass ihr Herz schlecht sei.

Maman wurde bettlägerig. Ich besuchte sie täglich. Ihr Husten ließ nach, doch sie wurde immer schwächer. Nach zehn Tagen dämmerte sie nur noch vor sich hin und war kaum noch ansprechbar. Eines Abends packte sie meine Hand. »Ich brauche einen Priester.«

Ich wollte keinen rufen, denn ich wusste, dass Maman sich gegen den Tod stemmen würde, solange sie keine Sterbesakramente erhalten hatte. Doch Hildie ließ einen Priester kommen und zog los, um Pierre zu holen. Es war entsetzlich, wie rasch sich Mamans Zustand verschlechterte. Wir standen neben ihrem Bett und hielten ihre Hände, während ihre Brust bei jedem angestrengten Atemzug schrecklich rasselte.

Auf den Tag genau sechs Monate, nachdem sie erfahren hatte, dass sie ihren jüngeren Sohn verloren hatte, hauchte Maman ihr Leben aus.

Wir begruben sie in einem schlichten Fichtensarg, den wir mit dem Rest des Geldes bezahlten, das Maman und ich von der Bank erhalten hatten. Pierre, Hildie und ich waren die einzigen, die an ihrer Trauermesse teilnahmen. Maman wurde im Familiengrab beigesetzt, ohne ihren Mann und ihren Sohn neben sich.

Sechs Monate, dachte ich. So lange dauert es, bis ein Mensch vor Trauer stirbt.

War in weiteren sechs Monaten ich an der Reihe? Wie konnte jemand so leiden und nicht daran zugrunde gehen?

Doch ich starb nicht. Ich arbeitete tagaus, tagein, fiel erschöpft ins Bett und schlief meistens sofort ein.

Allerdings wachte ich nachts oft auf. In dem dunklen Raum, umringt von zwölf schnarchenden Frauen, tauchten vor meinem geistigen Auge immer wieder schreckliche Bilder auf, vor allem, wie Papa erschossen wurde und wie meine Mutter ihren letzten Atemzug tat. Oft dachte ich auch an Thomas mit seinem zerstörten Gesicht. Wie gern hätte ich mich an glücklichere Zeiten erinnert, aber mein Gedächtnis schien irgendwie blockiert zu sein.

Ich fühlte mich den ganzen Tag lang erschöpft. Es war schwer zu sagen, ob meine Erschöpfung daher kam, dass ich zwei Tätigkeiten ausübte – ich putzte die Gästezimmer und kopierte alles, was ich finden konnte, die Brust vor Angst wie zugeschnürt, die Finger schmerzend vom vielen Schreiben –, oder weil ich Leid und Trauer wie einen Mühlstein mit mir herumschleppte.

Meine Begegnungen mit Joshua waren der einzige Lichtblick in jenen düsteren Tagen. Wir klammerten uns aneinander. Er sagte mir immer, wie schön ich sei und dass er nachts von mir träumte. Ich sagte ihm, wie mutig und wunderbar er sei und dass wir, wenn der Krieg vorbei sei, zusammen zum Tanzen gehen und bis zum Morgengrauen feiern würden.

»Bis zum Morgengrauen feiern wird überschätzt«, erwiderte er lächelnd.

»Das kann ich nicht sagen, denn die Sperrstunde für französische Bürger ist um neun«, meinte ich trocken.

»Ich habe eine Sondergenehmigung, weil ich die Deutschen im Nachtklub bediene.«

»Aber dort arbeitest du doch bestimmt nicht bis zum Morgengrauen.«

»Nicht im Klub. Aber ich sehe den Morgen oft in Neuilly heraufziehen.«

Ich verzog das Gesicht. »Neuilly? Das liegt doch ewig weit weg, am Ende der Métrolinie. Was machst du denn dort?«

Er wurde ernst. »Das kann ich dir nicht sagen. Du kannst mir ja auch nicht sagen, was du im Hotel machst.«

Ich nickte zögernd. Die Distanz, die unsere Geheimnisse zwischen uns errichteten, gefiel mir nicht.

Er drehte meine Hand um und umfasste sie mit beiden Händen. »Das eine kann ich dir sagen – ich glaube, dass ich für das, was ich tue, auf der Welt bin.«

»Du kannst froh sein um dieses Gefühl. Ich frage mich manchmal, ob das, was ich tue, auch nur im Mindesten sinnvoll ist.«

»Das ist es durchaus. Du trägst dazu bei, Leben zu retten und den Krieg zu verkürzen«, sagte Joshua. »Informationen sind überaus wichtig, und sie werden ständig wichtiger.«

»Ich glaube nicht, dass ich gute Informationen liefere.«

»Das kannst du nicht entscheiden. Glaub daran, dass du hilfst, und mach einfach weiter.«

»Selbst wenn ich das Gefühl habe, im Dunkeln herumzustolpern?«

»Vor allem dann. Geh immer weiter und halte Ausschau nach dem Licht.«

»Was ist, wenn ich kein Licht sehen kann?«

»Geh trotzdem weiter und vertraue darauf, dass es kommen wird.«

»Und was ist, wenn es nicht kommt?«

»Diese Frage solltest du dir nicht stellen. Frag dich nur: Was muss ich heute tun, um mich weiter vorwärtszubewegen?«

Ich musste oft an seine Worte denken, während ich mich durch meine Tage schleppte. Endlich kam ein weiterer Brief von Yvette. Sie berichtete mir vom Leben auf dem Hof und all ihren Aufgaben. Dann meinte sie, es gebe Dinge, die sie mir unbedingt persönlich erzählen müsse. Vermutlich waren ihre Briefe vorsätzlich so vage abgefasst, damit sie nicht unterschlagen wurden. Die Nazis durchleuchteten alles, und nur ein Bruchteil der Post – Joshua ging von zwanzig Prozent oder noch weniger aus – gelangte an ihre Empfänger.

Eines frühen Abends im April kam eine meiner Zimmergenossinnen – eine ältere Frau namens Rose – auf mich zu, als ich gerade das letzte Zimmer putzte. »Jemand wartet am hinteren Eingang auf dich.«

Ich meldete mich von meinem Dienst ab und eilte zu dem Hintereingang. Als ich eine Frau mit Haaren, die wie Sonnenstrahlen schimmerten, erblickte, hüpfte mir das Herz vor Freude. »Yvette!« Ich drückte sie fest an mich. Ihre Kleider rochen nach Rauch. »Was machst du denn hier?«

Sie klammerte sich an mich. »Ich warte auf dich.«

»Wie geht es dir? Und was machst du in Paris?«

»Ich – ich weiß nicht, wohin ich mich wenden soll. Meine …

meine Mutter …. Und mein Großvater …« Sie fing zu weinen an. »Sie sind alle tot, Amélie. Und ich … ich fürchte, dass die Nazis auch nach mir suchen, und ich habe keine Papiere …«

Ich drückte sie weiter fest an mich, während sie sich ausweinte. Auch ich weinte. »Komm rein«, meinte ich schließlich, als wir uns beide wieder ein wenig gefasst hatten.

Ich zog sie in den Flur und dann in eine kleine Besenkammer.

»Erzähl mir, was passiert ist.«

Sie holte tief Luft. »Es war mitten in der Nacht auf dem Hof. Ich bin aufgewacht, weil an die Haustür gehämmert wurde.«

»Die Wehrmacht?«

Sie nickte.

»Waren sie hinter deinem Vater her?«

»Non.« Ihre Stimme bebte. »Den hatten sie bereits.«

»Oh, Yvette!«

»Sie haben ihn vor drei Monaten mitgenommen. Wahrscheinlich haben sie uns danach beobachtet. Und … na ja, du weißt ja, dass wir für den Widerstand gearbeitet haben.«

Ich dachte daran, wie unsere Väter einen geheimen Keller gegraben und ein selbst gebasteltes Radiogerät auf dem Dachboden versteckt hatten. Ich nickte.

»Vor ein paar Wochen machte ein britisches Kampfflugzeug nur wenige Kilometer von uns entfernt eine Bruchlandung.« Sie holte tief Luft. »Wir haben geholfen, die Piloten, die überlebt hatten, zur Küste zu schmuggeln.«

»Und das haben die Nazis herausgefunden?«

»Nicht gleich. Zwei Wochen später wurden die Piloten in der Bretagne gefasst, kurz bevor sie sich hätten retten können. Einen von ihnen brachten sie zum Reden, und offenbar hat er mich beschrieben.« Ihre Unterlippe zitterte wie vor vielen Jahren, als sie erfahren hatte, dass ihre Großmutter gestorben war. »Ich habe gehört, wie die Nazis meinen Großvater verhörten. Sie wollten von ihm wissen, wo ich sei. Wäre ich doch einfach nach unten gegangen! Doch stattdessen bin ich aufs Dach geklettert und von dort auf einen Baum. Das hatte Grand-pére mir für den Notfall geraten. Von dem Baum aus ließ ich mich auf den Boden fallen, dann bin ich zu der großen Eiche am Zaun gerannt und habe mich in deren Krone versteckt.« Sie zitterte am ganzen Leib.

»Sie dachten, ich sei auf dem Dachboden. Weil es zu dunkel war, um mich zu suchen, haben sie das Haus angezündet. Aber vorher haben sie noch meinen Grand-pére und meine Mutter erschossen.« Sie vergrub das Gesicht in den Händen. »Ich habe die Schüsse gehört. Oh, Amélie, die Schuldgefühle bringen mich noch um! Ich wünschte, ich wäre auch gestorben.«

»Oh nein, sag das nicht!« Ich umarmte sie und streichelte ihr beruhigend über den Rücken. »Nein. Deine Mutter, dein Großvater und auch dein Vater – das hätten sie nicht gewollt. Das weißt du doch. Du hast genau das Richtige getan und dich genauso verhalten, wie es dir dein Großvater geraten hat.«

»Schon, aber ich war diejenige, die der Pilot beschrieben hat; durch mich sind sie zu uns gekommen. Es ist meine Schuld.«

»So darfst du nicht denken!«

»Ich kann nicht anders. Ich – ich habe mit ihm geschäkert.«

»Na und? Das ist doch kein Verbrechen. Wahrscheinlich hast du ihm neuen Mut eingeflößt.«

»Ach, ich fühle mich so schrecklich schuldig. Und jetzt ... jetzt weiß ich nicht, was ich tun soll. Die Nazis glauben, dass ich tot bin. Wenn sie herausbekommen, dass das nicht stimmt, werden sie mich umbringen.«

»Alles wird gut«, versuchte ich sie zu beruhigen.

»Nein, niemals. Meine Familie ist tot, und ich habe keine Papiere. Ohne Papiere kann sich niemand in Paris aufhalten, und er bekommt auch nichts zu essen. Neue Papiere kann ich nicht beantragen, ohne dass die Nazis merken, dass ich noch lebe.«

»Du brauchst eine neue Identität.« Ich hatte bei Mme Dupard genügend Unterschriften auf offiziellen Dokumenten gefälscht, um zu wissen, dass so etwas machbar war. »Wir schaffen das schon.«

Sie sah mich flehentlich an. »Kannst du Pierre Bescheid geben?

Ich wage mich ohne Papiere nicht in die Nähe einer Polizeipräfektur. Polizisten halten die Leute ja ständig an und fragen nach ihren Ausweispapieren. Aber Pierre wird mir bestimmt helfen.«

Ich dachte nach. Joshua oder Mme Dupard würden wahrscheinlich eher wissen, wie man an falsche Ausweispapiere kam, aber ich durfte sie keiner Gefahr aussetzen, und ganz gewiss durfte ich nicht die Aufmerksamkeit meines Bruders auf sie lenken. Außerdem war ich mir sicher, dass Pierre alles tun würde, um Yvette zu helfen.

»Ja«, sagte ich. »Ich hole Pierre. Warte hier. Ich ziehe mich nur rasch um.«

Dann brachte ich Yvette zu Hildie. Wie erwartet protestierte diese heftig, doch ich erinnerte sie an den Erlass der Nazis bezüglich alleinstehender Frauen.

Zum Glück war Pierre in der Präfektur. Er griff sofort nach seinem Mantel und kam mit, als er erfuhr, warum ich ihn sprechen wollte. Die Aussicht, Yvette wiederzusehen, ließ sein Gesicht freudig aufleuchten. Er liebt sie, dachte ich. Ich schaffte es kaum, mit ihm Schritt zu halten, weil er so rasch lief. Atemlos erklärte ich ihm die Lage.

Bei Hildie angekommen umarmte er Yvette wie eine schmerzlich vermisste Geliebte. Dann schickte er Hildie weg, und wir setzten uns an den Küchentisch. Er konnte den Blick gar nicht von Yvette abwenden. »Ich weiß, wie du an neue Papiere kommst«, erklärte er. »Amélie und ich werden einfach behaupten, du seist unsere Schwester.«

»Wie bitte?«, fragten Yvette und ich gleichzeitig.

»Ich glaube, das könnte funktionieren.« Er beugte sich eifrig vor. »Ein Beamter in unserem Arrondissement musste für seinen Cousin neue Papiere beschaffen, denn der hatte sie verloren. Er fand einen Richter, der sich bereit erklärte, die Papiere auszustellen, unter der Voraussetzung, dass der Cousin zwei Leute herbeischaffte, die seine Identität bezeugen konnten. Der Richter fragte alle drei nacheinander über persönliche Dinge aus – die Farbe der Küche in dem Haus, in dem der Cousin aufgewachsen war, das Essen, das die Mutter zuzubereiten pflegte, wenn er krank war, und so weiter. Nachdem er von allen die gleichen Antworten erhalten hatte, ging der Richter davon aus, dass der Mann der war, der zu sein er behauptete, und stellte ihm neue Papiere aus.«

»Das sollte uns nicht schwerfallen«, rief ich aufgeregt. »Yvette kennt sich bei uns zu Hause bestens aus.«

»Aber sehen sie denn nicht in euren Familienunterlagen nach und stellen dann fest, dass ich nicht darin auftauche?«

Pierre zuckte mit den Schultern. »Die Deutschen behaupten, dass die französischen Unterlagen ständig unvollständig, falsch abgelegt oder fehlerhaft sind. Sie werden sich mit einem notariell beglaubigten Dokument zufriedengeben, das dir ein Richter ausgestellt hat. Wir sagen einfach, dass du deine Papiere in der Métro verloren hast.«

Und so kam es, dass Pierre und ich mit Yvette in der folgenden Woche einen Richter aufsuchten. Dort schworen wir, dass Yvette unsere Schwester sei. Wir wurden getrennt voneinander über unsere Kindheit befragt – wo die Wäsche aufgehoben wurde, wie der Mädchenname unserer Mutter lautete, wie unsere Haustiere geheißen hatten, was unser Vater arbeitete. Unsere Antworten glichen sich aufs Haar. Das war nicht weiter schwer, da wir uns von klein auf kannten und Yvette sehr oft bei uns zu Hause gewesen war. Yvette wurde fotografiert und erhielt dann ihren neuen Ausweis.

»Und jetzt brauche ich eine Arbeit«, sagte Yvette. »Am liebsten eine, bei der ich der Résistance helfen kann.«

Pierre blieb stehen. »Nein. Begib dich nicht in sinnlose Gefahren.«

Yvette hob die Schultern. »Das Leben ist eine einzige Gefahr. Frankreich zu helfen ist nicht sinnlos.«

Oh, wie mutig sie war!

»Du solltest dich bei den Nazis nicht unbeliebt machen«, warnte Pierre sie.

»Das wird nicht geschehen, wenn ich mich nicht erwischen lasse.«

»Aber wahrscheinlich wirst du erwischt. Sie sind schlau, und sie sind überall. Außerdem gewinnen sie diesen Krieg.«

»Wir dürfen sie nicht gewinnen lassen!«, entgegnete ich heftig.

»Ihr seid beide schrecklich naiv«, erwiderte Pierre. »Ihr dürft euch keinesfalls in Gefahr begeben.« Er bedachte uns mit einem eisigen Blick. »Haben wir nicht schon zu viele liebe Freunde und Verwandte verloren?«

Yvette verstummte, aber ich kannte sie. Pierre hatte sie bestimmt nicht von ihrem Vorsatz abgebracht.

»Gibt es denn in deinem Hotel Arbeit?«, fragte sie mich.

»Ich glaube nicht, aber ich kann ja mal fragen.«

Allerdings beschloss ich, nicht den Personalchef im Hotel zu fragen, sondern Mme Dupard.

»Sie spricht Deutsch, Englisch und Französisch«, erklärte ich einige Abende später. Ich hatte Mme Dupard benachrichtigt und eine Botschaft erhalten, dass ich M. Henri im hinteren Teil einer Patisserie in der Nähe der Sorbonne treffen sollte. Er war in Begleitung einer großen, korpulenten Frau gekommen. »Yvette kann eine wertvolle Spionin sein.«

M. Henri sah mich scharf an. »Haben Sie ihr erzählt, dass Sie für uns arbeiten?«

»Nein.«

»Das dürfen Sie auch nicht. Unter gar keinen Umständen! Und Sie dürfen auch mit Ihrem Bruder nicht darüber reden.«

»Natürlich nicht. Er arbeitet bei der Polizei.«

»Richtig. Und Sie wissen, für wen die Polizei arbeitet.«

»Aber Pierre spricht ebenfalls Deutsch und Englisch«, sagte ich. »Auch er könnte für uns spionieren.«

Darauf bekam ich keine Antwort.

»Sie werden versucht sein, mit ihnen zu reden, vor allem mit Yvette«, sagte die Frau schließlich. »Sie werden glauben, dass Sie ihr vertrauen können. Trotzdem dürfen Sie nichts sagen, denn das könnte die gesamte Operation im Hotel Palais gefährden. Ich weiß, wie schwer es ist, vor einer Freundin, die Ihnen so nahe steht wie eine Schwester, ein Geheimnis zu hüten. Aber Sie müssen es trotzdem tun.«

»Ja, ja. Selbstverständlich. Ich werde nichts sagen. Aber Yvette hat bereits für die Résistance gearbeitet. Sie ist der Sache gegenüber loyal.«

»Loyaler als Ihrem Bruder gegenüber?«, fragte die Frau.

»Ich glaube, sie würde verstehen, wie wichtig es ist, die beiden Loyalitäten strikt voneinander zu trennen.«

M. Henri tauschte einen Blick mit seiner Begleiterin aus. Ich hatte das Gefühl, dass die beiden bereits darüber gesprochen hatten. »Wir werden uns durch einen Fremden an Ihre Freundin wenden. Sie dürfen mit ihr niemals darüber reden. Es ist besser für Sie, wenn Sie nicht wissen, ob sie für uns arbeitet oder nicht. Und natürlich darf sie auch nicht erfahren, dass Sie das tun.«

»Selbstverständlich.«

17
Amélie, 1942

In der folgenden Woche fand Yvette eine Arbeit als Kellnerin in einem Restaurant. Ich wusste nicht, ob M. Henri ihr dazu verholfen hatte oder nicht. Sie lebte weiterhin bei Hildie, der sie eine kleine Miete bezahlte.

Wir trauerten um die Eltern der jeweils anderen fast ebenso heftig wie um unsere eigenen. In den ersten Monaten, in denen Yvette wieder in Paris lebte, ließ die schmerzhafte Trauer sie kaum los. Sie durchlief nicht wie ich eine Zeit der Abgestumpftheit. Stattdessen schlug ihr Leid fast unmittelbar in Wut um; eine Wut, die Taten forderte.

Ihr Hass auf die Deutschen war grenzenlos. »Die Boches tun, als ob Bedienungen unsichtbar sind«, sagte sie eines Abends verbittert, als ich sie an ihrer Arbeitsstelle abholte, um sie zu Hildies Wohnung zu begleiten. »Sie glauben, wir sind zu dumm, um ihre Sprache zu verstehen.«

Ich fragte sie nicht, warum sie ihren Gästen nicht bedeutete, dass sie verstand, was sie sagten. Ich konnte nur hoffen, dass sie für den Widerstand arbeitete und es aus diesem Grund nicht tat.

»Was sagen sie denn so?«, fragte ich stattdessen.

Sie zuckte mit den Schultern. »Unter anderem Gemeinheiten und Anzüglichkeiten, die oft auf mich gemünzt sind.«

Ich nickte. Zwar musste ich dasselbe ertragen, doch ihre stattliche Oberweite wurde bestimmt zehnmal so oft kommentiert wie meine. »Wie schaffst du es, nicht zu erröten?«

»Ich schminke mich und färbe meine Wangen mit Rouge; sie sind also ständig rot.«

Ich lachte.

Sie sah mich prüfend an. »Sie sprechen auch über Treffen und ihre Pläne. Es ist erstaunlich, was sie ausplaudern, ohne auch nur einen einzigen Gedanken daran zu verschwenden, dass ich direkt neben ihnen stehe.« Sie zog an ihrer Zigarette, dann warf sie mir einen schrägen Blick zu. »Vermutlich geht es dir im Hotel ganz ähnlich.«

Ich wusste nicht, ob sie versuchte, mich für den Widerstand zu rekrutieren oder mich dazu zu bringen, zu gestehen, dass auch ich für ihn tätig war. Jedenfalls biss ich nicht an. »Wenn ich arbeite, sind sie meistens nicht da.« Ich beschloss, das Gespräch auf ein Thema zu lenken, das mich schon eine ganze Weile beschäftigte. »Machst du dir keine Sorgen um Pierre? Ich fürchte, er wird noch zum Nazi.«

»Oh nein«, antwortete sie ein bisschen zu schnell für meinen Geschmack. »Nein, da irrst du dich.«

»Er arbeitet für die Polizei, und die sind doch Nazi-Marionetten. Außerdem hat er uns eindringlich davor gewarnt, uns auf die Résistance einzulassen.«

»Er wollte uns nur schützen.«

Ich ließ nicht locker. »Ich weiß, dass ihr zwei euch sehr nahe seid.«

»Unserer Nähe sind Grenzen auferlegt. Na ja, körperliche vielleicht nicht.« Sie kicherte.

»Yvette!«

»Nun, warum soll ich es dir nicht erzählen: Wir sind ein Paar.«

Unter anderen Umständen hätte ich jedes Detail erfahren wollen, aber da es sich um meinen Bruder handelte, zügelte ich meine Neugier.

»Heutzutage sind der Nähe zwischen jedem und allen Grenzen auferlegt, auch zwischen Liebespaaren, ja selbst zwischen den allerbesten langjährigen Freundinnen.« Yvettes Blick verdüsterte sich. »Es ist besser, wenn andere bestimmte Dinge nicht wissen. Dann hat man ein paar Sorgen weniger.«

»Ja.«

»Wir müssen diejenigen, die wir lieben, beschützen, indem wir ihnen nicht alles erzählen.«

»Ja, wie recht du hast.« Mir wurde leichter ums Herz. Ich war mir sicher, dass ich eine Kampfgenossin hatte.

»Manchmal kann es freilich sehr schwer sein, wenn man nicht über Dinge reden kann, die einem sehr wichtig sind.«

»Ja, das stimmt«, pflichtete ich ihr bei.

»Doch im Vergleich zu den anderen Härten des Krieges ist das eine leichte Last.«

Dass Yvette wieder in Paris war, erhellte mein Leben beträchtlich, vor allem, nachdem sie einen Großteil ihres früheren Optimismus und ihrer Energie zurückerlangt hatte. Am Sonntagnachmittag wuschen wir immer unsere Wäsche bei Hildie. Dazu mussten wir Wasser aufkochen und unsere Kleider im Spülbecken an einem Waschbrett schrubben. Diese ermüdende Aufgabe war in Gesellschaft wesentlich angenehmer. Bei dieser Arbeit erzählte mir Yvette über ihr Liebesleben mit Pierre mehr, als ich je wissen wollte.

»Bitte«, sagte ich schließlich und hielt mir die Ohren zu. »Über meinen Bruder will ich solche Sachen gar nicht hören.«

»Ach, du bist schrecklich prüde.«

»Ihr seid verliebt. Ihr solltet heiraten.«

»Das wollen wir auch.«

»Hat er dir einen Antrag gemacht?«

Sie nickte.

Ich klatschte in die Hände. Anfangs wusste ich nicht recht, was ich von Yvettes Romanze mit meinem Bruder halten sollte, aber mit der Zeit war mir klar geworden, dass die beiden sich wirklich liebten. »War es sehr romantisch?«

»Ach, überhaupt nicht. Er war sogar ausgesprochen nüchtern. Er meinte, er würde mich gern heiraten, aber unseren Ausweisen nach sind wir Geschwister.«

»Ach du meine Güte.« An diese Folge hatte ich wahrhaftig nicht gedacht, als wir unsere Zeugenaussagen für ihre neuen Papiere gemacht hatten. Offenkundig war keiner von uns so weitsichtig gewesen, die Sache gründlich zu durchdenken.

»Wenn es nicht so ärgerlich wäre, wäre es ziemlich lustig. In Pierres Arbeit denken alle, dass ich seine Schwester bin, denn so hat er mich dort vorgestellt. Jetzt müssen wir uns also in der Öffentlichkeit wie Geschwister verhalten, weil es überall vor Polizisten wimmelt und wir nicht wissen, wer wen aus unterschiedlichen Präfekturen kennt.«

»Oh weh!« Ich schüttelte lachend den Kopf. »Alle, die euch zusammen sehen, müssen euch für pervers halten, so, wie ihr euch beäugt.«

Sie spülte eine weiße Unterhose in einem Eimer mit klarem Wasser. »Es haben mich sogar schon einige seiner Freunde gefragt, ob ich nicht mit ihnen ausgehen möchte.«

»Oh nein! Und was sagst du dann?«

»Dass ich einen Verlobten in Südfrankreich habe.«

»Wo triffst du dich denn mit Pierre?«

»Hier, wenn Hildie nicht zu Hause ist. Sie erledigt immer morgens ihre Einkäufe.«

»Ich werde darauf achten, dich um diese Zeit nie zu besuchen.«

Yvette seufzte verträumt. »Ich wünschte, wir würden mal zum Tanzen gehen können. Aber Geschwister tanzen nicht miteinander.«

»Nein. Pierre ist mit mir nie zum Tanzen gegangen.«

»Stell dir nur vor – wenn Pierre und ich heiraten, sobald dieser Krieg vorbei ist, werden du und ich richtige Schwestern sein.«

»Unseren Ausweisen nach sind wir das bereits.«

»Ja. Und eben diese Ausweise verhindern es.« Sie wrang ihr Höschen aus. »Ach, dieser Krieg ist so enervierend. All diese Lügen und Geheimnisse …«

»Ja.«

Wir sahen uns lange stumm an. Bestimmt dachten wir beide an all das, was wir gern sagen würden, aber nicht durften.

»Wie läuft es denn momentan zwischen dir und Joshua?«, fragte sie schließlich. »Romantisch gesehen, meine ich.«

»Da gibt es nicht viel zu berichten.« Nicht annähernd so viel, wie ich es gern gehabt hätte. »Ein paar Umarmungen, ein paar Küsse – mehr will er nicht zulassen.«

»Was macht ihr, wenn ihr euch trefft?«

»Wir sehen uns nicht sehr oft und auch dann nicht sehr lange. Hauptsächlich reden wir. Er berichtet mir, was in der jüdischen Gemeinschaft passiert. Yvette, er hat grauenhafte, unsägliche Dinge über die Nazi-Lager gehört.«

»Auch mir sind Gerüchte zu Ohren gekommen. Pierre meint, sie können unmöglich stimmen.«

»Vielleicht will er es nicht glauben. Schließlich setzt die Polizei die Gesetze der Nazis durch.«

»Pierre versucht nur, sich einen Lebensunterhalt zu verdienen. Er hofft auf eine Beförderung.« Sie seifte eine weiße Bluse ein und rieb sie auf dem Waschbrett. »Wenn er befördert wird, könnte er sich in ein anderes Arrondissement versetzen lassen, vielleicht sogar nach Neuilly-sur-Seine. In dem Fall können wir hoffentlich zusammenleben.«

»Neuilly! Joshua hat mir erzählt, dass er dort manchmal zu tun hat.«

»Ach ja?«

Zu spät wurde mir klar, dass ich das nicht hätte sagen dürfen. »Vergiss es.«

»Schon passiert.« Yvette lächelte mich an. »Wenn Pierre und ich nach Neuilly ziehen, musst du mit uns kommen.«

»Nein, nein, nein.« Ich schüttelte den Kopf. »Wer will schon gern mit Turteltauben zusammenleben? Ich könnte eure nächtlichen Lustschreie nicht ertragen.«

Yvette lachte. »Wir würden eine Wohnung mit sehr dicken Wänden finden.«

»So dick kann keine Wand sein. Nein, ich bleibe in Paris und besuche euch an den Wochenenden.«

18
Amélie, 1942

»Ich habe gehört, dass alle Juden jetzt einen Stern auf der linken Seite ihrer Mäntel tragen müssen«, berichtete Mathilde, ein Zimmermädchen, die etwa zehn Jahre älter war als ich. Sie hatte rötliche Haare und eine spitze Nase. Es war Ende Mai, und wir saßen an einem Tisch in der Kantine zusammen mit ein paar anderen Hotelangestellten und löffelten unsere Suppe.

»Das habe ich auch gehört«, sagte Geraldine, eine Wäscherin mit dunkelbraunen Haaren. »Diese Sterne sollen so groß sein wie ein Handteller und gelb, mit einem schwarzen Rand und dem schwarz gedruckten Wort ›Juif‹ in der Mitte.«

»Sollen sie diese Sterne etwa selber machen?«, fragte ein Portier.

»Nein. Sie sollen sich bei ihrer lokalen Polizeipräfektur melden und einen Wäschepunkt dafür abgeben.«

»Sie müssen diese Sterne bezahlen?«, fragte ich ungläubig.

»Ja.« Mathilde tauchte den Löffel in die dünne Brühe. »Aber das können sie sich schon leisten. Die Juden haben doch alle einen Haufen Geld.«

Ich wollte ihr widersprechen, denn vielen Juden ging es schlechter als den meisten französischen Bürgern. Juden waren viele Arbeitsstellen verwehrt, und sie mussten alle möglichen ungerechten Steuern und Gebühren zahlen. Die meisten Läden weigerten sich, ihnen Lebensmittel zu verkaufen, und die wenigen, die es taten, verlangten von ihnen mehr Geld. Aber Mathilde ging wie viele andere Pariser den Lügen auf den Leim, die die Boches ihnen auftischten.

»Das stimmt«, pflichtete Geraldine ihr bei. »In der Ausstellung ist das alles erklärt worden.«

Sie bezog sich auf die riesige Ausstellung »Die Juden in

Frankreich«, die monatelang bei freiem Eintritt im Palais Berlitz auf der Avenue de l'Opéra gezeigt worden war. Dort waren die Juden als kriminelle Rasse dargestellt worden, die für alles verantwortlich war, was in Frankreich schieflief. Es war die übelste Propaganda gewesen, doch viele Leute – viel zu viele Leute – hatten nicht die geringste Ahnung. Und Ahnungslosigkeit führt zu Leichtgläubigkeit.

Wieder wollte ich Einspruch erheben, doch mir war in meiner Ausbildung immer wieder eingeschärft worden, wie wichtig es war, den Mund zu halten. Deshalb senkte ich den Kopf und aß kommentarlos meine Suppe auf.

Ich bemühte mich ernsthaft darum, gelassen zu bleiben, schaffte es aber dann doch nicht so ganz in dem Moment, als Mathilde hinzufügte: »Wenn es die Juden nicht gäbe, wären die Lebensmittel nicht derartig knapp.«

»Das glaubst du doch nicht wirklich?«, fragte ich. »Das ist doch alles nur Nazipropaganda!«

»Nein!«, widersprach sie heftig. »Wenn du diese Ausstellung gesehen hättest, würdest du verstehen, wie es kommt, dass sie daran schuld sind.«

»Außerdem hätten wir keine Arbeit, wenn die Nazis nicht hier wären«, warf ein anderes Zimmermädchen ein. »Nur sie haben das Geld, in einem Hotel zu übernachten.«

Beinahe wäre ich an meiner Suppe erstickt. »Ohne die Nazis wären meine Eltern noch am Leben und ich würde nicht arbeiten müssen«, war ich versucht zu erwidern. Doch dann schoss mir ein Gedanke durch den Kopf, der mich davon abhielt: Die meisten der Frauen hier mussten arbeiten, Krieg hin oder her. Ich hatte das Glück gehabt, aus einer vermögenden Familie zu stammen, und das hatte ich immer für völlig selbstverständlich gehalten.

»Ich glaube, mir wäre es lieber, die Zimmer von Touristen zu putzen statt die von Soldaten«, sagte ich schließlich.

»Touristen sind auch nicht besser, das kannst du mir ruhig glauben«, sagte Geraldine.

»Ich bin jedenfalls sehr froh, dass ich eine Arbeit habe«, sagte meine Freundin Daphne.

»Ich auch«, stimmte ich ihr zu. »Dank unserer Arbeit haben wir zumindest ein Dach über dem Kopf und Essen im Bauch.«

Und das war wirklich ein großes Glück. Das Palais war eines der wenigen Hotels, die ihren Angestellten Kost und Logis – drei Mahlzeiten am Tag – gewährten. Wir mussten zwar unsere Lebensmittelmarken abliefern, und das Essen war ziemlich schlecht – es wurde gemunkelt, dass es aus den Abfällen der Deutschen stammte, die im Hotel aßen –, aber es reichte, um den schlimmsten Hunger zu stillen, auch wenn wir von Woche zu Woche dünner wurden.

Den Angestellten, die eine Familie hatten und nicht im Hotel untergebracht waren, erging es weitaus schlimmer. Ein Page berichtete mir, dass seine Frau jeden Tag stundenlang anstehen musste, um an ein paar Lebensmittel zu kommen, und oft passierte es ihr, dass es nichts mehr zu kaufen gab, wenn sie endlich an der Reihe war.

»Ich frage mich, warum die Deutschen wollen, dass die Juden einen Stern tragen«, sagte Daphne.

»Damit wir uns nicht aus Versehen mit ihnen einlassen«, sagte Mathilde. »Stell dir mal vor, was passieren würde, wenn du einen als Freund hättest.«

»Oder als Geliebten«, kicherte Geraldine, und der gesamte Tisch kicherte mit – alle bis auf mich.

Als ich in der folgenden Woche zur Schusterwerkstatt ging, stellte ich zu meinem Entsetzen fest, dass sie geschlossen war. Das Fenster war mit Brettern vernagelt. Joshua trat aus dem Laden daneben. Offenbar hatte er dort auf mich gewartet.

Ich starrte ihn erschrocken an. Auf der linken Seite seiner Jacke prangte ein großer gelber sternförmiger Flecken, in dessen Mitte mit schwarzen Buchstaben »Juif« aufgemalt war.

»Wie kannst du nur diesen Stern tragen«, entfuhr es mir.

»Ich habe keine Wahl.«

»Oh doch. Wer weiß denn schon, dass du ein Jude bist?«

»Soll das ein Witz sein? Alle in diesem Viertel sind Juden.« Er deutete auf die Schusterwerkstatt. »Warum, glaubst du, ist das passiert?«

»Aber du arbeitest nicht hier. Wenn du woanders bist, weiß keiner, dass du Jude bist, solange du es ihm nicht sagst.«

»Du bist naiv, wenn du das glaubst.«

»Ich bin nicht naiv!«, protestierte ich. Jedenfalls nicht mehr – ich war eine Frau, vor deren Augen ihr Vater erschossen worden war, die ihre sterbende Mutter in den Armen gehalten hatte, und die erst an diesem Morgen einen riesigen Blutfleck auf dem Teppich eines von einem Nazi belegten Hotelzimmers hatte schrubben müssen.

»Es wäre schlimmer, wenn ich so tun würde, als wäre ich nicht der, der ich bin«, sagte Joshua. »Die Nazis wollen uns beschämen. Und das können sie nicht, denn wir schämen uns nicht für das, was wir sind.«

»Aber es macht dich auffällig. Du wirst von ihnen beobachtet werden.«

»Das werde ich bereits«, erwiderte er bedrückt. »Genau wie meine Mutter und die anderen Juden, die bei uns wohnen. Wir sind zu viele, um uns zu verstecken. Abgesehen davon gibt es auch Juden, die mich anzeigen würden, wenn ich diesen Stern nicht tragen würde.«

Da wir keinen Ort mehr hatten, wo wir uns ungestört unterhalten konnten, liefen wir ein bisschen herum und setzten uns schließlich an einen hinteren Tisch in ein kleines Café. Die Kellnerin starrte unentschlossen den Stern auf Joshuas Jacke an. Ich befürchtete, dass sie sich weigern würde, ihn zu bedienen. Es war eine Anordnung erlassen worden, dass Juden Cafés und Restaurants nicht mehr betreten durften.

Joshua sah ihr fest in die Augen. »Mein Geld ist genauso gut wie das von anderen.« Er griff in seine Tasche und legte ein paar Münzen auf den Tisch.

Zögernd nahm sie unsere Bestellung auf und kehrte mit zwei kleinen Gläsern Wein zurück.

Ich lehnte mich über den Tisch und hoffte auf einen Kuss, doch der kam nicht. Joshua hielt sich von mir fern. Unter dem Tisch streckte er mir jedoch die Hand entgegen. Ich nahm sie und drückte sie zwischen meine Knie. Wie gern ich es gehabt hätte, wenn sie höher gewandert wäre. Aber das tat sie nicht.

Joshua wollte nicht mit solchen Dingen anfangen. Wenn wir ein Feuer entfachten, könnten wir es bald nicht mehr kontrollieren, meinte er. Dass ich die Zärtlichkeiten und Küsse, nach denen ich mich so sehnte, nicht bekam, führte allerdings nur dazu, dass ich mich umso mehr danach sehnte.

Stattdessen schüttete er mir sein Herz aus. Er sprach davon, wie wichtig seine Arbeit sei, und ich wusste, dass er damit nicht seine Arbeit im Klub meinte. Er sagte mir, dass er Gesichter heraufbeschwor, wenn er in Gefahr war oder die Verzweiflung ihn übermannte. Er stellte sich dann immer die Gesichter seines Vaters, seiner Mutter und seiner Schwester vor, und außerdem diejenigen derer, denen er half. Aber hauptsächlich stellte er sich mein Gesicht vor.

Die Kellnerin trat zu uns. »Es tut mir leid, aber mein Chef hat mir befohlen, Ihnen zu sagen, dass Sie gehen müssen.«

»Schon gut.« Joshua ließ die Münzen auf dem Tisch liegen, obwohl es bestimmt mehr war, als unser Wein gekostet hatte. Ich wollte aufstehen, doch er hielt mich zurück. »Bitte, bleib noch ein Weilchen. Es ist besser, wenn wir nicht gemeinsam auf die Straße gehen.«

Mir wurde schwer ums Herz. Dieser grässliche Stern auf seiner Jacke veränderte alles. »Wann sehen wir uns wieder?«, fragte ich.

»Wir müssen damit aufhören, uns zu sehen, Amélie.«

»Nein!«

»Glaub mir, ich will dich nicht aufgeben, aber wir bringen uns beide in Gefahr.«

Sein gelber Stern schwebte über dem Tisch, als er sich vorbeugte. »Wir müssen beide unsere Arbeit fortsetzen. Wir helfen keinem, wenn wir getötet oder gefangen genommen werden. Also müssen wir uns jetzt voneinander verabschieden. Du darfst nicht mehr versuchen, mich zu kontaktieren.«

»Aber …« Ich klammerte mich an seine Jacke.

Er zog meine Hand sanft weg. »Es könnte mir und den Menschen, die ich liebe, sehr schaden, wenn du es tun würdest.«

Damit hatte er mich überzeugt. Ich sah ihm nach, wie er aus der Tür trat, und mein Herz ging mit ihm.

In der folgenden Woche erhielt ich von Pierre eine Nachricht, dass er mich am Abend nach Ende meiner Tagschicht sehen wollte. Das war ungewöhnlich. Seit Yvette wieder in Paris war, verbrachte er all seine freie Zeit mit ihr. Nach dem Tod unserer Mutter hatte ich ihn kaum noch gesehen.

Ich traf ihn im Café an der Ecke. Er saß bereits an einem Tisch in der Mitte des Raums und sah sehr stattlich aus in seiner dunkelblauen Uniform. Als er mich erblickte, erhob er sich, begrüßte mich mit Wangenküssen und bestellte zwei Tassen Kaffee. Der Kaffee schmeckte grauenhaft – bitter und verdünnt mit gerösteten Bucheckern. Nach dem ersten Schluck verzog er das Gesicht, dann rückte er sofort mit seinem Anliegen heraus.

»Wer ist dieser junge Mann, mit dem du dich triffst?«

Mein Herz setzte mehrere Schläge aus. »Ich weiß nicht, wen du meinst.«

»Tu nicht so, Amélie. Du bist mit einem jungen Mann in der Nähe meiner Präfektur gesehen worden.«

Mein Puls hämmerte wie die Hufe eines durchgegangenen Pferdes. Ich beschloss, mich erst einmal dumm zu stellen. »Er – er ist nur ein Bekannter, jemand, den ich vor Kurzem im Hotel kennengelernt habe.«

»Meine Quelle behauptet, dass ihr euch sehr gut kennt.«

»Wer ist deine Quelle?« Entsetzen schnürte mir die Kehle zu. Hatte mich Yvette etwa verraten?

»Ein Polizist, der euch gesehen hat.« Er nahm einen weiteren Schluck des grässlichen Kaffees. »Ich habe mit Yvette darüber gesprochen, bevor ich mich an dich gewendet habe.«

»Und was hat sie gesagt?«

»Sie hat so getan, als wüsste sie von nichts, aber mir war klar, dass sie dich decken wollte. Mir kann sie nichts vormachen. Außerdem habe ich in meiner Anfangszeit in der Armee Briefe von ihr bekommen, die ich nun besser verstehe. Damals schrieb sie nämlich, dass du dich nach einem jungen ausländischen Studenten sehnst, mit dem du ein Liebesverhältnis hast.«

Meine Handteller schwitzten. »Es ist kein Liebesverhältnis, sondern einfach nur Freundschaft.«

»Ich habe gehört, dass er dich wie ein Geliebter anschaut.«

Das Herz schlug mir bis zum Hals. »Das ist lächerlich!«

»Dein Erröten spricht Bände. Weißt du denn, aus welchem Land er kommt?«

»Er ist Österreicher.«

»Er ist Jude.« Aus Pierres Mund klang dieses Wort wie ein böser Fluch.

»Na und?«

»Na und? Ist das alles, was du dazu zu sagen hast?«, fragte er mich zornig. »Bist du verrückt geworden?«

»Nein.« Ich reckte das Kinn hoch. »Ich verstehe nur nicht, welchen Unterschied das macht.«

»Die Juden sind nicht wie wir, Amélie. Du darfst dich nicht mit einem Juden einlassen.«

»Ich kann tun, was ich will.«

»Ich verbiete es dir.«

»Du kannst mir nichts verbieten, du bist nicht mein Vater.«

»Hör auf mich, Amélie. Es ist gefährlich.«

»Das ist mir egal.«

»Es wird dir nicht mehr egal sein, wenn du erwischt wirst. Außerdem ist es unter deiner Würde.«

Ich erstarrte, als hätte er mich geohrfeigt. »In welcher Hinsicht? Joshua ist einer der klügsten, freundlichsten, loyalsten und beherrschtesten Menschen, den ich je getroffen habe.«

»Er ist ein Jude. Er hat schlechtes Blut.«

»Du klingst wie ein Nazi.«

»Die Nazis haben in vielen Dingen recht.«

Ich starrte ihn entsetzt an. »Wie kannst du das sagen? Sie haben Papa umgebracht. Sie haben Thomas umgebracht, und sie haben Maman umgebracht, genau so, als hätten sie ihr ein Messer ins Herz gerammt.«

Pierre leerte seine Tasse. »Was sie mit Papa gemacht haben, war nicht richtig. Aber Thomas …« Er fuhr sich mit der Hand übers Gesicht. »Es herrschte Krieg. Wir haben versucht, sie umzubringen. Du musst verstehen, Kleine, dass das alte Frankreich, wie wir es gekannt haben, verschwunden ist. Es gibt ein neues Regime, das den Krieg überdauern wird. Die Nazis sind an der Macht, und das werden sie auch bleiben. Wenn dieser Krieg vorbei ist, sollte man an der Seite der Gewinner stehen.«

»Nein. Ich will an der Seite derjenigen stehen, die das Richtige tun.«

Sein Seufzer klang lang und müde, wie ein Wind, der über einen ganzen Kontinent geweht ist. »Wer kann schon sagen, was das Richtige ist?«

»Jedes Kind weiß, dass Brutalität, Vorurteile und Gier falsch sind«, erwiderte ich aufgebracht.

»Oh, Amélie, du klingst wie eine Amerikanerin.«

Ich straffte die Schultern. »Was ist falsch daran?«

»Die Amerikaner sind lächerliche Idealisten. Sie stellen sich nicht den Tatsachen.«

»Oh doch, das tun sie. Und Tatsache ist, dass die Nazis brutal, niederträchtig, selbstsüchtig und grausam sind.«

Er beugte sich vor. »Tatsache ist, dass von Anbeginn aller Zeiten manche Leute geherrscht und andere ihnen gehorcht haben.«

»Aber das ist unfair.«

»Stimmt, aber das Leben ist nun mal so. Realisten finden sich damit ab und versuchen, ihre eigene Lage zu verbessern und nicht, sie noch schlimmer zu machen.« Er stellte die Tasse klirrend auf die Untertasse. »Halte dich von diesem Juden fern, hast du mich verstanden? Ich soll demnächst befördert werden, und ich werde nicht zulassen, dass deine Liebelei mir meine Chancen vereitelt.«

Aha – das war also der wahre Grund. Ich wollte ihm nicht die Befriedigung gönnen, ihm zu sagen, dass Joshua unsere Beziehung bereits beendet hatte. »Er ist nur ein Freund, nichts weiter.«

»Dann sollte es dir nicht schwerfallen, ihn nicht mehr zu sehen.« Er drohte mir mit dem Finger. »Wenn du es doch tust, werde ich dafür sorgen, dass er verschwindet!«

»Nein! Lass ihn in Ruhe!«

»Wenn du es tust, dann tue ich es auch. Andernfalls …« Er zuckte mit den Schultern. Sein Mund bildete einen grausamen schmalen Strich. Er wirkte kalt, lieblos und unerbittlich. Mir schoss durch den Kopf, dass ich Pierre eigentlich gar nicht mehr richtig kannte.

»Ich kann es nicht glauben, dass du so grausam bist.« Ich erhob mich.

»Ich kümmere mich nur um deine ureigenen Interessen.«

Ich griff nach meiner Handtasche. »Meine oder deine Interessen?«

19
Amélie, 1942

1942 war der Sommer ebenso heiß, wie der Winter kalt gewesen war. Meine Arbeit im Hotel war äußerst anstrengend. Meist putzte ich von sechs Uhr morgens bis sieben Uhr abends, doch das waren nur meine offiziellen Arbeitsstunden. Wenn zusätzliche Hilfe gebraucht wurde, etwa, um nach einem Bankett oder einer größeren Feier aufzuräumen, wurde ich auch noch dazu eingeteilt. Immerhin war ich mittlerweile vom nächtlichen Bereitschaftsdienst ausgenommen, weil ich schon so lange dort arbeitete.

Inzwischen waren mir die teureren Hotelzimmer anvertraut worden, die den höheren Nazi-Offizieren vorbehalten waren. Viele von ihnen waren nur auf der Durchreise, anders als manche Dauergäste mit niedrigeren Rängen. Jeden Tag hatte ich mit neuen Gästen zu tun und womöglich wichtigen Unterlagen, die es aufzutreiben galt.

Eines Tages fand ich eine Karte. Die Filmrolle wollte in meinem Fotoapparat nicht recht weiterrücken. Deshalb wusste ich nicht, ob mein Foto gelungen war oder nicht. Ich versuchte, eine grobe Kopie anzufertigen, indem ich ein Blatt Papier auf die Karte legte und die Linien so gut ich konnte nachfuhr; doch für Details hatte ich keine Zeit.

Ich hinterließ den Film und die Skizze in der Kirche und steckte eine Nachricht in Mme Dupards Briefkasten mit dem vorher vereinbarten Satz für Probleme mit dem Fotoapparat: »Estelle hat keine Socken mehr.«

Später an jenem Nachmittag stieß ich auf eine Nachricht auf meinem Dienstwägelchen, versteckt zwischen den Laken: »M. Estelle, Parc Monceau, bei der Pyramide«.

Nach der Arbeit eilte ich hinaus und fuhr mit der Métro zur Haltestelle Monceau.

Ich lief zur Pyramide. »Glauben Sie, wir werden heute Abend den Mond sehen?«, fragte eine Frau mit einem schwarzen Hut, die nach oben auf den Himmel starrte.

Ich trat zu ihr. Es war Yvette! Mein Kurier war Yvette!

»Ich glaube, die Wolken werden ihn verdecken«, erwiderte ich, den Vorschriften folgend, die ich von Mme Dupard erhalten hatte.

Yvette umarmte mich freudig, und wir küssten uns auf die Wangen.

»Jetzt müssen wir uns also nichts mehr verheimlichen«, sagte ich und trat einen Schritt zurück. »Bist du überrascht?«

»Ich habe es von Anfang an vermutet. Ich wusste, dass du ein großes, tapferes Herz hast.«

Umgekehrt ging es mir genauso, doch ich machte mir Sorgen wegen Pierre. »Wirst du mein Geheimnis hüten?«

»Selbstverständlich. Pierre weiß nichts davon und wird es auch niemals erfahren.« Sie drückte meinen Arm. »Komm mit, rasch, ich habe nicht viel Zeit.«

Ich folgte ihr in eine Schneiderei. Der Laden war leer. Sie drehte das Schild an der Tür von Ouvert nach Fermé um, dann führte sie mich in den Umkleideraum und löste eine kleine Tuchrolle von ihrer Hüfte. Hastig wickelte sie die Rolle auf.

»Was um alles in der Welt …?« Ich betrachtete das kleine, flache Ding, das sie mir reichte. »Ist das etwa ein Fotoapparat?«

Sie nickte. »Wir konnten nicht feststellen, ob dein Apparat oder nur der Film kaputt war. Deshalb bekommst du jetzt einen besseren. Er ist so flach, dass du ihn dir an die Hüfte binden kannst. Und die hier« – sie reichte mir vier Filmrollen – »kannst du in deinen BH stecken.«

Ich knöpfte meine Bluse auf und tat es.

»Du sollst die Karte an einen möglichst hellen Fleck legen und sie aus unterschiedlichen Winkeln und Entfernungen abfotografieren. Dann klebst du den Film unter die Bankreihe vor dir, wenn du dich morgen bei der Messe hinkniest.«

»Mein Klebeband geht zur Neige.«

»Daran haben wir ebenfalls gedacht.« Sie nahm eine Rolle aus dem Stoffballen. »Ich zeige dir, wie du das Päckchen zusammenfalten und befestigen kannst.«

Sie machte es mir vor, dann überreichte sie es mir. »Und jetzt wickle es dir um die Hüfte.«

»Sehr schlau.« Nachdem ich ihrer Aufforderung gefolgt war, knöpfte ich meine Bluse wieder zu.

Als sie sich die Bluse in den Rockbund stopfte, bemerkte ich, dass ihre Rippen hervorstanden. »Mon Dieu, Yvette, du bist ja klapperdürr geworden.«

»Du auch.«

»Aber ich bin nicht so dünn wie du. Du bist ja nur noch Haut und Knochen.«

»Ich muss leider zugeben, dass ich ständig hungrig bin.«

»Isst Hildie denn all deine Lebensmittel auf?«

»Nein, aber mit unseren Marken können wir uns nicht viel kaufen. Meistens habe ich das Gefühl, dass in meinem Magen ein heulender Wolf sitzt. Am schlimmsten ist es, wenn ich im Restaurant Essen serviere und selber nichts davon abbekomme.«

»Kannst du denn nicht in der Küche ein paar Happen verschwinden lassen?«

»Wenn ich das täte, würde ich wegen Diebstahls angezeigt werden. Letzten Monat haben sie an der Küchenhilfe ein Exempel statuiert, und das hat uns alle ziemlich abgeschreckt.«

»Wie grausam!«

»Ja, das ist es. Die Boches geben nur den Kollaborateuren etwas von ihrem Essen ab.« Sie sprach dieses Wort höchst verächtlich aus. »Oh, wie ich es hasse, französische Mädchen zu bedienen, die mit den Nazis verkehren! Wie können sie ihre Landsleute nur so betrügen, ohne ihrem Land beizustehen? Ich finde es abscheulich. Ich finde es abscheulich, dass sie volle Bäuche und Kleidung und Wärme im Winter haben, und dazu noch Wein und Schampon und Schuhe ohne Löcher in den Sohlen. Und wir, was machen wir? Wir hungern und schuften uns die Finger wund.«

»Wir helfen, den Krieg zu gewinnen.«

»Ich habe schon oft daran gedacht, dass ich wertvollere Arbeit für Frankreich leisten könnte, wenn ich die Geliebte eines hohen Offiziers wäre. In meiner jetzigen Position schnappe ich zwar hier und da ein paar Gesprächsfetzen auf, aber dann muss ich gleich wieder an einen anderen Tisch. Ich kann mich nicht länger aufhalten, ohne mich verdächtig zu machen. Wenn ich am Tisch sitzen würde, wie es einige dieser Mädchen tun … Sie könnten uns wirklich wertvolle Informationen zukommen lassen, wenn sie wenigstens ein bisschen Deutsch verstünden.«

»Einige von ihnen können das doch bestimmt.«

»Ein paar verstehen ein paar Brocken. Ich habe mit M. Henri darüber gesprochen, ob wir eine von ihnen rekrutieren sollten.«

»Und was hat er gemeint?«

»Er meinte, wir können keiner vertrauen, die nicht bereits auf unserer Seite steht, bevor sie ein Verhältnis eingeht.«

»Du meinst eine Liebelei.«

Yvette lachte trocken. »Genau. Er meinte, wir können keiner vertrauen, die schon im Bett des Feindes liegt.« Sie beugte sich vor. »Und dann fragte er mich, ob ich an einem solchen Auftrag interessiert sei. Kannst du dir das vorstellen?«

»Nein!« Ich war entsetzt. »Ich glaube, ich hätte ihn geohrfeigt.«

»Er hat gemerkt, dass ich beleidigt war. Er meinte, er hätte damit nicht seine mangelnde Achtung mir gegenüber zum Ausdruck bringen wollen. Im Krieg müssten wir jedoch alles einsetzen, was uns zur Verfügung steht, und nichts, was zur Rettung Frankreichs getan werden würde, sei gottlos.«

»Hat er tatsächlich dieses Wort benutzt?«

»Jawohl.«

»Wenn man es also umkehren würde, dann ist la collaboration horizontale ein heiliges Unterfangen.«

»Wenn es aus den richtigen Gründen geschieht, ja.«

»Aber du würdest doch nicht ernsthaft erwägen, so etwas zu tun, oder?«

»Nein, nein. Ich liebe Pierre aus ganzem Herzen, und ich könnte ihm nie untreu werden.«

»Und wenn das nicht so wäre?«

Sie zuckte mit den Schultern. »Sie haben meine Familie getötet und mein Zuhause zerstört. Welche Rolle sollte es da noch für mich spielen, was sie mit meinem Körper anstellen?«

20
Amélie, 1942

Der Morgen des 16. Juli kam mir beim Aufwachen wie ein ganz gewöhnlicher Tag vor. Zwei Tage davor war der französische Nationalfeiertag gewesen, an dem sich ganz Frankreich an den Sturm auf die Bastille erinnerte, doch die Deutschen hatten jegliche Festivitäten untersagt.

Erst beim Mittagessen erfuhr ich, dass dieser Tag anders war. Ich setzte mich neben Isolde, eine meiner Zimmergenossinnen, an den Tisch.

»Ist es nicht schrecklich?«, flüsterte sie.

Ich schaute in meine Schüssel und dachte, sie meinte die Suppe. Doch die sah an diesem Tag eigentlich ganz passabel aus, ein paar Kartoffelstückchen schwammen darin und sogar etwas, was an Fleisch erinnerte.

Mein verständnisloser Blick veranlasste sie wohl, weiterzureden. »Hast du noch nichts davon gehört?«

»Wovon?«

»Von der Rafle.«

Bei dem Wort schnürte sich mir der Magen zusammen. »Was für eine Rafle?«

»Es hat mitten in der Nacht angefangen, etwa um vier Uhr früh. Die Polizei treibt alle Juden zusammen. Mehrere Tausend hat sie schon erwischt.«

»Die Polizei? Aber die Polizei ist französisch. Die Nazis sind doch diejenigen, die die Juden hassen.«

Isolde zuckte mit den Schultern. »Vermutlich haben die Nazis sie damit beauftragt.«

Geraldine beugte sich über den Tisch. »Sie schicken sie in Lager.«

Mich überlief es eiskalt. Wir hatten alle von den Lagern gehört und wussten, dass es grauenhafte Orte waren. Aber was genau sich dort abspielte, blieb ein Geheimnis; denn es war noch kein Jude von dort zurückgekehrt, um es uns zu erzählen.

Manche behaupteten, es seien Arbeitslager, in denen die Gefangenen gezwungen wurden, im Steinbruch zu schuften oder Straßen zu pflastern oder sonst eine kräftezehrende Arbeit zu verrichten, ohne genug Wasser und Nahrung zu erhalten. Abgesehen vom Wassermangel klang das fast so wie das Leben eines typischen Parisers. Pierre hatte seinen Aufenthalt im Kriegsgefangenenlager ganz ähnlich beschrieben.

Natürlich gab es Gerüchte – geflüsterte Geschichten, bei denen einem das Blut in den Adern stockte, über Grausamkeiten und Folter und Mord. Sie wirkten wie Gespenstergeschichten – viel zu befremdlich und schrecklich, um wahr zu sein.

»Sie treiben sogar die Frauen und die Kinder zusammen«, wisperte Isolde. »Und bringen sie ins Vél' d'Hiv.«

Das Vél' d'Hiv – so hieß das Vélodrome d'Hiver, die Radrennsporthalle, die im Winter genutzt wurde, im Volksmund. Es war ein großes rundes Stadion mit einem Glasdach, nicht weit vom Eiffelturm entfernt. Das Dach war dunkelblau gestrichen worden, damit es kein leichtes Ziel für einen Bombenangriff war.

»Ich habe gehört, dass die Polizei fast das ganze elfte Arrondissement verhaftet hat«, sagte Geraldine.

Eben dort lebte Joshua, und dort arbeitete auch Pierre. Ich bekam keinen Bissen herunter, konnte jedoch auch nicht aufstehen und gehen. Ich saß einfach nur da, und mir war speiübel. Ich musste unbedingt herausfinden, ob Joshua und seine Mutter in Sicherheit waren.

Als die Mädchen ihre Teller wegräumten, stand auch ich auf. Doch ich konnte einfach nicht an meinem Arbeitsplatz bleiben. Mein Herz hämmerte wie wild.

Rasch stürmte ich in mein Zimmer und zog mich um. Dem Hotelpersonal war es strikt verboten, in Arbeitskleidung auf die Straße zu gehen, und außerdem brauchte ich meine Papiere. Man konnte nirgendwohin ohne Papiere.

Eine meiner Zimmergenossinnen begegnete mir, mit Bettwäsche beladen, auf der Treppe. »Ich habe soeben erfahren, dass es meiner Tante sehr schlecht geht«, sagte ich. »Bitte sag der Hausdame, dass ich wegmusste, um mich um sie zu kümmern.«

Ohne auf ihre Antwort zu warten, eilte ich auf die Straße. Es war heiß – eine Hitze, bei der einem die Kleider am Leib klebten und der Schweiß in Strömen zwischen den Brüsten herunterrann.

Ich stürmte zur Métro. Unterwegs musste ich drei deutschen Soldaten meine Papiere zeigen. Endlich war ich in Le Marais angekommen und hastete die Treppe hoch. Oben sah ich, wie drei Polizisten zwei Frauen und fünf Kinder auf die Ladefläche eines Lastwagens trieben. Lautes, verängstigtes, herzzerreißendes Weinen schrillte durch die Luft.

Ich rannte auf einer Nebenstraße zu Joshuas Wohnung. Die Straße war beunruhigend leer. Vor dem Gebäude, bei dem normalerweise reges Kommen und Gehen herrschte, rührte sich nichts. Ich sprang auf den wackeligen Treppen in den dritten Stock. Die Wohnungstür stand offen, sie hing nur noch an einer Angel, und in der Wohnung herrschte das reine Chaos. Möbel waren umgestürzt, Kleider überall verstreut, die Küchenflächen waren leer, die Schränke weit offen. Es war kein Krümel, kein Teelöffel Mehl, kein sonstiges Lebensmittel mehr zu sehen. An den Wänden hing nur noch ein zerbrochener Spiegel.

Ich erkannte mein Spiegelbild kaum wieder. Meine Augen waren verquollen, mein Mund rot, weil ich mich ständig auf die Lippen gebissen hatte. Offenbar hatte ich geweint, es jedoch gar nicht gemerkt.

Aus dem offenen Fenster drang ein Schrei herein. Ich sah auf die Straße. Eine Frau umklammerte ein Baby und rang mit einem Polizisten. Er zerrte sie zu einem Lastwagen, und sie wehrte sich. Plötzlich schlug ihr ein weiterer Polizist mit dem Griff einer Pistole auf den Kopf.

Der dumpfe Schlag hallte in der gespenstisch ruhigen Luft wider. Ich keuchte erschrocken auf, als ich sah, wie die Frau zusammenbrach. Der erste Polizist packte das Baby, das ihr aus den Armen glitt, und warf es wie einen Sack Bohnen auf den Lastwagen. Dann packten zwei Beamte die bewusstlose Frau und warfen sie ebenfalls auf die Ladefläche.

Ich schloss die Augen und sank auf den Boden. Dort kauerte ich eine ganze Weile und überlegte, was ich nun tun sollte.

Ich hatte keine Ahnung, wo ich Joshua suchen sollte. Ich konnte nur beten, dass er es früh genug erfahren hatte und seine Familie fortschaffen konnte. Wenn nicht … wenn sie im Vél' d'Hiv waren … Nun, dann musste ich einen Weg finden, sie dort herauszubekommen.

An diesem Punkt fiel mir Yvette ein. Sie schien immer zu wissen, was zu tun war. Ich musste Yvette auftreiben. Sie würde mir bestimmt helfen.

21
Amélie, 1942

»Oh mein Gott!« Yvette presste entsetzt die Hand auf den Mund, als wir um die Ecke bogen und das Vél' d'Hiv in unser Blickfeld geriet. Eine Unmenge Busse, Lastwagen und Militärlaster parkten davor. Französische Polizisten in ihren flotten blauen Uniformen führten ganze Familien – Männer, Frauen, Kinder, Alte – in das Gebäude.

Übelkeit stieg in mir auf.

»Glaubst du, dass sie hier sind?«, fragte Yvette.

»Hoffentlich nicht, aber ich befürchte es.«

Yvette hängte sich bei mir ein. »Komm mit.«

»Glaubst du, wir können dort einfach eindringen?«

»Warum nicht? Sie scheinen keine Probleme damit zu haben, dass dort auch Frauen hineingehen.« Ein grimmiger Zug legte sich um ihren Mund, und in ihren Augen loderte der Zorn. Yvettes Zorn war eine erschreckende Kraft, denn er machte sie furchtlos.

Sie marschierte mit mir zum Eingang, vor dem zwei Polizisten Wache standen. »Wir suchen unseren Bruder Pierre Michaud.«

»Den kenne ich nicht«, erwiderte der Kleinere der beiden.

»Er ist Polizist bei der zweiten Unterpräfektur im elften Arrondissement.«

»Nun, dann ist er entweder hier oder mit einem Lastwagen unterwegs. Heute sind alle Polizisten im Einsatz.«

»Alle?«

Beide nickten.

»Warum werden diese Leute verhaftet? Welche Verbrechen werden ihnen angelastet?«

»Sie sind Juden.«

In mir stieg Wut auf. »Ich dachte, die Polizei ist da, um für den

Frieden zu sorgen, und nicht, um den Nazis die Drecksarbeit abzunehmen.«

Yvette stieß mir den Ellbogen in die Seite.

»Wir befolgen nur Befehle«, sagte der Größere.

»Können Sie uns bitte in das Gebäude lassen, damit wir nach unserem Bruder suchen können?«, fragte Yvette den Jüngeren und klimperte kokett mit den Wimpern. »Unsere Tante ist sehr krank und wir können keinen Krankenwagen auftreiben. Wir brauchen seine Hilfe, um sie ins Krankenhaus zu schaffen.«

»Mein Befehl lautet, dass ich diese Tür bewachen soll.«

»Das tun Sie ja auch. Sie lassen niemanden raus. Aber es kann doch keiner was dagegen haben, wenn zwei französische Mädchen hineingehen.«

»Ich kann Sie nicht einlassen.«

Yvette zog einen Bleistiftstummel aus ihrer Handtasche. Ich riss erstaunt die Augen auf, als sie den obersten Knopf ihrer Bluse öffnete und einen Zettel aus ihrem Ausschnitt kramte, wobei sie den Blick nicht von dem Beamten abwandte.

Der Polizist verschlang sie mit den Augen. Sein Mund ging auf, und er leckte sich die Lippen.

»Vielleicht könnten Sie ja mal ganz kurz wegschauen, während wir reingehen«, schlug sie vor. Sie benutzte ihre Handtasche als Unterlage und kritzelte etwas auf den Zettel. »Und dann würde ich ja vielleicht nicht wegschauen, wenn Sie mich heute Abend besuchen.« Sie hielt ihm die Adresse vor die Nase.

»Wenn er es nicht macht, dann ich«, sagte der größere Polizist und streckte die Hand nach dem Zettel aus.

Yvette setzte ihr gewinnendes Lächeln auf.

Mit einem unterdrückten Fluch nahm ihr der erste Polizist den Zettel ab. »Na gut, aber beeilt euch. Und wenn ihr erwischt werdet, habe ich nichts damit zu tun.«

Sie blies ihm ein Küsschen zu und zog mich mit ins Innere der Halle.

»Was um alles in der Welt tust du, wenn er heute Abend aufkreuzt?«, fragte ich.

»Wenn er zu der Adresse geht, dann steht er vor einer Metzgerei am Stadtrand. Nun komm schon.«

Wir liefen in das Stadion. Trotz der hellen Sonne war es dämmrig, das bemalte Glasdach ließ nur wenig Licht herein. Der Gestank nach Urin und Schweiß war überwältigend.

»Du meine Güte. Gibt es hier denn keine Toiletten?«

»Nein, die sind zugesperrt«, erklärte eine abgemagerte Frau neben uns. »Dort scheint es Fenster zu geben, und sie haben Angst, dass wir fliehen.«

»Das ist ja schrecklich«, sagte Yvette. Wir bahnten uns einen Weg durch die dicht gedrängte Menschenmenge und suchten nach Joshua und seiner Mutter und auch nach Pierre. Es war so voll, dass ich, abgesehen von den Schultern vor mir, kaum etwas sah. Yvette war größer, aber auch sie konnte nicht sehr viel mehr erkennen als ich.

Die eigentliche Rennbahn war abgeschrägt. In diesem Bereich waren ein paar Pritschen aufgestellt worden, auf denen sehr alte, kranke oder hochschwangere Frauen lagen. Überall weinten Kinder.

»Mademoiselle, avez-vous de l'eau?«

Ich drehte mich um und erblickte eine Frau, an deren Hände sich zwei kleine Mädchen klammerten. »Hier gibt es nichts zu trinken, und die beiden haben großen Durst.«

»Ich sehe zu, was wir tun können«, versprach ich.

Ich trat zu einem Polizisten an der Seite der Rennbahn, Yvette kam mit. »Entschuldigen Sie bitte. Meine Schwester und ich sind auf der Suche nach unserem Bruder, einem Polizisten aus dem elften Arrondissement namens Pierre Michaud. Kennen Sie ihn?«

»Nein. Sie sollten sich nicht hier aufhalten.«

»Ja, das wissen wir«, sagte Yvette. »Können Sie mir sagen, wo wir Wasser bekommen können?«

»Es gibt keines.«

»Überhaupt keines?«

»Nein.«

»Kein Wasser, keine Toiletten?« Ich konnte meine Empörung kaum zügeln. »Wie lange wollen Sie die Menschen unter diesen Bedingungen festhalten?«

Er hob die Schultern. »Wir hatten den Befehl, sie hierher zu bringen und zu bewachen. Mehr kann ich Ihnen nicht sagen.«

Wir verbrachten mehrere Stunden im Vél' d'Hiv. Immer wieder liefen wir die Rennbahn und die Sitzreihen ab und fragten jeden Polizisten, dem wir begegneten. Am frühen Abend entdeckte ich endlich Joshuas Mutter. Sie saß auf einem Haufen Decken und Mänteln mitten auf der Rennbahn. Ich beugte mich zu ihr herunter. »Madame Koper?«, sagte ich fragend.

Sie erkannte mich sogleich und klammerte sich schluchzend an mich.

Ich umarmte sie. »Was ist passiert?«, fragte ich sie auf Deutsch in der Hoffnung, dass sie die Sprache wenigstens so weit beherrschte, um mich zu verstehen.

Eine Frau neben ihr mit einem blauen Kopftuch antwortete mir auf Deutsch. »Heute früh um vier pochte es laut an der Tür. Bevor wir sie öffnen konnten, trat ein französischer Polizist sie auf. Sie rissen uns aus dem Schlaf und sagten uns, dass wir etwas Wäsche zum Wechseln einpacken sollten. Einer wollte wissen, wo wir unsere Wertsachen aufbewahrten. Wir haben keine Wertsachen. Deshalb gaben wir ihnen das Wenige, was wir hatten – ein paar Centimes, einen Kerzenstummel. Sie verluden uns auf einen Lastwagen und brachten uns hierher.«

Neben ihr begann ein kleiner, etwa zweijähriger Junge zu weinen. Die Frau zog ihn auf ihren Schoß. Die Hosen des Kleinen waren nass. Entsetzt bemerkte ich, dass sich auch auf dem braunen Rock der Frau ein nasser Fleck bildete.

»Ist Joshua hier?«, fragte ich bedrückt.

»Nein. Er war nicht zu Hause. Aber die Polizisten haben nach ihm gefragt.«

Joshuas Mutter packte meinen Arm und sagte etwas, was ich nicht verstand. Ich blickte fragend auf die andere Frau. »Sie hat gesagt, dass Sie ihn finden und warnen müssen. Er muss Frankreich sofort verlassen.«

Joshuas Mutter fügte etwas hinzu, was ich nicht verstand. Die Frau beugte sich zu ihr und hörte ihr aufmerksam zu. »Sie glaubt, dass er auf dem Rangierbahnhof in Neuilly ist, in einem alten Waggon.«

Meine Kehle war so zugeschnürt, dass ich kaum sprechen konnte. »Ich werde tun, was ich kann«, brachte ich mühsam hervor.

»Kommen Sie mit uns«, drängte Yvette. »Wir werden versuchen, Sie hier rauszubekommen.«

Die Frau übersetzte. Joshuas Mutter schaute auf all die Leute um sie herum, dann sagte sie etwas auf Jiddisch.

Die Frau sah uns an. »Sie meint, dass sie ihre Familie nicht im Stich lassen kann. Ihre Familie ist ihr Schicksal.«

»Und wie ist es mit Ihnen?«, fragte ich.

Die Frau schüttelte verzagt den Kopf. »Ich habe drei Kinder, und meine Schwestern sind hier. Ohne sie kann ich nicht gehen.«

Joshuas Mutter legte eine grobknochige Hand auf meine. Die Haut war schrumpelig wie bei einem welken Apfel. Sie sah mich an. Ihre Augen glichen Joshuas Augen verblüffend. Sie sagte noch einmal etwas auf Jiddisch.

»Sie meint, sie habe ihr Leben gelebt«, übersetzte die Frau. »Aber Joshua ist jung. Sie müssen ihm helfen, zu überleben. Finden Sie ihn und überzeugen Sie ihn, dass er Frankreich verlassen muss.«

Ich nickte mit Tränen in den Augen. »Wir machen uns sofort auf die Suche nach ihm.«

Der Ausgang lag nur noch wenige Schritte von uns entfernt, als ich plötzlich am Arm gepackt wurde. »Was treibt ihr zwei hier?«, fragte eine vertraute Männerstimme barsch.

Pierre! Mein Gott, warum stießen wir ausgerechnet jetzt auf ihn? »Dasselbe könnte ich dich fragen.«

»Ich mache meine Arbeit.«

»Die darin besteht, schutzlose Frauen und Kinder zusammenzutreiben?«, fragte ich.

Pierres Miene wurde noch finsterer. »Für eine solche Diskussion ist das weder der rechte Ort noch der rechte Zeitpunkt.« Er wandte sich Yvette zu. »Ich habe gefragt, was ihr hier zu suchen habt, an einem Ort, an dem ihr euch auf keinen Fall aufhalten solltet. Was habt ihr mit diesen beiden Frauen besprochen?«

»Wir suchen die Kinder einer Freundin«, sagte Yvette. Zu meiner Überraschung zog sie das Foto von zwei kleinen flachsblonden Kindern aus ihrer Tasche. »Wir haben sie gefragt, ob sie sie gesehen haben. Das haben sie leider nicht.«

Yvettes Ablenkungsmanöver funktionierte. Pierre starrte das Foto an. »Wessen Kinder sind das?«

»Die Kinder einer Concierge, die in dem Restaurant, in dem ich arbeite, Spätdienst hat.« Ach, wie ich Yvette um ihre Schlagfertigkeit beneidete. »Sie heißt Bernice Austin, ihr Mann war ein französischer Soldat. Er kam wie Thomas beim Einmarsch der Deutschen ums Leben. Als sie heute Morgen heimkehrte, waren die Kinder mit der Frau, die nachts auf sie aufpasst, verschwunden. Sie ist völlig aufgelöst ins Restaurant zurückgekehrt.«

»Ist sie oder die Kinderfrau eine Jüdin?«

»Nein, aber sie wohnen im elften Arrondissement. Etwas Besseres konnte sie sich nicht leisten. Jetzt befürchtet sie, dass sie bei der Razzia mitgenommen wurden. Wir haben nach dir gesucht, weil wir wussten, dass du uns helfen kannst.«

Oh, mon Dieu. Ich konnte kaum fassen, wie wirksam Yvette Pierre bearbeiten konnte. Ihr vertrauensseliger, bewundernder Blick hätte selbst ein Herz aus Stein erweicht. »Kannst du denn nachsehen, ob sie hier sind?«

Er seufzte schwer auf. »Das ist unmöglich, denn die Namen sind noch nicht alle erfasst. Wie heißt denn die Kinderfrau?«

»Anna Mireaux.«

»Und die Kinder heißen Austin mit Nachnamen?«

»Ja.«

»Ich werde mir die Namen notieren und sie an denjenigen

weiterreichen, der für die Listen zuständig ist. Mehr kann ich nicht tun.«

»Vielen Dank, Pierre!« Sie blinzelte ihm zu. »Gibt es denn noch einen anderen Ort, an dem die Juden versammelt werden?«

»Einige sind nach Drancy geschickt worden. Aber es ist sinnlos, wenn du dorthin gehst. Lass doch deine Freundin nach ihren Kindern suchen.«

»Sie ist völlig außer sich, und sie hat sonst niemanden, der ihr hilft.«

Pierre seufzte abermals tief. »Geht heim, alle beide, und haltet euch aus dieser Sache heraus.«

»Von dir lasse ich mir nichts sagen«, erklärte ich stur.

Er starrte mich böse an. »Vermutlich bist du hier, um nach deinem jüdischen Freund zu suchen.«

»Nein! Das ist vorbei.«

»Du hast dich mit diesen Jüdinnen unterhalten, als ob du sie kanntest.«

Ich legte all meine Verachtung in meinen Blick. »Du bist zu kaltherzig, um schlichtes Mitgefühl zu begreifen.« Ich packte Yvette am Arm. »Gehen wir und überlassen wir ihn seiner schmutzigen Nazi-Arbeit.«

Yvette folgte mir, auch wenn sie einen sehnsüchtigen Blick über ihre Schulter auf Pierre warf.

»Woher hast du dieses Foto mit den Kindern?«, fragte ich.

»Vom Leichnam eines toten deutschen Soldaten.«

Ich keuchte erschrocken auf. »Woher genau?«

Sie neigte den Kopf. »Das kann ich dir nicht sagen, aber es ist wirklich sehr nützlich. Es hat mir schon mehrmals eine Ausrede geliefert, die bereitwillig geschluckt wurde.« Sie klopfte auf das Foto, bevor sie es wieder einsteckte. »Ich schlage vor, dass du dir auch so eines besorgst.«

»Nun, leider sehe ich nicht viele tote Nazis.« Ich musterte noch einmal die mitleiderregende Menschenmenge, die man im Vélodrome zusammengetrieben hatte. Eine Welle der Wut erfasste mich, so heftig und plötzlich, dass ich kaum noch Luft bekam.

Wie konnten sie nur all die Frauen, Kinder und Alten in ein Gebäude pferchen, in dem es kein Wasser, keine Toiletten und keine Nahrung gab? Als ich an die Gerüchte über das, was diese Menschen womöglich noch erwartete, dachte, drehte sich mir der Magen um.

Aus dem Vélodrome herauszukommen war nicht so leicht, wie es gewesen war, hineinzugelangen. Fünf verschiedenen Bewachern mussten wir unsere Papiere zeigen, Yvette musste noch dreimal das Foto herauskramen, und zweimal mussten wir uns auf Pierre berufen.

Wir fuhren mit der Métro bis zur Pont de Neuilly, der Endstation der Linie. Als wir ankamen, dunkelte es bereits. Neben der Métro-Station gab es mehrere Geleise. Wir folgten ihnen, bis wir zu einem Bereich kamen, an dem ein Gleis seitlich abzweigte. Dort standen vier Waggons, die weder mit einem Zug noch miteinander verbunden waren.

»Glaubst du, er ist in einem dieser Waggons?«

»Es gibt nur eine Möglichkeit, das herauszufinden.« Yvette streckte sich und klopfte an die Tür des ersten Waggons.

»Joshua?«, rief ich. »Joshua, bist du da?«

Keine Antwort. Beim zweiten Waggon taten wir das gleiche, ohne dass sich etwas rührte. Doch beim dritten ging die Tür langsam auf.

»Joshua!«

»Mon Dieu – Amélie! Und Yvette. Was um alles in der Welt macht ihr zwei denn hier?«

»Wir sind ins Vélodrome, und deine Mutter hat uns aufgetragen, dich zu warnen.«

»Meine Mutter ist im Vél' d'Hiv?«

»Ja, zusammen mit all deinen Tanten und Cousinen. Es hat eine riesige Razzia stattgefunden.«

»Oh mein Gott.« Er ließ den Kopf sinken, dann fuhr er sich mit der Hand übers Gesicht. »Jetzt treiben sie also die Frauen und Kinder zusammen?«

»Zu Tausenden«, erwiderte Yvette verbittert.

In dem Waggon raschelte etwas.

»Ist hier noch jemand?«, fragte ich.

Er sah sich gründlich um, dann streckte er uns die Hand entgegen, um uns beim Einsteigen zu helfen. »Ja. Kommt rein. Ihr dürft nicht hier draußen stehen bleiben.«

Nachdem er erst Yvette und dann mich in den Waggon gezogen hatte, schloss er die Tür bis auf einen kleinen Luftspalt.

Meine Augen brauchten eine Weile, um sich an die Dunkelheit zu gewöhnen, doch dann entdeckte ich fünf Kinder, die sich an die Wand pressten. Das älteste war vielleicht neun oder zehn, das Jüngste wahrscheinlich drei oder vier Jahre alt.

»Was sind das denn für Kinder?« Ich kniete mich neben ein etwa achtjähriges Mädchen, auf deren Schoß ein vier- bis fünfjähriges Kind saß.

»Es sind Waisen aus Polen. Ich versuche, sie in die Schweiz zu schaffen.«

»Machst du das schon länger?«

Er nickte. »Viele jüdische Kinder sind von Freunden oder Verwandten nach Frankreich gebracht worden, nachdem ihre Eltern getötet oder gefangen genommen worden waren – Kinder aus Polen, Österreich, Deutschland und Rumänien. Sie kamen hierher, weil wir dachten, dass Frankreich sicher sei, aber jetzt …« Er zuckte die Schultern; alles Weitere verstand sich von selbst.

»Wie werden sie denn transportiert?«

»Es gibt ein Netzwerk – L'Œuvre de Secours aux Enfants. Wir benutzen Züge, Autos oder Lastwagen – was immer wir auftreiben können. Es ist nahezu unmöglich, Papiere für die Kinder zu bekommen, damit sie hierbleiben können, selbst wenn wir Leute finden würden, die sie aufnehmen würden. Deshalb schmuggeln wir sie in sichere Haushalte, manchmal auch Klöster, oder über die Grenze.«

»Wann brecht ihr auf?«, fragte Yvette.

»Wenn wir Glück haben, heute Nacht. Es soll einen Lastwagen geben, der uns mitnimmt. Aber vielleicht kommt er auch erst morgen oder übermorgen Nacht. Wir müssen auf den Transport warten.«

»Du und die Kinder sitzen hier womöglich zwei Tage lang fest? In diesem Waggon und in dieser Hitze?«

»Uns bleibt nichts anderes übrig.« Plötzlich hob er die Hand. »Leise! Draußen ist jemand.«

Ich hörte, wie eine Fahrzeugtür zuging. Das muss ihr Transport sein, dachte ich. Dann erklangen leise Stimmen, und plötzlich wurde die Waggontür aufgeschoben und ein blendend heller Lichtschein fiel herein.

»Ich wusste es!«, rief eine vertraute Stimme.

»Pierre!«, keuchte Yvette erschrocken.

»Ich wusste es.« Pierres Stimme klang eisern. Seine Taschenlampe blendete mich. »Ich habe gleich gemerkt, dass du diese Jüdinnen gekannt hast. Das ist also dein Freund, richtig?«

Bevor mir klar wurde, was da soeben passierte, stürzte sich Joshua auf Pierre und versetzte ihm einen harten Tritt gegen die Knie. Pierre fiel auf den Metallfußboden. Das widerliche Geräusch von Faustschlägen erklang, immer und immer wieder, während die zwei Männer sich auf dem Boden wälzten. In der Dunkelheit konnte man kaum erkennen, wer oben lag.

Plötzlich kletterten weitere Männer in den Waggon, ebenfalls mit Taschenlampen ausgerüstet. Im Schein der Lampen, mit denen die Männer den Waggon ausleuchteten, zählte ich drei Männer in schwarzen SS-Uniformen. Einer der Offiziere riss Joshua hoch und schleuderte ihn gegen die Metallwand. Er prallte mit dem Kopf dagegen, es klang wie ein Hammer auf einem Amboss.

Pierre rappelte sich hoch. Joshua lag zusammengekrümmt auf dem Boden und rührte sich nicht mehr. Das Mädchen neben mir schrie. Ich zerrte sie und ein kleineres Kind auf meinen Schoß, Yvette scharte die anderen drei Kinder um sich.

»Hören Sie auf!«, flehte ich. »Bitte!«

Pierre trat zu Joshua und versetzte ihm einen Tritt. »Dreckiges Judenschwein!«

Joshua stöhnte. Immerhin lebte er noch.

»Bitte, tu ihm nicht noch mehr weh!«, flehte ich.

Einer der SS-Offiziere riss das kleine Mädchen von meinem Schoß. Sie trommelte mit Armen und Beinen auf ihn ein. Er ohrfeigte sie quer übers Gesicht. Ihr Kopf wirkte verdreht, als ein anderer Kerl sie wie einen Sack Kartoffeln hinausschaffte.

»Rennt weg!«, drängte Yvette die Kinder und schob sie zum Ausgang. Pierre packte zwei von ihnen und schleuderte sie zu Boden. Als der Junge aufstand, stieß ihm Pierre die Faust in den Bauch. Der Junge flog quer durch den Waggon und landete mit einem dumpfen Geräusch an der Metallwand.

Yvette und ich eilten zu dem Kind. Er hatte eine tiefe Wunde am Hinterkopf. Blut strömte auf meinen Rock. Er atmete zwar, aber nur sehr schwach.

Yvette starrte Pierre an, aus ihren Augen flogen zornige blaue Blitze. »Ich fasse es nicht, dass du ein Kind so brutal geschlagen hast.«

»Er ist ein Jude – die Quelle allen Übels, die Ursache für diesen Krieg«, fauchte Pierre. »Auch Babyratten sind süß, aber irgendwann werden ausgewachsene Ratten aus ihnen.«

Der Junge erschlaffte. Seine Augen fielen zu.

Zwei SS-Offiziere packten Joshua und zerrten ihn hoch.

Yvette wirbelte zu Pierre herum. »Du hast dir von Ihnen den Verstand vergiften lassen.«

»Wir sollten auch die Frauen mitnehmen«, sagte einer der SS-Offiziere auf Deutsch.

»Ihr könnt jetzt aufhören, euch zu verstellen«, sagte Pierre, an uns gewandt. In seinem Blick lag ein seltsamer Ausdruck, den ich als Warnung deutete. »Wir haben sie in unseren Gewahrsam gebracht.«

Ich verstand nicht, was er damit sagen wollte, bis Joshua mich ansah.

»Verstellen? War das die ganze Zeit der Fall?« In seinen Augen schwelte heiße Wut. »Du hast mich verraten!«

»Nein«, protestierte ich und schüttelte den Kopf. Es verletzte mich zutiefst, dass er so etwas annehmen konnte. »Nein!«

»Verräterin!«, schrie Joshua, als er weggezerrt wurde. »Betrügerin.«

Ich starrte ihm sprachlos nach.

»Sollen wir jetzt die Frauen mitnehmen oder nicht?«, fragte ein französischer Polizist den letzten SS-Mann.

»Nein, es sind meine Schwestern«, sagte Pierre auf Deutsch, an den SS-Mann gewandt. »Sie kannten den Juden von der Universität. Wie alle Frauen haben sie ein weiches Herz, wenn es um Kinder und Außenseiter geht. Deshalb reden sie jetzt so unverschämt daher. Aber sie stehen auf unserer Seite. Schließlich haben sie uns hierher geführt. Dank ihnen konnten wir diesen Fang machen.«

»Wir sind nicht …«, protestierte ich.

Yvettes Ellbogen landete so unsanft in meiner Seite, dass ich nicht weitersprechen konnte.

Der SS-Offizier schien die Sache abzuwägen. »Zeigen Sie mir Ihre Papiere.«

Yvette zog ihren Ausweis aus der Tasche. Als ich mich nicht rührte, holte sie auch meinen aus meiner Tasche.

Der SS-Offizier musterte die Ausweise, dann warf er sie uns zurück.

»Verschwindet.« Er wedelte mit der Hand, dann wandte er sich an die anderen. »Stellt jemanden hier ab, damit er diejenigen verhaften kann, auf die sie gewartet haben.«

»Ich bringe meine Schwestern heim«, sagte Pierre.

»Mach dir keine Mühe.« Ich hatte Yvettes Stimme, die sonst immer freundlich und lebhaft klang, noch nie so kalt erlebt. »Wir gehen alleine heim, und zwar auf demselben Weg, auf dem wir hierhergekommen sind.«

Auf dem Rückweg konnte mich nichts trösten, obgleich sich Yvette die größte Mühe gab. Sie saß neben mir und hatte den Arm um meine Schulter gelegt wie bei einem Kind. Ich lehnte den Kopf ans Fenster und weinte. Zum Glück war das Abteil leer. »Ich fasse es nicht, dass Joshua geglaubt hat, ich hätte ihn verraten«, stöhnte ich.

»Das hat er nicht«, erwiderte sie. »Er hat es nur gesagt, um uns zu retten.«

»Er sah so wütend aus, so verbittert!«

»Er war wütend auf Pierre.« Sie starrte aus dem Fenster, als die Métro klappernd um eine Ecke bog. »Auch Pierre hat versucht, uns zu retten. Und es ist ihm gelungen.« Die Bahn schaukelte und ratterte. »Wir sind durch die Lügen der Männer gerettet worden, die wir lieben.«

»Aber Joshua – und diese Kinder … Pierre hat sie ausgeliefert, obwohl er genau wusste, dass sie …« Mein Mund konnte die schrecklichen Worte nicht formen, die in meinem Kopf auftauchten.

»Ich weiß. Das werde ich Pierre nie verzeihen. Es ist aus zwischen uns.«

Als ich Yvette musterte, wurde mir klar, dass die Ereignisse dieser Nacht auch bei ihr nicht folgenlos geblieben waren. »Oh, Vettie! Du hast genauso viel verloren wie ich, und trotzdem bist du so stark.«

»Der Mann, den ich geliebt habe, wird nicht in ein Lager verschleppt.« Die Métro nahm eine scharfe Kurve. Wir wurden beide ans Fenster geworfen. »Allerdings wünsche ich mir nach dem, was er diesem Jungen angetan hat, dass dem so wäre.«

Meine Gefühle zu Pierre waren zu wirr, als dass ich sie in diesem Moment ergründen konnte. Er hatte uns zwar vor der SS gerettet, doch er war uns aus dem Vélodrome gefolgt. Er hatte uns benutzt, um Joshua zu fassen.

Aber meine Schuld wog am schwersten. Wieder begann ich zu weinen.

»Ich hätte tun sollen, was Joshua wollte – mich von ihm fernhalten«, schluchzte ich. »Wenn ich nicht versucht hätte, ihm zu helfen, hätte ich ihm nicht geschadet.«

»Nein. Die Schuld liegt bei Pierre. Er versucht, sich bei den Nazis einzuschmeicheln, um Karriere zu machen.« Sie schüttelte den Kopf und presste die Lippen zusammen. »Ich könnte niemals einen Mann heiraten, der zu den Dingen fähig ist, die er tut;

der so denkt wie er. Ich fasse es nicht, dass er den Jungen so brutal geschlagen und dann so getan hat, als wäre das ganz normal.« Tränen rannen ihr über die Wangen. Sie wischte sie ärgerlich weg. »Ich habe ihn nicht richtig gekannt.«

»Der Krieg hat ihn verändert.«

»Er hat uns alle verändert.«

Ihre Stimme klang zornig; zornig und hart. »Ohne Pierre gibt es keinen Grund, warum ich nicht mehr tun kann, um unserer Sache zu dienen.«

»Was meinst du damit?«

»Das habe ich dir doch schon gesagt. Im Restaurant verkehren viele Offiziere, hochrangige Offiziere, die mich mit Freuden zu ihrer Geliebten nehmen würden.«

»Ach, Yvette, das kann doch nicht dein Ernst sein.«

»Warum nicht? Ich hätte Zugang zu ihren Taschen, ihren Unterlagen, ihren Gesprächen. Ich würde zu Gelagen mit anderen Offizieren eingeladen werden. Wir wissen ja, dass sie sich ganz offen vor uns unterhalten, wenn sie glauben, dass wir ihre Sprache nicht verstehen. Ich könnte der Résistance gute Dienste leisten, und außerdem müsste ich dann nicht mehr hungern. Wahrscheinlich könnte ich sogar dir etwas zu essen bringen, oder auch den Waisen.«

»Yvette, bitte rede nicht so.«

»Warum nicht? Ich habe meine Liebe einem Mann geschenkt, der so grausam ist, dass er ein Kind durch einen Eisenbahnwaggon schleudert, es bewusstlos schlägt, vielleicht sogar tötet. Pierre ist nicht nur grausam, er ist auch schwach und besitzt kein Rückgrat. Er hat sich von der Nazipropaganda blenden lassen. Er hat keine Prinzipien außer einem, nämlich weiterzukommen. Ich glaube, es ist schlimmer, mit einem Nazi zu schlafen, der ein Franzose ist, als mit einem, der ein Deutscher ist. Immerhin sind die Deutschen ihrem Land gegenüber loyal.« Sie schüttelte den Kopf. »Eure Eltern würden sich im Grab umdrehen, wenn sie wüssten, was aus Pierre geworden ist.«

»Du musst dich nicht kompromittieren, nur weil Pierre korrupt ist.«

»Kompromittieren? Ich habe mich bei Pierre kompromittiert, und ich habe es nicht einmal gemerkt. Nein!« Sie schüttelte entschlossen den Kopf. »Schluss mit der Gefühlsduselei und mit der Dummheit. Wenn ich mich das nächste Mal auf einen Mann einlasse, dann werde ich genau wissen, wer er ist und welchen Nutzen ich aus dieser Situation ziehen kann. Sentimentale Torheiten werde ich nicht mehr begehen. Ich werde sorgfältig einen Mann auswählen, der mir Zugang zu wichtigen Informationen verschaffen kann, die die Résistance brauchen kann.«

»Bitte handle nicht unüberlegt«, flehte ich sie an. »Versprich mir, dass du dir die Sache gründlich überlegst.«

»Ich werde diese Entscheidung ebenso kaltblütig fällen, wie Pierre es getan hat bei seiner Entscheidung, sich durch uns zu Joshua führen zu lassen.«

»Es ist meine Schuld«, flüsterte ich. »Es ist einzig und allein meine Schuld.«

»Nein, das ist es nicht, und ich will mir diesen Unsinn nicht mehr anhören.« Sie strich mir das Haar aus der Stirn, wie es meine Mutter früher immer getan hatte, wenn ich krank war. »Du hast nichts falsch gemacht. Du hast keinen Grund, dich zu schämen oder schuldig zu fühlen.«

»Aber ich fühle mich trotzdem schuldig.«

»Das tun wir alle.« Yvette atmete heftig aus. »Das ist der Preis, den wir zahlen, dass wir in dieser schrecklichen Zeit am Leben sind.«

22
Amélie, 1942

Joshuas Schicksal machte mir weiterhin schwer zu schaffen. Mitten in der Nacht wachte ich schweißüberströmt auf, weil ich von ihm geträumt hatte. Ich träumte, dass wir versuchten, uns zu erreichen, aber der Boden unter uns dehnte sich aus, bis er zu einer Schlucht wurde, die ihn verschluckte. Ich träumte, dass ich vor einem dicken, saftigen Steak saß. Mir lief das Wasser im Mund zusammen, als ich mit dem Messer ein Stück davon abschneiden wollte – und dann merkte ich plötzlich, dass es Joshuas Oberschenkel war. Aus diesem Traum erwachte ich schreiend, sehr zum Verdruss der anderen Frauen in unserem Schlafsaal.

Ich träumte auch von Pierre. Es waren seltsame Träume, in denen sich Bilder von ihm als Junge mit einem Monster vermengten. Manchmal hatte er viele Arme, mit denen er zupackte wie ein Oktopus, manchmal war er dreimal so groß, manchmal wurden seine Zähne zu Rasierklingen, während er lächelte. Das herzzerreißende Geräusch, als das Kind auf der Metallwand des Waggons aufprallte, riss mich aus dem Schlaf. Mein Herz hämmerte, mein Gesicht war tränenüberströmt.

Im August besuchte Pierre mich. Ich war soeben mit meinem letzten Zimmer fertig geworden und schob mein Wägelchen durch den hinteren Flur, als Isolde zu mir eilte. »Im Foyer ist ein Polizist, der dich sprechen will.«

»Wie sieht er denn aus?«

»Attraktiv, groß, mit einer romantischen kleinen Narbe am Kinn.«

Von wegen romantisch. Pierre hatte sie sich bei einem Boxkampf auf der Straße zugezogen. Er war damals dreizehn gewesen und ich elf. Meine Mutter brachte ihn zu einem Arzt, der die Wunde nähte, und als sie mit ihm nach Hause kam, verprügelte mein Vater ihn, weil er aus Jux und Tollerei gekämpft hatte. Pierre hatte hinter Papas Rücken heftig auf ihn geschimpft. Dieser Vorfall hatte mich verwirrt und erschreckt. Selbst als Kind hatte ich nicht begriffen, warum Männer gewalttätig waren, um den Frieden zu fördern. Wo sollte so etwas hinführen?

»Das ist mein Bruder«, erklärte ich Isolde.

»Er hat gemeint, es sei dringend und überaus wichtig.« Isolde rang um Atem, so sehr nahm sie das alles mit.

Ich verdrehte die Augen. »Pierre neigt zu Übertreibungen. Wahrscheinlich soll ich ihm nur einen Knopf an seinen Mantel annähen.«

Isolde kicherte. »Sag ihm, dass ich ihm gern seine Knöpfe annähen würde.«

Natürlich konnte ich mich nicht einfach weigern, ihn zu sehen, schließlich war Pierre Polizist. Es wurde heftig um mich herum getuschelt, als ich durch den Gang zu meiner Vorgesetzten ging. Ich erklärte ihr, dass Pierre mein Bruder sei und er mit mir reden wolle. Vielleicht habe er ja Neuigkeiten über jemanden in unserer Familie. Sie ließ mich gehen, bestand jedoch darauf, dass ich die Regeln des Hotels befolgte und zuerst meine Arbeitskleidung ablegte – vermutlich, um dem kleinsten Hinweis auf einen Skandal vorzubeugen.

Ich ließ Pierre eine Nachricht zukommen, dass ich ihn am Angestelltenausgang treffen würde, dann zog ich mir eines meiner beiden Sommerkleider an. Es war drückend heiß, doch als ich mich zu Pierre begab, schwitzten meine Handflächen nicht wegen der Hitze. Schon allein bei dem Gedanken an meinen Bruder stiegen Wut, Schuld und Selbsthass in mir auf.

Im Gegensatz zu Isoldes Schilderung fand ich, dass er schrecklich aussah. Er hatte abgenommen, und sein Gesicht war bleich. Ich freute mich darüber.

Als er mich mit den üblichen Wangenküssen begrüßte, blieb ich stocksteif stehen. »Bringst du mir eine Nachricht von Joshua?«, fragte ich.

»Du weißt, dass das nicht möglich ist.«

»Das weiß ich nicht. Ich wusste auch nicht, dass mein Bruder einen Mann verhaften würde, der versuchte, unschuldigen Kindern zu helfen; und außerdem wusste ich nicht, dass er ein Kind völlig ungerührt töten konnte.«

Pierre erstarrte. »Ich habe den Jungen nicht getötet.«

»Ach nein? Er atmete kaum noch, als ich ihn zum letzten Mal sah. Wie geht es ihm denn jetzt?«

»Woher soll ich das wissen?«

»Ja, natürlich weißt du das nicht, weil die Nazis ihn mitgenommen haben. Aber ich bin mir sicher, dass er wohlauf ist, denn nichts ist besser für ein schwer verletztes Kind, als in ein Nazi-Lager verschleppt zu werden.«

Er runzelte die Stirn. »Dieser Sarkasmus und diese Verbitterung sind höchst unpassend.«

»Ach ja? Na, dann solltest du vielleicht auch mich an die Wand schleudern und die SS herbeirufen, damit sie mich verhaftet.«

Er sah mich an. In diesem Moment lag derselbe Ausdruck in seinen Augen, den ich oft in seiner Jugend bemerkt hatte – der Junge, der sich nach väterlicher Bestätigung sehnte, weil er so sportlich war, jedoch stets nur wegen seiner schlechten schulischen Leistungen kritisiert wurde. Sein Blick flehte darum, angenommen zu werden. »Ich habe den Jungen nur ein bisschen zu hart angefasst.«

»Redest du dir das ein, um nachts besser schlafen zu können?«

»Ich bin nicht hier, um von dir getadelt zu werden.«

»Schade. Warum bist du dann hier? Wolltest du mich etwa bitten, dir zu helfen, Yvette zurückzugewinnen?«

Daran, dass er mir nicht sogleich antwortete, erkannte ich, dass ich den Nagel auf den Kopf getroffen hatte. Ich wusste, dass Yvette sich seit dieser schrecklichen Nacht standhaft weigerte, ihn zu sehen. Ich wusste, dass er immer wieder in das Café ging, in dem sie arbeitete, und dass sie jedes Mal, wenn er sich in ihre Abteilung setzte, dafür sorgte, dass eine andere Bedienung sich seiner annahm. Ich wusste, dass sie einmal einem Nazi-Gast gesagt hatte, dass er ihr Bruder sei und dass er versuchte, sie dazu zu bringen, seine Spielschulden zu bezahlen, und sie deshalb Angst vor ihm habe. Der Nazi und zwei seiner Spießgesellen hatten Pierre aus dem Café geworfen und sie nach Hause begleitet.

»Sie will mich nicht mehr sehen. Ich kann ihr keine Erklärung abgeben, wenn sie mir nicht zuhören will.«

»Dein Verhalten kannst du nicht wegerklären, Pierre.«

»Ich warte vor ihrer Wohnung, aber sie ist nie allein.«

»Das eine kann ich dir sagen: Du kannst Yvette nicht gewaltsam dazu bringen, ihre Meinung zu ändern. Jede Bemühung, sie zu etwas zu zwingen, wird nach hinten losgehen.«

»Das weiß ich, aber ich kann nicht ohne sie leben.«

»Das musst du aber, denn sie ist mit dir fertig.«

»Glaubst du denn, dass sie ihre Meinung noch ändern könnte?«

Das tat ich nicht, aber ich ging davon aus, dass er diese Antwort nicht hinnehmen würde. »Ich weiß es nicht. Aber im Moment richtest du mehr Schaden an, wenn du ihr deine Aufmerksamkeit aufzwingst. Wenn der Krieg vorbei ist und du angemessene Reue zeigst, dann vielleicht.«

Er starrte düster vor sich hin. »Wenn der Krieg vorbei ist, wird sie die Reumütige sein.«

»Nun, dann hast du ja deine Antwort.«

Er sah mich fragend an. »Kannst du nicht mit ihr reden?«

»Was soll ich ihr denn sagen? Dass es dir leidtut?«

»Ja. Sag ihr, was immer du für hilfreich hältst. Sag mir, was ich ihr sagen soll, und ich tue es.«

»Aber käme denn irgendetwas davon aus deinem Herzen?«

Seine schmalen Lippen und die Ungeduld in seinem Blick verrieten mir, dass er keinen triftigen Grund dafür sah. Ich hielt die Hand hoch, bevor er eine Lüge oder eine Entschuldigung vorbringen konnte. »Weißt du was, Pierre? Es ist wirklich nichts zu machen.«

»Das kann ich nicht hinnehmen.«

Ich merkte, dass ich ihm nicht entkommen konnte, ohne ihm irgendwelche Hoffnungen zu machen. »Wenn du unbedingt etwas tun willst, dann das: lass ihr Zeit. Denn eines ist sicher – je mehr du sie bedrängst, desto mehr drängst du sie von dir weg.«

»Tja, das tue ich wohl – ich dränge sie weg.« Er senkte den Kopf und blinzelte. Offenbar liebte er sie aufrichtig. »Das weiß ich, aber ich kann nicht anders.« Er seufzte tief, starrte auf den Himmel, wandte sich von mir ab und dann noch einmal mir zu. »Wie lange sollte ich denn deiner Meinung nach warten?«

»Mindestens ein halbes Jahr.«

»Ein halbes Jahr! Das ist ja eine Ewigkeit.«

In diesem Krieg konnte es das durchaus sein. »Du hast mich nach meiner Meinung gefragt, Pierre. Ich kann nichts dafür, wenn dir meine Antwort nicht gefällt.« Ich drehte mich um. »Ich muss wieder an die Arbeit.«

Er wollte mich begleiten.

»Ich schaffe das schon allein«, sagte ich. »Adieu, Pierre. Bitte lass mich in Ruhe.«

»Das ist doch nicht dein Ernst.«

»Oh doch, mein voller Ernst.« Ich machte kehrt und ging.

23
Amélie, 1942-1943

Im Verlauf des nächsten Jahres festigte sich der Würgegriff der Deutschen um Paris, und gleichzeitig änderten sich die Soldaten, die die Stadt bewachten. Die schneidigen blonden Kämpfer, die in Paris einmarschiert waren, wurden durch ältere Reservisten und Invaliden ersetzt – Soldaten, die humpelten oder eine Augenklappe trugen. Deutschland brauchte sämtliche leistungsfähigen Soldaten an der Front zum Kampf gegen die Alliierten.

Das bedeutete jedoch nicht, dass die Herrschaft über die Einwohner von Paris weniger strikt war. Ganz im Gegenteil – Bürger wurden immer häufiger völlig grundlos aufgehalten und nach ihren Papieren gefragt. Die Lebensmittelknappheit verschärfte sich noch. Leder war nahezu unmöglich aufzutreiben, was mich besonders schwer traf, als die Sohlen meiner Schuhe löchrig wurden. Ich stopfte die Schuhe mit Pappe aus, aber im Schnee half das nicht viel.

Selbst das Wetter meinte es nicht gut mit uns. Auch dieser Winter war eisigkalt, und die Schneehöhe in Paris übertraf den Rekord des Vorjahres.

Am schlimmsten aber waren die Berichte über das, was mit den Menschen passiert war, die im Vél‘ d'Hiv zusammengetrieben worden waren. Sie waren alle nach Auschwitz transportiert worden. Über das Lager wusste man nicht viel, aber den Gerüchten nach war es ein Ort des Grauens und des Todes. Yvette versuchte mich immer wieder damit zu trösten, dass die Geschichten über das Lager zu haarsträubend waren, um glaubhaft zu sein. Gedanken an Joshua, wie er litt oder gefoltert wurde, raubten mir den Schlaf. Ich fragte mich oft, ob er noch lebte. Wenn nicht, dann wollte ich auch nicht mehr leben.

Ende Oktober ließ sich Yvette mit einem hochrangigen Wehrmachtsoffizier ein. Gerhard war ganz offenkundig sehr in sie verliebt. Er nahm sie in seine Suite in einem Luxushotel mit und kaufte ihr neue Kleider. Sie gab mir ihre alten Schuhe – ein Geschenk des Himmels. Sie waren mir zwar etwas zu groß, aber wenn ich sie fest genug schnürte, konnte ich sie tragen. Mit drei Paar dicken Wollsocken – Yvette schenkte mir diese Socken zu Weihnachten, sie waren sehr teuer und kaum zu finden – passten die Schuhe sogar richtig gut.

Im November besetzten die Deutschen die Freie Zone und lösten die Vichy-Regierung auf. Damit zerstreute sich auch die Illusion, dass Frankreich sein Schicksal noch in den eigenen Händen hielt. Das freie Frankreich war ohnehin nie richtig frei gewesen. Deshalb machte den normalen französischen Bürgern diese Veränderung wenig aus. Sie führte jedoch dazu, dass es in Südfrankreich mehr Soldaten gab und dass sie die Bevölkerung genauer im Auge hatten. Das erschwerte die Sache für die Résistance-Mitglieder, mich eingeschlossen; denn ich hatte M. Henri schließlich überzeugt, dass ich auch Kurierdienste übernehmen konnte.

Als erstes hatte ich ihn gefragt, ob ich nicht helfen könne, jüdische Kinder in Sicherheit zu bringen. Für mich wäre es eine Art Wiedergutmachung gegenüber Joshua gewesen.

»Das Kinderhilfswerk gehört nicht zu unserem Programm«, sagte er. »Wir unterstützen es, wo es geht, aber wir bringen uns nicht direkt ein.« Er sah mich ernst an. »Du wirst dringend gebraucht, wo du bist, Amélie. Du hast es im Hotel mittlerweile so weit gebracht, dass es Jahre dauern würde, dich zu ersetzen. Und deine Schreibkünste – weißt du eigentlich, wie vielen Menschen du damit geholfen hast?«

Ich verbrachte zu der Zeit jeden Mittwochabend zwei Stunden in einem Kloster und fälschte dort Unterschriften auf Ausweisen, Lebensmittelkarten und Reiseunterlagen.

»Jedes Mal, wenn du den Namen eines Beamten schreibst, hilfst du unserer Sache.«

»Aber ich will mehr tun«, entgegnete ich. »Zweimal im Monat

habe ich jetzt einen ganzen Tag frei. Ich möchte diese Zeit in den Dienst der Sache stellen. Ich könnte als Kurier arbeiten.«

»Das ist gefährlich.«

»Ich habe keine Angst.« Und das stimmte, denn ich hatte das Gefühl, dass es sonst nichts mehr gab, wofür sich mein Leben lohnte. Ich war so niedergeschlagen, dass ich alles um mich herum nur noch in Grautönen wahrnahm.

»Das könnte problematisch sein.« Seufzend strich er sich übers Kinn. »Wer keine Angst hat, wird tollkühn.«

Doch ich ließ nicht nach, und als sie dringend einen Kurier brauchten – der letzte war gefasst worden, der vor ihm auf mysteriöse Weise verschwunden –, wandten sie sich an mich.

Von da an schaffte ich einmal im Monat Informationen und Filmmaterial nach Tours. Mein Alibi lautete, dass ich meine kränkelnde alte Tante Beatrice besuchte.

Es war eine Ironie des Schicksals, dass Yvettes Liebhaber mir zu meinen Reisepapieren verhalf. Schließlich waren Yvette und ich unseren Ausweisen nach Schwestern, und deshalb fand er es selbstverständlich, mir diesen Gefallen zu erweisen. Es hätte sogar merkwürdig ausgesehen, wenn ich ihn nicht darum gebeten hätte.

Allerdings ging damit auch ein Problem einher: Ich musste meinen richtigen Namen benutzen. Die meisten Kuriere – ja fast alle, die für den Untergrund arbeiteten – benutzten falsche Namen, um zu verhindern, dass diejenigen, die gefasst wurden, andere Widerstandsmitglieder verrieten. Mir fehlte dieser zusätzliche Schutz.

»Es ist nicht die Frage, ob, sondern wann du Informationen preisgibst, wenn du erwischt wirst«, erklärte mir M. Henri und hielt die Hand hoch, als ich protestieren wollte. »Das soll keine Beleidigung sein. Professionelle Spione, Sekretäre, Leute mit der besten Ausbildung und dem besten Charakter – sie alle brechen unter genügend Druck zusammen. Ein Mensch kann nur ein bestimmtes Maß an Qualen ertragen. Das weiß Gott, und das wissen auch die Nazis.«

»Dann muss ich eben ganz besonders vorsichtig sein.«

»Ja. Du musst dich verpflichten, kein Risiko einzugehen.«

Ich erklärte mich dazu bereit, aber in jenen dunklen Zeiten in Frankreich war schon allein das ganz normale Leben ein Risiko.

Meine sogenannte Tante, Beatrice Zouet, war keineswegs kränkelnd. Sie war zwar alt, aber sie war ein richtiges Energiebündel und bot in ihrem Haus auf dem Land allen möglichen Leuten Zuflucht: Widerstandskämpfern, abgeschossenen Piloten der Alliierten und zu meiner großen Freude auch jüdischen Kindern, die an die Grenze zur Schweiz geschmuggelt wurden.

Am Bahnhof wurde ich stets von einer Witwe mittleren Alters, Mme Molin, empfangen. Sie fuhr mich auf ihrem Eselskarren zu Mme Zouets heruntergekommenen Hof, der etwa sechs Kilometer außerhalb der Stadt lag. Mme Molin war eine Nachbarin meiner »Tante«; sie kümmerte sich um deren Haushalt und war, falls die Gerüchte zutrafen, ab und zu auch ihre Geliebte.

»Bonjour, Mme Molin«, begrüßte ich sie im Januar. »Es freut mich sehr, Sie zu sehen.«

»Ich freue mich auch, dich zu sehen, meine Liebe.« Wir küssten uns auf die Wangen und lieferten den Soldaten und den Passanten auf dem Bahnhof eine kleine Vorstellung.

»Wie geht es Tante Beatrice?«

»Ach, sie ist leider ziemlich angeschlagen, aber momentan geht es ihr ein bisschen besser. Heute morgen kam der Arzt vorbei.«

»Ist es wieder ihr Herz?«

»Ja, und außerdem ist sie erkältet.«

»Ich habe etwas gegen ihre Arthritis mitgebracht.« Ich hob meinen großen Korb hoch. Darin befand sich ein ziemlich übel riechendes Gebräu, das Soldaten davon abhalten sollte, meinen Korb eingehender zu inspizieren. Unter den Tüchern, mit denen das Gefäß abgepolstert war, lagen die Unterlagen, die ich schmuggelte.

»Wie fürsorglich von dir«, lobte mich Mme Zouet.

Ich kletterte in den Karren und stellte den Korb zu meinen

Füßen ab. Der Gürtel, in dem der Film versteckt war und den ich unter meinem Kleid trug, scheuerte an dem harten Rückenbrett, als ich mich hinsetzte. Ich beugte mich vor, um dem Druck zu entgehen, und Mme Molin schnalzte mit den Zügeln.

Sobald wir den Ort hinter uns gelassen hatten, konnten wir uns offener unterhalten.

»Ist der Arzt wirklich da gewesen?«, fragte ich.

»Ja. Er hat eine Mutter und ein Kind behandelt, die aus dem Zug gesprungen sind, der sie in ein Lager bringen sollte. Die Mutter hat sich den Arm gebrochen, das Kind hat nur ein paar Kratzer abbekommen.«

»Die beiden wohnen jetzt bei Tante Beatrice?«

»Das haben sie ein paar Tage getan, aber es wurde zu gefährlich. Heute früh haben wir sie in ein verlassenes Haus gebracht. Wir kommen gleich daran vorbei.« Sie lenkte den Karren auf einen schmalen Pfad durch ein kleines Wäldchen. Der Schnee vom letzten Sturm war fast geschmolzen, es waren nur noch ein paar größere Schneewehen übrig, doch die dunklen Wolken kündeten von weiterem Schneefall. »Die SS sucht nach ihr.«

»Warum?«

»Sie war eine bekannte Fälscherin und hat mit ihren hervorragenden Dokumenten sehr vielen Juden bei der Flucht aus dem Land geholfen. Jetzt sind die Nazis fuchsteufelswild, dass sie ihnen entkommen ist.

»Eh, bien.« Die Nachricht, dass die SS so versessen darauf war, eine Fälscherin zu erwischen, beunruhigte mich sehr.

»Die Nazis drohen jedem, der der Frau und ihrem Kind helfen will, mit den härtesten Strafen. Hast du gewusst, dass sie letzte Woche vier Widerstandskämpfer erschossen haben?«

»Ja, davon habe ich gehört. Es tut mir sehr leid.«

»Jetzt tun sie alles, um diese Frau zu finden. Sie haben Mme Zouets Hof durchsucht und waren danach noch zwei Mal dort. Wir versuchen, uns möglichst unauffällig zu verhalten.«

»Vielleicht hätte ich heute nicht kommen sollen.«

»Dein Besuch wird erwartet. Es wäre verdächtig gewesen, wenn du nicht gekommen wärst.«

Als wir um eine Ecke bogen, hörte ich große Hunde bellen.

»Das ist nicht gut«, murrte Mme Molin. »Die Boches sind mit ihren Spürhunden unterwegs. Das Haus, in dem die Frau und das Kind untergebracht worden sind, liegt direkt vor uns.«

Über uns flog ein Flugzeug ziemlich tief.

Ich blickte hoch, und Mme Molins zerfurchte Stirn runzelte sich besorgt, während der Esel langsam um die Kurve trottete. Als das Haus in unser Blickfeld geriet, sah ich eine Frau mit einem Arm in einer Schlinge aus einem kleinen Nebengebäude kommen.

»Oh, mon Dieu!«, ächzte Mme Molin. »Ich habe ihr doch gesagt, dass sie das Haus nicht verlassen darf.«

Offenbar hatte das Flugzeug die Frau ebenfalls entdeckt. Es drehte um und näherte sich uns. Mme Molin brachte den Karren unter einem Baum zum Stehen. Sie warf mir die Zügel zu.

»Schling sie um den Baumstamm.«

Ich folgte ihrer Aufforderung.

»Wirf dich auf den Boden! Runter mit dir!«

Ich duckte mich. Maschinengewehrsalven prasselten auf uns nieder. Eine laute Explosion brachte den Wagen ins Wanken. Durch meine fast geschlossenen Augen konnte ich einen roten Blitz sehen.

»Mon Dieu, mon Dieu!«, murmelte Mme Molin. Der Esel versuchte, sich aufzubäumen, doch er war so vor den Karren gespannt, dass er nicht nach hinten ausschlagen konnte, und die Zügel um den Baumstamm hielten ihm stand.

Ich hob den Kopf. Das Dach des Hauses brannte lichterloh.

»Mein Baby! Mein Baby ist im Haus!«, kreischte die Frau und fuchtelte mit ihrem heilen Arm in der Luft herum. Das trockene Gras um sie herum wie auch ihr Rock hatten Feuer gefangen.

Mme Molin kletterte vom Karren herunter und raste zum Haus. Ihr schwarzer Rock bauschte sich wie die Flügel einer Krähe vor den Schneewehen an der Seite des Wegs. Gleichzeitig stürzte ein Mann aus dem Wald und warf die Frau auf den Boden. Erst dachte ich, er sei ein Nazi, der ihr etwas zuleide tun wollte, doch dann merkte ich, dass er ihre brennenden Kleider löschen wollte, indem er sie hin und her wälzte.

»Mein Baby! Mein Baby«, kreischte die Frau wieder, als der Mann ihr auf die Füße half.

»In welchem Zimmer ist es denn?«, rief Mme Molin und zog sich den Mantel aus.

»Im Vorderzimmer.«

Mme Molin tauchte ihren Mantel in den Schnee neben dem Holzhaufen, dann streifte sie ihn sich über den Kopf und stürmte ins Haus. Einen Moment später, der mir wie eine Ewigkeit vorkam, tauchte sie mit einem schreienden Kind in den Armen auf.

Hinter ihr explodierte das Haus. Sie ging zu Boden. Meine Beine zitterten, als ich zu ihr wankte, um ihr zu helfen. Der Mann hatte bereits das Kind gepackt. Nun nahm er die Frau an der Hand und eilte mit den beiden in den Wald. Ich hastete zu Mme Molin und half ihr beim Aufstehen.

»Sind denn noch andere Leute im Haus?«, fragte ich.

»Vielleicht, doch jetzt kommt jede Hilfe zu spät.«

»Aber …«

Mme Molin schüttelte ihren Mantel aus. »Wir müssen weiter. Das Flugzeug wird zurückkehren, und im Wald treiben sich die Boches herum. Wir dürfen hier nicht entdeckt werden.«

»Und was wird aus der Frau und ihrem Kind?«

»Überlass das unseren Männern. Sie werden sie verstecken. Es ist besser, wenn wir nichts Näheres darüber wissen.«

Damit hatte sie natürlich recht. Wir kletterten wieder auf den Karren, nachdem ich die Zügel von dem Baumstamm gelöst und Mme Molin ihren Mantel angezogen hatte. Der Esel stürmte los. Mme Molin ließ ihm freien Lauf. Er brachte uns, so schnell es ihm seine Beine und Lunge gestatteten, von dem brennenden Haus weg; ja, er raste, als ob er Flügel hätte.

Ich hielt mich an der Seite des Karrens fest und konnte immer noch kaum fassen, was ich soeben gesehen hatte. Wie rasch sich

Dinge verändern konnten! Wie rasch man entscheiden musste, was zu tun war. Und ich war zur Salzsäule erstarrt, während Mme Molin und ein Widerstandskämpfer, der sich im Wald versteckt hatte, in Windeseile eingegriffen hatten.

»Hat die Frau schlimme Verbrennungen gehabt?«

»Das glaube ich nicht.«

»Und das Kind?«

»Nein, es hatte keine. Es war vom Rauch bewusstlos, aber es hat bald wieder Luft bekommen. Das hast du ja gehört.«

Eine Weile ließen wir uns schweigend durchschütteln, während der Esel weiter die Straße hinabgaloppierte.

»Woher wusste der Mann, wie man brennende Kleidung löscht?«, fragte ich schließlich.

»Die örtlichen Feuerwehrmänner haben uns das nach den ersten Bombenangriffen beigebracht. Wenn jemand brennt, ist es am besten, wenn er sich auf dem Boden wälzt.«

»Das habe ich nicht gewusst.«

»Ja nun, der Krieg hat uns viele Dinge beigebracht, von denen wir nicht wussten, dass wir sie je brauchen würden.«

Zu viele, dachte ich. Ich hatte mir oft überlegt, wie ich im Notfall reagieren würde, wenn es darum ging, jemanden zu retten. Es gab zwei Sorten Menschen, so hatte ich mir immer gedacht – diejenigen, die sofort handelten, und diejenigen, die erstarrten. Es beschämte mich, dass ich offenbar zur zweiten Sorte gehörte. »Woher hatten Sie die Geistesgegenwärtigkeit, Ihren Mantel auszuziehen und ihn über den Kopf zu streifen, bevor Sie das Haus betraten?«

»Auch das wurde mir geraten. Niemandem ist damit gedient, wenn ich im Rauch ersticke oder verbrenne, bevor ich jemanden retten kann. Außerdem schützt ein nasser Mantel vor dem Feuer.«

»Ich war vor Angst wie gelähmt.«

»Vielleicht auch besser so. Wer nicht weiß, wie er sich im Notfall richtig verhält, wird nur zu einer weiteren Person, die gerettet werden muss.«

In dem Moment schwor ich mir, mich nie mehr wieder lähmen zu lassen. Wenn der Krieg ein schneller Lehrer war, dann wollte ich eine schnelle Schülerin sein.

Auf dem Rückweg zum Bahnhof kamen wir noch einmal an der Brandstätte vorbei. Der Schnee hatte das Feuer gelöscht, aber es hing immer noch eine Rauchwolke in der Luft. Der Esel bockte, als wir uns dem Haus näherten. Wir mussten aussteigen und ihn daran vorbeiführen.

Ein paar Leute aus dem Ort hatten sich eingefunden, um die Zerstörung zu begutachten. Ein Paar, ein Mann mit einem Bart und eine Frau mit einem langen, hageren Gesicht, begrüßte Mme Molin, die mich als Mme Zouets Nichte vorstellte.

»Die Deutschen behaupten, dass die Frau, hinter der sie her waren, hier umgekommen ist«, sagte die Frau leise. »Ich glaube es nicht. Es sind zwei Leichen im Haus gefunden worden, aber es waren Männer.«

»Oh nein!«, keuchte ich erschrocken.

»Ich glaube, einer der beiden war René Foret«, sagte der Mann. »Die Stiefel sehen aus wie seine.«

»Ach, die arme Hélène.« Mme Molin bekreuzigte sich, und ich tat es auch. »Und das andere Opfer?«

»Das kann man noch nicht sagen«, erklärte die Frau.

»Glaubst du, dass die Frau es zur Grenze geschafft hat?«, fragte der Mann.

»Ich glaube, sie ist von hier weggekommen«, erwiderte Mme Molin. »Schon das ist ein Sieg. Nur Gott weiß, wie es für sie ausgehen wird.«

Nur Gott weiß, wie es für viele von uns ausgehen wird, dachte ich. Manchmal fragte ich mich, ob irgendeiner diesen Krieg lebend überstehen würde oder ob wir uns alle gegenseitig umbringen würden.

24
Amélie, 1943

Die Zugfahrt nach Paris kam mir diesmal extrem lang vor. Ich lehnte mich ans Fenster, mein Kopf schlug gegen die Scheibe. Jedes Mal, wenn ich die Augen schloss, sah ich Feuer vom Himmel regnen. Ich dachte an Mme Molins Worte, dass wir jede Flucht als Sieg nehmen sollten, aber irgendwie ging die Rechnung für mich nicht auf. Zwei Menschen hatten ihr Leben lassen müssen, um zwei Leben zu retten. Und niemand wusste, ob die beiden, die wir zu retten versucht hatten, noch am Leben waren – oder, falls sie noch lebten, ob sie den nächsten Tag überstehen würden.

Mir war zum Heulen zumute. Bei zwei Haltestellen verzögerte sich die Zugfahrt, weshalb ich sehr spät – weit nach der Sperrstunde um neun Uhr – in Paris ankam. Ich trat aus dem Bahnhof auf eine dunkle Straße und schlug die Rue Aignon zum Hotel ein. Drei betrunkene deutsche Soldaten stolperten aus einer Bar.

Ich versuchte, ihnen auszuweichen, doch sie stellten sich mir in den Weg. »Oho! Wen haben wir denn da?«, nuschelte einer auf Deutsch.

»Schauen wir mal, ob wir noch bisschen Spaß bekommen, ohne was dafür zu bezahlen«, lallte ein zweiter. Sie brachen in schallendes Gelächter aus, unverschämt sicher, dass ich ihre Sprache nicht verstand.

Das Herz schlug mir bis zum Hals. Der erste Soldat packte mich am Arm und beäugte mich lüstern. Sein Bieratem dampfte in der kalten Nacht. »Wollen Sie bisschen Spaß haben, Mademoiselle?«, fragte er in gebrochenem Französisch.

»Nein, danke«, erwiderte ich.

»So kommst du nicht weiter«, erklärte der Größte von ihnen. »Ich zeig euch, wie man das macht.« Er wandte sich an mich und rückte seine Kappe zurecht. »Sie sind nach der Sperrstunde unterwegs, Mademoiselle. Sie verstoßen gegen das Gesetz«, knurrte er in schlechtem Französisch.

»Ich – mein Zug hatte Verspätung und ist soeben erst eingetroffen. Wollen Sie meine Reisepapiere sehen?«, stammelte ich.

»Nein, wir wollen deine Muschi sehen«, sagte der zweite Soldat auf Deutsch, was mit brüllendem Gelächter quittiert wurde.

Angst stieg in mir hoch. Ich tat so, als würde ich nichts verstehen. »Ich bin unterwegs zu meiner Unterkunft.«

»Und wo ist die?«

»Im Hotel Palais.«

»Aha, du wohnst also in einem Hotel?« Ihre Brauen schossen in die Höhe. Sie sahen einander grinsend an.

»Ich arbeite dort als Zimmermädchen«, sagte ich, damit sie nicht auf den Gedanken kamen, ich könnte eine Hure oder Mätresse sein.

»Ach ja? Als Zimmermädchen?« Der Große grinste anzüglich. »Dann machst du dort also die Betten. Willst du meine Laken glätten?«

Die anderen prusteten wieder los und knufften sich mit den Ellbogen.

»Bitte, lassen Sie mich jetzt nach Hause gehen.«

»Aber zuerst musst du nett zu uns sein.«

Mein Mund wurde trocken. »Ich – ich bin nett.«

»Nein, du bist überheblich. Was trägst du denn da in deinem Korb?«

»Ich habe meiner Großtante etwas gegen ihre Arthritis gebracht.«

»Arthritis?«

Offenbar kannten sie dieses Wort nicht auf Französisch. »Sie hat Schmerzen.«

»Ich hab auch einen, den du behandeln kannst«, sagte der Große. »Kein Grund, so hochnäsig zu sein.« Er zog mich grob an sich. »Sehen wir mal nach, was du unter dem Mantel trägst.« Er fummelte an meinem obersten Knopf herum. Seine Finger berührten meinen Hals.

Ich weiß nicht, was über mich kam. Ohne zu überlegen, winkelte ich mein Bein an und stieß ihm das Knie zwischen die Beine.

»Aua!« Überrascht ließ er von mir ab und presste die Hände auf den Schritt. Die anderen beiden lachten nur. Ich drehte mich um und wollte losrennen, aber ich war nicht schnell genug. Der Große, der sich rasch erholt hatte, packte meinen Arm und wirbelte mich herum. Kaltes Metall wurde an meinen Hinterkopf gepresst.

»Du kleine Hure!«, fauchte er.

Er spannte den Hahn. Ich schloss die Augen und dachte an Maman.

»Warte, Kyler«, sagte einer der anderen auf Deutsch. »Wenn du sie erschießt, müssen wir einen Bericht erstatten. Um diese Uhrzeit wollen wir uns doch nicht mit so was rumschlagen.«

»Ja«, pflichtete der zweite ihm bei und scharrte mit den Füßen. »Trinken wir lieber noch was.«

Einen sehr langen Moment hing mein Leben an einem seidenen Faden, während Kyler überlegte, ob die Rache für seine schmerzenden Lenden die Lästigkeit von Papierkram aufwog. Offenbar war ich es nicht wert, umgebracht zu werden; denn schließlich stieß er mich von sich.

Ich fiel aufs Pflaster. Das Gefäß in meinem Korb zerbrach, und ich schrammte mir das Knie auf.

»Das ist deine Glücksnacht, du französisches Flittchen«, knurrte er. »Aber ich habe ein Auge auf dich, das nächste Mal kommst du nicht ungeschoren davon.«

Ich hastete durch die dunkle Straße zum Hotel und schickte ein Stoßgebet zum Himmel, dass mir nicht noch weitere Soldaten begegneten. Als ich im hinteren Flur des Hotels stand, atmete ich tief durch.

Isolde kam vorbei. Sie hatte offenbar soeben geduscht, denn sie hatte Seife und Schampon in der Hand.

»Da bist du ja! Ich habe mich schon gefragt, ob dir etwas zugestoßen ist.«

»Nein«, erwiderte ich. »Der Zug hat sich nur ziemlich verspätet.«

»Wie geht es deiner Tante?«

»Nicht so gut, aber mein Gebräu scheint ihr geholfen zu haben.«

»Schön. Na ja, hier ist auch nicht viel passiert.«

»Ein weiterer langweiliger Tag für uns beide«, bemerkte ich trocken.

Natürlich entging ihr die Ironie meiner Bemerkung. Ich folgte ihr in den Schlafsaal und fühlte mich inmitten all dieser Frauen sehr einsam.

25
Amélie, 1943

»Mein Gott, Amélie, du hättest vergewaltigt oder getötet werden können!«, rief Yvette erschüttert, als ich ihr eine Woche später von meiner Begegnung mit den deutschen Soldaten erzählte.

Ich saß auf der Chaiselounge in der Hotelsuite, in der Yvette nun lebte, und trank echten Bohnenkaffee. Ich weiß nicht, wann ich zum letzten Mal richtigen Kaffee getrunken hatte. Das Hotel war sehr vornehm und stand nur sehr reichen oder hochrangigen Wehrmachtsoffizieren offen.

Yvettes deutscher Protecteur war beides. Sie gab mir regelmäßig etwas von den üppigen Mahlzeiten ab, in deren Genuss sie mit ihm kam – Essen, das sie in Servietten einwickelte und in ihre Handtasche stopfte.

»Nimm noch einen Keks, ma petite. Du bist schrecklich dünn.«

»Ich weiß, ich weiß.« Ich betrachtete meine spindeldürren Arme. »Immerhin ist das für mich keine große Veränderung. Aber du – du hast richtig krank ausgesehen, als du so abgenommen hattest.«

»Es tut gut, nicht ständig hungrig zu sein. Aber manchmal denke ich, dass ich mir lieber einen Arm abbeißen würde, als noch eine weitere Nacht die Dinge zu tun, die Gerhard …« Sie brach ab und zündete sich eine Zigarette an.

»Erzähl es mir«, drängte ich sie.

»Es fällt mir schwer, nicht zurückzuschrecken, wenn er mich berührt«, gestand sie. »Und wenn er mich küsst oder mich auffordert, bestimmte Dinge zu tun, muss ich gegen den Drang ankämpfen, mich zu übergeben. Manchmal fesselt er mich ans Bett, und …« Sie zog an ihrer Zigarette, dann winkte sie ab. »Aber das ist egal. Ich liefere der Résistance wichtige Informationen, daran muss ich mich jeden Tag erinnern. Und der Krieg wendet sich zu unseren Gunsten.«

»Wirklich?«

»Ja. Die Boches geben das natürlich nicht zu, aber bei der Schlacht um Stalingrad haben sie eine schwere Niederlage erlitten, und die Alliierten bombardieren Deutschland nach Kräften.«

»Frankreich auch.«

»Oui«, erwiderte sie bedrückt. Die harte Wahrheit war, dass es oft zu Kollateralschäden kam, wenn die Briten und die Amerikaner – die Armeen, die versuchten, uns zu retten – deutsche Ziele in Frankreich bombardierten. Paris blieb zwar verschont, aber manchmal wurden nachts die Vorstädte angegriffen.

»Nun denn.« Yvette klopfte die Asche ihrer Zigarette ab. »Wie läuft die Arbeit im Hotel Palais?«

»Eigentlich so wie immer, nur dass die Suppe immer dünner wird. Und eine meiner Zimmergenossinnen ist verschwunden.«

»Was soll das heißen, verschwunden?«

»Sie ist einfach verschwunden. An ihrem freien Tag ist sie ausgegangen und nicht mehr zurückgekehrt.«

»Hat sie denn für die Résistance gearbeitet?«

»Nein. Zumindest kann ich mir das nicht vorstellen.«

»War sie eine Jüdin?«

»Auch das glaube ich nicht, aber wer kann sich heutzutage schon irgendeiner Sache sicher sein? Angeblich kam sie aus Lyon. Ich habe mich schon gefragt, ob sie denselben Soldaten begegnet ist wie ich, nur dass es anders ausgegangen ist.«

»Ihr könnten alle möglichen Dinge passiert sein.«

»Lauter schlechte Dinge.«

»Vielleicht auch nicht. Vielleicht ist sie nach Amerika geflohen.«

»Ha!«

Yvette zog wieder an ihrer Zigarette. »Das sollten wir tun, wenn dieser Krieg vorbei ist.«

»Nach Amerika gehen?«

»Ja! Das ist das Land der unbegrenzten Möglichkeiten. Frankreich wird noch sehr lange arm sein.«

»Ach, sag das nicht. Wenn wir befreit sind …«

»Werden wir immer noch arm und hungrig sein. Ganz Frankreich wird es jahrelang so ergehen. So war es auch nach dem Großen Krieg. Abgesehen davon – wo sollen wir denn nach dem Krieg leben?«

»Keine Ahnung.«

»Ich habe viel darüber nachgedacht.« Yvette blies ein Rauchwölkchen aus. »Du und ich müssen nach Amerika und einen Neuanfang machen.«

»Wie sollen wir dorthin gelangen?«

»Wir werden Geld für die Überfahrt sparen. Oder wir verlieben uns in amerikanische Soldaten und heiraten sie.«

»Mein Herz wird immer Joshua gehören.«

»Das denkst du jetzt. Dasselbe habe ich auch mal über Pierre gedacht.«

»Und jetzt?«

»Für mich ist er gestorben.« Sie nahm einen tiefen Zug an ihrer Zigarette. »Er hat mich letzte Woche besucht.«

»Und?«

»Ich habe ihm gesagt, wenn er nicht geht, sage ich es Gerhard und lasse ihn verhaften.« Sie stippte die Asche über einem Aschenbecher ab. »Er hat nach dir gefragt, Amélie. Er liebt dich immer noch.«

»Er liebt nur sich selbst.«

»Vielleicht. Aber dennoch, Amélie – er ist dein einziger Verwandter.«

»Nein.« Ich nahm ihre Hand. »Ich habe dich.«

»Ja.« Lächelnd drückte sie meine Finger. »Wir sind Schwestern, und wir haben Ausweise, die das beweisen. Aber jetzt musst du gehen. Gerhard wird bald hier sein.«

»Und es wäre ihm nicht recht, hier auf mich zu stoßen?«

»Au contraire. Es wäre ihm sogar sehr recht. Er hätte es gern, wenn du dich zu einer ménage à trois zu uns gesellen würdest.«

»Sehr witzig.« Ihre Miene machte mich stutzig. »Mon Dieu, das war gar kein Witz.«

Sie neigte den Kopf. »Er hat ein paar sehr seltsame Vorstellungen über die Liebe.«

Meine Brust schnürte sich zusammen. »Oh, Yvette! Tut er – tut er dir weh?«

»Nicht sehr.« Sie wandte den Blick ab. »Jedenfalls nicht sehr oft. Und ich habe schon viele wertvolle Informationen erhalten.«

Mein Gesichtsausdruck verriet wohl, wie beunruhigt ich war, denn sie lächelte. »Mach dir keine Sorgen. Nächste Woche geht er. Er weiß nicht, dass ich das weiß, aber natürlich weiß ich es.«

»Und was machst du dann?«

»Ich habe einen anderen Offizier kennengelernt, der unserer Sache sehr hilfreich sein kann.«

»Ist es ein Mann, den du lieben könntest?«

Sie grinste schief. »Hoffentlich nicht. Er ist nämlich schon verheiratet. Außerdem hat die Liebe nichts damit zu tun. Er befindet sich in einer strategisch bedeutsamen Position. Wenn er freundlich ist, umso besser.« Sie drückte ihre Zigarette aus und stand auf. »Aber jetzt musst du wirklich gehen.«

Sie wickelte die übrig gebliebenen Kekse in ein Taschentuch, steckte sie in meine Handtasche und begleitete mich zur Tür. »Pass auf dich auf, ma sœur.«

Wir küssten uns auf die Wangen. Auf dem Heimweg stiegen mir Tränen in die Augen. Egal, wie es nach außen hin scheinen mochte, Yvette opferte für Frankreich ebenso viel wie die Männer, die in den Gräben kämpften. Der Unterschied war nur, dass die Männer als Helden galten und Yvette verachtet wurde.

26
Amélie, 1943 bis Mitte 1944

In den nächsten anderthalb Jahren wurde das Leben in Paris immer grimmiger. Die Menschen waren hager, erschöpft und krank. Allerorten kochte Ärger hoch, den die zunehmend brutalen Besatzer mit unverhältnismäßiger Grausamkeit niederschlugen. Nicht nur Juden, Zigeuner und andere »unerwünschte Elemente« wurden zusammengetrieben und weggeschafft, sondern auch französische Bürger, oft schon wegen geringster Vergehen, etwa wenn sie die Marseillaise gesungen hatten.

Der Winter war abermals bitterkalt. Kohle und Holz waren kaum noch aufzutreiben. In meinem Hotel wurden die Dienstbotenquartiere nicht mehr geheizt, Wärme war den zahlenden Gästen vorbehalten.

Die Stadt schien zwei Gesichter zu haben. Es gab das graue, elende, unterdrückte Paris, in dem die normalen Bürger hausten, und das wunderschöne helle Paris, das angefüllt war mit Frohsinn, Musik und köstlichem Essen. Dieses Paris wurde mittlerweile fast ausschließlich von deutschen Offizieren und ihren Kollaborateuren bewohnt. Es war eine grausame Laune des Schicksals, dass diejenigen, die in dem elenden Paris wohnten, häufig einen Blick auf diejenigen erhaschten, die mit allen Annehmlichkeiten lebten. Die Leute wurden zunehmend wütender – vor allem diejenigen, die zusehen mussten, wie der Feind bei einer einzigen Mahlzeit mehr Essen vertilgte als ihre Familie in einer ganzen Woche. Schwarzer Hass wucherte in den Herzen aller, die sich betrogen fühlten.

Yvette wohnte jedenfalls im Paris der Fülle, und selbst ich, die ihre Motive kannte und wusste, wie sehr sie es verabscheute, war darüber manchmal verbittert. Auf der Oberfläche schien es eine privilegierte Welt zu sein, aber ich wusste, dass auch sie Probleme damit hatte, die so düster und qualvoll waren, dass sie sie mir gegenüber nur ansatzweise erwähnte.

Zumindest schien sie mit ihrem neuen Galan viel glücklicher zu sein, obgleich sie auch jetzt kein Hehl aus ihrer Verachtung machte.

»Ich schwöre, Amélie, manchmal würde ich am liebsten laut schreien, wenn seine Kumpane munter drauflosplappern. Ich kann es kaum ertragen, wie sie über uns reden – so, als wären die Franzosen minderwertiger als die allmächtigen Deutschen und als ob wir nur dazu da wären, sie zu bedienen. Sie finden, als Französin sollte ich einfach nur hübsch aussehen und ihnen Komplimente machen und im Bett attraktiv sein.« Sie fuchtelte mit ihrer Zigarette herum. »Ich muss mich ständig daran erinnern, dass meine eigentliche Aufgabe darin besteht, Informationen über ihre Pläne und Schachzüge zu sammeln. Aber ein paarmal hätte ich mich fast verraten, weil ich so wütend auf sie war.«

Auch ich war kürzlich einer Gefahr nur mit knapper Not entkommen. Ich hatte eine Landkarte fotografiert, als ich hörte, wie ein Schlüssel ins Schloss gesteckt wurde. Ich schaffte es gerade noch, die Karte wegzulegen, bevor die Tür aufging, aber den Fotoapparat konnte ich nur unter das Bett schieben. Der hereinkommende Offizier war betrunken und lüstern. Ich tat, als würde ich mich fügen – ich ließ mich sogar von ihm küssen! –, doch dann sagte ich ihm, dass ich noch kurz auf die Toilette müsse. Ich schaffte es, den Fotoapparat unter dem Bett herauszufischen und trug ihn in der Hand wie eines dieser kleinen Täschchen. Dabei ahmte ich Yvette nach, wie sie kokett vom Tisch aufstand, um ihren Lippenstift zu erneuern. Der Offizier war zu betrunken, um zu merken, dass ein Zimmermädchen normalerweise kein Täschchen dabeihatte, und er merkte auch nicht, dass die Tür, aus der ich verschwand, nicht ins Bad führte, sondern zum Gang, auf dem ich eilig die Flucht ergriff.

27
Kat, 2016

»All deine Abenteuer waren sicher sehr aufregend, aber wann kommt endlich Jack ins Spiel?« Der Tag geht zur Neige, und meine Geduld tut es auch.

»Abenteuer? Glaubst du, ich erzähle dir irgendwelche Abenteuer?« Amélie beugt sich mit zornig funkelnden Augen vor. »Glaubst du, dass es ein Abenteuer war, zu hungern, zu frieren, sich die Finger wund zu schuften, ständig in Gefahr zu leben, in einem Raum zu schlafen, der einer Gefängniszelle glich, und dabei einfach nur zu versuchen, am Leben zu bleiben? Herrgott noch mal! Glaubst du, dass das Leben unter dem Joch der Boches ein Abenteuer war? Dass es ein Abenteuer war, dabei zuzusehen, wie Menschen unglaublich grausam behandelt wurden, um meine Angehörigen zu trauern und für alles, was man brauchte, endlos anzustehen?«

Wieder mal ihr französischer Hang zur Übertreibung. Seufzend stelle ich meine Kaffeetasse ab. »Na ja, es klingt jedenfalls alles sehr … dramatisch.«

»Ach ja? Glaubst du, Klos zu putzen ist dramatisch?«

Ich zucke die Schultern. »Es würde mich freuen, wenn du zum Kern meines Anliegens vordringen würdest.«

»Dazu kommen wir schon noch, allerdings in meiner Geschwindigkeit und auf meine Weise. Aber weil du mich unterbrochen hast, bist jetzt du wieder an der Reihe. Erzähl mir, was du 1943 gemacht hast.«

Neunzehnhundertdreiundvierzig, neunzehnhundertdreiundvierzig … das war das Jahr, nachdem die USA in den Krieg eingetreten waren. Ich durchforste mein Gedächtnis. »Ich war auf dem College.«

»Auf dem College. Du Glückliche. Auf welchem warst du denn?«

»Auf der Louisiana State University in Baton Rouge. Daddy bestand darauf, dass ich auf seine Alma Mater ging, obwohl ich lieber in Newcomb studiert hätte, weil Jack damals in New Orleans Medizin studierte.« Die Räder der Zeit scheinen sich rückwärts zu drehen.

»Warst du in einer Studentinnenverbindung?«

»Ja, aber das war gar nicht so spaßig, wie du vermutlich denkst. Wir haben viel für die Kriegsbemühungen getan. Wir haben Spenden aufgetrieben und Gummi und Blech gesammelt, und wir haben einen Victory Garden angelegt.«

»Sehr nobel von euch.«

Ich weiß nicht, ob sie mich verspottet oder ob »nobel« nur die merkwürdige Wortwahl einer Ausländerin ist. Ich vermute mal Ersteres. »Ich habe natürlich andere Kriegserfahrungen gemacht als du«, gebe ich zu. »Amerika wurde nicht besetzt, aber wir haben gegen die Japaner und die Deutschen gekämpft und uns große Sorgen um die Zukunft gemacht. Unsere Männer kämpften auf beiden Seiten des Globus, und auch bei uns gab es Knappheiten und Rationierungen.«

»Ja, aber bei euren Rationierungen haben die Menschen nicht gehungert. Ihr hattet Milch für eure Kinder.«

»Es ging uns besser als euch, aber wir haben dennoch viele Opfer erbracht.«

»Du hast keine Ahnung, was das bedeutet.«

»Ach nein?« Zorn durchzuckt mich so rasch und heiß wie ein Blitz. »Wir haben unsere Liebsten, unsere Ehemänner und Söhne geopfert, um eure erbärmlichen französischen Ärsche zu retten.«

»Wie bitte?«

Oh mein Gott, das hätte ich nicht sagen dürfen. Manchmal kommen mir Worte über die Lippen, die ich eigentlich nur in Gedanken geformt habe. Trotzdem bin ich wütend. »Es ärgert mich, wenn ich daran denke, wie unsere tapferen amerikanischen Soldaten gestorben sind, um deinem Volk mit euren laschen Moralvorstellungen zu helfen.«

»Wie bitte?«, fragt sie abermals.

»Na, seien wir ehrlich: In Frankreich herrschte ein ziemlich lockerer Lebenswandel.«

»Wie um alles in der Welt kommst du denn darauf?«

»Na, du hast es mir doch selber erzählt, und jedermann weiß, wie es in Paris zugeht. Und dazu noch deine Geschichte mit Jack.«

Sie schießt hoch, als wären aus der Rückenlehne ihres Sessels plötzlich Dornen gewachsen. »Bitte nimm zur Kenntnis, dass ich noch Jungfrau war, als ich Jack getroffen habe.«

Ich wedle abschätzig mit der Hand. »Ach, vielleicht hast du ihn bloß davon überzeugt.«

»Er war Arzt! Er kannte sich mit solchen Dingen aus.«

»Ach komm schon. Ich weiß von allen möglichen Tricks, die ihr Frauen auf dem Kontinent eingesetzt habt –Straffungspülverchen und Hühnerblut und so weiter.«

»Wie bitte?« Ihre Augen sind ungläubig aufgerissen, sie wirkt so überrascht, dass es mich wundert. Und dann wirft sie den Kopf zurück und lacht. »Grundgütiger! Glaubst du das wirklich?«

Jawohl, genau das glaube ich wirklich – und habe es immer geglaubt. Ich bin mir sicher, dass Amélie eine erfahrene Verführerin war, die Jack mit irgendwelchen Tricks in ihr Bett gelockt hat. Nun zwinge ich mich, tief durchzuatmen. »Es tut mir leid. Vielleicht sind meine Bemerkungen unpassend.«

»Allerdings!«

»Ich – ich stelle fest, dass ich in letzter Zeit manchmal unüberlegte Dinge sage.«

»Tja nun, das kann ich verstehen.«

Wir sitzen eine Weile stumm da und denken wohl beide über die Demütigungen nach, die das fortgeschrittene Alter mit sich bringt. Es ist ein gemeinsamer Nenner, der uns auf merkwürdige Weise vereint.

»Fangen wir noch mal von vorne an«, sagt sie. »Du wolltest mir erzählen, was du 1943 gemacht hast.«

»Ja.« Abermals hole ich tief Luft, um mich zu beruhigen, und so rasch, wie mich der Zorn gepackt hatte, verschwindet er wieder. »Ich war auf dem College, und Jack durchlief eine Schnellausbildung, die die Armee finanzierte. Da das Militär dringend Ärzte brauchte, wurde seine Ausbildung voll bezahlt. Jack hat in zweieinhalb Jahren seinen Bachelorabschluss und gleichzeitig seine Prüfungen in Medizin gemacht. Ferien gab es für ihn so gut wie keine. Es war alles sehr schwierig und sehr intensiv.« Ich sah ihn vor mir in seiner Uniform, so groß, so stattlich.

»Im Mai 1944 sollte seine Abschlussprüfung stattfinden. Weihnachten 1943 hat er mir einen Heiratsantrag gemacht.«

Amélies beherrschte Miene scheint ein wenig zusammenzufallen. »Wie hat er es denn gemacht?«

Ich habe mich sehr oft gefragt, wie das bei Jack und ihr gelaufen ist. Wenn ich ihr erzähle, was sie hören will, dann wird sie es mir hoffentlich auch erzählen – falls sie jemals dazu kommt, über Jack zu reden.

»Er hat bei meinem Vater schriftlich um meine Hand angehalten.« Manchmal habe ich mich gefragt, ob er und mein Vater sich näher standen als er und ich. Oft schrieb Jack einen Brief an uns beide, doch ein Großteil davon war an meinen Vater gerichtet. Das ist aber nicht die Geschichte, die ich ihr erzähle.

»Daddy hat nichts darüber verlauten lassen, aber ich hatte eine gewisse Ahnung. Meine Mutter ließ immer wieder mal ein paar Hinweise fallen. Am Weihnachtsabend waren wir ins Haus des Bürgermeisters eingeladen, und Jack begleitete uns zurück zum Haus meiner Eltern. Er sagte meinen Eltern, dass er mir mein Weihnachtsgeschenk vorzeitig geben wolle. Meine Eltern ließen uns im Wohnzimmer allein.

›Ich hole rasch dein Geschenk‹, sagte ich zu Jack, denn ich dachte, nun würden wir beide uns unsere Geschenke überreichen.

›Das kann warten.‹ Er nahm meine Hand und zog mich zum Sofa. Ich setzte mich. Und dann kniete er sich vor mich und fragte mich, ob ich ihm den Gefallen tun würde, seine Frau zu werden.« Bei der Erinnerung muss ich kichern. Den Gefallen!

Als ob er mich fragte, ob ich so nett sein würde, ihm den Zucker zu reichen. Ich hatte das damals jedenfalls sehr spaßig gefunden.

»Natürlich brachte ich vor Glück kein Wort heraus. Ich nickte nur, weil meine Kehle wie zugeschnürt war. Und dann warf ich die Arme um seinen Hals, und er küsste mich, und dann stürmte ich aus dem Wohnzimmer, wobei ich beinahe mit Mutter und Daddy zusammenstieß – ich glaube, sie haben an der Tür gelauscht. ›Ratet mal, was gerade passiert ist!‹, rief ich. ›Ich bin verlobt!‹«

»Ich vermute, dasselbe galt auch für Jack«, unterbricht mich Amélie.

»Wie bitte? Ach so, ja, natürlich.«

»Du hast gesagt, *du* seist verlobt.«

»Na ja, es waren immerhin *meine* Eltern.«

»Ach so.« Sie lächelt schief. Das bedeutet bestimmt nichts Gutes.

Ich schmecke die Galle von Zorn und Abneigung in meinem Mund. Sie versucht, anzudeuten, dass sich wieder mal alles nur um mich drehte. Oh mein Gott – stimmt das etwa? Die Frage taucht nur ganz kurz in meinem Kopf auf, ich schiebe sie gleich wieder weg.

»Sie haben sich bestimmt gefreut«, sagt sie.

»Sie waren begeistert. Daddy hatte bereits Champagner gekühlt – als Baptisten tranken wir ausschließlich bei ganz besonderen Anlässen. Daddy ließ den Korken knallen – er flog quer durchs Zimmer – und meinte, er wolle auf unser wunderbares gemeinsames Leben anstoßen. Jack stieß mit mir an und meinte, er sei der glücklichste Mensch auf Erden, dass er eine so schöne Braut hatte und in eine solch wunderbare Familie einheiratete.«

Ich seufze bei dieser Erinnerung. Damals schwebte ich im siebten Himmel. Es war der glücklichste Abend meines Lebens.

»Warum habt ihr denn nicht gleich geheiratet?«, fragt Amélie.

»Nun, wir brauchten natürlich etwas Zeit, um die Hochzeit zu planen.«

»Natürlich«, wiederholt sie auf ihre übliche trockene Art.

»Außerdem endete Jacks Ausbildung erst im Mai. Er war rund um die Uhr im Lehrkrankenhaus. Praktikanten wurden damals wirklich hart rangenommen. Sie mussten in Kammern auf Pritschen schlafen und hatten ständig Bereitschaftsdienst. Zudem reichte sein Gehalt als Major in der Armee nicht aus, um einen richtigen Hausstand zu gründen.«

»Aha«, bemerkt Amélie auf diese leise, verschlagene Art, die ich immer als beleidigend empfinde.

»Und wir wussten, dass er gleich nach seinen letzten Prüfungen abreisen würde. Daddy hielt es für das Beste, wenn ich weiterstudierte, und verheiratete Frauen konnten nicht im Studentenwohnheim bleiben.

Und meine Mutter – na ja, sie wollte aus anderen Gründen, dass ich noch ein bisschen wartete. Ich war ihr einziges Kind, und sie wollte nur das Allerbeste für mich. ›Was ist, wenn er schwer verletzt wird?‹, fragte sie mich. ›Vielleicht willst du nicht den Rest deines Lebens an einen Mann gebunden sein, der missgestaltet ist, ein Bein verloren hat oder arbeitsunfähig ist.‹

Ich war entsetzt. Er sollte sich um die Verletzten kümmern, nicht selbst verletzt werden! Wie kam sie darauf, anzudeuten, dass so etwas passieren könnte? Ich erklärte ihr in Worten, die keinen Zweifel aufkommen lassen sollten, dass ich Jack immer lieben würde, egal, in welchem Zustand er heimkehrte.

Natürlich wäre es mir damals nicht im Traum eingefallen, dass er als verheirateter Mann zurückkehren würde«, bemerke ich anzüglich. »Noch dazu mit einem Baby.«

Amélie besitzt den Anstand, den Blick zu senken.

»Aber das ist der Teil der Geschichte, der mich wirklich interessiert«, bedränge ich sie. »Wie kam er dazu, dich zu heiraten?«

»Ich bin schon fast an diesem Punkt. Wenn du willst, dass ich fortfahre …« Ihre Brauen heben sich gebieterisch.

Ach, wie nervig diese Frau ist. Die Worte kommen mir nur schwer über die Lippen. »Ja. Bitte!«

»Na gut.« Sie steht geschmeidig auf. »Möchtest du einen Kaffee oder lieber einen Tee?«

»Ich …« Eigentlich will ich sagen, dass ich nichts trinken will; ich will, dass sie endlich zum Wesentlichen kommt. Aber die Worte meines Hospizberaters hallen in meinen Ohren wider, als ich ihr zusehe, wie sie zu der kleinen Einbauküche läuft. Geduld und Freundlichkeit, Miss Kat. Geduld und Freundlichkeit öffnen Ihnen alle Türen. »Tee, bitte.«

Sie nickt und stellt den Wasserkessel auf den Herd. »Ich wollte dir gerade von der Landung der Alliierten in der Normandie erzählen.«

Endlich geht es weiter. »Jacks Schiff landete kurz nach dem D-Day.«

»Ja.« Sie nimmt zwei Porzellantassen und Untertassen aus einem Schrank und stellt sie auf ein Tablett, auf dem schon Sahne und Zucker stehen. Daneben legt sie zwei Löffel und zwei Stoffservietten und stellt das Tablett auf dem Couchtisch ab.

»Er ist kurz nach seiner Abschlussprüfung weg«, sage ich. »Ich war natürlich anwesend – bei seiner Abschlussfeier, meine ich. Meine Eltern und ich fuhren nach New Orleans. Wir übernachteten im Roosevelt Hotel. Ich war wahnsinnig stolz auf Jack. Zwei Tage später ist er abgereist, mit einer Sanitätstruppe. Später erfuhren wir, dass sein Schiff kurz nach der ersten Landung der Alliierten in der Normandie Frankreich erreicht hatte.«

»Du hast mit Jack nicht geschlafen, bevor du ihn in den Krieg hast ziehen lassen?«

»Wie bitte? Nein, natürlich nicht.« Die Frage verblüfft mich. »So ein Mädchen war ich nicht. Jack hat mich nicht gefragt … Er hat nicht erwartet, dass …« Wofür hielt sie mich eigentlich? In ihrer Welt gelte ich wahrscheinlich als furchtbar prüde.

»Uns – uns blieb ja fast keine gemeinsame Zeit!«, stottere ich. »Außerdem habe ich mich für die Ehe aufgespart. So machte man das damals, und so wurde es auch erwartet.«

»Von Jack?« Sie mustert mich bohrend. »Habt ihr darüber gesprochen?«

»Nein. Da gab es nichts zu besprechen, damals hielt man es einfach so.«

»Aha.« Sie lächelt abermals auf ihre leise, nervige Art, dann kehrt sie in die Küche zurück und gießt kochendes Wasser in eine kleine Teekanne, in die sie nur einen einzigen Teebeutel gehängt hat. Ich seufze. Ich hätte es wissen müssen und mir von einer Französin keinen Tee kochen lassen sollen.

»Du hast ihm gesagt, dass er es dir nicht schriftlich mitteilen soll, wenn er eure Verlobung auflösen will«, sagt Amélie, während sie kochendes Wasser in eine seltsame Glaskanne gießt, die mit einem kompliziert wirkenden Pressmechanismus versehen ist.

»Das sollte ein Witz sein. Ich zog ihn auf, indem ich das Klischee umkehrte.« Ich sitze da und klopfe mit dem Fuß auf den Boden, während ich darauf warte, dass sie die Kaffee- und Teekanne auf den Tisch stellt. Endlich ist es so weit. Sie beugt sich vor und schenkt mir die schwächste Tasse Tee ein, die je außerhalb eines Chinarestaurants serviert wurde. Doch die Tasse ist zart wie Eierschalen, besitzt einen Goldrand und ist mit lilafarbenen Blumen verziert. Wirklich sehr hübsch, genau wie der kunstvoll verzierte, schwere silberne Teelöffel.

»Du wolltest mir gerade von der Landung in der Normandie berichten«, treibe ich sie an.

»Ja«, sagt sie. »Ja, zu diesem Teil der Geschichte wollte ich gerade kommen.«

Gott steh mir bei, denke ich und nehme mir einen großen Löffel Zucker. Diese Geschichte dauert womöglich länger, als ich noch auf dieser Erde zu leben habe.

28
Amélie, 1944

Der Widerstand wurde im Lauf der Zeit immer organisierter und effektiver, vor allem deshalb, weil alle die auf Französisch ausgestrahlte Sendung der BBC-London hörten. Die Deutschen versuchten, die Signale abzufangen, aber sie schafften es nicht, die Sendung zu stören.

Natürlich durften Franzosen eigentlich keinen Radioempfänger besitzen, doch wir kannten alle jemanden, der einen hatte, versteckt in einem Bad, einem Schrank oder einer Kammer. Im Hotel gab es mehrere Geräte für die Deutschen, und auch auf diesen Radios wurde nachts die französische BBC-Sendung gehört.

Über den Äther schickten die Briten auch geheime Botschaften an die Résistance. »Jean hat einen sehr großen Schnauzer« konnte der Hinweis für einen im Süden operierenden Teil des Widerstands sein, die Gleise zu blockieren, um einen Waffentransport der Nazis zu vereiteln. Diese verschlüsselten Geheimbotschaften wurden immer häufiger.

Offene Sabotageakte gegen die Deutschen nahmen ebenfalls zu. Die Boches rächten sich, indem sie französische Bürger gruppenweise verhafteten und exekutierten. Die Bestrafungen wurden öffentlich bekannt gegeben, um weitere Aufstände zu verhindern.

Doch es hielt uns nicht auf, es machte uns nur geschickter. Wir wussten, dass die Alliierten eine Invasion planten. Die Frage war nur, wann und wo.

Auch die Deutschen wussten es. Sie wurden nervös und unberechenbar. Manchmal ignorierten sie Beleidigungen und Affronts, manchmal reagierten sie mit brutaler Gewalt und reizbaren Abzugsfingern.

Ich arbeitete weiter als Kurier. Bei der Résistance wuchs der Bedarf an Information.

Yvette sah ich nur noch selten. Wir achteten darauf, uns nicht über Details zu unterhalten, doch wir tauschten allgemeine Informationen aus. Normalerweise unterhielten wir uns bei einem Spaziergang entlang der Seine.

»Die Deutschen haben Angst«, berichtete sie mir. »Sie glauben, dass die Invasion jederzeit stattfinden kann.«

»Mon Dieu, ich hoffe, sie kommt bald.«

»Ich glaube, im Herbst werden wir singen.«

Ich lächelte. »Das habe ich auch schon gehört.«

Der Code dafür, dass die Invasion in zwei Wochen stattfinden sollte, war die erste Zeile des Gedichtes »Chanson d'automne« – Herbstlied.

»Und – wie geht es deinem Offizier?«

»Er ist wirklich ganz reizend.«

»Ein reizender Nazi?«

»Er ist ganz anders als sein Vorgänger.« Sie zog eine Zigarette aus der Schachtel und bot mir auch eine an. Ich schüttelte den Kopf. Ich hatte das Rauchen zwar ausprobiert, aber es hatte mir nicht besonders geschmeckt. Da jetzt alles knapp war, war ich sehr froh darüber. Ein Ding weniger, nach dem man sich sehnt, dachte ich mir immer. Es reichte mir, dass ich mich so sehr nach Essen sehnte.

Yvette entzündete ein Streichholz und hielt es an ihre Zigarette. »Er liebt mich.«

»Wie könnte es anders sein?«, zog ich sie auf.

»Nein, wirklich. Er liebt mich wirklich.« Ihre Stimme klang ganz nüchtern, wie bei der Feststellung, dass der Himmel blau war. »Er liebt mich so, wie ich Pierre geliebt habe.«

Die Erwähnung meines Bruders war wie ein kleiner Dolch in meinem Herzen. »Liebst du ihn denn noch?«

»Nein.« Sie hob die Schultern. »Aber vielleicht liebe ich immer noch das Bild, das ich von ihm hatte, als ich ein kleines Mädchen war.«

»Du warst schon als kleines Mädchen in ihn verliebt?«

Sie nickte, dann wandte sie den Blick ab. Das war äußerst untypisch für sie, die normalerweise so kühn und selbstbewusst war. »Weißt du noch, wie wir früher immer ›Mutter, Vater, Kind‹ gespielt haben?«

Meine Gedanken wanderten in die Vergangenheit. Wir waren damals nicht älter als sechs oder sieben. Pierre hatte immer den Vater gespielt, er ging zur Arbeit und unterrichtete, Yvette spielte die Mutter. Thomas und ich waren die Kinder, wir mussten Befehle entgegennehmen, benahmen uns daneben und wurden bestraft.

»Ich habe immer geglaubt, dass es später so sein würde – dass wir ein Paar würden, wenn wir groß wären.«

Mir war nicht klar gewesen, dass sie solche Träume gehegt hatte. Und dabei hatte ich mir immer gedacht, dass wir keinerlei Geheimnisse voreinander hatten. Offenbar war ich damit falsch gelegen.

»Als wir anfingen, uns zu schreiben, nachdem er in die Armee eingetreten und weggegangen war, wurde mir klar, dass ich mein Leben lang darauf gewartet hatte, dass er mich richtig wahrnahm. Ich glaube, an anderen Jungs war ich nur interessiert, um seine Aufmerksamkeit auf mich zu lenken.« Sie klopfte die Asche ihrer Zigarette ab. »Aber ich liebte eine Fantasie von Pierre, nicht den eigentlichen Mann. Der wirkliche Pierre …« Sie unterbrach sich. »Ich sollte nicht schlecht von deinem Bruder reden.«

»Er ist nicht mehr mein Bruder«, erwiderte ich schroff. »Ich habe keine Brüder mehr.«

Eine Weile liefen wir stumm nebeneinander her.

»Und was ist mit deinem Nazi?«, fragte ich schließlich.

»Dierk ist kein richtiger Nazi.«

Oh nein – sie war zum Feind übergelaufen!

Auf meiner Miene spiegelte sich wohl mein Entsetzen. Yvette grinste. »Schau mich nicht so an. Es ist nicht so, wie du denkst.«

»Wie dann?«

»Ich habe erkannt, dass nicht alle deutschen Soldaten Nazis sind.«

»Haben sie dich einer Gehirnwäsche unterzogen?«

»Nein. Dierk ist ein Deutscher, und er ist Soldat. Aber er glaubt nicht an die Nazi-Doktrin und ist auch kein Parteimitglied. Was mit den Juden und Zigeunern und Behinderten passiert, entsetzt ihn genauso wie uns.«

»Warum kämpft er dann für die Nazis?«

»Er kämpft für sein Vaterland, wie sein Vater und sein Großvater und sein Urgroßvater und viele Generationen seiner Familie vor ihm für ihre Heimat gekämpft haben. Unsere Vorväter haben schließlich auch für Frankreich gekämpft, zum Beispiel unter Napoleon. Erinnere dich mal an unseren Geschichtsunterricht – Napoleon ist in viele andere Länder einmarschiert, und die Menschen in diesen Ländern haben den Franzosen gegenüber zweifellos dasselbe empfunden wie wir gegenüber den Deutschen.«

Sie zog an ihrer Zigarette. »Dierk hat ein gutes, anständiges Herz. Unter anderen Umständen würde ich ihn bewundern. Im Kern seines Wesens ist er ein zuverlässiger, gerechter, intelligenter, rücksichtsvoller, geduldiger Mann. Ja, sogar ein freundlicher Mann.«

»Jetzt habe ich aber genug von ihm gehört«, meinte ich.

»Deutsche Soldaten sind genauso wie französische Soldaten. Manchmal freundlich, manchmal grausam. Jeder von uns hat diese beiden Seiten in sich. Wichtig ist, was überwiegt. Und bei Dierk – er sucht bei anderen immer nach dem Guten. Er möchte andere Menschen gut behandeln.«

»Du klingst wie eine verliebte Frau.«

»Nein. Ich glaube, es ist mir nicht beschieden, noch einmal jemanden zu lieben. Außerdem bin ich mir überaus bewusst, dass er der Feind ist. Und selbst wenn er es nicht wäre – er ist verheiratet und hat drei Kinder. Drei Kinder, die er innig liebt. Er betrügt zwar seine Frau, aber … er versucht, so viel zu geben, wie er nimmt.«

»Bei wem?«

»Bei allen. Aber hauptsächlich bei mir.« Sie formte einen perfekten Rauchring.

»Im Schlafzimmer?« Ich konnte meine Neugier nicht zügeln.

»Ja. Vor allem dort.«

Wir hatten uns noch nie ganz offen über so etwas unterhalten. Jetzt wollte ich es genau wissen. »Also, wie ist das nun eigentlich?«

»Es ist gut. Eigentlich sogar sehr gut.«

»Besser als mit Pierre?« Was fragte ich da eigentlich? Rasch fügte ich hinzu: »Nicht, dass ich unbedingt Einzelheiten hören möchte.«

»Dierk ist ein großzügiger Liebhaber. Er versteht die Frauen, und er weiß, was er tut. Meine Lust ist ihm wichtiger als seine.« Mit einer anmutigen Handbewegung stippte sie die Asche von ihrer Zigarette. »Er gehört zu den Männern, mit denen eine Frau sich ein Leben vorstellen könnte. Natürlich ist er nicht perfekt, aber er hat viele ausgezeichnete Eigenschaften. Ich frage mich, ob seine Frau weiß, wie glücklich sie sich schätzen kann.«

»Es klingt alles danach, dass du ihn liebst.«

»Ich genieße seine Gesellschaft. Ich mag ihn. Er schenkt mir große Lust. Trotzdem spioniere ich ihn und seine Freunde aus. Ich arbeitete daran, seine Pläne zu durchkreuzen. Ich benütze ihn.«

»Er benützt dich auch.«

»So fühlt es sich aber nicht an. Manchmal wache ich auf und stelle fest, dass er mich im Schlaf betrachtet hat, mit Augen voller Zärtlichkeit.«

»Weiß M. Henri von deinen Gefühlen?«, fragte ich scharf.

»Er weiß, dass Dierk mich liebt.«

»Weiß er, dass du seine Liebe erwiderst?«

»Das tue ich nicht.« Sie verzog das Gesicht. »Glaub mir, das tue ich nicht. Ich fürchte, der Teil meines Herzens, der einen Mann lieben kann, ist endgültig zerstört worden. Das einzige, was ich ihm gegenüber empfinde, ist, dass ich nicht so hasserfüllt bin, wie ich es eigentlich sein sollte.« Sie warf die Zigarette auf den Boden und trat sie aus. »Das heißt nicht, dass ich ihn nicht im Schlaf töten würde, wenn man mir das befiehlt.«

»Könntest du das?«

»Ja. Ich würde es zwar bedauern, aber ich könnte es.« Sie seufzte. »Wie gesagt – ich bin nicht so hasserfüllt, wie ich sein sollte.«

»Es gibt bei so etwas keine bindenden Regeln«, sagte ich.

»Aber es sollte sie geben, findest du nicht auch? Wenigstens ein paar. Einfache Regeln, etwa, wenn du ein Franzose bist, sollst du alle deutschen Besatzer hassen. Und als Gruppe hasse ich sie ja auch. Nur auf der individuellen Ebene wird es kompliziert.«

Ich dachte noch lange darüber nach, nachdem sich unsere Wege wieder getrennt hatten. Was war schlimmer: einen deutschen Offizier zu mögen oder ein Mitglied seiner eigenen Familie zu verachten?

In den Augen Gottes waren es vielleicht nur zwei Seiten derselben Medaille.

29
Amélie, 5. Juni 1944

»Hast du es schon gehört?«, fragte mich Tante Beatrice in dem Moment, als sie mir die Tür öffnete.

»Was denn?« Ich trat ins Haus. Die Zwiebeln und der Schwefel in meinem Arthritisgebräu umwehten mich wie der Geruch von sehr reifem Camembert. Das neue Gefäß in meinem Korb hielt den Gestank nicht so gut zurück wie das vorherige. Aber vielleicht war ja auch das warme Wetter daran schuld.

»Die BBC-Sendung.« Die Augen der alten Dame funkelten aufgeregt. »Die mein Herz mit langweilender Mattigkeit verwunden.«

Ich befürchtete, dass Mme Zouet den Verstand verloren hatte.

»Oh, mon Dieu!«, ächzte Mme Molin. »Endlich! Endlich! Jetzt wird es gleich passieren.«

»Was wird gleich passieren?« Ich kam mir vor wie ein Kind, dessen Eltern sich über seinen Kopf hinweg unterhalten.

»Die Alliierten kommen! ›Die mein Herz mit langweilender Mattigkeit verwunden‹ ist die zweite Zeile des Herbstlieds.«

Mein Herz begann zu hämmern. Vor etwa zehn Tagen hatte der BBC die erste Zeile gesendet: »Das lange Schluchzen herbstlicher Geigen«. Damit sollte die Résistance darauf aufmerksam gemacht werden, dass die Invasion der Alliierten innerhalb von zwei Wochen stattfinden würde.

Mme Zouet hatte mir den Korb abgenommen und schob nun meine Bluse hoch, um den Gürtel um meine Taille zu lösen. »Du musst sofort umkehren.«

»Wie bitte? Warum denn?«

»Weil Pierre Manquin vorbeigeritten ist in einem grünen Hemd, und ich habe gehört, dass die Curvaises um einen Korb mit Eicheln an ihrer Tür ein grünes Tuch geschlungen haben.«

»Der Plan Vert«, rief Mme Molin.

Abermals kam ich mir wie ein ausgesperrtes Stiefkind vor. »Und der bedeutet?«

»Es ist ein Zeichen für die Résistance, das Bahnwesen zu sabotieren.«

»Welche Züge?«

»Das wissen nur diejenigen, die die Sabotage ausführen. Aber du solltest so schnell wie möglich nach Paris zurück, falls es deinen Zug trifft.«

»Vielleicht sollte ich hierbleiben«, erwiderte ich. Der Gedanke an Panzer und Waffen und direkte kämpferische Auseinandersetzungen oder Luftangriffe erschien mir in einer städtischen Umgebung beängstigender als auf dem Land.

»Nein. Wir brauchen Ohren in Paris. Du musst sofort zurück.«

»Wirkt es denn nicht seltsam, wenn ich so schnell wieder gehe?«

»Sag einfach, dass ich einen Ausschlag habe und du Angst hattest, dich bei mir anzustecken.«

»Meint ihr, das klappt?«

»Wie ein Zauber«, sagte Mme Molin. »Wenn die Deutschen irgendetwas fürchten, dann Krankheiten.«

Mme Molin fuhr mich zum Bahnhof zurück, und ich nahm den nächsten Zug zurück nach Paris. Auf der ganzen Bahnfahrt trug ich dieses Wissen in mir wie eine heimliche Liebe. Die Alliierten kamen! Ich fragte mich, wer das um mich herum noch wusste.

Kurz vor Toulouse setzte sich ein kleiner Franzose neben mich. »Ich singe wahnsinnig gern im Herbst. Sie auch, Mademoiselle?«

Ich wusste nicht, ob das eine Falle war, und schaute unbeirrt nach vorn. Vielleicht arbeitete dieser Mann ja für die Deutschen. »Ich höre gern das ganze Jahr über Musik«, erwiderte ich zurückhaltend.

»Ja, aber im Herbst ist es besonders schön, oder?«

»Ich weiß nicht, was Sie damit sagen wollen.«

»Ich sehe Sie alle paar Wochen in diesem Zug.«

»Ich besuche meine kränkelnde Tante.«

»Ja, natürlich.«

Die Verschlagenheit in seinem Blick gefiel mir nicht. »Und warum sind Sie so oft in diesem Zug?«

»Ich fahre aufs Land, um Fallen zu stellen.«

Bei der Lebensmittelknappheit war so etwas für Städter nicht ungewöhnlich. »Was fangen Sie denn? Kaninchen? Tauben? Eichhörnchen?«

Er beugte sich vor, als der Zug ruckartig zum Stehen kam, und wurde dabei noch näher zu mir geschleudert. »Deutsche«, wisperte er, stand auf und verließ den Zug.

Ich sah ihm nach. Eine solche Kühnheit konnte uns allen gefährlich werden, doch ich konnte das Gefühl verstehen, das sie hervorgebracht hatte. In den nächsten vierundzwanzig Stunden fieberte ich vor Aufregung. Ständig schlich ich mich davon, um zu sehen, ob das Radio lief. Ich konnte nicht glauben, dass so viele Menschen ein solch wundervolles und folgenreiches Geheimnis für sich behalten konnten. Aber vielleicht hatten sich Tante Beatrice und der Fremde im Zug ja geirrt?

Am nächsten Morgen unterhielten sich die Deutschen mit ernsten Mienen nur sehr leise miteinander. Ich kam am Radioraum vorbei und stellte zu meiner großen Freude fest, dass überall Kaffeetassen und Bierkrüge herumstanden. Wenn ich diesen Raum aufräumte, hatte ich einen Vorwand, um Radio zu hören.

Mehrere deutsche Offiziere drängten sich um das Gerät, die Arme gefaltet, die Gesichter sorgenvoll gefurcht. Es lief eine BBC-Sendung auf Englisch. Ich tat natürlich, als würde ich kein Wort verstehen.

Einer der Jüngeren übersetzte für seine Vorgesetzten:

»Das Hauptquartier der Alliierten hat eine dringende Warnung an alle Bewohner der vom Feind besetzten Länder nahe der Küste herausgegeben. Darin hieß es, dass eine neue Phase der alliierten Luftangriffe begonnen habe. Kurz darauf berichteten die

Deutschen, dass Le Havre, Calais und Dünkirchen schwer bombardiert wurden und dass die deutsche Kriegsflotte gegen Landungsboote der Alliierten kämpfte.«

Ich trug ein Tablett mit schmutzigen Gläsern in die Küche, wobei ich ein breites Grinsen unterdrücken musste. Am späten Vormittag kehrte ich in den Radioraum zurück. »D-Day ist da«, hörte ich den Sprecher sagen. Was er dann sagte, konnte ich nicht verstehen, weil die Deutschen aufgeregt durcheinanderplapperten, als sie die Übersetzung hörten. Endlich beruhigten sie sich wieder, und ich hörte Folgendes:

»Unter dem Kommando von General Eisenhower hat die alliierte Kriegsflotte, unterstützt von einer starken Luftwaffe, an diesem Morgen damit begonnen, alliierte Truppen an der Nordküste Frankreichs abzusetzen.«

Erregte Stimmen verhinderten, dass ich das Folgende verstand. Ich sammelte die Kaffeetassen ein und stellte mich näher ans Radio.

»Der Oberbefehlshaber der alliierten Streitkräfte, General Eisenhower, hat sich in einem Tagesbefehl mit folgenden Worten an jeden einzelnen Soldaten der alliierten Expeditionsstreitkräfte gewandt: ›Ihre Aufgabe wird keine leichte sein. Ihr Feind ist gut ausgebildet, gut ausgerüstet und kampferfahren. Er wird ungestüm kämpfen. Aber wir schreiben das Jahr 1944. Die Gezeiten haben sich gedreht. Die freien Männer der Welt marschieren gemeinsam zum Sieg. Ich habe volles Vertrauen in Ihren Mut, Ihr Pflichtbewusstsein und Ihre Fähigkeiten im Kampf. Wir werden nichts anderes als einen vollständigen Sieg akzeptieren. Viel Glück! Und lassen Sie uns für dieses große und edle Unternehmen den Segen des Allmächtigen Gottes erbitten.‹«

Ich huschte aus dem Zimmer, den Kopf gesenkt, um meine Freude zu verbergen.

»Was ist passiert?«, fragte mich Isolde beim Mittagessen. »Die Deutschen wirken so besorgt und ernst.«

Wie gern hätte ich ihr die Neuigkeiten erzählt, doch das durfte ich nicht riskieren.

»Vielleicht sind die Alliierten gelandet«, erklärte einer der Beiköche.

»Ach, meinst du wirklich?«, fragte Isolde.

Ich eilte zurück zu meiner Arbeit, weil es mir immer schwerer fiel, den Mund zu halten.

Später an jenem Nachmittag belauschte ich beim Fegen des Dienstbotenflurs ein paar hochrangige deutsche Offiziere, die sich in einem Konferenzzimmer unterhielten.

»Was hat denn der Führer gemacht, als die Alliierten gelandet sind?«, fragte einer.

»Er weilt momentan auf dem Berghof und hat geschlafen, als es losging«, erwiderte ein anderer. »Keiner hat gewagt, ihn aufzuwecken.«

»Das kann ich gut verstehen. Lieber würde ich mich der Hölle stellen als Herrn Hitlers Wut.«

»Seine Wut ist die Hölle.«

»Nein. Ich fürchte, die Hölle ist das, was gerade an der Nordküste passiert – und was uns jetzt bevorsteht.«

»Was ist mit Rommel? Er ist doch an der Küste, er hätte den Befehl zum Abwehrkampf geben können.«

»Erstens weilt er momentan in Deutschland, seine Frau hat nämlich Geburtstag, und zweitens ist der Führer der Einzige, in dessen Macht das liegt, und der hat, wie gesagt, geschlafen.«

»Ein paar unserer küstennahen Einheiten haben gekämpft.«

»Ja, aber das reichte nicht. Sämtliche Panzer hätten sich sofort in Bewegung setzen müssen.«

Ich ließ Yvette benachrichtigen, dass ich sie gerne sehen würde. Sie hatte die Neuigkeiten natürlich schon erfahren. Wir fielen uns wie aufgeregte Schulmädchen in die Arme. »Endlich ist es passiert!«, sagte sie.

»Jetzt ist es nur noch eine Frage der Zeit«, meinte ich.

»Chérie, wir müssen uns überlegen, was wir tun, wenn der Krieg vorbei ist.«

»Wie meinst du das?«

»Nun, willst du etwa den Rest deines Lebens im Hotel arbeiten?«

»Selbstverständlich nicht!«

»Ich habe eine Tante in Amerika, die jüngste Schwester meiner Mutter. Ich denke, wir sollten versuchen, bei ihr unterzukommen.«

»Frankreich verlassen?« Ich konnte mir nicht vorstellen, mein Land zu verlassen, nachdem ich mich so dafür eingesetzt hatte, es zu befreien.

»Nur eine Weile, bis die Lage sich verbessert hat.«

»Sobald die Nazis weg sind, wird es hier doch wieder aufwärtsgehen.«

»Ich werde neu anfangen müssen, Amélie.« Sie sah mich ernst an. »Ich werde das, was ich in letzter Zeit getan habe, weit hinter mir lassen müssen.«

Damit hatte sie natürlich vollkommen recht. Sehr wahrscheinlich musste sie mit Vergeltungsmaßnahmen rechnen, weil sie ihr Bett mit einem Nazi geteilt hatte, selbst wenn sie dies im Dienst der Résistance getan hatte. Ihr würde es helfen, wenn sie sich eine Weile fern der Heimat aufhielt, und mir zweifellos auch.

»Wenn die Nazis nicht mehr unsere Post lesen, schreibe ich ihr, und dann planen wir alles Weitere.« Yvette wippte auf den Fersen auf und ab. »Ach, es ist so schön, dass sich der Krieg endlich seinem Ende nähert!«

»Noch ist er nicht vorbei«, dämpfte ich ihre Freude. »Die Alliierten sind gerade erst gelandet. Il ne faut pas vendre la peau de l'ours avant de l'avoir tué.«

30
Kat, 2016

Ich kann mir nicht verkneifen, sie wieder einmal zu unterbrechen. »Was zum Teufel soll das heißen?«

»Wörtlich: Verkaufe das Fell nicht, bevor du den Bären erlegt hast.«

»Wie bitte?«

»Das ist ein alter Spruch, der auf die Pelzhändler zurückgeht. ›Man soll den Tag nicht vor dem Abend loben‹, drückt das auch aus.«

Herrgott noch mal! Ich runzle die Stirn, so weit das Botox es mir erlaubt. »Warum sagst du das denn nicht gleich?«

»Weil es meine Geschichte ist, die ich dir da erzähle.« Sie beugt sich vor und schenkt sich noch etwas Kaffee nach. »Nun, was hast du am D-Day gemacht?«

»Ich? Ich habe für Jack gebetet – den du immer noch nicht erwähnt hast, wenn ich dich darauf hinweisen darf.«

»Er kam ja erst kurz nach dem D-Day nach Frankreich.«

»Ich weiß, aber ich weiß nicht, warum du diese Geschichte nicht dort angefangen hast, wo du ihn getroffen hast.«

»Nein? Weißt du das wirklich nicht« Sie neigt den Kopf wie ein neugieriger Papagei und betrachtet mich wissend. Am liebsten hätte ich sie erwürgt.

Na gut. Eigentlich weiß ich es. Ich habe nie aus ihrer Perspektive über den Krieg nachgedacht, und wenn sie die Wahrheit sagt – ich persönlich glaube ja, dass sie sich reinwäscht und alles grob übertreibt –, war ihr Leben um einiges härter als meines. Aber wenn sie glaubt, dass sie, bloß weil sie es im Krieg schwer gehabt hat, das Recht hatte, einen Mann zu verführen, der bereits verlobt war, dann irrt sie sich gewaltig.

Doch die Wahrheit bekomme ich wohl nur aus ihr heraus,

wenn ich geduldig bin. Ich atme tief durch und versuche, sie zum Weitererzählen zu bewegen. »Vermutlich bist du kurz nach dem D-Day nach Nordfrankreich, oder?« So muss es, ausgehend vom Alter ihres Kindes, gewesen sein.

Sie lächelt wie die Mona Lisa – rätselhaft und herablassend. »Das erzähle ich dir, wenn es so weit ist. Aber da du meine Geschichte unterbrochen hast, würde ich jetzt gern erfahren, was in deinem Leben passiert ist, nachdem Jack weg war. Hast du vermutet, dass er die Landung der Alliierten unterstützt hat?«

»Das hat Daddy getan, als er die Nachrichten hörte.«

6. Juni 1944

Mein Vater rüttelte mich aus dem Tiefschlaf – ich war bis spät nachts zusammen mit zwei anderen Mädchen bei meiner Freundin Mary gewesen. Wir hatten Begrifferaten gespielt und ein bisschen Wein getrunken. Mary war Presbyterianerin, ihre Religion hatte gegen Alkohol nichts einzuwenden, und deshalb hatte ich beschlossen, mich den Gepflogenheiten der Gastgeberin anzupassen.

An jenem Tag hatten die Alliierten Rom befreit, das war schließlich ein Grund zum Feiern. Heute scheint das ziemlich in Vergessenheit geraten zu sein, aber der Tag vor dem D-Day bedeutete einen großen Sieg für die Alliierten. Wir hatten die Deutschen aus der Stadt vertrieben, ohne sie zu zerstören. Es hatte kaum Widerstand gegeben. Der Papst hatte eine Rede vor dem Volk gehalten und die Kommandeure der Alliierten willkommen geheißen, und ganz Rom hatte gefeiert. Das hatten also auch wir getan, mit einem Spaghetti-Essen und ein paar Gläsern Wein.

Wie dem auch sei – als Daddy mich am Morgen des D-Day weckte, war ich etwas verwirrt und hatte ein wenig Kopfschmerzen. Als Baptistin war ich nicht an Alkohol gewöhnt.

»Kat, wach auf«, sagte Daddy. »Im Radio wurde soeben verkündet, dass die Alliierten in Frankreich gelandet sind. Ich wette, Jack ist darunter.«

Ich setzte mich auf und rieb mir die Augen. Die Tragweite dieser Vermutung ging mir in diesem Moment nicht auf. »Aber Jack ist doch nach England geschickt worden.«

»Dort sind die Alliierten gestartet«, erklärte Daddy. »Sie haben in der Dunkelheit den Ärmelkanal überquert und sind an der Nordküste Frankreichs gelandet.«

Ich stand auf, zog meinen Morgenmantel an und setzte mich zu meinen Eltern ins Wohnzimmer vors Radio. New Orleans war sieben oder acht Stunden hinter der europäischen Zeit. Deshalb hörten wir jetzt, dass Tausende Soldaten gelandet waren und dass es sehr viele Tote und Verwundete gab.

»Die Sanitäter werden bestimmt dringend benötigt«, sagte Daddy. »Wahrscheinlich steckt Jack mitten im Getümmel.«

Zum ersten Mal bangte ich um Jacks Sicherheit. »Sie werden doch wohl warten, bis die Kämpfe aufgehört haben, bevor sie die Sanitäter losschicken, oder?«, fragte ich.

»Schwer zu sagen«, erwiderte Daddy. »Der Sanitätertrupp wird wohl ein wenig von den Truppen entfernt seine Zelte aufbauen, aber ich wette, Jack ist auf einem dieser Schiffe und kann es kaum erwarten, zu landen und zu helfen.«

»Hat der Radiosprecher nicht gerade verkündet, dass feindliche U-Boote die Schiffe der Alliierten angreifen?«

Mein Vater hatte im Ersten Weltkrieg gedient. Allerdings sprach er nie darüber, und deshalb war ich immer davon ausgegangen, dass ihn das nicht besonders mitgenommen hatte und dass die Sanitäter keiner direkten Gefahr ausgesetzt waren.

Aber jetzt sah Daddy beunruhigt aus, und das ließ auch in mir Sorgen aufsteigen.

»Es herrscht Krieg, Kat. Wir müssen beten und auf Gott vertrauen, dass er sich um alles kümmert.«

Vater ging zur Arbeit, und Mutter wollte ihre Mutter besuchen und nahm mich dazu mit. Sie sorgte dafür, dass ich an jenem Tag dauernd abgelenkt war.

Am Abend fand eine vom Bürgermeister organisierte Veranstaltung im Stadtpark statt. Drei unterschiedliche Gemeinden feierten gemeinsam eine Messe, um für unsere Soldaten zu beten. Die Highschoolband spielte »America the Beautiful« und die Nationalhymne, und eine Schwarze sang »How Great Thou Art«, so ergreifend, dass alle eine Gänsehaut bekamen. Dann kehrten wir heim und setzten uns wieder vors Radio. Vermutlich waren mehrere Jungs aus unserem Ort in Frankreich gelandet. Einer von ihnen, Fred Corrigan, war mit einer meiner Highschoolfreundinnen, Peggy Hastings, verheiratet. Sie waren seit der ersten Highschoolklasse unzertrennlich gewesen und hatten geheiratet, sobald er zur Armee eingezogen wurde. Die beiden gehörten zu den Paaren, die einfach füreinander bestimmt zu sein schienen – Paare, die die ganze Welt um sich herum abschalten konnten und im Grunde wirklich nur sich brauchten.

Bei der Messe hatte Peggy geweint. »Ich hatte letzte Nacht einen Traum, in dem Fred mich zum Abschied geküsst hat«, wisperte sie mir zu. »Als ich heute früh aufgewacht bin und die Nachrichten gehört habe … Oh, Kat, ich habe schreckliche Angst um Fred.«

»Es war doch nur ein Traum«, tröstete ich sie, aber dieser Traum war dennoch auch mir unheimlich.

»Hast du denn auch von Jack geträumt?«, wollte sie wissen.

»Nicht mehr als sonst«, erwiderte ich. In Wahrheit hatte ich noch nie von ihm geträumt, nie in all der Zeit, in der ich ihn kannte, auch wenn ich natürlich Tagträume hatte. Plötzlich fragte ich mich, ob mit mir etwas nicht stimmte – ob mir irgendetwas fehlte.

Wenn Gott Jacks Seele erlauben würde, sich von jemandem zu verabschieden, würde Jack dann zu mir kommen? Vielleicht würde er zu seiner Mutter gehen, oder zu meinem Vater. So schwer mir dieser Gedanke auch fiel – ich war mir nicht sicher, ob die geistige Verbindung zwischen mir und Jack besonders stark war.

Andererseits waren Peggy und Fred verheiratet. Bestimmt wurde aus zwei Menschen erst ein richtiges Paar, wenn sie heirateten.

Ein richtiges Paar, wie meine Eltern. Sie waren doch so ein Paar, oder?

Abermals kamen mir plötzlich Zweifel an etwas, was ich mein Leben lang geglaubt hatte. Eigentlich, so ging mir in diesem Moment auf, verhielt sich mein Vater meiner Mutter gegenüber eher wie ein nachsichtiges Elternteil und nicht wie ein Seelenverwandter. Jack schien er mehr zu sagen zu haben. Sie führten lange Gespräche und lachten über die gleichen Dinge, und natürlich einte sie auch ihr Interesse an der Medizin.

An jenem Abend schrieb ich Jack einen Brief. Ich sagte ihm, dass ich ihn liebte und dass ich für seine Sicherheit betete und dass ich einen Traum von unserer Hochzeit gehabt hatte und dass mir Gott damit bestimmt ein Zeichen hatte geben wollen, dass er unversehrt heimkehrte. Ich dachte, diese kleine fromme Lüge wäre ihm ein Trost.

Als ich vor dem Einschlafen neben meinem Bett kniete, flehte ich Gott an, auf Jack aufzupassen und ihn bald heimkehren zu lassen. Und ich bat Gott auch um einen Traum von Jack und darum, dass Jack von mir träumen möge.

An nächsten Morgen war ich richtig enttäuscht, als ich mich an keinen einzigen Traum erinnern konnte. Aber als Peggy im Juli das gefürchtete Telegramm erhielt – es dauerte Wochen, bis uns Nachrichten über Verluste erreichten – war ich heilfroh, dass der Traumengel mein Bett ausgelassen hatte.

31
Amélie, 6. Juni bis August 1944

In Paris feierten die Franzosen den ganzen Juni lang die Landung der Alliierten. Während Briten und Amerikaner sich in den nächsten Wochen den Weg durch Frankreich erkämpften, wurden die Pariser Bürger, die unter der deutschen Unterdrückung größtenteils schweigend gelitten hatten, immer kühner. Die Gewalt auf den Straßen nahm zu. Junge Leute warfen Molotowcocktails in vorbeifahrende Autos der Nazis. Auf einzelne Soldaten wurde geschossen, oder sie wurden auf der Straße zusammengeschlagen. Gruppenweise stimmten die Menschen immer wieder spontan die Marseillaise an.

Die Deutschen konnten uns solche Dinge natürlich nicht durchgehen lassen, aber sie schienen nicht recht zu wissen, wie sie darauf reagieren sollten. Manchmal rächten sie sich mit brutaler Gewalt, manchmal taten sie gar nichts, manchmal eröffneten sie das Feuer auf eine Menschenmenge. Das Leben war chaotisch, angespannt und unsicher.

Der Juni ging in den Juli über. Am Nationalfeiertag kleideten sich alle Pariser in Blau, Rot und Weiß, die Farben der französischen Nationalflagge. Tausende von Menschen versammelten sich auf dem Place Maubert am Boulevard Saint-Germain und schwenkten selbst gebastelte Nationalflaggen. Die Nazis griffen nicht ein.

Eine Woche später erfuhren wir, dass ein hochrangiger Nazi-Offizier ein Attentat auf Hitler verübt hatte, weil er dem Führer die Schuld an der drohenden Niederlage Deutschlands gab. Es wurde gemunkelt, dass es eine Verschwörung war. In Paris wurden viele Offiziere ausgetauscht. Deutsche Lastwagen rollten durch die Straßen und transportierten grimmig aussehende deutsche Truppen und Offiziere an die Front oder zurück nach Deutschland.

Es war unfassbar, dass noch immer Juden zusammengetrieben wurden. Im Hotel stieß ich auf Befehle zur Beschlagnahmung von Eigentum, auf Pläne für die Durchsuchung ganzer Stadtviertel und auf Daten, wann die Juden aus Drancy und Bobigny nach Auschwitz deportiert werden sollten. All dies leitete ich natürlich sofort weiter.

Im August schienen die Nerven sämtlicher Bewohner der Stadt blank zu liegen. Alle warteten darauf, was als Nächstes passieren würde. Die ohnehin unruhigen Menschen wurden immer gewaltbereiter.

An den letzten beiden Dienstagen im Juli und dem ersten im August wartete ich an unserem üblichen Treffpunkt am Ufer der Seine vergeblich auf Yvette. Als sie endlich aufkreuzte, wirkte sie blass und bedrückt. »Dierk verlässt Paris«, berichtete sie mir.

»Und was machst du dann?«

»Ich weiß es nicht. Er hat gesagt, dass er mir eine Stelle im Hotelrestaurant besorgen will; aber selbst wenn sie mich jetzt nehmen, werden sie mich bestimmt sofort entlassen, wenn die Stadt befreit ist.« Sie kramte eine Zigarette aus ihrer Handtasche. »Sie verachten mich, weil ich an der collaboration horizontale teilgenommen habe. Gibt es denn in deinem Hotel freie Stellen?«

»Im Moment wird niemand eingestellt. Vielleicht ändert sich das, wenn Paris befreit ist.«

Sie schnaubte abfällig. »Wenn Paris befreit ist, werde ich wahrscheinlich als Kollaborateurin erschossen.«

Meine Stirn furchte sich besorgt. Schon jetzt bespuckten die Leute Frauen, von denen bekannt war, dass sie sich mit Wehrmachtangehörigen eingelassen hatten.

In der vergangenen Woche hatte ich beim Mittagessen den Wäschereichef sagen hören: »Es geht mir gar nicht so sehr darum, dass diese Frauen mit den Boches schlafen. Am meisten stört es mich, dass ihre Bäuche dick und voll sind, während meine Kinder hungern.« Alle anderen am Tisch hatten zustimmend genickt.

»Hast du denn schon Ärger bekommen?«, fragte ich Yvette.

Sie hob die Schultern. »Einige Male.«

Ich streifte ihr eine Haarlocke aus den Augen. »Bist du deshalb so bekümmert?«

Sie schüttelte den Kopf. »Das ist nur ein sehr kleiner Teil meines Kummers.«

Mein Herz stockte. »Oh, Yvette, bist du etwa doch in deinen Boche verliebt?«

»Nein.« Sie hob den Blick, und in dem Moment erkannte ich, wie tief ihre Sorgen reichten. »Aber ich bin von ihm schwanger.«

Instinktiv presste ich die Hand auf meinen Bauch. »Mon Dieu! Bist du dir sicher?«

Sie nickte. »Meine Tage sind in diesem Monat ausgeblieben, und letzte Woche kam die Übelkeit. Ich kann nicht einmal mehr rauchen, auch wenn ich immer noch mit Zigaretten spiele.« Sie steckte die ungerauchte Zigarette zurück in ihre Tasche. Der Filter war rot gefärbt von ihrem Lippenstift. »Dierk hat mich zu einem Arzt geschickt und der hat es mir dann schwarz auf weiß bestätigt.«

»Olala! Und was meint Dierk dazu?«

»Er hat gesagt, dass er hübsche Kinder zeugt, und mir Fotos seiner Kinder gezeigt.« Yvette lächelte bittersüß. »Er hat recht, sie sind wirklich sehr hübsch.«

Sie sank auf eine Bank. »Ich habe überlegt, ob ich mich an eine dieser Frauen wenden soll, die Mädchen in solchen Notlagen helfen. Aber ich schaffe es einfach nicht.«

»Ach, Yvette!« Der Ernst ihrer Lage bedrückte auch mich. Ich setzte mich neben sie auf die Bank. »Und was hast du jetzt vor?«

»Wenn die Stadt befreit ist und die Post wieder funktioniert, schreibe ich meiner Tante in Amerika. Vielleicht kann sie uns Geld für die Überfahrt leihen.«

»Das wäre wunderbar für dich.«

»Und für dich. Ohne dich gehe ich nicht. Kann ich ihr deine Adresse nennen, an die sie ihre Antwort richten soll? Ich habe keine Ahnung, wo ich in ein paar Wochen wohnen werde.«

»Selbstverständlich. Aber wie willst du dich in der Zwischenzeit ernähren? Wo willst du wohnen?« Hildie kam nicht mehr in Frage, sie hatte mittlerweile einen Pensionsgast aufgenommen, um über die Runden zu kommen.

»Mein Baby wird zu essen haben. Dierk hat mir einen großen Vorrat an Säuglingsnahrung beschafft, und außerdem will er mir etwas Geld dalassen. Viel wird es nicht sein, weil seine Frau es ebenfalls braucht. Außerdem hat er gemeint, dass er die Miete im Hotel bis zum Monatsende bezahlen wird, damit ich vorerst dort bleiben kann.«

»Immerhin etwas.«

»Ja. Es geht mir besser als vielen anderen Frauen, die einfach auf die Straße gesetzt werden.«

Eine Weile betrachteten wir stumm die Seine, auf der an diesem Tag kaum ein Boot unterwegs war. »Er hat mich geliebt«, sagte Yvette schließlich. »Und ein bisschen tut er es immer noch.«

»Ganz bestimmt.«

»Aber das Leben geht weiter. Seine Zukunft liegt in Deutschland, und ich bin kein Teil davon.«

»Findest du das sehr schlimm?«

»Ich finde es für mein Baby schlimm, dass es ein Bastard sein wird, aber mir persönlich ist es eigentlich egal.« Ihr Blick war noch immer auf den Fluss gerichtet. »Ich werde es schon schaffen. Das Schlimmste liegt bestimmt hinter mir. Und dank Dierk konnte ich der Résistance eine Unmenge wichtiger Informationen über den Transport von Lebensmitteln und allen möglichen anderen Dingen zukommen lassen.«

Bei all unseren Gesprächen hatten wir uns nie darüber unterhalten, was Dierk genau machte. Das war unter die Regel »Unwissenheit bedeutet Schutz« gefallen. »Also arbeitet er im Bereich Nachschub und Versorgung?

Yvette nickte. »Er war Kommandeur der Nachschubtruppe in Paris. Die Résistance hat mit Hilfe meiner Informationen große Mengen an Waffen, Lebensmitteln, Kleidung und Geschützen abgefangen.«

Ich war verblüfft, welch wichtige Dienste sie geleistet hatte. »Das hast du großartig gemacht, Yvette.«

»Dieser Meinung werden nicht alle sein. Die meisten wissen nur, was sie gesehen haben – eine Frau, die mit einem Deutschen gegessen, gelacht und geschlafen hat. Für sie ist das die ganze Wahrheit.«

Sie saß eine Weile reglos da, dann fragte sie mich: »Glaubst du, mein Kind wird das verstehen und mir verzeihen?«

Ich legte den Arm um sie. »Ich bin mir sicher, es wird dich für die wundervollste Mutter der Welt halten.«

Tränen stiegen ihr in die Augen. »Wirst du mir helfen, es meinem Kind zu erklären, wenn es groß genug ist, die Sache zu begreifen?«

»Ach, Yvette! Ich werde dir und deinem Kind helfen, wo immer ich kann. Das weißt du doch. Wir werden es gemeinsam in Amerika großziehen.«

Wir standen auf, und ich drückte sie fest an mich. »Du und ich und dein Baby – wir werden eine Familie sein.«

»Das sind wir schon«, erwiderte sie tapfer lächelnd.

Ich grübelte ein paar Tage über alles nach, dann beschloss ich, Pierre aufzusuchen. Der Krieg ging zu Ende, vielleicht bereute er nun einiges. In dem Fall würde Yvette ihm ja womöglich verzeihen, und vielleicht würde er sie sogar heiraten und sich um ihr Baby wie um ein eigenes Kind kümmern.

Und vielleicht könnte dann auch ich ihm vergeben. Wenn wir uns ausgesprochen hatten, konnte er mir vielleicht sogar helfen, herauszufinden, was aus Joshua geworden war. Vielleicht lebte er ja sogar noch?

Vielleicht. Vielleicht. Vielleicht. Ich wusste, dass ich mir ein Märchen erzählte, das mit *vielleicht* anstatt mit *Es war einmal* begann. Aber Hoffnung war rar, und wenn die Hoffnung alles ist, was einem bleibt, dann klammert man sich daran wie ein Ertrinkender an den letzten Strohhalm.

Ich ging zur Polizeipräfektur im elften Arrondissement. Die Beamten nahmen gerade ihre Kappen ab und strömten aus dem Gebäude.

»Was ist los?«, fragte ich einen von ihnen.

»Wir streiken«, antwortete er.

Wahrscheinlich versucht ihr eher, eure Haut zu retten, dachte ich düster. Die Nazis verließen die Stadt wie Ratten das sinkende Schiff, und die Polizisten konnten es kaum erwarten, die Uniformen auszuziehen, die sie als Kollaborateure brandmarkten. An der Eingangstheke stieß ich auf einen Polizisten, der gerade seine Habseligkeiten zusammenklaubte. »Können Sie mir sagen, wo ich meinen Bruder finde?«, fragte ich. »Er heißt Pierre Michaud.«

»Es tut mir leid, Mademoiselle, aber das weiß ich nicht.«

»Können Sie denn nicht irgendwo nachschauen?«

»Leider nein.«

Vielleicht war Pierre ja in seiner Wohnung? Ich hatte seine Adresse, war jedoch noch nie dort gewesen. Dort angekommen, stellte ich fest, dass die Wohnung in einem ziemlich stattlichen Gebäude lag. Dass man sich eine solche Wohnung mit dem Gehalt eines Polizisten leisten konnte, hätte ich mir nie gedacht. Ich klopfte an der Tür, doch es rührte sich nichts. Da der Concierge nicht da war, klopfte ich bei Pierres Nachbarn. Ein gebeugter Mann mit einer riesigen Knollennase öffnete die Tür zögerlich und spähte durch den Spalt.

»Entschuldigen Sie, aber wissen Sie vielleicht, wo sich Ihr Nachbar, Pierre Michaud, aufhält?«

»Der Polizist?« Sein Gesicht verzog sich. »Der ist vor ein paar Wochen in sein tolles Elternhaus zurückgezogen.«

Mein Herz begann zu rasen. Stimmte das? Hatte Pierre es geschafft, unser Elternhaus wieder in seinen Besitz zu bringen? Wenn das irgendwer schaffen konnte, dann er. Er war der älteste Sohn und daher auch der rechtmäßige Erbe. Vielleicht würde er sich tatsächlich reumütig zeigen und wir würden ihm verzeihen, und dann würde er Yvette und mich dort wohnen lassen?

Ich bedankte mich bei dem Mann und eilte in unser altes Viertel. Da die Bahn- und Métro-Arbeiter streikten, musste ich den Weg zu Fuß zurücklegen. Der Asphalt war so heiß, dass meine Füße pochten, denn sie waren durch die Pappsohlen in meinen alten Schuhen kaum geschützt. Im Sommer war es unerträglich, drei Paar Socken zu tragen, um nicht aus Yvettes Schuhen zu schlüpfen. Deshalb trug ich jetzt wieder meine alten Schuhe.

Als ich endlich vor meinem Elternhaus stand, hätte ich am liebsten geweint, weil mir alles so vertraut war, auch wenn die Farbe von der Tür abblätterte und ein schwarzer Fensterladen nur noch an einer Angel hing. Als ich die Eingangsstufen zur Haustür hinaufging, bemerkte ich, dass der schwere Türklopfer aus Messing fehlte. Ich klopfte mit den Knöcheln an der Tür.

Ein dürrer Mann mittleren Alters machte auf. An seiner Rechten baumelte eine Pistole. »Was wollen Sie?«

»Bonjour. Ich bin auf der Suche nach Pierre Michaud.«

»Den finden Sie hier nicht.«

»Wissen Sie, wann er wieder zurückkommt?«

»Ja, das weiß ich. Niemals.«

»Ich – ich verstehe nicht recht. Dieses Haus gehört meinem Bruder und mir.«

»Jetzt nicht mehr. Der Besitz ist auf mich übergegangen, es ist alles beurkundet und im Grundbuch eingetragen.«

»Ach du meine Güte.« Tränen traten mir in die Augen, doch ich hielt sie zurück. Ich hatte seit Ewigkeiten nicht mehr geweint, aber meine hochgesteckten Hoffnungen, die nun innerhalb weniger Stunden zerschlagen worden waren … In mir zerbrach etwas.

Er betrachtete mich finster. »Wer sind Sie überhaupt?«

»Pierres Schwester. Hat er – hat er Ihnen das Haus verkauft?«

Sein Blick verhärtete sich. »So gut wie. Er hat damit seine Spielschulden beglichen. Wie gesagt – es ist alles im Grundbuchamt registriert.«

Mir rutschte das Herz in die Hose. »Wissen Sie denn, wo er sich momentan aufhält?«

»Nein.«

»Wann hat er Ihnen das Haus überschrieben?«

»Vor ein paar Wochen.«

Er wollte die Tür wieder schließen, doch ich stellte den Fuß in den Türspalt. Beinahe hätte er mir den Fuß zerquetscht. »Was ist mit den Möbeln?«, fragte ich.

»Möbel?«, fragte er höhnisch. »Welche Möbel?« Er öffnete die Tür weiter. Auf der goldenen Damasttapete in der Diele sah ich die verblasste Stelle, an der das Porträt meiner Großmutter gehangen hatte. Das Büffet darunter, in dem Mama ihr Porzellan und ihr Tafelsilber aufbewahrt hatte, war ebenfalls verschwunden. Auch das Klavier auf der anderen Seite der Diele und sämtliche Möbel und Gemälde im Esszimmer waren weg. Nur ihre Spuren waren geblieben. »Die räuberischen Boches haben alles mitgehen lassen.«

»Aber …«

»Ich habe zu tun, Mademoiselle.« Wieder wollte er die Tür schließen, doch dann meinte er noch: »Hören Sie mal, an Ihrer Stelle würde ich nicht meine Zeit mit der Suche nach Ihrem nichtsnutzigen Bruder vergeuden. Ich bin mir ziemlich sicher, dass er nicht mehr unter den Lebenden weilt.«

»W-wie kommen Sie denn darauf?«

»Kurz, nachdem ich hier eingezogen bin, kam die SS und hat nach ihm gefragt. Offenbar hat er einem hohen Nazi etwas geklaut. Sie wirkten ziemlich erbost. Ich glaube, sie wollten ihm an den Kragen.«

»Haben Sie denen denn gesagt, wo sie ihn finden könnten?«

»Ich habe ihnen gesagt, wo er gern Karten spielt.« Sein kalter Blick wurde etwas weicher. »Das kann ich Ihnen auch sagen, wenn Sie es unbedingt wissen wollen. Aber ich würde Ihnen raten, sich die Mühe zu sparen.«

Ich musste es wissen. Das war ich meinen Eltern, mir selbst und Yvette, die Pierre geliebt hatte, schuldig. »Bitte«, flüsterte ich tonlos.

»Im Silver Cat.« Er nannte mir die Adresse. Mit zugeschnürter Kehle machte ich mich auf den Weg dorthin.

Es war eine Spelunke auf dem Montmartre, eine dunkle Höhle, in der es nach saurem Wein und ranzigem Bier stank. An mehreren runden Tischen saßen Männer und spielten Karten. Als ich eintrat, hoben alle die Köpfe. Ich trat zu dem Barkeeper, einem großen Mann mit pockennarbigem Gesicht und einer fleckigen weißen Schürze. Ihm trug ich mein Anliegen so knapp ich konnte vor.

»Pierre Michaud? Ja, den hab ich gekannt.« Der Mann wischte die Theke mit einem schmutzigen Lappen ab. »Er wurde von der SS aus diesem Raum gezerrt. Ich habe sie noch sagen hören, dass er sich bald wünschen wird, nie geboren worden zu sein.«

»Wissen Sie, wohin sie ihn gebracht haben?«

»Ist das denn wichtig? Ich bin mir ziemlich sicher, dass er nicht mehr zurückkehren wird.«

Ich bedankte mich mit einem stummen Nicken und verließ die Bar mit hängendem Kopf. Diesmal ließ ich den Tränen freien Lauf.

32
Amélie, 25. August 1944

»Die Alliierten kommen! Die Alliierten kommen!« Der Ruf hallte durch die Straßen, während Yvette und ich uns durch das dichte Gewühl einen Weg zu den Champs-Élysées bahnten.

Wie lange hatten wir darauf gewartet! In den vergangenen Wochen war in der Stadt wahre Anarchie ausgebrochen. Paris war zu einem Schlachtfeld geworden. Immer wieder war es zu willkürlichen Schießereien zwischen Widerstandskämpfern und Deutschen gekommen; denn die Boches schossen zurück, um sich zu verteidigen, Aktivisten zu bestrafen oder sich einfach Zeit zu erkaufen, um zu entkommen. Die Gewalt war planlos, beide Seiten beschossen sich oder sie feuerten einfach in Menschenmengen und richteten ein entsetzliches Blutbad an.

Meiner Meinung nach war der Aufstand der Pariser unnötig, denn die Deutschen zogen sich bereits zurück. Doch wir hatten so lange unter dem Joch der Boches gelitten, wir waren so eingeschüchtert, gedemütigt und entmutigt worden, dass viele Menschen nun meinten, sie müssten etwas tun, selbst wenn es sinnlos war.

Sie wollten die Stadt alleine zurückerobern. Zu diesem Zweck gruben die Menschen Pflastersteine aus, sammelten Sandsäcke und errichteten Barrikaden. Sie schossen mit Pistolen und Jagdgewehren auf deutsche Soldaten, warfen selbst gebastelte Bomben und griffen jeden Boche an, der töricht genug war, sich allein auf die Straße zu wagen.

Zu diesen Gewalttaten kam es selbst an dem Tag, als die Alliierten in Paris einmarschierten. Dennoch gesellten Yvette und ich uns zu all den anderen, die nun auf die Straßen strömten und den Weg zu den Champs-Élysées einschlugen.

»Schau, da kommen sie«, rief Yvette.

Ich reckte den Hals, um sie zu sehen. Mittlerweile hatte ich meine Schuhe neu besohlen lassen, aber da es kein Leder gab, hatte Holz herhalten müssen. Deshalb konnte ich meine Füße nicht abwinkeln und musste mich damit zufrieden geben, mich möglichst hoch aufzurichten, um etwas von dem Geschehen mitzubekommen.

Als erstes rückte die französische zweite Panzerdivision ein. Die Soldaten trugen amerikanische Uniformen und fuhren auf amerikanischen Jeeps und Panzern, weshalb sie kaum als Franzosen zu erkennen waren. Erst als ein junger Mann von einem Panzer sprang und ein Mädchen in der Menge umarmte, und ein anderer aus der Formation ausbrach und in eine Drogerie stürmte, um seine Mutter anzurufen, wurde uns klar, dass das unsere Landsleute waren.

»Ach, ist es nicht herrlich? Einfach herrlich!«, jubelte eine Frau neben mir.

»Papa!«, schrie ein Soldat. Er sprang von einem Jeep und rannte in die Menge. Ein alter Mann umfasste sein Gesicht, starrte ihn an und umarmte ihn dann so fest, dass die Menschen die beiden schließlich trennten, weil sie Angst hatten, dass sie einander erdrückten.

Yvette weinte. Alle weinten. Ich strich mir übers Gesicht und merkte, dass auch meine Wangen feucht waren.

»Endlich! Endlich! Endlich!«, wiederholte Yvette pausenlos und packte meine Hand.

Hinter den französischen Soldaten kamen die Amerikaner. Sie waren fast alle sehr groß und lächelten breit.

»Warum lächeln die Amerikaner so?«, fragte eine ältere Dame hinter mir.

»Weil sie sich freuen, dass sie in Paris sind«, erwiderte ich. »Und wenn ich sie sehe, muss auch ich lächeln.«

»Bien sur«, pflichtete die Frau mir bei. »Das ist wahrlich ein freudiges Ereignis.«

Noch nie hatte ich eine so starke kollektive Freude und Begeisterung erlebt. Es war eine Kraft, die uns alle mit sich riss und erhob, fast so, als wäre das Gesetz der Schwerkraft kurzzeitig außer Kraft gesetzt. Wir schwebten im siebten Himmel, so hoch wie die reinste, höchste Note einer Arie.

»Endlich!«, sagte Yvette immer noch. »Endlich.«

Ja, endlich, zu guter Letzt.

Und dennoch … dennoch …

Ich bin mir sicher, dass ich nicht die einzige war, die inmitten der Freude auch an all das dachte, was wir verloren hatten. Wir waren zwar von unseren Besatzern befreit worden, doch das Leben würde nie mehr so sein wie früher. Niemand konnte uns das zurückgeben, was der Krieg uns genommen hatte.

Paris war befreit, und meine Seele jauchzte, aber ich fragte mich unwillkürlich, was diese Befreiung für mich bedeutete, nachdem alles und jeder, der Paris zu meiner Heimat gemacht hatte, nicht mehr da war.

33
Amélie, 25. August bis September 1944

Der Euphorie über die Ankunft der Alliierten folgten rasch einige der schlimmsten Tage in diesem Krieg. Es kam zur épuration sauvage – der wilden Säuberung. Die französische Bevölkerung dürstete nach Rache, und diese richtete sich nun gegen die Kollaborateure, die Menschen, die die Boches aktiv unterstützt hatten, darunter auch die Frauen, die sich an der »horizontalen Kollaboration« beteiligt hatten.

Ich kehrte mit Yvette zu ihrem Hotel zurück. Unterwegs wurde sie mehrmals übelst beschimpft. »Putain!«, fauchte eine Frau, die uns begegnete. »Collaborateuse!«, knurrte eine andere, »Putain de Merde« eine dritte.

Am nächsten Tag schaukelte sich die Stimmung in der Menge so hoch, dass die Menschen sich nicht mehr mit Schimpftiraden zufrieden gaben. Jemand klopfte an meinem Zimmer. Es war der Portier. Er senkte verlegen den Blick.

»Mademoiselle, der Portier im Hotel Paris ist mein Freund. Er hat mir gesagt, dass Ihre Schwester vom Pöbel zum Place de la République geschafft worden ist.«

»Oh, mon Dieu! Warum das denn?«

Er lief rot an. »Sie bestrafen die Kollaborateure.«

Ich holte meine Handtasche und zog eine Münze heraus, die ich ihm in die Hand drücken wollte.

»Nein, Mademoiselle, ich will Ihr Geld nicht. Ich wollte Ihnen nur Bescheid geben.«

»Merci. Merci beaucoup.«

Er nickte. »De rien. Es tut mir sehr leid. Ich habe ebenfalls eine Schwester und …« Er zuckte hilflos mit den Schultern und wandte sich ab.

»Warten Sie.«

Er drehte sich noch einmal zu mir um.

»Was, glauben Sie, haben sie mit ihr vor?«

Wieder hob er verlegen die Schultern. »Das weiß ich nicht.«

Rasch zog ich mich um und eilte, so schnell mich meine Füße trugen, zu dem Platz, nachdem ich einer Kollegin gesagt hatte, sie möge der Hausdame bitte ausrichten, in meiner Familie sei ein Notfall eingetreten. Ich wusste, dass diese nicht erfreut sein würde, doch ich ging davon aus, dass ich meine Stelle nicht verlieren würde; denn nach der unglaublichen Feier am Vortag waren etliche Zimmermädchen verschwunden oder gar nicht zur Arbeit erschienen.

In der ganzen Stadt hallten immer noch Schüsse. Ich weiß nicht, ob es fanatische deutsche Scharfschützen waren, Leute aus der Vichy-Regierung, die einen ähnlichen Status wie die SS hatten, oder schießwütige FiFi – Mitglieder der Forces Françaises de l'Intérieur, wie die Résistance nun hieß. Ich lief einfach weiter in der Hoffnung, dass ich nicht zur Zielscheibe würde. Ich versuchte, mich zu verhalten wie die »braunen Mäuse«, wie wir die deutschen Frauen nannten, die in den Wehrmachtsbüros gearbeitet hatten. Sie hatten sich immer klein gemacht und möglichst unauffällig gegeben. So tat nun auch ich mein Bestes, keine Aufmerksamkeit zu erregen und mit meiner Umgebung zu verschmelzen.

Schon zwei Block entfernt hörte ich die Menschen grölen und johlen. Als ich auf die Rue Beaurepaire einbog, blieb ich erst einmal erschrocken stehen.

Auf dem Platz war eine provisorische Bühne errichtet worden. Darauf saßen drei Frauen, bis auf die Unterwäsche entkleidet, auf Stühlen, die Hände auf dem Rücken gefesselt, während ihnen grob die Köpfe geschoren wurden.

Zwei der tondeurs – der Personen, die ein Rasiermesser in der Hand hielten – waren bärtige Männer mit Zigaretten in den Mundwinkeln. Die dritte war eine Frau mit schulterlangen und sorgfältig gelockten schwarzen Haaren. Sie sprang mit ihrem Opfer noch rauer um als ihre männlichen Kollegen. Die Kopfhaut der armen Person war an etlichen Stellen mit Schnitten und klaffenden Wunden verunstaltet.

Tränen strömten über die flammend roten Wangen der geschorenen Frauen, die sich in ihrem Elend kaum zu rühren wagten aus Angst vor Schnitten oder der Wut ihrer Häscher. Es blieb ihnen nichts anderes übrig, als sich zu fügen. Scham drang ihnen aus sämtlichen Poren und umfing sie wie Zigarettenrauch.

Einer der Männer reckte die Hand mit dem Rasiermesser in die Höhe. »Voilà.« Zwei Männer traten vor und rissen das geschorene Opfer – eine flachbrüstige Frau Mitte dreißig – hoch. Eine Frau aus der Menge, eine Blondine in einem roten Kleid, stürmte auf die Bühne, kramte einen Lippenstift aus ihrer Tasche und malte ein knallrotes Hakenkreuz auf die Stirn der Frau.

»Da hast du's. Glaubst du, dass ein Boche seinen dreckigen Schwanz jetzt noch in dich stecken würde?«, höhnte die Frau.

»Putain!«, ertönte es aus der Menge. »Hässliche Hure!«

»Schau dir mal deine Mutter an, Ursule.« Die Frau, die das Hakenkreuz gemalt hatte – offenbar hatte sie mit ihrem Opfer ein Hühnchen zu rupfen –, packte die Ärmste am Kinn und drehte ihren Kopf so, dass er auf die Menge zeigte. »Du bringst sie um. Sie schämt sich in Grund und Boden.«

Ich konnte die bedauernswerte Mutter in der Menge nicht ausmachen. Die geschorene Frau auf der Bühne schluchzte. Sie hatte den Kopf tief gesenkt, um ihr Gesicht zu verbergen.

Eine andere Frau, die nur noch ihre Unterhose anhatte, wurde auf die Bühne gezerrt und auf den frei gewordenen Stuhl geschubst. Hohn, Spott und wüste Beschimpfungen ergossen sich über sie. Entsetzt legte ich die Hand auf den Mund und suchte die Menge nach Yvette ab.

Ich war zu klein, um über die Köpfe der vor mir Stehenden zu blicken. Entschlossen bahnte ich mir einen Weg nach vorn. Am Rand der Bühne sah ich, wie ein Mann und zwei Frauen einer mir sehr gut bekannten blonden Frau die Kleider vom Leib rissen.

»Hört auf!«, schrie ich und versuchte, mich zu Yvette vorzukämpfen.

Hände griffen nach mir und wollten mich zurückhalten, doch ich schüttelte sie ab. Unbeirrt setzte ich meinen Weg fort, bis ich bei Yvette angekommen war. Ich versuchte, die Hände der Frauen von Yvettes Rosenkleid wegzubekommen – eines ihrer Lieblingskleider. Das Kleid zerriss, als es ihr die Frau vom Rücken zerrte.

Eine starke Hand – die eines Mannes – packte mich von hinten und nahm mich in den Schwitzkasten.

»Sie war in der Résistance!«, keuchte ich und versuchte, mich aus seiner Umklammerung zu befreien. »Sie hat für Frankreich gearbeitet.«

»Na ja, wohl eher für die Deutschen – auf ihrem Rücken«, erklang es aus der Menge. Die Bemerkung wurde mit Gelächter und weiterem Hohn quittiert.

»Sie hat im Hotel Paris gewohnt und sich von den Boches mit Essen vollstopfen lassen, während wir gehungert haben«, rief eine andere Frau. »Seht doch nur, wie prall ihre Brüste sind. Ihr Bauch war immer voll. Ich hingegen konnte nicht mal mein Kind stillen, weil ich viel zu dürr war.«

»Aber begreift ihr das denn nicht?«, rief ich. »Sie war eine Spionin!«

»Die Résistance hat keine Informationen über deutsche Schwänze gebraucht«, knurrte ein Mann.

Die Menge röhrte vor Lachen.

»Und du …« Der Mann, der mich festhielt, drehte mich um, sodass ich ihn ansehen musste. Er war älter, als ich vermutet hatte, mit wettergegerbter Haut und gelb gesprenkelten Augen. Sein Atem stank nach Knoblauch, Zigaretten und faulen Zähnen. »Vermutlich warst du auch eine Spionin?«

»Ich …«

»Sie ist eine von ihnen«, fauchte die Frau, die Yvette das Kleid vom Leib gezerrt hatte. »Ich habe sie oft im Hotel gesehen.«

Ich hörte Stoff reißen, und ehe ich es mich versah, hatten sie auch mein Kleid heruntergerissen. Ich stand nur mit BH und Schlüpfer bekleidet da. Einen Unterrock hatte ich mir in der Eile nicht angezogen. Ich wollte meine Blöße bedecken, doch meine

Arme wurden nach hinten gerissen. Entsetzen und Scham kämpften um die Oberhand.

»Bitte, lasst sie in Ruhe«, flehte Yvette. Sie war bereits auf der Bühne und wurde soeben auf einen Stuhl gedrückt. »Sie ist ein anständiges Mädchen. Sie hatte nichts mit den Boches zu tun.«

»Ach so, jetzt nennst du sie Boches?«, höhnte die Frau. »Früher hast du sie bestimmt chéris genannt.«

Wieder brüllte die Menge vor Lachen.

»Macht mit mir, was ihr wollt, aber lasst sie in Ruhe«, bettelte Yvette.

Das hätte sie sich sparen können. Grobe Hände zerrten mich über ein paar Ziegelsteine auf die Bühne und stießen mich auf einen Stuhl. Ich brach in Schweiß aus.

»Mach die Beine breit«, brüllte ein Mann. »Zeig uns, was du den Boches gezeigt hast.«

Oh, mon Dieu. Ich konnte es noch immer kaum begreifen, was um mich herum und mit mir passierte.

Yvette warf mir einen gequälten Blick zu. »Es tut mir so leid«, wisperte sie.

»Schöne Haare!«, bemerkte der Mann mit dem Rasiermesser und hob Yvettes blonde Mähne hoch. »Schade drum!«

Yvette drehte sich um und sah ihn mit flehenden Augen an. »Bitte, haben Sie Erbarmen mit uns.«

»Warum sollte er?«, rief jemand aus der Menge.

»Flittchen. Hure. Kollaborateurin!«, zischte die Frau, die mit dem Rasiermesser in der Hand hinter mir stand. Sie zerrte an meinen Haaren. »Du bist eine Schande für Frankreich.«

Das Messer ritzte meine Kopfhaut. Ich zuckte zusammen. »Je mehr du dich bewegst, desto mehr blutet es«, knurrte die Frau.

Ich wünschte, einer der Männer würde mich scheren. Meine tondeuse war besonders hasserfüllt.

»Halt still!«, murmelte Yvette. »Es ist gleich vorbei.«

Ich faltete die Hände und senkte den Kopf. Als meine Haare auf meinen Schoß fielen, packte ich eine Strähne und umklammerte sie wie einen magischen Fetisch.

Doch das Scheren war noch längst nicht alles. Die Männer zerrten etwa zehn von uns femmes tondues auf die offene Ladefläche eines LKWs und fuhren mit uns langsam durch Paris. Unsere Folterknechte bestanden darauf, dass wir uns der Straße zuwandten. Die Frauen vorne auf der Ladefläche durften sich setzen, wir übrigen standen, damit alle von den Gaffern gesehen werden konnten. Wir senkten die Köpfe und weigerten uns, den Blick zu heben – alle bis auf eine grobknochige junge Frau, die mit blitzendem Hass auf die Spötter starrte und deren Schmähungen erwiderte.

»Halt's Maul!«, rief die Frau, die mich geschoren hatte. Sie stand bei uns auf der Ladefläche, ein Gewehr in der Hand. Ein Mann mit einer Pistole stand neben ihr.

»Du bist bloß sauer auf mich, weil dein Mann mit mir geschlafen hat«, knurrte die grobknochige Frau.

»Du lügst«, sagte die tondeuse.

»Du bist wütend, weil es die Wahrheit ist.«

Die Frau drosch ihr den Gewehrkolben auf den Kopf. Sie brach zusammen und rempelte dabei eine andere femme tondue an, die das Gleichgewicht verlor und mich mit zu Boden riss.

Yvette half uns beim Aufstehen. Unser Bewacher klopfte mit der Pistole auf das Dach der Fahrerkabine. Der Fahrer blieb stehen. Er kam nach hinten auf die Ladefläche, und die zwei Männer zerrten die bewusstlose Frau vom Laster und ließen sie wie einen Sack Kartoffeln auf den Boden fallen. Ihr Kopf landete mit einem Übelkeit erregenden dumpfen Knall auf dem Asphalt.

»Ist sie tot?«, fragte eine tondue, die ihr Gesicht an meiner Schulter vergraben hatte.

»Wenn sie es noch nicht war, dann ist sie es wahrscheinlich jetzt«, erwiderte Yvette grimmig.

Es fiel mir unglaublich schwer, aber ich blieb reglos stehen. Die vielen Jahre, in denen ich das Undenkbare miterlebt hatte, hatten mich gelehrt, den Rat der Résistance zu befolgen: Riskiere nicht dein Leben, um einen Kampfgefährten zu retten, der vielleicht schon tot ist.

Der Laster setzte sich wieder in Bewegung. Die hübsch gelockte Brünette zwang mich wieder, mich den Leuten am Straßenrand zuzuwenden. Auch dem zitternden Mädchen neben mir blieb nichts anderes übrig. Ich konnte es kaum glauben, wie viel Wut und Häme über uns hereinbrachen. Wir wurden bespuckt, mit Abfall beworfen und von den Balkonen mit Spülwasser begossen. Der Hass kam von Männern, Frauen und sogar von Kindern, doch die Frauen waren die Schlimmsten.

Als Yvette und ich uns später darüber unterhielten, meinte Yvette: »Sie sind nur so wütend, weil sie neidisch sind.«

»Nein!«

»Doch. Sie sind nicht attraktiv genug, dass ein Deutscher ein Auge auf sie geworfen hätte. Sie sind wütend auf uns, weil wir eine Wahl hatten, die sie nicht hatten.«

Dessen war ich mir nicht so sicher, doch ich widersprach ihr nicht. Vielleicht half es Yvette, sich mit ihrer Kahlheit abzufinden, wenn sie daran glaubte. »Unsere Haare werden wieder wachsen, und wir werden wieder hübsch sein«, sagte sie. »Doch diese Weiber werden selbst dann nicht begehrenswerter, wenn ihnen die Haare bis zum Hintern reichen.«

Irgendwann war diese albtraumhafte Fahrt endlich vorbei. Ich hörte unsere Bewacher sagen, dass das Benzin knapp würde, dass sie mal aufs Klo müssten und dass sie gern etwas essen würden. Der Laster stoppte, sie ließen uns stehen und gingen weg.

»Was machen wir jetzt?«, fragte ich.

»Wir hauen ab«, sagte Yvette.

Wir sprangen von der Ladefläche und eilten durch die Straßen. Was für ein Anblick! Wir waren beide praktisch nackt – ich in BH und Schlüpfer, Yvette im Unterrock. Unsere geschorenen Köpfe bluteten. Die Leute deuteten auf uns und lachten. Amerikanische und britische Soldaten machten anzügliche Bemerkungen.

Nach all den Stunden, die wir auf der Ladefläche des LKWs verhöhnt worden waren, hätten wir eigentlich immun sein müssen gegen Beleidigungen und Drohungen. Doch dieser Marsch, bei dem wir nur zu zweit waren, war schlimmer. Die Menge teilte sich, wenn sie uns kommen sah. Es war der reinste Spießrutenlauf.

Nach einer schieren Ewigkeit standen wir endlich vor Yvettes Hotel. Der Portier blockierte den Eingang. »Sie können hier nicht rein.«

»Ich bin's, Jean-Paul«, sagte Yvette. »Ich habe hier ein Zimmer.«

»Es tut mir leid.« Sein Blick wirkte kühl und distanziert. »Sie können in Ihrem derzeitigen Zustand nicht ins Foyer.«

»Gehen wir zum Hintereingang«, drängte ich Yvette. In jedem Hotel gab es einen Dienstboteneingang. Wir marschierten durch die Tür und taten so, als würden wir das Gelächter, Gekicher und die Finger, die auf uns zeigten, nicht bemerken. Als wir zum Aufzug kamen, hielt ich den Atem an.

Der Fahrstuhlführer, ein kleiner Mann mit einer Nickelbrille, blinzelte. »Sie können nicht ...«

»In den fünften Stock, bitte«, sagte Yvette gebieterisch.

»Aber Sie sind nicht ... Sie sollten nicht ... Sie können nicht ...«

»Herr im Himmel, schließen Sie endlich die Tür und bringen Sie uns nach oben«, zischte Yvette. »Sonst werde ich mit dem Hotelchef über das Silber reden, das die Nazis mit Ihrer Hilfe geklaut haben.«

Der Mann zog das metallene Gitter zu und schloss die Fahrstuhltür. Langsam glitten wir nach oben. Verbitterung lag so schwer in der Luft, dass sie mir in der Kehle brannte und mich kaum atmen ließ.

»Danke«, sagte Yvette nur, als wir im fünften Stock anhielten. Sie trat wie eine Königin, den kahlen Kopf hoch erhoben, aus dem Fahrstuhl.

Ich folgte ihr, die Hände vor den Schoß gepresst, und wartete, bis sie den Zimmerschlüssel aus ihrem BH gezogen hatte. Sie hielt mir die Tür auf, dann folgte sie mir rasch und sperrte die Tür von innen zu.

»Oh, mon Dieu!« Sie erstarrte vor dem Schrankspiegel und fuhr sich mit den Händen an den Kopf. »Mon Dieu! Schau mich an!«

Tränen stiegen mir in die Augen. »Ich weiß, Vettie. Ich weiß.«

»Und schau dich an!«

Ich wollte nicht hinschauen, aber sie nahm mich an der Hand und zog mich neben sich vor den Spiegel. Ich starrte ein Mädchen an, das ich nicht kannte – ein Mädchen mit tieftraurigen Augen und schwarzen Stoppeln auf dem Kopf.

»Ich habe einen nachmittäglichen Anflug von Bartstoppeln auf dem Kopf«, murmelte ich.

»Und ich bin kahl wie ein Kinderpopo.« Wir betrachteten unser Spiegelbild. »Wir sehen lächerlich aus.«

»Ja.«

»Was haben wir uns früher Sorgen über unsere Haare gemacht und gefunden, dass sie nicht schön genug sind. Wer hätte je gedacht, dass wir eines Tages gar keine mehr haben würden?«

»Ich nicht.«

»Ich auch nicht. Aber sieh uns an – wir schauen aus wie gerupfte Hühner.«

Yvette fing an zu lachen. Einen Moment lang machte ich mir Sorgen, dass sie den Verstand verloren hatte.

»Ist es nicht lustig?«, prustete sie und deutete auf den Spiegel. »Schau uns an.«

Ich tat es, aber ich fand es nicht im Entferntesten lustig.

Sie nahm mich an den Händen. »Jetzt komm schon, Chérie. Ob wir jetzt lachen oder weinen – nichts wird unsere Haare schneller wachsen lassen. Lass uns lachen, Lachen fühlt sich einfach viel besser an.« Sie flatterte mit den Armen. »Schau uns an – wir sind kahl wie Vogelbabys.«

Sie führte sich so albern auf, dass ich grinsen musste. Auch ich begann, mit den Armen zu flattern, und wir hüpften gackernd im Zimmer herum, bis wir endlich wieder lachend vor dem Spiegel stehen blieben.

»Ach, schau uns an!«

»Ganz Paris hat uns heute angeschaut«, meinte ich. »Wir sind der ganzen Stadt praktisch nackt vorgeführt worden.«

»Ja. Aber weißt du was, mein kleines kahles Vögelchen? Wir leben, und Paris ist frei.«

»Ja.« Ich musste an die angriffslustige tondue denken, die mit einem Gewehrkolben geschlagen und dann auf die Straße geworfen worden war, um dort zu sterben.

»Weißt du, was wir jetzt machen?«, fragte Yvette.

Ich schüttelte den Kopf.

»Jetzt machen wir ein Foto!«

»Oh nein. Nein, nein, nein.«

»Doch. Unsere Haare werden schnell nachwachsen. Wir werden nie mehr solch kahle kleine Meisen sein.«

»Hast du denn noch einen Fotoapparat?« Ich hatte meinen M. Henri zurückgegeben, als die Deutschen mein Hotel verlassen hatten. Im übrigen Frankreich herrschte immer noch Krieg, und die Résistance – die mittlerweile FiFi hieß, woran ich mich nur schwer gewöhnen konnte – brauchte solche Ausrüstungsgegenstände an anderen Orten.

»Ich habe einen, den Dierk mir geschenkt hat, und es ist auch noch ein Film drin.« Sie griff unters Bett und zog einen kleinen Fotoapparat hervor, den sie auf mich richtete. »Lächle!«

»Ach Yvette! Nein!«

»Lächle! Eines Tages werden wir über dieses Foto lachen.«

»Dann gib mir wenigstens etwas zum Anziehen.«

»Nein.«

Ich bedeckte meinen Schoß, und sie knipste ein Foto.

»Jetzt bist du an der Reihe. Mach ein Foto von mir.«

Sie warf mir den Fotoapparat zu, dann stemmte sie die Hände in die Hüften wie Betty Grable und setzte ein großes falsches Lächeln auf. Ich drückte auf den Auslöser.

»Gut. Und weißt du, was wir jetzt machen?«

Ihre Energie und Munterkeit begannen, mir auf die Nerven zu gehen.

»Non.«

»Jetzt probieren wir Hüte aus.«

»Hüte?« Doch Yvette hatte recht, Hüte konnten unsere Rettung sein.

»Ganz recht. Ich habe von Gerhard und Dierk etliche Hüte geschenkt bekommen.«

»Aber mit einem Hut auf dem Kopf kann ich nicht arbeiten«, entgegnete ich finster, denn ich merkte erst jetzt, wie schlimm es wirklich um mich stand. Im Hotel kam ein Zimmermädchen, das eine femme tondue war, bestimmt nicht besonders gut an.

»Das nicht, aber du kannst unter deinem Häubchen ein Kopftuch tragen.«

»Ich weiß nicht, warum ich das getan habe, aber ich habe ein paar Haare aufgehoben«, gestand ich.

»Wie bitte? Wo hast du die denn versteckt?«

»In meinem BH.« Ich zog ein Büschel Haare heraus.

Yvette betrachtete nachdenklich die Haare in meiner Hand. Kahl, wie sie war, wirkten ihre Augen größer denn je. »Wir kürzen sie und kleben sie auf Bänder. Das wird dann wie Strähnen um deine Schläfen und deinen Nacken aussehen, und wenn du einen Hut oder ein Kopftuch trägst, wird keiner erkennen, dass du in Wahrheit kahl bist.«

»Oh doch«, erwiderte ich trocken. »Ich übernachte in einem Schlafsaal. Ich kann doch nicht Tag und Nacht mit demselben Kopftuch herumlaufen.«

»Solange du in der Öffentlichkeit respektabel aussiehst, Ammie, werden sie dich schon nicht rauswerfen.«

»Da bin ich mir nicht so sicher.«

»Sie werden dich brauchen. Aber falls du doch in Schwierigkeiten gerätst – weißt du etwas über deine Chefin, was gegen sie verwendet werden könnte?«

»Ich weiß, dass sie gern den ganzen Tag lang Whiskey süffelt.«

»Das ist nicht schlecht, aber es reicht nicht. Gibt es noch etwas?«

»Ich glaube, dass sie und der Nachtportier es in unbelegten Zimmern treiben.«

»Non! Wirklich?«

Ich nickte. »Ich habe die beiden vor ein paar Wochen aus einem freien Zimmer kommen sehen, und sie hat mir eine übertrieben ausführliche Erklärung geliefert.«

»Perfekt! Wenn sie droht, dich rauszuwerfen, dann nimmst du sie zur Seite und sagst ihr, dass sie lieber davon absehen sollte, denn sonst würde ihr Vorgesetzter erfahren, dass sie süffelt und sich nachts mit dem Portier trifft.«

»Das könnte ich nie tun.«

»Doch, das kannst du und das wirst du!« Sie klang streng und entschlossen. »Du wirst tun, was du tun musst. Haben wir es nicht auf diese Weise geschafft, bislang zu überleben?«

Sie hatte wie immer recht. Ich konnte und würde tun, was getan werden musste.

34
Kat, 2016

Ich betrachte Amélie im schwindenden Licht des Nachmittags mit gerunzelter Stirn. »Dann warst du also kahl, als du Jack getroffen hast?«

»Zu dem Zeitpunkt waren meine Haare schon wieder nachgewachsen.«

»Aber wie ging das denn?« Meinen Berechnungen nach musste sie im August oder September schwanger geworden sein. »Wann hast du ihn getroffen?«

»Im Juni 1945.«

»Nein, das kann nicht sein.« Ich habe zahllose Male nachgerechnet. Trotzdem rechne ich jetzt noch einmal nach, dann beuge ich mich vor. »Du gibst also zu, dass das Baby nicht von ihm war?«

»Ich gebe nichts zu. Wenn man etwas zugibt, ist das ein Eingeständnis, dass man ein Unrecht begangen hat, oder?«

»Aber du hast gelogen, was das Baby anging.«

»Habe ich dich belogen? Nein, das habe ich nicht.«

Zorn strömt wie heiße Lava durch mich. »Das hast du ganz bestimmt. Du bist in Wedding Tree eingetrudelt und hast behauptet, dass du und Jack verheiratet seid und ihr ein Baby habt.«

»Das habe ich nie gesagt. Ich habe gar nichts gesagt.«

Ach, herrje – es war Jack gewesen. Natürlich – er hatte mir und auch meinen Eltern und allen anderen gesagt, dass das Kind von ihm sei. »Aber warum hat Jack gelogen?«

»Du hast mich unterbrochen, bevor ich an diese Stelle kommen konnte.«

»Aber das Baby – wenn nicht Jack der Vater war, wer dann?«

»Wer glaubst du denn?«

»Joshua?«

»Leider nein.« Amélie sinkt in ihrem Sessel zurück, als wäre sie geschrumpft. Plötzlich wirkt sie sehr klein, matt und alt. »Ich bin zum Roten Kreuz und habe mich nach ihm erkundigt. Sehr oft habe ich dort nachgefragt, ob sie etwas von ihm wüssten. Viel später – als ich schon lange in Amerika war – habe ich erfahren, dass sein Name auf der Liste der vielen Juden stand, die in Auschwitz vernichtet worden sind.«

»Es tut mir leid.« Und das tut es wirklich; denn wenn Joshua überlebt hätte, hätte sie Jack in Ruhe gelassen. »Aber … wenn das Kind nicht von Joshua war und auch nicht von Jack, von wem dann? Hast du mit jemanden was gehabt, von dem du mir noch nichts erzählt hast?«

»Nein, ich habe mit niemandem was gehabt, wie du das bezeichnest. Aber ich habe dir von dem Vater erzählt.« Sie richtet sich auf und lächelt mich an. Die Sache scheint ihr Spaß zu machen! Am liebsten wäre ich aufgesprungen und hätte sie gewürgt.

»Einer der Haarescherer?«

»Oh nein. Nein. Nein.« Sie schüttelt den Kopf.

»Wer dann?«

Sie schweigt eine schiere Ewigkeit. Muss ich jetzt etwa auch noch ein endlos langes Ratespiel über mich ergehen lassen? Endlich sagt sie: »Dierk.«

»Dierk?« Ich ziehe die Brauen zusammen. »Du hattest eine Affäre mit …« In dem Moment dämmert es mir. »Warte – du warst gar nicht die Mutter?«

»Nicht die leibliche. Elise war Yvettes Kind.«

»Ach du meine Güte.« Mir wird schwummrig. Ich bin niemals ins Gesicht geschlagen worden, aber ich stelle mir vor, dass sich das genau so anfühlt. Ich bin wie vom Blitz getroffen. Natürlich hätte ich, ausgehend von Amélies Geschichte, schon längst darauf kommen können, aber ich hatte jahrzehntelang etwas anderes für wahr gehalten, und jetzt tut sich mein Verstand offensichtlich schwer damit, diese neue Information zu verarbeiten. »Also hat Jack …« Meine Gedanken überschlagen sich. »Er wusste die ganze Zeit, dass das Baby nicht von ihm war?«

»Selbstverständlich.«

»Aber er hat behauptet, es wäre seines. Hat er das getan, weil er dachte, es sei dein Kind?«

»Anfangs schon, aber nicht mehr zu dem Zeitpunkt, als er es dir erzählt hat.« Sie wirft einen Blick auf die Uhr, dann erhebt sie sich langsam. »Es ist spät geworden. Ich denke, du solltest morgen noch einmal vorbeikommen.«

Will sie unser Gespräch ausgerechnet jetzt beenden, wenn wir endlich zu dem Teil kommen, um den es mir geht? »Nein. Ich habe mein Leben lang auf diese Informationen gewartet.«

»Das ist nicht mein Problem.« Amélie steht vor mir und blickt auf mich herab. »Wir reden morgen weiter. Ich bin sehr müde.«

Ich fasse es nicht, dass sie ihre Geschichte ausgerechnet jetzt unterbrechen will. Ich bin so wütend und frustriert, dass ich am liebsten mit dem Fuß aufgestampft hätte. Mühsam erhebe ich mich und greife nach meinem Stock. »Das ist empörend!«

»Ich habe dir gesagt, dass ich mit dir reden werde, aber nur unter meinen Bedingungen. Und meine Bedingungen lauten, dass wir jetzt Schluss machen.«

Warum darf sie hier die Regeln aufstellen? Das ist schlicht und ergreifend unfair. »Ich komme morgen früh wieder.«

»Da bin ich mir sicher.«

Zögernd gehe ich zur Tür. »Wage bloß nicht, heute Nacht zu sterben«, sage ich und bedenke sie mit meinem strengsten Blick.

Amélie schenkt mir ein mattes Lächeln. »Vergiss nicht, ich habe den Krieg überlebt.« Sie öffnet die Tür und hält sie für mich auf. »Einen schönen Abend noch.«

Die Tür geht hinter mir zu, sobald ich die Schwelle überquert habe. Fast schon unhöflich schnell, denke ich. Ich humple über den Gang und fummle in meiner Handtasche nach meinem Handy. Endlich finde ich es und drücke auf die Eins. Damit wird meine Urenkelin, die es so programmiert hat, benachrichtigt, dass sie mich abholen soll.

35
Amélie, 2016

Als ich am nächsten Morgen um acht die Tür öffne, steht Kat davor. Ich habe nicht gut geschlafen. Die alten Zeiten haben sich wie Sandsäcke auf meine Brust gelegt. »Wie ich sehe, bist du wieder da.«

Sie starrt mich mit weit aufgerissenen Augen an – ihr Schönheitsköniginnenblick. »Du hast doch nicht etwa daran gezweifelt, dass ich komme?«

Das hatte ich nicht – keine Sekunde lang. Aber aus welchem Grund auch immer gönne ich ihr nicht die Befriedigung, das zu hören. Ich hebe die Schultern. »Du hättest deine Meinung ändern können.«

»Warum sollte ich? Vielleicht aus Angst, dass mir die Ohren abfallen, bevor du mir endlich das erzählst, was ich wissen will?«

Mon Dieu, sie macht es einem wahrhaftig nicht leicht, nett zu ihr zu sein. Und dabei hatte ich mir doch vorgenommen, freundlicher zu sein. Gestern Nacht habe ich mir noch eine ganze Weile lang Vorwürfe gemacht, dass ich nicht mehr Mitgefühl und Verständnis gezeigt habe.

»Um ehrlich zu sein, habe ich mir gedacht, dass du vielleicht nicht noch einen Tag in meiner Gesellschaft verbringen willst.« Es fällt mir schwer, das zuzugeben – offenbar habe ich Schwierigkeiten mit solchen Eingeständnissen –, doch mir ist klar, dass ich gestern schwierig war. Ich bekam von ihr nicht das, was ich wollte, und darüber habe ich mich geärgert. Auch über mich selbst habe ich mich geärgert. Warum will ich überhaupt etwas von dieser Frau?

Und was will ich eigentlich von ihr? Vermutlich Verständnis. Verständnis und Vergebung. Habe ich denn in den dreiundneunzig Jahren meines Lebens nicht gelernt, mich von keiner anderen Meinung abhängig zu machen als von meiner eigenen? Offenbar nicht. Nun, leider scheint es so, dass wir alle bis zu unserem letzten Atemzug dazu verdammt sind, uns nach der Wertschätzung unserer Mitmenschen zu sehnen.

»Ich bin gekommen, weil ich wissen muss, was passiert ist«, sagt sie steif.

»Das weiß ich. Und du hast ein Recht, die Wahrheit zu erfahren.«

Sie schaut mich an, als ob sie das für einen Trick hält. Offenbar ist Freundlichkeit eine Strategie, die sie aus dem Konzept bringt. Vielleicht hätte ich es schon früher damit versuchen sollen.

»Komm rein, komm rein.« Ich trete zur Seite und halte ihr die Tür weit auf. »Hättest du gern einen Kaffee? Oder einen Tee?«

»Ein Schluck Wasser wäre mir ganz recht.«

Ich gehe in die Küche und hole ein Glas aus dem Schrank.

»Hast du kein abgefülltes Wasser?«, fragt sie.

Abgefülltes Wasser? Wenn sauberes Wasser aus dem Hahn kommt? Wie albern! Außerdem hat sie ja sowieso schon Krebs. »Nein. Tut mir leid.«

Trotzdem gebe ich ein paar Eiswürfel in ihr Glas – die Amerikaner sind ganz versessen auf Eiswürfel – und nehme das gefilterte Wasser aus der Kühlschranktür, obwohl es mit dem Hahn schneller gehen würde. Auf dem Weg ins Wohnzimmer bemerke ich, dass sie sich auf meinem Sessel niedergelassen hat.

Ich kämpfe gegen meinen Ärger an – schließlich habe ich ihr gestern den Sessel selbst angeboten.

»Ich hoffe, du hast nichts dagegen«, sagt sie. »Deine Couch hat meinem Rücken zugesetzt.«

Natürlich habe ich etwas dagegen, wenn sie es als Kritik an der Bequemlichkeit meiner Couch formuliert. Wer hätte das nicht? Ich seufze leise. »Überhaupt nicht«, schwindle ich, nehme meine Kaffeetasse vom Beistelltisch neben dem Sessel und stelle sie auf den Couchtisch vor dem Sofa.

»Letzte Nacht habe ich kaum geschlafen, weil ich ständig daran denken musste, wie du uns über dieses Baby getäuscht hast.«

Ich betrachte sie zum ersten Mal etwas genauer und sehe, dass ihr die Empörung aus sämtlichen Poren zu dringen scheint. Es ist vermutlich sinnlos, sie noch einmal darauf hinzuweisen, dass nicht ich, sondern Jack sie getäuscht hatte. »Wenn du jetzt verärgert bist, wird dein Ärger noch zunehmen«, warne ich sie. »Vielleicht solltest du lieber gehen.«

»Nein. Bitte.« Einen Moment lang wirkt sie aufrichtig, wie eine echte Person mit echten Gefühlen, nicht wie das Bild, das sie sorgfältig pflegt und den anderen gern zeigt. »Ich bin einfach nur schockiert, dass die Dinge so anders sind, als ich immer dachte.«

»Aha«, sage ich und trinke einen Schluck Kaffee. »Soll ich weitererzählen?«

»Ja, bitte.«

Ich setze mich auf das Sofa an den Platz, wo ich immer mit Jack gesessen bin. Ich bin immer rechts gesessen und Jack in der Mitte, neben mir, den Arm auf die Lehne gelegt, die Hand auf meiner Schulter. Ach, wie ich das Gewicht seiner Hand vermisse!

Ich schließe die Augen und lasse die Erinnerungen kommen. Die Zeit scheint sich nicht stetig vorwärtszubewegen, sondern in Kreisen und Strudeln. Ich lasse mich von ihr im Kreis drehen und tauche in den Sog der Vergangenheit ein, dann setze ich meine Erzählung fort.

1945

Die Tage nach der Befreiung waren für mich schlimmer als der Krieg. Als geschorene Frau musste ich meinen Kopf stets bedeckt halten und lebte in ständiger Angst vor weiteren Schmähungen.

Ich glaube, den Prostituierten ging es besser als mir, weil sie einander unterstützen konnten. Die SS und die Wehrmacht hatten zweiundzwanzig stadtbekannte Bordelle unterhalten, zum Beispiel Le Chabanais. Dort stieg Göring im Krieg bevorzugt ab, und früher war König Eduard VII. ein regelmäßiger Kunde gewesen. Für einen einzigen Besuch blätterten die Deutschen eine

Summe hin, die dem Wochenlohn eines höheren französischen Beamten entsprach, und außerdem kauften sie ihren Lieblingshuren Pralinen und Champagner und Zigaretten, um den Schein des Anstands zu wahren.

Als ich an dem Tag, als wir geschoren worden waren, in den Schlafsaal meines Hotels zurückkehrte, trug ich eines von Yvettes Kleidern, das ich mit einem Gürtel eng um meine Taille geschnürt hatte – Yvette war ja größer und breiter als ich – und einen kleinen Glockenhut. In Straßenkleidung sah ich nicht so schlimm aus. Wir hatten die Haare, die ich gerettet hatte, in kurze Strähnchen zerschnitten und diese auf zwei Bänder geklebt – eines für mich, eines für Yvette. Darüber hatten wir ein zweites Band geklebt und die Strähnchen sorgfältig angenäht, und schließlich hatten wir uns die präparierten Bänder so um den Kopf gebunden, dass sich an den Schläfen und am Nacken kleine Strähnchen zeigten. Wenn wir dann einen Hut aufsetzten, sah es so aus, als hätten wir unsere Haare darunter hochgesteckt.

Yvette als Braunhaarige fanden wir beide recht komisch. Für sie war es natürlich eine gravierende Veränderung.

Die Wirkung der falschen Strähnchen war nicht sehr überzeugend, wenn ich in der Arbeit mein Häubchen tragen musste. Außerdem hatte ich noch nie ein Tuch über meinen dunklen Locken getragen. Deshalb war es verständlich, dass die anderen Mädchen wissen wollten, warum ich denn auf einmal eines unter dem Häubchen trug. Ich erzählte die Geschichte, die Yvette und ich uns ausgedacht hatten: Um die Befreiung mit einer neuen Frisur zu feiern, seien Yvette und ich zu einem Friseur gegangen und hätten dort eine dieser neuen Dauerwellen ausprobiert. Die Ergebnisse seien leider so schrecklich, dass ich in den nächsten Monaten Hüte und Kopftücher tragen würde.

Diese Geschichte musste ich immer wieder erzählen, und mir war klar, dass die Leute sie mir nicht recht abnahmen. Schließlich hatte ich ja lockiges Haar, warum wollte ich überhaupt eine Dauerwelle? Ich merkte, dass sämtliche Hotelmitarbeiter hinter meinem Rücken über mich tuschelten.

Und tatsächlich kam es so, wie ich befürchtet hatte: Etwa eine Woche später rief mich meine Chefin zu sich. Eine meiner Zimmergenossinnen hatte offenbar unter mein Tuch gelugt, während ich schlief, und der Bericht über meine Glatze hatte sich wie ein Lauffeuer verbreitet, bis er auch ihr zu Ohren gekommen war. Sie bestand darauf, dass ich das Tuch abnahm und meinen Kopf herzeigte. Ich sträubte mich zwar, doch schließlich blieb mir nichts anderes übrig, als meinen geschorenen Kopf zu entblößen, der mittlerweile mit etwa zwei Millimeter langen Stoppeln bedeckt war.

»Es tut mir leid, Amélie, aber ich muss dir wegen moralischer Verworfenheit kündigen.«

»Ich habe nichts Unmoralisches getan!« Tränen traten mir in die Augen. Jetzt, wo der Krieg vorbei war, weinte ich schon bei den geringfügigsten Anlässen. Es war mir peinlich, dass ich meinen Gefühlen so hilflos ausgeliefert war. »Ich war zur falschen Zeit am falschen Ort und wurde irrtümlich für eine Person gehalten, die ich nicht bin.«

Sie machte eine abwiegelnde Geste. »Es spielt keine Rolle, ob ich dir glaube oder nicht. Eine femme tondue kann in diesem Hotel nicht arbeiten.«

Ich dachte daran, wie Yvette mit dem Aufzugführer in ihrem Hotel umgegangen war und welchen Rat sie mir gegeben hatte.

»Mme Hortense, wenn Sie es für nötig halten, mir aus moralischen Gründen zu kündigen, muss ich leider dem Hotelchef berichten, dass ich Sie zusammen mit dem Nachtportier aus einem der freien Zimmer habe kommen sehen, und zwar während Ihrer Schicht und ziemlich derangiert.«

Sie rang nach Luft. »Das – das glaubt dir der Chef ganz bestimmt nicht.«

»Außerdem müsste ich ihm wohl sagen, dass Ihr Atem schon am Morgen nach Whiskey riecht und der Geruch im Lauf des Tages immer stärker wird. Das könne er gern persönlich überprüfen.«

»Ich – ich weiß nicht, wovon du redest.«

»Ich glaube, das wissen Sie sehr wohl. Und ich glaube auch, dass es im Interesse von uns beiden läge, unsere Meinungen für uns zu behalten. Ich werde mich nach einer anderen Stelle umsehen und das Hotel verlassen, sobald ich eine gefunden habe. Von Ihnen erwarte ich eine tadellose Empfehlung.« Ich drehte mich um und machte mich wieder an meine Arbeit.

Yvette wurde am darauffolgenden Tag aus ihrem Hotel geworfen.

»Aber mein Zimmer ist bis zum Monatsende bezahlt!«, erklärte sie dem Besitzer, einem kleinen Mann mit schütterem Haar, der immer eine dicke Goldkette quer über seinem Anzugjackett trug.

»Wir vermieten nicht an Deutsche oder an Kollaborateure«, erwiderte er barsch.

»Das können Sie jetzt leicht sagen, nachdem amerikanische und britische Soldaten in Ihren Zimmern nächtigen. In den letzten vier Jahren hatten Sie kein Problem damit, die Zimmer an die Deutschen und ihre Frauen zu vermieten.«

Er reckte sein Doppelkinn hoch. »Sie müssen morgen aus Ihrem Zimmer ausziehen.«

»Dann erstatten Sie mir wenigstens die Miete zurück.«

»Es gibt keinerlei Belege, dass das Geld je bezahlt wurde.«

Yvette war sich sicher, dass Dierk sie nicht belogen hatte, aber nun war nichts mehr zu machen. Mit dem Rest des Geldes, das Dierk ihr gegeben hatte, mietete sie eine winzige Wohnung und kaufte zwei Perücken auf dem Schwarzmarkt. Sie wirkten zwar nicht besonders natürlich – die Haare waren kohlschwarz und sehr glatt, vielleicht stammten sie von Asiatinnen – doch immerhin konnten wir uns in der Öffentlichkeit zeigen und auf Stellensuche gehen.

Mit den dunklen, glatten, identischen Haaren – es gelang uns einfach nicht, Locken hineinzudrehen, auch wenn wir es immer wieder versuchten – sahen wir eher wie Schwestern aus; ein ungleiches Schwesternpaar der Größe nach, aber immerhin Schwestern.

Ich half ihr, ihr Hab und Gut – einschließlich der vielen Schachteln Säuglingsnahrung – in die Wohnung zu verfrachten. Sowohl Gerhard als auch Dierk hatten sie mit Geschenken überhäuft. Deshalb hatte sie nun genügend Schuhe und Kleidung und sogar etwas Schmuck, den sie verkaufen konnte. Ich fand noch in der folgenden Woche eine Stelle in einem anderen Hotel und zog zu Yvette, und sie fand eine Stelle bei einer Modistin. Sie teilte ihrer Tante unsere neue Adresse mit und bat sie, uns die Überfahrt nach Amerika zu bezahlen, die sie ihr selbstverständlich, so bald es ging, zurückerstatten wollte.

Jeden Tag schaute sie in den Briefkasten. Wir wussten, dass die Post nicht zuverlässig war; in Paris ging es immer noch drunter und drüber, und in Frankreich herrschte immer noch Krieg. Aber wir blieben zuversichtlich und redeten oft darüber, was wir in Amerika tun würden.

Yvette hatte vor, sich als junge Witwe auszugeben. Keiner brauchte zu erfahren, dass der Vater ihres Kindes nicht ihr Mann gewesen war, ja nicht einmal ein Franzose. In Amerika würden ihrem Kind alle Möglichkeiten offenstehen.

Lebensmittel waren immer noch genauso knapp wie alles andere in jener Zeit. Das Rote Kreuz versorgte die französischen Zivilisten mit dem Nötigsten. Im Osten Frankreichs ging der Krieg weiter, während die Alliierten sich nach Deutschland durchkämpften. Yvette und ich wechselten uns in unserem Arbeitsrhythmus ab, damit wir abwechselnd um Lebensmittel anstehen konnten. Abends kochten wir uns in dem einzigen Topf, den wir hatten, etwas zu essen und nähten Babykleidung und Umstandskleider. Yvette bestand darauf, einige ihrer Kleider zu ändern, damit sie mir passten.

Oft drängte sie mich, abends auszugehen. »Vielleicht triffst du ja einen netten Amerikaner«, meinte sie.

Das schien tatsächlich die Hoffnung der meisten ledigen Französinnen in jenen Tagen zu sein – einen Amerikaner kennenzulernen, der sie in das Land der unbegrenzten Möglichkeiten mitnahm. Aufgrund meiner Perücke und meiner nur sehr langsam nachwachsenden Haare verspürte ich nicht den geringsten Wunsch, einen Mann kennenzulernen. Ich schämte mich meines Aussehens und befürchtete, dass jemand merken könnte, dass ich eine Perücke trug. Was wäre, wenn ein Mann mir mit den Fingern durch die Haare fuhr? Ich wollte mich verstecken und unsichtbar machen. Abends zu Hause bei Yvette zu bleiben, machte mir überhaupt nichts aus.

Yvette schaffte es, ihre Schwangerschaft viele Monate lang zu verbergen. Wir waren beide recht geschickt mit Nadel und Faden, und gemeinsam ersannen wir immer neue Wege, ihre Kleidung so zu drapieren, dass sie ihren wachsenden Bauch verhüllte.

Am Ende des siebten Monats nahm ihre Chefin sie trotzdem zur Seite.

»Yvette, es ist an der Zeit, dass du dich nur noch im hinteren Zimmer aufhältst. Als Verkäuferin kannst du dich in deinem Zustand nicht mehr zeigen.«

Yvette versuchte nicht einmal, es abzustreiten. »Wie lange wissen Sie es denn schon?«

»Etwa so lange, wie ich weiß, dass du eine Perücke trägst«, erwiderte die Chefin, war dabei jedoch nicht unfreundlich. »Mittlerweile sind deine Haare doch sicher lang genug, dass du sie wieder herzeigen kannst, oder?«

Ich wollte meine Perücke noch nicht wegwerfen. Meine Haare waren immer noch schrecklich kurz. Doch Yvette bestand darauf, zu einem Friseur in der Nähe eines der teuren Bordelle zu gehen. Wir hatten beide Angst, unsere offenkundig geschorenen Köpfe jemandem zu zeigen, der sich vielleicht noch einmal an uns rächen würde, aber wir hofften, dass ein Frisör, zu dessen Kundinnen teure Prostituierte gehörten, von einer femme tondue nicht schockiert sein würde.

Wir traten mit einer frechen Kurzhaarfrisur, wie sie die Filmschauspielerin Jane Wyman hatte, aus diesem Salon. »Jetzt müssen wir nur noch knalligen Lippenstift und moderne Kleider tragen, dann sehen wir aus, als ob wir der neuesten Mode folgen«, meinte Yvette. Wenn sie nicht einen riesigen Schwangerschaftsbauch gehabt hätte, hätte Yvette tatsächlich ein bisschen wie Marylin Monroe mit kürzeren Haaren ausgesehen.

»Wie fühlt es sich an, wieder blond zu sein?«, fragte ich sie.

Sie warf den Kopf nach hinten. »Fantastisch.«

Auch ich fühlte mich leichter und freier. Allerdings fürchtete ich mich noch immer, ohne Perücke zur Arbeit zu gehen. Deshalb trug ich sie noch mehrere Wochen. Meine Sorgen erwiesen sich jedoch als unnötig. Als ich endlich mit meinen echten Haaren in die Arbeit ging, meinten alle, ich sähe damit viel attraktiver aus.

Yvettes Bauch wurde immer größer, und sie fühlte sich immer unbehaglicher. Wir konnten uns allerdings nur eine Hebamme zur Überprüfung ihrer Gesundheit leisten, eine große Frau mit ledriger Haut, die mir nicht besonders sympathisch war.

»Wer ist der Vater?«, lautete ihre erste Frage, als sie zu uns nach Hause kam, um Yvette zu untersuchen.

»Ein Soldat.«

Sie betastete Yvettes Bauch so grob, dass Yvette zusammenzuckte. »Ist er groß?«

»Ja.«

»Hab ich mir's doch gedacht«, murrte sie. »Zweifellos ein Boche.«

»Ich verstehe nicht, welche Rolle das spielt«, erwiderte Yvette.

»Die Boches haben riesige Babys. Für Französinnen ist es schwer, diese Kinder auszutragen und zu gebären. Ziehen Sie Ihre Unterhose aus und legen Sie sich hin.«

Yvette folgte der Aufforderung kleinlaut. Die Frau schob Yvettes Rock hoch und führte grob drei Finger in sie ein. Ich war entsetzt, dass sie sich nicht einmal die Mühe gemacht hatte, sich vorher die Hände zu waschen.

»Autsch!«, wimmerte Yvette.

»Aha, Sie jammern also gern?«

»Nein, ich … Sie haben mir nicht gesagt, was mich erwartet.«

»Ich wette, Sie haben immer gewusst, was Sie von den Boches zu erwarten hatten.« Schief grinsend zog sie die Finger wieder heraus.

Mir missfiel diese Frau auf Anhieb. »Es besteht keinerlei Grund, ihr wehzutun«, bemerkte ich.

»Ihr wehtun? Ha! Wartet mal, bis die Wehen beginnen. Das hier war nichts.« Sie wischte sich die Finger an ihrem Rock ab und wandte sich an Yvette. »Der Muttermund ist noch fest geschlossen. Das Baby kommt bestimmt erst in einem Monat.«

»In einem Monat? Ich kann mir nicht vorstellen, noch dicker zu werden.«

»Wie gesagt, die Babys der Boches sind riesig. Geben Sie mir Bescheid, wenn die Fruchtblase platzt.«

»Ich mag sie nicht«, sagte ich, nachdem die Hebamme weg war. »Suchen wir uns lieber eine andere.«

»Ich habe ihr die Hälfte ihres Lohns im Voraus bezahlen müssen«, sagte Yvette. »Ich kann es mir nicht leisten, noch eine andere zu bezahlen.«

»Aber sie ist keine gute Hebamme …«

»Doch, das ist sie«, beharrte Yvette. »Vor zehn Jahren hat sie Mme Steyvant entbunden, und es ist alles gut gegangen.«

»Sie nimmt dir den Vater deines Kindes übel.«

Yvette seufzte. »Das tun leider alle. Ich habe mich bereits an zwei andere Hebammen gewandt, die sich geweigert haben, mich zu betreuen.«

»Das hast du mir gar nicht erzählt.«

»Ich wollte dich nicht beunruhigen.«

»Woher haben die denn gewusst, dass der Vater ein Boche war?«

Sie hob die Schultern. »In Anbetracht der vielen Deutschen, die in der Stadt waren, als das Kind gezeugt wurde, und dem Mangel an Franzosen ist das nicht schwer zu erraten. Außerdem …« – sie sah mit einem reumütigen Lächeln an sich herab – »ist mein Bauch wirklich riesig.«

Immerhin gab es gute Nachrichten vom Krieg. Die Alliierten waren deutlich überlegen.

Im Stockwerk unter uns lebte eine Witwe namens Nora Saurent, die in einer Metzgerei arbeitete. Sie freundete sich mit uns an und brachte uns oft ein paar Fleischabfälle für einen Eintopf. Sie machte sich Sorgen, ob Yvette genug zu essen bekam – genug, um das Baby zu ernähren.

Am 30. April klopfte sie an unsere Tür. »Habt ihr es schon gehört? Hitler ist tot!«

Wir hüpften jubelnd herum – zumindest ich hüpfte, Yvette war zu unförmig dafür –, dann eilten wir nach unten, um bei Nora Radio zu hören und ein Glas Wein zu trinken.

Die guten Nachrichten rissen nicht ab. Am 7. Mai kamen uns Gerüchte zu Ohren, dass Deutschland kapituliert habe, und am 8. Mai erfuhren wir, dass es stimmte. An jenem Tag wurde in Berlin Deutschlands bedingungslose Kapitulation unterzeichnet.

Die ganze Stadt feierte. Wegen Yvettes Zustand blieben wir zu Hause und hörten wieder in Noras Wohnung Radio.

Gegen zwei Uhr morgens weckte mich Yvette auf. »Ammie, ich glaube, du musst die Hebamme holen.«

»Was ist los?« Ich richtete mich auf. »Ist die Fruchtblase geplatzt?«

Sie nickte. »Vor etwa zwei Stunden. Ich habe gewartet, bis die Schmerzen kamen, und jetzt …« Sie beugte sich vor und presste die Hand auf den Bauch.

»Ich hole sie sofort. Aber zuerst bitte ich Nora, bei dir zu bleiben, solange ich weg bin.«

Ich zog mich hastig an und klopfte an Noras Wohnungstür. Sie streifte sich rasch etwas über und eilte nach oben zu Yvette.

Ich rannte zu der Hebamme, die etwa acht Block entfernt wohnte. Ich hämmerte eine schiere Ewigkeit an ihre Tür und befürchtete schon, dass sie nicht zu Hause wäre. Endlich kam sie an die Tür, die Augen noch halb geschlossen. Sie roch nach saurem Wein. Anfangs wollte sie nicht mitkommen.

»Es besteht kein Grund zur Eile«, meinte sie. »Das erste Kind braucht ewig.«

»Sie müssen sofort mitkommen«, beharrte ich. »Yvette hat schreckliche Wehen.«

Sie prustete abschätzig. »Die hat es ja schon als schmerzhaft empfunden, als ich sie untersucht habe.«

»Bitte! Sie hat Sie bezahlt. Sie werden gebraucht, und zwar sofort.«

Unter vielem Murren zog sie sich endlich an, packte ihre Tasche und kam mit.

Schon im Treppenhaus hörte ich Yvette stöhnen. Mein Herz begann vor Angst zu rasen.

»Sie können sich die Hände in der Küche waschen«, sagte ich, als wir in die Wohnung traten. Ich wollte nicht, dass die Hebamme genauso unhygienisch vorging wie bei ihrer ersten Untersuchung. Nora hatte bereits einen Topf Wasser auf dem Herd erhitzt.

Yvette krümmte sich auf dem Bett. Ich eilte zu ihr und nahm ihre Hand. Mir war Angst und Bange. Viele Frauen starben bei der Geburt. Wenn ich Yvette verlor, würde ich auch sterben.

»Die Wehen kommen schon sehr schnell«, bemerkte Nora.

»Ich sehe gleich nach«, sagte die Hebamme und trocknete sich die Hände an einem Küchentuch ab.

Ihre Miene wurde ernst, nachdem sie Yvette untersucht hatte. »Das Baby kommt jetzt gleich.« Sie sah Yvette an. »Bei der nächsten Wehe müssen Sie pressen.«

Sie machte ihre Tasche auf und holte eine große Zange heraus.

»Ich sterilisiere sie«, sagte Nora und nahm ihr die Zange ab, bevor die Hebamme es sich anders überlegen konnte. Nora schaffte es auch, die Schere und die Nadel der Frau abzukochen.

Mir kam es wie eine Ewigkeit vor, doch in Wahrheit war es vermutlich nur eine halbe Stunde später, als sich zu Yvettes Stöhnen das schrille Weinen eines Neugeborenen gesellte.

»Sie ist nicht annähernd so groß, wie ich dachte«, stellte die Hebamme fest und wusch das dunkelhaarige Baby mit dem warmen Wasser und dem sauberen Lappen, die Nora bereitgestellt hatte.

»Haben Sie ›sie‹ gesagt?«, fragte Yvette.

»Ja. Es ist ein Mädchen.«

»Ein Mädchen«, murmelte Yvette. »Oh, ein kleines Mädchen!« Sie sah mich mit leuchtenden Augen an. »Ich habe eine Tochter!«

»Sie ist wunderschön«, sagte ich.

»Ja«, sagte Nora. »Genau wie ihre Mutter.«

»Ich werde sie nach meiner nennen.« Yvette streckte die Arme nach ihrem Baby aus, nachdem die Hebamme es fest in eine Decke gewickelt hatte. »Hallo, Elise«, sagte sie und betrachtete das rote Gesichtchen. Das Baby weinte immer noch.

Tränen strömten mir über die Wangen. Yvettes Mutter hätte hier sein müssen. Wie konnte ein solcher Moment herzzerreißend schön und gleichzeitig so kummervoll sein? Ich hatte bis dahin nicht gewusst, dass solch starke und widersprüchliche Gefühle gleichzeitig nebeneinander existieren können.

»Es ist ein wundervolles Omen, am Tag nach dem Kriegsende geboren worden zu sein«, sagte Nora.

»Ja. Sie ist in einem freien Frankreich zur Welt gekommen«, sagte ich.

»Aber sie wird in Amerika aufwachsen.« Yvette sah mich an. »Sobald wir können, brechen wir auf.«

Yvette erholte sich von der Geburt nicht so, wie wir gehofft hatten. Trotz Dierks Säuglingsnahrung wollte sie das Baby stillen. Das Kind war ständig unruhig, weinte viel und spuckte. Aber als wir mit ihr zu einem Arzt gingen, meinte der, Stillen sei das Beste, die Säuglingsnahrung würde dem Kind sicher nicht guttun. Yvette war erschöpft und blutete noch sehr lange. Sowohl die Mutter als auch das Kind gediehen nicht.

Ich versuchte, Yvette möglichst viel ruhen zu lassen, und kümmerte mich, so gut es ging, um das Baby. Nachts lief ich oft stundenlang mit der weinenden Elise im Arm auf und ab, wiegte sie und versuchte, sie zu beruhigen.

Einige Wochen später begann Yvette, zu Hause zu nähen, und ihre frühere Chefin gab ihr ein paar Hüte, die sie zu Hause fertigstellen konnte. Yvette war entschlossen, Geld für die Überfahrt nach Amerika zu verdienen. Aber Geld war nicht das einzige Hindernis, das wir bewältigen mussten. Als ich mich nach den nötigen Unterlagen erkundigte, erfuhr ich, dass die Zahl der Visa für Amerika begrenzt war und dass Tausende Europäer dorthin auswandern wollten. Wir hofften, dass es uns helfen würde, wenn Yvettes Tante für uns bürgte.

Aber wir hatten von ihr immer noch keine Nachricht erhalten. Yvette schrieb ihr ein weiteres Mal.

Selbst nach drei Monaten weinte das Baby noch sehr viel und spie pausenlos. Yvette war völlig ausgelaugt. Sie schien in den paar Monaten um Jahre gealtert. Wir legten unser Geld zusammen und brachten das Kind noch einmal zum Arzt. Er meinte, Elise habe Koliken, und versicherte uns, dass sich das bald geben würde. Yvette sollte sie weiter stillen, und zwar so häufig, wie das Kind danach verlangte. Fortan schien es ständig an Yvettes Brust zu hängen.

Yvette nahm ab, das Baby schien nicht zuzunehmen.

Als Elise fünf Monate alt war, wurde Yvette krank. Es begann mit stechenden Kopfschmerzen, und dann bekam sie Husten und hohes Fieber. Sie hatte keinen Appetit, und ihr Husten wurde so schlimm, dass sie nicht mehr stillen konnte.

Nora kaufte ein Babyfläschchen, und wir fingen an, Elise mit der Säuglingsnahrung zu füttern. Ich rief den Arzt. Er verabreichte Yvette Penicillin. Das war damals extrem teuer für Zivilisten, doch ich beharrte darauf, auch wenn fast unsere ganzen Ersparnisse dabei draufgingen.

Das Penicillin schlug nicht an, drei Tage später wütete das Fieber immer noch in Yvettes Körper. Sie war abwechselnd höchst erregt und dann wieder völlig kraftlos, und plötzlich lag sie nur noch ganz still da, reagierte nicht mehr und atmete nur noch ganz flach und rasselnd. Nora holte noch einmal den Arzt.

»Es ist die Grippe. Sie wird von einem Virus ausgelöst, deshalb hilft das Penicillin nicht«, erklärte der Arzt. »Ich kann nichts mehr für Ihre Freundin tun.«

»Und wenn wir sie ins Krankenhaus bringen?«

»Es tut mir leid, aber die Krankenhäuser sind überfüllt und

können keine ansteckenden Patienten aufnehmen, weil sie keinen Platz haben, um sie zu isolieren.«

»Wird das Baby auch krank werden?«, fragte Nora besorgt.

»Wenn es sich angesteckt hätte, wäre es jetzt wohl schon krank. Vermutlich hat es durch die Muttermilch eine gute Abwehr entwickelt.« Er packte seine Sachen. »Wenn Madame aufwacht, geben Sie ihr Flüssigkeit und Aspirin.« An der Tür blieb er stehen und fügte hinzu: »Und rufen Sie einen Priester.«

Mein Herz rutschte ins Bodenlose. »Steht es so schlimm um sie?«

Er vermied es, mir in die Augen zu sehen. »Sie war von der Geburt geschwächt, und jetzt ist sie sehr krank«, sagte er mit leiser Stimme.

»Aber vielleicht erholt sie sich ja wieder«, beharrte ich. Ich konnte nicht akzeptieren, was er mir zu sagen versuchte.

»Ich habe schon ein paar Mal ein Wunder erlebt. Und vielleicht kann der Priester helfen, wenn er um ein Wunder betet.«

Ein Wunder? Würde wirklich nur noch ein Wunder helfen? Überwältigt von Kummer starrte ich den Arzt an. Yvette war alles, was mir von meiner Familie noch geblieben war.

»Es tut mir leid, Mademoiselle.« Er schloss die Tür hinter sich.

»Ich hole Pater Gaudet«, murmelte Nora.

Ich machte Elise ein Fläschchen und trug sie zu Yvette. Als ich mich an ihr Bett setzen wollte, schlug Yvette die Augen auf. »Ammie.«

Sie war wach! Hoffnung keimte in mir auf. »Ich bin bei dir.«

»Wirst du …« Es kostete sie große Mühe zu reden. Jeder Atemzug war eine Strapaze. »… dich um Elise kümmern?«

»Selbstverständlich. Ich werde mich um sie kümmern, bis du wieder gesund bist.«

»Wirst du dich auch um sie kümmern, wenn ich nicht mehr gesund werde?«

»Aber du wirst wieder gesund. Du darfst so etwas nicht sagen.«

»Wirst du mit Elise nach Amerika gehen?«

»Wir werden gemeinsam gehen.«

»Ich glaube nicht, dass ich es schaffen werde, Ammie.«

Mein Herz verkrampfte sich. »Sag das nicht. Denk nicht daran!« Ich konnte diese Möglichkeit einfach nicht zulassen. »Elise braucht dich. Du musst wieder gesund werden.«

»Wir waren immer …« Röchelnd kämpfte sie um den nächsten Atemzug. »… ehrlich zueinander. Ich habe nicht mehr die Kraft, dir etwas vorzumachen. Ich muss wissen, dass du für sie sorgen wirst und dass du sie zu meiner Tante bringst. Versprich es mir.«

»Aber …«

Ihr Blick schnitt durch den Protest, der mir auf der Zunge lag. »Versprich es mir.«

»Ja. Ja, natürlich. Natürlich verspreche ich es dir. Ich werde sie lieben, als wäre sie mein eigenes Kind.«

Ihre Gesichtszüge entspannten sich. »Bete für mich.«

»Ja.« Ich senkte den Kopf und sprach ein Vaterunser. Am Ende des Gebets blieben ihre Augen geschlossen.

Als Nora mit Pater Gaudet zurückkehrte, saß ich weinend mit Elise in den Armen auf dem Bett neben Yvette. Irgendwann zwischen den Worten »und die Herrlichkeit« und »in Ewigkeit« war sie gestorben.

36
Kat, 2016

Amélie sitzt sehr, sehr lange stumm da und betrachtet ihre Hände.

Auch ich bleibe stumm, bis ich die Stille nicht mehr ertragen kann. »Das mit deiner Freundin tut mir leid.«

»Danke.«

»Nach ihrem Tod – bist du dann in die Kirche gegangen und hast Jacks Gespräch mit dem Priester belauscht?«

Sie nickt. »Es war ein paar Wochen später. Zuerst habe ich mich um Yvettes Beerdigung gekümmert. Ich habe sie im Grab meiner Familie unter dem Namen Yvette Chaussant Michaud beerdigen lassen.«

»Hat man in der Kirche gewusst, dass das nicht ihr richtiger Name war?«

Sie wirft mir einen vernichtenden Blick zu. »Das war ihr Name. Sie war in jeglicher Hinsicht meine Schwester. Sie war meine einzige Angehörige, ich war ihre. Wir hatten sonst niemanden mehr aus unseren Familien.«

Ich glaube nicht, dass sich katholische Amtsträger, die, wie es mir vorkommt, Regeln sehr streng nehmen, mit dieser Erklärung zufriedengeben würden. Ich beschließe jedoch, Amélie nicht darauf hinzuweisen. Stattdessen stelle ich eine Frage, die mir in der katholischen Lehre als noch schlimmerer Verstoß erscheint. »Also ist sie ohne letzte Beichte gestorben?«

»Gott und ich kannten all ihre Sünden.«

»Aber im katholischen Glauben …«

»Ich glaube – und ich denke, dass auch Yvette dies glaubte, obwohl wir nie darüber gesprochen haben –, dass man, wenn man einen Menschen hat, der einen wirklich gut kennt und liebt und akzeptiert …« Sie starrt nachdenklich auf die Wand. Ich folge ihrem Blick zu einem Kruzifix, das ich bislang noch gar nicht bemerkt hatte. Es hängt zwischen all ihren Bildern und Fotos. »... nun, wenn man das Glück hat, so etwas zu erleben, dann hat man die Gnade Gottes erlebt. Und wer seine Gnade kennt, weiß, dass Gott einem vergibt.«

»Hmmm ...« Es klingt wahr, aber es gefällt mir nicht. Ich mag es nicht, wenn jemand die Regeln verbiegt oder bricht, vor allem in religiösen Dingen. Ich höre es nicht gern, wenn Leute behaupten, Gott sei größer als die Begrenzungen ihres Glaubens; denn dann beschleicht mich immer das Gefühl, dass sie etwas Besseres haben als ich. Beneide ich sie darum?

Ich erkenne, dass das wahrscheinlich einer meiner charakterlichen Mängel ist, die ich meinem Hospizbegleiter zufolge genauer betrachten sollte. Aber es liegt mir nichts daran, mich zu eingehend damit zu befassen. Mein Berater rät mir auch, manche Dinge einfach loszulassen. Diese Sache hier, beschließe ich, wird dazugehören. Meine Gedanken kehren zurück zu Jack und der Geschichte, die Amélie endlich – endlich! – gleich erzählen wird.

»Gestern hast du mir am Anfang deiner Erzählung berichtet, dass du in eine Kirche gegangen bist und gehört hast, wie Jack dem Priester die Beichte eines Sanitäters übermittelt hat. Kommst du jetzt noch mal darauf zurück?«

Amélie nickt. »Nach Yvettes Tod war ich am Boden zerstört. Ich wusste nicht mehr ein noch aus. Gott sei Dank gab es Nora. Elise und ich zogen bei ihr ein, und sie hat mir mit dem Baby geholfen. Sie hat mich auch aufgefordert, mich an Gott zu wenden. Sie war sehr gläubig. Mein Glaube – na ja, damals war ich mir nicht sicher, ob überhaupt noch etwas davon übrig war.

Auf ihr Drängen hin bin ich in die Kirche gegangen. Ich kniete mich hin und betete zu Gott. Ich wusste nicht, ob es ihn noch gab. Ich konnte mir nicht vorstellen, warum er Yvette ausgerechnet jetzt, nachdem sie ein Kind bekommen hatte, das sie aufziehen wollte, und nachdem er ihr durch den Krieg geholfen hatte, zu sich gerufen hatte. Ich verstand es damals nicht und verstehe es auch heute noch nicht.

Ich betete zu Gott, dass er mich führen möge. Ich bat ihn, mir zu zeigen, was ich tun sollte; mir zu helfen, einen Weg zu finden. Und dann hörte ich, wie Jack dem Priester von dem jungen Sanitäter erzählte, der in seinen Armen gestorben war und ihm gestanden hatte, dass er vielleicht ein Mädchen geschwängert hatte. Mir kam es wie ein Zeichen vor.«

»Ein Zeichen?«

Sie nickt. »Ich kannte Jacks Namen, den ich auf seiner Tasche gelesen hatte. Er hatte dem Priester den Namen des Krankenhauses genannt, in dem er arbeitete. Er hatte auch den Namen des jungen Mannes erwähnt, der ihm das Leben gerettet hatte. Er hieß Doug Claiborne und stammte aus Whitefish in Montana. Dank meiner Arbeit für den Widerstand war ich darin geübt, mir Namen und Details einzuprägen. Ich war hoffnungslos und verzweifelt in die Kirche gekommen, und jetzt hatte ich etwas erfahren, was mich auf eine Idee gebracht hatte.«

Meine Brauen schießen so hoch, dass sie fast meinen Haaransatz berühren. »Dann hast du also beschlossen, dass Gott dir sagen wollte, du solltest Jack verführen?«

»Nein. So ist es nicht gewesen.« In ihrer Stimme schwingt eine gewisse Ungeduld und Schärfe mit, die nichts Gutes verheißt.

»Aber …«

Sie beugt sich vor. »Ich weiß, dass du mich immer wieder unterbrechen möchtest. Die Fortsetzung meiner Geschichte wird nicht in deine vorgefertigte Meinung passen. Wahrscheinlich wird sie dich ärgern, vielleicht sogar schockieren. Aber wenn du die Wahrheit erfahren willst, dann schlage ich vor, dass du jetzt einfach zuhörst und mich reden lässt.«

»Na gut.« Ich nicke widerwillig. »Wie du meinst.«

37
Amélie, Oktober 1945

Ich zog dem Baby ein rosafarbenes Kleidchen mit weißen Rüschen an und steckte ihr eine rosafarbene Schleife ins Haar. Dann hüllte ich sie noch in ein Filzmäntelchen, das ich günstig gebraucht erstanden hatte. Sie sah wirklich entzückend aus. Und dann – machte sie in der Métro in die Windel. Es stank erbärmlich. Wo sollte ich die Windel wechseln? Es war viel zu kalt, um das in einem Park zu erledigen. Schließlich stieg ich in der Nähe eines Kaufhauses aus und wechselte die Windel in der Kaufhaustoilette. Doch schon stand ich vor dem nächsten Problem: Was sollte ich mit der schmutzigen Windel anstellen? Eigentlich konnte ich es mir nicht leisten, sie einfach wegzuwerfen, aber ich konnte es mir auch nicht leisten, zu stinken, wenn ich den Mann traf, der, wie ich hoffte, mein Leben verändern würde. Ich beschloss, die Windel zu opfern, und warf sie in den Mülleimer.

Danach stieg ich wieder in die Métro und fuhr bis nach Neuilly-sur-Seine. Elise war unruhig. Ich steckte ihr den Schnuller in den Mund, und sie nuckelte sich in den Schlaf. Sie lag mir schwer in den Armen.

Ich trug ein rosenholzfarbenes Kleid – eines von Yvettes Kleidern, die ich für mich geändert hatte – und meinen Wintermantel, dazu einen kleinen roséfarbenen Hut, der keck auf meinem Kopf saß.

Im 356. Militärischen Krankenhaus – ursprünglich war es das amerikanische Krankenhaus von Paris gewesen, während der Besatzung waren dort deutsche Patienten behandelt worden, dann hatte es die amerikanische Armee übernommen – trat ich an die Empfangstheke, an der zwei uniformierten Frauen arbeiteten. Sie hatten sogar die kleinen spitz zulaufenden Käppis auf.

»Entschuldigen Sie«, sagte ich auf Französisch, weil ich es für besser hielt, nicht zu zeigen, dass ich Englisch sprechen konnte; denn ein Bauernmädchen aus der Normandie würde wohl kaum eine Fremdsprache beherrschen. »Ich suche einen gewissen Dr. Jack O'Connor.«

»Haben Sie einen Termin?«

»Nein. Ich – ich würde ihn gern in einer privaten Angelegenheit sprechen.«

»Das geht uns allen so«, seufzte die andere Frau.

Diejenige, an die ich mich zuerst gewandt hatte, warf ihrer Kollegin ein schräges Lächeln zu. »Kann ich ihm Ihren Namen nennen?«

»Ja, natürlich.« Ich hatte lange darüber nachgedacht, bis ich beschlossen hatte, ihm meinen richtigen Namen zu nennen. Das würde auf alle Fälle die Pass- oder Visumausstellung erleichtern. »Amélie Michaud.«

»Kann ich ihm auch den Grund Ihres Besuches nennen?«

»Ja. Sagen Sie ihm bitte, dass ich die Verlobte von Doug Claiborne aus Whitefish, Montana, bin.«

Sie bat mich, kurz Platz zu nehmen. Die andere Frau hinter der Theke lächelte mich freundlich an. Das hatte ich wohl dem hübschen Baby in meinen Armen zu verdanken. Endlich kehrte die erste Frau zurück und sagte mir, ich solle in einen Wartesaal am Ende des Ganges im ersten Stock gehen.

Ich ging nach oben und setzte mich. Nach einigen Minuten kam eine Schwester herein und begleitete mich in ein Büro mit einem Metallschreibtisch und zwei Stühlen. Mein Magen verkrampfte sich vor Aufregung.

Nach wenigen Minuten ging die Tür auf, und ein junger Mann mit schwarzen Haaren und blauen Augen kam herein. Er trug einen gestärkten, makellos weißen Arztkittel. »Mademoiselle Michaud?«

Ich erhob mich, die schlafende Elise in den Armen. »Ja.«

»Bonjour. Ich bin Jack O'Connor.«

Mir hatte es mehr oder weniger die Sprache verschlagen. Im Beichtstuhl hatte ich ihn nicht gesehen, ich hatte nur seine

Stimme gehört. Ich hatte nicht damit gerechnet, dass er so groß und so attraktiv sein würde. Er sah aus wie ein Filmstar – seine Schönheit war universal, jeder in jedem Land hätte ihn attraktiv gefunden. Dennoch hatte er auch etwas ausgesprochen Amerikanisches an sich. Er lächelte breit und offen, wie es typisch für Amerikaner ist, und er hatte freundliche Augen. Allerdings sah ich ihm an, dass er schlechte Nachrichten für mich hatte und dass ihn das sehr bekümmerte.

Er hielt mir die Hand hin. Ich nahm eine Hand von Elise und reichte sie ihm. Normalerweise schütteln Französinnen keine Hände. Er drückte meine Hand und schüttelte sie mir zwei Mal. Seltsam, diese amerikanischen Bräuche.

Dann setzte er sich neben mich auf den anderen Stuhl vor seinem Schreibtisch. »Wenn ich es recht verstanden habe, kannten Sie Doug Claiborne.« Es wirkte ausgesprochen reizvoll, wenn ein Mann Französisch mit einem amerikanischen Akzent sprach. Er beherrschte unsere Sprache weit besser als die meisten Amerikaner, die mir bislang begegnet waren.

»Ja. Wir … er …« Ich senkte den Blick. Plötzlich fühlte ich mich schrecklich verlegen neben diesem Mann, und mir graute vor dem, was ich vorhatte. »Wir – wir waren verliebt. Elise ist sein Kind.«

»Verstehe«, erwiderte er. »Sie ist sehr hübsch.«

»Ja, nicht wahr?« Ich war noch nicht ganz in meine Rolle, so zu tun, als wäre Elise mein Kind, hineingewachsen. Sobald mir die Worte über die Lippen gekommen waren, merkte ich, dass sie aus dem Mund einer Mutter wohl ziemlich prahlerisch klangen. »Vielen Dank, meine ich.«

Nervös redete ich weiter. »Doug hat Sie in einem Brief erwähnt. Er hat mir erzählt, dass er in Ihrer Einheit dient, und war sehr angetan von Ihnen. Ich habe mir gedacht, wenn mir irgendwer etwas über Doug sagen kann, dann Sie. Ich weiß nicht, was aus ihm geworden ist, und versuche die ganze Zeit schon, das herauszufinden. Ich habe bei zahllosen militärischen Einrichtungen nachgefragt …«

Er nickte beklommen. »Die Bürokratie in der Armee macht es einem schon in Friedenszeiten nicht leicht, Auskünfte zu erhalten, doch in Kriegszeiten ist es noch schwieriger. Und natürlich erschwert es die Sache zusätzlich, wenn man nicht Englisch spricht.«

Er zeigte mehr Mitgefühl, als ich zu hoffen gewagt hatte. »Ja. Die Concierge in dem Hotel, in dem ich arbeite, spricht Englisch, und sie kennt jemanden in der Sanitätstruppe. Er hat nachgeschaut, wo Sie stationiert sind, und so habe ich den Weg zu Ihnen gefunden.«

»Verstehe«, sagte er. Sein Blick wirkte traurig.

Ich beugte mich vor. »M. O'Connor, ich habe im Krieg meine Familie und mein Zuhause, ja, eigentlich alles verloren. Dougs Baby – die Kleine ist alles, was ich noch habe. Jetzt lebe und arbeite ich in Paris, aber das ist als ledige Mutter sehr schwer.«

»Das kann ich mir gut vorstellen.«

»Können Sie mir sagen, wo Doug ist? Wir wollten heiraten.« Ich fuhr mir über meine Wange, die plötzlich feucht geworden war.

Die Tränen waren nicht gespielt. Während unseres Gesprächs waren Trauer und Verzweiflung in mir aufgewallt. Yvettes Tod war immer noch eine offene Wunde. Die Umstände, von denen ich erzählt hatte, waren zwar anders, aber die Geschichte einer jungen Frau allein mit einem Baby, einer Frau, die ihre ganze Familie und den Mann, den sie liebte, verloren hatte – das war auch meine Geschichte.

In Jacks Augen lag tiefes Mitgefühl, aber auch der Kummer über die schlechten Nachrichten, die er mir gleich offenbaren musste. Sein Adamsapfel hüpfte. »Ich fürchte, ich muss Ihnen etwas Schlimmes mitteilen.«

Ich holte tief Luft.

»Doug ist tot.«

Ich schloss die Augen und atmete langsam aus. »Sind Sie sich sicher?«

Er nickte ernst. »Ich war bei ihm, als er starb. Er war sehr tapfer. Er war von seiner Einheit getrennt worden …«

»Ja«, fiel ich ihm ins Wort. »Wir haben ihn auf unserem Hof versteckt, meine Eltern und ich.«

»Wie lange denn?«, fragte er.

Ich hatte das Gefühl, in ein Minenfeld zu treten. Kannte er die Antwort? Ich kannte sie nicht. Wenn auch er sie nicht kannte, was wäre dann am einleuchtendsten? Eine zu kurze Zeitspanne würde mich aussehen lassen wie eine leichtfertige Frau, eine zu lange könnte unglaubwürdig wirken. »Nun, es war nicht sehr lang, aber es kam mir länger vor.«

Er nickte. »In Notzeiten finden Menschen manchmal sehr rasch zueinander.«

Ich nickte dankbar.

»Als er im Feldlazarett auftauchte, erzählte er, dass eine französische Familie ihm das Leben gerettet hatte. Er wollte zu seiner Einheit vorstoßen, aber sie waren in eine andere Richtung aufgebrochen, während er zurückgeblieben war, um sich um einen sterbenden Soldaten zu kümmern.«

»Oui«, sagte ich, obwohl das für mich selbstverständlich neu war. »Er hat sich sehr für seine Kampfgefährten eingesetzt und war unendlich gütig.«

»Ja, das war er.«

»Und wie ist er dann zu Ihnen gekommen?«

Er bedachte mich mit einem seltsamen Blick. »Ihre Freunde aus dem Widerstand brachten ihn in das Feldlazarett bei der Sainte-Mère-Église.«

»Ja. Richtig«, sagte ich schnell. Olala – solche Fehler konnte ich mir nicht leisten. Ich musste diese Information abspeichern, falls ich sie in Zukunft brauchte. Sainte-Mère-Église, Sainte Mère-Église. Ich wischte mir die Augen. »Ich – ich würde gern wissen, wann Sie ihn zum ersten Mal getroffen haben.«

»Ach so. In der Kantine, am Morgen nach seiner Ankunft. Er hat sich gleich an die Arbeit gemacht. Sind Ihre Freunde heil zurückgekommen?«

Oh je – es gab so vieles, von dem ich keine Ahnung hatte. Ich wollte auf Nummer sicher gehen. »Nicht alle.«

»Himmel noch mal.« Jack seufzte laut auf. »Er machte sich Sorgen, dass sie in einen Hinterhalt geraten oder auf eine Mine stoßen könnten. Er war ihnen sehr dankbar, dass sie ihm den Weg zum Lazarett gezeigt hatten.«

»Einer von ihnen ist nicht zurückgekehrt«, erklärte ich kühn.

»Das tut mir sehr leid. Doug hat im Lazarett gearbeitet, während er auf eine Transportmöglichkeit zurück zu seiner Einheit gewartet hat«, sagte Jack. »Unser Kommandant wollte ihn gern behalten, weil wir jede Hand brauchen konnten und Doug ein sehr guter Sanitäter war. Es war noch nicht sicher, ob er bei uns bleiben oder an die Front zurückkehren würde.«

Ich tupfte mir die Augen. »Wie ist er denn gestorben?«

»Doug und ich wollten am Rand des Lazarettgeländes einen Lastwagen mit Verwundeten von der Front in Empfang nehmen. Wir hatten gehört, dass einige Schwerverletzte darunter waren. Ein deutscher Soldat – ich glaube, er hatte einen Kriegskoller, denn er taumelte und schien sehr überrascht, als er uns erblickte – trat aus dem Wald. Er hatte ein Maschinengewehr, das er auf mich richtete.«

Er starrte auf den Boden, dann fuhr er sich mit der Hand übers Kinn. »Vielleicht war meine weiße Jacke daran schuld. Sie war mit einem Abzeichen versehen, das mich als Arzt auswies; für ihn war das womöglich ein gutes Ziel. Jedenfalls hob er sein Gewehr und zielte direkt auf meine Brust. Und Doug …«

Ich schluchzte leise auf, ohne es zu wollen.

»Er sprang vor mich und stieß mich zu Boden. Dann zog er einen Revolver heraus, der nicht aus den Armeebeständen stammte. Doug hatte mir erzählt, dass er seine Pistole gegen eine kleinere getauscht hatte, die einem seiner Begleiter aus dem Widerstand gehört hatte.«

»Sie gehörte einem meiner Freunde«, murmelte ich. »Es war sehr nett von Doug, ihm eine bessere Waffe zu geben.«

»Sie schossen gleichzeitig. Der Deutsche gab mehrere Schüsse ab und ging zu Boden, als Doug auf mir zusammenbrach.«

Ich legte die Hand vor den Mund. Mein Entsetzen war nicht gespielt.

»Ich kroch unter ihm hervor und untersuchte ihn sofort. In seiner Brust klaffte eine riesige Wunde. Sie war tödlich, er war nicht mehr zu retten.«

Meine Tränen fielen auf das Mützchen des Babys. Mein Kummer war echt.

»Er wusste, dass er sterben würde. Er bat um einen Priester, um die letzte Beichte abzulegen. Er machte sich Sorgen um Sie. Er meinte …«

»Was hat er gesagt?«

»Dass er Ihnen ein Unrecht zugefügt hat und dass er Sie heiraten wollte.«

»Oh, mon Dieu! Mon Dieu!«, schluchzte ich.

»Er hat Sie sehr gern gehabt.«

»Oh, mon Dieu!«

Aus seinen Augen leuchtete Mitgefühl. »Es tut mir schrecklich leid, dass ich keine besseren Nachrichten für Sie habe.«

»Und wo ist er jetzt?«

»Seine Leiche wurde zu seinen Eltern überführt.«

»Nach Whitefish in Montana?«

»Ja.«

»Also hat Doug Ihnen das Leben gerettet«, murmelte ich.

»Ja.«

Tränenüberströmt blickte ich auf Elise. »Und Sie sind jetzt am Leben, er aber ist tot.«

Er runzelte bekümmert die Stirn. »Ja.«

»Und sein Kind hat keinen Vater.«

»Kann ich irgendetwas für Sie tun?«

Mehrere Herzschläge lang saß ich reglos da. »Können Sie mir helfen, nach Amerika zu kommen?«, fragte ich schließlich leise. »Die Schwester meiner Mutter und ihre Familie leben in New York. Das sind die einzigen Verwandten, die ich noch habe.«

»Ich werde sehen, was sich machen lässt.«

»Ich hoffe, dass Sie ein wenig Einfluss haben. Ich habe es

schon selbst versucht, aber es wollen so viele Leute nach Amerika, dass mir gesagt wurde, das könnte Jahre dauern.« Wieder traten mir Tränen in die Augen. »Das Leben in Frankreich ist sehr hart, und so wird es wohl noch etliche Jahre sein. Doug wäre es bestimmt recht gewesen, wenn sein Kind in Amerika groß wird.«

»Ich werde mich bemühen, Ihnen zu helfen. Wie kann ich Sie erreichen?«

»Ich habe kein Telefon, aber ich schreibe Ihnen gern meine Adresse auf.« Er reichte mir einen Stift und ein Blatt Papier. Ich übergab ihm Elise, um besser schreiben zu können. Er hielt sie so vorsichtig, als wäre sie aus gesponnenem Glas und könnte bei der leisesten Erschütterung zerbrechen.

»Ich arbeite als Zimmermädchen im Hotel du Chateau. Dort bin ich aber nur im Notfall erreichbar, denn der Hotelleitung ist es nicht recht, wenn Mitarbeiter angerufen werden. Trotzdem schreibe ich für alle Fälle auch den Namen und die Adresse des Hotels auf.«

Er nickte und betrachtete Elise. »Was machen Sie denn mit dem Baby, während Sie arbeiten?«

»Ich lebe bei einer Witwe zur Miete. Sie kümmert sich um das Kind, wenn ich nicht da bin. Aber wir leben zu dritt in einer kleinen Zwei-Zimmer-Wohnung. Ich wage es kaum, ihr längere Zeit zur Last zu fallen.«

»Ich sehe zu, was ich für Sie tun kann, und benachrichtige Sie so bald wie möglich.«

Ich erhob mich. »Vielen Dank.«

»Gern geschehen.« Er stand ebenfalls auf und zog sein Portemonnaie aus der Gesäßtasche. »Ich würde Ihnen gern ein bisschen Geld geben.«

»Oh nein. Nein!« Ich schüttelte den Kopf. »Das wäre nicht richtig.«

»Ich möchte Ihnen gern helfen. Bitte!«

»Sie können mir am besten helfen, wenn Sie eine Möglichkeit finden, mich und Elise nach Amerika zu bringen.«

Er nickte ernst. »Ich tue, was ich kann.«

Ich dankte ihm nochmals und ging, beflügelt von der Hoffnung, dass dieser attraktive junge Arzt bestimmt irgendwelche Fäden ziehen konnte. Ich war davon überzeugt, dass es in seiner Macht lag, mir zu helfen. Schließlich hatten deutsche Offiziere bei uns etliche Jahre die Macht über Leben und Tod in den Händen gehalten. Das konnte doch jetzt bei einem amerikanischen Offizier, noch dazu einem bestens ausgebildeten Arzt, nicht anders sein.

38
Amélie, 1945

Eine Woche lang hörte ich nichts von Jack, doch dann erhielt ich ein Paket mit Wein, Käse, Schokolade und einem Dutzend Windeln sowie der Nachricht: »Ich arbeite noch an Ihrem Wunsch.«

Weitere Wochen verstrichen. Ich bekam ein weiteres Paket ähnlichen Inhalts wie das erste und dieselbe Nachricht. »Ich arbeite an Ihrem Wunsch.«

Der November ging in den Dezember über. Am Weihnachtsabend klopfte es an der Tür. Ich öffnete sie – und siehe da, davor stand Jack O'Connor.

Ich langte mir befangen an den Kopf, der mit einem Tuch bedeckt war. »Oh! Bonsoir«, sagte ich.

Er hielt zwei große Schachteln in den Händen. »Bonsoir. Und frohe Weihnachten.«

»Ach du meine Güte. Ich – ich habe nicht mit Ihnen gerechnet.«

»Ich wollte nur kurz ein Weihnachtsgeschenk für Sie und Ihr Baby vorbeibringen.«

»Wie – wie aufmerksam von Ihnen. Kommen Sie rein, kommen Sie rein.«

Nora trat aus der Küche und wischte sich die Hände ab. Sie blickte fragend auf mich und dann auf Jack. Ich hatte ihr von meinem Besuch im Krankenhaus nichts erzählt. Sie dachte wohl, die Geschenkpakete stammten von einem Herrn, den ich in der Arbeit getroffen hatte.

»Nora, das ist Dr. Jack O'Connor, der Mann, von dem ich dir erzählt habe.« Ich hoffte, sie kapierte den Hinweis und tat so, als wüsste sie von ihm. »Und das ist meine Freundin, Nora Saurent.«

Sie begrüßten sich. Noras Blick wanderte wieder von mir zu Jack und zurück. »Es freut mich, Sie kennenzulernen. Für einen Amerikaner sprechen Sie hervorragend Französisch.«

Er lächelte bescheiden. »Ich habe in meiner Kindheit Französisch bei meinem Kindermädchen gelernt, das aus dem Cajun Country in Louisiana stammte.«

»Das haben Sie sehr gut gemacht.« Nora deutete auf den kleinen Esstisch. »Wir bereiten gerade das Weihnachtsessen vor. Es würde uns freuen, wenn Sie sich zu uns gesellen würden.«

Mein Herz pochte. Wenn Jack zum Essen bliebe, würde ich vor Sorgen sterben, dass Nora aus Versehen meine Lügen aufdeckte.

»Das geht leider nicht«, erwiderte Jack. »Ich bin auf dem Weg zu einer Essenseinladung und wollte nur rasch die Geschenke vorbeibringen.«

»Das ist sehr freundlich von Ihnen. Es ist uns eine Ehre, dass Sie uns besuchen. Nehmen Sie wenigstens ein Glas Wein. Setzen Sie sich doch.« Nora deutete aufs Sofa. Wir setzten uns beide darauf, jeder an einem Ende, während Nora sich in der Küche zu schaffen machte.

»Wo ist das Baby?«

»Sie schläft. Würden Sie sie gern sehen?«

»Ja.«

Ich führte ihn ins Schlafzimmer. In dem winzigen Raum standen ein Bett, eine Klappliege, auf der ich schlief, und das kleine Gitterbettchen. Ich war verlegen, weil das Zimmer so schäbig wirkte.

Jack schien es nicht zu bemerken. Er trat an das Kinderbett und beugte sich darüber. Elise schlief wie ein Engelchen. Er fuhr mit einem Finger über ihre Stirn. »Sie ist wunderschön.«

»Ja. Ich meine natürlich danke.«

Wir kehrten ins Wohnzimmer zurück und setzten uns wieder aufs Sofa. Nora kam mit zwei Gläsern herein. Jack stand auf. Sie reichte Jack ein Glas und mir das andere.

»Wollen Sie denn nichts trinken?«, fragte Jack sie.

»Oh nein. Nein. Ich habe noch in der Küche zu tun. Ihr zwei könnt euch gerne ein bisschen unterhalten.« Sie verschwand um die Ecke.

Ich hob mein Glas und sagte verlegen: »Joyeux Noël.«

Er beugte sich vor und stieß mit mir an, wie es die Amerikaner zu tun pflegen. »Joyeux Noël et bonne année!«

»Bonne année«, wiederholte ich und trank einen Schluck.

Ich beobachtete seine Lippen, die sich um den Glasrand legten. Er hatte wundervolle Lippen. Ich beobachtete, wie der Wein in seinem Glas weniger wurde. Ich konnte den Blick kaum von ihm wenden. »Sind Sie bei meinem Visum schon weitergekommen?«

»Leider nein. Ich habe sämtliche Beziehungen zu nützen versucht, die mir eingefallen sind. Die Einwanderungsquoten sind sehr knapp bemessen, und Vertriebene werden bevorzugt.«

»Aber ich bin vertrieben worden.«

»Ja, das würde ich auch sagen, aber die amerikanische Regierung definiert Vertriebene als Menschen, die gezwungen waren, aus ihrem Heimatland zu fliehen. Sie sind Französin und leben in Frankreich.«

»Ach so.« Mein Mut sank.

»Aber …« Er stellte das Glas ab. »Es zeichnet sich etwas ab, wovon Sie vielleicht profitieren könnten. Wenn ich es recht verstanden habe, wird der Kongress in wenigen Tagen einen *War Brides Act* erlassen.«

»Einen *War Brides Act*? Was ist das denn?«

»Mit diesem Gesetz soll für die Ehefrauen und Kinder und vielleicht auch die Verlobten von amerikanischen Soldaten der Weg in die USA geebnet werden.«

»Ach, das wäre wunderbar.«

»Ja. Und da Sie von Doug ein Kind haben, wird dieses Gesetz hoffentlich auch auf Sie zutreffen.«

Ich fing vor Freude zu zittern an. Das wäre genau das, was sich Yvette gewünscht hatte.

»Ich gehe davon aus, dass Sie Doug als Vater auf der Geburtsurkunde des Kindes angegeben haben?«

Meine Freude wich der Bestürzung. »Ich … ich habe keine Geburtsurkunde.« Mein Mund wurde strohtrocken, und meine

Handflächen begannen zu schwitzen. »Elise ist zu Hause mit Hilfe einer Hebamme zur Welt gekommen.«

»Verstehe.« Nachdenklich trank er einen Schluck Wein. »Nun, ich werde mich erkundigen, was für die Einwanderung erforderlich ist. Sie hören in ein paar Tagen von mir.«

»Also besteht Hoffnung?«

»Ja.« Er trank noch einen Schluck. »Und Sie? Haben Sie denn einen Ausweis und einen Pass?«

»Ja.« Yvette und ich hatten kurz nach der Befreiung von Paris einen Pass in der lokalen Präfektur beantragt.

»Das ist gut. Andernfalls hätte ich Ihnen angeboten, Ihnen bei der Beschaffung dieser Dokumente behilflich zu sein.«

»Das ist großherzig von Ihnen.«

»Nun denn – ich wollte Ihnen noch sagen, dass ich im Januar abreise.«

Schon im nächsten Monat! In wenigen Wochen würde meine einzige Hoffnung auf Hilfe verschwunden sein.

»Aha.« Ich rang mir ein Lächeln ab. »Werden Sie denn von Verwandten erwartet?« Ich fragte mich, ob das etwas war, was ich eigentlich wissen sollte, und beschloss, alle Zweifel aus dem Weg zu räumen. »Doug hat mir nicht geschrieben, woher Sie und Ihre Familie stammen. Er hat immer nur davon geschwärmt, welch wunderbarer Arzt Sie sind, so fähig und tüchtig, und wie sehr er Sie bewundert.«

Sein Blick wirkte gequält. »Es tut mir so leid, dass Doug tot ist.«

»Ja.« Ich wandte den Blick ab.

»Um Ihre Frage zu beantworten – ja, ich habe eine Familie, meine Mutter, eine Schwester und einen Schwager. Sie wohnen alle in einem kleinen Ort in Louisiana, in Wedding Tree – *l'arbre du mariage*.«

»Welch ein schöner Name.«

»Ich habe auch eine Verlobte.«

»Ach ja?« Aus einem mir nicht verständlichen Grund betrübte mich das außerordentlich.

»Ihr Vater ist auch Arzt. Ich habe vor, in seine Praxis einzusteigen.«

»In Wedding Tree?«

»Ja. Ihm ist es zu verdanken, dass ich Medizin studiert habe.«

»Er muss ein ganz besonderer Mensch sein.«

»Ja, das ist er tatsächlich. Seine Patienten liegen ihm sehr am Herzen. Ich hoffe, dass ich eines Tages ein ebenso tüchtiger Arzt werde wie er.«

»Das sind Sie doch bestimmt schon.«

»Oh nein. Ein guter Arzt braucht jahrzehntelange Praxis und Erfahrung.« Er nahm noch einen Schluck Wein. »Wollen Sie nicht Ihr Geschenk auspacken?«

»Ich habe gar kein Geschenk für Sie.«

»Sie brauchen mir nichts zu schenken. Aber ich wollte Ihnen gern etwas schenken.«

»Ich fände es nicht richtig, wenn ich …«

»Bitte«, fiel er mir ins Wort. »Ich möchte es für Doug tun.«

»Ach so.« Meine Augen wurden feucht. In jener Zeit war ich wirklich ständig den Tränen nahe. »Das ist wirklich überaus freundlich von Ihnen.«

»Hier.« Er legte mir eine große Schachtel auf den Schoß.

Ich löste die breite rote Schleife und öffnete die Schachtel. Mein Blick fiel auf ein Paar schwarze Schuhe mit niedrigen Absätzen, die aus feinstem Leder gearbeitet schienen. »Oh wie schön!«

»Ich habe Ihre Größe geschätzt. Wenn sie nicht passen, kann ich sie umtauschen.«

Ich zog meine mit Holz besohlten Schuhe aus und die neuen an. Sie passten besser als sämtliche Schuhe, die ich getragen hatte, seit ich sechzehn war – also seit sechs langen Jahren.

»Sie sind perfekt!«, rief ich begeistert.

»Mir ist aufgefallen, dass Ihre Schuhe ziemlich unbequem wirkten.«

»Oh.« Röte stieg mir ins Gesicht. Dabei hatte ich mir doch gedacht, dass ich besonders gut gekleidet war, als ich bei ihm aufgetaucht war. Ich hatte die Schuhsohlen schwarz bemalt, aber das Klappern von Holz auf dem harten Fußboden hatte mich wohl verraten. »Danke. Vielen, vielen Dank!«

»Wollen Sie das Geschenk für die Kleine nicht auch aufmachen?«

»Ja, natürlich.« Ich öffnete die zweite Schachtel und zog einen Schnuller, eine Decke und ein blaues Kleidchen mit Knöpfen, die wie Gänseblümchen geformt waren, heraus. »Ach, wie hübsch.«

»Gefällt es Ihnen?«

»Es ist wunderschön.«

Jack warf einen Blick auf seine Uhr, dann sah er mich bedauernd an. »Ich muss jetzt los. In einer oder zwei Wochen kann ich Ihnen bestimmt sagen, ob wir Sie durch den War Brides Act nach Amerika bringen können.«

»Danke. Vielen, vielen Dank, auch im Namen von Elise.« Und vor allem im Namen von Yvette, fügte ich stumm hinzu.

»Gern geschehen.« Er sah mich an. Seine Augen waren wie das Blaue in einer Flamme. »Frohe Weihnachten.«

Ich beugte mich zu ihm vor für den traditionellen Wangenkuss. Als seine Lippen erst die eine, dann die andere Wange streiften, durchzuckte mich ein Stromstoß. »Bonsoir«, murmelte ich.

»À bientôt.« Bis später. Ach, wie sehr ich hoffte, ihn wiederzusehen, und wie sehr ich fürchtete, er würde nach Amerika abreisen, ohne mir zu helfen. Er richtete sich auf und trat in die schwarze Nacht hinaus, die breiten Schultern gestrafft. Mit ihm gingen all meine Hoffnungen, mein Versprechen gegenüber Yvette zu erfüllen.

39
Amélie, 1946

Zehn Tage später erhielt ich eine Nachricht von Jack, dass er am Dienstagabend vorbeikommen würde.

Ich verbrachte unendlich viel Zeit damit, möglichst schön auszusehen. Am Montagabend wusch ich mir die Haare, und Nora half mir, sie in Lockenwickler zu drehen. Am nächsten Morgen half sie mir, die Locken auszubürsten. Endlich waren meine Haare lang genug, dass ich nicht mehr wie ein frisch geschorener Pudel aussah.

Nach seinem Besuch an Weihnachten hatte ich Nora alles über Jack gebeichtet. Bei der Kühnheit meiner Lüge war ihr der Atem gestockt, und sie hatte die Hände über dem Herz gefaltet. »Mon Dieu, mon Dieu«, hatte sie gemurmelt und sich dabei bekreuzigt. Doch sie verstand, wie viel es mir bedeutete, mein Versprechen gegenüber Yvette zu halten. »Ma chérie, ich hoffe inständig, dass dies ein Fall ist, bei dem der Zweck die Mittel heiligt.«

Ich zog Elise das Kleidchen an, das ihr Jack zu Weihnachten geschenkt hatte. Sie war noch wach, als es um sieben bei uns klopfte.

Jack brachte eine Flasche Wein, eine Flasche Olivenöl – oh, wie schön! Öl war immer noch sehr knapp –, ein paar Schachteln Säuglingsnahrung und amerikanische Schokolade mit. Wir küssten uns auf die Wangen. Er roch gut – nach Seife und Rasiercreme. Mein Herz machte einen beunruhigenden kleinen Satz.

Nora begrüßte ihn herzlich und freute sich über seine Mitbringsel. Sie trug sie in die Küche, dann kehrte sie zu uns zurück und drückte uns ein Glas Wein in die Hand. Sie nahm das Baby, damit ich mich ganz auf Jack konzentrieren konnte.

Wir setzten uns wieder aufs Sofa.

»Gibt es etwas Neues?«, fragte ich.

»Ja.« Er stellte das Glas ab, und mir war sofort klar, dass es keine guten Nachrichten waren. »Es tut mir sehr leid, aber ohne eine Geburtsurkunde können wir nicht beweisen, dass Doug der Vater des Kindes ist. Ohne Beweis kann die Kleine nicht unter dem War Brides Act in die USA einreisen. Und ich fürchte, dasselbe gilt auch für Sie, da Sie und Doug nicht verheiratet waren.«

Die Worte fühlten sich wie ein Tritt in die Magengrube an. Mir war, als würde ich von den gesamten USA beurteilt und für mangelhaft befunden.

»Aber wir waren doch verlobt!«

»Ich verstehe. Aber leider gibt es für Verlobte momentan keine Regelungen.«

»Dann vielleicht später?«

»Ja, aber …« Er wandte den Blick ab. »So viel ich verstanden habe, treten diese Regelungen nur in Kraft, wenn der entsprechende Soldat die Frau innerhalb von drei Monaten heiratet. Für Verlobte oder für die …« Er hielt inne.

»Für wen?«, fragte ich nach.

»Ich kenne keine freundliche Umschreibung dafür.«

»Dann sagen Sie es einfach so, wie es ist.«

Ich sah, wie sein Adamsapfel hüpfte. »Es gibt keine Regelungen für die unehelichen Kinder von toten Soldaten.«

Elise war nicht mein Kind, das wusste ich natürlich. Ich wusste, dass alles gelogen war. Dennoch überkam mich bei diesen Worten eine tiefe Scham. Tränen traten mir in die Augen.

»Es tut mir sehr leid«, sagte er.

»Mir auch.« Ich wischte mir mit der Hand übers Gesicht. Er reichte mir ein Taschentuch. Es roch nach Stärke und Seife und nach Mann. »Wann reisen Sie nach Amerika ab?«

»Nächste Woche.«

»Nächste Woche«, wiederholte ich. »So bald schon?«

»Ich möchte Ihnen gern ein bisschen Geld dalassen.«

»Ich will Ihr Geld nicht. Ich möchte, dass Sie mir helfen, Elise nach Amerika zu bringen.«

»Es tut mir wirklich sehr leid, aber ich kann nichts mehr für Sie tun.«

»Oh doch, das können Sie.«

Er zog fragend die Brauen hoch. »Was denn?«

Ich nickte stumm.

»Na, dann sagen Sie mir, was.«

Ich holte tief Luft, dann sagte ich die kühnsten Worte, die ich jemals in meinem ganzen Leben geäußert habe. Sie waren sogar noch kühner als meine Lüge, Dougs Verlobte zu sein. »Sie können mich heiraten.«

40
Kat, 2016

Ich komme mir vor, als hätte ein Pfeil meine Brust durchbohrt. Reglos sitze ich da, damit sich mein Körper an den Schmerz gewöhnen kann.

Ach, ich hatte es gewusst. Ich hatte gewusst, dass sie ihn ausgetrickst hat. Aber ich hatte nicht gewusst, wie hinterlistig sie dabei vorgegangen war.

»Das mit der Hochzeit war also deine Idee?«

»Ja.«

»Du hast Jack wegen Doug belogen, und dann hast du ihn unumwunden aufgefordert, dich zu heiraten?«

»Ja.«

»Und das hat er getan, weil er Doug sein Leben verdankte.«

»Ja.«

»Aber das Baby war gar nicht von Doug.«

»Ja.«

»Du hast mit einem Berg von Lügen mein ganzes Leben ruiniert.«

»Dein Leben ruiniert?« Amélie zieht die Brauen hoch. »Du hast mir doch gesagt, dass du ein wunderbares Leben gehabt hast.«

»Na ja, das schon – aber es war nicht das Leben, das ich mir damals gewünscht habe. Ich habe Jack geliebt, und ich wollte in Wedding Tree bleiben.«

»Und ich wollte in Paris bleiben.«

»Das glaube ich dir nicht.«

Sie zuckt mit den Schultern. »Glaub, was du willst. Es ist nicht meine Aufgabe, dich zu überzeugen. Ich erzähle dir nur, was du wissen wolltest.«

»Warum wolltest du nicht nach Amerika?«

»Abgesehen davon, dass ich eine Fremde in einem fremden Land sein würde, in dem ich keinen kannte? Würdest du denn gern so etwas tun?«

»Nein. Aber ich war nicht in deiner Lage.«

»Nein, das warst du nicht. Und deshalb befindest du dich auch jetzt nicht in der Lage, über mich ein Urteil fällen zu können.«

Ich habe das Gefühl, mich sehr wohl in dieser Lage zu befinden. Gerade will ich ihr eine schnippische Antwort geben, aber sie bietet mir keine Gelegenheit dazu.

»Nach Amerika zu gelangen war Yvettes Traum für Elise, nicht meiner für mich. Aber ich fand, dass ich ihr die Wünsche, die sie für ihr Kind hatte, erfüllen musste.«

Das kann ich zwar nachvollziehen, aber im Grunde interessiert mich das nicht weiter. »Das spielt für mich eigentlich keine Rolle. Ich will mehr über Jack erfahren.«

»Selbstverständlich willst du das.«

»Also, sag mir«, fahre ich fort, »wie hat Jack reagiert, als du ihm einen Heiratsantrag gemacht hast?«

41
Amélie, 1946

Jack starrte mich fassungslos an. »Sie heiraten? Ich bin mit einer anderen Frau verlobt.«

Ich beugte mich vor. »Es wäre ja keine richtige Ehe. Wir würden nicht …« Ich zögerte. Der Einfall war mir natürlich schon gekommen, als er zum ersten Mal den War Brides Act erwähnt hatte, aber ich hatte nicht weiter darüber nachgedacht. Nun musste ich ihm die Sache, während ich redete, unterbreiten, stolperte dabei jedoch über ein unfeines Wort. Ach, was soll's – wenn er ›unehelich‹ sagen konnte, dann konnte ich auch das Folgende sagen.

»Wir würden die Ehe selbstverständlich nicht vollziehen. Es geht ja nur um eine Heiratsurkunde, mit der Elise und ich nach Amerika einreisen können. Wenn wir dort sind, können Sie und ich die Ehe sofort annullieren lassen – man kann eine Ehe annullieren lassen, wenn sie nicht vollzogen worden ist, oder? – und dann können Sie zu Ihrer Verlobten fahren und sie heiraten, als wäre nichts geschehen.«

»Oh nein, das geht auf gar keinen Fall.«

»Warum nicht?«

»Es wäre ein Betrug. Es wäre nicht richtig.«

Jahrelang zurückgehaltene Enttäuschung und Wut stiegen in mir hoch. In dem Moment begriff ich, was »rot sehen« bedeutet. Alles kam mir heiß und mit einem blutroten Nebel verhangen vor.

»Es wäre nicht richtig?«, rief ich aufgebracht. »Sagen Sie mir: Ist es richtig, dass Doug sich vor Sie gestellt hat und die Kugeln abbekommen hat, die Ihnen gegolten haben? Ist es richtig, dass Sie leben und er tot ist?«

Er ließ den Kopf sinken.

»Sie wären nicht hier, wenn Doug nicht gewesen wäre. Wie kann es richtig sein, dass Sie heimkehren dürfen, in die Sicherheit und den Schoß Ihrer Familie, wo es genügend für Sie zu essen gibt und ein Arbeitsplatz auf Sie wartet, und Dougs Kind bleibt hier und hat nichts?«

Er starrte weiter auf den Boden.

»Im Krieg steht das Konzept ›richtig‹ auf dem Kopf. Es ist nicht richtig, zu lügen, und trotzdem habe ich tausendmal gelogen, um der Résistance zu helfen, mein Land zu befreien. Es ist nicht richtig, durch die privaten Dinge anderer Menschen zu stöbern, und dennoch habe ich bei jeder sich bietenden Gelegenheit die Manteltaschen, Aktentaschen und Koffer von Nazis durchwühlt. Es ist nicht richtig, zu töten, und trotzdem ist es im Krieg nicht nur eine Aufgabe, sondern die heilige Pflicht eines jeden Soldaten, eine Waffe in der Hand zu halten und sie auf den Feind zu richten. Erzählen Sie mir nichts davon, was richtig ist!«

»Ich verstehe«, sagte Jack.

»Ich bitte Sie einzig und allein um die Chance, dass dieses Baby in Amerika aufwächst – eine Chance, die es haben würde, wenn sein Vater nicht umgekommen wäre. An Ihrer Stelle, möchte ich hinzufügen. Ich bin mir sicher, dass Ihre Verlobte die Hochzeit gern verschieben würde, wenn sie die Umstände kennen würde.«

»Ich glaube, es wäre sehr schwierig, ihr das zu erklären.«

»Schwierig, aber nicht unmöglich, oder? Besitzt sie denn kein Mitgefühl?«

Er zögerte kurz. »Sie neigt dazu, Dinge nur schwarz oder weiß zu sehen.«

»Sie ist doch bestimmt so dankbar, dass Sie am Leben sind, dass sie es gern sehen würde, wenn Sie Dougs Familie auf jede nur erdenkliche Weise helfen würden.«

»So wird sie es nicht sehen.«

»Sie würde dem Kind des Mannes, der Ihnen das Leben gerettet hat, nicht helfen wollen?«

»Ihr Vater würde das wollen. Ihr Vater – er könnte mit ihr reden.«

»Glauben Sie denn nicht, dass Ihre Verlobte Mitleid mit einem vaterlosen Kind haben würde?«

»Sie würde kein Verständnis für Ihre Lage aufbringen. Sie war nicht im Krieg, und deshalb kann sie nicht verstehen, wie es sich anfühlt, ständig den Tod vor Augen zu haben. Sie weiß nicht, wie rasch Leidenschaften entflammen können, vor allem in extremen Situationen.«

Plötzlich wurde mir etwas klar. »Sie haben noch gar nicht mit ihr geschlafen.«

»Nein. Sie findet es nicht richtig, vor der Ehe eine körperliche Beziehung einzugehen.«

»Deshalb wird sie mich, die ich mit einem unehelichen Kind dastehe, für eine zügellose Frau halten. Sie wird denken, dass Elise und ich es nicht wert sind, dass Sie uns helfen.«

»Das habe ich nicht gesagt.«

»Das mussten Sie auch nicht.« Ich starre ihn wütend an. »Ihre Verlobte klingt nicht wie ein gütiger Mensch. Und wenn Sie ihr ähnlich sind, dann sind Sie es vielleicht auch nicht.«

»Sie sind zu streng in Ihrem Urteil. Sie ist jung und unerfahren.«

»Und Sie? Würden Sie sich von ihrer möglichen Missbilligung daran hindern lassen, das Richtige zu tun? Können Sie einfach zu einem glücklichen, sorgenfreien Leben nach Amerika zurückkehren und Dougs Kind hier zurücklassen?«

Er seufzte laut, erhob sich und lief ein paar Schritte im Zimmer auf und ab. Dann starrte er aus dem Fenster, kehrte zurück und setzte sich wieder.

»Nein. Ich könnte es mir nicht verzeihen, wenn ich Sie und das Kind zurücklassen würde. Sie haben recht. Ich schulde es Doug, Ihnen dabei behilflich zu sein, nach Amerika zu gelangen.«

Ich wagte kaum zu glauben, dass ich mich nicht verhört hatte. »Vraiment?«

»Jawohl. Ich werde es tun.«

»Wann?«

»Morgen. Je schneller wir den Papierkram erledigt haben, desto eher kann ich mich darum kümmern, dass Sie auf ein Brautschiff kommen.«

»Ein Brautschiff?«

»Ja. Das Rote Kreuz und die amerikanische Regierung stellen Schiffe bereit, mit denen die Ehefrauen von Soldaten gratis in die USA reisen können. In den nächsten Wochen wird das erste Schiff für die Ehefrauen von Offizieren in See stechen.«

»Ach, das sind ja wunderbare Neuigkeiten!«

Jack lächelte verkniffen. »Ich glaube nicht, dass meine Verlobte das so sehen wird, aber ich muss tun, was im Interesse des Kindes liegt. Wissen Sie, welche Unterlagen man hier für eine Eheschließung benötigt?«

Ich nickte. Ein Mädchen im Hotel hatte vor kurzem geheiratet. »Wir müssen ins Rathaus in meinem Arrondissement. Ich brauche einen Ausweis und einen Zeugen, und Sie auch. Ich glaube, Sie brauchen einen Pass, und ich werde meinen Wohnsitz nachweisen müssen. Das ist vermutlich alles.«

»Na gut. Ich werde einen Zeugen mitnehmen und Sie morgen früh um zehn Uhr abholen.«

42
Amélie, Januar 1946

Ich machte mir Sorgen, ob Jack wohl seine Meinung ändern würde, wenn er eine Nacht darüber geschlafen hatte, doch am nächsten Morgen klopfte er um zehn vor zehn an meiner Tür. Er hatte einen Mann dabei, den er mir als Peter Barrett vorstellte. Peter, ebenfalls Arzt in der US-Armee, war schon etwas älter, vielleicht Ende dreißig oder Anfang vierzig, und trug einen Ehering. Er musterte mich mit unverhohlener Neugier.

Ich hatte eine Nachbarin, eine Frau mit zwei Kindern, gebeten, auf Elise aufzupassen, und hatte ihr die Kleine bereits nach oben gebracht. Ich trug Yvettes gelbes Seidenkleid, das ich für mich abgeändert hatte, dazu einen passenden Hut und die Schuhe, die Jack mir geschenkt hatte.

Nora reichte Jack ein Schächtelchen. »Darin befindet sich ein Ring, den Sie ihr an den Finger stecken können«, sagte sie.

»Oh, Nora, doch nicht dein Ehering!«, protestierte ich.

»Es ist nicht meiner. Er hat meiner Mutter gehört, und ich brauche ihn nicht, du hingegen schon.«

»Aber …«

»Nichts aber. Ich möchte, dass du ihn bekommst.«

»Sie sollten ihn tragen«, sagte Peter. »Amerikaner legen großen Wert auf Eheringe.«

Das taten die Franzosen auch. Ich umarmte Nora und bedankte mich herzlich bei ihr.

Peter steckte die Schachtel ein. »In Amerika verwahrt der Trauzeuge den Ring, bis es Zeit für den Bräutigam ist, ihn der Braut an den Finger zu stecken.«

Das Rathaus lag nur etwa zehn Block von unserer Wohnung entfernt, sodass wir zu Fuß dorthin gingen. Nora bestand darauf, dass Jack mir unterwegs einen Brautstrauß und ich ihm eine Blume fürs Knopfloch kaufte.

»Es sähe komisch aus, wenn ihr so etwas nicht hättet«, sagte sie. »Ihr wollt doch keinen Verdacht erregen. Der Standesbeamte wird bestimmt den einen oder anderen Verdacht hegen. Ihr zwei seht nämlich wirklich nicht aus wie ein verliebtes Paar.«

Peter lachte und zwinkerte Nora zu. »Sie sehen eher aus wie ein Paar auf dem Weg zur Guillotine.«

»Oder als ob sie zum Frühstück saure Milch getrunken hätten«, scherzte Nora.

Peter lachte wieder.

»Sie reden über uns, als wären wir gar nicht da«, sagte ich zu Jack.

Er nickte mit versteinerter Miene.

»Geht es dir gut?«

»Ja. Ich bin nur komplett durcheinander wegen dem, was ich jetzt gleich tun werde.«

»Ich auch. Aber ich denke an Elise.«

»Ja. Elise und Doug«, sagte Jack.

Die Worte schnitten mir wie ein Dolch ins Fleisch. Ich erinnerte mich stumm an Noras Worte: Manchmal heiligt der Zweck die Mittel.

Bei einem Blumenstand an einer Straßenecke kaufte Jack mir ein kleines Sträußchen mit einer weißen Rose in der Mitte, und ich kaufte ihm eine weiße Rosenknospe. Meine Hand zitterte, als ich sie an seinem Revers befestigte.

Kurz darauf standen wir vor dem Rathaus des fünfzehnten Arrondissments an der Rue Peclet Nummer 31. Wir machten uns auf die Suche nach dem Büro, in dem wir unseren Antrag ausfüllten und unsere Dokumente vorzeigten. Jack bezahlte eine Bearbeitungsgebühr, und dann wurden wir in einen Raum geführt, in dem ein Standesbeamter uns trauen würde.

Es war ein hübscher Raum mit hohen Decken und einem kleinen Tisch im vorderen Bereich. Im hinteren Teil gab es Stühle für die Trauzeugen.

Ein großer, würdiger Herr mit einer blau-rot-weißen Schärpe

trat zu uns. Er erinnerte mich an General de Gaulle. Nachdem er die Unterlagen überprüft hatte, die uns im ersten Büro ausgehändigt worden waren, wies er uns an, uns vor ihn zu stellen.

»Ich bin altmodisch. Deshalb habe ich es gern, wenn meine Brautpaare ein Ehegelöbnis sprechen. Ist Ihnen das recht?«

Ich nickte, und Jack nickte ebenfalls.

»Haben Sie einen Ring?«

Peter zog ihn aus der Tasche und reichte ihn Jack.

»Bitte stecken Sie Ihrer Braut den Ring an den Finger und wiederholen Sie meine Worte: ›Ich, Jonathan Bradford O'Connor‹ – ich hatte gar nicht gewusst, dass Jack nur ein Spitzname war, geschweige denn, wie sein voller Name lautete – ›nehme dich, Amélie Therese Michaud, zu meiner Frau. Ich verspreche, dir von nun an treu zu sein in guten und in schlechten Tagen, in Gesundheit und Krankheit für dich da zu sein und dich mein Leben lang zu lieben.‹«

Jack wiederholte das Gelöbnis und steckte mir den Ring auf den Finger.

Auch ich wiederholte es und hielt dabei Jacks Hand. Er sah mir die ganze Zeit fest in die Augen. Ich wusste, dass diese Ehe nur von kurzer Dauer sein würde und einzig und allein dem Zweck diente, uns nach Amerika einreisen zu lassen, aber Jack war so attraktiv und so gütig, dass es nicht schwer war, sich von einem Truggebilde davontragen zu lassen. In dem Moment, in dem ich die traditionellen Worte nachsprach, kamen sie mir aus ganzem Herzen.

Dann wandte sich der Standesbeamte wieder an Jack. »Jonathan Bradford O'Connor, wollen Sie diese Frau zu Ihrer rechtmäßigen Ehefrau nehmen? Wenn ja, antworten Sie mit ›Das will ich.‹«

»Je te veux«, sagte Jack.

Nora zuckte zusammen.

»Die korrekte Antwort lautet: ›Je le veux‹«, verbesserte der Beamte ihn nachsichtig.

»Pardon«, sagte Jack und lief rot an. Offenbar hatte er gemerkt, was er soeben gesagt hatte, nämlich: ›Ich will dich‹.

»Mademoiselle, wollen Sie diesen Mann zu Ihrem rechtmäßigen Ehemann nehmen?«

»Oui, je le veux« Ich grinste leise über Jacks immer noch sichtbare Verlegenheit. »Et je te veux aussi.«

Alle lachten.

»So erkläre ich euch hiermit zu Mann und Frau.«

Nora und Peter klatschten.

»Sie dürfen die Braut jetzt küssen«, sagte der Beamte.

Jack zögerte, doch dann beugte er sich mir entgegen. Ich hob den Kopf. Unsere Lippen streiften sich sachte. Es war ein sehr zarter Kuss, eigentlich eher ein Küsschen, aber er ging mir durch Mark und Bein. Aus Gründen, die ich nicht benennen konnte, reichte mir dieser Kuss noch nicht, als Jack sich zurückziehen wollte. Unsere Blicke versenkten sich ineinander, und plötzlich veränderte sich etwas. Er vertiefte den Kuss, und ich schloss die Augen. Dieser Kuss war langsamer, gründlicher, intimer – immer noch kurz, aber ein Kuss, den ein Mann einer Frau gibt, die er begehrt.

Als Jack sich zurückzog, sah er mich an. Sein Blick war dunkel und wirkte überrascht. Der Ausdruck war so flüchtig, dass ich mich fragte, ob ich mir das nur einbildete.

»Herzlichen Glückwunsch«, sagte der Beamte. Er schüttelte Jack die Hand, dann legte er ein paar Dokumente auf den Tisch vor uns. »Wenn Sie und Ihre Frau jetzt bitte die Heiratsurkunde und zwei Kopien unterschreiben würden.«

Jack unterschrieb, dann reichte er mir den Füller, und danach unterschrieben auch unsere Trauzeugen.

»Jetzt ist es Zeit für ein paar Fotos«, sagte der Beamte. Er öffnete die Tür, und die Frau von der Empfangstheke kam herein.

»Ach, wir brauchen keine …«, sagte Jack.

Aber Nora hatte bereits Yvettes Fotoapparat aus der Hülle gezogen. »Wunderbar. Darf ich ein Foto von den Frischvermählten zusammen mit Ihnen, Monsieur, machen, und dann kann Ihre Sekretärin ja vielleicht eine Aufnahme von uns allen machen.«

»Selbstverständlich.« Der Beamte stellte sich lächelnd neben uns.

»Ich finde nicht, dass …«, fing Jack wieder an.

»Elise möchte bestimmt ein paar Fotos, wenn sie älter ist«, sagte Nora.

Und deshalb wurden ein paar Fotos geknipst.

»Gut, das wäre geschafft«, sagte Jack, als wir wieder auf der Straße standen.

»Ja.« Ich stand etwas verlegen herum und wusste nicht, was ich zu diesem meinem frisch angetrauten Ehemann sagen sollte. »Danke.«

Er steckte die Hände in die Taschen und nickte schroff. Seine Miene wirkte angespannt. »Unter den gegebenen Umständen war es das Richtige.«

Nicht gerade die Worte, die eine Braut gern an ihrem Hochzeitstag von ihrem Bräutigam hören möchte.

»Elise wird dir unendlich dankbar sein«, sagte ich. »Und ich bin es natürlich auch.«

»Wie wär's mit einem Schluck Champagner?«, schlug Peter vor.

»Wir müssen zurück in die Arbeit«, sagte Jack.

»Aber es ist schon fast Mittag«, protestierte Peter. »Komm schon, Mann, du musst etwas essen.«

»Ich esse im Krankenhaus. Ich muss zurück.« Er verbeugte sich vor mir. »Jetzt muss ich nur noch herausfinden, wo ich diese Unterlagen einreichen muss, damit du auf das erste Schiff in die USA kommst.«

»Danke«, sagte ich. »Werde ich – werde ich dich noch einmal sehen, bevor du abreist?«

»Ich weiß nicht.«

»Na gut, dann …«

Er reichte mir die Hand. Ich muss ziemlich betroffen gewirkt haben, weil er sich rasch vorbeugte, um sich mit Wangenküsschen von mir zu verabschieden. »Tut mir leid«, flüsterte er. »Die Sache ist nicht leicht für mich.«

Auch Peter verabschiedete sich von uns. Er zuckte entschuldigend mit den Schultern, dann gesellte er sich zu Jack und sie gingen.

43
Kat, 2016

»Also hatte Jack Gewissensbisse, dass er dich geheiratet hat?«

»Ja. Es hat ihn innerlich zerrissen.«

»Gut.« Meine Laune hebt sich, bis ein Detail von Amélies Geschichte sie wieder dämpft. »Du hast gesagt, dass er dich wie ein Mann, der eine Frau begehrt, geküsst hat.«

»Ja.«

»Aber du hast den Kuss erzwungen.«

»Ich bin nicht zurückgewichen.«

»Wie dem auch sei – Jack hat sich bestimmt genötigt gefühlt, sich angemessen zu verhalten. Außerdem hatte er über ein Jahr lang keine Frau geküsst. Natürlich war er da empfänglich, das ist ja ganz menschlich. Ein Mann folgt in erster Linie animalischen Instinkten.«

Amélies Brauen heben sich. »Glaubst du das wirklich?«

Ich glätte meine Haare. »Nun, mein Vater war Arzt, und er hat immer gesagt, dass die grundlegenden Triebe eines Mannes genauso geartet sind wie bei allen anderen männlichen Säugetieren.«

»Ach ja?« Sie lächelt leise. »Du hast mir noch nicht erzählt, wie es war, als Jack dich zum ersten Mal geküsst hat.«

»Das war nach einer Tanzveranstaltung auf der Highschool nach den Sommerferien. Jack hat mir einen großen Blumenstrauß gekauft, sechs Treibhausrosen.« In deinem Hochzeitsstrauß war nur eine einzige Rose, denke ich triumphierend. »Es war der erste richtige Ball, den ich besuchte. Ich trug ein blaues Kleid mit einem weiten schwingenden Rock und einem herzförmigen Ausschnitt. Jack meinte, ich sähe aus wie eine Prinzessin.« An jenem Abend fühlte ich mich auch so. Ich hatte den ganzen Tag damit zugebracht, mich für diesen Ball hübsch zu machen.

»Auf dem Weg zu dem Ball hat Jack mir gesagt, dass er im Dezember seine Abschlussprüfungen an der Highschool ablegen würde, dass er in die beschleunigte Ausbildung der Armee an der Universität aufgenommen worden sei und alle nötigen Highschoolkurse am Ende des Semesters absolviert haben würde. Dass er früher weggehen würde, als ich dachte, hat mir den Spaß an dem Tanz fast verdorben. Ich ärgerte mich auch, dass er ausgerechnet diesen Abend, der für uns beide ein perfekter Abend sein sollte, gewählt hatte, um mir die schlechten Nachrichten mitzuteilen.

Trotzdem war der Ball fantastisch. Ich fühlte mich so schön in meinem Kleid und war so stolz an Jacks Seite.

Anschließend begleitete er mich heim. An unserer Haustür sah ich ihn erwartungsvoll an. Und tatsächlich beugte er sich vor und zog mich an sich, und dann … nun, es war herrlich. Dass wir so lange gewartet hatten, machte den Kuss umso süßer. Ich hätte ihn die ganze Nacht lang küssen können, aber er hörte viel zu bald damit auf.

Ich bin in mein Schlafzimmer geschwebt und habe ständig an den Kuss gedacht und von dem nächsten Mal geträumt, wenn er mich küssen würde. Den Gedanken daran, dass er in weniger als drei Monaten weggehen würde, verdrängte ich mit aller Kraft.«

Amélie neigt den Kopf. »Das klingt wie eine Szene aus einem Teenagerfilm.«

Ich fürchte, in dieser Bemerkung liegt ein versteckter Spott, aber ich kann ihn nicht finden. »Ja, so war es auch.« Aber jetzt soll sie weitererzählen. »Es tut mir leid, dass ich dich unterbrochen habe. Hast du Jack noch einmal gesehen, bevor er abgereist ist?«

»Nein. Das nächste Mal haben wir uns in New York getroffen.«

»Wie war das denn?«

»Das erzähle ich dir, wenn es so weit ist. Zuerst muss ich dir noch von der Überfahrt berichten.«

Diese Überfahrt interessiert mich überhaupt nicht, aber Amélie ist offenbar nach wie vor entschlossen, die Geschichte so zu erzählen, wie sie es für richtig hält. Ich zügle meine Ungeduld und stelle mich auf eine weitere lange Geschichte ein.

Zweites Buch

44
Amélie, 1946

Nora hatte Tränen in den Augen, als sie zwei Wochen später neben mir am Bahnhof stand. »Bist du dir wirklich sicher, dass du wegwillst?«

»Ja. Absolut sicher.«

»Es beunruhigt mich, dass du nie etwas von Yvettes Tante und Onkel gehört hast.«

Auch mich beunruhigte das, aber das wollte ich nicht zugeben. Auf die Post war nach wie vor kein Verlass. »Ich werde dir deinen Ring zurückschicken, aber auf einem sichereren Weg als mit der Post.«

»Ich möchte, dass du ihn behältst. Verkauf ihn, wenn du Geld brauchst. Er gehört dir. Ich habe ihn dir ohne Wenn und Aber gegeben.«

Nun traten auch mir Tränen in die Augen. Ich nahm ihre Hände. »Was hast du denn jetzt vor?«

»Ich denke daran, mich bei der Modistin zu bewerben, für die Yvette gearbeitet hat.«

»Ach, du wärst bestimmt sehr gut.«

»Ich glaube, es würde mir Spaß machen.«

»Du bist wie eine Mutter für mich gewesen, und auch für Yvette und Elise. Ich weiß nicht, was wir ohne dich gemacht hätten.«

»Ich habe es doch gern getan.«

»Wenn ich irgendwo sesshaft geworden bin, musst du mich besuchen.«

»Ja. Oder vielleicht kommst du ja mit Elise zu einem Besuch nach Frankreich.«

»Ach, das möchte ich unbedingt.«

Wir umarmten uns weinend. Elise begann ebenfalls zu weinen. Sie zu beruhigen, lenkte uns von unserem Kummer ab.

Eine Frau mit einer Armbinde vom Roten Kreuz hob die Hand.

»Das ist unsere Begleiterin«, erklärte ich Nora. »Offenbar ist es jetzt Zeit zu gehen.«

Nora lächelte tapfer. »Na, dann fort mit euch. Ein wunderbares neues Leben wartet auf euch. Gott behüte euch. Gute Reise!«

»Merci. Au revoir!« Nach einer letzten Umarmung nahm ich ihr Elise ab, griff nach meinem Koffer und der Tasche mit den Babysachen und stieg in den Zug.

Ich fuhr mit etlichen anderen Offiziersfrauen nach Le Havre. Dort ging dann die Schiffsreise los. Das Rote Kreuz hatte alles organisiert. Die Mitarbeiterin half mir mit meinem Gepäck und brachte mich zu meinem reservierten Platz.

Neben mir saß eine jungen Frau mit blonden Haaren. »Ach, was für ein hübsches Baby«, sagte sie und deutete auf Elise.

»Danke.« Mittlerweile war ich besser darin geworden, den Ruhm für Elises Schönheit einzuheimsen, und reagierte entsprechend auf die vielen Komplimente.

»Wann haben Sie Ihren Mann zum letzten Mal gesehen?«, wollte sie wissen.

»Vor zwei Wochen.«

»Ach, Sie Glückliche. Ich habe meinen seit sieben Monaten nicht mehr gesehen.«

»Sieben Monate!«

»Ja. Und er hat mich nicht so gesehen.« Sie warf einen reumütigen Blick auf ihren schwangeren Bauch. »War die Frau auf dem Bahnsteig Ihre Mutter?«

Es dauerte eine Weile, bis mir aufging, dass sie Nora meinte. »Nein. Das war eine Nachbarin. Meine Mutter ist während des Krieges gestorben.«

»Ach, das tut mir aber leid.«

»Ja.«

»Dann haben Sie wohl in Paris gelebt, wenn eine Nachbarin Sie zum Zug begleitet hat?«

»Ja. Und Sie, wo kommen Sie her?«

»Aus der Nähe von Marseille. Ich heiße Heloise Bradley.«

Auch ich stellte mich vor.

»Ich bin gestern nach Paris gekommen«, berichtete Heloise. »Das Rote Kreuz hat mich in einem Hotel untergebracht.« Sie lächelte. »Ich war noch nie in Paris. Es wäre schön gewesen, wenn ich mehr Zeit gehabt hätte, ein paar Sehenswürdigkeiten anzuschauen. Ich bin froh, dass der Eiffelturm nicht zerbombt wurde.«

»Wir waren hier ziemlich verschont von Bombenangriffen.«

»Haben Sie Ihren Mann in Paris kennengelernt?«, fragte sie. »Wie lange sind Sie denn schon verheiratet?«

Dass unsere Hochzeit erst vor wenigen Wochen stattgefunden hatte, konnte ich ihr nicht gestehen – nicht, nachdem ich ein so großes Baby wie Elise dabeihatte. Ich beschloss, die Doug-Geschichte zu erzählen, bei der ich Jack gegen Doug austauschte. »Wir haben uns in der Normandie kennengelernt. Ich war dort auf dem Hof meiner Tante und meines Onkels.«

»Ach, unser Schiff legt ja in der Normandie ab«, sagte die junge Frau. »Sie müssen mir alles erzählen, was Sie von dieser Gegend wissen. Werden Sie Ihre Verwandten treffen?«

Olala. Prompt würde ich mich wieder in eine Lüge verstricken müssen. »Non. Sie haben den Krieg leider nicht überlebt.«

»Das tut mir leid. Lag ihr Hof weit von Le Havre entfernt?«

»Ja. Sie lebten mitten auf dem Land.« Ich wandte mich zum Fenster und wischte meine Augen in der Hoffnung, meine Gesprächspartnerin damit von weiteren Nachfragen abzuhalten.

Doch Heloise konnte keine Minute lang den Mund halten. »Wie haben Sie denn Ihren Mann kennengelernt?«

Ich musste mir gut merken, was ich ihr jetzt erzählte, denn wahrscheinlich würde ich die Geschichte noch vielen anderen Kriegsbräuten auf dem Schiff erzählen müssen. Ich beschloss, sie nur in groben Zügen zu schildern und so nah wie möglich bei Dougs Geschichte zu bleiben. »Jack ist von seiner Einheit getrennt worden. Meine Verwandten haben ihn zehn Tage lang versteckt. Wir haben uns verliebt und gleich verlobt. Später haben wir dann in Paris geheiratet.«

»Ach, wie schön. Eine Hochzeit in Paris. War es ein großes Fest?«

»Nein, nur ein sehr kleines. Und Sie?«

»Ach, ich habe meinen Ronnie im November vor zwei Jahren getroffen, als die Amerikaner in Marseille gelandet sind. Meine Freundinnen und ich haben die Soldaten begrüßt und ihnen Blumen geschenkt, um ihnen zu zeigen, wie glücklich wir darüber waren, sie zu sehen. Ich habe zusammen mit meinen Blumen kleine Kärtchen ausgeteilt, auf denen ich mich bedankt habe und meinen Namen und meine Adresse notiert hatte. Ronnie war einer von fünf Soldaten, die mir darauf geantwortet haben, und von da an schrieben wir uns regelmäßig. Vor sieben Monaten, kurz nach dem Kriegsende, hatte er ein paar Tage Urlaub und hat mich besucht. Zwischen uns hat es gleich angefangen zu knistern. Er hat bei meinem Vater um meine Hand angehalten – es war komisch, weil sein Französisch schrecklich ist und mein Vater kein Wort Englisch spricht. Er dachte zuerst, Ronnie wollte für ihn arbeiten!

Jedenfalls haben wir uns gleich trauen lassen – die Trauung fand im Gericht statt. Meine Mutter hat es bedauert, dass wir nicht in einer Kirche geheiratet haben, aber letztlich hat sie es schon verstanden. Ich habe ihr Brautkleid getragen. Unsere Flitterwochen haben wir in einem Hotel in Nizza verbracht. Es war wunderbar, auch wenn es leider nur drei Tage waren. Länger konnte er seinen Urlaub nicht ausdehnen, und danach ist er nach Amerika zurück. Er ist in Fort Benning stationiert, das liegt in Georgia. Ich kann es kaum erwarten, ihn wiederzusehen.«

»Wie schön«, sagte ich. »Also werden Sie in Georgia leben?«

»Ja, bis er aus der Armee entlassen wird. Wissen Sie schon, wo Sie leben werden?«

»Ja. In New York.«

»Ach ja? Dann sind Sie ja gleich zu Hause, wenn wir von Bord gehen.«

»Ja.« Lieber Gott, ich hoffte es inständig. Nicht einmal mir selbst wollte ich eingestehen, wie besorgt ich war, dass ich nichts von Yvettes Tante gehört hatte. Ich befürchtete, dass sie sich nicht über uns freuen würde, oder dass sie nur Elise willkommen heißen würde, mich aber nicht.

Rasch schob ich meine Sorgen wieder beiseite. Irgendwie würde sich schon eine Möglichkeit finden, in der Nähe von Elise zu bleiben. Es blieb mir nichts anderes übrig, als nach vorne zu blicken und zuzusehen, dass ich alle Hindernisse bewältigte, die sich auf meinem Weg in die Zukunft auftürmten.

Die Zugfahrt nach Le Havre dauerte gut drei Stunden. Doch dort angekommen war die Reise noch lange nicht vorbei. Wir wurden in Busse verfrachtet, die uns ins Philip-Morris-Camp in der Nähe von Gainville brachten. Dieses Lager gehörte zu den sogenannten Zigarettenlagern, die nach amerikanischen Zigarettenmarken benannt worden waren. Sie waren nach der Landung der Alliierten als Durchgangslager für ankommende Truppen errichtet worden und dienten jetzt wieder als Durchgangslager für Soldaten und ihre Bräute auf dem Weg zurück in die USA. Wir sollten eine Woche dort bleiben. In der Zeit sollten wir medizinisch untersucht und geimpft werden, unsere Francs gegen US-Dollars tauschen und ein paar Einführungen in das Leben in Amerika erhalten.

Auf dem kargen, baumlosen Gelände standen Wellblechhütten und lange, niedrige Gebäude mit Satteldächern. Nachdem wir eine schiere Ewigkeit angestanden waren, um weitere Dokumente auszufüllen, wurden wir auf unsere Unterkünfte verteilt. Wir schliefen in einer Wellblechhütte, die mit Stockbetten vollgestellt war. In der Mitte stand ein großer Kohleofen. Die Frauen, die in der Nähe des Ofens schliefen, waren der Hitze ausgesetzt, die, die am Rand schliefen, froren. Heloise und ich schafften es, Betten etwa in der Mitte zu ergattern. Unsere Habseligkeiten lagerten am Fußende der Betten.

Die Bäder befanden sich einem anderen Gebäude. Der Weg dorthin war kalt, feucht und windig. Ich bedauerte die schwangeren Frauen, die, falls es ihnen so ähnlich ging wie Yvette, diesen Weg in der Nacht mehrmals auf sich nehmen mussten.

Uns wurde gesagt, dass unsere Unterkunft als erste für das Abendessen vorgesehen war. Wir räumten rasch auf und begaben uns in den Speisesaal.

Dort erwartete uns eine angenehme Überraschung – köstliches Essen, und vor allem reichlich von allem. So viel Essen hatte ich seit Jahren nicht mehr gesehen. Es gab Hackbraten und Kartoffelbrei mit Soße, und dazu Stangenbohnen und Brot und zur Nachspeise Pudding. Gut genährte Deutsche – offenbar Kriegsgefangene – servierten uns das Essen.

»Seht euch nur an, wie fett die sind«, bemerkte eine Frau mit roten Locken. »Sie haben amerikanisches Essen bekommen, während wir mit unseren Lebensmittelzuteilungen nur mit knapper Not überlebt haben. Wie ungerecht!«

Es war schwer, solche bitteren Gefühle zu unterdrücken, vor allem, wenn man gesehen hatte, wie die französischen Kriegsgefangenen aus deutschen Lagern heimgekehrt waren. Ich hatte in Paris etliche gesehen, die gerade aus einem Zug gestiegen waren. Sie hatten mit ihren dürren Armen und eingefallenen Wangen wie wandelnde Gerippe ausgesehen. Ihre Gesichter hatten wie Totenschädel gewirkt.

Der Speisesaal war bis zum Rand gefüllt, und es gab noch zwei weitere Schichten, die nach uns zum Essen kamen. Sechshundert Bräute aus ganz Frankreich, Italien, Deutschland, Belgien und Gott weiß woher sonst noch sollten am 18. Januar das Schiff besteigen.

»Ich habe gehört, dass manche Bräute in Luxuskreuzern reisen dürfen«, plapperte meine neue Freundin, die keine Sekunde lang den Mund halten konnte, am nächsten Morgen beim Frühstück. »Aber offenbar kommen wir nicht auf so ein Schiff. Wir reisen auf einem Liberty-Frachter.«

»Was ist das für ein Schiff?«, fragte ich.

»Ein Frachtschiff eben. Es ist im Krieg in wenigen Wochen auf dem Fließband in Amerika gebaut worden.«

»Na ja, solange es nicht untergeht und es über den Atlantik schafft, soll es mir recht sein«, erwiderte ich.

Eine Woche später hätte ich diese Feststellung gern zurückgenommen. Acht Frauen plus Elise und zwei weitere Babys wurden in eine winzige Kabine an Bord der SS Zebulon B. Vance gestopft. Normalerweise hätten hier wohl höchstens vier Leute übernachtet. Heloise hatte es geschafft, mit mir in eine Kabine zu kommen. Ich weiß nicht, warum sie so anhänglich war, aber das war sie eben, und so nervig ihr ständiges Geplapper sein konnte, es hatte auch sein Gutes, ein bekanntes Gesicht neben sich zu wissen.

In jeder Kabine gab es vier Stockbetten. Die Frauen, die Kinder dabeihatten, mussten sich die schmale Matratze mit dem Kind teilen. Ich war daran gewöhnt, dass Elise neben mir schlief, und sie war mittlerweile schon acht Monate alt. Eine der Frauen, deren Baby noch kleiner war, hatte schreckliche Angst, dass sie das Kind nachts erdrücken oder es aus dem Bett fallen könnte. Ich entschied mich für ein oberes Bett. Elise konnte an der Wand schlafen, ich würde schon dafür sorgen, dass sie nicht aus dem Bett fiel. Heloise nahm das Bett unter mir, und auch die anderen zwei Frauen mit Babys wählten untere Betten: Lucia, eine Italienerin aus Neapel, die nur sehr schlecht Französisch und noch schlechter Englisch sprach, und Stephanie, eine spindeldürre Brünette aus der Normandie, die sehr schüchtern wirkte und kaum den Mund aufmachte. Eine auffallend gut gekleidete, sehr hübsche Frau aus Cannes, die ein gewisses Anspruchsdenken ausstrahlte, nahm das letzte untere Bett in Besitz, ohne nachzufragen, ob eine der anderen Frauen es vielleicht dringender bräuchte als sie.

Die Toilettensituation war von Anfang an ein Albtraum, und das, obwohl alles noch sauber war. Statt eines Bades für jede Kabine, wie, so hieß es, bei den Linienschiffen üblich, mussten wir uns mit Reihen von Toiletten im Schiffsrumpf zufriedengeben: eine Toilette neben der anderen, und an der Rückseite gleich die nächste Reihe. Trennwände gab es keine. Auch die Duschen waren in einem offenen Raum untergebracht.

Nachts wickelte ich Elise in zwei Windeln. Dennoch wachten wir beide manchmal völlig durchnässt auf.

Das Essen hingegen war wie schon im Lager hervorragend und reichlich, auch wenn die Seekrankheit den meisten von uns zusetzte und wir kaum einen Bissen herunterbrachten. Als Frachtschiff hatte die Vance nicht denselben Ballast wie die Passagierschiffe, weshalb sie bei jeder Welle hin und her geschleudert wurde und wir mit ihr.

Mir war zwar oft übel, aber es ging mir nicht so schlecht wie der armen Heloise. Anfangs konnte sie kaum einen Bissen bei sich behalten. Wir wandten uns ans Rote Kreuz, doch dort hieß es, wir sollten uns in unserer Kabine umeinander kümmern, die Krankenstation sei überfüllt.

Ich sprach mit einer Braut aus einer anderen Kabine, die im Krieg als Schwesternhelferin gearbeitet hatte. »Sag deiner Freundin, sie soll in die Krankenstation gehen und eine Infusion verlangen. Schwangere und Kleinkinder trocknen sehr schnell aus, und dann ist die Übelkeit noch schlimmer. Eine Infusion ist das Einzige, was ihr hilft.«

Ich ging mit ihr zurück in die Krankenstation und bestand darauf, dass man sie behandelte. Etwas zögernd verabreichte eine Schwester ihr schließlich eine Infusion, und Heloise ging es danach sofort besser.

Die Überfahrt, die auf einem Liniendampfer sechs bis acht Tage dauerte, sollte auf einem Frachtschiff wie der Zebulon B. Vance zwölf Tage dauern. Aufgrund des schlechten Wetters dauerte sie schließlich sechzehn Tage. Etwa auf halber Strecke waren die Toiletten nicht mehr zu spülen. Der Gestank war bestialisch. Am Ende der Reise wateten wir durch Exkremente, wenn wir aufs Klo mussten.

Am schlimmsten ging es den sehr kleinen Babys. Das Rote Kreuz forderte die Mütter nämlich auf, ihre Vorräte an Säuglingsnahrung abzugeben, damit die Verteilung zentral geregelt werden konnte.

»Tut das nicht«, flüsterte ich den zwei jungen Müttern in meiner Kabine zu. »Ihr wisst nicht, wie gut die Sachen sterilisiert werden.« Stephanie hörte auf meine Warnung, doch Lucia verstand mich nicht oder sie scheute sich davor, sich nicht an Anweisungen zu halten.

Bald zeigte sich, dass ich recht hatte. Stephanie bereitete die Säuglingsnahrung mit ihrem Teewasser zu, wie ich es auch für Elise tat, denn dieses Wasser war abgekocht. Viele der anderen Babys wurden krank.

Gegen Ende der Reise ging es Lucias Baby extrem schlecht. Wenn es weinte, kamen gar keine Tränen mehr. Lucia ging mit ihrem Baby in die Krankenstation, doch man schickte sie wieder weg.

Ich beharrte darauf, dass sie es noch einmal versuchte, und begleitete die beiden. Stephanie passte währenddessen auf Elise auf.

»Es tut mir leid, aber wir können nichts für Sie tun«, erklärte die Krankenschwester in dem kleinen Eingangsbereich.

»Doch, das können Sie durchaus. Das Kind ist dehydriert und braucht sofort eine Infusion.« Ich machte mich auf den Weg zu der Tür hinter der Empfangstheke.

»Dort können Sie nicht rein«, sagte die Schwester, aber ich hatte Lucia und ihr krankes Baby bereits in den Behandlungsraum gezogen. Überall lagen Frauen auf Pritschen herum, manche saßen auf Stühlen, viele hatten Babys im Arm. »Wo ist der Arzt?«, fragte ich.

»Er ist beschäftigt.«

An einer Tür prangte die Aufschrift »Arztpraxis«, darunter hing ein Schild »Zutritt verboten«. Ich öffnete die Tür trotzdem.

»Bleiben Sie stehen! Sie können nicht …«

Aber es war zu spät. Ich sah den Arzt, der mit geschlossenen Augen auf seinem Stuhl fläzte. Der Schreibtisch war übersät mit Schreibkram. Doch bei dem, was mir als Nächstes ins Auge fiel, stockte mir der Atem: An der Wand lehnten drei große Eiskühler, in denen sechs kleine Häufchen steckten, bedeckt mit Kissen. Eines davon war nicht völlig bedeckt. Ich starrte auf ein Babyfüßchen, das unter den Kissen hervorragte.

»Mon Dieu!« Entsetzt hielt ich mir den Mund zu.

Lucia stand hinter mir. Sie wimmerte leise.

Der Arzt, ein Mann mit einem grauen Haarkranz um den kahlen Kopf, erwachte mit einem Ruck. Er stand schwankend auf. Mit ihm erhob sich eine Whiskeyfahne. »Was haben Sie hier zu suchen?«, herrschte er uns an.

»Diese Babys sind tot!«, stieß ich hervor.

»Sie haben hier nichts zu suchen«, wiederholte er.

»Wir sind hier, weil wir den Tod eines weiteren Säuglings verhindern wollen. Dieses Kind ist völlig dehydriert.«

Er sah erst Lucia und dann das Kind in ihren Armen an. »Sieht so aus, als ob es zu spät ist«, bemerkte er. »Ich habe nur noch sehr wenige Infusionen, und die muss ich aufheben.«

»Für wen?«

»Für … für die Mannschaft. Ich muss dafür sorgen, dass noch ein paar Infusionen übrig sind.«

Ich ahnte, dass er Lucia die Infusion für ihr Kind wohl eher deshalb verweigerte, weil sie eine Italienerin war. Ich richtete mich so hoch wie möglich auf. »Wenn Sie diesem Kind keine Infusion geben, dann gehe ich in den Speisesaal und verkünde, dass in Ihrem Zimmer sechs tote Babys liegen, dass der Schiffsarzt betrunken ist und dass Sie eine Behandlung verweigern, die ein weiteres Kind retten könnte. Im Nu werden sechshundert Frauen Ihre Tür eintreten und Sie töten.«

»Ich kann doch nichts dafür …«

»Wenn Sie nicht wollen, dass ich das verkünde, dann geben Sie diesem Kind sofort eine Infusion.«

Ich weiß nicht, woher ich den Befehlston nahm, aber es funktionierte. Der Doktor brummte zwar missbilligend, doch er befahl der Schwester auf Englisch, eine Infusion und ein Kinderbettchen zu besorgen und es im Gang aufzustellen.

»Und einen Stuhl«, fügte ich ebenfalls auf Englisch hinzu. »Die Mutter wird in dieser Nacht bei ihrem Kind bleiben.«

Zwei Krankenschwestern vom Roten Kreuz traten zu mir. »Sie dürfen kein Wort darüber verlieren, was Sie hier gesehen haben«, sagte eine, deren Anstecknadel sie als Oberschwester auswies.

»Ich sage, was immer ich will.«

»Dann bricht eine Massenpanik aus. Wir legen morgen an. Die Mütter werden gefasster sein, wenn sie in Anwesenheit ihrer Männer vom Schicksal ihrer Kinder erfahren.«

»Sie wissen es noch gar nicht?« Mitleid mit diesen armen, bedauernswerten Müttern und den armen, bedauernswerten Babys wallte in mir auf. »Und was sagen Sie ihnen bis dahin?«

»Dass der Arzt ihre Kinder behandelt und alles in seiner Macht Stehende tut, sie aber nicht zu ihren Kindern können, um diese nicht durch weitere mögliche Krankheitskeime zu gefährden.«

»Und wie wollen Sie es ihnen dann sagen?«

»Wir holen ihre Männer an Bord, damit sie eine Unterstützung haben, und dann wird der Kaplan ihnen die traurige Nachricht mitteilen.«

Immerhin klang dieser Plan human. »Na gut. Ich werde nichts sagen, solange ich auf dem Schiff bin. Aber Lucia wird mit ihrem Baby heute Nacht hierbleiben, und sie wird die bestmögliche Behandlung für ihr Kind erhalten. Außerdem wird jedes weitere Baby, das Ihnen gebracht wird, sofort eine Infusion erhalten, solange es noch welche gibt. Sie behalten nichts für die Mannschaft zurück. Einverstanden?«

»Ja«, willigte die Oberschwester ein.

Sicherheitshalber blieb ich bis Mitternacht bei Lucia, dann kroch ich todmüde in mein Stockbett und schlief neben meiner süßen kleinen Elise sofort ein.

45
Amélie, 1946

»Wir sind da! Wir sind da!« Mit diesem Ruf stürmte Heloise am nächsten Morgen in die Kabine. Sie war noch vor Tagesanbruch an Deck gegangen, um zu beobachten, wie wir uns New York näherten. »Komm, Amélie, du musst dir die Freiheitsstatue anschauen!«

»Ich passe auf Elise auf«, versprach Stephanie und warf einen Blick auf mein schlafendes Kind.

Ich wickelte mir einen Schal um den Kopf, schlüpfte in meinen Mantel und folgte Heloise hinaus durch den schmalen Flur und über die enge Metalltreppe aufs Deck.

Am Morgen hatte ich bereits in der Krankenstation vorbeigeschaut. Lucias Baby hatte die Nacht überstanden und wirkte bereits viel kräftiger. Ich hatte ein Fläschchen mit Säuglingsnahrung mitgebracht – die Säuglingsnahrung stammte von Stephanie, das Wasser von meinem Teewasser –, das die Kleine eifrig austrank. Die Oberschwester meinte, wenn das Kind den Inhalt des Fläschchens bei sich behielte, würde die Infusion abgenommen und es könne die Krankenstation verlassen.

Als ich die schwere Metalltür aufstemmte und aufs Deck trat, raubte der Wind mir den Atem. Heloise und ich waren die einzigen Frauen, die sich ins Freie gewagt hatten. Die anderen hatten es vorgezogen, in der Wärme zu bleiben, und, wichtiger noch, ihre Frisuren zu schonen. Die meisten von uns hatten ihre Haare am Vorabend eingerollt, um sich ihren Männern so schön wie möglich zu präsentieren. Das war in diesen schrecklichen Bädern gar nicht so einfach gewesen. Mit meinen kurzen Haaren und den Naturlocken machte ich mir nicht so viele Sorgen um meine Frisur wie die meisten anderen.

Wir fuhren direkt an der Freiheitsstatue vorbei. Welch prächtigen Anblick diese große, stattliche Statue bot! Ich dachte, wir würden dort anlegen – ich hatte gehört, dass alle Einwanderer über Ellis Island in die USA einreisten –, doch wir fuhren weiter direkt in den Hafen von New York. Als Ehefrauen von Soldaten hatten wir besondere Visa.

Am Kai drängte sich bereits eine dichte Menschenmenge, die die Ankunft des Schiffes erwartete – viele Männer, einige Paare mittleren Alters und einige Familien, wahrscheinlich die Schwiegereltern, die erpicht darauf waren, ihre neuen Schwiegertöchter kennenzulernen. Mein Herz verkrampfte sich. Ach, wie viel Glück diese Mädchen hatten, dass sie Ehemänner hatten, welche sie wirklich liebten und es kaum erwarten konnten, sie in ihrer neuen Heimat in die Arme zu schließen.

»Hast du deinen Mann schon entdeckt?«, fragte Heloise.

»Nein.« Ich rechnete auch noch nicht mit ihm. Uns war angekündigt worden, dass wir am frühen Nachmittag in New York ankommen würden. »Hast du deinen gesehen?«

»Nein. Aber ich will noch nicht nach ihm suchen. Ich will mich erst schön machen, bevor er mich sieht.«

»Und wenn du ihn nicht siehst, sieht er dich auch nicht?«

Sie lachte. »So etwas in der Art.«

Wir eilten in unsere Kabine zurück und packten unsere Sachen, dann gingen wir in den Speisesaal zum Frühstücken, auch wenn viele von uns kaum etwas herunterbrachten. Etliche waren immer noch seekrank, anderen hatte es vor Aufregung den Appetit verschlagen.

Am Vorabend hatte man uns gesagt, wie wir uns beim Verlassen des Schiffes verhalten sollten. »Versammelt euch im Speisesaal. Über Lautsprecher verkünden wir eure Namen, wenn eure Männer da sind. Keine kann das Schiff verlassen, wenn sie nicht von ihrem Mann oder einem Familienmitglied abgeholt wird.«

»Pardon.« Eine Braut, die ich nicht kannte, hob zaghaft die Hand. »Was ist, wenn ein Mann sich verspätet und keinen anderen vorbeischicken kann? Was passiert dann mit der Braut?«

»Es tut mir leid, aber in diesem Fall muss die Frau auf dem Schiff bleiben und nach Frankreich zurückkehren.«

Lautes Stöhnen erhob sich.

»Ich fürchte, das wird mir passieren«, murmelte Stephanie.

Überrascht wandte ich mich ihr zu. Ihre Augen waren tränenfeucht.

»Mein Mann hat in seinem letzten Brief gemeint, dass wir vielleicht einen Fehler gemacht haben. Ich habe ihm zurückgeschrieben und ihn angefleht, uns eine Chance zu geben. Ich habe ihm gesagt, dass in Amerika alles besser werden und ich eine gute Ehefrau sein würde. Aber ich fürchte, er kommt nicht.«

»Du kannst doch nicht allen Ernstes davon ausgehen, dass …«

»Doch, das tue ich. Und … ich habe Angst.«

»Warum hast du nie etwas gesagt?«

»Ich – ich habe mich geschämt. Und ich wusste nicht, was ich sonst hätte tun sollen.«

»Kennst du denn jemanden in Amerika?«, fragte ich.

»Ich habe eine Cousine in Florida.«

»Dann müssen wir dich zu ihr bringen.«

»Aber dafür muss ich das Schiff verlassen.« Tränen strömten ihr über die Wangen.

Ich reichte ihr ein Taschentuch und half ihr, ihre Sachen zu packen. Wir schafften unsere Habseligkeiten in den Speisesaal und warteten, während ein Name nach dem anderen aufgerufen wurde. Die Reihenfolge war nicht alphabetisch, offenbar wurde man wirklich erst dann aufgerufen, wenn der jeweilige Ehemann sich am Kai angemeldet hatte.

»Mrs Bradley«, hieß es aus dem Lautsprecher. »Mrs Ronald Bradley.«

»Das bin ich!«, rief Heloise aufgeregt. »Ach, mein Ronnie.«

Ich umarmte sie. »Ich begleite dich nach oben und schaue zu, wie ihr euch trefft.«

»Ich auch«, rief Stephanie. Alle Bräute aus unserer Kabine bis auf die Hochnäsige, die während der Überfahrt nicht freundlicher geworden war, gesellten sich zu Heloise.

Wir lehnten uns an die Reling und sahen, wie Heloise sich auf der Landungsbrücke nach unten begab. Auf der Hälfte des Wegs entdeckte sie offenbar ihren Mann, denn sie winkte, grinste breit und begann zu rennen. Ihr riesiger schwangerer Bauch wippte auf und ab.

»Hoffentlich fällt sie nicht hin«, murmelte Stephanie.

Ein Mann in einem schwarzen Anzug nahm sie in Empfang. Er hob sie hoch und drehte sich trotz ihres beträchtlichen Gewichts mit ihr im Kreis. Dann drückte er ihr einen Blumenstrauß in die Hand und küsste sie innig, bevor er sie wieder hochhob.

»Die Frau hat Glück«, seufzte Stephanie. »Ihr Mann ist offenbar ganz verrückt nach ihr.«

»Ja.«

»Und was ist mit dir, Amélie? Hast du deinen Mann schon gesehen?«

Mit bangem Herzen ließ ich den Blick über das Meer von Menschen schweifen. Ich wollte es nicht zugeben, doch auch ich hatte leise Zweifel, ob Jack wirklich kommen würde. Sein Leben wäre jedenfalls viel leichter, wenn er nicht aufkreuzte.

Doch obwohl ich ihn nur wenige Male getroffen hatte, war ich mir ziemlich sicher, dass Dr. Jack O'Connor ein Mann war, der zu seinem Wort stand. Schließlich war er auch in eine Kirche gegangen, um die Beichte eines Sterbenden zu übermitteln. Außerdem hatte er Weihnachtsgeschenke und andere Dinge für Elise besorgt, und vor allem hatte er die Hochzeit durchgezogen.

Ja, er würde bestimmt da sein.

Die arme Stephanie tat mir aufrichtig leid. Wir kehrten gemeinsam in den Speisesaal zurück und versuchten, unsere jammernden Babys zu beruhigen; doch die Kinder schienen unsere Nervosität zu bemerken, vor allem ihr armer Kleiner. Er hörte gar nicht mehr auf zu weinen und ließ sich durch nichts trösten. Jedes Mal, wenn eine Frau aus unserer Kabine aufgerufen wurde, begleiteten wir sie nach draußen, dann kehrten wir an unsere Plätze zurück und saßen wie auf glühenden Kohlen, während unser Kreis immer kleiner wurde.

Um halb fünf – es waren nur noch rund fünfzig Bräute im

Speisesaal, erschallte es endlich aus dem Lautsprecher. »Mrs O'Connor, Mrs Jonathan O'Connor.«

»Das bist doch du, oder?«, stupste mich jemand an.

Ich hatte meinen Namen nicht gleich erkannt, doch nun erhob ich mich, nahm Elise hoch und verabschiedete mich von Lucia und Stephanie.

»Hoffentlich muss ich nicht nach Frankreich zurück«, seufzte Stephanie.

»Ich rede mit Jack und sehe zu, ob wir etwas für dich tun können«, versprach ich.

Dann eilte ich auf der Landungsbrücke nach unten. Vor mir ging ein Matrose, der die Taschen von einer der Frauen trug, sodass ich kaum einen Blick auf die Menge erhaschen konnte. Als ich mich dem Ende der schrägen Planke näherte, entdeckte ich ihn – groß und stattlich stand er da, sein dunkles, frisch geschnittenes Haar glänzte in der Nachmittagssonne.

Ich hob die Hand, er tat es auch. Ich eilte auf ihn zu, doch dann blieb ich stehen, denn plötzlich war ich mir nicht sicher, wie ich ihn begrüßen sollte. Verlegen küssten wir uns auf die Wangen. Er roch nach Aftershave. Sein Hemd war frisch gestärkt. Bei seinem Duft fing mein Herz an, erregt zu pochen. Gerade noch rechtzeitig fiel mir ein, dass er nicht wusste, dass ich die englische Sprache beherrschte.

»Bonjour«, sagte ich leise.

»Bonjour. Bienvenue aux États-Unis.«

»Merci.« Mir war bewusst, wie steif und förmlich wir miteinander umgingen, vor allem im Vergleich zu den Paaren um uns herum, die sich überschwänglich begrüßten.

Jack lächelte Elise breit an. »Hallo, Kleine«, sagte er auf Französisch.

Sie betrachtete ihn ernst, dann legte sich ein Lächeln auf ihr Gesicht. Auch er konnte gar nicht aufhören, sie anzugrinsen.

»Sie erinnert sich an dich«, sagte ich.

»Glaubst du wirklich?«

»Ja.«

»Hattet ihr eine gute Reise?«

»Oh, Jack, die Reise war …« Plötzlich stiegen mir Tränen in die Augen.

Seine Stirn runzelte sich besorgt. »Was ist denn los?«

Ich wollte mich nicht als Erstes darüber beschweren, wie sein Land uns behandelt hatte. Deshalb schüttelte ich nur den Kopf und meinte: »Sie war sehr anstrengend.«

»Das kann ich mir gut vorstellen. Ich habe gehört, dass ihr schlechtes Wetter hattet. Ist das dein ganzes Gepäck?« Er hob meinen ramponierten braunen Koffer hoch.

Ich nickte.

»Na gut, dann gehen wir.«

»Warte.« Ich legte eine Hand auf seinen Arm, zog sie jedoch rasch wieder weg, denn sobald ich ihn berührte, wurde ich nervös und verlegen. »Ich mache mir Sorgen, dass eine meiner Kabinengefährtinnen keinen hat, der sie abholt.«

»Wie bitte?«

»Sie hat gesagt, dass die Gefühle ihres Mannes sich möglicherweise geändert haben. In dem letzten Brief, den sie von ihm erhalten hat, schrieb er, dass er denke, ihre Ehe sei ein Fehler.«

»Und sie ist trotzdem hergekommen?«

»Ja. Sie hat ein Baby, und sie wusste nicht, was sie sonst machen sollte. Aber das Rote Kreuz hat uns gesagt, wenn ein Mann oder die Familie des Mannes nicht auftaucht, um die Braut abzuholen, dann kann sie nicht an Land. Jack, hast du vielleicht einen Freund, der sich für ihren Mann ausgeben könnte?«

Seine Augen wurden groß. »Willst du, dass ich einen Freund bitte zu lügen?«

»Jack, du hast keine Ahnung von den Zuständen.«

»Ich weiß, dass es in Frankreich schlimm zugeht, aber …«

»Ich meine nicht in Frankreich, sondern auf diesem Schiff.« Nun ließen sich die Worte nicht mehr zurückhalten. »Jack, schon nach einer Woche ging die Toilettenspülung kaputt. Das Schiff war nicht schwer genug, und alle wurden seekrank. Es gab nicht genügend Eimer für diejenigen, die sich übergeben mussten.

Und die Babys, die die Säuglingsnahrung getrunken haben – oh, Jack, ich habe sechs tote Babys gesehen.«

»Wie bitte?«

»In der Krankenstation. Ich habe eine Freundin dorthin begleitet, deren Kind so ausgetrocknet war, dass es fast gestorben wäre. Der Arzt war betrunken, und ich habe sechs tote Babys in Eiskübeln gesehen. Sie waren nur notdürftig mit Kissenhüllen zugedeckt.«

Er sah mich an, als hielte er mich für verrückt. »Dieses Schiff untersteht dem amerikanischen Militär. Ist dir eigentlich klar, wie absurd dein Bericht klingt?«

»Ja, ja, ich weiß, aber er ist wahr. Ich fürchte, dass das Kind meiner Kabinengefährtin die Rückreise nicht überlebt. Hast du denn keinen Freund, der behaupten kann, er sei ihr Mann?«

»Nein!« Seine Augen funkelten empört. »Und selbst wenn – ich würde niemals jemanden um einen solchen Betrug bitten.«

»Vielleicht kannst du dich ja für den Cousin ihres Mannes ausgeben. Sie hat eine Cousine in Florida. Wenn wir sie von diesem Schiff herunterbekommen, dann …«

»Wir bitten um Ihre Aufmerksamkeit«, erklang eine Frauenstimme durch den Lautsprecher. »Es gibt noch ein paar Frauen an Bord, die bislang von keinem Verwandten abgeholt wurden. Ist jemand hier für Mrs Nat Spencer, Mrs Cyril Freud, Mrs Arthur Smith, Mrs Jules Trevot und Mrs Sherman Rolls?«

»Das ist sie. Mrs Sherman Rolls, Stephanie Rolls. Du musst ihr helfen.«

»Ich werde nicht lügen. Und offen gestanden bin ich ziemlich entsetzt, dass du so etwas von mir verlangst.«

Ich merkte, dass ich mich verrannt hatte, aber ich wusste nicht, was ich sonst hätte tun sollen. »Aber wir können sie und ihr Baby nicht auf dem Schiff lassen.«

»Das müssen die zuständigen Beamten entscheiden.«

»Sie braucht unsere Hilfe. Bitte, Jack.«

Er stieß einen grimmigen Seufzer aus, dann drehte er sich um und starrte das Schiff an. »Geh mit Elise ins Hafengebäude und sieh zu, dass sie sich aufwärmt«, meinte er. »Und ich sehe zu, was ich tun kann.«

Ich ging in das Gebäude und beobachtete von einem Fenster aus, wie er mit einer Mitarbeiterin des Roten Kreuzes auf der Landungsbrücke sprach. Sie wollte ihn nicht an Bord lassen, doch er winkte ein Besatzungsmitglied herbei und sagte etwas zu ihm. Daraufhin ging der Mann auf das Schiff. Ich wartete eine gute Stunde, in der ich abwechselnd auf meinem Koffer saß und mit Elise auf und ab lief. Ich sah, dass Jack mit einem Offizier des Schiffes sprach. Einmal verließ ich meinen Aussichtspunkt am Fenster, um Elises Windel zu wechseln. Als ich zurückkehrte, sprach Jack gerade mit einer weiteren Mitarbeiterin des Roten Kreuzes.

Endlich kehrte er zurück und bahnte sich einen Weg durch die schwindende Menge in das Hafengebäude.

»Nun?«

»Der Mann deiner Freundin ist doch noch gekommen und hat sie abgeholt.«

»Ach, wie schön!«

»Offenbar hatte er kalte Füße bekommen, doch dann hat er es sich noch einmal anders überlegt. Die beiden haben wie zwei Turteltäubchen miteinander geschäkert.«

»Da bin ich aber froh!«

»Allerdings vermute ich, dass sie es mit ihm nicht leicht haben wird. Er hatte ein blaues Auge, und er roch nach Whiskey.«

»Immerhin ist er noch gekommen und sie kann dieses Schiff verlassen. Das ist die Hauptsache.«

Seine blauen Augen musterten mich ernst. »Ich muss schon sagen, Amélie, ich bin immer noch ziemlich schockiert, dass du mich gebeten hast, so schamlos zu lügen.«

»Jack, wenn du die Zustände auf diesem Schiff gesehen hättest, hättest du alles getan, um meine Freundin rauszuholen.«

»Ich habe die Vertreterin des Roten Kreuzes gefragt, wie die sanitären Bedingungen auf dem Schiff waren, und sie meinte, die seien in bester Ordnung.«

»Natürlich hat sie das gesagt. Sie werden wohl kaum erpicht darauf sein, dass alle Welt von den Missständen auf diesem Schiff erfährt«, erwiderte ich aufgebracht.

»Ich hatte gebeten, mit einem Besatzungsmitglied zu sprechen. Daraufhin kam der Chefsteward zu mir. Er meinte, im Sturm war die See ziemlich rau, und viele wurden seekrank. Außerdem hätten sich einige der ausländischen Frauen nicht an die Hygienevorschriften gehalten, und deshalb seien ihre Kinder krank geworden.«

»Nicht die Hygiene der Frauen war daran schuld. Er hat dich belogen.«

»Er wusste nichts von toten Babys.«

»Ich habe sie mit eigenen Augen gesehen, Jack.«

Jack seufzte laut auf. »Nun, wenn du die Wahrheit gesagt hast, dann wird sie bald ans Tageslicht kommen.« In seiner Stimme lag eine Kälte, die ich noch nie bei ihm bemerkt hatte. Sie erfüllte mich mit düsteren Vorahnungen.

Er glaubte mir nicht. Die Ironie des Ganzen – dass er mir meine Lügen abgenommen hatte, die Wahrheit jedoch nicht – hinterließ einen bitteren Nachgeschmack. »Vermutlich«, sagte ich frustriert.

Er hob meinen Koffer hoch. »Na dann, gehen wir.«

Elise fing zu weinen an, sobald wir aus dem Hafengebäude traten. Der Schock des kalten Windes und der laute Verkehr waren ihr wohl zu viel. Ich drückte sie fest an mich, während Jack ein Taxi herbeiwinkte.

»Wo wohnt deine Tante?«

»In der 1926 Fairster Street. Ich glaube, diese Gegend heißt Bronx.«

Jack nannte dem Taxifahrer die Adresse, und wir fuhren los.

In New York war der Verkehr wesentlich dichter als in Paris, und die Stadt schien sich endlos auszudehnen. Die Wolkenkratzer waren so hoch, dass die Straßen wie Schluchten wirkten. Nachdem ich eine Weile ehrfürchtig aus dem Fenster gestarrt hatte, wandte ich mich wieder an Jack.

»Wie war denn dein Flug?«, fragte ich. In Paris hatte er mir erzählt, dass das die erste Flugreise seines Lebens sein würde.

»Sehr angenehm, und sehr aufregend. Es ist eine wundervolle Art zu reisen.«

»Bist du aus der Armee ausgeschieden?«

»Ja, endlich. Ich bin letzte Woche entlassen worden.«

»Hast du mit deiner Verlobten gesprochen?«

»Nur ganz kurz. Ich werde sie heute Abend anrufen und dann nach Louisiana zurückkehren, sobald du und Elise gut untergebracht seid.« Er räusperte sich. »Ich habe ein paar Erkundigungen eingeholt. Wir müssen unseren Wohnsitz in einem Staat anmelden, um unsere Ehe annullieren zu lassen.«

»Ach so?«

»Ich bin in Louisiana gemeldet. Dort dauert dieser Vorgang sechs Monate.«

»Olala.«

»In Nevada, zum Beispiel in Reno oder in Las Vegas, geht es schneller. Dort muss man nur sechs Wochen gemeldet sein.«

»Aha. Liegt das denn in der Nähe von New York?«

»Nein. Es liegt auch nicht in der Nähe von Louisiana.«

Meine Brust schnürte sich zusammen. »Es tut mir leid, wenn das ein Problem ist.«

Er zuckte mit den Schultern. »Sechs Wochen sind im Lauf eines Lebens nicht lang. Alles in allem ist das ein kleiner Preis dafür, dass Dougs Kind in Amerika aufwachsen kann.«

»Ich hoffe, deine Verlobte sieht das genauso.«

»Das hoffe ich auch.«

»Also hast du ihr noch nicht erzählt, dass wir …« Ich wollte »dass wir geheiratet haben« sagen, doch dann beschloss ich, es lieber anders zu formulieren. »… dass du uns hilfst?«

»Nein. So etwas muss ich ihr persönlich sagen.«

»Und worüber schreibst du ihr so in deinen Briefen?«

Er zuckte wieder mit den Schultern. »Über ganz normale Dinge.«

»Zum Beispiel?«

»Das Wetter, medizinische Fälle und so.«

»Und was schreibt sie dir?«

»Sie berichtet von Dingen, die sie unternommen hat, von der Stadt und so weiter. Aber hauptsächlich schreibt sie von der Hochzeit. Sie will unbedingt ein Datum wissen. Offenbar hat ihre Mutter in der Kirche und im Country Club drei verschiedene Termine reservieren lassen.«

»Oha!«

»Ich habe ihr vage versucht zu erklären, dass ich in Reno noch eine Zusatzausbildung machen möchte, bevor wir heiraten. Das kann ich auch tatsächlich tun, solange wir auf die Annullierung warten. Sie hat vorgeschlagen, davor zu heiraten, damit sie mit mir nach Nevada gehen kann. Ich muss sie sehen, um ihr die Sache zu erklären.«

»Ich verstehe.«

»Hier wären wir«, verkündete der Taxifahrer.

Das Taxi war neben einem leeren, mit Müll übersäten Grundstück stehen geblieben.

»Wo ist denn das Haus?«, fragte Jack.

»Es stand wohl mal hier.« Der Taxifahrer deutete auf etwas, was wie die Reste eines eingestürzten Gebäudes aussah. »Das ist die Adresse, die Sie mir genannt haben – 1926 Fairster.«

Mein Magen verkrampfte sich. »Das kann nicht stimmen.«

»Bitte warten Sie auf uns«, bat Jack den Taxifahrer.

Ich stieg aus und drückte Elise an mich. Meine Knie fühlten sich wie Pudding an.

»Ist das die einzige Adresse, die du hast?«, fragte Jack.

»Ja.« Ich reichte ihm einen Zettel mit dem Namen und der Adresse von Yvettes Tante. »Mehr habe ich nicht.«

Jack nahm mich am Arm und führte mich über die Straße in einen kleinen Lebensmittelladen. »Ist das da gegenüber 1926 Fairster Street?«, fragte er den Mann hinter der Theke, der eine Art Metzgerschürze trug.

»Yep«, erwiderte der Mann.

»Können Sie uns sagen, was passiert ist?«

»Das Haus ist vor rund sieben Monaten abgebrannt.«

»Wissen Sie, was aus den Bewohnern geworden ist?«

»Ach, die haben sich in alle Himmelsrichtungen zerstreut.«

Jack warf einen Blick auf den Zettel. »Wir suchen nach Angelique und John Brown.«

»Ach ja, die kannten wir.« Eine kleine Frau, die über ihrem bunten, mit Blumen gemusterten Kleid eine weiße Schürze trug, trat aus dem hinteren Bereich des Ladens zu uns. »Sie stammte aus Frankreich, oder?«

»Ja.«

»Sie sind in den Westen gezogen.«

»Den Westen der Stadt?«, fragte Jack.

»Nein. Nach Kalifornien oder Washington oder Oregon oder so.«

»Wissen Sie denn, in welche Stadt sie gezogen sind?«

»In welche Stadt?«, der Mann lachte. »Himmel noch mal, wir wissen ja nicht mal genau, in welchen Staat.«

»Kennen Sie denn jemanden, der uns Näheres sagen könnte?«

Die Frau runzelte nachdenklich die Stirn, dann schüttelte sie den Kopf. »Alle Leute, mit denen sie gut befreundet waren, haben in dem Haus gewohnt, und sie sind alle weggezogen.«

»Wissen Sie, ob die Browns einer lokalen Kirchengemeinde angehört haben? Sind ihre Kinder hier in der Nähe zur Schule gegangen?«

»Sie hatten einen Jungen und ein Mädchen, aber die beiden sind schon erwachsen und verheiratet; die wohnten nicht hier«, sagte die Frau. »Ich glaube, die Browns waren Katholiken«, fügte sie hinzu.

Jack wandte sich an mich und übersetzte das Ganze auf Französisch.

»Vielleicht können wir in der Kirche nachfragen?«, schlug ich vor.

»Wissen Sie denn, in welche Kirche sie gegangen sind?«, fragte Jack das Paar.

»Es gibt eine katholische Kirche ganz in der Nähe«, meinte die Frau.

»Danke. Dann probieren wir es mal dort.«

Wir stiegen wieder ins Taxi. Jack sah aus, als kostete es ihn große Mühe, eine wachsende Welle der Wut zurückzuhalten. Er klang zwar beherrscht, doch in seinen Augen loderte der Zorn, als er mich fragte: »Wann hast du zum letzten Mal von deiner Tante und deinem Onkel gehört?«

»Das war … irgendwann im Krieg.«

»Wie lange ist es her?«

Meine Gedärme fühlten sich an, als würden sie schrumpfen. »Ein Jahr, vielleicht auch zwei.«

Er starrte mich fassungslos an. »Sie wussten gar nicht, dass du kommst?«

»Oh doch. Das habe ich ihnen geschrieben.«

»Und sie haben dir geantwortet?«

Mir wurde speiübel. »Die Post … sie war nicht gerade zuverlässig, vor allem die ankommende Post. Uns wurde allerdings gesagt, dass die abgeschickten Briefe auch wirklich befördert wurden.«

Er starrte vor sich hin, als könnte er es nicht ertragen, mich anzuschauen. »Du hast mir gesagt, dass sie dich erwarten.« Seine Stimme klang kalt und flach.

»Ja. Ich hatte ihnen doch geschrieben.«

»Aber du hast nie eine Antwort erhalten«, wiederholte er.

»N-nein. Ich konnte mir nicht vorstellen … woher sollte ich wissen, dass … Es wäre mir nicht im Traum eingefallen, dass sie weggezogen sind.«

»Hast du ihnen denn kein Telegramm geschickt, als du erfahren hast, wann du abreist?«

»Ich – ich habe nicht daran gedacht.«

Er starrte mich an. In seiner Miene lag Ungläubigkeit und eisige Wut.

»Es … es ist mir einfach nicht in den Sinn gekommen«, sagte ich.

»Verstehe.«

»Nein, ich glaube nicht, dass du das verstehst. Deiner zornigen

Miene entnehme ich, dass du mich entweder für schwachsinnig hältst oder aber für jemanden, der versucht, dich auszutricksen.«

Seine Augen blitzten vor Zorn. »Ich kann es kaum glauben, dass du einen Ozean überquert hast – und einen Fremden geheiratet hast! – aufgrund einer nur sehr geringen Wahrscheinlichkeit, dass deine Tante und dein Onkel deinen Brief erhalten haben.«

»Du hast recht. Das war wirklich töricht von mir.« Die Tränen, die mir über die Wangen strömten, waren nicht gespielt.

»Ich versuche, dich zu verstehen und nicht den Stab über dich zu brechen, aber ich kann es einfach nicht nachvollziehen: Warum hast du kein Telegramm geschickt?«

All meine Unterweisungen bei der Résistance schossen mir durch den Kopf, vor allem Mme Dupards Worte: »Halte dich so nahe wie möglich an die Wahrheit. Sag wenn irgend möglich die Wahrheit.«

»Ein Telegramm war so etwas wie … wie ein großes Steak, oder eine Flugreise. Es lag so weit außerhalb meines Alltags, dass ich einfach nicht daran dachte. Im Krieg kamen nur für die Deutschen Telegramme. Die Franzosen – zumindest meine Bekannten – erhielten niemals ein Telegramm. Nicht, wenn jemand starb, und auch nicht, wenn jemand zu Besuch kam … Niemals.« Ich sah ihm in die Augen, auch wenn mein Blick tränenverhangen war. »Im letzten Brief, den ich von meiner Tante erhalten habe, stand, dass sie ihre Nachbarn und die Gegend, in der sie lebte, sehr gern mochte. Es wäre mir nicht im Traum eingefallen, dass sie umgezogen sein könnte. Ich dachte nicht im Entferntesten daran, dass es in ihrem Haus zu solch einer Tragödie wie diesem Feuer kommen könnte. Solche Schrecken habe ich immer nur mit dem Krieg verbunden. In meiner Vorstellungswelt war Amerika ein Paradies, ein Ort, wo immer alles gut ist.« Elise schlief in meinen Armen und rutschte immer weiter herunter. Ich schob sie höher.

Jack holte tief Luft. Er schien etwas in sich aufzunehmen, was stärker war als Luft; dann nahm er mir Elise ab und schaukelte sie sanft. Sie schlug die Augen auf und sah ihn an. Ich dachte, dass sie jetzt gleich zu weinen beginnen würde, doch ihre Lider fielen wieder zu.

»Du hast Entsetzliches hinter dir, was jemand, der das nicht durchgemacht hat, nur schwer verstehen kann«, sagte er endlich. Das Taxi war vor einer kleinen Kirche stehen geblieben. »Komm, schauen wir mal, ob der Priester uns etwas von deinen Verwandten erzählen kann.«

Die Kirche war leer und verlassen. Nach einiger Zeit kam eine Frau ganz in Schwarz herein und entzündete eine Kerze.

»Wissen Sie, wo wir den Priester finden können?«, fragte Jack sie.

»Das Pfarrhaus liegt gleich hinter der Kirche.«

Jack übersetzte diese Auskunft für mich auf Französisch. Mir fiel ein, dass ich ihm wahrscheinlich, sobald ich das Schiff verlassen hatte, hätte sagen sollen, dass ich Englisch konnte. Aber ich war davon ausgegangen, dass ich nur ein oder zwei Stunden mit ihm verbringen würde, und eine Erklärung hätte weitere Lügen erfordert. Jetzt, nachdem er mich ohnehin für eine Idiotin oder eine Betrügerin hielt, schien der Moment nicht günstig. Vorläufig wollte ich keine schlafenden Hunde wecken.

Wir klopften an der Tür und störten den Priester bei seinem Abendessen.

Jack erklärte unsere Notlage.

»Ach, die Browns. Eine schreckliche Tragödie, dieses Feuer. Viele meiner Gemeindemitglieder haben alles verloren, aber alle sind mit dem Leben davongekommen. Gott sei Dank.«

»Wissen Sie denn, wohin die Browns gezogen sind?«

»Ich weiß, dass Mr Brown in Kalifornien eine verheiratete Schwester hatte. Oder in Texas? Jedenfalls irgendwo im Westen. Vielleicht in Oregon oder Arizona.«

»Wissen Sie denn, wie die Schwester mit ihrem Ehenamen hieß?«

»Leider nein. Ich habe sie nie kennengelernt und Mr Brown

nur wenige Male gesehen. Er kam nicht oft zum Gottesdienst. Ich glaube, er war Protestant. Doch seine Frau war sehr gläubig.«

»Sind die Kinder hier getauft worden? Vielleicht war die Tante meiner Frau ja auch eine Patin?«

»Leider auch das nicht«, erwiderte der Priester bedauernd. »Die Browns waren schon etwas älter, als sie hierher gezogen sind.« Er lächelte entschuldigend. »Es tut mir wirklich sehr leid, dass ich Ihnen nicht weiterhelfen kann.«

Nachdem wir uns von ihm verabschiedet hatten, fragte mich Jack auf dem Weg zum Taxi: »Weißt du vielleicht, was dein Onkel beruflich gemacht hat? Vielleicht können wir sie auf diesem Weg aufspüren.«

»Er – er hat auf dem Bau gearbeitet«, erfand ich spontan.

»Hat er irgendetwas Spezielles gemacht? War er Elektriker oder Maurer?«

Ich schüttelte den Kopf. »Er – er hat sehr oft die Stelle gewechselt. Das hat meine Tante ziemlich bekümmert.«

Jack riss mit versteinerter Miene die Taxitür für mich auf.

Ich konnte die Tränen nicht mehr zurückhalten. Sie strömten mir über die Wangen. Jack reichte mir ein Taschentuch, und ich trocknete mir das Gesicht. Elise wachte auf und heulte. Ich nahm sie Jack ab und drückte sie an mich.

»Was hat sie denn?«, fragte Jack.

»Sie ist hungrig.«

»Was isst ein Kind in ihrem Alter?«

»Säuglingsnahrung und püriertes Essen.«

»Dann gehen wir jetzt zum Essen und überlegen uns, was als Nächstes zu tun ist.«

Wir gingen ins Schraff's. Es war ein großer, moderner Raum, ganz anders als alles, was ich aus Paris kannte. Die Front war mit Glas verkleidet, das Innere mit Mahagoni. »Das schaut aber sehr teuer aus.«

»Keine Sorge. Die Preise sind hier sehr moderat.«

»Ich – ich – trotzdem fürchte ich, dass ich mir das nicht leisten kann«, sagte ich.

»Ich würde nicht im Traum daran denken, dich zahlen zu lassen.«

»Bist du dir sicher?«

»Absolut.«

Eine Bedienung mit einem starken Akzent – ich glaube, sie kam aus Irland, aber mein Englisch war nicht so gut, dass ich es genau hätte sagen können – trat zu uns. Da ich nicht wusste, was ich bestellen sollte, tat Jack es für mich. Er bestellte ein Steak – vielleicht, weil ich vor Kurzem erwähnt hatte, dass ein Steak genau wie ein Telegramm zu den Dingen gehörte, die es in meiner Welt in Frankreich nicht gegeben hatte – und dazu eine Ofenkartoffel, Stangenbohnen und einen Salat sowie warme Brötchen mit Butter.

»Ach du meine Güte, das reicht ja für vier Leute!«, entfuhr es mir, als eine Bedienung in einem weißen Schürzchen einen gehäuften Teller vor mir abstellte.

»Das ist für dich und Elise.«

»Dann müssen wir den Rest mitnehmen.«

»Wo sollten wir es aufbewahren?«

Trotzdem steckte ich ein Brötchen in meine Handtasche.

Jack aß ebenfalls ein Steak, dann sah er mich an. »Ich habe eine Entscheidung getroffen.«

»Und die wäre?«

»Ich habe für heute Nacht ein Hotelzimmer gebucht. Wir besorgen noch ein Zimmer für dich und Elise, und morgen früh fahren wir mit dem Zug nach Whitefish. Da wir deine Familie nicht finden, bist du wohl bei Dougs Familie am besten aufgehoben.«

Mein Magen fühlte sich an, als hätte ich soeben zehn Wackersteine verdrückt. »Aber ich … ich kenne sie nicht. Sie erwarten mich nicht. Ich wette, sie wissen nicht einmal, dass Doug und ich …«

Er beugte sich vor. »Sie werden sich bestimmt über euch freuen. Aber zur Sicherheit, um das zu vermeiden, was uns soeben passiert ist, rufe ich sie heute Abend noch an.«

»Oh.«

»Keine Sorge. Das Reden kannst du mir überlassen, du sprichst ja kein Englisch.«

Gott sei Dank hatte ich ihm nicht gestanden, dass ich Englisch konnte. »Ich werde ihnen sagen, dass ich sie besuchen und ihnen eine Überraschung von Doug vorbeibringen möchte.«

Ich nickte stumm.

»Sobald sie dich und Elise sehen, werden sie gar nicht anders können, als euch mit offenen Armen zu empfangen. Glaubst du nicht auch?«

Abermals konnte ich nicht viel tun, als zu nicken. »Hoffentlich«, murmelte ich leise.

»Bestimmt wollen sie ihr Enkelkind in ihrer Nähe haben«, sagte Jack. »Doug war ihr einziges Kind, also ist Elise ihre nächste Angehörige.«

Er half mir, meine Sachen zu sammeln. Dabei fiel Yvettes Fotoapparat aus meiner Umhängetasche.

Er hob ihn auf und betrachtete ihn. »Sieht so aus, als wäre noch ein Foto in dem Film.«

»Dann mach ich ein Foto von dir. Aber du musst das Baby halten, damit meine Hände frei sind.« Ich reichte ihm Elise.

»Soll ich vielleicht ein Bild von Ihnen allen machen?«, fragte der Herr am Nebentisch.

»Ach, das wäre nett«, meinte Jack.

Wir stellten uns nebeneinander und lächelten in die Kamera.

»Warum legen Sie nicht den Arm um Ihre Frau«, schlug der Herr vor.

»Ach, sie …« Jack brach mitten im Satz ab. Wahrscheinlich hatte er sagen wollen, dass ich nicht seine Frau sei, doch dann hatte er gemerkt, dass das nicht stimmte. Seine Ohren wurden rot. »Ja«, willigte er ein. »Gute Idee.«

Er legte den Arm um meine Schultern, und ich lehnte mich ein wenig an ihn.

Wir waren mitten in einem hell erleuchteten Restaurant und posierten für die Kamera. An unserer Pose war nichts Echtes, geschweige denn etwas Romantisches, Sentimentales oder Sexuelles. Dennoch fing mein Herz an zu klopfen. Ich atmete seinen Geruch ein – die warme, nach Mann riechende Wolle seines Jacketts, die saubere Stärke seines Hemdes, der leichte Hintergrundduft nach Seife, Rasiercreme und Testosteron. Mir wurde ein bisschen schwummrig. Meine Haut fühlte sich seltsam lebendig an an den Stellen, an denen wir uns berührten – so, als ob dies die einzigen Stellen meines Körpers wären, an denen das Blut ungehindert floss. Die Wärme seines Arms, das Gefühl seiner Finger … Ich bekam eine Gänsehaut. Seine Nähe weckte den Wunsch in mir, ihm noch näher sein zu wollen.

Wahrscheinlich war es einfach die ganze Situation, die mich so beeinflusste. Der Mann, der das Foto von uns machte, ging davon aus, dass ich Jacks Frau war, und rein rechtlich gesehen war es ja auch so. Dennoch verspürte ich eine Art Erleichterung und zugleich eine gewisse Enttäuschung, als das Foto geknipst war und wir uns wieder voneinander lösten.

Es waren nur wenige Momente gewesen, insgesamt wohl kaum eine Minute. Trotzdem hatte sich durch diese Nähe etwas in mir verändert. Sehr zu meinem Unbehagen wurde mir zunehmend bewusst, dass Jack ein sehr attraktiver, reizvoller Mann war.

46
Kat, 2016

Jetzt hat sie es endlich zugegeben. »Du hast dich zu ihm hingezogen gefühlt!«

»Ich wollte es wirklich nicht«, sagt Amélie. »Ich wollte nicht so an ihn denken. Ich wusste, dass er vergeben war.«

»Aber du hast ihn attraktiv gefunden. Warst du wirklich bereit, nach Montana zu gehen und vor diesen armen Leuten, die ihren Sohn verloren hatten, zu behaupten, dass du die Mutter ihrer Enkelin bist? Warst du bereit, Elise als ihre Blutsverwandte auszugeben?«

»Nein, ich würde nicht sagen, dass ich dazu bereit war.«

»Aber du wolltest es trotzdem tun.«

»Es war Jacks Plan. Damals wusste ich nicht, was ich sonst hätte tun sollen.«

»Grundgütiger! Was für ein Betrug!«

»Nun, ich steckte in einer Zwickmühle. Ich hatte das Baby, und meine größte Angst war, dass Jack mich zum Roten Kreuz zurückbringen würde und ich mit Elise wieder auf dieses Todesschiff müsste.«

Ach, wenn es nur dazu gekommen wäre! Ich zittere fast vor Empörung. »Und in dieser Zeit bin ich in Wedding Tree herumgesessen und habe darauf gewartet, dass Jack heimkommt und mich heiratet. Ich hatte nicht die leiseste Ahnung, was los war.«

»Aber damals hat er dich doch angerufen.«

Ja, an diesen Anruf erinnere ich mich noch sehr gut. Ich hatte sehnsüchtig darauf gewartet. Er hatte sich zwar gemeldet, sobald er in den USA gelandet war, aber das war ein sehr unbefriedigendes Gespräch gewesen. Er hatte von einem Offiziersklub aus angerufen. Im Hintergrund herrschte ein schreckliches Stimmengewirr, und das Telefonat war auf fünf Minuten beschränkt.

Mutter und ich hätten ihn gern getroffen, aber von dort aus sollte er nach San Antonio reisen und im Lazarett des dortigen Stützpunktes in einer Verbrennungsintensivstation arbeiten. Damals erklärte er, dass er auf dem Militärgelände leben und sehr viel zu tun haben würde und deshalb keine Zeit mit uns verbringen könnte.

Als er dann von New York aus anrief, teilte er mir zu meiner Überraschung mit, dass er nicht mehr in San Antonio sei. Erst einige Zeit später erfuhr ich, dass er bereits aus dem Militärdienst ausgeschieden war. Als er mir sagte, dass er auf dem Weg in den Westen sei, war ich völlig entgeistert.

»Ist das ein militärischer Einsatz?«, fragte ich.

»Hm, eigentlich nicht«, erwiderte er. »Ich möchte gern die Familie des Mannes besuchen, der mir das Leben gerettet hat.«

»Oh Jack, nein! Schreib ihnen doch einfach. Das sollte wirklich reichen.«

»Ich muss ihnen etwas vorbeibringen.«

»Du meine Güte! Warum schickst du es ihnen nicht per Post?«

»Ich muss es persönlich abgeben. Wenn ich wieder in Wedding Tree bin, erzähle ich dir mehr.«

»Nun, ich verstehe das einfach nicht«, erwiderte ich aufgebracht. »Überhaupt nicht. Und Mutter will unbedingt den Termin für unsere Hochzeit wissen.«

»Ich habe dir doch schon gesagt, dass ich noch ein paar Wochen brauche, um einiges zu erledigen. Dann komme ich heim und besuche dich, aber bevor wir heiraten, muss ich noch eine sechswöchige Fortbildung in Reno machen.«

»Wie viele Wochen wird es insgesamt dauern? Weißt du, wie lange ich schon gewartet habe? All unsere Freunde sind bereits verheiratet.«

»Das ist kein Wettkampf, Schätzchen.«

»Ich weiß, ich weiß. Aber trotzdem kann ich es kaum erwarten, dass …«

»Ich weiß, Liebling. Ich verstehe dich. Wirklich. Sag mal, kann ich mal kurz mit deinem Vater sprechen?«

»Ja, natürlich.«

Ich war froh, das Telefon an meinen Vater weiterzureichen. Mutter wollte sofort wissen, ob er sich auf ein Hochzeitsdatum festgelegt hatte. Ich schüttelte den Kopf, und sie biss sich erregt auf die Lippen.

Mit halbem Ohr lauschte ich dem, was Daddy sagte. »Die Mädels sind ganz aus dem Häuschen wegen der Hochzeitspläne. Sie wollen einen festen Termin.«

Danach sagte er ziemlich lange nichts mehr. Offenbar redete Jack umso mehr.

»Verstehe«, kam es schließlich von meinem Daddy. »Nun, tu, was du tun musst. Ich respektiere deine Entscheidung. Vielleicht sollten wir den Frauen klarmachen, dass es am besten wäre, den Termin auf den Sommer zu legen.«

»Auf den Sommer? Nein!« Ich stampfte mit dem Fuß auf den Boden.

Als Daddy auflegte, bestürmte ich ihn sofort mit Fragen.

»Was hat er dir gesagt?«

»Dasselbe, was er dir auch gesagt hat, nehme ich mal an. Er hatte etwas in New York zu erledigen, und jetzt macht er sich auf den Weg zu der Familie des Mannes, der ihm das Leben gerettet hat. Danach kommt er her, aber dann wird er noch nach Nevada gehen müssen, um dort eine sechswöchige Fortbildung zu machen, und dann könnt ihr heiraten.«

»Also, ich finde diese Reise nach Montana lächerlich.«

»Ich finde sie bewundernswert«, entgegnete Daddy.

»Ich finde, er ist rücksichtslos.«

»Das hängt davon ab, wem gegenüber.«

»Mir gegenüber natürlich. Ich bin seine Verlobte, und ich habe ihn seit fast einem Jahr nicht mehr gesehen.«

»Hör mal, Kat: Er hat einiges durchgemacht. Menschen sind vor seinen Augen gestorben. Er hat Kugeln und Granatsplitter aus jungen Männern herausoperiert, die nie mehr dieselben sein werden. Du hast keine Ahnung, wie sehr der Krieg einen Mann verändern kann. Du kannst nicht damit rechnen, dass derselbe

Mann, der hier vor einem Jahr abgereist ist, genauso sorglos in wenigen Tagen vor deiner Tür stehen wird. Er muss einiges verarbeiten. Er muss lernen, damit zu leben, dass er am Leben ist und viele gute Männer es nicht mehr sind.«

»Ich spüre, dass etwas nicht stimmt, Daddy. Ich spüre, dass er mich nicht mehr so liebt wie früher.«

»Nun, ich denke mir, dass all seine Gefühle sich ein wenig verändert haben. Das macht der Krieg eben mit einem Mann. Aber das heißt nicht, dass er sich nicht davon erholen wird.«

Dennoch wusste ich, dass etwas nicht stimmte. In jener Nacht lag ich schlaflos im Bett und starrte auf die Decke. Ich dachte daran, einfach in den nächsten Zug zu steigen, um ihn zu treffen. Vielleicht sollte ich ihn in Whitefish abholen? Wenn seine Liebe zu mir abkühlte, dann sollte ich sie vielleicht wieder neu entfachen?

»Er kam mir so anders vor, und ich dachte, es läge an mir, ihm zu helfen, wieder so zu werden wie früher«, sage ich nun zu Amélie. »Ich habe es gefühlt, aber ich habe nichts getan. Es gab etwas, was ich hätte tun sollen, aber nicht getan habe. Kannst du dir vorstellen, wie sich das anfühlt?«

»Sehr gut sogar«, erwidert sie. »Ich hatte das Gefühl, dass ich Yvette und Joshua und meine Eltern im Stich gelassen hatte, obwohl ich eigentlich nichts hätte tun können, um sie zu retten. Aber genau deshalb war ich so wild entschlossen, Elise auf gar keinen Fall im Stich zu lassen. Ihr ganzes Leben lag noch vor ihr. Zum Glück wollte auch Jack dafür sorgen, dass Elise in Amerika ein Zuhause fand.«

»Aber das wollte er doch nur, weil er dachte, sie sei Dougs Kind.«

»Ja.«

»Was sie nicht war.« Empörung lodert in mir auf. »Wie konntest du es nur zulassen, dass er euch nach Whitefish brachte, um Dougs Familie zu treffen?«

»Damals fragte ich mich: Wie kann ich ihn daran hindern? Wenn ich ihm die Wahrheit gesagt hätte und er herausgefunden hätte, wie weit meine Lügen reichten – wenn ich das in jener Nacht in New York getan hätte, dann hätte er mich auf das Schiff zurückgebracht, und Elise hätte die Rückreise womöglich nicht überlebt. Für mich gab es nur zwei Möglichkeiten: Entweder mit Jack weiterzugehen oder auf das Schiff zurückzukehren. Das wollte ich auf keinen Fall. Ich hatte keine andere Wahl.«

»Man hat immer eine andere Wahl«, zische ich.

»Ach ja?« Ihr Blick ist stechend wie eine Haarnadel. »Was hättest du an meiner Stelle getan?«

»Nun, ich hätte mich erst gar nicht in diese Lage gebracht«, schnaube ich.

»Und ich wäre nicht in deiner gewesen«, kontert sie. »Denn wenn ich du gewesen wäre, hätte ich Jack vor seiner Abreise geheiratet.«

Ich habe das Gefühl, als wäre plötzlich die Luft aus diesem Raum gewichen. Es dauert eine Weile, bis ich wieder atmen kann. Wie kann sie es wagen? Es ist ein Schlag direkt ins Herz, direkt auf meine verwundbarste Stelle. Es ist sehr wahrscheinlich das Einzige, was ich in meinem Leben zutiefst bereue – oder es wäre das Einzige, wenn ich mir solche Gefühle zugestehen würde.

Amélie beugt sich vor. »Alles in Ordnung?«

Es kostet mich einige Mühe, meinen verspannten Kiefer zu lockern, um ihr eine Antwort zu geben. Koste es, was es wolle – ich werde ihr nicht zeigen, wie sehr mich ihre Bemerkung erschüttert hat.

»Ja«, sage ich schließlich. »Bitte erzähl weiter.«

47
Amélie, 1946

Allmählich gewöhnte ich mich an die Vorstellung, nach Montana zu gehen. Eigentlich war es doch gar nicht so schlimm, wenn Elise in dem Glauben aufwuchs, dass diese Fremden ihre Großeltern waren. Immerhin würden sie sie sehr wahrscheinlich ins Herz schließen. Doch konnte ich solch verletzliche Menschen derart belügen? Konnte ich mit einer solchen Lüge leben? Das bezweifelte ich.

Wenn du Zweifel hegst, erkaufe dir Zeit. Diese Lektion hatte ich im Widerstand gelernt. Ich musste ja nicht auf der Stelle entscheiden, wie ich mich bei Dougs Eltern verhalten würde. Im Moment musste ich einfach nur von diesem schrecklichen Schiff wegkommen, bis es abgelegt hatte.

Also stimmte ich Jacks Vorschlägen zu. Wir fuhren mit einem Taxi zu seinem Hotel. Unterwegs hielt er Elise und lockte sie aus einer kleinen Verstimmung heraus. Das war ihm auch in Paris immer wieder gelungen. Er hatte wirklich ein Händchen für sie. Er redete sanft mir ihr, lächelte sie an, trat mit ihr in Blickkontakt. Er behandelte sie so, wie ich es mir allmählich für mich selbst wünschte.

An der Hotelrezeption – das Hotel wirkte nicht übermäßig teuer, auch wenn es Türsteher und Kofferträger gab – erfuhren wir, dass im Moment alle Zimmer belegt waren.

»Na, dann müssen wir eben eines teilen«, erklärte Jack dem Mann hinter der Theke.

Der Mann spähte über seine Brille und schürzte die Lippen, als hätte Jack etwas Unmoralisches vorgeschlagen. »Sind Sie denn verheiratet?«

Jacks Ohren wurden rot. »Ja, das sind wir.«

»Dafür benötige ich Ihre Papiere.«

Jack forderte mich auf Französisch auf, dem Angestellten meinen Pass zu zeigen, in dem mein Ehename eingetragen worden war.

Mit hochrotem Gesicht gab mir der Mann meinen Pass zurück. »Es tut mir leid, aber in diesem Hotel gibt es gewisse Vorschriften, und nachdem Sie zuerst um zwei getrennte Räume gebeten hatten, dachte ich …«

»Meine Frau ist gerade aus Frankreich gekommen, und … und … wir waren länger getrennt«, stammelte Jack verlegen. »Ich dachte, vielleicht würden sie und das Baby sich in einem separaten Zimmer heute Nacht wohler fühlen.«

»Verstehe.« Der Rezeptionist war offenkundig genauso verlegen wie Jack. Es amüsierte mich, dass in einem amerikanischen Hotel die Moralvorstellungen der Gäste kontrolliert wurden. »Nun, ich kann für das Baby ein Bettchen aufstellen lassen.«

»Das wäre sehr hilfreich. Vielen Dank.«

Jack legte die Hand auf meinen Rücken und dirigierte mich zum Aufzug. Wir fuhren in die zwölfte Etage – viel höher, als ich jemals gewesen war.

»Du nimmst das Bett«, sagte er. »Ich schlafe auf dem Sofa.«

In dem Zimmer gab es gottlob ein eigenes Bad. Nach der Schiffsreise kam mir das unglaublich luxuriös vor. Ich badete Elise, dann legte ich sie in das Bettchen. Als sie eingeschlafen war, ließ ich mir ein heißes Bad ein. Vor Vergnügen seufzend sank ich in das warme Wasser.

Durch die geschlossene Tür hörte ich, wie Jack jemanden anrief. Ich hörte ihn leise murmeln und schnappte das Wort »Liebling« auf. Eifersucht durchzuckte mich. Die Frau, die er heiraten würde, hatte wirklich enormes Glück. Sie würde ein sicheres Zuhause haben, ihre Kinder würden einen liebevollen, fürsorglichen Vater haben und sich nie über ihre nächste Mahlzeit den Kopf zerbrechen müssen.

Und sie würde Jack in ihrem Bett haben. Bei dem letzten Gedanken fing mein Bauch zu kribbeln an.

Er klopfte leise an die Tür. »Ich hole rasch ein paar zusätzliche Decken«, verkündete er. »Bin gleich wieder da.«

Ich murmelte zustimmend, dann stieg ich aus der Wanne und zog meinen alten Morgenrock an, kämmte mir rasch die Haare und ging ins Bett. Ich war froh, dass ich das ohne Jack im Raum tun konnte. Das Bett war weich und groß, die Laken rochen sauber. Es fühlte sich paradiesisch an. In einem so bequemen Bett war ich seit Kriegsbeginn nicht mehr gelegen.

Wenige Minuten, nachdem ich unter die Decke gekrochen war, sperrte Jack die Tür mit dem Zimmerschlüssel auf, den er mitgenommen hatte. Er richtete sich ein Bett auf dem Sofa her, das auf der gegenüberliegenden Zimmerseite stand, dann ging er unter die Dusche.

Ich war erschöpft und hätte eigentlich sofort einschlafen müssen, doch mir war nur allzu bewusst, dass Jack auf der anderen Seite der Tür nackt war. Schließlich trat er, begleitet von Dampf und dem Duft nach Seife, aus dem Bad und machte es sich auf dem Sofa bequem.

»Bonne nuit«, flüsterte ich.

»Bonne nuit«, erwiderte er.

Ich hörte, wie sein Schlafanzug raschelte, und dann hörte ich ihn atmen. Es war allerdings nicht der regelmäßige, langsame Atem eines Schlafenden, sondern der Atem von jemandem, der genau wie ich noch hellwach war.

Ich dachte daran, etwas zu sagen, wusste aber nicht, was. So lag ich stumm da und lauschte den Geräuschen der Stadt – einer Stadt, die ganz anders war als Paris. Hier klangen die Sirenen anders, der Verkehr war lauter, die Leute sprachen Englisch. Ich lauschte Elises langsamen, regelmäßigen Atemzügen, die anzeigten, dass sie tief und fest schlief. Ich lauschte Jacks regelmäßigem Atem im Dunkeln. Ich lauschte dem übermäßig lauten Pochen meines Herzens.

Irgendwann in den frühen Morgenstunden schlief ich dann wohl doch ein, denn ich wurde von Wasser, das im Bad lief, und der Sonne, die durchs Fenster hereinschien, geweckt.

48
Amélie, 1946

Jack trat frisch rasiert und nach Zahnpasta duftend aus dem Bad. Sein ärmelloses Unterhemd gab den Blick auf seine breite Brust und seine muskulösen Arme frei. Als sich unsere Blicke trafen, erstarrte er.

»Bonjour«, sagte er.

»Bonjour.« Ich bemerkte, dass sein Blick zu meiner Brust wanderte. Mein Nachthemd war vom vielen Waschen so fadenscheinig, dass es fast durchsichtig war. Rasch griff ich zu meinem Morgenmantel.

Beinahe zur gleichen Zeit zog er ein Hemd aus seinem Koffer und schlüpfte hinein. Dann wandte er sich Elise zu, die gurrend in ihrem Bettchen saß. »Guten Morgen, mein kleiner Sonnenschein!«, sagte er.

Ich wickelte mich fest in meinen Morgenrock ein. »Wahrscheinlich würde sie sich über eine frische Windel freuen«, meinte ich.

Er lächelte. »Ich kümmere mich darum.«

Ich war überrascht, aber auch froh über die Gelegenheit, schnell ins Bad schlüpfen zu können. Als ich herauskam, war sein Hemd zugeknöpft und in die Hose gesteckt, und er beugte sich über Elise, die auf einem mit Handtüchern bedeckten Teil des Sofas lag.

Mit höchster Konzentration versuchte er, die Windel mit einer Sicherheitsnadel zu befestigen. »Ich habe Angst, sie zu stechen oder die Windel zu eng zu binden. Aber ich glaube, jetzt sitzt sie zu locker.«

»Ich mach das schon.« Unsere Arme berührten sich, als ich mich zu Elise vorbeugte. Seine Haut fühlte sich warm an. Wir zogen uns beide hastig zurück.

»So etwas wird einem im Medizinstudium nicht beigebracht«, sagte er.

»Vielleicht sollte es das.«

Er grinste. »Wahrscheinlich. Diese Sicherheitsnadel ist scharf wie ein Skalpell.«

»Sie anzubringen erfordert allerdings nicht dasselbe Maß an Können und Erfahrung.«

»Vermutlich wäre Elise anderer Meinung.« Wir lächelten einander kurz an. »Wie wär's, wenn ich uns ein Frühstück besorge? Unterdessen kannst du dich in Ruhe anziehen.«

»Das wäre schön.«

Er kam mit Tee, Kaffee, Milch, Saft, Obst und ein paar Gebäckstücken zurück. Ich machte Elise ein Fläschchen mit dem Teewasser. Wir setzten uns an den Tisch. Elise saß auf meinem Schoß, nuckelte an ihrer Flasche und aß kleine Häppchen Muffin und Obst von meinem Teller.

»Wann hast du sie entwöhnt?«, fragte er.

»Entwöhnt?« Ich war mir nicht ganz sicher, was er damit meinte. Schließlich trank Elise ja noch aus der Flasche.

»Aufgehört, sie zu stillen.«

»Ach so. Ich – äh – ich habe sie nicht gestillt.«

»Warum nicht?« Die Überraschung in seiner Stimme versetzte mich in höchste Alarmbereitschaft.

»Ich hatte gehört, dass Säuglingsnahrung besser sei.«

»Manche Ärzte – zu denen auch ich gehöre – denken, dass man der Natur immer den Vorzug geben sollte.« Er musterte mich eingehend. »Wie konntest du dir die Säuglingsnahrung leisten? War sie nicht schwer zu beschaffen?«

»Nun, äh – eine Freundin von mir, sie … sie wurde ebenfalls schwanger. Der Vater ihres Kindes hatte einen Zugriff auf Säuglingsnahrung und legte einen Vorrat für sie an.«

»Er hat sie gestohlen?«

»Ich finde nicht, dass etwas ein Diebstahl war, wenn es den Nazis gehörte.« Ich musste mir genau überlegen, was ich jetzt sagte. »Wie dem auch sei, sie hatte eine Fehlgeburt, und dann … dann hat sie mir die Säuglingsnahrung gegeben.«

»Es wundert mich, dass der Mann deiner Freundin sie nicht zurückhaben wollte, um sie zu verkaufen.«

»Zu dem Zeitpunkt war er nicht mehr da.«

»Er wurde erwischt?«

»Davon gingen wir aus.« Ach, warum arbeitete mein Gehirn nicht ein bisschen schneller? »Im Krieg verschwanden die Leute manchmal einfach so. Er hat für den Widerstand gearbeitet.«

»Ach so. Und diese Freundin – woher kanntest du sie?«

»Wir haben uns in dem Hotel getroffen, in dem ich gearbeitet habe.«

»Das war vor Elises Geburt?«

Allmählich sah ich kein Land mehr. Wann hatte ich seiner Meinung nach angefangen, im Hotel zu arbeiten? »Hm – ja.«

»Dann warst du also in Paris, bevor Elise zur Welt kam? Ich dachte, sie ist in der Normandie geboren.«

Oh weh, die Sache wurde immer komplizierter. Bleib, wenn irgend möglich, bei der Wahrheit! »Sie – äh – nein. Elise kam in Paris zur Welt. Ich bin nach Paris, nachdem das Haus meiner Eltern bombardiert worden war.«

Er runzelte die Stirn. »Aber du hast doch erzählt, dass du von einer Hebamme entbunden wurdest. Deshalb hatte Elise keine Geburtsurkunde.«

»Ja, eine Hebamme hat uns bei der Geburt beigestanden. Ich war sehr arm. Das Leben war sehr schwer. Ich hatte kein Geld für ein Krankenhaus.«

»Verstehe.«

Ich fürchtete, dass er nur eines verstand: dass ich log. Ich tat so, als hätte mich die Uhr auf der Kommode in ihren Bann gezogen. »Ach herrje! Sieh nur, wie spät es schon ist. Der Morgen vergeht wie im Flug. Sollten wir uns nicht langsam auf den Weg zum Bahnhof machen?«

»Ja, das sollten wir.«

Wir packten unsere Sachen und redeten über andere Dinge, doch mir war klar, dass Jacks Zweifel an mir, die ihn seit meiner Ankunft befallen hatten, neue Nahrung erhalten hatten.

49
Amélie, 1946

Meine Sorgen wuchsen, als wir das Hotel verließen. Jack hatte den Mann an der Rezeption nach dem Weg zum Bahnhof gefragt, dann aber die entgegengesetzte Richtung eingeschlagen.

»Wohin gehen wir?« Ich drückte Elise fest an mich, während Jack uns durch die vielen Passanten auf dem Trottoir lotste.

»Wir müssen noch etwas abholen.«

»Was denn?«

Er grinste mich an. »Deine Fotos.«

»Meine … meine Fotos?« Ich erstarrte und wäre beinahe von einem Mann, der hinter mir ging, umgerannt worden. »Aus der Kamera? Ach, ich kann es mir unmöglich leisten …«

»Keine Sorge, die Rechnung geht auf mich. Ich habe einen Fotoladen gleich um die Ecke entdeckt, der rund um die Uhr geöffnet hat, und habe den Film gestern Abend, als du in der Wanne warst, dort abgegeben. Sie meinten, die Fotos seien heute früh fertig.«

»Wie aufmerksam von dir«, erwiderte ich einigermaßen bemüht. Ja, er war aufmerksam und freundlich und … neugierig. Oder war das nur meine Paranoia? Oh weh – was war eigentlich auf diesem Film? Der Fotoapparat hatte Yvette gehört.

Rasch eilte ich ihm nach und betrat mit ihm das Geschäft.

Jack begrüßte den Mann hinter der Ladentheke. »Ich würde gern ein paar Fotos abholen, auf den Namen Jack O'Connor.«

»Ah ja.« Der Mann lächelte mich an. »Ihre Haare schauen jetzt viel besser aus als auf den Fotos.«

Ich sah bestimmt ziemlich bestürzt aus, doch zum Glück fiel mir ein, dass ich angeblich kein Englisch konnte.

»Möchtest du sie dir anschauen?«, fragte Jack. »Ich halte unterdessen Elise.«

»Jetzt nicht«, erwiderte ich. »Später, wenn ich mich hinsetzen kann.«

»Wir haben viel Zeit im Zug.« Er reichte mir die Tüte, und ich steckte sie in meine Handtasche. Wir traten auf die lärmende Straße hinaus. Es wehte ein eisiger Wind. Jack winkte ein Taxi herbei.

»Zur Penn Station, bitte«, sagte er dem Fahrer.

Der Mann am Fahrkartenschalter warf einen Blick auf den Fahrplan. »Nach Chicago dauert es zweiundzwanzig Stunden, dort müssen Sie umsteigen in einen Zug nach Williston, North Dakota. Dann müssen Sie noch mal umsteigen. Die Reise dauert etwa sechsundfünfzig Stunden. Von dort aus sind es dann weitere zwölf Stunden nach Whitefish.«

»Na gut«, sagte Jack. »Von wie vielen Tagen sprechen wir?«

»Mit der Wartezeit zwischen den Zügen vier.«

Jack stieß einen Seufzer aus. »Okay. Wir brauchen zwei Fahrkarten mit separaten Schlafplätzen für die Nachtfahrten, bitte.«

Der Mann spähte neugierig über seine Nickelbrille. »Es sind nur Sie und die Missus, oder?«

»Ja, und das Baby.«

»Eine Doppelliege sollte reichen. Das Baby kann in einem Ihrer Koffer schlafen. So machen es die meisten Leute. Auf dem Boden ist Platz für den Koffer.«

»Wir hätten gern getrennte Schlafplätze.«

»Getrennt?« Er sah erst mich an, dann Jack, dann senkte er den Blick. »Okay, ich schau mal, was ich für Sie tun kann. Wir sind momentan sehr voll, der Krieg ist vorbei und alle fahren kreuz und quer und versuchen, nach Hause zu kommen und so weiter.« Er setzte sich an einen Fernschreiber, tippte ein paar Daten ein und zog einen kleinen Zettel aus dem Gerät, mit dem er an den Schalter zurückkehrte. »Es tut mir leid, aber wenn Sie heute loswollen, müssen Sie zumindest einen Teil der Reise mit einer Doppelliege vorliebnehmen. Wenn Sie unbedingt zwei separate Liegen für die ganze Reise haben wollen, dann müssen Sie warten …« Er drückte wieder ein paar Tasten. »Puh, sieht aus, als ginge das erst in drei Wochen. Es stehen eine Menge Truppentransporte an.«

»Drei Wochen!«, rief Jack entgeistert.

Der Mann zog die Brauen hoch. »Sie sind doch verheiratet, oder? Warum können Sie sich denn keine Liege teilen?«

»Tja nun, ich – tja, ich schnarche.«

Jack war ein grauenhafter Lügner. Ich weiß nicht, ob meine Müdigkeit daran schuld war oder Jacks offenkundiges Unbehagen, die verwirrte Miene des Fahrkartenverkäufers oder eine Mischung aus allem. Jedenfalls konnte ich mir nicht helfen: Ich begann, lauthals loszuprusten.

Jack starrte mich an. Seine Miene war so seltsam, dass ich dachte, er wolle mich dazu auffordern, seine Geschichte zu bestätigen.

»Er schnarcht wie ein Walross«, sagte ich. »Normalerweise stört mich das nicht, aber ich – ich bin schwanger, und deshalb schlafe ich nicht sehr tief. Doch wir schaffen das schon mit einer Doppelliege.«

Der Mann lächelte freundlich. »Herzlichen Glückwunsch und alles Gute für das neue Kleine! Meine Frau ist ebenfalls guter Hoffnung.«

Er wandte sich wieder an sein Gerät, doch Jack starrte mich weiter an. Erst in diesem Moment wurde mir klar, dass er mich deshalb so seltsam anstarrte, weil ich Englisch nicht nur verstanden, sondern auch noch gesprochen hatte.

Ich ärgerte mich maßlos über mich selbst. Mon Dieu! Ich hatte es durch den Krieg geschafft, ohne preiszugeben, dass ich auch nur ein Wort Englisch oder Deutsch verstand. Jahrelang hatte ich dieses Geheimnis bestens gehütet. Und jetzt hatte ich mich nach nur einem Tag in Jacks Gesellschaft verraten!

Ich wandte mich ab, tat so, als müsste ich Elise schaukeln und betrachtete die Passagiere, die aus einem Zug strömten, während Jack die Fahrkarten bezahlte. Mir wurde schlecht vor Angst.

Obwohl er meinen und seinen Koffer trug, schaffte er es, mich fest am Ellbogen zu packen und zu einer Bank zu lenken. »Ich wusste nicht, dass du Englisch sprichst.«

»Das – das tue ich auch nicht«, erwiderte ich auf Französisch. »Je-jedenfalls nicht gut.«

»Vorhin wirkte es fließend.«

»Ich …« Ich ließ Elise auf und ab hüpfen, während ich fieberhaft, jedoch vergeblich, versuchte, mir eine Erklärung auszudenken. Ich war zu nervös, um mich hinzusetzen.

An Jacks Kinn zuckte ein Muskel. Er war wütend. Sehr wütend.

»Woher kann ein Bauernmädchen aus der Normandie perfekt Englisch sprechen?«, fragte er auf Englisch.

Es war sinnlos, weiterhin so zu tun, als verstünde ich ihn nicht. »Mein Englisch ist nicht perfekt«, erwiderte ich in seiner Sprache.

»Du scheinst mich sehr gut zu verstehen. Tu nicht so, als ob das nicht der Fall wäre.«

Ich hob die Schultern.

»Wann hast du es gelernt?«

»Als junges Mädchen.« Bleib bei der Wahrheit, zeige dich entgegenkommend. »Tatsächlich spreche ich auch Deutsch.«

»Grundgütiger!« Er starrte mich an. »Wie kommt das?«

Verbiege die Wahrheit nur ein bisschen, damit die Geschichte wahr klingt. »Der Vater meiner Freundin war Linguistikprofessor.«

»Ein Linguistikprofessor? Mitten auf dem Land?«

Lass dir eine logische Erklärung einfallen. Halte sie so einfach wie möglich. »Er war querschnittgelähmt. Es ist bei einem Autounfall passiert. Er zog mit seiner Frau und seiner Tochter auf den Hof seines Vaters. Er hat meiner Freundin, mir und meinen Brüdern Englisch und Deutsch beigebracht, nach der Schule und in den Ferien.«

»Und deine Eltern waren damit einverstanden?«

»Meine Eltern waren einfache Leute, aber sie wussten den Wert von Bildung zu schätzen. Sie wünschten sich ein besseres Leben für mich und meine Brüder.«

»Warum hast du mir verheimlicht, dass du Englisch sprichst?«

»Das … das habe ich nicht. Dein Französisch war so gut, dass ich einfach nicht daran dachte.«

Er presste die Lippen zusammen, und seine Augen funkelten zornig. Auch wenn ich keine richtige Angst vor ihm hatte, war ich doch froh, dass wir nicht allein waren und er seiner Wut keinen freien Lauf lassen konnte. »Du hast niemals versucht, in meiner Sprache mit mir zu reden, und hast mich ständig alles übersetzen lassen, seit du hier bist. Warum nur? Warum?«

Elise zog an meinen Haaren. Ich nestelte an dem Kragen ihres Kleidchens. »Es war mir peinlich.«

»Peinlich?« Er starrte mich finster an. »Als ob es nicht peinlich für mich gewesen wäre, alles zu übersetzen. Was soll ich mit dieser Antwort anfangen?«

»Ich wollte es dir ja sagen, aber ich fand einfach nicht den passenden Moment, und dann ging es schon so lange, dass ich dachte, den richtigen Zeitpunkt verpasst zu haben. Ich wusste einfach nicht, wie ich es dir sagen sollte.«

»Wie wär's, wenn du einfach gesagt hättest: Ach, übrigens, ich spreche sehr gut Englisch?«

»Ich wollte nicht, dass du denkst, ich hätte ein Problem mit deinem Französisch. Ich … ich wollte einfach nicht unhöflich sein.«

»Unhöflich?« An seiner Schläfe trat eine Ader hervor. »Du hast gedacht, es wäre höflich, mich alles übersetzen zu lassen?«

So gesehen klang es wirklich ziemlich töricht. »Am Anfang habe ich nichts gesagt, weil ich daran gewöhnt war, zu verbergen, dass ich verstand, was um mich herum vorging. Und als mir klar wurde, dass ich es dir sagen sollte, war es schon so lange so gelaufen, dass ich mich geschämt habe.«

»Oha – jetzt reicht's aber.« Er hielt die Hand hoch.

Ausgerechnet in diesem Moment fing Elise zu weinen an. Zweifellos spürte sie die Spannung zwischen uns. »Entschuldige mich kurz«, sagte ich. »Ich muss einen Ort suchen, wo ich ihr die Windel wechseln kann.«

Als ich zurückkehrte, schien Jack sich ein wenig beruhigt zu haben. Er wartete, bis ich mich mit Elise auf die Bank gesetzt hatte, dann setzte er sich neben mich. »Was soll das heißen, dass du daran gewöhnt warst, zu verbergen, dass du verstanden hast, was um dich herum vorging?«

»Na ja, du weißt ja, dass ich während der Besatzungszeit für die Résistance gearbeitet habe. Das habe ich auch nach meinem Umzug nach Paris getan. Ich habe eine Stelle als Zimmermädchen in einem Hotel ergattert und meine Sprachkenntnisse benutzt, um deutsche Offiziere zu belauschen.«

»Du hast während deiner Schwangerschaft gearbeitet?«

Es machte mich nervös, von mir zu erzählen. Ich hatte Angst, etwas zu sagen, was im Widerspruch zu dem stand, was ich ihm bereits erzählt hatte. »Ja. Man sah mir die Schwangerschaft nicht sofort an, und dank meiner Nähkünste habe ich es geschafft, sie fast bis zum Schluss zu verbergen. Ich habe bis einen Monat vor Elises Geburt gearbeitet.«

Er saß eine Weile stumm da. Sein Zorn schien verflogen. »Du hast in Frankreich mal kurz erwähnt, dass du die Taschen und Koffer von Nazis durchstöbert hast. War das in diesem Hotel?«

Ich nickte. »Ich habe alles durchsucht, was mir in die Finger fiel, und habe ihre Gespräche belauscht. Keiner von ihnen kam darauf, dass ein Zimmermädchen ihre Sprache beherrschte.«

Auf dem gegenüberliegenden Gleis rollte ein Zug in den Bahnhof und fuhr dann in der entgegengesetzten Richtung weiter, bis er langsamer wurde und quietschend zum Stehen kam. Genau das muss ich mit diesem Gespräch machen, dachte ich: es auf ein anderes Gleis lenken und in eine andere Richtung.

»Ich musste arbeiten, weil ich arm war und kein Zuhause mehr hatte. Aber vermutlich kannst du dir gar nicht vorstellen, wie so etwas ist. Du hast gesagt, du hattest ein Kindermädchen, das dir Französisch beigebracht hat. Deshalb gehe ich davon aus, dass deine Familie sehr wohlhabend ist. Vermutlich schaust du auf mich herab, weil ich arm bin.«

»Oh nein! Nein, ich werfe niemandem vor, arm zu sein. Und

du irrst dich – meine Familie war nicht wohlhabend. Nach dem Tod meines Vaters ging es uns richtig schlecht.«

Der Lärm eines weiteren einfahrenden Zuges verhinderte, dass wir weiterreden konnten. Elise wurde unruhig, als der Zug immer lauter dröhnte und die Luft sich mit Dieselgestank füllte. Die Bremsen quietschten, und der Zug fuhr langsam an uns vorbei. Endlich blieb er stehen. Die Passagierwaggons befanden sich direkt vor uns.

»Das ist unser Zug nach Chicago«, sagte Jack.

In unserem Abteil gab es zwei gegenüberliegende Sitze, die man zu einem Bett aufklappen konnte. Darüber gab es noch eine weitere Liegefläche. Schwere grüne Vorhänge hingen zusammengerafft an Messinghaken neben den Fenstern.

Einzusteigen und sich auf unseren Plätzen niederzulassen lieferte eine dringend nötige Ablenkung. Elise hatte Lust, ein bisschen zu spielen, was ebenfalls dazu beitrug, die Spannung zwischen uns zu vertreiben. Ich gab Jack keine Gelegenheit, mich weiter auszufragen. Sobald der Zug sich wieder in Bewegung setzte, stellte ich ihm ein paar Fragen. »Du hast gesagt, deine Familie hatte eine schwere Zeit, nachdem dein Vater gestorben war. Heißt das, dass ihr früher reich wart?«

»Nein. Na ja, meine Mutter … Sie kam aus einer begüterten Familie in Charleston, und sie war an ein besseres Leben gewöhnt. Sie tanzte gern auf großen Bällen. Mein Vater hingegen war ein Erdbeerfarmer aus Louisiana.«

»Wie haben sie sich denn kennengelernt?«

»Sie haben sich während des Großen Krieges getroffen und sich bis über beide Ohren ineinander verliebt. Ihre Eltern lehnten ihn ab, aber sie ist ausgebüxt und hat ihn trotzdem geheiratet.«

»Ach du meine Güte.«

»Sie hätte auf ihre Eltern hören sollen. Die beiden waren grundverschieden. Man kann sich kaum ein Paar vorstellen, das so unterschiedlich war wie sie. Es herrschte viel Unruhe bei uns zu Hause, viel Streit, viel Brüllerei.« Er schüttelte den Kopf. »Aber eines lernt man, wenn man in so einem Haushalt aufwächst: dass man kein solches Leben führen möchte.«

»Das kann ich mir gut vorstellen.«

»Das ist einer der Gründe, warum ich meine Verlobte heiraten werde. Ich wünsche mir ein ruhiges, friedliches Familienleben.«

Das kam mir irgendwie seltsam vor. »Woher willst du denn wissen, dass dir deine Verlobte so ein Leben ermöglichen wird?«

»Nun, sie ist ihrer Mutter sehr ähnlich, und ich bin ihrem Vater sehr ähnlich. Er ist sehr rational und vernünftig, sie ist häuslich und gesellig. Ich habe das Gefühl, dass das eine Blaupause ist für das Leben, das meine zukünftige Frau und ich führen werden.«

»Aus diesem Grund hast du dich mit ihr verlobt?«

»Ich finde, das ist ein sehr guter Grund.«

»Und was ist mit der Liebe?«

»Na ja, die ist natürlich auch wichtig.«

»Die hast du aber nicht erwähnt.«

»Warum hätte ich das tun sollen? Schließlich heirate ich sie.«

»Ich verstehe.« Aber ob ich es wirklich verstanden hatte, wusste ich nicht. »Wie heißt sie denn?«

»Kat.«

»Wie das Tier?«

»Das ist eine Abkürzung für Katherine. Aber sie hat große grüne Augen wie eine Katze.«

»Das klingt sehr hübsch.«

»Oh ja, das ist sie.«

»Hast du ein Foto von ihr?«

»Ja.«

Er zog eine in einem Fotoatelier gemachte Aufnahme aus seiner Brieftasche. Ich verspürte einen Stich der Eifersucht. Die Frau sah aus wie eine Schauspielerin oder ein Mannequin. »Sie ist wunderschön.«

Er lächelte. »Ja.«

»Was hat Kat denn gemacht in der Zeit, in der du weg warst?«

»Sie studiert noch.«

Wieder verspürte ich einen Stich, diesmal des Neids. »Was studiert sie denn?«

»Hauswirtschaft. Sie möchte die beste Ehefrau und Mutter werden.«

»Aha.« Ich wusste zwar nicht, wie ein Studium einem dabei helfen konnte, aber schließlich gab es vieles, was ich nicht wusste.

»Und wie habt ihr zwei euch kennengelernt?«

»Durch die Kirche. Vermutlich habe ich sie mein Leben lang gekannt, aber wir sind uns nähergekommen, weil ihr Vater Arzt ist und ich gern mit ihm über diesen Beruf reden wollte.«

»Seid ihr denn in eurer ganzen Schulzeit miteinander gegangen?«

»Nein. Sie war zwei Klassen unter mir. Wir haben erst ein paar Monate, bevor ich mit der Highschool fertig war, angefangen, uns zu verabreden.«

»War sie deine erste Freundin?«

Er schüttelte den Kopf. »Vor ihr gab es noch ein anderes Mädchen, Beth Ann. Sie ist weggezogen.«

»Hast du sie geliebt?«

»Na ja, das dachte ich mir, aber wenn man so jung ist … in dem Alter lässt man sich leicht von Gefühlen überrennen.«

»Haben dich deine Gefühle überrannt?«

Er sah mich scharf an. »Du meinst, so wie es dir bei Doug ergangen ist?«

Ich spürte, dass ich bis an die Haarwurzeln errötete. »Vermutlich frage ich dich das deshalb.«

»Ich finde diese Frage unangemessen.«

»Ich glaube, du hast sie mir soeben beantwortet.«

Er wandte den Blick ab, aber sein Kinn zuckte nervös. Eigentlich verstand er sich sehr gut darauf, seine Gefühle zu verbergen, aber es gab kleine verräterische Hinweise darauf.

»Und jetzt machst du dir Sorgen, was Kat zu unserem … unserem Arrangement sagen wird?«

»Ja. Es wird ihr nicht gefallen.«

»Wie willst du es ihr sagen?«

»Ich habe mir überlegt, dass ich es zuerst ihrem Vater sage. Er wird verstehen, dass ich das Richtige getan habe. Seine Meinung ist mir sehr wichtig.«

»Ihr oder dir?«

Diese Frage schien ihn zu wundern. »Uns beiden, vermute ich. Und dann werde ich Kat beiseitenehmen und ihr zuallererst versichern, dass zwischen dir und mir nichts Romantisches ist.«

Diese Worte schmerzten ein wenig.

»Und dann werde ich ihr von Doug erzählen«, fuhr Jack fort.

»Das hast du ihr noch nicht erzählt?«

Er rutschte ein wenig auf seinem Sitz herum. »Sie weiß, dass ein Sanitäter gestorben ist, um mir das Leben zu retten, aber ich habe ihr noch nicht erzählt, wie sehr mich das mitgenommen hat.«

»Es kann schwer sein, Gefühle zu Papier zu bringen.« Ich legte die Hand auf seinen Arm – eine spontane Geste des Mitgefühls. Doch in dem Moment, als ich das tat, wurde ich mir seiner Armmuskeln bewusst und der Hitze, die durch seine Jacke drang. Rasch zog ich meine Hand weg. »Es wird viel leichter sein, es ihr unter vier Augen zu sagen.«

»Das hoffe ich.« Er wandte den Blick ab. »Manchmal fällt es mir schwer, mit Leuten zu reden.«

»Bei mir scheint dir das nicht schwerzufallen.«

»Das stimmt.« Er lächelte. »Vielleicht kommt das daher, dass wir beide den Krieg erlebt haben.«

»Ja.« Meine Gedanken sprangen zwischen seiner Bemerkung: »zwischen dir und mir ist nichts Romantisches« und dem Gefühl seines Armes unter meiner Hand hin und her. Ich zwang mich, das Gespräch fortzusetzen. »Glaubst du, Kat wird sehr verletzt sein?«

Er neigte den Kopf und dachte darüber nach. »Nein, eigentlich nicht. Solange in Wedding Tree niemand von unserem Arrangement erfährt, glaube ich, dass es ihr vor allem lästig sein wird.«

»Lästig?«

»Ja. Dass ich sechs Wochen in Reno bleiben muss, um die Ehe auflösen zu lassen, und dass wir deshalb die Hochzeit verschieben müssen.«

»Es tut mir schrecklich leid, dir solche Probleme bereitet zu haben«, erwiderte ich, und das war nicht gelogen. »Wenn du willst, kannst du von Chicago aus nach Louisiana zurückfahren, und ich fahre allein nach Montana. Ich weiß gar nicht, warum mir das nicht schon viel früher eingefallen ist.« Wenn ich allein unterwegs war, konnte ich ja vielleicht sogar noch beschließen, woanders hinzufahren und nicht nach Montana.

»Nein. Allein wäre es für dich und die Kleine zu schwierig, und Kat und ich können ohnehin erst heiraten, wenn die Annullierung durch ist. Außerdem habe ich Dougs Eltern bereits angekündigt, dass ich sie besuche. Und ich bemühe mich stets, mein Wort zu halten.«

»Sehr löblich.«

»Na ja, mir ist daran gelegen, dass man sich auf mich verlassen kann. Viel zu viele Menschen können das leider nicht von sich behaupten.«

Ich musste ein Zittern unterdrücken. Lieber Gott, hoffentlich erfährt er nie die Wahrheit über mich!, schoss mir durch den Kopf. »Ich ahne, dass sich hinter dieser Bemerkung ein paar interessante Geschichten verbergen.«

»Wie interessant sie sind, weiß ich nicht, aber es stimmt schon – ich habe einige Erfahrungen gemacht.«

»Erzähl mir doch von einer.«

Er blickte aus dem Fenster auf die vorbeigleitende Stadtlandschaft. »Mein bester Freund, Tim, lebte auf der Pferderanch neben unserer Farm. Tim hatte Asthma. Damals wusste man noch nicht sehr viel über diese Krankheit. Im Volksmund hieß sie Lungenschwäche. Sein Vater war mehrmals mit ihm bei dem Arzt im Ort gewesen, Kats Vater, Dr. Thompson. Er konnte nur mit einer Adrenalin-Spritze bei einem akuten Anfall aufwarten. Damals gab es noch keine Inhaliergeräte, zumindest nicht im ländlichen Louisiana.

Dr. Thompson dachte, Tim habe eine Allergie, vielleicht gegen Heu, Staub und Pferde, und schlug vor, dass er sich davon fernhielt. Das war Tims Vater allerdings nicht recht, denn der erwartete von seinem Sohn, dass er ihm bei der Arbeit half und irgendwann die Ranch übernahm. Deshalb tat Tim weiterhin all die Dinge, die seinen Zustand verschlimmerten.«

»Oh weh«, murmelte ich.

»Auf dem Höhepunkt der Depression kam ein Quacksalber bei der Familie vorbei und behauptete, er könne Tim heilen. Er hatte ein Elixier und eine Vorrichtung, die wie eine Art Korsett aussah. Wenn Asthmatiker es nachts tragen, meinte er, würde diese Vorrichtung die Schultern zurückziehen und die Lunge weiten. Tims Eltern konnten sich diese Dinge kaum leisten; wie alle anderen schafften sie es nur mit Mühe, über die Runden zu kommen. Trotzdem kauften sie diese Apparatur und einen Jahresvorrat der Medizin.

Tim erzählte mir, die Vorrichtung sei so schmerzhaft, dass er manchmal einfach nur wach dalag und weinte wie ein Baby. Wenn er die Medizin nahm, fing sein Herz zu rasen an, ihm brach der Schweiß aus und er verlor den Appetit. Aber er war entschlossen, damit weiterzumachen, denn er wollte geheilt werden, und außerdem hatten seine Eltern viel Geld dafür bezahlt.

In den nächsten Monaten nahm Tim rapide ab. Er sah schrecklich aus. Auf dem Heimweg von der Schule, die ein paar Meilen von unserer Farm entfernt lag – wir legten den Schulweg normalerweise gemeinsam zurück –, hatte er eines Tages einen schrecklichen Asthmaanfall.« Jack schloss kurz die Augen.

»Ich versuchte, ihm zu helfen, aber er bekam einfach keine Luft mehr. Endlich kam jemand in einem Auto vorbei und brachte uns zu Dr. Thompsons Praxis in die Stadt. Als wir dort ankamen, war Tim tot.

Dr. Thompson geriet völlig außer sich, als ich ihm von der Vorrichtung und der Medizin erzählte. Er sagte, die Medizin klänge, als enthielte sie Kokain oder Amphetamin, was Tims Zustand nur verschlimmert hatte, und dass der Hausierer mit seinen Lügen Tim auf dem Gewissen habe, so sicher, als hätte er ihn erschossen. Er sagte, Tims Eltern seien Narren, dass sie auf den Schwindel eines solchen Quacksalbers hereingefallen waren. Als die Eltern ankamen, hatte er sich wieder etwas beruhigt. Er wollte ihnen nicht noch mehr Leid zufügen, aber er sagte ihnen, dass die Behandlung sinnlos gewesen war.

Tims Mutter starb noch im selben Jahr an einem Schlaganfall. Die Leute sagten, es seien Trauer und Aufregung gewesen, und ich denke, sie hatten recht. Tims Vater griff zur Flasche, und am Schluss verlor er die Farm. Die anderen Kinder zogen zu Verwandten in anderen Orten.« Jack starrte aus dem Fenster. »Und der verlogene gierige Quacksalber trieb nach wie vor sein Unwesen und betrog andere Leute, die sich verzweifelt nach einem Wunder sehnten.«

»Wie schrecklich.«

»Ja, das war es wirklich.«

»Wolltest du deshalb gerne Arzt werden?«

»Zum Teil. Ich hatte mir bereits vorher in dieser Richtung Gedanken gemacht, und als Tim vor meinen Augen starb – nun, das hat dazu geführt, dass ich unbedingt lernen wollte, Menschen zu helfen, statt nur hilflos daneben zu stehen, wenn jemand in Not ist.«

Ich dachte daran, wie ich mich gefühlt hatte, als die Nazis den Hof bombardiert hatten und ich in einem Karren gesessen und nicht gewusst hatte, was ich tun sollte. Ich konnte Jack gut verstehen.

»Tim war der Erste, der in meinen Armen starb«, fuhr Jack fort. »Zwei Jahre später war es mein Vater.«

»Ach, Jack«, seufzte ich mitfühlend.

Er starrte wieder aus dem Fenster, aber ich glaube nicht, dass er die Vorstädte wahrnahm, durch die wir gerade fuhren. »Wir waren beim Fischen. Ich ruderte das Boot, und er warf die Leine aus. Plötzlich fiel seine Angel klirrend auf den Boden, und er fasste sich an die Brust und krümmte sich. Ich sprang zu ihm, beinahe hätte ich das Boot dabei zum Kentern gebracht. Er war bewusstlos. Ich machte ein paar andere Leute, die am Ufer angelten, durch lautes Schreien auf uns aufmerksam und ruderte dann so schnell ich konnte zu ihnen. Sie halfen mir, Dad heimzubringen und ins Bett zu legen. Dr. Thompson kam kurz darauf, aber – nun ja, Dad ist nicht mehr aufgewacht.«

»Es tut mir so leid. Wie alt warst du damals?«

»Vierzehn. Ich hatte schreckliche Schuldgefühle, weil ich dachte, vielleicht hätte ich ihn retten können. Ich fragte Dr. Thompson, was ich anders hätte machen können. Er sagte, dass es da nichts gebe; mein Vater habe einen Herzinfarkt gehabt, und ich hätte alles getan, was man tun konnte.«

»Ach, Jack.«

»Dr. Thompson sagte mir damals, dass ich eines Tages ein guter Arzt werden könnte, aber ich war ziemlich entmutigt. Ein paar Wochen nach der Beerdigung ging ich in seine Praxis und redete mit ihm. Ich fragte ihn, wie er es aushielt, dass Patienten starben, ohne dass er ihnen helfen konnte. Ich werde nie vergessen, was er mir damals sagte.«

Ich lehnte mich zu ihm, als der Zug ein wenig schaukelte. »Was hat er denn gesagt?«

»Er sagte: ›Ein Arzt ist nicht Gott. Egal, wie gut man ausgebildet ist, es gelingt einem nicht immer, einen Patienten zu retten. Aber es gibt nur wenige Leute, die es von der Wiege bis zur Bahre ohne Halsschmerzen oder ein gebrochenes Bein oder irgendwelche anderen gesundheitlichen Beschwerden schaffen. Wann immer ein Patient stirbt, versuche ich, mich daran zu erinnern, dass ich oder auch ein anderer Arzt ihm im Lauf seines Lebens wahrscheinlich schon mehrmals geholfen haben. Wir können nicht alles richten, aber wir können dort helfen, wo es uns möglich ist.‹«

»Das klingt sehr weise.«

»Ja, das ist er wirklich. Ich bewundere ihn von ganzem Herzen und freue mich sehr darauf, in seine Praxis einzutreten.«

Ich betrachtete Jack aus dem Augenwinkel, während ich so tat, als würde ich Elise über den Kopf streicheln. »Da schickt es sich ja vortrefflich, dass du dich in seine Tochter verliebt hast.«

»Wie meinst du das?«

»Ach, nur so. Ich meine, dass du Glück hast, ihn als Schwiegervater zu bekommen.« Wenn er über Dr. Thompson sprach, schwang in seiner Stimme deutlich mehr Leidenschaft mit, als wenn er sich zu seiner Verlobten äußerte. Aber vielleicht war das einfach seine Art. »Interessiert sich die Tochter denn auch für Medizin?«

»Nein. Kat wird übel, wenn sie Blut sieht. Aber sie ist wie ihre Mutter, und deshalb wird sie auch eine sehr gute Arztfrau werden.«

In diesem halbherzigen Lob schwang in meinen Ohren ein gewisser Tadel mit.

50
Amelie, 1946

Mittags gingen wir in den Speisewagen, und als wir in unser Abteil zurückkehrten, schlief Elise in Jacks Armen ein. Ich lehnte mich zurück und schloss kurz die Augen. Meine Handtasche lag auf meinem Schoß. Der schaukelnde Zug und das stete Rattern machten mich schläfrig. Plötzlich klapperte etwas, und ich fuhr erschrocken hoch. Als ich die Augen aufschlug, stellte ich fest, dass meine Tasche auf den Boden gefallen und aufgegangen war. Zu meinem Entsetzen lagen die Fotos überall verstreut.

»Ich klaube sie auf«, sagte Jack und reichte mir Elise, bevor ich Einspruch erheben konnte. Er kniete sich hin und begann, die Fotos aufzuheben. »Ich habe mich schon gefragt, wann du sie dir endlich anschauen willst.« Er hob das Foto von uns im Restaurant auf, dann das von unserer Hochzeit. Doch plötzlich hielt er inne und starrte auf das Foto in seiner Hand.

Als ich mich vorbeugte, um das Foto zu sehen, gefror mir das Blut in den Adern. Es war eine Aufnahme von Yvette und mir – nebeneinander, lächelnd, die Arme wie Flügel ausgebreitet, die Köpfe geschoren. Auf unseren kahlen Köpfen waren Schatten von Hakenkreuzen zu sehen.

Er hielt mir das Foto vor die Nase. Sein Gesicht war rot, sein Mund ein schmaler Strich. »Was ist das?«

»Das? Ach, nichts.« Ich versuchte, ihm das Foto wegzunehmen. Mein erster Impuls war, es einfach verschwinden zu lassen, es herunterzuspielen, so zu tun, als wäre es nicht weiter wichtig.

Er gab es mir nicht. »Das ist nicht nichts.« Er klaubte die anderen Fotos auf und überflog sie.

Mir drehte sich der Magen um. Ich befürchtete, mich übergeben zu müssen.

»Du warst eine femme tondue.«

»Ich – es ist nicht so, wie du denkst. Ich war nicht … ich habe nie …«

Er hob ein weiteres Foto hoch, und dann noch eines. Mon Dieu, auf den Fotos war Dierk zu sehen, mit nacktem Oberkörper im Bett liegend, ein lüsternes Grinsen auf dem Gesicht. In seiner Uniform an einem Tisch in einem Restaurant. An der Seine.

»Lüg mich nicht an. Ich weiß, dass die Franzosen sich gegen die Frauen gewandt haben, die mit dem Feind geschlafen hatten. Ich war da. Ich habe es mit eigenen Augen gesehen.«

»Es ist nicht so, wie es aussieht. Ich habe nie mit einem Boche geschlafen, ich war nie mit einem Boche zusammen, ich habe nie einen Boche geküsst. Ich habe einfach nur versucht, meiner Freundin zu helfen. Ich wollte nicht, dass sie entblößt und geschoren wird und man Gott weiß was noch mit ihr anstellt. Im Tumult fiel die aufgebrachte Menge auch über mich her.«

Auf dem nächsten Foto – ach, wie schrecklich! – saßen Dierk und ich an einem Tisch in einem Straßencafé. Es war das einzige Mal gewesen, dass ich Yvettes Einladung gefolgt war und mit den beiden zu Mittag gegessen hatte. Dierks Hand lag lässig auf meiner Stuhllehne.

Jack kniff die Augen zusammen und wedelte mit dem Foto vor meinem Gesicht herum. »Erwartest du etwa, dass ich dir glaube?«

Tiefe Verzweiflung erfüllte mich. »Das war nicht mein Fotoapparat. Er gehörte meiner Freundin. Sie hat die Aufnahmen gemacht.«

»Im günstigsten Fall muss ich daraus folgern, dass du die Busenfreundin einer Frau warst, die mit einem deutschen Soldaten geschlafen hat.«

»So war das nicht. Na ja, am Ende kam es dazu, aber … Sie tat es nur, um für die Résistance Informationen zu sammeln.«

»Dann war sie also eine verdeckte Ermittlerin, oder wohl eher: eine Ermittlerin unter der Decke.«

Ich kannte den Begriff »verdeckte Ermittlerin« nicht, aber ich erkannte den Sarkasmus in seiner Stimme. »Sie konnte dem Widerstand einige sehr wichtige Informationen liefern.«

»Warum sollte ich dir glauben?«

»Warum solltest du das nicht?«

Er nahm sich ein anderes Foto vor und hielt es mir hin. Ich hätte mich am liebsten unter dem Sitz verkrochen. Auf dem Foto war ich abgebildet, die Arme wie Schwanenflügel ausgebreitet, der Kopf kahl geschoren, in einem luxuriösen Raum herumspazierend.

»Das schaut nicht nach der grimmigen Zeit in Paris aus, wie du sie mir beschrieben hast.« Seine Stimme klang leise und beherrscht. Es war beängstigender, als wenn er geschrien hätte. »Da, schau – das ist dein Kleid im Schrank. Das ist dein Hut auf der Ablage. Du hast offenkundig dort gewohnt.«

»Nein. Dort hat Yvette gewohnt. Das war an dem Tag, bevor sie rausgeworfen wurde, dem Tag, nachdem die Deutschen geflohen und die Amerikaner gekommen waren. Die Kleider gehörten Yvette. All meine Kleider haben früher Yvette gehört.«

»Und wo ist diese Yvette jetzt?«

»Sie ist tot.«

In meiner Miene musste er etwas entdeckt haben, denn ich merkte, dass er mir das glaubte.

»Sie ist an der Grippe gestorben. Das, was du vorhin gesagt hast, über jemanden, der in deinen Armen stirbt … Ich kenne das Gefühl. Ich war bei ihr, in unserer Wohnung, als sie starb.«

»Wo?«

»In der Etage über Nora. Als Yvette krank wurde, wollte kein Krankenhaus sie aufnehmen, weil sie ansteckend krank war. Ich – ich trage ihre Kleider. Ich hatte keine eigenen bis auf das Kleid, das ich trug, als ich nach Paris kam, und meine Arbeitskleidung als Zimmermädchen.«

Er blätterte weiter die Fotos durch.

Auf dem letzten waren Gott sei Dank Dierk und Yvette zu sehen, die sich an den Händen hielten. Erleichterung durchflutete mich.

»Siehst du? Der Fotoapparat hat Yvette gehört. Dierk hat ihn ihr geschenkt. Deshalb ist sie auf den meisten Fotos nicht zu sehen, denn sie hat die Aufnahmen gemacht. Und auf diesem Foto trägt sie das gelbe Kleid, das ich anhatte, als wir geheiratet haben.«

Er sah mich scharf an. »Warum hast du mir nicht erzählt, dass der Fotoapparat nicht dir gehörte?«

»Wann hätte ich das tun sollen? Das gehört nicht zu den Dingen, die ich so mir nichts dir nichts verkünden würde, genauso wenig wie die Tatsache, dass meine Kleider ursprünglich nicht mir gehört haben.«

Er saß eine Weile stumm da. Ich merkte, dass er sich bemühte, diese Auskünfte zu sortieren. »Ich hätte gern eine Erklärung«, sagte er schließlich.

»Was soll ich dir denn erklären?«

»Alles. Wer war diese Yvette? Hat sie im selben Hotel gearbeitet wie du? War sie die Freundin, die dir die Säuglingsnahrung überlassen hat?«

Kalte, lähmende Angst erfasste mich. Wenn ich diese Fragen bejahte, dann würde er vielleicht eins und eins zusammenzählen. »Yvette war meine beste Freundin«, sagte ich schließlich. »Sie war wie eine Schwester für mich. Wir sind zusammen aufgewachsen.«

»Auf dem Land?«

»Ja. Und sie ist mit mir nach Paris gegangen.«

»War es ihr Vater, der dir Englisch und Deutsch beigebracht hat?«

»Ja.«

»Warum hast du mir das nicht schon früher erzählt?«

»Warum sollte ich?«

»Kannte Nora sie?«

»Ja.«

»Trotzdem haben weder sie noch du sie je erwähnt.«

»Ich weiß nicht, wann wir das hätten tun sollen. Du und ich haben nicht sehr viel Zeit zusammen verbracht, bevor wir geheiratet haben.«

Obwohl er wusste, dass ich recht hatte, blieb sein Blick finster.

Er kramte wieder das erste Foto heraus, auf dem Yvette und ich mit unseren frisch geschorenen Köpfen zu sehen waren. »Warum albert ihr auf diesem Bild herum, als wäre alles nur ein Scherz?«

Oh, mon Dieu. Wie sollte ich ihm das erklären? »Jener Tag – es war die schrecklichste, erniedrigendste Erfahrung unseres Lebens gewesen. Wir waren bis zu unserer Unterwäsche ausgezogen und mit anderen Frauen – einigen von ihnen Prostituierte – auf die Ladefläche eines Lastwagens verfrachtet worden. So wurden wir durch die Straßen von Paris gefahren. Die Menschen bespuckten uns, bewarfen uns mit Müll und verhöhnten uns. Es war grässlich. In dem Hotel, in dem Yvette wohnte, wollte man uns nicht einmal ins Foyer lassen. Wir mussten durch den Dienstboteneingang ins Haus. In Yvettes Zimmer sahen wir uns zum ersten Mal im Spiegel.

Der Anblick war schier unerträglich – kahl, wie wir waren. Ich wollte nur noch sterben. Doch dann sagte Yvette, dass wir entweder weinen oder lachen könnten. Nichts würde unsere Haare schneller nachwachsen lassen, aber wenn wir lachten, würden wir uns vielleicht nicht mehr so schlecht fühlen. Dann begann sie, mich zu necken, dass ich wie ein kahler kleiner Vogel aussah, und alberte herum, und nach all der Schande und Erniedrigung und den Tränen … Nun, sie schaffte es, mich zum Lachen zu bringen. Und dann holte sie ihren Fotoapparat heraus und …« – ich deutete auf die Fotos – »voilà.«

Jack blieb stumm.

»Yvette war eine Kämpferin, und sie konnte andere mit ihrem Mut und ihrem Kampfgeist anstecken«, fuhr ich fort. »Sie fand einen Weg, diese grauenhafte Situation erträglich zu machen. Als wir an jenem Tag eine Weile herumgealbert hatten, ließen wir uns etwas einfallen, um unsere Kahlheit zu verbergen, und schafften es, zu überleben.«

Er hob den Blick von dem Foto, sah mich an und seufzte. »Sie klingt wie eine bemerkenswerte Frau.«

»Das war sie wahrhaftig.« Ich wischte die Tränen weg, die mir über die Wangen rollten.

Elise fing an zu jammern. Ich zog die Tasche mit ihren Sachen unter dem Sitz hervor und stand auf. »Ich muss ihr die Windel wechseln.«

Als ich von der Toilette zurückkehrte, entschuldigte sich Jack.

»Es tut mir leid, dass ich so aufgebracht war. Ich weiß, dass der Krieg nicht leicht war, und als mir klar wurde, dass du eine femme tondue gewesen bist … na ja, ich war ziemlich schockiert. Du warst mit Elise schwanger, und der Gedanke daran, dass du … während du mit Dougs Baby schwanger warst … Na ja, bestimmt hast du nur getan, was du tun musstest.«

»Das, was du denkst, habe ich nicht getan. Ich wurde geschoren, weil ich zur falschen Zeit am falschen Ort war und versucht habe, Yvette zu beschützen.«

»Es spielt keine Rolle.«

»Oh doch!«, widersprach ich, auch wenn mir kein Grund dafür einfiel, den ich ihm hätte nennen können. Ich konnte ja schlecht sagen: »Du bist ein guter Mensch, und die Meinung eines guten Menschen ist mir sehr wichtig, weil ich viele Dinge getan habe, die weder schwarz noch weiß waren. Ich brauche eine Bestätigung, dass ich mich auf der helleren Seite von Grau befinde!« Aber im Grunde ging es mir genau darum.

Wir saßen beide eine Weile stumm da. »Hast du es je erwägt? Dich auf einen Deutschen einzulassen?«, fragte er schließlich.

»Nein.«

»Warum nicht?«

»Yvette – nun, jemand hatte ihr das Herz gebrochen, und sie war sich sicher, dass sie keinen anderen Mann mehr lieben konnte. Die körperliche Liebe war ihr völlig gleichgültig, aber sie wusste, dass sie ein entscheidendes Werkzeug sein konnte, um an Informationen zu gelangen. Ich für meinen Teil konnte die Sache nicht so angehen.«

»Also bist du geschoren worden, weil du versucht hast, Yvette zu helfen«, sagte er.

»Ganz genau.«

Wieder saßen wir eine Weile stumm herum. Die Schienen ratterten laut unter uns. Jack schien tief in Gedanken versunken.

»Okay«, sagte er schließlich.

»Was ist okay?«

»Okay. Ich glaube dir.«

Diese Feststellung machte mich zornig. Warum das so war, wusste ich nicht, da ich mich verzweifelt nach seiner guten Meinung sehnte. Vielleicht war eben dieser Wunsch der Grund für meinen Ärger. »Und darüber soll ich mich jetzt freuen?«

Er beugte sich sichtlich aufgebracht vor. »Was willst du denn noch von mir?«

Verständnis. Wertschätzung. Das Gefühl, dass du mich für einen guten Menschen hältst; denn wenn ich dich davon überzeugen kann, dann kann ich selbst es ja vielleicht auch ein bisschen glauben. All diese Gedanken schossen mir durch den Kopf. Doch ich äußerte sie nicht.

»Offen gestanden weiß ich es nicht«, sagte ich stattdessen. Ich starrte auf Elise, die schlafend in meinen Armen lag. »Nicht das Gefühl zu haben, beurteilt zu werden, vermute ich. Nicht das Gefühl zu haben, dass du mir eine Art Gefallen tust.« Sofort bekam ich ein schlechtes Gewissen. »Obwohl du das natürlich tust«, setzte ich eilig hinzu. »Mich zu heiraten – das war tatsächlich ein riesiger Gefallen.« Ich lehnte den Kopf zurück und schloss kurz die Augen. »Ich bin dir wirklich sehr dankbar. Ich habe wahrhaftig kein Recht, mich über etwas zu beklagen, was du sagst oder tust.«

»Aber natürlich hast du das. Es versteht sich von selbst, dass es dir nicht recht ist, wenn man dich für eine Frau von … von …«

»Von üblem Ruf hält?«

Er grinste verlegen. »Das klingt richtig spießig, stimmt's?«

Ich erwiderte sein Lächeln. »Ich habe oft überlegt, warum man nie von Männern mit einem üblen Ruf spricht, obwohl man ihnen die gleiche Schuld zuweisen kann. Vielleicht sogar eine größere, denn schließlich schaffen sie die Nachfrage nach solchen Diensten.«

»Du hast recht. Es ist unfair. Aber so ist es nun mal.« Er musterte mich eindringlich. »Du redest nicht wie ein Mädchen vom Land. In deiner Schule hast du eine überraschend gute Bildung genossen.«

»Ja, das stimmt.« Ich wandte den Blick ab. Ach, wie ich all die Lügen hasste, die zwischen uns standen. Es war Zeit, das Gespräch wieder auf ihn zu lenken.

»Und wie war das bei dir? Du bist doch auch auf dem Land aufgewachsen. Was hat dein Vater gleich noch mal angebaut?«

»Er hat mit Erdbeeren angefangen, und später kam noch eine kleine Milchwirtschaft dazu.«

»Was für ein Mensch war er denn?«

»Ach, mein Vater …« Seine Miene verhärtete sich. »Sehr charmant, voller großer Pläne. Er jagte ständig neuen Ideen hinterher.« Nachdenklich starrte er aus dem Fenster. »Vermutlich könnte man ihn als einen Mann mit überbordenden Leidenschaften beschreiben.«

»Aha. Du bist ganz anders als er.«

»Ja.«

»Und das ist nicht zufällig so gekommen, richtig?«

Er lächelte. »Studierst du gern die menschliche Natur?«

»Ich bin einfach nur neugierig und interessiert.«

»An allem und jedem?«

»An dir.« Sobald mir das rausgerutscht war, merkte ich, dass es zu persönlich klang. »Immer, wenn jemand von überbordenden Leidenschaften spricht, klingt es, als ob dahinter eine Geschichte liegt, und ich mag Geschichten sehr.«

»Na, dann hättest du meinen Vater geliebt, denn er konnte stets mit einer guten Geschichte aufwarten.«

»Ach ja?«

»Nachdem er geheiratet hatte, dachte mein Vater darüber nach, wie er schnell reich werden konnte. Er fing an, Whiskey schwarz zu brennen und zu verkaufen.«

»Was heißt, schwarz zu brennen?«

»In den USA gab es einmal die sogenannte Prohibition. Es war verboten, Alkohol zu besitzen oder auszuschenken.«

Davon hatte ich schon gehört. Die amerikanische Prohibition hatte der französischen Weinproduktion schwer geschadet, weil Frankreich damit einen wichtigen Exportmarkt verloren hatte. Als Französin konnte ich allerdings nicht verstehen, wie man Alkohol verbieten konnte. »Sehr seltsam. Wie kam die Regierung denn auf so etwas?«

Er lachte. »Deine Reaktion ist die einzig logische. Die Regierung dachte, die Prohibition würde viele gesellschaftliche Probleme lösen. Aber nur, weil Alkohol verboten war, hörten die Menschen noch lange nicht auf, ihn zu trinken. Sie kauften ihn einfach auf illegalen Wegen.«

»So etwas wie den Schwarzmarkt, meinst du wohl.« Dieses Konzept konnte ich gut verstehen.

»Ja. Mein Vater hat tatsächlich eine Menge Geld damit verdient, und er brauchte es auch dringend, weil meine Mutter einen teuren Geschmack hatte. Sie bestand auf einem großen Haus, einem Klavier, Dienstboten und einem Kindermädchen. Aber als die Prohibition aufgehoben wurde, brach sein Unternehmen zusammen. Und dann kam die Depression, und das Geld wurde immer knapper.«

»Oh weh.«

»Und mein Vater hatte kaum etwas gespart, um auf ehrliche Weise Geld zu verdienen. Und dann ist er gestorben.«

»Das muss für deine Familie sehr schwierig gewesen sein.«

Er nickte. »Extrem schwierig. Ich habe gearbeitet und bin in die Schule gegangen und habe mir über Geld den Kopf zerbrochen. Ich habe die Buchführung für unsere Farm übernommen. Meine Mutter hat einfach behauptet, in solchen Dingen kenne sie sich nicht aus. Ich glaube, sie hatte eher Angst vor dem, was sie finden würde. Und es ist auch besser gewesen, dass sie nie gesehen hat, wie es um unsere Farm bestellt war.«

»Warum? Was hast du denn herausgefunden?«

»Vater hatte Geld ausgegeben, das er gar nicht hatte. Wir hatten Schulden. Er hatte eine Hypothek auf die Farm aufgenommen. Und darüber hinaus …«

»Was denn noch?«

»Andere Frauen.«

»Nein!«

»Doch. Nach seinem Tod habe ich herausgefunden, dass wir nahezu mittellos dastanden. Und Vater hatte nicht in Dünger oder neue Pflüge oder irgendwelche anderen Dinge investiert, die wir brauchten, um mit der Farm Gewinn zu erwirtschaften.«

»Was hast du getan?«

»Ich habe auf der Farm gearbeitet und das Darlehen abbezahlt, und im Sommer habe ich auch noch auf anderen Farmen gearbeitet und im Austausch dafür ihre Gerätschaften benutzen dürfen. Dann hat meine Mutter wieder geheiratet und ist in die Stadt gezogen. Sie hat den Filialleiter der lokalen Bank geheiratet, einen Mann, der um einiges älter war als sie. Deshalb konnte ich aufs College gehen. Ich hatte ein Stipendium, brauchte also kein Geld für mich, aber ich hätte meine Schwester nicht so einfach zurücklassen können, und deshalb …«

»Doktor!«, erklang es plötzlich aus dem Gang.

Ich reckte den Kopf und sah, dass der Schaffner durch den Gang hastete. »Gibt es einen Arzt in diesem Zug?«

Jack stand auf und trat auf den Gang. »Ich bin Arzt. Was ist denn los?«

»Im vierten Waggon hat ein Junge einen Anfall.«

Jack zog seine Tasche unter dem Sitz heraus. »Ich folge Ihnen.« Er legte die Hand auf meine Schulter. »Entschuldige mich kurz.«

»Natürlich«, erwiderte ich.

Etwa eine Stunde später kehrte er zurück. Elise war wach und spielte mit einer Stoffpuppe.

»Ist alles in Ordnung?«

»Ja.« Er plumpste erschöpft auf seinen Platz. »Ein junger Mann hatte einen epileptischen Anfall.«

»Geht es ihm wieder besser?«

»Jetzt schon, aber die Leute um ihn herum waren schrecklich

aufgeregt.« Er schüttelte den Kopf. »Eine Frau war felsenfest davon überzeugt, dass er vom Teufel besessen war.«

»Ach du meine Güte.«

»Der Schaffner wollte, dass er den Zug verlässt.«

»Warum? Ist es denn wahrscheinlich, dass so etwas gleich noch einmal passiert?«

»Nicht gleich. Ich habe ihm ein Mittel gegeben, das ihn davor bewahren wird. Eigentlich habe ich länger dazu gebraucht, den Schaffner und die Mitreisenden in seinem Abteil zu beruhigen, als ihn zu behandeln. Zum Glück wollte er nur bis zur nächsten Station reisen.«

»Was verursacht denn eine Epilepsie?«

»Es gibt eine Reihe von Theorien; manchmal beginnt sie auch nach einem Gehirntrauma. Bei all den Veteranen, die jetzt aus dem Krieg heimkehren, wird die Häufigkeit sicherlich steigen, aber in der Hälfte der Fälle ist diese Krankheit offenbar vererbt. Im Moment wird viel geforscht, und in den nächsten Jahren sollten wir bessere Antworten und bessere Behandlungsmöglichkeiten haben.« Er sah mich an. »Es wundert mich, dass du schon mal von dieser Krankheit gehört hast.«

»Ich habe etwas darüber gelesen.«

»Für ein Mädchen vom Land bist du wirklich sehr belesen.«

»Ich interessiere mich eben für vieles. Aber wenn wir von belesen reden – als Arzt in einer Kleinstadt wirst du über alle möglichen Krankheiten und Beschwerden Bescheid wissen müssen.«

Er nickte. »Eines der wichtigsten Dinge ist es, zu wissen, wann ich nicht genug weiß und den Patienten zu einem Spezialisten überweisen sollte.«

Der Zug wurde langsamer. »Cleveland«, rief der Schaffner. »Nächster Halt Cleveland.«

Jack stand auf. »Ich werde meinem Patienten und seiner Mutter beim Aussteigen helfen.«

»Das ist sehr nett von dir.«

»Er ist vielleicht noch ein bisschen schwach. Nach diesem Halt essen wir zu Abend, okay?«

»Ja.«

Ich sah ihm nach. Er war einer der freundlichsten, fürsorglichsten Männer, die ich je getroffen hatte. Seine Verlobte hatte wirklich großes Glück.

Außerdem fragte ich mich etwas lieblos, ob sie so einen Mann verdient hatte. Wusste sie eigentlich, wie besonders er war?

51
Kat, 2016

Ich hatte zwar versprochen, den Mund zu halten, aber jetzt kann ich das nicht mehr. »Natürlich wusste ich, dass er ein besonderer Mann war«, schnaube ich.

»Ja«, erwidert Amélie. »Das sehe ich jetzt auch so.«

»Du hast dich in ihn verliebt.«

Sie nickt. »Zu dem Zeitpunkt war mir das noch nicht ganz klar, aber es stimmt. Ich wollte es nicht, aber ich konnte es nicht verhindern.«

»Jack übte auf Frauen immer diese Wirkung aus. Er sah fantastisch aus.«

»Ja, aber sein Wesen spielte eine viel größere Rolle als sein Aussehen. Sein freundliches Herz – das war es, was wirklich ausschlaggebend war.«

»Freundlich!«, knurre ich abfällig. »Findest du es freundlich von ihm, mir praktisch vor dem Altar den Laufpass zu geben?«

»Es war ihm schrecklich zumute«, erwidert Amélie. »Wenn du ihn auch nur ein bisschen gekannt hast, dann müsstest du wissen, wie schwierig es für ihn war.«

Es war für ihn bestimmt nicht schwieriger als für mich. Ich verziehe das Gesicht. »Also hast du ihn in jener Nacht verführt?«

»Non.« Amélie schlägt die Beine übereinander. »Wir haben in Stockbetten geschlafen. Er war der perfekte Gentleman. Ich durfte unten schlafen, und er verließ kurz das Abteil, damit ich mich ungestört ausziehen und ins Bett gehen konnte. Nichts ist passiert, rein gar nichts. Erst im zweiten Zug hat sich das drastisch verändert.«

Endlich kommen wir zu einer Stelle, die mich wirklich interessiert. Ich beuge mich vor.

»Bist du dir sicher, dass du das hören willst?«, fragt Amélie. »Vielleicht ist es zu schmerzhaft für dich.«

»Nein, nein, nein! Wage bloß nicht, jetzt aufzuhören!«

Sie neigt anmutig den Kopf. »Na gut, dann erzähle ich weiter. Aber du musst still sein und mich reden lassen.«

»Das werde ich tun.«

»Ich weiß, dass es für dich nicht einfach sein wird, zu hören, was jetzt kommt.«

»Bitte! Ich will es wissen.«

»Willst du auch wissen, was er über dich gesagt hat?«

»Oh ja, unbedingt.« *Es sei denn, du erfindest Sachen, um mich zu verletzen.*

»Es wird dich vielleicht ärgern.«

»Ich bin seit vielen Jahren verärgert.«

Sie zieht die Brauen hoch und lächelt ein wenig, als hätte ich etwas Lustiges gesagt.

»Ich werde mich nur ärgern, wenn ich das Gefühl habe, du lügst mich an oder sagst mir nicht alles«, fahre ich fort.

»Ich habe keinen Grund, dich zu belügen oder dir etwas zu verschweigen, solange du dir sicher bist, dass du es ertragen kannst.«

»Du kannst mir nichts erzählen, was mich noch mehr verletzen wird«, erwidere ich.

»Na gut, dann erzähle ich weiter.«

52
Amélie, 1946

Am nächsten Morgen stiegen wir in Chicago um. Wir reichten dem Schaffner unsere Fahrkarten, und er führte uns zu einem Waggon, vor dem ein Schlafwagenschaffner uns mit einem breiten Lächeln begrüßte und mein Gepäck durch die Tür in ein Abteil gleich rechts neben dem Eingang brachte. Jack trug Elise.

Ich blieb an der Tür stehen. »Das kann nicht stimmen.«

Der Gepäckträger warf einen Blick auf meine Fahrkarte. »Oh doch, Ma'am. Das ist Ihr Abteil. So steht's auf Ihrer Fahrkarte.«

»Aber … hier gibt es nur ein Bett.«

»Richtig. Ein Doppelbett.«

Oder vielleicht auch ein Dreierbett. Das Bett nahm fast den gesamten Raum ein. Es gab kaum Platz, um um das Bett herumzulaufen oder in das Bett hineinzusteigen, geschweige denn Platz für eine zusätzliche Liege. Man hätte sich nicht einmal auf den Boden zum Schlafen ausstrecken können.

Der Schaffner gab mit diesem Raum an, als ob er sein ganzer Stolz wäre. »Dort drüben hinter der kleinen Wand gibt's 'ne Toilette und 'n Waschbecken. Und auf den kleinen Platz vor Ihnen können Sie 'nen Koffer legen, in dem das Baby schlafen kann.«

Jack räusperte sich. »Dieser Raum – dafür habe ich nicht bezahlt. Er ist viel zu nobel.«

»Manche Fahrgäste haben eben Glück und bekommen ein besseres Abteil. Die teuren Abteile sind häufig nicht ausverkauft.«

Ein besseres Abteil. Das hatte ich bekommen, weil ich behauptet hatte, dass ich schwanger sei. Ich sah Jack an und wusste, dass er dasselbe dachte.

Jack räusperte sich noch einmal. »Gibt es – äh – die Möglichkeit, diesen Raum gegen zwei Stockbetten im Liegewagen zu tauschen?«

»Gefällt es Ihnen hier etwa nicht?«, fragte der Schaffner ungläubig.

»Doch, doch«, beeilte sich Jack, ihm zu versichern. »Aber es kommt mir nicht richtig vor.«

»Es kostet Sie keinen Cent mehr.«

»Könnten wir trotzdem zwei Stockbetten bekommen?«

Die Stirn des guten Mannes runzelte sich wie eine Pflaume. »Warum wollen Sie denn tauschen?«

»Na ja, wir … äh …« Jack fuhr sich mit der Hand übers Kinn, dann steckte er beide Hände in die Taschen. »Geht das oder geht es nicht?«

»Nein, Sir, das geht nicht. Die Liegewagen sind alle besetzt, und es liegt nicht in meinem Zuständigkeitsbereich, solche Dinge zu ändern. Sie müssten noch mal mit jemandem am Fahrkartenschalter reden, aber das eine kann ich Ihnen sagen: In dem Fall müssen Sie bestimmt einen oder zwei Tage auf den nächsten Zug warten.«

Jack wirkte so verzweifelt, dass ich mir das Lachen verkneifen musste. »Es ist schon gut, mein Lieber«, sagte ich. »Ich bin so müde, dass ich mich von deinem unruhigen Schlaf und deiner Schnarcherei bestimmt nicht stören lasse. Selbst dein Zähneknirschen und die Tritte, die du im Schlaf austeilst, werden mich wahrscheinlich nicht weiter stören.«

Die großen Zähne des Schaffners strahlten. »Na, dann ist's ja gut. Lassen Sie mich wissen, wenn ich noch was für Sie tun kann.« Er zog die Tür hinter sich zu.

Jack legte die schlafende Elise sanft auf das Bett, dann wandte er sich mir zu, die rechte Braue hochgezogen. »Tritte im Schlaf?«

Ich hob die Schultern. »Ich dachte, das wäre dir lieber, als wenn ich behauptet hätte, du bist ein Bettnässer.«

»Das hättest du nicht gewagt!«

»Ach nein?« Ich grinste. »Einer guten Wette kann ich nicht widerstehen. Wenn du mich herausforderst, dann rufe ich den Schaffner und …« Ich drehte mich um und tat so, als wollte ich die Tür öffnen.

Er trat einen Schritt auf mich zu. »Das würdest du nicht tun.«

»Oh doch. Und ich glaube, ich sollte es auch tun. Ich glaube, der Schaffner würde seinen Kollegen liebend gern eine gute Geschichte über einen Bettnässer erzählen.« Ich legte die Hand auf den Türknauf. »Er sah aus, als würde er gern lachen, findest du nicht auch?«

Jack hob mich hoch und zerrte mich von der Tür weg. Lachend strampelte ich mit den Füßen. Schließlich setzte er mich wieder ab.

»Mit dir hat man nichts als Ärger, stimmt's?«

»Ja, das stimmt.« Lachen blubberte aus mir heraus. »Ach, du hättest dein Gesicht sehen sollen. Du hast so entsetzt und erbost gewirkt!«

Seine Lippen kräuselten sich zu einem reumütigen Lächeln. »Ich habe im ersten Moment gar nicht gemerkt, dass du nur Spaß machst. Ich bin es nicht gewöhnt, geneckt zu werden.«

»Du brauchst so etwas öfter.«

»Vielleicht hast du recht.«

Seine Hände lagen immer noch auf meinen Armen, und wir standen eng beieinander und lächelten. Und plötzlich änderte sich die Luft um uns herum. Es knisterte wie bei Radiowellen. Seine Augen verdunkelten sich, die Pupillen wurden riesig. Mir stockte der Atem.

Sein Blick fiel auf meine Lippen, und sein Griff um meine Arme wurde fester. Wir machten noch einen Schritt aufeinander zu. Ich weiß nicht, wer sich zuerst bewegt hat. Es war, als würde der Boden unter uns sich bewegen.

Und dann merkte ich, dass das tatsächlich so war. Der Zug hatte sich in Fahrt gesetzt.

Jack ließ die Hände abrupt sinken und wich zurück, als würde er aus einer Trance erwachen. »Nun, offenbar sind wir wieder unterwegs.«

»Ja.«

Aber es war noch etwas anderes unterwegs – etwas, was so kraftvoll war wie eine Lokomotive, und womöglich ebenso schwer aufzuhalten.

Jack trat an die Tür. »Ich suche den Schaffner und sage ihm, dass ich Arzt bin. Bei einem Zug in dieser Größe wird vielleicht mal einer gebraucht.«

Er ging hinaus und zog die Tür hinter sich zu.

Als er zurückkam, versuchten wir beide, uns so zu verhalten wie früher. Aber wir waren zu höflich, zu steif, zu seltsam förmlich. Wir lasen, wir redeten, wir spielten mit Elise. Wir versuchten, das riesige Bett in der Mitte des Raums zu ignorieren – das Bett, das wir in dieser Nacht teilen würden.

Nach etwa einer Stunde sprach Jack das Offensichtliche an.

»Ich würde ja gern anbieten, auf dem Boden zu schlafen, aber der Platz reicht einfach nicht aus.«

»Sei nicht albern. Das Bett ist riesig. Wir schlafen einfach jeder auf seiner Seite.«

Jack seufzte. »Das wird Kat nicht gefallen.«

»Dann sag es ihr nicht. Sie muss doch nicht alles wissen.«

»Wenn sie fragt, muss ich es ihr sagen.«

»Wenn sie dich liebt, vertraut sie dir. Du machst dir zu viele Sorgen.«

Er schien darüber nachzudenken. »Ich weiß, was ich tun werde«, sagte er schließlich. »Ich werde um ein paar zusätzliche Kissen bitten. Die können wir dann in die Mitte des Betts legen.«

»Warum bittest du nicht einfach um so einen spitzigen Draht, mit dem die Cowboys im Film immer herumhantieren?«

»Einen Stacheldraht?«

»Ja, genau.«

»Sehr witzig.«

»Ich hatte gehofft, dass du das witzig finden würdest.« Doch das Lächeln verging mir, als ich merkte, dass er immer noch die Stirn runzelte. »Du hast wirklich große Bedenken, stimmt's?«

»Es kommt mir ungehörig vor.«

»Es ist nicht viel ungehöriger, als einen Raum zu teilen, was wir bereits seit zwei Nächten tun.« Er verzog nach wie vor das Gesicht. »Wenn Kat so wundervoll ist, wie du es verdient hast, wird sie Verständnis zeigen. Du tust etwas sehr Freundliches für mich und für das Baby.«

»Und für Doug und seine Eltern.«

Die hatte ich komplett vergessen. Schuldgefühle brannten in meiner Brust. »Bien sûr. Ja, auch für sie.«

In Glenview stiegen wir kurz aus und besorgten uns ein paar Sandwiches. Als wir in unser Abteil zurückkehren wollten, fing uns der Schaffner ab.

»Sie wissen schon, dass es einen Salon gibt, den Sie gratis nutzen können, oder?«, fragte er.

»Ach ja?«, erwiderte Jack.

Der Schaffner nickte. »Dieser Waggon wurde für Gruppen eingerichtet, die gemeinsam reisen. Oft nehmen die Leute den ganzen Waggon, aber diesmal war es nicht so. Jedenfalls gibt's in der Mitte des Waggons einen Raum mit 'nem Sofa und Stühlen. Dort können Sie sich hinsetzen, statt die ganze Zeit in diesem kleinen Abteil zu bleiben.«

»Ach, wie schön. Vielen Dank«, sagte ich.

Das war unsere Rettung. Wir trafen dort unsere Mitreisenden, die alle sehr begütert wirkten. Ein älteres Paar, Rose und Wilbur Atkins, war sofort in Elise vernarrt. Rose war eine zierliche Frau mit makellos frisierten silbernen Haaren und einem britischen Akzent, Wilbur ein stämmiger Mann mit einem breiten, freundlichen Gesicht.

»Ach, was für ein hübsches Baby!«, sagte Rose. »Sie sieht aus wie eine perfekte Mischung zwischen ihrer Mommy und ihrem Daddy.«

Jack wollte etwas sagen. Ich dachte mir, dass er sie korrigieren wollte, aber was hätte das schon gebracht, außer Schlamm aufzuwirbeln? Ich kam ihm zuvor. »Nicht wahr? Und Jack hat wirklich ein Händchen für sie. Sie himmelt ihn an.«

»Papas Prinzessin«, stellte Rose fest. Elise gurrte, dann langte sie nach Jacks Ohr. Sie stand auf Jacks Schoß. Er hielt sie an den Hüften fest, und Elise machte ein paar Kniebeugen.

»Sie sieht aus, als hätte sie es faustdick hinter den Ohren«, schmunzelte Wilbur.

»Das hat sie von ihrer Mutter«, erwiderte Jack und warf mir einen schrägen Blick zu.

»Na ja, mit diesem Gesicht kann sich die Kleine bestimmt alles Mögliche ungestraft leisten.«

»Ja, genau wie ihre Mutter«, sagte Jack.

Ich versetzte ihm einen kleinen Tritt, aber die versteckte Zuneigung in seinen Worten war mir nicht entgangen.

Wir erfuhren, dass das Paar aus Chicago stammte und nach Kalifornien unterwegs war, um den dreißigsten Hochzeitstag zu feiern.

»Rose möchte gern sehen, wie die Filmstars leben«, sagte Wilbur.

»Ach, wie aufregend«, rief ich.

Rose und ich unterhielten uns über Filme und Schauspieler, Jack und Wilbur über ernstere Dinge. Als Wilbur erfuhr, dass Jack Arzt war, war er schwer beeindruckt.

»Dieser junge Mann hier ist ein Doktor!«, erklärte er seiner Frau. »Er hat in Übersee gedient und ist erst vor Kurzem aus der Armee ausgeschieden.«

»Ach wirklich? Haben Sie sich denn dort auch kennengelernt?«

»Ja«, sagte ich. »Er hat in einem Krankenhaus in Paris gearbeitet.«

»Sieh mal einer an. Auch wir haben uns im Krieg kennen- und lieben gelernt«, sagte Rose. »Natürlich im ersten Krieg. Ich habe in England gelebt, und er war dort stationiert. Wir kannten uns erst drei Tage, als er mich fragte, ob ich ihn heiraten wollte.«

»Ach du meine Güte!«, entfuhr es mir.

»Man weiß es einfach, wenn etwas richtig ist«, sagte Wilbur. »Warum Zeit verschwenden?, dachte ich mir damals.«

»Aber woher haben Sie gewusst, dass es richtig war?«, fragte ich. »Hatten Sie denn viele Gemeinsamkeiten?«

»Oh nein. Wir waren von Grund auf verschieden«, erwiderte Rose lachend. »Und das sind wir heute noch. Er schaut sich liebend gern irgendwelche Sportsendungen an, ich kann sie nicht ausstehen. Ich liebe die Oper, er hasst sie. Ich finde es im Haus ständig zu kalt, er findet es zu warm. Er ist konservativ, was die Politik angeht, ich eher liberal.«

»Aber Sie wirken trotzdem sehr glücklich«, stellte ich fest.

»Das sind wir auch. Wir haben gelernt, unsere Unterschiede zu schätzen und uns nicht deswegen zu streiten.«

Wilbur war, wie wir erfuhren, ein Börsenmakler, der es geschafft hatte, die meisten seiner Aktien vor dem großen Crash zu verkaufen.

»Woher haben Sie gewusst, dass Sie das tun sollten?«, fragte Jack.

Wilbur zuckte mit den Schultern. »Ich bin einer Eingebung gefolgt.«

Diese Vorstellung faszinierte mich. »Haben Sie denn geahnt, was kommen würde?«

»Na ja, es war kein Traum und auch keine Vision oder so, sondern eher das Gefühl, dass sich bald alles ändern würde. Die Investoren wurden ein bisschen zu kühn, die Wirtschaft hatte aufgehört zu wachsen. Ich bin mir sicher, dass das sehr viele Leute bemerkt haben. Der einzige Unterschied ist der, dass ich entsprechend gehandelt habe.«

Jack beugte sich interessiert vor. »Und warum haben Sie das getan?«

Wilbur zuckte abermals die massigen Schultern. »Wenn ich das wüsste. Vielleicht hat der Allmächtige über mich gewacht. Ich versuche stets, meinen Tag mit einem Zwiegespräch mit ihm anzufangen. Jedenfalls beschloss ich, nahezu alles zu verkaufen und in Immobilien zu investieren. Land kann man nicht vermehren, heißt es ja so schön. Doch bevor ich viel kaufen konnte, brach der Markt zusammen.«

»Gut, dass Sie Ihren Instinkten gefolgt sind.«

Wilbur nickte. »Eine Entscheidung, die ich aus dem Bauch heraus getroffen habe, habe ich noch nie bereut. So ging es mir auch mit Rose.«

»Wo haben Sie sich denn kennengelernt?«, fragte ich.

»Auf einem Tanzabend für die Soldaten, den eine Frauenorganisation in London veranstaltet hat. Ich wusste fast sofort, dass sie die Richtige für mich war.« Er lächelte sie an und nahm ihre Hand.

»Er hat mir gesagt, er habe das Gefühl, dass wir uns bereits irgendwo getroffen hatten«, erklärte Rose. »Und das Komische ist, dass ich dasselbe Gefühl hatte.«

»War es so eine Art Déjà Vu?«, wollte ich wissen.

»Nein, eher so ein Gefühl, dass sie mir bekannt war.« Er bedachte sie mit einem langen, bewundernden Blick. »Sie war genau das, wonach ich mich mein Leben lang gesehnt hatte, und das erkannte ich, als ich sie traf.«

Rose nickte mit feuchten Augen.

Wilbur tätschelte ihre Hand, dann sah er uns an. »Bei euch beiden war es wahrscheinlich ganz ähnlich, oder?«

»Ich hatte tatsächlich das Gefühl, dass ich auf der Suche nach Jack war.« Ich warf einen schelmischen Blick auf ihn.

Nun war er an der Reihe, mir unter dem Tisch einen kleinen Tritt zu versetzen.

»Ich glaube, die Intuition spielt eine größere Rolle im Leben, als den meisten Leuten klar ist.« Wilbur wandte sich an Jack. »Haben Sie denn in Ihrem Beruf schon mal solche Eingebungen gehabt?«

Zu meiner Verwunderung nickte Jack, der logische, rationale Jack. »Ja, das habe ich. Solchen Eingebungen zufolge mache ich einen bestimmten Test oder suche nach Symptomen, die nicht offenkundig sind. Aber wahrscheinlich haben Sie recht. Sicherlich nehme ich unbewusst kleine Signale und Zeichen wahr.«

Elise wählte diesen Moment, um zu brüllen anzufangen. »Ich glaube, das ist ein Zeichen, dass sie müde ist«, sagte ich lächelnd. »Es ist Zeit für ein kleines Nickerchen.«

»Setzen Sie sich doch zum Abendessen zu uns«, schlug Wilbur vor. »Natürlich als unsere Gäste.«

»Ach, wir wollen Ihnen nicht zur Last fallen«, erwiderte Jack.

»Es wäre keine Last, sondern ein Vergnügen.«

»Ich finde, das klingt wunderbar«, meldete ich mich zu Wort. Die Anwesenheit dieses Paars trug dazu bei, die Spannung zwischen uns zu zerstreuen.

»Na gut«, willigte Jack ein. »Aber wir kommen für unsere Kosten auf.«

»Nein, nein, nein. Kommt nicht in Frage! Hören Sie mir mal zu, junger Mann.« Der Ältere beugte sich vor und klopfte Jack auf den Rücken. »Ich habe hohe Achtung vor Ärzten und Soldaten und würde mich geehrt fühlen, Sie bei jeder Mahlzeit auf dieser Zugreise als unsere Gäste begrüßen zu dürfen.«

»Ach, wie schön«, sagte ich. »Das klingt doch großartig, nicht wahr, Jack?«

»Und außerdem kann mein Dienstmädchen Sue auf die kleine Elise aufpassen, damit sie nicht ununterbrochen auf Ihrem Schoß sitzen muss«, fügte Rose hinzu.

»Ach, das ist ja wirklich sehr freundlich von Ihnen. Vielen Dank«, sagte ich, gerührt von ihrer Großzügigkeit.

»Wann immer Sie eine kleine Pause brauchen, wird sich Sue gern um die Kleine kümmern. Sie hat auf unsere zwei Jungs aufgepasst, als sie klein waren, und sie ist so zuverlässig, wie der Tag lang ist. Sie kann es kaum erwarten, sich um unsere Enkel in Kalifornien zu kümmern.«

Das Essen mit den Atkins verlief heiter und entspannt.

»Wann ist denn Ihr eigentlicher Hochzeitstag?«, fragte ich Rose.

»Nächste Woche«, antwortete Wilbur. »Wir werden mit unseren Söhnen und ihren Familien in Los Angeles feiern.«

»Dreißig Jahre, das ist wirklich großartig«, bemerkte ich. »Was ist denn das Geheimnis einer langen glücklichen Ehe?«

»Kleine Nachrichten unter dem Kopfkissen.« Wilbur zwinkerte Rose liebevoll zu.

Sie errötete und gab ihm einen Klaps auf den Arm. »Gib ihnen einen Ratschlag, den sie befolgen können«, schalt sie ihn liebevoll.

»Na ja, ich finde, unsere Nachrichten tragen dazu bei, unsere Beziehung lebendig zu halten«, entgegnete Wilbur. »Ein geheimer Weg, um miteinander zu kommunizieren, ist wichtig.«

»Hier kommt ein Rat, der wirklich hilfreich sein kann«, sagte Rose. Ich glaube, sie versuchte, ihre Verlegenheit zu überdecken. »Es muss Ihnen wichtiger sein, gut miteinander auszukommen, als recht zu haben.«

»Ach, das ist ein sehr guter Rat«, sagte ich.

»Und Sie brauchen einen Sinn für Humor«, fuhr Rose fort. »Das gemeinsame Leben sollte abenteuerlich und lustig sein.«

»Ich denke, nach dem Krieg mit all seinen Abenteuern brauche ich keine weiteren mehr«, sagte Jack.

»Das kann ich mir gut vorstellen. Aber jetzt ist es Zeit für den lustigen Teil«, sagte Rose.

»Ja«, fügte Wilbur hinzu. »Und mit einer solch hübschen, sympathischen jungen Frau würde ich sagen, dass Sie in dieser Hinsicht bestens gerüstet sind.«

Ich verstand nicht genau, wie er das meinte, aber ich wusste, dass es ein Kompliment gewesen war. Jacks verlegener Miene entnahm ich, dass er es nicht schaffte, etwas Passendes zu erwidern.

Ich beugte mich vor und drückte ihm einen Kuss auf die Wange. »Mit einem solch attraktiven, charmanten Mann bin auch ich bestens gerüstet«, sagte ich.

»Was sollten denn all die Fragen zu einer glücklichen Ehe?«, murrte Jack, nachdem wir Elise aus dem Abteil des Dienstmädchens geholt hatten und in unseres zurückgekehrt waren.

Ich legte das schlafende Baby in meinen halb geleerten Koffer. »Nun, du wirst bald heiraten – richtig heiraten, meine ich –, und da dachte ich mir, dass du ein paar gute Ratschläge brauchen könntest.«

»Ich brauche keine Ratschläge, vielen Dank.« Er klang ziemlich verstimmt.

»Ach nein? Dann gehst du also davon aus, dass du und Kit in dreißig Jahren so glücklich sein werdet wie Rose und Wilbur?«

»Sie heißt Kat. Und ich glaube nicht, dass die meisten Menschen je so glücklich sind«, erwiderte Jack und nahm seine Krawatte ab. »Die beiden sind eine Anomalie.«

Das war ein neues Wort für mich, aber ich erriet seine Bedeutung. »Hat Kit denn einen Sinn für Humor?«

»Sie heißt Kat«, wiederholte er nachdrücklich. »Und ja, natürlich hat sie das.«

»Also neckt ihr zwei euch und bringt euch zum Lachen?«

»Wir sind nicht so.«

»Was findet ihr denn lustig?«

Er konzentrierte sich darauf, den Krawattenknoten zu lösen. »Wir mögen lustige Filme.«

Ich verdrehte die Augen. »Na toll. Das ist aber eine ganz besondere Gemeinsamkeit.«

Er starrte mich böse an. »Uns reicht das.« Er beschäftigte sich eingehend damit, seine Krawatte wie eine Zimtschnecke aufzurollen. »Neckereien liegen mir nicht so.«

»Aha.«

»Ich will keine Komödiantin heiraten. Ich will einfach nur ein ruhiges, friedliches, geordnetes Leben. Eine Frau, die den Haushalt führt, damit ich mich auf meinen Beruf konzentrieren kann.«

»Das klingt eher danach, dass du eine Haushälterin und eine Köchin brauchst als eine Ehefrau.«

Es klopfte an der Tür. Jack öffnete sie.

»'tschuldigung, Sir.« Der Schaffner spähte um Jack herum und lüpfte seine Kappe. »Ma'am. Ich wollte nur gern wissen, ob ich Ihnen noch was besorgen kann, bevor Sie sich zurückziehen.«

»Ja«, sagte Jack. »Können Sie uns noch ein paar Kissen bringen?«

»Selbstverständlich, Sir.«

»Haben Sie vielleicht auch eine Gummieinlage?«, fügte ich hinzu.

Jack bedachte mich mit einem mordlüsternen Blick.

»Eine – eine Gummieinlage?« Die Brauen des Schaffners schnellten hoch.

»Ja. Für … wie heißt das gleich noch mal? Fürs Bettnässen?«

Jack lief hochrot an.

»Oh! Na ja, hm …« Der Schaffner wirkte etwas verdutzt.

Ich wartete mehrere gefährliche Momente, bis das Unbehagen die Atmosphäre verdichtet hatte, dann setzte ich mein süßestes Lächeln auf. »Für das Baby.«

»Ach so. Ja, natürlich. Ja, Ma'am. Ich kann Ihnen eine alte Plastiktischdecke vorbeibringen, und ein paar zusätzliche Laken. Reicht Ihnen das?«

»Das wäre perfekt. Vielen Dank.«

Jacks Blick hätte einen Gletscher zum Schmelzen gebracht.

Ich lächelte unschuldig. »Was ist denn los?«

»Spiel jetzt nicht das Unschuldslamm.«

»Du scheinst aufgebracht.« Ich wandte mich gelassen von ihm ab. »Ich kann mir gar nicht vorstellen, warum.«

»Ach nein?«

»Nein.« Ich beschäftigte mich damit, mein Nachthemd auseinanderzufalten.

»Bettnässen«, knurrte er.

Ich konnte mich nicht mehr zurückhalten und fing an zu kichern. Mit der Hand vor dem Mund drehte ich mich zu ihm um.

Seine finstere Miene hellte sich auf. Ein Grinsen zupfte an seinen Mundwinkeln.

»Ich dachte, du würdest explodieren, als ich um eine Gummieinlage gebeten habe.«

»Ich dachte, du wärst bereit für eine Gummizelle.«

»Was ist eine Gummizelle?«

»Ein Ort, in den Verrückte eingesperrt werden.«

»Ach ja? Leute, die solche Dinge tun?« Ich bewarf ihn mit einem Kissen.

»Ja. Leute, die man in eine Zwangsjacke stecken sollte.«

»Was ist eine Zwangsjacke?«

»Damit werden Leute daran gehindert, Schaden anzurichten.«

»Wie hindert sie das denn?«

»Ich glaube, das muss ich dir zeigen.«

»Dafür musst du mich aber erst erwischen.«

»Ist das eine Herausforderung?«

»Unbedingt.«

Er kletterte übers Bett auf die andere Seite, packte mich und warf mich auf die Matratze.

Ich wand mich unter ihm hervor und kletterte auf ihn. »Ich fühle mich nicht behindert, aber vielleicht tust du das ja?«

Er schubste mich weg und drehte mich auf den Rücken. »Und wie ist es jetzt?«

»Jetzt bin ich ein bisschen gehindert.«

Ich sah ihn lächelnd an. Seine Augen waren dunkel, sein Atem duftete nach Schokolade. Mein Herz hämmerte. Wir hörten zu lächeln auf, doch unsere Blicke blieben ineinander versunken. Unser Atem schien sich anzugleichen. Noch vor einer Sekunde waren wir völlig unbeschwert gewesen, jetzt wuchs die Spannung zwischen uns. »Aber ein anderer Teil von mir fühlt sich sehr frei«, flüsterte ich.

»Amélie.« Er hauchte meinen Namen auf meine Lippen, dann senkte er den Mund darauf.

Und dann … oh, mon Dieu! Ich wurde hinweggefegt, in einen Strudel hineingezogen, ich war verloren in einem Sturm, den Jack in mir auslöste. Sein Mund, sein Geschmack, seine Hände in meinen Haaren – ich wusste nicht mehr, wo ich aufhörte und er anfing. Ich wollte es auch gar nicht wissen. Er küsste mich so gierig, als würden meine Lippen seinen Sauerstoff enthalten, und ich war mir sicher, dass seine meinen enthielten.

Und dann … klopfte es an der Tür.

Es war, als hätte ein Feuerwehrmann einen kalten Wasserstrahl auf uns gerichtet. Wir rissen uns voneinander los.

»Das darf nicht passieren.« Jack wälzte sich von mir herunter und setzte sich auf die Bettkante.

Ich setzte mich neben ihn, verärgert über seine Verärgerung. »Nein. Nein, du hast vollkommen recht«, sagte ich trotzdem.

»Es ist bestimmt nur wegen dieser albernen Situation passiert. Es ist unnatürlich, dass alle denken, wir seien verheiratet.«

»Aber wir sind verheiratet.«

»Du weißt ganz genau, was ich meine.«

Natürlich wusste ich es. Er sah meinen Mund an, ich sah seinen an. Die Zeit stand still wie ein abgelaufenes Uhrwerk, und die Anziehungskraft schien stärker zu sein als die Schwerkraft.

Dann klopfte es noch einmal.

Jack stand auf und glättete sein Hemd. »Ich mach jetzt wohl besser die Tür auf, sonst denkt man noch, wir …«

Ich grinste. »Treiben, was wir getrieben haben.«

Er verzog das Gesicht. Seine Lippen wurden schmal. »Wir können das nicht noch einmal tun. Wir dürfen es nicht!«

Doch von diesem Moment an konnte ich an nichts anderes mehr denken.

53
Amélie, 1946

In jener Nacht passierte nichts weiter. Kurz nachdem der Schaffner die Kissen, Extra-Laken und das Plastiktischtuch vorbeigebracht hatte, band sich Jack seine Krawatte um, schlüpfte in sein Jackett, nahm seine Arzttasche und ging hinaus.

»Wohin gehst du?«, rief ich ihm nach.

»Ich schlafe heute Nacht lieber im Salon.«

»Das brauchst du doch nicht. Die Kissen werden dafür sorgen, dass wir uns nicht zu nahe kommen.«

»Ich fürchte, die Kissen reichen nicht.«

Und schon war er weg.

Am nächsten Morgen fing mich Mrs Atkins auf dem Weg zum Frühstück ab, die Stirn besorgt gerunzelt. »Wenn ich es recht verstanden habe, haben Sie und Jack sich gestern Nacht ein wenig gekabbelt.«

»Wie bitte?«

»Ich habe gehört, dass er im Salon geschlafen hat. Alle in diesem Waggon wissen das. Deshalb habe ich mir gedacht, dass Sie sich wohl gestritten haben.«

»Nein, nein. Er war noch nicht müde und wollte mich nicht stören, deshalb …«

Sie winkte ungeduldig ab. »Sie brauchen mir nichts vorzumachen, meine Liebe. Ich weiß, dass es in einer Ehe manchmal sehr anstrengend sein kann. Aber Schätzchen, es ist wichtig, dass Sie das gleich wieder beheben. Sie sollten nicht zornig zu Bett gehen. Und Sie sollten wahrhaftig nicht getrennt schlafen!«

»Jack ist sehr stur.«

»Das kann ich mir gut vorstellen. Aber Sie können ihn nicht einfach woanders schlafen lassen. So etwas muss man im Keim ersticken.«

»Im Keim ersticken? Was bedeutet das?«

»Es bedeutet, dass man Auseinandersetzungen nicht zu weit gehen lassen soll. Das ist der Schlüssel für eine lange und erfolgreiche Ehe.«

Sie hängte sich bei mir ein. »Ich sehe ja, dass Sie sich sehr lieben.«

Ich starrte sie überrascht an. »Das können Sie sehen?«

»Oh ja. Ich sehe, wie Sie einander betrachten.«

Das Herz schlug mir bis zum Hals. Ich fürchtete, dass ich nicht sehr erfolgreich darin war, meine Zuneigung zu Jack zu verbergen, aber ich wusste nicht, ob diese Zuneigung erwidert wurde. »Schaut Jack mich denn so an?«

»Ach, meine Liebe, er betet Sie an, das sieht man doch auf den ersten Blick. Selbst Wilbur hat erwähnt, dass Jack völlig vernarrt in Sie zu sein scheint.«

Mein Herz jubilierte.

»Und jeder Narr kann sehen, dass es Ihnen mit ihm genauso geht.«

Ich nickte stumm. Ich hatte es nicht gewollt, aber ich hatte mich in Jack verliebt. Wie hätte es anders sein können? Er war der Mann meiner Träume. Er war klug, stark, beschützend, fürsorglich, freundlich und attraktiv. Er konnte sogar witzig sein, wenn er es sich zugestand.

»Wissen Sie, in der körperlichen Seite der Ehe liegt sehr viel Macht«, fuhr Rose fort. »Sie glättet so manche Kränkung und harte Worte. Es ist die beste Möglichkeit, einander zu zeigen, dass man dem anderen vergibt und dass einem vergeben wird, dass man den anderen akzeptiert und von ihm akzeptiert wird, und zwar genauso, wie man ist.«

Ach, wie sehr ich mich nach Akzeptanz und Vergeben sehnte! Je näher Whitefish rückte, desto erdrückender wurde die Last meiner Schuldgefühle. Wie konnte ich eine solch aberwitzige Täuschung bei Dougs unschuldigen Eltern fortsetzen? Wie konnte ich damit leben, so zu tun, als hätte ich jemanden geliebt, denn ich gar nicht gekannt hatte?

Wie konnte ich zurückbleiben und dabei zuschauen, wie Jack wegging? Schon allein der Gedanke stürzte mich in tiefste Verzweiflung.

»Das ist bestimmt ein kluger Rat«, sagte ich. »Aber Jack ist entschlossen, sich von mir fernzuhalten. Vermutlich wird er auch heute Nacht im Salon schlafen.«

»Nun, ich kann dafür sorgen, dass das nicht geschieht«, erwiderte sie munter. »Ich bringe den Schaffner dazu, ihm zu sagen, dass das gegen die Vorschriften verstößt – dass jeder Fahrgast nach Mitternacht in sein eigenes Abteil zurückkehren muss.«

Mein Herz schlug schneller. »Danke. Das wird helfen.«

»Und warum überlassen Sie das Baby heute Nacht nicht Sue? Nach dem Abendessen kann Sue sagen, dass Elise ein bisschen schwierig war und schlecht einschlafen konnte, und dass es schade wäre, wenn man sie umbettet und sie dann wieder wach wird. Ich weiß, dass Sue sich sehr gern um Elise kümmert.«

»Aber ich möchte ihr wirklich keine Umstände machen.«

»Unsinn. Sie hat mich sogar schon gefragt, ob sie Elise nicht die ganze Nacht behalten kann. Sie liebt Babys.«

»Nun, in dem Fall … gerne.«

»Und noch etwas: Ein bisschen Alkohol fördert amouröse Impulse.«

»Ja, aber Jack trinkt normalerweise nichts.«

»Das wird er schon, wenn Wilbur auf Dinge anstößt, bei denen er sich nicht weigern kann, sein Glas zu erheben. Das ist unser letzter gemeinsamer Abend, es gibt also eine ganze Menge, worauf man anstoßen kann. Darum werde ich mich schon kümmern.« Sie lächelte mich freundlich an. »Sie müssen einzig und allein hübsch ausschauen und reizend sein. Wenn Sie nach dem Essen in Ihr Abteil zurückkehren, möchte ich wetten, dass all Ihre Meinungsverschiedenheiten einfach wegschmelzen werden.«

»Vielen Dank, Rose. Sie sind eine wundervolle Freundin.«

»Das sind Sie auch, meine Liebe.«

54
Kat, 2016

Ich wusste es! Ich wusste, dass sie Jack eine Falle gestellt hatte. »Und dann hast du ihn verführt?«

Amélie zuckt die Schultern. »Nenne es, wie du willst. Vielleicht habe ich das, vielleicht war es auch beidseitig. Willst du es hören oder nicht?«

»Natürlich will ich es hören. Und zwar in allen Einzelheiten.«

»Na gut. Aber wenn du mich im nächsten Teil unterbrichst, erzähle ich überhaupt nicht mehr weiter.«

»Ich werde den Mund halten«, verspreche ich und beiße mir auf die Zunge.

55
Amélie, 1946

Jack war den ganzen Tag lang höflich, aber distanziert. Rose sagte ihm, dass sie mir helfen wolle, mich fürs Abendessen anzuziehen. »Ich wollte immer gern eine Tochter und bekam nur raufllustige Jungs!«, erklärte sie ihm lächelnd. Und so ging ich am Spätnachmittag in ihr Abteil.

Rose zog ein Kleid aus einer Schachtel, die mit zartem Seidenpapier ausgekleidet war. Das Kleid war aus aprikosenfarbener Schantung-Seide, maßgeschneidert, wunderschön und bestimmt wahnsinnig teuer.

»Oh, wie schön!«, seufzte ich andächtig.

»Ich habe es in New York gekauft, als ich für meine Schwiegertöchter ein paar Geschenke besorgt habe«, sagte sie. »Beide bekommen von mir mehrere Kleider. Welcher ich dieses Kleid schenken wollte, habe ich noch nicht beschlossen. Eigentlich wird es keiner von beiden richtig gut stehen, aber es war so schön, dass ich es unbedingt haben wollte. Sobald ich Sie gesehen habe, habe ich mir gedacht: Amélie würde in diesem Kleid ganz entzückend aussehen. Ich möchte es also sehr gern Ihnen schenken.«

»Sind Sie sich sicher? Wollen Sie das wirklich tun? Es ist göttlich!«

»Ich bin mir sicher. Ich weiß nicht, warum mir das nicht schon früher eingefallen ist. Und Sue kann Sie hübsch frisieren.«

Als Jack mich an jenem Abend erblickte, blieb er wie angewurzelt stehen. Ich sah, wie sein Adamsapfel hüpfte, als er schluckte. »Du … äh … du siehst sehr hübsch aus.«

»Nicht wahr?«, sagte Rose. »Sie einzukleiden hat mir mehr Spaß gemacht, als ich je als kleines Mädchen mit meinen Puppen hatte.«

»Welch schöne Frauen wir haben, nicht wahr, mein Junge?« Wilbur klopfte Jack augenzwinkernd auf die Schulter. »Und sie duften auch noch herrlich.«

Rose hatte mir auch ihr Parfüm aufgelegt.

Das Abendessen verlief heiter und anregend. Wie versprochen hob Wilbur ununterbrochen sein Glas und sorgte dafür, dass Jacks und mein Glas stets gefüllt war. Nach dem Essen bestand er auf einem Brandy zur Verdauung. Endlich gähnte er hinter vorgehaltener Hand und verkündete, dass es wohl an der Zeit sei, ins Bett zu gehen. Als Jack und ich Elise bei Sue abholen wollten, schlug diese vor, die Kleine doch bei ihr zu lassen. Sie zahne wohl gerade und sei ziemlich unruhig, meinte sie. Es wäre doch eine Schande, sie jetzt aufzuwecken. Ich pflichtete ihr bei.

So kam es, dass Jack und ich ohne Elise zu unserem Abteil zurückkehrten. Der Zug bahnte sich einen kurvigen Weg durch die Berge. Ich musste mich unterwegs mehrmals festhalten, weil der Waggon so schwankte.

»Es war ein schöner Abend, findest du nicht auch?«, meinte ich, als Jack unser Abteil aufsperrte.

Wir traten ein, und Jack sperrte die Tür zu. Der Schaffner hatte ein Nachtlicht brennen lassen. Das Bett war aufgeschlagen, zusätzliche Kissen lagen bereit.

»Bei all den Toasts, die Wilbur auf Ehefrauen und Ehen und das Glück angestimmt hat, ist mir ein bisschen mulmig geworden«, sagte Jack, während er sein Jackett auszog und an die Wandgarderobe hängte.

»Sie glauben, wir haben uns gekibbelt, weil du gestern im Salon übernachtet hast.«

»Was haben wir?«

»Gekibbelt, hat Rose gesagt.«

Er lachte und löste seine Krawatte. »Gekabbelt, heißt das. Also hat Rose mit dir darüber gesprochen? Jetzt verstehe ich all diese Trinksprüche.« Er nahm die Krawatte ab. »Sie wollten uns dazu bewegen, uns wieder zu versöhnen. Hat sie dich deshalb so hübsch eingekleidet?«

»Ja«, gab ich etwas kleinlaut zu.

»Na ja, die Mühe hätte sie sich sparen können.«

Unwillkürlich stiegen mir Tränen in die Augen.

»Ach, zum Teufel, so habe ich das doch nicht gemeint. Du hast sehr hübsch ausgesehen. Aber eigentlich bist du immer hübsch. Du musst dich nicht groß auftakeln, um atemberaubend auszuschauen.«

Meine Tränen kullerten weiter.

Er trat zu mir und wischte mir die Wangen ab. Der Zug ruckelte.

»Hey – habe ich dich gekränkt?«

»Nein. Es ist nur so, dass … dass das Ende dieser Reise immer näher rückt.«

»In Whitefish wird schon alles klappen. Dougs Eltern klangen am Telefon wirklich ganz famos.«

Der Zug fuhr um eine Kurve. Wir wurden gegeneinander geschubst. Jack fing mich auf. Seine Hände packten meine Arme, sein brennender Blick versenkte sich im dämmrigen Licht in meine Augen. Der Zug ruckelte weiter, die Lampe begann zu flackern. »Das ist nicht der Grund, weshalb ich traurig bin«, flüsterte ich.

Die Lampe flackerte erneut. Das Herz schlug mir bis zum Hals. »Ist es eine Sünde, wenn man jemanden begehrt, den man nicht begehren sollte, selbst wenn man vor dem Gesetz mit ihm verheiratet ist?«

»Du solltest dir keine solchen Fragen stellen.«

»Ich kann nicht anders. Wenn meine Gedanken so sündig sind, dass ich dafür in die Hölle fahren werde, würde ich zuvor wenigstens gern einmal den Himmel kosten. Und dein Kuss gestern Nacht – es war, wie im Himmel zu sein.«

»Amélie …«

»Und wir sind verheiratet. Also kann es doch nicht so falsch sein, oder?«

Der Zug rumpelte um eine große Kurve, und das Licht ging aus. Wir klammerten uns aneinander, und plötzlich trafen sich unsere Lippen im Dunkel. Es war wie ein Feuerzeug, das an strohtrockene Späne gehalten wurde. Sofort begannen Funken zu sprühen, sofort wurde es heiß, sofort loderten Flammen auf.

Nach einem langen betörenden Kuss wich er von mir ab und flüsterte mir ins Ohr: »Wenn wir weitermachen, fürchte ich, dass ich nicht mehr aufhören kann. Mit meiner Selbstbeherrschung ist es vorbei. Ich habe zu viel getrunken, und ich kann heute Nacht nicht im Salon schlafen. Wir spielen mit dem Feuer.«

»Ich brenne jetzt schon für dich, und ich spiele nicht«, flüsterte ich zurück.

»Amélie ...« Seine Lippen forderten erneut meinen Mund ein. Seine Finger fanden den Reißverschluss meines Kleides. Ich knöpfte hastig sein Hemd auf. Ich konnte es kaum erwarten, seine Haut an meiner Haut zu spüren.

Sein harter, muskulöser Brustkorb war bedeckt mit weichen krausen Haaren. Ich hatte noch nie die nackte Brust eines Mannes berührt und war erregt von dem Unterschied zwischen seinem und meinem Körper. Das schwache Licht erwachte flackernd zu neuem Leben. Er streifte mir mein Kleid von den Schultern. Die Seide bauschte sich um meine Füße. Ich trat aus dem Kleid, während wir uns immer noch küssend dem Bett näherten. Gemeinsam fielen wir darauf. Er öffnete den Verschluss meines BHs und zog ihn mir aus.

»Wie schön!«, murmelte er und starrte auf meine Brüste. »Wunderschön!«

Er umfasste eine Brust mit der Hand, und sein Mund folgte. Ein Blitz der Lust durchzuckte mich, während er meine Brüste abwechselnd küsste und zärtlich streichelte.

Ich stöhnte, als seine Hand zu meinen Oberschenkeln wanderte. Er löste meinen Strumpfhalter und rollte meine Strümpfe behutsam nach unten. Dann küsste er sich den Weg zurück entlang meiner Beine. Sein Bartschatten kitzelte meine Haut. Als er auf der Innenseite meiner Schenkel angelangt war und mir das Höschen auszog, dachte ich, ich würde vor Lust sterben.

Dann legte er sich auf mich und küsste mich erneut gierig auf den Mund. Ich öffnete seine Gürtelschnalle. Er löste sich kurz von mir, um sich seiner Hose und seiner Unterhose zu entledigen.

Ich hatte noch nie einen nackten Mann gesehen, geschweige denn einen erregten nackten Mann. Fasziniert, aber auch ein wenig erschrocken beobachtete ich ihn, während er einen Schritt zu seiner Arzttasche zurücklegte und etwas daraus hervorkramte. Wie sollte er je in mich passen?

Die Matratze gab nach, als er sich wieder zu mir legte und seine Lippen erneut meine einforderten. Er bedeckte meinen Hals, meine Ohren und meine Brüste mit Küssen, und dann küsste er sich über meinen Bauch hin zu dem Teil von mir, der sich am meisten nach ihm verzehrte.

Er küsste mich auch dort, und seine Finger übten einen mir völlig fremden Zauber aus. Anfangs war es mir peinlich, aber bald war ich zu erregt und durchdrungen von all den neuen Empfindungen, um verlegen zu bleiben. Ich überließ mich den köstlichen Gefühlen, der wachsenden Spannung und Begierde. Er entlockte meinem Körper etwas, von dem ich bislang nichts geahnt hatte, etwas Wildes, Erfüllendes, das ich nicht kontrollieren konnte. Er schenkte mir ein köstliches Gefühl von Entspannung und Freude. Dann lag ich da, keuchend, ermattet, befriedigt.

Er küsste sich den Weg zurück über meinen ganzen Körper zu meinem Mund. Ich umfasste seinen Schaft. Er war hart wie Stahl, aber köstlich warm und umhüllt von warmer, weicher Haut. Er zuckte, als sich meine Hand um ihn schloss.

»Amélie …«, krächzte er. »Ich kann nicht mehr warten.«

»Das sollst du auch nicht«, flüsterte ich.

Er wandte sich kurz von mir ab. Ich hörte, wie er eine Plastikumhüllung aufriss, dann legte er sich wieder auf mich und drang in mich ein.

Dieses Gefühl – die Öffnung, die Art, wie er mich ausfüllte, die sanfte Dehnung – ließ mich erneut vor Lust erbeben. Langsam gewährte ich ihm Zugang zu den weichsten, empfindlichsten Stellen von mir. Ich schwebte auf einer Wolke köstlichster Lust – bis mich auf einmal ein scharfer, stechender Schmerz durchfuhr.

Oh, mon Dieu! Ich hatte das Gefühl, zu zerreißen. Ich versuchte, nicht laut aufzuschreien, aber Jack spürte, dass etwas nicht stimmte.

Er erstarrte in mir. Ich befürchtete, dass er sich zurückziehen würde und ich ihm nicht die Lust schenken konnte, die er mir geschenkt hatte. Und diese Lust wollte ich ihm unbedingt schenken. Also biss ich die Zähne zusammen, packte ihn fester und dachte an das, was Yvette mir einmal erzählt hatte: Männer mögen es, wenn du dich unter ihnen bewegst. Ich hob mein Becken an, Jack reagierte mit einem Stoß, den ich erwiderte. Plötzlich schien sein Körper die Bewegungen völlig allein auszuführen. Endlich stöhnte er leise auf.

Lange lag er befriedigt auf mir. In diesen Momenten spürte ich ein Gefühl der Gänze, der Zufriedenheit, der alles umfassenden Liebe – eine Einheit von Körper und Seele, wie ich sie noch nie empfunden hatte, nicht einmal vor dem Krieg.

Und dann wälzte er sich von mir. In seinen Augen schimmerte ein Licht, das ich noch nie bei ihm gesehen hatte. »Jesus, Amélie«, stöhnte er. »Es hat sich fast so angefühlt, als wärst du noch unberührt gewesen.«

Ich war so entspannt, dass mein Gesicht ihm wohl die Wahrheit preisgab. Er fuhr hoch und starrte entsetzt auf das Laken zwischen uns. Ich folgte seinem Blick hin zu einem Blutfleck.

Er sprang aus dem Bett, als wäre es voller Schlangen. »Grundgütiger! Du warst tatsächlich noch Jungfrau.«

Ich war so überrascht, dass ich mir nicht rasch genug eine Geschichte ausdenken konnte. Ich hatte vorher überhaupt nicht überlegt, was ich ihm sagen sollte.

Nun sah ich, wie in seinem wissenschaftlichen Verstand all die möglichen Folgen durchgespielt wurden. »Verflucht noch mal!« Er streifte das Kondom ab, dann starrte er es womöglich noch entsetzter als vorhin den Blutfleck an. »Oh nein! Verdammt! Verfluchte Scheiße!« Er schlug mit der offenen Hand so heftig auf das Waschbecken, dass die Wand bebte. »Verflixt und zugenäht! Elender Mist! Teufel noch mal!«

»Stimmt etwas nicht?«, fragte ich etwas erschüttert über diesen Gefühlsausbruch.

»Du warst eine gottverdammte Jungfrau, und ich glaube, das elende Kondom ist geplatzt!«

»Geplatzt?«

»Zerrissen, kaputt, hin.« Der Zug fuhr um eine Kurve, und das Licht ging wieder aus. »Ich hoffe, dass es geplatzt ist, als ich es abgestreift habe, aber es sah ganz danach aus, dass es schon vorher passiert ist. Verfluchte Scheiße!« Das Licht ging wieder aus, während er am Waschbecken herumhantierte. Als es wieder anging, stand er mit einem feuchten Waschlappen neben mir, den er mir reichte. Seine Augen glühten wie heiße Kohlen in einem Gesicht, aus dem jede Farbe gewichen war.

»Grundgütiger, Amélie.« Ich sah, wie sich seine Gedanken überschlugen. Er starrte mich an, als wären mir plötzlich Hörner gewachsen, oder ein zweiter Kopf. »Wenn du noch Jungfrau warst, kannst du unmöglich Elises Mutter sein.«

Ein Kloß, groß wie der Eiffelturm, formte sich in meiner Kehle.

»Das bedeutet, dass du nicht Dougs Kind haben kannst.« Seine Stimme wurde lauter, aber mit jedem Wort heiserer und kehliger. »Du warst überhaupt nie mit Doug zusammen!«

»Nein«, flüsterte ich.

»Verdammte Scheiße!«

Mir fiel auf, dass ich ihn bislang noch nie hatte fluchen hören.

Er baute sich vor mir auf, sein Gesicht eine tiefschwarze Gewitterwolke. »Jetzt frage ich dich eines, und du erzählst mir diesmal lieber die gottverdammte Wahrheit …«

Ich wich vor ihm zurück und hielt mich an der Bettdecke fest.

»Wer zum Teufel bist du, und wo zum Teufel hast du das Baby her, das du mit dir herumschleppst?«

56
Amélie, 1946

Mir blieb nichts anderes übrig, als reinen Tisch zu machen.

Wir blieben fast die ganze Nacht auf. Ich erklärte ihm, dass ich die Tochter eines Linguistikprofessors war, dass ich zusammen mit meinen Brüdern in Paris aufgewachsen war, dass ich Yvette von klein auf gekannt hatte. Ich erzählte ihm, wie der Krieg für mich begonnen hatte, wie ich Joshua kennengelernt hatte und wie ich aus Paris geflohen war. Ich erzählte ihm, wie ich meine Eltern und mein Zuhause verloren hatte. Ich schilderte ihm das Leben im besetzten Paris, die Angst, den Hunger, die Verzweiflung. Ich erzählte ihm, dass ich für die Résistance gearbeitet hatte, und ich erzählte ihm auch von Pierre. Ich erzählte ihm, wie ich zu einer femme tondue geworden war, ich erzählte ihm von Yvettes Schwangerschaft und von ihrem Tod.

Jack hörte mir voller Mitgefühl zu. Sein Ärger schien nachzulassen. »Und wie passt Doug in diese Geschichte?«, fragte er schließlich.

Also erzählte ich ihm, dass ich ihn belauscht hatte, als er an Dougs Stelle gebeichtet hatte.

Seine Wut entflammte von Neuem und war nun stärker als bei all meinen anderen Täuschungen, stärker als an dem Punkt, als er erfahren hatte, dass Elise nicht mein leibliches Kind war. Er stieß einen Schwall von Flüchen aus, die ich nicht verstand; doch mir war klar, dass sie heftiger waren als alles, was er bislang geäußert hatte. »Warum?«, fragte er schließlich, die Hände um sein Gesicht gelegt. »Warum hast du mich so reingelegt?«

»Weil ich verzweifelt war, und weil du mir wie ein Geschenk des Himmels vorgekommen bist.«

»Du hättest mich doch einfach fragen können. Ich hätte versucht, dir zu helfen.«

»Aber du hättest mich nicht geheiratet.«

»Nein, das hätte ich nicht getan. Und ich weiß nicht, ob ich dir je verzeihen kann, dass du mir diese Wahl nicht gelassen hast.«

»Du hattest immer eine Wahl.«

»Du hast mit meinen Schuldgefühlen gespielt, verflucht noch mal! Und jetzt habe ich Kat und ihre Familie und meine grundlegenden Werte verraten – alles nur deinetwegen.«

»Nein. Ich habe es für Elise getan.«

»Ach ja?«

»Ja. Es war nicht für mich. Ich habe mich entschlossen, so zu handeln, bevor ich dich je zu Gesicht bekommen hatte. Du hättest ein hässlicher alter Zwerg sein können, ich wusste ja überhaupt nichts von dir.«

»Du hast mich mit deinem falschen Spiel nicht nur dazu bewegt, dich zu heiraten, du hast mich auch noch dazu gebracht, dir deine Unschuld zu rauben.«

»Dazu habe ich dich nicht mit irgendeinem falschen Spiel gebracht«, protestierte ich. »Und was für eine Rolle spielt es überhaupt, dass ich noch Jungfrau war?«

Als Antwort kam nur ein neuer Fluch. Er stand auf, stellte sich auf den schmalen Fleck zwischen Bett und Wand ans Fenster, hob den Vorhang hoch und starrte auf die vorbeihuschende Nacht. Schließlich wandte er sich wieder mir zu. »Sag mal, was wolltest du eigentlich in Montana tun? Wie lange hattest du vor, Elise als Dougs Kind auszugeben?«

Scham durchfuhr mich wie ein Blitz. Ich senkte den Kopf. »Ich … ich weiß es nicht.«

»Wolltest du Dougs Eltern dazu verleiten, dich und das Kind bei sich aufzunehmen?«

»Das war nicht meine Idee, sondern deine.«

»Weil ich dir geglaubt habe, verdammt noch mal! Aber du – hättest du es zugelassen?«

»Ich weiß es nicht. Es hat mich wirklich sehr belastet. Von Anbeginn dieser Reise an habe ich nicht gewusst, was ich tun sollte. Ich glaube, ich hätte dir im nächsten Zug alles erzählt.«

»Du glaubst, dass du das getan hättest? Was für eine Frau bist du eigentlich?«

»Eine verzweifelte«, erwiderte ich. »Ich glaube nicht, dass ich grundsätzlich einen schlechten Charakter habe.«

Er schnaubte. »Selbst du bist dir nicht sicher.«

Ich hob den Kopf. »Eines weiß ich: Ich wollte niemals jemandem schaden. Ich wollte nur das Beste für Elise.«

»Wenn du dir jetzt einbildest, dass ich mein Leben umkrempele, um dir in irgendeiner Weise entgegenzukommen, dann täuschst du dich.«

»Wie bitte?«

»Diese Nacht ändert nichts an der Tatsache, dass du eine hinterlistige Lügnerin bist.«

»Zu dieser Nacht ist es gekommen, weil du mir zunehmend lieb geworden bist und ich dich begehrt habe. Das hast du doch gewusst. Du bist ein Mann, und du bist Arzt. Du kennst die Zeichen des Begehrens, die eine Frau nicht vorspielen kann.«

Er starrte aus dem Fenster.

»Ich hatte keine Pläne, in denen du eine Rolle spielst, abgesehen davon, dass ich Elise nach Amerika bringen wollte«, fuhr ich fort. »Die letzte Nacht – nun, das muss ich zugeben, da war ich egoistisch. Ich habe mit dir geschlafen, weil ich dich unbedingt haben wollte. Seit meinem sechzehnten Lebensjahr war es das Einzige, bei dem es mir ausschließlich um mich gegangen ist, abgesehen vom Überleben.« Ich reckte das Kinn vor. »Und ich bereue es nicht.«

»Nun, ich schon.«

»Das tut mir leid. Ich hatte das Gefühl, dass es sehr gut, sehr richtig, genau so war, wie es sich anfühlen sollte.«

»Wie kann etwas gut oder richtig sein, wenn es auf einem Berg von Lügen fußt? Ich habe meine Verlobte betrogen mit einer Frau, die mich belogen und für ihre Zwecke benutzt hat.«

»Du stellst mich als ein Ungeheuer hin. Ich habe nie etwas Böses gewollt. Ich habe nur gelogen, weil ich das Beste für mein Kind wollte.«

»Sie ist ja nicht mal dein Kind. Meine Güte, du hast ja nicht einmal einen Rechtsanspruch auf sie.«

»Ich habe den Anspruch der Liebe. Ich habe den Anspruch, ihr Leben lang an ihrer Seite gewesen zu sein, die einzige Mutter zu sein, die sie kennt.«

»Von Rechts wegen sollte ich dich den Behörden ausliefern.«

Mein Herz setzte kurz aus, dann pochte es so laut, dass Jack es eigentlich hören musste. »Was … was würde dann passieren?«

»Elise würde wahrscheinlich in ein Heim kommen, und du würdest nach Frankreich zurückgeschickt werden.«

»Oh nein!« Der Schrecken, möglicherweise Elise zu verlieren, war schlimmer als jede Angst, die ich während des Krieges verspürt hatte. Das Blut gefror mir in den Adern. »Das kann nicht das Beste für das Kind sein. Bitte! Lass uns wie geplant die Auflösung unserer Ehe anstreben.«

»Und wovon willst du leben? Wie willst du Elise unterstützen, ohne Freunde oder Verwandte, die auf sie aufpassen, während du arbeitest? Wo willst du leben?«

»Ich … das werde ich alles regeln. Hier habe ich viel bessere Chancen als in Frankreich. Hier gibt es Essen und Jobs und viele Möglichkeiten.«

»Ich weiß wirklich nicht, was ich mit dir machen soll. Ich weiß nicht, was ich denken soll.«

Wir redeten die ganze Nacht. Irgendwann im frühen Morgengrauen fielen wir in einen erschöpften Schlaf. Wir ließen das Frühstück aus und machten uns fertig, um in den nächsten Zug zu steigen.

Ich holte Elise von Sue ab. Unterwegs begegnete mir Rose.

»Hat es geklappt?«, fragte sie eifrig.

»Ja und nein.« Mein Herz war schwer. »Wir haben uns geliebt, aber dann hatten wir einen neuen Streit, und der war schlimmer als der letzte. Es ist alles meine Schuld.«

»Bei einem Streit liegt die Schuld nie bei einem allein.«

»Bei diesem schon«, erwiderte ich traurig. »Ich habe ihm bei einigen sehr wichtigen Dingen aus meiner Vergangenheit nicht die Wahrheit gesagt.«

Sie tätschelte mir den Rücken. »Schätzchen, die Liebe überwindet alle Hindernisse. Behalten Sie ihn in Ihrer Nähe, seien Sie geduldig und denken Sie an die Macht der körperlichen Seite Ihrer Beziehung.«

Es war zwecklos, ihr zu sagen, dass ich diesen Rat nicht brauchen konnte. Ratschläge zur Liebe funktionieren nur, wenn beide Partner die Liebe spüren. Ich rang mir ein kleines Lächeln ab. »Danke für alles, was Sie für uns getan haben.«

Rose reichte mir ihre Visitenkarte. »Wenn Sie je in Chicago sind, oder wenn Sie einmal dringend etwas brauchen, können Sie mich unter dieser Adresse oder dieser Telefonnummer erreichen.«

Ich steckte die Karte ein. Im Krieg hatte ich erfahren, wie wichtig es war, Leute, die einen unterstützten, zu kennen und nicht zu stolz zu sein, sie im Notfall auch um Hilfe zu bitten. Das war beinahe ebenso wichtig, wie da zu sein, um andere in Notzeiten zu unterstützen. »Vielen Dank, Rose, für das Kleid und Ihre guten Ratschläge und Ihre Ermutigung.«

»Gott schütze Sie, meine Liebe.« Sie küsste mich auf die Wange. »Und willkommen in Amerika!«

Wenn ich nur sicher wäre, dass ich bleiben könnte …

57
Amélie, 1946

In Williston/North Dakota stiegen wir in einen anderen Zug. Jack trug mein Gepäck, er half mir mit Elise, aber er redete kein Wort mit mir. Wir saßen uns stundenlang stumm gegenüber. Er las, und ich versuchte, ein sehr unruhiges Baby bei Laune zu halten – ich weiß nicht, ob Elise so unruhig war, weil sie zahnte oder weil sie meine Anspannung mitbekam – und starrte aus dem Fenster. Die Landschaft war wunderschön – Berge mit schneebedeckten Gipfeln, Flüsse voller Eisschollen und Felder, gesäumt von Schneewehen. Aber aus Angst vor dem, was als Nächstes passieren würde, bekam ich kaum etwas davon mit.

Endlich brach Jack sein Schweigen. »Die Claibornes wollen uns in Whitefish abholen. Da man nicht sicher sein kann, dass du nicht lügst, sobald du den Mund aufmachst, sagst du nichts außer ›Hallo‹ und ›Schön, Sie kennenzulernen‹. Eigentlich solltest du so tun, als ob du kein Englisch sprichst. Dass du dazu fähig bist, hast du ja hinlänglich bewiesen.«

Seine Worte schmerzten. »Und was wirst du ihnen sagen?«

»Dass ich bei ihrem Sohn war, als er starb. Deine Lügen werde ich jedenfalls nicht unterstützen. Du hast ihn nie getroffen. Du wirst auf keinen Fall behaupten, dass du ihn kennst.« Er starrte aus dem Fenster. Sein Mund war so hart und zerklüftet wie die Berge. »Wir übernachten bei ihnen, und morgen reisen wir wieder ab.«

»Und dann – was wird dann aus mir und Elise?«

»Das weiß ich noch nicht.« Er ließ sich nicht dazu herab, mich anzuschauen. »Und wenn ich es wüsste, müsstest du eine Weile darauf warten, es zu erfahren.«

»Du willst mich bestrafen.«

»Nein. Ich will dich daran hindern, einen Weg zu finden, um

hinter meinem Rücken gegen mich zu arbeiten. Dir kann man nicht trauen.«

Tränen stiegen mir in die Augen. »Du irrst dich. Du kannst mir voll und ganz vertrauen, wenn ich auf deiner Seite stehe.«

Er schnaubte ungläubig.

»Schau dir doch nur an, wie treu ich Frankreich gedient habe. Schau dir an, welch gute Freundin ich für Yvette war und welch gute Mutter ich für Elise bin. Das Problem ist nur – als du mir zum ersten Mal begegnet bist, da wusste ich nicht, dass du … dass du …« Ich zögerte. Wie konnte ich das sagen? Dass du ein durch und durch guter, aufrechter, achtbarer Mensch bist? Zu anständig, um dich zu belügen? »So … so ehrenwert bist«, sagte ich schließlich.

»Hätte das etwas an deinen Plänen geändert?«

Ich seufzte. »Wahrscheinlich nicht. Ich hatte Yvette etwas geschworen, und in dir habe ich die einzige Möglichkeit gesehen, meinen Schwur zu halten. Ich hatte nie vor, dir solche Probleme aufzuhalsen. Ich dachte, du würdest mir helfen, nach New York zu kommen, und dann würden sich unsere Wege trennen. Ich hatte keine Ahnung, dass alles so … so kompliziert werden würde.«

»Waren die Browns denn wirklich verwandt mit dir?«

Ich hatte keinen Grund, ihm weiterhin die Wahrheit vorzuenthalten. »Sie waren Yvettes Verwandte, also mit Elise verwandt. Ich bin mir sicher, dass sie uns aufgenommen hätten, bis ich einen Job gefunden hätte und auf eigenen Füßen hätte stehen können.«

»Das werden wir wohl nie erfahren.«

Etwa eine Stunde später stellte er mir eine weitere Frage. »Warum hast du mir etwas von toten Babys auf dem Schiff vorgelogen?«

Wieder stiegen mir Tränen in die Augen. »Das war nicht gelogen. Das war die reine Wahrheit.«

»Eine sehr passende Wahrheit, wenn man bedenkt, dass sie mich davon abgehalten hat, dich auf das Schiff und nach

Frankreich zurückzuschicken, als wir deine angeblichen Verwandten nicht finden konnten.«

»Es war trotzdem die Wahrheit.«

Er schüttelte den Kopf. »Das übersteigt mein Vorstellungsvermögen, vor allem, wenn ich all die Lügen zusammenzähle, die du mir aufgetischt hast. Ich weiß nicht mal, welche die schlimmste ist.«

»Es tut mir leid. Jede einzelne hielt ich für nötig, als ich sie dir erzählt habe.«

»Und wie ist es mit Lügen, die durch Verschweigen zustande kommen?«

»Was meinst du damit?«

»Warum zum Teufel hast du mir verschwiegen, dass du noch Jungfrau warst?«

Ich begriff nicht, warum er mich so finster anstarrte. »Welche Rolle spielt das denn?«, fragte ich erneut.

»Keine! Es sollte keine Rolle spielen«, schnaubte er.

Doch in seinem Kopf spielte es eine große Rolle, das war mir klar.

58
Amélie, 1946

Kurz nach zehn Uhr abends kamen wir in Whitefish an. Die Claibornes erwarteten uns am Bahnhof – einem Tudor-Gebäude, viel größer, als ich es mitten auf dem Land erwartet hätte.

Die Claibornes waren blauäugig, grobknochig und groß. Für mich sahen sie wie Deutsche oder vielleicht auch wie Schweden aus. Das ergrauende Haar der Frau war zu einem dicken, strengen Knoten gewunden. Sie hatte einen schmalen Mund, aber freundliche Augen. Über ihrem mit Lammfell gefütterten Mantel trug sie ein Tuch mit einem indianischen Muster. Ihr Antlitz wies Zeichen frischen Schmerzes auf – dunkle Augenringe, Furchen in der Stirn, das hagere, eckige Aussehen eines Menschen, der plötzlich stark abgenommen hat. Der Mann war groß und breitschultrig, mit schütterem, von weißen Strähnen durchzogenem Haar und einem weißen Bart. Er trug einen schweren, ebenfalls mit Lammfell gefütterten Wildledermantel. Seine wettergegerbte Haut wies darauf hin, dass er viel Zeit im Freien verbrachte.

»Meine Familie hat mich in New York überrascht, deshalb habe ich sie mitgebracht«, sagte Jack. »Ich hoffe, wir bereiten Ihnen keine Umstände.«

»Nein, ganz und gar nicht. Wir haben gern Gäste. Je mehr, desto besser. Ich bin Daniel Claiborne, und das ist Gustava.«

»Nennen Sie uns doch bitte Dan und Gustie«, sagte sie und reichte mir die Hand.

Die amerikanische Sitte, sich die Hände zu schütteln, kam mir immer noch sehr seltsam vor. Verlegen nahm ich ihre Hand.

»*Echanté*«, sagte ich. »Ich heiße Amélie, und das hier ist Elise.«

»Ach, was für ein hübsches Kind!«

»Danke«, murmelte ich.

Jack warf mir einen vielsagenden Blick zu. »Ich fürchte, Amélies Englisch ist nicht sehr gut.«

»Ich bin mir sicher, dass wir uns gut verstehen werden.« Sie musterte mich hoffnungsvoll. »Haben Sie Doug ebenfalls gekannt?«

»Nein«, antworteten Jack und ich wie aus einem Mund.

Auf diese seltsame gemeinsame Erwiderung erfolgte erst einmal eine verlegene Pause. »Nun, ich kann es kaum erwarten, dass Sie uns alles erzählen, was Sie über unseren Jungen wissen«, sagte Gustie schließlich und sah Jack an, ihr schlichtes Gesicht vor Vorfreude leuchtend.

»Mach mal halblang, Gustie«, mahnte Dan. »Es ist schon spät, und unsere Besucher haben eine lange Reise hinter sich. Jetzt bringen wir sie erst mal heim und gönnen ihnen ein bisschen Schlaf. Morgen können wir uns dann ausgiebig unterhalten.«

»Ja. Ja, das ist eine ausgezeichnete Idee.«

Sie nahmen unser Gepäck und verstauten es in ihrem klapprigen Ford. Dann fuhren wir etliche Meilen aus der Stadt hinaus zu ihrem Haus, einer kleinen, einstöckigen, mit Schindeln gedeckten Farm.

»Ich habe das Gästezimmer für Sie vorbereitet«, erklärte Gustie.

»Danke«, sagte ich.

»Das Bad ist am Ende des Flurs«, sagte Dan. »Wenn Sie wollen, kann ich Dougs altes Kinderbettchen für das Baby aus dem Dachboden holen. Gustie wollte es unbedingt für unsere Enkel aufheben. Jetzt werden wir vermutlich nie …« Seine Stimme verlor sich.

Gusties Faust schoss vor ihren Mund.

Ich war mit dem Herzen bei ihr. »Ihr Verlust tut mir schrecklich leid.«

»Danke.« Dan sah mich mit freundlichen Augen an. »Also, ich finde Ihr Englisch ziemlich gut.«

Ich spürte die Hitze in Jacks warnendem Blick, beschloss jedoch, sie zu ignorieren. »Danke. Jack hat mir viel beigebracht«, erwiderte ich. »Bitte machen Sie sich wegen des Kinderbettchens keine Umstände. Elise hat schon etliche Tage in meinem Koffer geschlafen. Ich nehme einfach ein paar Kleider heraus und lege ein Laken auf den Rest, und schon hat sie ein gemütliches Bettchen.«

Gustie beeilte sich, ein Laken und eine Decke für das Baby zu besorgen. Dann fragte sie uns, ob wir denn gern noch einen Happen essen würden. Zum Glück erwiderte Jack, dass wir schrecklich müde seien.

Während ich das Kofferbett für Elise herrichtete, hielt Gustie sie in den Armen. Als ich mich umdrehte, ertappte ich sie dabei, wie sie Elise mit der gebannten Zärtlichkeit eines Menschen, der sich soeben verliebt, betrachtete. Das ist es, was sie im Krieg verloren hat, dachte ich – ihr geliebtes Kind, den wichtigsten Menschen in ihrem Leben. Ich hatte mich früher einmal gefragt, ob eine Mutter je diese alles umfassende frühe Liebe zu ihrem Kind hinter sich lässt, dieses nächtliche Wachen, das Füttern mit dem eigenen Körper, die ungestüme Liebe einer Bärin. Offensichtlich blieb einer Mutter dieses Gefühl ein Leben lang.

Bei dem Gedanken, dass Jack daran dachte, mich von Elise zu trennen, schnürte sich mir der Magen zusammen.

Gustie legte Elise so behutsam, als wäre sie aus feinstem Porzellan, in das kleine Bett. »Ach, sie ist wirklich ganz entzückend.«

»Danke«, murmelte ich.

Als Jack und ich allein waren, sagte ich ihm, wie nett ich die Claibornes fand. »Und sie scheinen Babys wirklich sehr gern zu haben«, fügte ich hinzu.

Er bedachte mich mit einem finsteren Blick. »Wenn du damit sagen willst, dass wir doch auf deinen ursprünglichen Plan zurückgreifen sollten …«

»Nein!«, fiel ich ihm ins Wort. »Natürlich nicht. Außerdem hast du wohl vergessen, dass es niemals meine Idee war.« Wofür hielt er mich eigentlich?

Und trotzdem – wie weit von der Wahrheit entfernt lag er? Denn ein wenig liebäugelte ich tatsächlich mit der Frage, wie ich es schaffen könnte, bei den Claibornes zu bleiben, statt nach

Frankreich zurückgeschafft zu werden. Und ich dachte auch an Rose Atkins Visitenkarte, die sie mir zum Schluss in die Hand gedrückt hatte. Ich ging sämtliche Optionen durch. Das Hauptproblem war, dass ich kein Geld hatte.

Ich wusste, dass in Jacks Tasche ein dickes Bündel Scheine steckte. Wenn ich genug davon nähme, um Zugfahrkarten zu kaufen, könnte ich dafür sorgen, dass Elise in Amerika blieb.

Ich wartete, bis er ins Bad ging, dann öffnete ich seine Tasche und starrte auf das Geld. Es war eine ganze Menge, vielleicht sogar dreitausend Dollar. Vermutlich würde er ein paar Hunderter gar nicht vermissen.

Im Krieg hatte ich viele schwierige Lektionen gelernt. Die bleibendste lautete: Es lag an mir, einzig und allein an mir, diejenigen zu schützen, die ich liebte. Ich konnte mich auf keinen anderen verlassen.

Dennoch … ich war keine Diebin, und selbst wenn ich eine werden müsste, um Elise zu beschützen, würde ich nicht den Mann bestehlen, der mir bislang stets geholfen hatte. Ich schloss die Tasche und stellte sie genau an den Fleck, an dem Jack sie zurückgelassen hatte.

Das Bett war riesig, der Raum eiskalt. Zusätzliche Decken gab es nicht. Trotzdem legte sich Jack auf den Boden.

»Sei nicht albern. In diesem Bett gibt es wahrhaftig genügend Platz für uns beide.«

»Nein.

»Na gut, dann schlafe ich auf dem Boden und du kannst das Bett haben.«

»Nein.«

»Dann schlafen wir eben beide auf dem Boden.« Ich zog die Zudecken vom Bett, gab ihm eine und legte mich unter die andere.

»Was soll das denn?«

»Ich werde nicht in einem weichen Bett liegen, während du auf dem harten Fußboden liegst. Wenn du darauf bestehst, dann schlafe ich eben auch auf dem Boden.«

»Mach, was du willst«, knurrte er.

Und das tat ich dann auch. Ich lag rechts vom Bett auf dem Boden, er links. Zwischen uns lag eine dicke, mit Federn gefüllte Matratze, die keiner nutzte. Lächerlich.

Am frühen Morgen wachte ich vom Klappern und Klirren aus der Küche auf. Jack war weg. Ich sammelte die Decken und Laken ein und machte das Bett, dann ging ich ins Bad, wusch mich und putzte mir die Zähne. Ich schaffte es sogar, mich anzuziehen und mir die Haare zu kämmen, bevor Elise sich meldete.

Ich ging mit ihr nach unten. Jack saß bei Gustie und Dan am Küchenherd.

»Kommen Sie doch rein!«, forderte Gustie mich auf. »Was kann ich für Sie und die Kleine herrichten?«

Sie erhitzte Wasser für Elises Säuglingsnahrung und schenkte mir eine Tasse Kaffee ein, dann stellte sie eine Schüssel Haferbrei für uns auf den Tisch. »Ihr wunderbarer Mann hat uns gerade von seiner Arbeit im Krieg erzählt«, sagte sie. »Sie sind bestimmt sehr stolz auf ihn.«

»Ja«, sagte ich.

»Wo haben Sie sich eigentlich kennengelernt?«

Ich sah Jack an. Mir fiel ein, dass ich die englische Sprache nicht besonders gut beherrschen sollte. Deshalb beschloss ich, ihm die Antwort zu überlassen.

»In Paris«, erklärte er. »In dem Krankenhaus, in dem ich gearbeitet habe.«

»Angesichts des Alters Ihres Kindes muss das wohl kurz nach Ihrer Ankunft in Frankreich gewesen sein«, sagte Dan. »Viel Zeit haben Sie nicht vergeudet.«

»Es war eine – wie sagt man gleich noch mal – Gewitterromanze«, sagte ich.

»Sie meint eine stürmische Romanze.«

Beide lachten.

»Doug hat gar nicht erwähnt, dass Sie verheiratet sind.« Gustie sah Jack stirnrunzelnd an, während sie ein paar Scheiben Toast auf meinen Teller legte. »Hat er uns nicht vielmehr geschrieben, dass er plante, in die Arztpraxis des Vaters seiner Verlobten in Louisiana einzusteigen?«, wandte sie sich fragend an Dan.

Jacks Ohren wurden feuerrot. »Im Krieg ändert sich so manches.«

»Kehren Sie denn nach Louisiana zurück?«, wollte Dan wissen.

»Ja. Aber zuvor muss ich noch eine sechswöchige Fortbildung in Reno machen. Wir nehmen heute Nachmittag einen Zug dorthin.«

Ich starrte Jack überrascht an. Diese Auskunft hörte ich zum ersten Mal.

»So bald schon?«, fragte Gustie. »Sie sind doch gerade erst angekommen.«

»Wir können wirklich nicht länger bleiben. Aber ich wollte Sie unbedingt sehen, um Ihnen zu sagen, was für einen großartigen Mann Sie großgezogen haben.«

Gusties Augen wurden feucht. Selbst Dans Augen glänzten verdächtig. »Ja. Das wissen wir sehr zu schätzen.«

»Sie haben am Telefon erwähnt, dass Sie etwas von Doug für uns haben«, sagte Gustie. »Eine Art Überraschung.«

»Ja.« Jack langte in seine Tasche und zog ein Bündel Geldscheine heraus, die mit einem Gummiband zusammengehalten waren. »Er wollte, dass ich Ihnen das hier gebe.« Er reichte Dan das Geld.

Der große Mann blätterte mit dem Daumen durch das dicke Bündel. »Aber wie … wie um alles in der Welt ist er an dieses Geld gekommen?«

»Doug wurde ziemlich gut im Pokern. Er hat fast immer den Tisch abgeräumt. Seine Gewinne hat er eisern gespart und gemeint, er wollte Ihnen damit helfen, ein paar neue Geräte anzuschaffen. Und dann … ja, dann hat er mich gebeten, dafür zu sorgen, dass Sie dieses Geld bekommen.«

Dans von vielen Falten umgebene Augen wurden groß. »Das sind so um die zwölfhundert Dollar!«

»Wie ich schon sagte, er war ein ziemlich guter Pokerspieler.«

»Und er wollte wirklich, dass wir dieses Geld bekommen?« Dans Stimme zitterte.

Jack nickte. »Ich wollte es Ihnen persönlich geben.« Auch in seiner Stimme schwangen viele Gefühle mit. »Ihr Sohn hat mir das Leben gerettet. Ich stehe in seiner und auch Ihrer Schuld, einer Schuld, die ich nie zurückzahlen kann.«

»Vielen Dank.« Gustie tupfte sich die Augen mit einem Zipfel ihrer Schürze ab. »Das bedeutet uns wirklich sehr viel.«

Dan schniefte und räusperte sich, dann rieb er sich die Augen mit den Daumen.

»Er war ein hervorragender Sanitäter. Er hat viel Gutes getan und einer Menge Leute geholfen«, fügte Jack hinzu.

Dan nickte. Gustie wischte sich abermals die Augen.

»Na gut.« Jacks Stuhl quietschte auf dem Linoleum, als er darauf zurückrutschte. »Wir würden uns freuen, wenn Sie uns zum Bahnhof bringen könnten – natürlich nur, wenn es Ihnen nicht zu viele Umstände bereitet. Um halb vier fährt ein Zug, den wir erwischen müssen.«

»Na klar, das ist kein Problem.« Dan warf einen Blick auf die Uhr und stellte seine Kaffeetasse ab. »Aber zuerst muss ich noch das Vieh füttern. Wollen Sie mitkommen?«

»Sehr gern«, erwiderte Jack. Er warf mir wieder einen warnenden Blick zu. »Ne fait pas quelque chose stupide en mon absence – Stell bloß keinen Unsinn an, solange ich weg bin.«

»D'accord«, erwiderte ich fügsam. »Ich liebe dich auch.«

»Ihr Englisch ist wirklich sehr gut«, sagte Gustie.

Zum Glück kann ich dasselbe nicht von Ihrem Französisch behaupten, dachte ich.

59
Amélie, 1946

Erst als wir im Zug saßen, hatte ich die Gelegenheit, Jack zu fragen, wie unsere zukünftigen Pläne aussahen; denn auf der Farm hatte er es nach Kräften vermieden, mit mir allein zu sein. Als der Zug sich in Bewegung setzte, winkte ich den Claibornes zu, und als sie aus meinem Blickfeld verschwunden waren, wandte ich mich an Jack, der mir gegenübersaß.

»Werden wir wirklich sechs Wochen in Reno bleiben?«, fragte ich.

»So lange muss man dort offiziell angemeldet sein, um eine Ehe auflösen zu lassen. Ich habe einen Freund, der ebenfalls Arzt ist und dort wohnt. Ich hoffe, er kann ein paar Strippen ziehen, dass wir nicht so lange warten müssen.«

Merci Dieu – offenbar wollte er mich nicht nach Frankreich zurückschicken oder Elise in ein Kinderheim stecken. »Also dauert dein Kurs dort keine sechs Wochen?«

»Es ist kein offizieller Kurs. Mein Freund hat sich auf die Wundversorgung spezialisiert. Wenn ich bei ihm arbeite, kann ich eine Menge von ihm lernen.«

»Du hast es wie eine offizielle Fortbildung hingestellt.«

»Habe ich das?«

»Ja, und das weißt du auch.« Jack bei einer Verbiegung der Wahrheit zu ertappen, kam mir wie ein kleiner Sieg vor.

»Na ja – offensichtlich haben deine schlechten Gewohnheiten auf mich abgefärbt. Je rascher ich von dir und deinem schlechten Einfluss wegkomme, desto besser.«

Seine Worte trafen mich wie ein Schlag in die Magengrube. »Bin ich denn wirklich so schrecklich?«

Er zögerte so lange, dass ich schon dachte, er würde mir eine Antwort schuldig bleiben. Endlich stieß er einen tiefen Seufzer aus.

»Nein, das glaube ich nicht, aber ich kann dir einfach nicht mehr vertrauen.«

»Gibt es etwas, was ich tun kann, um dein Vertrauen in mich wiederherzustellen?«

»An diesem Punkt? Nein.« Er erhob sich. »Wenn du mich jetzt entschuldigst, ich werde mir ein bisschen die Füße vertreten.«

Den Rest des Tages wechselten wir kaum ein Wort. Beim Abendessen war Elise sehr unruhig. Sie wollte nichts essen, und ihre Wangen waren gerötet.

»Ich finde, sie fühlt sich ziemlich warm an«, sagte ich. »Glaubst du, sie hat Fieber?«

Er maß ihre Temperatur unter dem Arm. Das Thermometer kletterte auf achtunddreißig Grad.

»Etwas erhöht, aber Babys haben normalerweise eine etwas höhere Temperatur als Erwachsene. Wahrscheinlich hat sie eine leichte Erkältung.«

Sie gefiel mir gar nicht. Sie weinte viel, ihre Augen waren rot und ihre Nase lief. Sie wollte nicht einmal ihr Fläschchen oder ein bisschen Saft trinken.

Jack nahm die obere Liege des Stockbettes, ich die untere. Ich war so erschöpft, dass ich sofort einschlief. Mitten in der Nacht wurde ich wach, weil Elise weinte.

»Jack«, rief ich.

Er kam sofort herunter. »Ja?«

»Elise glüht regelrecht.«

Er maß noch einmal ihre Temperatur. Das Fieber war auf vierzig Grad angestiegen. »Schauen wir mal, ob wir sie dazu bringen können, etwas Flüssigkeit zu sich zu nehmen. Ich besorge einen feuchten Waschlappen für ihre Stirn.«

Er machte sich auf den Weg zur Toilette, die am Ende des Waggons lag. Ich wiegte die weinende Elise, strich ihr das Haar aus der heißen Stirn und versuchte, ein wachsendes Gefühl der Sorge in Griff zu kriegen. Sie war bislang noch nie richtig krank gewesen. Ab und zu hatte sie ein kleiner Schnupfen oder eine

Magenverstimmung geplagt, aber noch nie so hohes Fieber. Ich war sehr erleichtert, als Jack zurückkehrte.

Er legte ihr den Waschlappen auf die Stirn. »Ich gebe ihr ein bisschen Aspirin«, verkündete er und durchsuchte seine Arzttasche.

Er setzte sich neben mich und half mir, Elise zu ein paar Schlückchen Apfelsaft zu bewegen. Ich sang ihr ein französisches Schlaflied vor.

»Das ist sehr hübsch.«

»Meine Mutter hat es mir früher oft vorgesungen.« Ich sah ihn an. »Glaubst du, dass es ihr bald besser gehen wird?«

»Oh ja, ganz bestimmt.«

»Was hat sie denn deiner Meinung nach?«

»Das kann man jetzt noch nicht sagen. Wahrscheinlich ist es ein Virus. Es könnte die Grippe sein, möglicherweise auch Masern oder Windpocken. Wir müssen abwarten, ob sie noch andere Symptome entwickelt.«

»Ach, hoffentlich ist es nicht die Grippe!« Ich biss mir auf die Lippen und versuchte, die Tränen zurückzudrängen.

Jacks Blick wirkte so freundlich wie schon länger nicht mehr. »Die meisten Menschen erholen sich recht gut davon. Du hast gesagt, dass deine Freundin geschwächt war.«

Ich nickte. Wenn Elise etwas zustieße … Schon allein bei dem Gedanken fühlte ich mich, als würden stählerne Fesseln mir das Herz abschnüren.

»Sie ist bestimmt bald wieder wohlauf«, sagte Jack. »Wie wär's, wenn du dich auf das obere Bett legst und ein bisschen schläfst?«

»Ich will sie nicht allein lassen.«

»Es wird ihr nicht helfen, wenn du jetzt auch noch krank wirst. Die Nacht wird lang werden. Wir wechseln uns ab. Ich passe eine Weile auf sie auf, dann wecke ich dich und du übernimmst die nächste Schicht.«

Einem anderen hätte ich Elise in diesem Zustand niemals überlassen, doch immerhin war Jack Arzt. Ich nickte. »Na gut.«

Ich kroch in das obere Bett. Das Kissen duftete köstlich nach Jack. Ich umklammerte es und schlief sofort ein. Als ich aufwachte, kündigte sich am Rand der Jalousie schon der neue Tag an.

So leise ich konnte kletterte ich die Leiter hinab. Jack und Elise lagen nebeneinander und schliefen. Bei diesem Anblick ging mir das Herz auf. Was für ein Bild sie abgaben! Elise, klein, hilflos, wunderschön, in Jacks Armbeuge gekuschelt. Ihre langen Wimpern warfen einen Schatten auf ihre fiebrig roten Pausbäckchen, aus ihrem süßen Mund erklangen zarte Atemstöße.

Seine Hände wirkten so groß und männlich im Kontrast zu ihrem blassrosafarbenen Strampler. Sein Haar wirkte auf dem weißen Kissen kohlschwarz. Ich betrachtete ihn gebannt. Noch nie hatte ich die Gelegenheit gehabt, ihn so ausgiebig mustern zu können – seine gerade Nase, seine hohen Wangenknochen, sein Grübchen am Kinn, sein sinnlicher Mund. Mir ging durch den Kopf, dass Jack entweder gar nicht wusste, wie blendend er aussah, oder dass es ihm egal war. Freilich war die Nonchalance gegenüber seiner körperlichen Attraktivität ein Teil der Faszination, die von ihm ausging. Die meisten gut aussehenden Männer erhofften sich einen Nutzen aus der Wirkung, die sie auf Frauen ausübten; nicht jedoch Jack.

Es war wahrhaftig ein guter Mann, dachte ich zum wiederholten Mal; vielleicht der beste, den ich je gekannt hatte.

Die Schuldgefühle wegen all der Dinge, die ich ihm angetan hatte, lasteten nahezu erdrückend auf mir. Ich hatte ihn belogen, betrogen und hintergangen. Schlimmer noch, ich hatte ihn kompromittiert, vielleicht sogar korrumpiert. Ich hatte ihm nichts als Leid und Ärger eingebracht.

Die Frage, die er mir gestellt hatte, hallte in meinem Kopf nach: Was für ein Mensch war ich eigentlich? Ich hatte nicht vorgehabt, ihm zu schaden. Ich hatte nie jemandem schaden wollen, abgesehen von den Deutschen – aber das war im Krieg gewesen.

Elise wimmerte und schlug die Augen auf. Als sie mich sah,

streckte sie mir die Ärmchen entgegen. Ich beugte mich vor, um sie hochzuheben. Da schlug auch Jack die Augen auf.

»Bonjour«, sagte ich.

Seine Züge, die im Schlaf so entspannt gewesen waren, wurden wachsam. Es durchfuhr mich wie ein Dolchstoß. Mon Dieu – misstraute er mir wirklich so sehr? Aber wie hätte es anders sein können? Mir an seiner Stelle würde es zweifellos genauso gehen.

Im Lauf des Tages verschlechterte sich Elises Zustand zunehmend. Sie fing an zu husten. Jack spähte mit einem Lämpchen in ihren Hals und erklärte, dass er gerötet sei. Am Spätnachmittag sah er noch einmal nach und meinte, sie habe eine Mandelentzündung, vielleicht hervorgerufen durch Streptokokken.

Am Abend war sie schlapp und teilnahmslos. Wir kühlten ihre Stirn und den Nacken mit feuchten Tüchern, und Jack gab ihr wiederholt eine Dosis Aspirin. Weil sie kaum etwas trinken wollte, besorgte Jack Coca-Cola für sie. Danach gierte sie richtig.

Nach unserer Ankunft in Reno gingen wir in ein kleines Hotel unweit des Bahnhofs. Der Sparsamkeit halber teilten wir ein Zimmer mit zwei Betten. Für Elise wurde uns ein Kinderbett aufgestellt. Ich lief mit Elise in den Armen auf und ab, während Jack ein Rezept für Penicillin, Hustensaft und ein Schmerzmittel auf seinem noch aus Armeezeiten stammenden Rezeptblock ausstellte. Dann machte er sich auf die Suche nach einer Apotheke. Er kehrte mit der Medizin und einer Spritze zurück.

Es war das erste Mal, dass Elise eine Spritze bekam. Ich entblößte ihr kleines Hinterteil, dann hielt ich sie fest. Als Jack ihr die Spritze verpasste, brüllte sie aus Leibeskräften, und ich begann zu weinen. »Wie erträgst du das nur?«, fragte ich.

»Ich denke an das Ergebnis.« Er säuberte die Einstichstelle mit etwas Alkohol, dann klebte er ein kleines Pflaster darauf. »Es ist ein notwendiges Übel, damit sie wieder gesund wird. Jedenfalls ist es weitaus besser als die Alternative.«

»Ein notwendiges Übel.« Ich hatte diesen Begriff noch nie gehört.

»Wie die Lügen, die ich dir erzählt habe, damit Elise nach Amerika kommt. Auch sie waren ein notwendiges Übel.«

Sein Blick war vernichtend. »Das kann man wohl kaum vergleichen.«

»Ach nein?« Empörung wallte in mir auf, während ich Elise schaukelte und versuchte, sie zu trösten. Ja, ich hatte gelogen, aber war das denn wirklich so abscheulich?

»Nein«, bekräftigte er mit einer Sicherheit, die meinen Ärger steigerte. Er klang wie die Stimme Gottes.

»Richtig, du hast recht: es gibt einen großen Unterschied.« Über Elises Kopf hinweg warf ich ihm einen Blick zu, von dem ich hoffte, dass er ebenso heiß war wie die Empörung, die in meiner Brust loderte. »Elise wird dir verzeihen.«

Dank des Codeins in ihrem Hustensaft schlief Elise in jener Nacht ziemlich ruhig. Ich tat es nicht. Ich hörte Züge an uns vorbeirattern, und eine Neonreklame auf der gegenüberliegenden Straßenseite schickte flammende Blitze durch die Ränder der Vorhänge. Endlich döste ich ein, doch um zwei Uhr morgens wachte ich wieder auf. Jack saß neben Elises Bettchen und stützte sie, während er ihr Aspirin einflößte, das er in Coca-Cola aufgelöst hatte. Er gab ihr ein paar Schluck davon, dann legte er sie sanft ab und deckte sie wieder zu. Lange stand er neben ihrem Bettchen, die Hand auf ihrem Bäuchlein, bis ihr Atem anzeigte, dass sie eingeschlafen war. Seine Sanftheit trieb mir die Tränen in die Augen. Er war wirklich ein wunderbarer, freundlicher, fürsorglicher Mann. So war er zu allen, nur nicht zu mir.

Ein paar Stunden später wachte ich auf und sah nach Elise. Als ich die Hand von ihrer Stirn nahm – sie fühlte sich gottlob kühler an –, spürte ich seinen Blick auf mir ruhen. Und wenn ich sage, dass ich ihn spürte, so meine ich das wortwörtlich: Sein Blick berührte mich wie eine Hand und brachte mich dazu, mich umzudrehen.

Richtig – er hatte sich aufgerichtet und beobachtete mich. Seine Augen waren anders. Ich merkte, dass ich nur mein Nachthemd trug, ein fadenscheiniges rosafarbenes Ding, das ich so oft gewaschen hatte, dass es fast durchsichtig war. Dann erkannte ich den Ausdruck in seinen Augen. Es war eindeutig Verlangen. Ich konnte kaum atmen, ich konnte nicht mehr denken. Ich stand einfach nur da und erwiderte seinen Blick. Sehr lange sah er mich reglos an. Eine schiere Ewigkeit starrten wir einander in die Augen.

Und dann legte er sich wieder hin, drehte sich um und kehrte mir den Rücken zu.

Auch ich ging wieder ins Bett und kehrte ihm ebenfalls den Rücken zu. Lange lag ich wach und fragte mich, was wohl passiert wäre, wenn ich zu ihm an sein Bett getreten wäre. Einerseits hasste ich mich dafür, dass ich es nicht getan hatte, andererseits dafür, dass ich es überhaupt in Erwägung gezogen hatte.

Am nächsten Morgen besorgte uns Jack ein Frühstück. Elise hustete schrecklich. Jack meinte, es sei gut, wenn sie abhustete, weil ihre Lunge etwas verschleimt klang. Natürlich war ich darüber wieder höchst beunruhigt.

Nach dem Frühstück ging Jack ins Foyer – damals gab es noch nicht in allen Hotelzimmern ein Telefon – und rief seinen Freund, den Arzt, an, der bereits einen Richter, den er kannte, benachrichtigt hatte. Wir sollten um zwei Uhr in seiner Kanzlei vorsprechen.

Richter Sanders war ein großer Mann mittleren Alters in einem grauen Anzug. Um seinen Hals trug er etwas, was ich ziemlich merkwürdig fand – ein dünnes Band, dessen Enden mit Silber eingefasst waren und durch einen großen, in Silber gefassten hellblauen Stein führten. Später erfuhr ich, dass das eine sogenannte Bolokrawatte war und der Stein ein Türkis. Außerdem trug der Richter eine große silberne Uhr und einige Ringe. Ich hatte noch nie so viel Schmuck an einem Mann gesehen.

Er schüttelte Jack die Hand und nickte mir zu, weil ich damit beschäftigt war, Elise zu halten. Als wir uns auf die zwei Stühle vor seinem großen, reich verzierten Schreibtisch setzten, musterte er Elise neugierig. Die Kleine wimmerte unruhig und streckte die Arme nach Jack aus. Er nahm sie mir ab, und in seinen großen Armen beruhigte sie sich rasch.

Der Richter räusperte sich. »Wenn ich Dr. Forrester richtig verstanden habe, möchten Sie eine beschleunigte Annullierung Ihrer Ehe.«

»Das ist richtig«, erwiderte Jack.

Der Richter hob die Brauen. »Wenn ich mir die Kleine hier anschaue, habe ich den Eindruck, dass es eher um eine Scheidung geht.«

»Nein, es muss eine Aufhebung sein. Das Kind … sie ist … äh – sie ist nicht von mir.« Jacks Ohren liefen rot an – ein untrügliches Zeichen, dass er verlegen oder nervös war. »Amélie hatte sie bereits, als wir uns kennenlernten.«

»Verstehe.« Der Richter stützte die Ellbogen auf den Tisch und legte die Fingerspitzen aneinander. »Aus welchem Grund ersuchen Sie um diese Auflösung?«

Jack tätschelte Elises Rücken. »Wir führen – äh – keine richtige Ehe.«

Der Richter beugte sich vor. »Ich fürchte, ich muss das jetzt ganz direkt formulieren. Das Gesetz verlangt, dass ich Ihnen diese Frage stelle, und Sie müssen bereit sein, sie unter Eid schriftlich zu beantworten: Ist diese Ehe vollzogen worden?«

Jack und ich sahen uns einen Herzschlag lang an.

»Nein«, log ich rasch.

Jack schloss die Augen, atmete tief ein und in einem langen Seufzer aus. »Na ja, ein Mal; aber wirklich nur ein einziges Mal. Seitdem ist es nicht mehr dazu gekommen, und es wird auch nicht mehr dazu kommen.«

»Hmmm.« Richter Sanders legte abermals die Fingerspitzen aneinander. Sein Blick schweifte von Jack zu mir und wieder zurück, und schließlich blieb er auf mir haften. »Besteht die Möglichkeit, dass bei dieser Vereinigung ein Kind gezeugt wurde?«

Ich verstand die Frage nicht. »Wie bitte?«

»Könnten Sie schwanger sein?«

»Oh nein«, antwortete ich rasch, denn ich wusste, dass das die Antwort war, die er haben wollte.

Jack wandte sich mir zu. »Bist du dir absolut sicher?«

Auf wessen Seite stand er eigentlich? »Wie sollte ich das sein?«

Er sah mich ungläubig an. Der Richter unterdrückte ein Kichern.

»Bitte entschuldigen Sie uns kurz«, sagte Jack.

»Selbstverständlich.« Der Richter grinste.

Jack hielt Elise mit einem Arm fest, mit der anderen Hand zog er mich auf den Gang. »Wann war deine letzte Menses?«

»Meine was?« Ich kannte dieses Wort nicht.

»Deine Regelblutung. Du weißt doch bestimmt, dass die mit einer Empfängnis in Zusammenhang steht.«

»Natürlich«, erwiderte ich einigermaßen empört. »Ich kannte nur das Wort nicht.« Menses hatte nicht in meinen Vokabelheften gestanden, und es war auch kein Wort, das mein Vater mir beigebracht hätte. »Es ist zu früh, um zu sagen, ob meine Tage ausbleiben.«

»Scheiße«, sagte er leise. Elise bewegte sich im Schlaf. »Wann hattest du deine letzte Blutung?«

»Auf dem Schiff.«

Wieder stieß Jack dieses Schimpfwort aus, was sehr untypisch für ihn war. »Wann hat die Blutung angefangen? Vor wie vielen Wochen?«

»Vor etwa zweieinhalb, glaube ich.«

Seine Kiefer verhärteten sich. »Dann haben wir also zwei Wochen später miteinander geschlafen?«

Ich nickte.

Er sagte ein noch schlimmeres Wort als *merde,* das Wort, das ein gemeines Wort für Beischlaf ist und das er auch geknurrt hatte, als er erfahren hatte, dass Elise nicht Dougs Kind war. Er lief drei Schritte vor, drei Schritte zurück, dann blieb er stehen und raufte sich die Haare. »Das ist der fruchtbarste Zeitpunkt. Und das Kondom – ich kann es nicht mit Sicherheit sagen, aber ich fürchte … Ich meine, die Chance steht fünfzig zu fünfzig, nein, eher sechzig zu vierzig, oder sogar siebzig zu dreißig. Verdammt, vielleicht sogar achtzig zu zwanzig, dass es geplatzt ist, während wir … als wir …« Er fuhr sich mit der Hand übers Gesicht und atmete tief durch. Elise wand sich, sie spürte seine Anspannung.

Er nahm sie auf den rechten Arm und öffnete mit der anderen Hand die Tür zur Kanzlei des Richters. Durch ein Nicken gab er mir zu verstehen, dass ich vor ihm eintreten sollte. Ich folgte seiner Aufforderung und setzte mich wieder auf meinen Stuhl.

Auch er setzte sich und nahm Elise, die mittlerweile wach war und leise wimmerte, auf den Schoß. »Wir werden es wohl erst in zwei bis drei Wochen wissen.«

Richter Sanders saß eine Weile reglos da, dann klopfte er mit den Fingern auf den Schreibtisch. »Ich kann Ihnen folgenden Vorschlag unterbreiten: Als ein Freund von Dr. Forrester bin ich bereit, die Zeit, die Sie in Reno waren, ein bisschen zu manipulieren. Ich bin sogar bereit, über Ihren einzigen – äh – ehelichen Verkehr hinwegzusehen, um Ihnen zu gestatten, Ihre Ehe aufzulösen.« Er breitete die Hände auf dem Schreibtisch aus und beugte sich vor. »Aber bevor ich Ihre Ehe auflöse, muss ich wissen, dass kein Kind aus dieser Vereinigung entstanden ist. Kommen Sie wieder, wenn Sie mir das versichern können.«

Jack nickte. »Ich verstehe. Danke für Ihre Großzügigkeit.«

Der Richter erhob sich, Jack stand ebenfalls auf. Ich nahm ihm die unruhige Elise ab, damit die beiden Männer sich die Hände schütteln konnten.

»Wir sehen uns dann in zwei bis drei Wochen wieder«, sagte Jack.

Der Richter nickte. »Passen Sie gut auf die Kleine auf.«

»Machen wir.« Jack schickte sich an zu gehen.

»Mir ist klar, dass mich das nichts angeht«, rief der Richter ihm nach und brachte ihn dazu, stehen zu bleiben und sich zu ihm umzudrehen. »Aber meiner Meinung nach sollten Sie sich gut überlegen, ob Sie nicht einfach zusammenbleiben wollen. Sie geben eine hübsche kleine Familie ab.«

Als ich die Hoffnung, die ich mir selbst nicht zugestehen

wollte, laut von einem anderen geäußert hörte, stiegen mir Tränen in die Augen. Ich hatte im Krieg gelernt, nicht über Dinge nachzudenken, die ich nicht haben konnte; denn wenn man an so etwas dachte, setzte die Sehnsucht ein, und Sehnsucht führt zu Verlangen. Dieses Verlangen würde mich dazu bringen, Jack in Versuchung zu führen, zu tun, was er auf keinen Fall mehr tun wollte.

Auf dem Weg aus dem Gerichtsgebäude und während der Taxifahrt zurück zum Hotel wechselten wir kein Wort. In unserem Zimmer angekommen maß Jack bei Elise Fieber, denn ihre Wangen waren wieder knallrot und ihre Augen glasig. »Das Fieber ist wieder gestiegen«, verkündete er. Er gab ihr Aspirin und holte einen kühlen Waschlappen, den er so sanft auf ihre Stirn legte, dass es mir die Kehle zuschnürte. Dann wandte er sich mir zu und erstickte jede Hoffnung im Keim.

»Ich muss Kat und meine Mutter anrufen. Ich habe nicht mehr mit ihnen gesprochen, seit wir aus New York weg sind, und ich weiß, dass sie besorgt sind.«

»Natürlich.«

»Kommst du mit der Kleinen eine Weile allein zurecht?«

»Ja.«

Er ging ins Foyer zu der Telefonzelle, während ich Elise an mich drückte und versuchte, nicht zu begehren, was ich nicht haben konnte.

60
Kat, 2016

»Ich erinnere mich an diesen Anruf. Ich erinnere mich sogar an den genauen Wortlaut.«

»Darüber würde ich gern mehr hören.« Amélie steht in der Küche und schenkt uns Kaffee ein. Ich nehme die Tasse, die sie mir anbietet, setze mich wieder aufs Sofa und mache mich auf die Reise zurück in die Vergangenheit.

1946

Seit gut einer Woche hatte ich auf einen Anruf von Jack gewartet. Und was für eine Woche das gewesen war! Mama hatte unserer Haushaltshilfe gesagt, sie solle zu Hause bleiben und ans Telefon gehen, während wir weg waren; wir verbrachten damals nämlich mehr Zeit im Krankenhaus als zu Hause.

Ich war gerade in der Küche, als das Telefon klingelte. Ich riss den Hörer beim ersten Klingeln von der Gabel. »Hallo?«

»Hi, Kat. Ich bin's, Jack.«

Er hätte seinen Namen nicht zu nennen brauchen; ich kannte seine Stimme gut genug. Im Rückblick kommt es mir sogar seltsam vor, dass er es tat. Das wies auf eine Kluft zwischen uns hin, die es zuvor nicht gegeben hatte.

»Wo warst du denn die ganze Zeit? Und wo steckst du jetzt? Wir sind alle schrecklich aufgeregt.«

»Ich habe dir doch gesagt, dass ich erst noch nach Montana musste. Und jetzt bin ich in Reno.«

»Ach du meine Güte! Bist du denn jetzt auf dem Heimweg?«

»Deshalb rufe ich dich an.«

Ich ahnte, dass er mir eine weitere Verzögerung ankündigen wollte; doch davon wollte ich erst gar nichts hören. »Jack, es ist etwas Schreckliches passiert. Daddy hatte einen Schlaganfall. Er liegt im Krankenhaus.«

Einen Herzschlag lang war es ganz ruhig am anderen Ende der Leitung. »Wie schlimm hat es ihn denn erwischt?«

»Wir gehen davon aus, dass seine linke Seite gelähmt ist, und er kann nicht sprechen. Meistens schläft er. Mama ist völlig außer sich.«

»Grundgütiger, Kat – das tut mir schrecklich leid.«

Ich hatte ihn noch nie den Namen des Herrn in dieser Form benutzen hören.

»Liegt er im Gemeindekrankenhaus? Wer ist sein Arzt?«, wollte Jack wissen.

Ich beantwortete seine Fragen, dann fuhr ich fort: »Das ist aber nicht die einzige schlechte Nachricht. Hast du denn mal mit deiner Schwester gesprochen?«

»Nein. Warum sollte ich?«

»Na ja – deine Mutter liegt ebenfalls im Krankenhaus. Sie hat eine Lungenentzündung. Es hat mit einer Grippe angefangen, der halbe Ort hat die Grippe, und es gibt keinen Arzt, und alle sind völlig außer sich, und …«

»Erzähl mir mehr von meiner Mutter«, fiel Jack mir ins Wort.

»Na ja, wie ich schon sagte: Sie liegt mit einer Lungenentzündung im Krankenhaus. Mehr weiß ich nicht.«

Jack war so lange stumm, dass ich schon dachte, die Verbindung wäre abgerissen. Dann fragte er: »Von wem wird sie denn behandelt?«

»Ich – ich weiß es nicht.«

»Liegt sie ebenfalls im Gemeindekrankenhaus?« Seine Stimme klang scharf.

»Ja.«

»Ist sie geröntgt worden?«

»Das weiß ich nicht.«

»Das weißt du nicht?«

Er hatte mir gegenüber noch nie so ungeduldig geklungen. Mir ging zum ersten Mal auf, dass ich mich vielleicht etwas mehr um seine Mutter hätte kümmern müssen. »Ich … ich war so aufgewühlt wegen Daddy. Jack, du musst so schnell wie möglich heimkommen.«

Er stieß einen schweren Seufzer aus. »Yeah, schaut ganz danach aus. Hör mal, ich leg jetzt auf und rufe das Krankenhaus und meine Schwester an.«

»Okay. Ruf mich noch mal an, wenn du weißt, wann du kommst.«

»Wird gemacht.«

»Jack – ich liebe dich.«

»Yeah. Hör mal, ich muss jetzt los.«

Ich legte auf. Mutter sah mich so merkwürdig an, dass ich versuchte, so zu tun, als sei alles in Ordnung. Aber das war es nicht. Etwas hatte sich verändert. Jack war anders. Auf ein »Ich liebe dich« hatte er stets zumindest »Ich dich auch« erwidert. Aber ich hatte ihm ja gerade ein paar schlimme Neuigkeiten mitgeteilt, gab ich mir zu bedenken. Wahrscheinlich brauchte er ein bisschen Zeit, um sie zu verdauen. Das versuchte ich mir jedenfalls einzureden.

»Was hat Jack denn gesagt?«, wollte Mutter wissen.

»Er war durcheinander.«

»Das kann ich mir vorstellen. Kommt er heim? Wo steckt er denn gerade?«

»In Reno.«

»In Reno, Nevada? Was um Himmels willen macht er denn dort?«

»Ich hatte nicht die Gelegenheit, das herauszufinden.«

»Das ist doch einer dieser Orte mit all den Spielhallen. Ich hoffe, er hat sich im Ausland nicht ein Laster angewöhnt.«

»Mutter, sei nicht albern. Wahrscheinlich reist er dort nur durch auf seinem Heimweg.«

Mutter verdrehte die Augen. »Jetzt verstehe ich, warum du in Erdkunde nur eine Drei bekommen hast.«

Ich ging in Daddys Bibliothek und zog einen Atlas aus dem Regal. Siehe da – Reno lag sogar noch weiter im Westen als Montana.

Stirnrunzelnd sah ich auf die Karte. Mir fiel ein, dass er erwähnt hatte, dort irgendeine Fortbildung machen zu wollen, aber zuvor hatte er nach Hause kommen wollen. Ich hätte ihn fragen sollen, was los war, aber ich ahnte, dass er sich über diese Frage nicht gefreut hätte, und im Grunde hatte er mir gar nicht die Gelegenheit gegeben, sie zu stellen. Er war anders gewesen – sehr distanziert, fast wie ein Fremder.

Na ja, eigentlich war es egal, warum er jetzt in Reno war, beschloss ich. Hauptsache, er kam heim.

An jenem Abend begleitete ich Mutter nicht ins Krankenhaus. Ich blieb neben dem Telefon sitzen und wartete darauf, dass er anrief, um mir zu sagen, wann er ankommen würde. Warum hatte ich ihn nicht gefragt, wo er übernachtete? Dann hätte ich ihn dort anrufen können. Mir lagen so viele unbeantwortete Fragen auf dem Herzen.

In jener Nacht schlief ich auf dem Sofa im Wohnzimmer, damit ich das Telefon in der Küche hören konnte. Es läutete nicht, aber am nächsten Morgen kam ein Telegramm.

»Bin unterwegs. Hol mich am Donnerstag um 6.30 Uhr in Baton Rouge ab.«

»Nach Baton Rouge sind es anderthalb Stunden«, murrte Mutter. »Wenn er den Zug nach Baton Rouge nehmen kann, dann hätte er doch auch gleich nach Hammond fahren können.«

»Vermutlich kann er es kaum erwarten, mich zu sehen«, erwiderte ich.

»Jedenfalls sollte er so schnell wie möglich heimkommen«, knurrte Mutter.

61
Amélie, 1946

Jack war lange weg, viel länger, als ein Anruf gedauert hätte. Erst nach fast zwei Stunden kehrte er ins Hotelzimmer zurück.

Seine Miene war starr. Er sagte nicht einmal Hallo – in Frankreich sagen wir immer etwas zur Begrüßung und auch zum Abschied – und bewegte sich steif wie eine Maschine.

»Was ist passiert?«, fragte ich.

»Du meinst wohl abgesehen davon, dass meine Mutter mit einer Lungenentzündung im Krankenhaus liegt und Dr. Thompson einen Schlaganfall hatte und noch nicht aus dem Koma aufgewacht ist?«

»Oh Jack! Deine Mutter ist krank?«

»Ja.« Er sank erschöpft auf die Bettkante. »Sie hat sich mit der Grippe angesteckt, und die ist in eine Lungenentzündung übergegangen.«

»Die Grippe!« Jack konnte sagen, was er wollte, in meiner Vorstellung war die Grippe schlimmer als Krebs. »Ach Jack, es tut mir so leid! Und Dr. Thompson hatte einen Schlaganfall?«

»Ja.« Er stellte eine braune Papiertüte aufs Nachtkästchen. Ich sah, dass sie eine Whiskeyflasche enthielt. Dann stand er auf und trat ans Kinderbettchen. Er musterte Elise, die zum Glück ruhig schlief.

»Wie schlimm ist es denn um ihn bestellt?«

»Sehr schlimm. Ich habe mit seinem Arzt gesprochen. Vielleicht überlebt er es, aber er wird nie wieder als Arzt arbeiten können.«

»Ach, Jack!«

»Und seine Patienten … die Grippe breitet sich rasch aus, und im Umkreis von dreißig Meilen gibt es keinen Arzt.«

Mir schnürte es das Herz zusammen. Ich wusste sofort, was

ich jetzt sagen musste. »Du musst unbedingt auf der Stelle nach Wedding Tree fahren. Elise und ich werden hierbleiben, bis die Auflösung bewilligt worden ist.«

»Wie willst du allein für Elise sorgen?«

»Das schaffe ich schon. Ich habe es nach dem Krieg auch allein geschafft.«

»Du hattest Nora. Du kannst ja nicht mal Elise und gleichzeitig einen Koffer tragen.«

»Ich – ich kann mir einen Kinderwagen besorgen. Und wenn du mir ein wenig Geld leihst, werde ich ein Zimmer für uns auftreiben, vielleicht in einer kleinen Pension. Ich werde mir eine Arbeit suchen. Wir werden es schon schaffen, Jack.«

»Wer kümmert sich um Elise, wenn du arbeitest?«

»Ich werde jemanden finden. Das hatte ich ja immer schon vor.«

»Und was ist, wenn sie krank ist? So krank, wie sie momentan ist?«

Wie sollte ich ihm Fragen beantworten, auf die ich selbst noch keine Antwort hatte? »Ich schaffe das schon«, war alles, was ich erwidern konnte.

»Und was ist, wenn du schwanger bist?«

»Das ist doch sehr unwahrscheinlich, oder?«

»Schwer zu sagen. Wenn man den Zeitpunkt und das geplatzte Kondom bedenkt, ist die Wahrscheinlichkeit nicht gerade gering.

»Na ja, damit müssen wir uns befassen, wenn es nötig wird.«

»Nein. Damit müssen wir uns jetzt befassen.«

Ich wusste nicht, worauf er hinauswollte. Wollte er mir nahelegen, dass ich mich einer gewissen Prozedur unterzog, wie es manche Frauen taten, die eine ungewollte Schwangerschaft beenden wollten? Falls das wirklich seine Absicht war, dann würde ich mich auf keinen Fall – auf gar keinen Fall! – darauf einlassen. »Warten wir es doch einfach ab. Zwei oder drei Wochen sind nicht lang.«

»Verflucht, Amélie, in zwei oder drei Wochen ist Dr. Thompson vielleicht tot.

»Ich habe dir gesagt, dass du heimfahren sollst. Du musst so bald wie möglich bei ihm sein, und auch bei deiner Mutter und all den Grippe-Patienten.«

»Ich kann dich nicht einfach hier zurücklassen – jedenfalls nicht, solange Elise so krank ist. Womöglich wirst du ja auch noch krank. Wie willst du für sie sorgen, wenn du krank bist?«

»Mir wird schon nichts passieren. Mal den Teufel nicht an die Wand.«

»Fazit ist: Ich muss nach Hause, und ich kann dich nicht hierlassen. Du musst mitkommen, weil …«

»Aber …«

»Lass mich ausreden!«

Noch nie hatte er so streng und unnachgiebig geklungen. Ich sank aufs Bett.

»Ich sitze ganz schön in der Patsche. Ich bin herumgelaufen und habe hin und her überlegt und mit meinem Gewissen gerungen. Wenn du schwanger bist, werde ich mit dir verheiratet bleiben, damit wir unser Kind gemeinsam großziehen können. Natürlich würde ich in dem Fall auch Elise wie mein eigenes Kind behandeln.«

Ach, mein treuloses Herz – wie es in meiner Brust hüpfte!

»Und wenn du nicht schwanger bist – na ja, das ist noch so ein Thema, das ich nur ungern anspreche, aber ich muss es ansprechen, wenn ich mit mir selbst in Frieden leben und mich als ehrbaren Mann betrachten will.« Er atmete tief durch. »Ich habe dir deine Unschuld geraubt. Dort, wo ich herkomme, heiratet ein Mann die Frau, wenn er ihr die Tugend genommen hat. Und genau das habe ich getan, auch wenn ich zu dem Zeitpunkt keine Ahnung davon hatte. Das finde ich äußerst unfair. Aber ich habe es getan. Es ist passiert.«

»Jack, du musst doch nicht …«

»Sag du mir nicht, was ich tun muss und was nicht. Du bist nicht mein Gewissen.« Seine Stirn war gefurcht, seine Stimme erbost. Aufgebracht lief er auf und ab.

»Wenn ich mit dir verheiratet bleiben muss – und jetzt ist mir klar, dass ich das bleiben muss, egal, was kommt –, wird es allen in Wedding Tree leichter fallen, dich und Elise zu akzeptieren, wenn sie denken, dass sie meine Tochter ist. Wenn die Leute glauben, dass wir aus Liebe geheiratet haben und Elise mein leibliches Kind ist, gäbe es keine Fragen zu ihrem Erzeuger oder zu ihrer Ehelichkeit und auch keine Fragen zu deiner Moral. Das ist keine Geschichte, die zwei oder drei Wochen warten kann; es ist eine Geschichte, die wir allen von Anfang an präsentieren müssen.«

»Aber was – was wirst du Kat sagen?«

»Dasselbe, was wir allen anderen sagen werden.«

Meine Gedanken überschlugen sich. Wenn alle glauben sollten, dass Elise sein Kind war, dann müssten wir schon seit eineinhalb Jahren zusammen sein. »Und wie willst du all die Briefe erklären, die du Kat geschrieben hast?«

Er ächzte schwer. »Das ist das Schlimmste an der Sache. Das kann ich ihr nicht erklären. Wenn ich daran denke, wie irreführend es aussehen wird – dass ich auf ihre Fragen zu den Blumen auf unserer Hochzeit und so weiter geantwortet habe –, dann wird mir speiübel.« Er sah mich mit harten Augen an. »Das macht mich richtig krank.«

Ich schluckte und fühlte mich miserabel. Es war alles meine Schuld. »Ich verstehe.«

»Ach ja?« Der Sarkasmus in seiner Stimme tat weh. »Du verstehst es, wenn man leidet, weil man jemanden in die Irre geführt hat?«

»Ja«, wisperte ich kläglich. »Doch, ja, das verstehe ich.«

Meine Antwort schien ihm den Wind aus den Segeln zu nehmen. Er setzte sich neben mich und sackte in sich zusammen. »Ich habe mir krampfhaft überlegt, wie ich Kat die Sache schonend beibringen könnte, aber mir ist nichts eingefallen. Ich sage ihr einfach, dass ich dich kennengelernt habe und wir geheiratet haben, und entschuldige mich bei ihr. Es ist besser, wenn sie mich für einen Feigling und einen Schuft hält; dann wird sie rascher über mich hinwegkommen.«

»Ach, Jack …« Ich berührte seinen Arm.

Er wich mir aus und erhob sich. »Versuche nicht, mich zu trösten. Ich bin so wütend über all deine betrügerischen Machenschaften, dass ich nicht weiß, ob ich das jemals verwinden werde. Du hast von Anfang an einen schlechten Einfluss auf mich gehabt. Ich habe eine Regel gedehnt, und dann die nächste, bis ich in ein Loch gestürzt bin, das so tief war, dass ich nicht mehr herauskam. Mir wird schon allein davon speiübel, wenn ich mir eingestehen muss, wie tief ich gesunken bin.« Er stöhnte auf. »Ich bin nicht mehr der Mann, der ich war, bevor ich dich getroffen habe.«

»Vielleicht bist du jetzt besser.«

Seine Augen funkelten zornig. »Wie kannst du so etwas behaupten?«

»Na ja – du folgst deinem Herzen und nicht mehr deinem Kopf. Dein Herz ist ein besserer Kompass hin zu dem, was wirklich richtig ist.«

Er sah mich an, als hielte er mich für verrückt. »Manchmal frage ich mich, ob du nicht völlig verkommen bist.«

»Du bist gekränkt und wütend, da ist es kein Wunder. Du musst jetzt keine dauerhaften Entscheidungen fällen.«

»Doch, das muss ich, und das habe ich bereits getan. Wir bleiben verheiratet.«

»Und wenn ich mich weigere?«

»Weigerst du dich?«

Aber welche Möglichkeiten hatte ich? Ich hatte keine Ahnung, wie ich mich allein um Elise kümmern sollte. Und trotz seiner Wut war ich insgeheim freudig erregt, das konnte ich nicht leugnen. »Nein«, flüsterte ich. »Ich werde tun, was du für das Beste hältst.«

»Dann wäre das also geklärt.« Er starrte mich böse an. »Aber bilde dir bloß nicht ein, dass das eine echte Ehe sein wird. Eine echte Ehe basiert auf Vertrauen und Ehrlichkeit, und mein Vertrauen in dich reicht in etwa so weit, wie ich eine Lokomotive schleudern könnte.«

62
Amélie, 1946

Völlig erschöpft gelangten wir nach Baton Rouge. Die Reise dorthin hatte fast drei Tage gedauert. Wir hatten in regulären Liegewagen mit Stockbetten geschlafen. Jack war blass und hatte dunkle Augenringe. Elise war immer noch nicht wohlauf, aber es ging ihr mittlerweile wieder so gut, dass sie viel herumzappelte und quengelte. Ich war so müde, dass ich mir vorkam wie eine Schlafwandlerin, wenn ich wach war, und wenn ich schlief, kam es mir vor, als wäre ich halb wach.

Jack war mir gegenüber kühl, ja schon fast eiskalt. Wenn es um Elise ging, war er distanziert, aber höflich. Im Umgang mit ihr war er jedoch fürsorglich, zärtlich und herzlich. Mit mir sprach er nur, wenn es unbedingt nötig war. Beim Essen sagte er vielleicht: »Könntest du mir bitte das Salz reichen?«, aber meine Versuche, ein Gespräch in Gang zu bringen, verliefen größtenteils im Sand. Nicht einmal wohlwollende Bemerkungen zur Landschaft wurden beantwortet. Er hatte wenig Appetit. Ich machte mir Sorgen, dass er sich womöglich bei Elise angesteckt hatte.

Je näher Baton Rouge rückte, desto unruhiger wurde er. »Was sollen Elise und ich machen, wenn wir aussteigen?«, fragte ich. »Sollen wir so tun, als würden wir dich nicht kennen?«

Sein Blick ging mir durch Mark und Bein. »Besteht deine erste Reaktion stets darin, andere Leute zu täuschen?«

Meine Wangen fingen an zu brennen. »Du weißt, dass das nicht stimmt.«

»Ach ja?«

Ich wurde zornig. »Ja, aber offenbar geht es dir besser, wenn du immer nur das Schlimmste von mir annimmst. Ich habe einzig und allein an Kats Gefühle gedacht. Womöglich ist der

Schock für sie schlimmer, wenn sie uns zusammen sieht, bevor du die Gelegenheit hattest, ihr alles zu erklären.«

»Sie wird nicht denken, dass wir zusammen sind. Sie wird dich für eine Mitreisende halten, der ich beim Aussteigen helfe.«

»Und wenn wir ausgestiegen sind? Sollen Elise und ich einfach neben dir stehen bleiben?«

Wahrscheinlich merkte er erst jetzt, worum es mir ging. »Nein. Entferne dich etwas von mir, oder setz dich mit Elise auf eine Bank und lass mich mit Kat reden.«

Der Schaffner kündigte den nächsten Halt an. Wir sammelten unsere Habseligkeiten ein. Das Herz schlug mir bis zum Hals, das Blut rauschte mir in den Ohren, genauso laut wie eben der Zug auf den Gleisen gerattert hatte.

Mit quietschenden Bremsen kam der Zug zum Stehen. Ich spähte aus dem Fenster und hielt Ausschau nach einer jungen Frau. Erst beim Aussteigen entdeckte ich sie.

Mein Magen schnürte sich zusammen, als mein Blick auf eine wunderschöne Blondine mit perfekt frisierten, schulterlangen Haaren in einem makellos weißen Wollmantel fiel. Ein weißer Mantel – welch ein Luxus! Sie sah aus wie ein Filmstar oder wie eine Schönheitskönigin, als sie auf Jack zustürmte.

Das also war Kat. Oh, mon Dieu, welch exquisites Geschöpf! Auf ihrem Gesicht lag ein Lächeln, so breit und hell wie die Sonne, und ein zarter Parfümduft wehte an mir vorbei. Jack stellte die Koffer – meinen und seinen – ab, als sie sich auf ihn stürzte. Er fing sie auf, und sie klammerte sich so fest an ihn – aber vielleicht klammerten sich auch beide aneinander, das konnte ich nicht recht erkennen –, dass ihre Füße in der Luft hingen. Er setzte sie rasch ab und drehte das Gesicht zur Seite, als sie ihn auf den Mund küssen wollte.

»Ach Jack, sei doch nicht so schüchtern!«, sagte sie lachend.

Mir wurde plötzlich bewusst, wie zerknittert meine Kleidung war, wie unfrisiert mein Haar, und wie schmuddelig ich mich fühlte nach drei Tagen im Zug. Neben Kat kam ich mir wie eine Vagabundin vor.

Elise wand sich und wimmerte. Ich brauchte etwas aus ihrer Tasche, die Jack neben sich abgestellt hatte. So unauffällig wie möglich näherte ich mich den beiden und schnappte mir die Tasche. Kats Blick flog auf mich, ihre Augen weiteten sich beunruhigt.

»Danke«, murmelte ich in Jacks Richtung und entfernte mich, als wäre er ein höflicher Fremder, der mir geholfen hatte, weil ich mit einem Kleinkind unterwegs war.

Ich setzte mich auf eine Bank weit weg von den beiden. Mein Herz hämmerte laut, mein Atem ging stoßweise. Ich versuchte, nicht hinzusehen, doch mein Blick wanderte unwillkürlich immer wieder zu ihnen wie die Zunge zu einem schmerzenden Zahn.

63
Kat, 2016

Ich stelle meine Tasse ab und beuge mich vor. Nach all den Jahren hätte man eigentlich denken sollen, dass mein Zorn nicht überschäumen würde wie kochende Milch, wenn ich an jenen Tag dachte. Aber es stellt sich tatsächlich wieder ein – dieses heiße, saure Aufgewühltsein.

»Als du damals die Tasche nahmst«, sage ich, »hielt ich dich für eine Zigeunerin. Ich hatte noch nie eine gesehen, aber ich hatte von diesen Leuten gehört – dunkelhaarige, fremd aussehende Diebe, die sich gern in Menschenmengen herumtrieben und Babys und komische Kleidung als Ablenkung nutzten.«

Amélie lächelt mich nachsichtig an, so, wie man ein Kind oder eine geistig behinderte Person anlächeln würde, die ins Fettnäpfchen getreten ist, dafür jedoch nicht verantwortlich gemacht werden kann. »Mir war klar, dass du gedacht hast, ich würde klauen.«

»Richtig, das habe ich gedacht. Aber dann hast du dich bedankt, und Jack hat genickt, und deshalb dachte ich mir, dass er dir aus dem Zug geholfen hatte und die Tasche dir gehörte.«

»Ja.«

»Nachdem du weg warst, hatte ich das Gefühl, dass Jack und ich die Einzigen auf diesem Bahnhof waren. Ich hatte so lange auf ihn gewartet, und jetzt war er endlich da.«

Ich schloss die Augen und erinnerte mich.

1946

Er trat zurück, und ich starrte ihn an. Mein Herz blähte sich wie das Segel auf einem Schiff. Er sah immer noch unglaublich attraktiv aus – aber er war anders, als ich ihn in Erinnerung gehabt hatte. Sein Körper wirkte härter und sehniger, sein Gesicht hagerer, und um seine Augen waren ein paar Fältchen getreten. Er sieht aus wie ein Mann, der einen Krieg hinter sich hat, dachte ich. Und schließlich war es ja auch so.

Ich versuchte noch einmal, ihn zu küssen – genauer gesagt, ihn dazu zu bringen, mich zu küssen –, aber er wandte abermals das Gesicht ab. In dem Moment war ich mir sicher, dass etwas nicht stimmte. Er vermied es nicht, mich zu küssen, weil wir uns in der Öffentlichkeit befanden. Er tat es aus einem anderen Grund, einem ernsteren, viel schlimmeren Grund. Die böse Vorahnung, die mich bei unserem letzten Telefonat befallen hatte, regte sich wieder und ballte sich in meinem Inneren zusammen. »Was ist los, Jack?«

»Wir müssen reden.«

Ach herrje. Gibt es drei schlimmere Worte als diese?

Ich packte ihn am Arm. »Ist etwas mit Daddy? Ist er … ist er von uns gegangen?«

Schon, als ich diese Frage stellte, war mir klar, wie töricht sie war. Jack war tagelang in einem Zug gesessen. Wie hätte er vor mir eine derartige Nachricht erhalten sollen? Dennoch erschien es mir als die einzige Erklärung für seine Miene. Dann fiel mir ein, dass auch seine Mutter krank war. Das hatte mich natürlich weit weniger beschäftigt als die Gesundheit meines Vaters, und irgendwie war ich davon ausgegangen, dass es auch Jack weniger wichtig sein würde. Aber vielleicht hatte ich mich getäuscht. »Geht es um deine Mutter?« Doch auch diese Frage ergab genauso wenig Sinn wie die vorige.

»Du hast bestimmt neuere Nachrichten über die beiden als ich. Wie ist es ihnen denn gegangen, als du heute Morgen losgefahren bist?«

»Gut. Ich meine, unverändert, soweit ich weiß. Also, was ist los? Warum bist du so ernst?«

»Setz dich erst mal, Kat.«

Dass er mich beim Namen nannte – komisch, dass es mir erst jetzt auffiel, wie selten er das tat, wenn wir miteinander sprachen.

Mein Inneres gefror zu Eis. »Ich will mich nicht setzen.« Trotzdem klammerte ich mich an seinen Arm, weil meine Knie so zitterten. Er führte mich zu einer Bank, und ich setzte mich steif auf die Kante. Er ließ sich neben mich fallen.

»Du machst mir Angst, Jack. Sag mir bitte endlich, worum es geht.«

»Es geht um uns.«

Mir stockte das Herz, und mein Mund wurde trocken.

»Ich muss dir etwas sagen, was mir sehr schwer fällt.«

»Nein.« Ich schüttelte den Kopf. So albern es war – in dem Moment war ich mir vage bewusst, dass meine Locken bei dieser Bewegung auf meinen Schultern tanzten, wie ich es vor dem Spiegel geübt hatte. Jetzt tat ich es allerdings nicht, um ihn damit zu bezaubern; ich wollte einfach nur, dass er zu reden aufhörte.

»Ich habe dir etwas verheimlicht.« Seine Worte klangen bleischwer. »Ich hätte es dir sagen müssen, als es passiert ist, aber ich wusste nicht, wie. Ich wollte es dir nicht in einem Anruf oder einem Brief mitteilen, sondern dir persönlich sagen. Aber ich hätte wirklich nicht so lange damit warten dürfen.«

Er war mir untreu geworden, darum ging es wohl. Ich wusste es tief in meiner Seele. Auch wenn ich es mir nicht erklären konnte, durchflutete mich eine Welle der Erleichterung. Mit einem Seitensprung konnte ich umgehen. Wenn ich nichts Näheres wusste, wenn es irgendwo im Ausland und in der Vergangenheit passiert war, konnte ich so tun, als wäre es nie passiert. Ich legte die Hand auf seinen Arm. »Schon gut, Jack. Was immer du im Krieg gemacht hast, du brauchst es mir nicht zu beichten. Ich will es nicht wissen. Ich verzeihe dir, egal, was es ist. Lassen wir es hinter uns und machen weiter, als wäre nichts passiert. Bitte erzähl es mir nicht.«

»Ich muss es dir erzählen.«

»Nein, Jack. Es macht mir wirklich nichts aus, egal, was du getan hast.«

»Ich habe eine andere Frau geheiratet.«

Die Worte ergaben keinen Sinn für mich. Sie klangen fremd, so völlig anders als alles, womit ich gerechnet hatte. Er hätte genauso gut Swahili sprechen können. »Wie bitte?«

»Ich bin verheiratet. Und ich habe ein Kind.«

Noch nie war ich so erschüttert, so entsetzt, so völlig verunsichert gewesen, ob ich meinen Ohren trauen konnte. »Soll das ein Witz sein? Ich finde es jedenfalls nicht komisch.«

»Es ist kein Witz, Kat.«

Ich schlug ihn auf den Arm, in dem vergeblichen Versuch, es spielerisch aussehen zu lassen. »Hör mit diesem Unsinn auf, und zwar sofort!« Ich klang wie meine Mutter. Das hatte sie immer gesagt, wenn ich als Kind nicht aufhörte, unartig zu sein.

»Es ist die Wahrheit.«

Plötzlich hatte ich das Gefühl, mich gleich übergeben zu müssen. Dennoch glaubte ich ihm immer noch nicht so ganz. »Wo ist deine Familie, wenn du verheiratet bist und ein Kind hast? Sind sie in Frankreich?« Mein Mund war wie ein Fernschreiber, er spuckte die Worte aus, sobald sie mir in den Sinn kamen. »Das ist weit weg. Und als du dort warst, war es doch wie in einem anderen Leben. Das braucht hier niemand zu erfahren. Du kannst sie hinter dir lassen, und wir heiraten jetzt wie geplant, und später kannst du einen Anwalt oder wen auch immer in Frankreich damit beauftragen, deine erste Ehe aufzulösen, und wenn nötig, heiraten wir noch einmal privat irgendwo, um alles perfekt legal zu machen, und …«

»Sie sind nicht in Frankreich«, fiel mir Jack ins Wort. »Sie sind hier.«

»Hier?« Ich deutete auf den Boden. »Hier, in diesem Bahnhof?«

Er nickte. Ich stand auf und wandte mich um auf der Suche nach einer Frau, die so ähnlich aussah wie ich. Ich drehte mich um die eigene Achse. Irgendwann landete mein Blick auf der kleinen Zigeunerin mit dem krank aussehenden Baby.

Ich starrte sie ungläubig an. Zweifellos fielen mir fast die Augen aus dem Kopf wie bei einer Comicfigur. Kurz trafen sich unsere Blicke, dann schaute sie rasch auf das Baby. »Die da?« Ich deutete mit dem Finger auf sie, auch wenn Mutter mir beigebracht hatte, dass das unhöflich war. »Du hast mich wegen dieser Frau sitzen lassen?«

»Ich wollte dir nicht wehtun.« Jack war ebenfalls aufgestanden und stand jetzt neben mir. »Es ist einfach so passiert.«

»Einfach so passiert?« Hagelstürme passieren, Unfälle passieren, Kaffee wird ausgeschüttet, Fingernägel brechen ab. Solche Sachen passieren. Sexuelle Anziehung, selbst Seitensprünge können passieren. Aber eine Ehe? Um zu heiraten, muss man einen Antrag stellen, man muss sich entscheiden, man muss irgendeine Zeremonie abhalten.

Ich starrte immer noch fassungslos auf die Zigeunerin. Sie sah so heruntergekommen, so glanzlos, so unglaublich schlicht aus. Sie stand auf und entfernte sich zusammen mit dem Baby. Wie klein sie war! Bestimmt kaum größer als eineinhalb Meter.

»Warum hast du das getan, Jack?«

»Es tut mir leid, Kat.« Seine Miene war der Inbegriff von Elend. Der ganze Mann war nur noch ein Häufchen Elend. »Es tut mir unendlich leid, dass ich dich gekränkt habe.«

Langsam dämmerte mir das ganze Ausmaß dieser Situation. Gekränkt? Das ging weit darüber hinaus. Er hatte mich erniedrigt, gedemütigt. Ich würde die großartige Hochzeit, mit der ich mich eineinhalb Jahre lang gebrüstet hatte, abblasen müssen. Und alle Leute im Ort würden den Grund dafür kennen. »Oh mein Gott! Wie soll ich von nun an den Kopf hochhalten? Was soll ich den Leuten sagen? Ich werde zur Lachnummer werden. Die Leute werden Mitleid mit mir haben.« Ich, die ich stets bewundert und beneidet worden war, würde bemitleidet werden! Dieser Gedanke war mir unerträglich. »Ich fasse es nicht, dass du mir das antust.«

»Ich weiß, dass das ein Schock für dich ist.«

Der Begriff Schock beschrieb meine Gefühle nicht einmal annähernd. Eine weitere Reaktion machte sich bemerkbar, etwas Düstereres, Schwereres, Gefährlicheres überlagerte alles andere: Wut.

Empörung. Lodernder Zorn. »Warum? Warum zum Teufel hast du sie geheiratet? Warum hast du sie nicht einfach nur gefickt, so wie vor dir wahrscheinlich schon ein Dutzend andere Männer?«

Noch nie hatte er so streng mit mir gesprochen. »Jetzt reicht es, Kat.«

Ich merkte, dass ich mehr oder weniger schrie und unangenehm auffiel. Die Leute starrten mich an. Es war mir egal.

»Es reicht noch lange nicht. Du hast mich für eine französische Hure sitzen lassen und erwartest von mir, dass ich das einfach nur ganz ruhig hinnehme?«

Er packte mich am Arm. »Ich werde es nicht zulassen, dass du so über sie redest.«

»Du kannst mich nicht aufhalten. Woher willst du überhaupt wissen, dass das Kind von dir ist?«

»Es ist meines.«

»Woher weißt du das?«

Er trat zu mir und sagte mit leiser Stimme, die dennoch so unheilvoll klang wie ein Donner: »Amélie war unberührt, als ich sie geheiratet habe.«

Amélie. Ihr Name drang wie ein Messer in meinen Bauch. »Unberührt! Dass ich nicht lache!«

Er packte mich am Handgelenk und zog mich zu sich, bis sein Mund fast mein Ohr berührte. »Ich bin Arzt. Ich weiß über solche Dinge Bescheid. Und wenn du Lügen über ihre Tugend verbreitest, dann kann ich dasselbe auch gern über deine Tugend tun.«

Ich rang um Atem. Drohte er mir etwa? Ja, genau das tat er. Er drohte mir, zu behaupten, er habe mich nicht geheiratet, weil ich nicht unberührt war.

»Das würdest du nie tun.«

»Ich würde es nicht gerne tun.«

»Es wäre eine Lüge.«

»Das wäre auch alles, was du über Amélie behaupten würdest.«

Ich kam mir vor, als hätte er mich geohrfeigt. »Mein Gott,

Jack, du hast dich wahrhaftig sehr verändert. Du bist nicht mehr der Mann, den ich heiraten wollte.«

»Das stimmt«, erwiderte er. »Du solltest froh sein, dass du diesem Verhängnis entkommen bist.«

Ich fing zu weinen an. Er nahm meinen Arm und forderte mich auf, mich wieder zu setzen. »Hör mal, Kat – ich hatte nie die Absicht, dich oder deine Familie zu verletzen. Ich habe mich so verhalten, wie es ein Gentleman nie tun würde, und kann mich jetzt nur von ganzem Herzen bei dir entschuldigen. Ich nehme alle Schuld und die ganze Verantwortung auf mich.«

»Das ist auch besser so.«

»Ich habe dir Unrecht zugefügt. Du hast jedes Recht der Welt, verärgert zu sein. Aber sei mir böse, nicht Amélie. Lass es nicht an ihr oder meinem Kind aus.«

»Deinem Kind.« Ein Schluchzer entkam meiner Kehle. »Hast du eine Ahnung, wie weh es mir tut, dich das sagen zu hören?«

»Ich wünschte bei Gott, dass ich die Sache anders gehandhabt hätte.« Er zog ein Taschentuch heraus und drückte es mir in die Hand. »Ich habe dich gebeten, mich hier zu treffen, damit ich es dir sagen konnte, bevor wir in Wedding Tree ankommen. Ich wollte dich vorwarnen.«

»Na prima.«

»Ich hoffe, dass es mir gelingt, dir möglichst viele Peinlichkeiten zu ersparen. Ich bin an allem schuld. Das weiß ich, und diese Schuld nehme ich auch auf mich.«

Ein Zug fuhr mit zischenden Bremsen auf dem gegenüberliegenden Gleis ein. »Das ist unser Zug nach Wedding Tree. Amélie und ich müssen ihn nehmen.«

»Dann werden du und deine kleine Familie also nach Wedding Tree fahren und so tun, als ob es mich gar nicht gibt?«

»Ich werde nie vergessen, dass es dich gibt, Kat. Ich werde nie über die Scham und die Reue hinwegkommen, dich so schäbig behandelt zu haben. Glaub mir, auch für mich ist das nicht leicht.«

Ich starrte ihn an. »Ich hasse dich.«

»Das verstehe ich.«

»Ich verabscheue dich, ich wünschte, ich hätte dich nie zu Gesicht bekommen.«

»Das verstehe ich.« Er sammelte das Gepäck ein und machte sich auf den Weg durch den Bahnhof zu ihr.

Ich rannte ihm nach, auch wenn ich das eigentlich nicht hatte tun wollen. »Sag mir nur eines: Hast du mich je geliebt?«, fragte ich und legte die Hand auf seinen Arm.

Seine blauen Augen waren dunkel wie aufgewühltes Wasser. »Egal, was ich sage, die entgegengesetzte Antwort würde es dir wahrscheinlich leichter machen. Und deshalb, Kat, sage ich nur Auf Wiedersehen.«

Und damit setzte er seinen Weg fort hin zu der kleinen Zigeunerin und dem Baby. Sie erhob sich und trat mit ihm an den Zug. Der Kofferträger nahm Jack das Gepäck ab, und Jack nahm den Ellbogen der Frau und half ihr in den Zug.

64
Amélie, 1946

Die Zugfahrt von Reno nach Baton Rouge war nicht angenehm gewesen, aber die von Baton Rouge nach Hammond war die reinste Qual. Etwa eine halbe Stunde lang saßen wir uns schweigend gegenüber. Jacks Kieferpartie sah aus, als wäre sie in Zement gegossen.

Elise, die herumzappelte und weinte und ständig Aufmerksamkeit einforderte, war unsere Rettung. Jack verabreichte ihr ihre Medizin, und dann streckte sie die Ärmchen nach ihm aus und schenkte ihm ihr zahnloses Lächeln. Das ist das Wunderbare an Babys: Sie holen dich in den gegenwärtigen Augenblick. Wenn ein Baby dich anlächelt, musst du einfach zurücklächeln, und das verändert deine Stimmung. Jack nahm Elise auf den Schoß, und die Spannung zwischen uns ließ ein wenig nach.

»Ich weiß, dass dieses Gespräch sehr schwierig für dich war«, bemerkte ich zaghaft. »Es tut mir leid, dass es nicht reibungsloser verlief.«

»Kat war geschockt«, sagte Jack. »Es war ein harter, unerwarteter Schlag.«

»Ich hatte den Eindruck, dass ihr Kummer, dich verloren zu haben, weniger schwer wog als der, was die Leute sagen würden.«

»Sie war geschockt«, wiederholte Jack. »Ein Schock entlockt den Menschen die seltsamsten Reaktionen.«

»Meiner Erfahrung nach zeigt sich dann meist der wahre Charakter eines Menschen.«

»Du kannst sie nicht nach ihren Reaktionen beurteilen.«

Oh doch, das kann ich sehr wohl, dachte ich. »Wenn ich daran denke, was sie gesagt hat, würde ich eher sagen, du bist derjenige, der einem Verhängnis entkommen ist.«

»Es tut mir leid, dass du das gehört hast.«

»Der ganze Bahnhof hat es gehört.«

»Sie war vollkommen außer sich. Ich habe ihre Welt auf den Kopf gestellt, und sie war ja bereits erschüttert durch das, was ihrem Vater zugestoßen ist.« Seufzend starrte er aus dem Fenster. »Ich komme mir hundsgemein vor.«

»Ich kenne die Wahrheit, und ich denke, du bist sehr edel.«

»Edel?« Seine Stimme und sein Blick waren bitter. »Ich habe ihr das Herz gebrochen.«

»Ich glaube nicht, dass es das Herz ist, das du ihr gebrochen hast.«

»Was zum Teufel weißt du schon davon?«

Er hatte recht. Ich wusste nichts. Ich wollte eine Abneigung gegen sie empfinden, weil sie so schön war. In mir tobte etwas, was an Eifersucht grenzte. Nein, es grenzte nicht nur daran, es war Eifersucht.

Der Gedanke, dass Jack eine andere Frau liebte und stattdessen mich am Hals hatte, war kaum auszuhalten.

Auf dem Weg nach Hammond besprachen Jack und ich, was wir den Leuten sagen würden, wenn sie uns fragten, wie wir uns kennengelernt hatten; denn diese Frage würde man uns unweigerlich öfter stellen. Jacks Familie wusste, dass er ursprünglich in einem Feldlazarett in La Cambe stationiert gewesen war. Da ich als Kurier für die Résistance gearbeitet hatte, einigten wir uns auf folgende Geschichte: Wir hatten uns getroffen, als ich im Lazarett Jacks Kommandeur eine Nachricht übergeben wollte. Ich hatte den ersten amerikanischen Offizier, der mir über den Weg lief – Jack – gebeten, mich zu dem Kommandeur zu bringen. Aufgrund von Truppenbewegungen hatte ich mehrere Wochen im Lazarett bleiben müssen. In dieser Zeit hatten wir uns ineinander verliebt und geheiratet.

Jacks Schwester Caroline und ihr Mann holten uns vom Bahnhof in Hammond ab. Caroline sah Jack mit ihren schwarzen Haaren und den blauen Augen auffallend ähnlich. Zudem war sie fast so groß wie er. Mein erster Eindruck von ihr war der, dass eine hübsche Frau in einem blauen Mantel und einem roten Hut Jacks Namen rief und auf ihn zurannte. Jack stellte das Gepäck ab, breitete die Arme weit aus, drückte sie an sich und wirbelte mit ihr im Kreis herum.

»Jack! Wie schön, dich zu sehen. Lass dich mal anschauen.« Sie trat einen Schritt zurück. »Du siehst älter aus.«

»Ich bin älter. Und du bist es auch, wenn ich dich darauf hinweisen darf.«

Sie gab ihm einen spielerischen Klaps auf den Arm.

»Erinnerst du dich noch, dass ich dir am Telefon gesagt habe, ich bringe eine Überraschung mit?«, fragte Jack.

»Ich hoffe, es ist Champagner«, sagte sie.

»Viel besser.« Er drehte sich um und winkte mich herbei. »Caroline, das ist meine Frau Amélie und unsere Tochter Elise.«

»Hat die Armee dich etwa zum Witzbold gemacht?« Sie wandte sich lächelnd mir zu. »Lasst mich mal raten: Ihr habt euch im Zug getroffen, und er hat Sie beschwatzt, dass Sie diese Rolle spielen. Er kann sehr überzeugend sein, unser Jack.« Sie drohte ihm mit dem Finger. »Folge meinem Rat und versuch das nicht bei Kat. Sie wird es überhaupt nicht witzig finden. Sie …«

Mitten im Satz brach sie ab. Ihr Mund ging ein wenig auf. Sie sah von mir auf Jack und wieder auf mich. Offenbar las sie unseren Mienen ab, dass es die Wahrheit war. Erschrocken legte sie die Hand vor den Mund. »Oh mein Gott!«

Ich verlagerte Elise auf einen Arm, trat vor und streckte ihr meine Hand entgegen. »Schön, dich kennenzulernen, Caroline.«

Sie schüttelte mir kraftlos die Hand, ohne den Blick von Jack abzuwenden. »Es war dein Ernst?«

Er nickte grimmig.

»Weiß Kat es schon?«

»Wir haben uns in Baton Rouge getroffen, und ich habe es ihr gesagt.«

»Vorhin? Sie hat es gerade erst erfahren?«

»Ja.«

Caroline war völlig entgeistert. »Aber … aber dieses Baby … Wie lange kennt ihr euch denn schon?«

Ich merkte, dass ich vortreten und diese Situation einrenken musste. Seit Baton Rouge, als mir klar geworden war, in welch schlechtem Licht Jack dastehen würde, weil er Kat hatte sitzenlassen, hatte ich mir den Kopf darüber zerbrochen. »Wir haben im Juni in La Cambe geheiratet«, sagte ich. »Und ich fürchte, ich bin daran schuld, dass es bislang ein Geheimnis war.«

»Amélie!« Jacks Stimme klang warnend.

Ich versuchte, die knallharte Entschlossenheit meiner Mutter in mir zu wecken. »Nein. Du hast versucht, mich zu schützen, als du mit Kat gesprochen hast, aber ich finde das nicht richtig. Du solltest keine fremde Schuld auf dich nehmen.«

»Hör damit auf«, knurrte er.

Unbeirrt fuhr ich fort. »Wir haben uns kurz nach seiner Ankunft in Frankreich kennengelernt. Ich habe für den französischen Widerstand gearbeitet, und ich hatte eine Nachricht aus Paris, die ich dem Kommandeur in Jacks Feldlazarett überbringen sollte. Zwei Wochen später haben wir geheiratet. Es ging alles sehr schnell, sehr ungestüm. Der Krieg … na ja, wenn man denkt, dass man jederzeit sterben könnte, dann scheint die Zeit schneller zu gehen, und Dinge passieren sehr rasch. Jack hat Kat einen Brief geschrieben und mich gebeten, ihn aufzugeben. Es tut mir sehr leid, aber ich habe diesen Brief nie aufgegeben.«

»Amélie!« Jacks Miene war so finster, dass ich den Blick senkte. »Lass das!«

»Schon gut, Jack. Es ist besser, wenn es alle erfahren.« Ich wandte mich wieder an Caroline. »Anfangs hatte ich es einfach vergessen. An dem Tag, als ich nach Paris zurückkehrte, erfuhr ich, dass meine Mutter während meiner Abwesenheit gestürzt war und sich die Hüfte gebrochen hatte. Es kam zu etlichen Komplikationen, und bald sah es so aus, als würde sie nie mehr laufen können. Ich bin ein Einzelkind. Ich konnte sie nicht allein lassen und nach Amerika ziehen.

Also habe ich Jack geschrieben, dass ich in Frankreich bleiben und für meine Mutter sorgen müsse. Ich liebte ihn, aber ich wollte sein Leben nicht ruinieren; deshalb habe ich ihm mitgeteilt, es wäre wohl das Beste, wenn wir uns scheiden lassen und er dann wie ursprünglich geplant Kat heiratet. Ich gestand ihm auch, dass ich seinen Brief, in dem er die Verlobung mit ihr aufgelöst hatte, nie aufgegeben hatte.

Und dann schickte die Armee versehentlich einen Brief von Kat an meine Adresse – die auch als Jacks Adresse genannt worden war – und ich schrieb ihr zurück.«

»Hat sie denn nicht gemerkt, dass es nicht Jacks Handschrift war?«, wollte Caroline wissen.

»Ich bin eine ausgezeichnete Kalligrafin. Ein Teil meiner Aufgaben für die Résistance bestand darin, falsche Ausweise für Juden und Reiseunterlagen für Widerstandskämpfer auszustellen.«

»Hör auf, Amélie.« Jacks Gesicht war hart und kalt. »Caroline, sie versucht nur, mich in einem besseren Licht dastehen zu lassen.«

»Nein. Ich kann es beweisen«, beharrte ich. »Ich werde euch zeigen, wie gut ich Handschriften fälschen kann. Jack versucht, mich zu schützen, damit man mich in Wedding Tree nicht hasst; aber ich finde es wichtiger, dass alle wissen, dass es meine Schuld war und nicht die von Jack, und dass er sich bemüht hat, sich ehrenwert zu verhalten.«

»Sie hat recht, Jack«, sagte Caroline. »Wenn die Leute dir hier als Arzt vertrauen sollen, dann sollten sie dich nicht als jemanden sehen, der seine Verlobte so herzlos sitzen lässt. Ich bitte dich, lass sie ausreden.«

»Ich stellte fest, dass ich schwanger war, und dann starb meine Mutter«, fuhr ich fort. »Danach gab es für mich keinen Grund mehr, in Paris zu bleiben. Ich liebte Jack immer noch, und ich wollte, dass mein Kind mit seinem Vater aufwächst. Deshalb haben Jack und ich uns wieder versöhnt, und ich kam auf einem Brautschiff nach Amerika.«

»Ach, du meine Güte!« Caroline wandte sich an ihren Bruder. »Aber Jack, warum hast du in deinen Briefen an deine Familie nie erwähnt, dass du geheiratet hast?«

Auch dafür hatte ich mir etwas einfallen lassen. »Das konnte er nicht«, sagte ich, »weil Kat es noch nicht wusste. Ihr musste man es als Erster erzählen.«

»Ja, ja, natürlich.« Caroline war immer noch ziemlich fassungslos.

»Jetzt kommt der Teil, über den ich mich am meisten schäme«, fuhr ich fort. »Ich habe Jack erst kurz vor seiner Abreise nach Amerika gestanden, dass ich Kat geschrieben und so getan hatte, als stammten die Briefe von ihm. Er war sehr, sehr böse.«

Jack starrte mich wütend an und bestärkte damit unfreiwillig meine Geschichte.

Ich beeilte mich, weiterzureden. »Ich habe ihn überredet, dass es besser wäre, Kat die Sache persönlich zu gestehen als am Telefon, da alles schon so lange so gelaufen war. Er hatte vor, ein paar Tage vor mir nach Wedding Tree zu fahren – er dachte, es wäre leichter, wenn ich noch nicht da wäre – und mit ihrem Vater zu reden. Dann wollte er ihr im Kreis ihrer Familie die Sache so schonend wie möglich beibringen. Aber als er sie anrief, um es entsprechend zu arrangieren, erfuhr er, dass ihr Vater einen Schlaganfall gehabt hatte und eure Mutter eine Lungenentzündung hatte. Zu allem Überfluss war unser Baby auch noch krank – zu krank, als dass ich es allein mit ihr geschafft hätte –, und so kommt es, dass wir jetzt hier sind, und zwar alle zusammen.«

»Du meine Güte! Ach, ihr Ärmsten. Was für ein Schlamassel.«

»Wir haben beide nur versucht, das zu tun, was uns zu dem jeweiligen Zeitpunkt richtig erschienen ist, aber ich habe den armen Jack in eine schreckliche Lage gebracht, und ich fürchte, jetzt ist er ziemlich böse auf mich.«

Ich lächelte Jack an. Sein Gesicht war in der Tat wutverzerrt.

»Ich warne dich, Caroline – er wird behaupten, dass ich lüge«, fuhr ich fort. »Er wird alles tun, um mich zu beschützen. Er hat mir gesagt, dass er fürchtet, ich würde hier gehasst und geächtet.«

Carolines Mann, Bruce, prustete los. »Du meinst wohl geächtet.«

»Ja. Er war bereit, die Schuld einzig und allein auf sich zu nehmen. Er ist wirklich ein Held. Aber ich bitte euch, die Leute wissen zu lassen, dass ich es war, die Kat die Sache so lange verheimlicht hat, und nicht Jack.«

»Ja. Ja, selbstverständlich. Ich rede mit Kat.«

Zum Glück verlagerte sich das Gespräch auf Jacks und Carolines Mutter, während wir unser Gepäck im Kofferraum verstauten und in Bruce' Ford kletterten. Jack und ich setzten uns auf die Rückbank.

»Und wie geht es Dr. Thompson?«, fragte Jack.

»Er ist aus dem Koma aufgewacht, aber er ist linksseitig gelähmt und kann kaum reden.«

Jacks Miene verdüsterte sich.

»Kats Mutter will nicht einmal wahrhaben, dass er bewusstlos war«, sagte Caroline. »Sie beharrt darauf, dass er sich nur ausgeruht hat.«

Düsteres Schweigen senkte sich auf den Wagen. Nach einer Weile sagte ich: »Bruce, wenn ich es recht verstanden habe, hast du im pazifischen Raum gedient.«

Er nickte. »Ich habe in Guam eine Niere verloren.«

»Er hat Glück, dass er mit dem Leben davongekommen ist«, sagte Caroline.

Ich hatte gehofft, das Gespräch in unverfänglichere Bahnen zu lenken. Deshalb versuchte ich es noch einmal mit einem anderen Thema: »Jack hat mir erzählt, dass du in Wedding Tree als Anwalt tätig bist.«

»Ja, das stimmt. Hauptsächlich geht es um Testamentseröffnungen – nicht sehr interessant, fürchte ich.«

»Ach, manches, was die Leute in ihr Testament aufnehmen, ist ziemlich interessant«, meinte Caroline. »Und außerdem hast du manchmal auch mit Strafsachen zu tun. Bruce, erzähl ihnen doch mal von dem Jungen, der versucht hat, mit dem Brottransporter über ein Auto zu fahren.«

Bruce gab eine komische Geschichte zum Besten. Jack lächelte und lachte an den richtigen Stellen, aber er wechselte auf der ganzen Fahrt kein Wort mit mir.

Wir fuhren zum Haus der beiden, einem hübschen Gebäude im viktorianischen Stil des amerikanischen Südens mit drei Schlafzimmern und zwei – zwei! – Badezimmern im Obergeschoss sowie einer Gästetoilette im Erdgeschoss. Für mich war das der Inbegriff von Luxus.

Während Bruce mit Caroline und Jack ins Krankenhaus weiterfuhr, um ihre Mutter und Dr. Thompson zu besuchen, ließ ich mich mit Elise in einem der Schlafzimmer nieder. Ich durchsuchte Jacks Sachen nach einem Beispiel für seine Handschrift und stieß auf ein paar Notizen über eine neue Methode, die Gallenblase zu entfernen.

Aus einem Notizblock, den ich in Frankreich gekauft hatte, riss ich eine Seite, zerknitterte sie ein wenig, strich sie wieder glatt und schrieb in Jacks Handschrift in sorgfältig gewählten Worten einen Brief an Kat, den ich auf den neunten Juli 1944 datierte. Schließlich faltete ich das Blatt Papier, bis es in einen kleinen Umschlag passte.

Unter dem Bett fand ich ein wenig Staub. In meiner Zeit als Zimmermädchen hatte ich erfahren, dass sich unter einem Bett immer Staub findet, egal, wie gut man putzt. Ich rieb etwas Staub auf den Rand und die Falzstellen des Briefes – Stellen, wo sich auf einem Dokument normalerweise Staub sammelt. Nachdem ich den Brief noch ein wenig länger befummelt hatte, um ihn alt aussehen zu lassen, steckte ich ihn unter all meine Sachen in meinen Koffer.

Anschließend badete ich Elise, und dann erforschte ich die Küche. Ich band mir eine rot karierte Schürze um, die ich in der Speisekammer gefunden hatte. Im Kühlschrank entdeckte ich ein paar übrig gebliebene Hühnerteile und eine halbe Flasche Wein. Ich gab Huhn und Wein in einen großen Topf, fügte noch ein paar Kartoffeln, Karotten, etwas Sellerie und Gewürze hinzu und ließ das Ganze leise köcheln.

»Hier riecht es aber gut!«, bemerkte Caroline, als sie und Bruce gegen sechs Uhr heimkamen.

»Das ist Coq au Vin.«

»Wo hast du denn etwas zum Kochen gefunden? Es gab doch nahezu nichts im Haus.«

»Nahezu nichts?« Nach dem, was ich in Frankreich erlebt hatte, war ich völlig entgeistert. »Ihr hattet ein wahres Festmahl in eurem Kühlschrank!«

»Das waren doch nur Reste«, meinte Caroline.

»Jedenfalls war es mehr als genug für eine Mahlzeit.«

Caroline hob den Deckel vom Topf und schnupperte. »Du bist ja eine wahre Zauberin! Kein Wunder, dass Jack dich geheiratet hat!«

Jack wusste nicht einmal, ob ich in der Lage war, Wasser zu kochen. »Wo steckt er denn eigentlich?«

»Er wollte noch ein paar Patienten besuchen. Hier ist die Grippe ausgebrochen, und es hat sich schnell herumgesprochen, dass Jack wieder da ist.«

Ich rührte den Eintopf um. »Wie war es denn im Krankenhaus?«

Bruce und Caroline warfen sich einen Blick zu. Oh weh, ich las an ihren Mienen ab, dass das ein schwieriger Besuch gewesen war.

»Wie geht es eurer Mutter?«

»Sie hat sich sehr über Jack gefreut«, sagte Caroline. »Es geht ihr schon viel besser.«

»Es geht ihr so gut, dass sie schon wieder eine Nervensäge ist«, grummelte Bruce.

»Sie hat um ihre Schminke und Parfüm und ihre Lockenwickler und ein spitzenbesetztes Bettjäckchen gebeten«, sagte Caroline.

»Und um ihre Zigaretten«, fügte Bruce hinzu. »Sie braucht noch Sauerstoff, und jetzt will sie rauchen.«

Jack hatte wenig von seiner Mutter erzählt abgesehen davon, dass sie immer eine Tochter aus gutem Hause geblieben war. Außerdem hatte er mir noch erzählt, dass der Filialleiter der Bank vor zwei Jahren gestorben war und sie jetzt Ausschau nach einem neuen Ehemann hielt. »Wie hat sie reagiert, als sie erfahren hat, dass Jack mich geheiratet hat?«

Wieder tauschten Caroline und Bruce einen Blick aus. Meine Handflächen wurden feucht.

»Sie war nicht sehr froh darüber«, gab Caroline zu. »Sie und Kat sind die dicksten Freundinnen.«

»Sie hat sich darauf gefreut, eine Hauptrolle in einer großen Hochzeit zu spielen«, erklärte Bruce trocken.

»Sie kriegt sich schon wieder ein«, meinte Caroline. »Mach dir keine Sorgen. Jack legt nicht jedes Wort von Mutter auf die Goldwaage.«

»Das sollte man bei keinem ihrer Worte tun«, grummelte Bruce.

»Und wie geht es Dr. Thompson?«, fragte ich.

Caroline holte eine Servierschüssel aus dem Schrank, Bruce beugte sich zu Elise hinunter, die mit einem Holzlöffel in der Hand auf einer Decke lag, und spielte ein bisschen mit ihr.

»Es war ein schwieriger Besuch«, räumte Caroline schließlich ein. »Er ist sehr schwach.«

Mir schnürte es das Herz zusammen. »Hat Jack ihm erzählt, dass wir geheiratet haben?«

Caroline nickte ernst.

»Was hat er denn genau gesagt?« Ich wollte zu gern wissen, wie er über uns geredet hatte.

»Dass er wisse, dass er Kat das Herz gebrochen hat, und dass er sich schrecklich fühlt. Dr. Thompson stöhnte und schloss die Augen.«

»Und was hat Jack daraufhin getan?«

Caroline zögerte.

»Bitte sag es mir«, flehte ich sie an. »Ich muss es wissen. Schone mich nicht.«

»Er hat geweint.«

Tränen stiegen mir in die Augen, und ich presste die Hand auf mein Herz, das sich anfühlte wie schmelzendes Wachs.

»Jack hat gemeint, dass ihr aus Wedding Tree wegziehen werdet, sobald es Mutter besser geht.«

Jack wollte Wedding Tree verlassen? In Paris hatte er kaum von etwas anderem geredet als darüber, wie sehr er sich freute, in seinen Heimatort zurückzukehren. Er hatte Wedding Tree als Paradies dargestellt. Über den Ort und über die gemeinsame Praxis mit Dr. Thompson hatte er sogar häufiger gesprochen als über seine Verlobte. Ich konnte mir nicht vorstellen, dass er nun daran dachte, wegzuziehen.

»Was hat Dr. Thompson erwidert?«

»Das Sprechen fällt ihm sehr schwer, aber er hat sehr langsam und deutlich gesagt: ›Du kannst jetzt nicht weg. Der Ort braucht einen Arzt.‹«

»Und wie hat Jack reagiert?«

»In dem Moment kreuzte Mrs Thompson auf. Kat hatte ihr natürlich schon alles erzählt über … über …« Caroline zögerte, offenkundig suchte sie fieberhaft nach einer freundlichen Formulierung.

»Über mich.«

Sie nickte.

»War sie … verärgert?«

»Verärgert? Sie war fuchsteufelswild und hat Jack übelst beschimpft. Sie hat ihm ein paar sehr unchristliche Bemerkungen an den Kopf geworfen, und dann hat sie ihn rausgeschmissen. Am meisten hat es sie wohl geärgert, dass er Kat monatelang in seinen Briefen etwas vorgemacht hat.«

»Ach herrje.«

Caroline holte ein paar Servietten aus einer Schublade. »Deshalb bin ich auf dem Rückweg noch kurz bei Kat gewesen. Hoffentlich war dir das recht. Ich dachte, vielleicht würde es helfen, wenn sie erführe, was du mir erzählt hast – dass Jack ihr vor eurer Hochzeit einen Brief geschrieben hat, den du aber nicht aufgegeben hast, weil du gedacht hast, dass du nicht aus Frankreich weggehen könntest. Ich habe ihr auch erzählt, dass du ihre späteren Briefe erhalten hast und Jacks Antworten gefälscht hast, weil du nicht seine Chancen bei ihr vereiteln wolltest; denn es sah ja so aus, als könntest du Frankreich nicht verlassen.«

»Und?«

»Na ja, vorhin war ihr ganzer Hofstaat bei ihr.«

»Was soll das denn heißen?«

»Auf der Highschool war Kat äußerst beliebt. Sie ist es noch heute. Momentan versuchen sechs ihrer Busenfreundinnen, sie zu trösten, und alle sind sie stinksauer auf Jack. Die schlimmste ist Minxy.«

»Minxy?«

»Das ist ein Spitzname. Ihr Vater hat ihr mal einen Mantel mit einem Minkkragen geschenkt, und der Name ist ihr geblieben.« Caroline verteilte die Servietten auf dem Tisch. »Jedenfalls habe ich Kat beiseite genommen und ihr erzählt, was du mir erzählt hast. Sie ist schnurstracks zu ihren Freundinnen zurückmarschiert und hat ihnen brühwarm erzählt, was sie von mir erfahren hatte.«

»Hat es denn geholfen?«

»Na ja, ich glaube, es hat ihre Wut auf Jack etwas gemildert. Aber einige waren skeptisch. Minxy meinte, niemand könne eine Handschrift so überzeugend fälschen.«

»Ich werde es dir beweisen. Nimm ein Blatt Papier und schreib etwas darauf, und ich werde in deiner Handschrift etwas schreiben.«

Sie nahm einen Umschlag und einen Stift von der Küchentheke und schrieb ihren Namen und ihre Adresse darauf.

Ich betrachtete den Umschlag kurz, dann schrieb ich ihren Namen und ihre Adresse darunter, wobei ich ihre Handschrift nahezu perfekt kopierte.

Caroline hob den Umschlag hoch. »Das ist verblüffend. Wenn ich nicht gesehen hätte, dass du das geschrieben hast, würde ich denken, ich hätte es selbst geschrieben.«

Ich zuckte mit den Schultern. »Dieses Geschick war im Krieg ziemlich nützlich. Und jetzt zeige ich dir Jacks Handschrift.« Sie war mir noch so deutlich in Erinnerung, dass ich keine Probe brauchte. »Ich habe Jacks Briefe geschrieben«, schrieb ich auf den Umschlag.

»Unglaublich!« Caroline hob den Umschlag abermals hoch. »Kann ich den Kat zeigen?«

»Natürlich. Und ich habe noch etwas, was sie bekommen sollte.« Ich richtete mich auf und wischte mir die Hände an der Schürze ab. »Ich habe noch den Brief, den Jack ihr geschrieben und den ich nie aufgegeben habe.«

Ihre Augen wurden groß. »Den hast du mitgenommen?«

»Ja. Er liegt in meinem Koffer. Er war nicht für mich bestimmt, und jetzt weiß ich natürlich auch, dass ich ihn hätte abschicken sollen. Würdest du ihn ihr bringen?«

»Selbstverständlich. Ach, das würde wirklich viel helfen.« Caroline klatschte in die Hände. »Ich bringe ihn ihr gleich nach dem Abendessen, zusammen mit diesem Umschlag, auf dem du bewiesen hast, wie gut du Handschriften kopieren kannst.«

65
Kat, 2016

Ich klammere mich so fest an die Lehnen von Amélies Sessel, dass es ein Wunder ist, dass meine Fingernägel den Stoff nicht zerreißen. Sie hat Jacks Brief gefälscht? Und zwar gleich nach ihrer Ankunft in Wedding Tree? Sie ist noch scheinheiliger und hinterhältiger, als ich je gedacht hatte. »Ich fasse es nicht, dass du permanent gelogen und dann noch diesen Brief gefälscht hast!«

Sie zieht die Schultern hoch auf ihre anmutige französische Art. Offensichtlich will sie mir damit zu verstehen geben: Na und? Das ist doch nicht so schlimm. »Ich wollte nach Kräften dazu beitragen, Jacks guten Ruf aufrechtzuerhalten. Ich dachte, dieser Brief wäre ein schlagendes Argument.«

Oh ja, mich hatte er tatsächlich überzeugt. All die Zeit hatte er das getan.

Caroline hatte ihn mir noch am Abend nach Jacks Rückkehr vorbeigebracht. Mutter und ich räumten gerade den Abendessentisch ab. Von dem Essen hatten wir beide kaum etwas angerührt.

»Amélie und ich haben uns heute Abend ausführlich unterhalten«, hatte Caroline gesagt. »Sie hat mir gezeigt, wie gut sie Handschriften nachmachen kann. Es ist wirklich erstaunlich. Sie konnte genauso schreiben wie ich.«

»Na, das ist ja eine tolle Gabe«, hatte ich geschnaubt. »Fast so toll wie Klauen.«

»Sie ist eine ausgezeichnete Kalligrafin. Kein Wunder, dass sie Briefe schreiben konnte, von denen du geglaubt hast, sie stammten von Jack.« Caroline griff in ihre Handtasche und zog ein zusammengefaltetes Blatt Papier heraus. »Sie hat mir den Brief gegeben, den Jack dir vor eineinhalb Jahren geschrieben hat. Du weißt schon, den, den sie nicht abgeschickt hat. Sie meinte, du solltest ihn wenigstens jetzt bekommen.«

Ich hatte ihn ihr aus der Hand gerissen und war ins Wohnzimmer gestürmt. Dort hatte ich mich auf dem Sessel am Fenster niedergelassen, den Brief entfaltet und mich wie ausgehungert darauf gestürzt.

In den nächsten Wochen und Monaten las ich den Brief so oft, dass ich ihn noch heute auswendig kann:

Liebe Kat,

es bricht mir das Herz, dir das zu schreiben, aber ich muss unsere Verlobung auflösen. Ich teile dir das jetzt ganz direkt mit: Ich werde eine Französin heiraten.

Ich weiß, dass das ein Schock für dich ist. Es schockiert sogar mich selbst. Es fällt mir schwer, dir das zu erklären, und dir wird es bestimmt schwerfallen, es zu verstehen. Aber das Leben hier ist sehr anders, und ich bin sehr anders. In zwei Tagen werde ich in ein anderes Feldlazarett verlegt, das noch näher an der Front liegt. Ein ähnliches Lazarett ist vor Kurzem bombardiert worden, und manchmal befürchte ich, dass ich es nicht heil nach Hause schaffe. Alles hier ist wahnsinnig dringlich und intensiv und unsicher. Die Unsicherheit erfordert es, dass man rasch handelt. Amélie und ich sind in einen Liebeswahn verfallen und werden heute um eins heiraten.

Ich bedauere es sehr, dir ein Versprechen geleistet zu haben, das ich nicht halten kann, aber es wäre dir gegenüber unfair, wenn ich es versuchen würde.

Ich möchte, dass du frei bist, dir eine neue Liebe zu suchen und zu finden. Aus dieser Blickecke scheinen unsere Pläne für die Zukunft wie ein kindliches Märchen, das wir uns erzählt haben. Das Leben muss in der Gegenwart gelebt werden. Man muss jeden Moment seines Lebens auskosten.

Ich weiß, dass eine so schöne Frau wie du rasch von einem anderen geschnappt werden wird. Ich beneide den Mann, den du eines Tages heiraten wirst, und werde dich stets im Gedächtnis tragen.

In ewiger Liebe

Jack

Im Moment bin ich so wütend auf Amélie, dass ich sie am liebsten geohrfeigt hätte. Ich muss die rechte Hand mit der Linken festhalten, weil ich weiß, dass meine Selbstbeherrschung erheblich nachgelassen hat.

Jener Brief war mir all die Jahre ein großer Trost. Jetzt hat sie mir auch diesen Trost genommen.

Als ich ihn zum ersten Mal las, dachte ich, dass Jack wohl in irgendeinen Wahn verfallen war und sich Hals über Kopf in diese Ehe gestürzt hatte. Alle möglichen Fragen schossen mir durch den Kopf. Vielleicht war er verführt worden, hatte sich auf eine körperliche Beziehung eingelassen und war in den Bann der Lust geraten? War er betrunken gewesen, waren Drogen im Spiel gewesen, hatte er vielleicht eine Kriegsneurose? Hatte er schreckliche Angst, verwundet zu werden, und wollte mir das Schicksal ersparen, mich um ihn zu kümmern, wenn er als Krüppel heimkehrte?

Besonders tröstlich fand ich seine Bemerkung, ich sei schön, und dass er den Mann beneiden würde, den ich schließlich heiraten würde. Das bedeutete doch, dass er noch nicht über mich hinweg war und es wohl nie sein würde, oder? Und dann sein Abschiedsgruß – in ewiger Liebe. Das würde ein Mann doch nicht einer Frau schreiben, nach der er sich nicht ewig sehnen würde. Diese Worte machten es mir tatsächlich leichter, die schlimme Zeit, die vor mir lag, zu überstehen.

Und jetzt … stiehlt mir Amélie diesen einzigen Trost, indem sie mir sagt, dass Jack das nie geschrieben hat. Dass sie es selbst geschrieben hat, kurz nach ihrer Ankunft in Wedding Tree.

Aber wenn ich es richtig bedenke, hätte es mir schon klar werden müssen, als sie mir erzählte, dass sie sich erst kurz vor Jacks Rückkehr in die Vereinigten Staaten kennengelernt hatten. All die Auswirkungen dieser einen Tatsache, all das, was sich dadurch verändert an dem, was ich von der Vergangenheit weiß – oder glaubte, zu wissen – sind noch nicht recht in meinen Verstand eingedrungen.

Und es gibt wahrhaftig eine ganze Menge Auswirkungen. Mein Verstand ist nur nicht mehr so wendig wie früher; aber vielleicht ist er auch bloß überrumpelt und lahmgelegt, weil er so rasch so viele Informationen aufnehmen muss.

»Du wirkst aufgebracht«, sagt Amélie.

»Das bin ich auch.« Meine Stimme klingt heftig, was wenig schmeichelhaft ist. Ich versuche, sie in Griff zu kriegen. »Natürlich bin ich das.«

»Ich wollte dir mit diesem Brief etwas Gutes tun.«

»Ach ja?«

»Ja. Ich habe ganz bewusst Dinge geschrieben, von denen ich hoffte, sie würden deinen erregten Gemütszustand beschwichtigen.«

»Erregtes Gemüt besänftigen, heißt das«, verbessere ich sie schroff. Plötzlich sehe ich einige seltsame Formulierungen in diesem Brief mit anderen Augen. »Blickecke« zum Beispiel – Jack hätte doch bestimmt gewusst, dass das korrekte Wort »Blickwinkel« lautet. »In einen Liebeswahn verfallen«: Wahrscheinlich hatte Amélie gemeint: »wahnsinnig verliebt sein«. »Du wirst bald geschnappt werden«: Sie hatte wohl sagen wollen: »weggeschnappt werden«. Ich dachte damals, Jack wäre einfach in Eile oder so aufgewühlt gewesen, dass er eine Vorsilbe vergessen oder ein paar Rechtschreibfehler gemacht hatte.

»Was soll's – du verstehst doch wohl, was ich meine«, sagt Amélie. »Doch ich muss gestehen, dass ich nicht in erster Linie an deine Gefühle gedacht habe, als ich diesen Brief schrieb. Ich habe es hauptsächlich für Jack getan. Wenn er in Wedding Tree leben und arbeiten sollte, dann war es wichtig, dass man ihn als ehrbaren Mann betrachtete.

»Ehrbar«, schnaube ich.

»Ganz recht, ehrbar. Jack war nicht perfekt, aber er war ein Ehrenmann. Er hat stets versucht, das Richtige zu tun. Wenn er einen Fehler gemacht hatte, versuchte er, ihn auszubügeln, selbst wenn das bedeutete, dass er dem Wohle eines anderen zuliebe auf seine Wünsche verzichten musste.«

»Und an welches Wohl hat er gedacht, als er dich hierher brachte?«, frage ich scharf. »An deines?«

»Oh nein. Er hat es für Elise getan. Damals wollte er nicht mit mir verheiratet sein – überhaupt nicht. Er blieb nur mit mir verheiratet, weil er befürchtete, dass ich schwanger sein könnte. Für den Fall wollte er auch Elise als sein eigenes Kind ausgeben. Weißt du, wenn du mit ihm geschlafen hättest, bevor er in den Krieg zog, wäre all das vielleicht gar nicht passiert.«

Wie unverschämt dieses Weib ist. »Natürlich nicht«, erwidere ich empört.

»Aber du wolltest erst deine große Hochzeit haben.« Amélie schüttelt den Kopf. »Frauen, denen die Hochzeitsfeier wichtiger ist als das eigentliche Verheiratetsein, habe ich nie verstanden.«

Ich werde es nicht zulassen, dass sie mich durch dieses Argument verletzt. Ich weigere mich, die Einstellung, die ich damals hatte, zu bereuen. »Eine Hochzeit ist der Traum eines jeden Mädchens.«

»Das mag schon sein. Hast du denn deine Traumhochzeit bekommen?«

»Selbstverständlich. Wir haben eine Riesenfeier in Dallas veranstaltet. Ich hatte neun Brautjungfern, und es gab einen Empfang im Dallas Country Club, und in unseren Flitterwochen haben wir Europa bereist.«

»Nun, das klingt, als ob du alles gehabt hast, was du dir gewünscht hast.«

»Jawohl. Alles und noch viel mehr.« Trotzdem nagte oft eine gewisse Unzufriedenheit an mir. In letzter Zeit habe ich mich manchmal gefragt, ob ich die falschen Dinge haben wollte und ob ich immer haarscharf an dem vorbeigelebt habe, was wirklich wichtig war. Ich habe mich gefragt, ob meine Unzufriedenheit etwas mit Jack zu tun hat.

Aber dafür bin ich ja jetzt hier – um das herauszufinden.

»Erzähl weiter«, fordere ich sie auf. »Erzähl mir von deinem Eheleben in Wedding Tree.«

»Die Anfänge kennst du ja schon.«

»Ja, aber nur, was dich betrifft. Ich möchte wissen, wie es dir mit Jack ergangen ist.«

66
Amélie, 1946

In jener ersten Nacht gingen Elise und ich früh zu Bett. Jack kam erst gegen elf Uhr nach Hause, Bruce und Caroline hatten sich schon schlafen gelegt. Als er leise ins Zimmer schlich, stellte ich mich schlafend. Insgeheim hoffte ich, er würde sich zu mir ins Bett legen, wenn er dachte, dass ich es nicht merkte; doch zu meiner Enttäuschung nahm er eine Decke aus dem Schrank und legte sich auf den Fußboden.

Noch vor Sonnenaufgang verließ er das Haus. Auf dem Küchentisch lag eine Nachricht, dass er ins Krankenhaus wolle, um an der Arztvisite bei seiner Mutter und bei Dr. Thompson teilzunehmen.

Ich beschloss, mich an diesem Tag im Hintergrund zu halten. »Elise ist immer noch nicht ganz gesund«, erklärte ich Caroline am Morgen. »Ich möchte sie lieber jetzt noch nicht ins Krankenhaus mitnehmen. Außerdem muss ich dringend Wäsche waschen.«

Caroline nickte. »Es ist wohl das Beste, zu warten, bis sich die Aufregung etwas gelegt hat. Ich zeige dir, wie die Waschmaschine funktioniert.«

Jack kam am späten Vormittag zurück. Elise machte gerade ihr zunehmend kürzeres Nickerchen. Sobald ich Jack erblickte, rutschte mir das Herz in die Hose. Seine Augen funkelten zornig, seine Lippen waren so fest zusammengepresst, dass man seinen Mund kaum noch sah. Er marschierte auf mich zu, bis er mich mit dem Rücken an den Herd gedrängt hatte. »Hast du wirklich einen Brief von mir gefälscht?«

»Ich dachte, es wäre in deinem Interesse.«

»In meinem Interesse? Mein Interesse besteht darin, ein ehrliches Leben zu führen. Dennoch muss ich mich jedes Mal, wenn ich mich umdrehe, mit einer neuen Lüge befassen.«

»Ich habe das bloß gemacht, um die Schuld dorthin zu lenken, wo sie hingehört – von dir weg auf mich.«

Er starrte mich wütend an. »Amélie, du hast einen Brief gefälscht!«

»Einen Brief in der Art hättest du bestimmt geschrieben, wenn die Umstände so gewesen wären, wie wir behauptet haben. In der echten Welt hättest du Kat geschrieben, bevor du eine andere Frau geheiratet hättest.«

»Verflucht, Amélie, das hier ist die echte Welt. Dieser Brief ist eine Fälschung.«

»Er ist ein Beweis, dass du ein mitfühlender Mann bist. Ich wollte dir damit einen Gefallen tun. Ich verstehe nicht, was daran so falsch sein soll.«

Er reckte aufgebracht die Hände hoch. »Es ist falsch, weil es eine Lüge ist. Offenbar begreifst du diese einfache, grundlegende Tatsache nicht.

»Doch, natürlich tue ich das. Aber in Kriegszeiten ist alles auf den Kopf gestellt.«

»Wir befinden uns nicht mehr im Krieg.«

»Ach nein?« Nun war auch ich zornig. »Ich habe den Eindruck, dass du und ich momentan einen heftigen Krieg führen.«

»DAS MUSS AUFHÖREN!« Er betonte jedes Wort, indem er mit der flachen Hand auf die Küchentheke schlug. »Keine Lügen mehr!«

»Jack, wir leben eine Lüge.«

Er raufte sich aufgebracht die Haare. »Das weiß ich. Aber ab sofort keine neuen Lügen mehr, Amélie! Keine Beschönigungen, keine Übertreibungen. Hast du mich verstanden?«

»Ich habe nie etwas übertrieben.«

Er verzog verächtlich den Mund. »Ach komm schon – tote Babys auf dem Schiff?«

»Das war die Wahrheit.«

Er drehte sich um und entfernte sich, doch dann kam er noch

einmal zurück. »Hör mal, ich verstehe ja, dass es dir schwerfällt, ja vielleicht sogar unmöglich ist, eine Lüge zuzugeben, wenn du sie erzählt und verteidigt hast. Ich will dich jetzt nicht bedrängen, dieses Lügenmärchen einzugestehen. Ich will nur, dass du endlich aufhörst zu lügen.« Er fuhr mit der Handkante durch die Luft.

Verzweiflung stieg in mir auf. »Jack, ich schwöre dir, es war die reine Wahrheit!«

»Jedes Mal, wenn du das behauptest, schwindet meine Achtung vor dir. Reden wir lieber nicht mehr darüber.«

Tränen stiegen mir in die Augen. Doch so unfair es war – konnte ich es ihm wirklich verübeln, dass er mir nicht mehr glaubte?

Er beugte sich vor, aus seinen Augen loderte der Zorn. »Ich weigere mich, ein Leben zu führen, bei dem ich mir vorkomme, als würde ich ständig auf Eierschalen laufen, in ständiger Furcht davor, was du gesagt hast oder was du gleich sagen wirst. Wenn mir auch nur eine einzige neue Lüge von dir zu Ohren kommt, werde ich das Sorgerecht für Elise übernehmen und dich nach Frankreich zurückschicken. Wenn du schwanger bist, dann werde ich auch das Sorgerecht für dieses Kind übernehmen. Haben wir uns verstanden?«

»J-a«, stammelte ich.

Er starrte mich an, als wollte er durch meine Augen hindurch in meinen Kopf und meine Seele blicken.

»Ich wünschte bei Gott, dass ich dir glauben könnte«, sagte er.

Dann machte er kehrt und verließ ohne ein weiteres Wort das Haus.

67
Amélie, 1946

Am Abend nach diesem Streit kehrte Jack mit einem Kinderwagen, einem Hochstuhl, einem Babybettchen, Kinderbettwäsche, einer Schaukel und etwa einem Dutzend Spielsachen heim. Caroline und ich waren in der Küche und bereiteten das Abendessen zu. Wir beobachteten ihn dabei, wie er sich abmühte, den Kinderwagen aus dem Kofferraum zu zerren. Damals konnte man Kinderwagen noch nicht zusammenklappen.

Bruce ging hinaus und half ihm, die Sachen ins Haus zu tragen.

»Ach Jack, wie schön!«, sagte ich und freute mich über die Mitbringsel. Jack nahm Elise hoch und gab ihr einen dicken Kuss, dann küsste er mich zurückhaltend auf die Wangen. Das tat er bestimmt nur, weil Caroline und Bruce uns beobachteten.

»Ich habe diese Sachen von einer Patientin bekommen.« Jack warf Bruce einen um Verzeihung heischenden Blick zu, als er den Hochstuhl ins Esszimmer trug. »Ich verspreche, dass wir nicht auf Dauer bei euch einziehen.«

»Ihr könnt gern so lange bleiben, wie ihr wollt«, erwiderte Bruce.

»Ich habe mich schon nach einem passenden Mietobjekt umgeschaut«, erklärte Jack. »Aber im Moment gibt es nichts Geeignetes.«

»Warum kauft ihr nicht einfach ein Haus?«, fragte Caroline.

»Ich – äh – ich wollte erst mal abwarten, wie es mit Dr. Thompson weitergeht.«

Meine Brust schnürte sich zusammen. Bedeutete das, dass Jack immer noch daran dachte, aus Wedding Tree wegzuziehen? Oder wollte er sich noch nicht festlegen, weil er sich womöglich doch noch von mir trennen wollte?

Beim Essen war ich sehr angespannt. Caroline und Bruce bestritten den Großteil des Gesprächs. Jack war höflich, aber zurückhaltend, und an mich wandte er sich kein einziges Mal. Wie standen wir momentan zueinander?

Als sich Caroline und Bruce zurückzogen, folgte er mir ins Schlafzimmer. Darüber war ich sehr froh. Vielleicht wollte er noch einmal mit mir reden, vielleicht sich mit mir versöhnen, vielleicht sogar mich küssen.

Ich wandte mich mit pochendem Herzen ihm zu.

»Morgen kannst du mit Elise in den Ort gehen und euch ein paar neue Anziehsachen besorgen«, sagte er und reichte mir einen Fünfundzwanzig-Dollar-Schein. »Auf der Oak Street gleich neben dem Stadtpark gibt es auch ein Lebensmittelgeschäft.« Er zog zwei weitere Zwanziger heraus.

Ich blickte auf das Geld in meiner Hand. Damals war das ein Vermögen, vor allem für mich. Es war weit mehr, als ich mir vorstellen konnte, für Kleider oder Essen auszugeben. »Danke, Jack«, sagte ich lächelnd.

»Nichts zu danken.«

Ich trat zu ihm und wollte ihm einen Kuss geben, weil ich dachte, dass das einen Neuanfang bedeutete.

Er wich zurück. Seine Miene war kühl und distanziert. »Ich gehe runter und lese noch ein bisschen.« Er machte die Tür auf und zog sie leise hinter sich zu.

Am nächsten Morgen war Jack abermals weg, bevor alle anderen aufgestanden waren. Caroline meinte, er habe ein paar Patienten ins Krankenhaus eingewiesen, und außerdem wolle er sich mit dem Arzt seiner Mutter und der Physiotherapeutin, die Dr. Thompson behandelte, besprechen.

Es war ein sonniger Tag – um die achtzehn Grad. Nach dem Frühstück hüllte ich Elise in ihr Mäntelchen, legte sie in ihren neuen Kinderwagen und machte mich auf den Weg in den Ort. Es war meine erste Gelegenheit, mich mit Wedding Tree vertraut zu machen.

Den Mittelpunkt des Ortes bildete das Landratsamt aus rotem Backstein in einem großen Stadtpark. In diesem Park gab es einen Brunnen und Bänke sowie ein paar riesige Eichen und Magnolienbäume, die im Winter ihr Laub behalten hatten. Von allen vier Seiten des Platzes führten Straßen mit vielen Geschäften ab. Ich war ganz entzückt von diesem kleinen amerikanischen Städtchen.

Als ich in einem der Schaufenster Kinderkleidung entdeckte, ging ich in den Laden.

»Hallo«, sagte eine Frau mittleren Alters hinter der Theke. Ihre Haare waren zu einem Knoten gewunden, umhüllt von einem Haarnetz. Ich fand, dass sie zu viel Rouge trug und dass die grüne Farbe ihres Kleides nicht zu ihrem Teint passte. Trotzdem war sie nicht unattraktiv. »Kann ich Ihnen helfen?«

»Ich brauche ein paar Kleidungsstücke für mein Baby«, sagte ich.

Offenbar erregte mein Akzent sofort Aufmerksamkeit. Zwei Frauen im hinteren Teil des Ladens wandten sich von einem Kleiderständer ab. Sie sahen einander an, dann marschierten sie geradewegs auf mich zu wie Soldaten auf einen Feind. »Sie sind bestimmt die Kriegsbraut«, sagte die eine, eine vollbusige Frau in rosafarbener Kleidung mit kurzen blondierten Haaren, einem knallroten Lippenstift und großen knopfförmigen Ohrringen.

Ich zuckte zusammen. Ich wusste nicht, was mir mehr missfiel – der Begriff oder wie sie ihn ausgesprochen hatte. »Ja, ich bin mit Jack O'Connor verheiratet«, sagte ich.

»Nun, ich muss schon sagen – was Sie getan haben, war einfach schrecklich.«

Ich erstarrte. War sie unglaublich unhöflich oder hatte das Wort »schrecklich« in der Umgangssprache noch eine andere Bedeutung? »Wie bitte?«, fragte ich nach.

»Sie haben Kat ihren Verlobten gestohlen, und dann haben Sie nicht einmal den Anstand besessen, den Brief aufzugeben, den Jack ihr geschrieben hatte.«

»Und ich habe gehört, dass Sie Kat gefälschte Briefe geschrieben haben, um sie hinzuhalten«, fügte die andere hinzu.

Ich wusste nicht, was »hinhalten« bedeutete, aber ich wusste, dass es boshaft klang. »Das stimmt nicht.«

»Jacks Schwester hat es selbst gesagt.«

»Ich habe die Briefe geschrieben, aber nicht um irgendwen hinzuhalten. Ich habe es getan, weil ich dachte, dass ich in Frankreich bei meiner kranken Mutter bleiben müsste, und dass Jack dann womöglich zu Kat zurückkehren wollte. Ich wollte nicht ihrer beider Leben ruinieren.«

Die Blondine schnaubte verächtlich. »Genau das haben Sie getan, als Sie ihr Jack geklaut haben.«

»Das ist unmöglich.«

»Wie bitte?«

»Ein Mann kann doch nicht geklaut werden wie eine Armbanduhr, ein Notizbuch oder eine Kartoffel.«

»Eine Kartoffel? Wer würde denn eine Kartoffel klauen?« Die zwei Frauen sahen sich an und lachten.

»Jemand, der hungert«, sagte ich leise. »Jemand, der versucht, im Krieg seine Familie satt zu kriegen.«

Die Blonde hörte zu lachen auf, aber sie entschuldigte sich nicht. »Wie dem auch sei, unsere Männer sind keine Kartoffeln, und wir mögen es nicht, wenn Franzosenweiber sie uns klauen. Erwarten Sie also nicht, dass man Sie in Wedding Tree willkommen heißt.« Sie wandte sich an ihre Freundin. »Komm, Maura, gehen wir. Hier drin riecht es irgendwie komisch.«

»Ja, es riecht nach Froschfressern.« Kichernd marschierten die beiden zur Tür hinaus.

Ich stand da und fühlte mich klein und am Boden zerstört.

»Suchen Sie denn nach was Bestimmtem?«, wollte die Verkäuferin wissen.

»Nein, vielen Dank.«

Auch ich verließ den Laden. Blinzelnd, um den Tränen Einhalt zu gebieten, schlug ich die falsche Richtung ein, aber irgendwann fand ich dann doch das Lebensmittelgeschäft. Ich hatte das Gefühl, dass alle mich anstarrten. An der Fleischtheke fingen ein paar Frauen sofort zu tuscheln an und zeigten mit dem Finger auf mich. Ich kaufte ein Stück Rindfleisch, ein bisschen Obst und ein bisschen Gemüse.

»Haben Sie alles gefunden, was Sie gesucht haben?« Die Kassiererin, eine Brünette mit einem freundlichen Gesicht, lächelte mich an, während sie die Tasten ihrer großen schwarzen Kasse drückte.

»Ja, vielen Dank.«

»Ach, Sie klingen aber nicht wie jemand aus dieser Gegend, Schätzchen. Wo kommen Sie denn her?«

»Aus Frankreich.«

»Aus Frankreich? Ach du meine Güte! Was hat Sie den langen Weg nach Louisiana geführt?«

»Mein Mann ist hier zu Hause.«

»Ach ja? Mit wem sind Sie denn verheiratet?«

»Mit Jack O'Connor.«

Sie runzelte die Brauen. »Ich dachte, der wollte die Tochter unseres Doktors heiraten.«

Oh je, das schon wieder. »Die Pläne hat sich geändert.«

»Dabei war sie doch erst letzte Woche hier und hat über ihre Hochzeit geredet.«

Ich machte mich mit gesenktem Kopf an meinem Portemonnaie zu schaffen.

»Liegt ihr Vater nicht im Krankenhaus? Ich habe gehört, dass …«

»Es tut mir leid«, fiel ich ihr ins Wort, »aber ich bin ein bisschen in Eile. Wenn ich jetzt meine Einkäufe bezahlen könnte …«

»Na klar, Schätzchen.«

Rasch verließ ich den Laden. Während ich mich bemühte, meine Einkäufe, die ich aufs Dach des Kinderwagens gelegt hatte, nicht zu verlieren, bemerkte ich, dass Autos langsamer fuhren und Leute mich begafften.

Eine heiße Welle der Scham schlug über mir zusammen. Es ähnelte dem Gefühl, das ich als femme tondue auf der Ladefläche des Lastwagens gehabt hatte.

Am Abend erzählte ich Caroline, was passiert war.

»Ach, die Wasserstoffblondine, das war bestimmt Minxy. Sie ist grauenhaft. Früher hat sie sich immer über mich lustig gemacht, weil ich auf einer Farm gelebt habe. Einmal hat sie mich auf der Highschool vor ihren hochnäsigen Freundinnen gefragt, ob denn die Punkte auf meinem Kleid von der Milch einer unserer Kühe stammten. Ein andermal wollte sie nicht neben mir zum Lunch anstehen, weil ich angeblich nach Mist stank.«

»Wie grausam!«

Caroline nickte. »Das stimmte natürlich überhaupt nicht. Unsere Mutter hat alles getan, um mich zu einer Lady zu erziehen. Ich wurde sogar strikt dazu angehalten, mich vom Milchbetrieb fernzuhalten. Wie dem auch sei – Minxy ist eine neidische, kleinliche Wichtigtuerin. Ignoriere sie einfach.«

»Es war nicht nur Minxy. Im Lebensmittelladen und auf dem ganzen Heimweg haben die Leute mich angestarrt, getuschelt und auf mich gedeutet.«

»Na ja, du bist natürlich momentan das Stadtgespräch. Es wird sich bald wieder legen. Lass dich nicht stören, lächle und gehe deinen Geschäften nach.«

Wenn ich diesen Rat befolgen wollte, würde ich wohl die ganze Stadt ignorieren müssen.

Ein Mensch, den ich nicht ignorieren konnte, war Jacks Mutter – die mir gegenüber leider genauso abweisend war wie Minxy. Am nächsten Tag passte Caroline im Eingangsbereich des Krankenhauses auf Elise auf – damals durften Kinder noch nicht mit in ein Krankenzimmer –, und Jack führte mich in den erst kürzlich angebauten ersten Stock, um mich seiner Mutter vorzustellen.

»Lass dich von Mutter nicht ärgern«, hatte Caroline mich gewarnt. »Sie nimmt kein Blatt vor den Mund, und außerdem ist sie ein großer Fan von Kat.«

Als Jack die Tür zu ihrem Zimmer öffnete, verbarg ich meine Angst und setzte ein Lächeln auf.

»Mutter, das ist meine Frau, Amélie.«

Jacks Mutter erinnerte mich an eine ältere Vivien Leigh. Sie war eine sehr schöne Frau mit dunklen Haaren und Augen, die genauso blau waren wie bei Jack. Mit hochgezogenen Brauen musterte sie mich eingehend. »Du bist also das Mädchen, das die Welt meines Sohnes auf den Kopf gestellt hat.«

»Dasselbe hat er auch mit meiner Welt getan«, sagte ich mit meinem charmantesten Lächeln. »Das macht die Liebe mit einem.«

Jack durchquerte den Raum und vertiefte sich in die Krankenakte seiner Mutter.

»Ja, aber ich fürchte, du hast ihm das Leben hier sehr schwer gemacht.« Sie musterte mich immer noch von Kopf bis Fuß. Vermutlich versuchte sie, herauszufinden, was Jack wohl in mir sah. »Sag mir, Amélie, hast du meinem Jungen die Pistole auf die Brust gesetzt, damit er dich heiratet?«

Mir war nicht ganz klar, was sie damit meinte. »Was soll das heißen?«

»Hat er dich geheiratet, weil du schwanger warst?«

»Nein!«

Jack sah von der Krankenakte auf. »Das habe ich dir doch schon gesagt, Mutter.«

»Ja, aber ich wollte es noch mal von ihr hören. Kat hat gesagt, dass das Baby riesig ist.«

Oh, mon Dieu! Diese Frau war offenbar das, was man als zähen Brocken bezeichnet. Ich beschloss, sie auf andere Gedanken zu bringen. »Ich kann es kaum erwarten, dir deine Enkelin vorzustellen. Sie ist wirklich ein Wonneproppen. Wir haben sie mitgebracht, aber zu dieser Station haben Kinder keinen Zutritt.«

»Ich habe es nicht eilig, sie kennenzulernen. Außerdem bin ich für eine Großmutter viel zu jung. Ich bin sogar einigermaßen besorgt, dass es meine Chancen bei den Männern schmälern könnte.«

Jack erstarrte. »Mutter, ich kann mir nicht vorstellen, dass ein Mann deines Alters dir ein Enkelkind verübeln würde.«

»Wer hat gesagt, dass ich nach einem Mann meines Alters suche? Mir wird oft gesagt, dass ich zehn Jahre jünger aussehe.«

Eines, was ich gut konnte, war Komplimente zu machen. »Du bist wirklich sehr schön«, sagte ich. »Und du siehst wahrhaftig nicht alt genug aus, um Jacks Mutter zu sein.«

Diese Bemerkung brachte mir ein kleines Zucken um ihre Mundwinkel ein, schien jedoch ihre Meinung von mir nicht zu verbessern. »Jack, ich denke daran, nach meiner Entlassung nach New Orleans zu ziehen.«

Jack legte das Krankenblatt beiseite. »Das ist eine große Entscheidung, und du bist immer noch so krank, dass du zusätzlich Sauerstoff brauchst. Wir haben noch viel Zeit, darüber zu reden, wenn du wieder zu Hause bist und dich besser fühlst.«

»Ich habe schon eine ganze Weile darüber nachgedacht. Ich langweile mich hier, eine Stadt hat viel mehr zu bieten.« Sie bauschte ihre Haare auf. »Bei diesem Skandal, den du hier ausgelöst hast, Jack, solltest du meiner Meinung nach ebenfalls daran denken, wegzuziehen.«

»Zu heiraten ist nun wirklich kein Skandal.«

»Das begehrteste Mädchen der ganzen Stadt sitzen zu lassen und mit einer Kriegsbraut und einem Baby heimzukommen, das so groß ist, dass es eine Schwester von dir sein könnte – das ist ein Skandal, Jack, und zwar ein riesengroßer! Auf jeden Fall in einem Nest wie Wedding Tree.« Sie wandte sich mit einem falschen kleinen Lächeln mir zu. »Tut mir leid, meine Liebe, aber so ist es nun mal.«

An Jacks Kiefer zuckte ein Muskel. »Die Leute werden schon darüber hinwegkommen, sobald der nächste Klatsch die Runde macht.«

»Meinst du? Ich fürchte, der Skandal wird deiner Praxis schaden. Im Übrigen verstehe ich einfach nicht, warum du dich nicht in einem Fachgebiet ausbilden lassen willst, mit dem du richtig gut verdienen kannst.«

»Weil ich immer schon eine allgemeine Praxis haben wollte. Ich möchte gern ganze Familien behandeln, meine Patienten auch abgesehen von ihren Krankheiten kennen und ein Teil ihres Umfeldes sein.«

»Das kannst du auch in New Orleans.«

»Die Praxis, die mir vorschwebt, gibt es nur in kleinen Orten.«

»Wenn du hoffst, mit deinen Patienten auch gesellschaftlich zu verkehren, steht dir wahrscheinlich eine herbe Enttäuschung bevor. Ich habe gehört, dass man dir bereits aus dem Weg geht.«

Jacks Miene wurde unergründlich – ein Ausdruck, den ich nur allzu gut kannte. Er beugte sich steif vor und drückte ihr einen Kuss auf die Stirn. »Ruh dich aus, Mutter.«

Stumm verließen wir den Raum. Draußen auf dem Flur fragte ich ihn: »Stimmt das, Jack? Ruiniere ich deine Praxis?«

Er schüttelte den Kopf. »Kranke brauchen einen Arzt, und momentan gibt es hier viele Kranke. Meine Mutter hat schon immer viel zu viel Wert auf die Meinung von anderen gelegt.«

»Auch dir sollte die Meinung der Menschen, die dir am Herzen liegen, wichtig sein.«

»Es tut mir unendlich leid, dass ich Kat und Dr. Thompson verletzt habe.«

»Caroline hat mir gesagt, dass du daran denkst, Wedding Tree zu verlassen.«

Er nickte seufzend. »Ich versuche, einen Arzt zu finden, der Dr. Thompsons Praxis übernehmen möchte. Das ist gar nicht so einfach. Ich habe ihm versprochen, hierzubleiben, bis ich fündig geworden bin.«

»Ach Jack! Es tut mir so leid, dass ich dich in diese Lage gebracht habe.«

Er starrte auf die Fahrstuhltür. »Ich habe mich selbst in diese Lage gebracht. Ich übernehme die Verantwortung für mein Tun.« Kurz trafen sich unsere Blicke; seiner war kühl, aber ich spürte, dass darin außerdem eine immer noch schwelende Wut lag. »Was ich nur schwer akzeptieren kann, ist die Tatsache, dass ich meine Entscheidung auf der Grundlage falscher Informationen gefällt habe.«

»Es tut mir wirklich unendlich leid …«

Er hob die Hand. »Spar dir deine Entschuldigungen. Ich kann sie nicht mehr hören, und außerdem machen sie die Sache auch nicht besser.«

»Aber …«

Die Tür ging auf, und wir waren nicht mehr allein. Mein Herz wurde schwer. Ich wusste nicht, ob Jack mir je verzeihen konnte. Und wenn er das nicht konnte, wie sollte es dann weitergehen? Und wie konnte ich dann mir selbst verzeihen?

68
Amélie, 1946

Der nächste Tag war ein Samstag, und das Wetter war abermals wunderschön. Der Winter im südlichen Louisiana ähnelte dem Frühling in Paris, stellte ich mit der Zeit fest. Manchmal war es recht kühl, manchmal richtig warm. An diesem Tag schien wieder die Sonne – ein richtiges Geschenk.

Beim Frühstück schlug Caroline vor, einen Ausflug zum Namensgeber des Ortes zu unternehmen und dort zu picknicken. Jack versuchte, sich herauszuwinden, aber Bruce bestand darauf. »Du musst auch mal ein bisschen Zeit mit deiner Frau verbringen, Jack. Es schadet dir bestimmt nicht, wenn du mal einen halben Tag freinimmst, um ihr die neue Heimat zu zeigen.«

Beim Geschirrspülen gestand mir Caroline, das Bruce Jack am Donnerstagnacht auf dem Sofa im Wohnzimmer hatte schlafen sehen, als er sich ein Glas Wasser aus der Küche hatte holen wollen.

»Bruce macht sich Sorgen um eure Ehe«, sagte sie.

Ich lief rot an. »Es geht uns gut.«

»Bruce hat oft mit Paaren zu tun, die sich scheiden lassen wollen«, sagte Caroline und trocknete einen Teller ab. »Er versucht stets, ihnen das auszureden. Mir hat er mal erklärt, dass all diese Paare, wenn sie einen Anwalt aufsuchen, eine Gemeinsamkeit haben.« Sie legte den Teller auf den sauberen Stapel und ließ ihn nicht aus den Augen. »Sie schlafen getrennt.«

Mein Gesicht glühte. Ich fühlte mich ausgeliefert und sehr verletzlich.

»Ich weiß, dass Jack verärgert ist«, sagte Caroline.

»Ja.« Ich fuhr mit der Spülbürste heftiger als nötig über einen Teller. »Er ist böse auf mich, weil ich Kat diese Briefe geschrieben habe.«

»Er kann sehr stur sein.«

Ich nickte stumm.

Caroline nahm einen weiteren Teller in die Hand und fuhr mit dem Geschirrtuch darüber. »Manchmal überwindet man schwierige Zeiten in einer Ehe am besten, wenn man für positive neue Erinnerungen sorgt.« Sie lächelte mich an. »Deshalb haben Bruce und ich für uns vier den heutigen Ausflug geplant.«

Als wir in der Küche fertig waren, bestand Caroline darauf, dass ich ein hübsches Kleid anzog. »Wenn man etwas Besonderes trägt, fühlt sich der Tag besonders an«, meinte sie, und half mir auch noch mit meinen Haaren. Sie hatte etwas Bestimmtes im Sinn, das war mir klar; ich hielt es für einen etwas ungeschickten Versuch, mich für meinen Mann attraktiver zu machen. Es war mir offen gestanden unendlich peinlich.

Schließlich zog ich eines von Yvettes umgenähten Kleidern an, ein hellrosafarbenes Kleid mit einem weit schwingenden Rock. Wir fuhren aus dem Ort hinaus in einen Wald. Jack saß am Steuer. Er trug Anzug und Krawatte, weil er später noch ein paar Patienten besuchen wollte.

»Dieser Wald erinnert mich an Frankreich«, sagte ich.

Jack parkte am Straßenrand an einer Stelle, an der die Straße etwas breiter war. Wir stiegen aus und liefen auf einem ausgetretenen Pfad durch hohe Eichen und Nadelbäume. »Dort ist er«, verkündete Caroline schließlich. »Der Hochzeitsbaum.«

Ich starrte in die Richtung, in die sie deutete. Es waren eigentlich zwei Bäume, zwei riesige Eichen, die einen dicken Ast teilten, der eine Art Bogen bildete und die beiden Bäume miteinander verband.

»Oh, wie schön!«, rief ich bewundernd.

»Das ist eine sogenannte Inosculation«, sagte Jack. »Zwei Äste reiben aneinander und scheuern sich gegenseitig die Rinde auf, und schließlich verschmelzen die beiden miteinander.«

»Es ist wie bei diesem Lied von Cole Porter: ›I've got you under my skin‹«, meinte Bruce und umarmte Caroline zärtlich.

»Das zeitlebens teilungsfähige Pflanzengewebe heißt Kambium«, sagte Jack.

Caroline verdrehte die Augen. »Gut, dass Jack all diese wissenschaftlichen Begriffe kennt.«

Ich betrachtete den dicken Ast. »Man kann wirklich nicht sagen, wo der eine Baum aufhört und der andere anfängt.«

»Wie bei einer langen, starken Ehe. Schön, oder?«, sagte Caroline.

»Sie sind bestimmt schon mehrere Hundert Jahre miteinander verbunden. Sie teilen sich durch diesen Ast auch Wasser und Nährstoffe«, sagte Bruce.

In meiner Kehle bildete sich ein merkwürdiger Kloß. »Das ist wirklich wunderschön.«

»Ja«, pflichtete Caroline mir bei. »Es heißt, wenn ein Paar sich unter diesem Ast küsst, bleibt es zeit seines Lebens zusammen.«

Bruce packte Caroline, beugte sie nach hinten und drückte ihr einen herzhaften Schmatz auf die Lippen.

»Jetzt bist du dran«, sagte Caroline zu Jack.

Er hob die Hände hoch und wich vor mir zurück. »Ich kann mit solchem Aberglauben nichts anfangen.«

»Ach ja«, sagte Caroline. »Dabei fällt mir ein, dass Kat sich immer beschwert hat, dass du sie hier nicht küssen wolltest.«

Jacks Brauen schnellten in die Höhe. »Das hat sie dir erzählt?«

»Ja.« Sie imitierte Kats rauchige Stimme. »Jack meint, es sei der reine Quatsch und er weigere sich, an solch einem heidnischen Ritual teilzunehmen.«

»Ein heidnisches Ritual habe ich es bestimmt nicht genannt. Vielleicht habe ich gesagt, dass ich nichts davon halte, Aberglauben zu fördern.«

»Es ist kein Aberglaube, sondern Tradition«, widersprach Caroline. »Und wenn wir schon dabei sind – ich habe Adelaide McCauley gebeten, herzukommen und ein Foto von dir und Amélie zu machen, wenn ihr euch hier küsst.«

Jacks Brauen hoben sich abermals. »Wie bitte?«

»Ach, du weißt doch, dass sie eine begnadete Hochzeitsfotografin ist. Nur weil ihr bereits verheiratet seid, solltet ihr nicht auf ein Foto von ihr verzichten. Ihr werdet es zu schätzen wissen, wenn ihr alt und grau seid, und auch eure Kinder werden es hüten wie einen Schatz.«

Jack verzog das Gesicht. »Ich glaube nicht …«

»Ach, da kommt sie ja schon«, fiel Caroline ihm ins Wort.

Ich drehte mich in die Richtung um, in die Caroline deutete. Eine schlanke Brünette in einem blauen Hemdblusenkleid mit einer professionell wirkenden Kamera um den Hals kam auf uns zu. Ich fand, dass sie Katherine Hepburn ähnelte. Caroline winkte und lief ihr entgegen.

»Hast du davon gewusst?«, fragte Jack Bruce.

Bruce grinste verlegen und zuckte mit den Schultern. »Du kennst deine Schwester doch. Wenn sie sich etwas in den Kopf gesetzt hat, kann sie nichts mehr aufhalten.«

Die Frau lächelte mich freundlich an. »Du bist also Jacks Frau. Ich heiße Addie. Willkommen in Wedding Tree!« Statt eines Handschlags umarmte sie mich und tätschelte Elises Arm. »Ach, was für ein hübsches Kind!«

Elise gluckste.

»Willkommen zu Hause, Jack.« Adelaide drückte ihm ein Küsschen auf die Wange.

»Danke. Wie geht es Charlie?«, fragte Jack. »Ich habe gehört, dass er im Krieg ein Stück seines Fußes verloren hat.«

»Danke der Nachfrage. Es geht ihm wieder ganz gut.« Sie begrüßte Bruce, dann hob sie die Kamera hoch. »Das Licht ist gerade wirklich perfekt. Wir sollten es gleich ausnutzen.«

»Ich halte Elise«, bot Caroline an.

Ich überreichte ihr die Kleine.

»Jack und Amélie, ihr stellt euch hier hin und schaut einander an«, wies Addie uns an. »So ist's gut. Und jetzt legst du eine Hand auf die Taille deiner Frau, Jack, und die andere legst du ihr auf den Rücken. Du, Amélie, legst eine Hand auf Jacks Brust und schlingst den anderen Arm um seinen Nacken.«

Verlegen folgten wir ihren Anweisungen. Sie trat zurück und stellte ihre Kamera ein, was mir wie eine Ewigkeit vorkam. Bei Jacks Nähe – dem Duft seiner Rasiercreme, seines gestärkten Hemdes und seiner Haut – wurde mir ein bisschen schwindelig.

»Okay – und jetzt küsst ihr euch.«

Jack beugte sich vor und berührte einen Moment lang meine Lippen mit seinem Mund. Das war bestimmt der kürzeste Kuss der Welt.

Bruce lachte. »Man könnte denken, dass ihr euch völlig fremd sein. Wie habt ihr es auf diese Weise geschafft, ein Kind zu zeugen?«

Jacks Ohren liefen rot an.

»Ihr müsst euch ein bisschen länger küssen«, forderte Adelaide uns freundlich auf. »Versuchen wir's noch mal.«

Diesmal trafen sich unsere Lippen etwas länger. Ich lehnte mich ein wenig an ihn, und auch er schien etwas lockerer zu werden.

»Das ist eine blöde Situation«, flüsterte ich ihm zu.

»Wem sagst du das«, erwiderte er.

»Noch mal!«, forderte Adelaide uns auf.

Wir küssten uns ein weiteres Mal.

Adelaide arrangierte uns mehrmals um. Mit jedem Kuss schien es weniger peinlich zu werden, und gleichzeitig schien unsere Anspannung zu wachsen. Es fing an, mir Spaß zu machen – viel zu viel Spaß, wie ich befürchtete.

»Okay, jetzt passt es«, sagte Adelaide schließlich.

»Vielen, vielen Dank«, sagte Caroline.

Elise fing an, unruhig zu werden, und streckte sich nach uns aus.

»Ach, wartet mal – machen wir noch ein paar Fotos mit der Kleinen! Ihr küsst sie beide, jeder auf eine Wange.«

Wir folgten Adelaides Aufforderung. Sie knipste und knipste, bis sie sich endlich zufriedengab und die Kamera senkte.

»Wunderbar. Ich kann es kaum erwarten, die Abzüge zu sehen.«

»Ich bin auch schon sehr gespannt darauf«, sagte Caroline.

»Amélie, ich würde gern eine kleine Party geben, um dich hier bei uns willkommen zu heißen«, sagte Addie. »Wie wär's mit kommendem Samstag? Bruce und Caroline, ihr seid natürlich auch eingeladen, und Kurt und Alice Sullivan, und die Marches.«

»Das klingt gut!«, meinte Caroline.

Ich sah Jack an. Er nickte. »Geht in Ordnung. Ich freue mich schon auf Charlie.«

»Was sollen wir denn mitbringen?«, fragte Caroline.

»Nur euch selbst. Ich schicke euch noch eine Einladung mit den Einzelheiten. Ach, das wird bestimmt lustig!« Addie winkte uns zu, dann machte sie sich auf den Rückweg zu ihrem Wagen.

Wir verzehrten unser Picknick, dann fuhren wir zum Haus zurück. Jack brach gleich wieder auf, um ein paar Patienten zu besuchen, und Caroline und Bruce wollten ins Kino und danach zum Essen gehen. Sie luden mich ein, mich ihnen anzuschließen, aber ich dachte, vielleicht wollten die beiden gern ein bisschen Zeit als Paar verbringen.

Ach, was hätte ich gegeben, wenn Jack und ich ein richtiges Paar gewesen wären! Die Küsse hatten eine tiefe Sehnsucht in mir entfacht.

Ich kannte den Spruch: Die Liebe geht durch den Magen. Das war aber bestimmt kein französischer Spruch, Französinnen hatten da andere Wege. Trotzdem dachte ich, es könne nicht schaden, ein gutes Essen für Jack zu kochen, und beschloss, mich in den Lebensmittelladen zu wagen.

Dort kaufte ich ein kleines Huhn. Als Jack nach Hause kam, hatte ich es gerade in den Ofen geschoben und Elise zu ihrem Mittagsschläfchen hingelegt.

Ich hatte gehofft, dass die Küsse ihn ebenso erwärmt hatten wie mich, aber er wirkte nach wie vor distanziert und unnahbar. »Wo stecken Caroline und Bruce?«

»Sie wollten ins Kino und danach zum Essen.«

Seine Miene verdüsterte sich. »Zweifellos ist das ein weiterer ihrer romantischen Pläne, uns unserer Zweisamkeit zu überlassen.« Er wandte sich zur Tür.

»Wo gehst du hin?«, wollte ich wissen.

»Weg.«

Ich eilte ihm nach. »Aber ich bin gerade dabei, ein Essen für dich zu kochen.«

»Spar dir die Mühe.« Er langte nach dem Türknauf. »Ich hole mir irgendwo eine Kleinigkeit zum Abendessen.«

»Jack«, sagte ich.

Zögernd drehte er sich zu mir um.

Ich nahm meine Schürze ab und legte sie auf den Beistelltisch. »Ich möchte, dass es zwischen uns besser wird, aber ich weiß nicht, was ich dazu beitragen kann.«

»Ich glaube nicht, dass das geht.«

»Wenn du vielleicht …« Ich starrte auf seine braunen Schuhe. Es dauerte ein Weilchen, bis ich mir ein Herz gefasst hatte. »Du musst nicht mehr auf dem Boden schlafen«, sagte ich zögernd und sah ihn an. »Schließlich sind wir verheiratet.«

»Ich fühle mich nicht verheiratet.«

»Ich auch nicht. Aber ich würde dieses Gefühl gern mit dir haben – mit dir aufbauen.«

Sein Blick wirkte fern, seine Züge waren versteinert. »Wegen dir habe ich eine Menge Leute, die mir wirklich wichtig sind, verletzt. Wenn es nach mir ginge, würde ich kein Haus und erst recht kein Schlafzimmer mit dir teilen. Offen gestanden …« Er seufzte frustriert. »Verdammt, Amélie, ich bin so sauer auf dich, dass ich deine Nähe kaum ertrage.«

»Das müssen wir ändern.« Ich trat zu ihm. »Wir müssen etwas gegen deinen Zorn tun.«

»Und wie soll das gehen?«

Ich weiß nicht, woher ich den Mut nahm. Mein Herz flatterte in meiner Brust wie ein gefangener Vogel. Ich legte die Hände um Jacks Nacken und zog ihn zu mir. »So«, flüsterte ich.

Ich presste den Mund auf seine Lippen und drückte meine Hüften an seine.

Er rührte sich nicht. Einen schrecklichen Moment lang befürchtete ich, dass er mich wegstoßen würde. Das hätte ich nicht überlebt.

Er blieb so lange stocksteif stehen, dass ich anfing zu zittern. Aber plötzlich bewegten sich seine Lippen heiß und gierig auf meinen, und seine Zunge forderte Einlass. Er verhedderte sich mit den Händen in meinen Haaren, fuhr damit zu meinen Brüsten, meiner Taille, über meinen Rücken und tiefer. Er umfasste meinen Hintern, trug mich zur Küchentheke und setzte mich darauf ab.

Er war nicht sanft, aber das wollte ich auch gar nicht. Ich wollte Leidenschaft – hemmungslose, reine Leidenschaft. Ich wollte in Besitz genommen, erobert, als seine Frau gezeichnet werden.

Er knöpfte mein Kleid auf, schob meinen BH weg und begann, an meinen Brüsten zu saugen. Seine Bewegungen waren grob, drängend, erregend. Ein Strom von Lust schoss mir direkt in den Bauch. Er forderte mich mit seinen Händen und seinem Mund ein – meine Brüste, meinen Bauch, meine Oberschenkel, die Stelle zwischen meinen Beinen, die er streichelte, bis ich dachte, ich würde vor Lust vergehen. Dann hob er mich von der Theke herunter und zog mir die Unterhose aus.

»Dreh dich um.« Es war ein Befehl, leise und rau. Rasch folgte ich ihm.

Er drückte meinen Oberkörper auf die Theke. Ich hörte, wie seine Gürtelschnalle aufging und sein Reißverschluss sich öffnete. Dann schob er den Stoff meines Kleides hoch. Eine Hand kreiste um meinen empfindlichsten Punkt, und dann – oh, mon Dieu! Er schob sich in mich und füllte mich aus. Diesmal war es nicht schmerzhaft, es war die reine Lust. Unglaubliche Lust. Er glitt in mich und wieder heraus und hörte auch nicht auf, mich zu streicheln. Erregung wuchs und ballte sich in mir, bis ich mich ihm vor Verlangen entgegenbäumte und meine Lust ins Unermessliche anstieg. Dann löste sich etwas in mir, etwas zersprang wie Glas durch die reinste, höchste Note eines Soprans. Jack fand gleich nach mir seine Erlösung.

Er drückte sich an mich, seine Lippen ruhten auf meinem Nacken und sein Atem ging schwer. In mir stieg ein Gefühl der Freude und der Erfüllung auf, und ja, auch der Liebe.

Und dann wurde die Küchentür aufgestoßen.

»Oh, Verzeihung«, hörte ich Bruce sagen. Als ich den Kopf hob, sah ich die Tür zufallen.

»Merde«, fluchte Jack.

»Mon Dieu!«, wisperte ich.

Jack wich zurück und richtete seine Kleidung. »Geh nach oben und sieh zu, dass du wieder vorzeigbar wirst.«

Ich eilte hoch, doch oben angekommen blieb ich kurz stehen, als ich hörte, dass Jack die Tür öffnete.

»Hey, es tut mir wirklich leid, dass ich euch gestört habe, mein Freund«, sagte Bruce.

»Ich … wir …«

»Hey, du musst mir doch nichts erklären.« Ich hörte Bruce kichern. »Ich bin echt froh, dass es zwischen euch beiden wieder besser läuft.«

Jacks Erwiderung bekam ich nicht mit. Ich weiß nicht, ob er überhaupt etwas erwiderte.

»Caroline wollte noch einen Pullover haben. Gut, dass sie im Auto gewartet hat, findest du nicht auch?«

Die Schranktür ging auf. »Ach übrigens, im Kino haben wir Betty Costley getroffen. Sie hat gefragt, ob du wohl morgen vorbeikommen und mal nach ihrer Mutter sehen könntest. Ihre Arthrose hat sich verschlimmert, und irgend ein neuer Schmerz raubt ihr den Schlaf. Es geht ihr ziemlich schlecht.«

»Na klar«, hörte ich Jack sagen. »Wohnen die Costleys noch an der Pine Street?«

»Ja.« Die Schranktür ging zu. »Tja, noch mal – tut mir echt leid, dass ich euch gestört habe.« Ich hörte ein Geräusch, das so klang, als würde jemand einem anderen auf den Rücken klopfen, und ein leises Glucksen. »Ich muss schon sagen, du hast wirklich Glück, Mann. Die meisten Frauen wären zu so etwas nicht bereit, solange es nicht stockdunkel ist und sämtliche Lichter gelöscht sind.«

Ich ging ins Bad, damit Jack mich nicht beim Lauschen ertappte. Als ich hinaustrat, wachte Elise gerade von ihrem Schläfchen auf, und Jack war weg.

69
Kat, 2016

Amélies Bericht, wie sie mit Jack geschlafen hat, versetzt mir einen Stich ins Herz, auch wenn ich ihr gesagt hatte, dass ich sämtliche Details hören wollte. Ich hatte nicht damit gerechnet, dass sich ihre Geschichte zunehmend mit meinen Erinnerungen verbinden würde.

»Ich glaube, an jenem besagten Abend habe ich Jack im Krankenhaus gesehen«, sage ich. »Zu dem Zeitpunkt warst du seit etwa zwei Wochen in der Stadt, richtig?«

Amélie nickt.

Ich sinke in den Sessel zurück, und meine Gedanken tauchen tief in die Vergangenheit ab.

1946

Es war ein Wunder, dass ich Jack nicht öfter begegnete; ich hatte damals den Eindruck, dass ich ständig im Krankenhaus war. Das stimmte natürlich nicht, Mutter war viel öfter dort als ich. Ich war jedenfalls nicht so oft dort, wie ich es hätte sein sollen; denn offen gestanden hasse ich kranke Leute und kann Krankenhäuser nicht ausstehen.

Nein, natürlich hasse ich kranke Menschen nicht wirklich; ich halte mich nur sehr ungern in ihrer Gegenwart auf. In meiner Kindheit war meine Urgroßmutter sehr, sehr alt, und ich weiß noch heute, wie sehr es mir vor ihr grauste. In den Winkeln ihrer trüben Augen bildeten sich immer Krusten, und sie kleckerte beim Essen. Meine Mutter bemühte sich natürlich sehr um sie, aber Uromi war meistens mürrisch, weshalb sich Mutter in ihrer Anwesenheit nicht sehr wohl fühlte. Vielleicht hat das auf mich abgefärbt, denn kranke Menschen lösen immer diese Gefühle in mir aus. Ich fühle mich in ihrer Anwesenheit unbehaglich und unwohl, ja sogar selbst nicht ganz gesund.

Wie dem auch sei, ich war Jack in jener Woche nicht persönlich begegnet, doch ich hatte alle möglichen Berichte von all meinen Freundinnen erhalten, die ihn irgendwo gesichtet hatten. Sie hielten mich über jeden seiner Schritte auf dem Laufenden.

Leider erfuhr ich auch alles, was diese französische Hure und ihr Bastard so trieben. Ich wusste, dass es nicht der christlichen Gesinnung entsprach, sie so zu nennen, aber ich konnte mich einfach nicht zügeln: Wenn ich an sie dachte, dann in diesen Begriffen. Es war mir unbegreiflich, dass Jack – der wundervolle Jack, den ich gekannt und in all meiner Unschuld von Herzen geliebt hatte, mich so ungeniert und in aller Öffentlichkeit sitzen gelassen hatte. Er hatte mir das Herz gebrochen. Er hatte mich blamiert bis auf die Knochen.

Diese Französin hatte die Klauen in ihn versenkt und ihn irgendwie ausgetrickst. Meine Hoffnungen, Träume und Pläne, die Frau des lokalen Arztes zu werden – diese Schlampe hatte mir meine ganze Zukunft gestohlen.

Ich hasste es, von ihr zu hören, und dennoch war ich regelrecht davon besessen, alles zu erfahren, was ich konnte. Von meinen Freundinnen, die auch mit Jacks Schwester befreundet waren, wusste ich, dass Amélie im Krieg für den Widerstand gearbeitet hatte. Ich wusste natürlich auch, dass sie Dokumente gefälscht und Unterlagen geschmuggelt und als Zimmermädchen in einem Hotel gearbeitet und dort die Räume von Nazis durchsucht hatte.

»Ach, dass sie in einem Hotel gearbeitet hat, kann ich mir gut vorstellen,«, sagte ich zu Minxy. »Zweifellos im Liegen.«

Caroline zufolge – die Amélie offenbar für wundervoll hielt, was mich sehr schmerzte, denn mich hatte sie nie für wundervoll gehalten – war Amélie nur mit knapper Not mit dem Leben davongekommen, als ein Haus bombardiert worden war, und hatte ihre Eltern und zwei Brüder im Krieg verloren. Selbst ihre Ozeanüberquerung schien sehr dramatisch gewesen zu sein.

Mir fiel es schwer, all diese Geschichten zu glauben. Amélie war doch eigentlich höchst durchschnittlich. Wenn man sie irgendwo herumsitzen sah, wirkte sie wie eine kleine braune Maus. Aber eigentlich saß sie nie still, und wenn sie sich bewegte, tat sie dies anmutig wie Ginger Rogers. Sie hatte etwas an sich, was man nicht auf den ersten Blick sah, eine Art Energie oder Vitalität. Ich stellte mir vor, dass sie vielleicht so war wie Wallis Simpson, die auf Fotos ziemlich unscheinbar wirkte, jedoch offenkundig so faszinierend war, dass der englische Thronfolger auf seinen Thron verzichtet hatte, um sie zu heiraten.

Wie dem auch sei – ich hatte erfahren, dass sie und Jack an jenem Tag beim Wedding Tree gepicknickt hatten. Zum Glück liefen sie im Ort nicht als Paar herum; denn das wäre Salz auf meine Wunden gewesen. Mutter hatte Daddy beauftragt, Jack zu warnen, dass er mich nicht noch mehr demütigen sollte, und Dad hatte versprochen, mit ihm darüber zu reden. Ich weiß nicht, ob er es je getan hat.

Ich wusste, dass es Daddy schwer zu schaffen machte, wie die Sache mit mir und Jack ausgegangen war. Außerdem wusste ich, dass er nach Dallas wollte, um sich dort behandeln zu lassen. Es gab dort einen Arzt, der sich auf Schlaganfallpatienten spezialisiert hatte und bemerkenswerte Ergebnisse erzielte. Natürlich hatte Jack den Arzt aufgetrieben. Wie günstig für ihn und seine Kriegsbraut!

»Ach Mutter, wie kannst du nur darauf hereinfallen?«, hatte ich sie gefragt, als sie mir das erzählt hatte. »Jack will uns doch nur von hier vertreiben.«

»Ich habe mit den Ärzten im Krankenhaus gesprochen, und was Jack sagt, scheint zu stimmen. Es gibt dort ein Sanatorium, in dem Schlaganfallpatienten therapiert werden, und die Ergebnisse sind in der Tat sehr vielversprechend. Daddy wird etliche Monate dort bleiben, und die Ärzte behaupten, sie können ihm helfen, dass seine Hände und vielleicht sogar seine Beine wieder funktionsfähig werden.«

»Und was machen wir in dieser Zeit?«

»Wir begleiten ihn natürlich. Gleich neben dem Therapiezentrum gibt es Unterkünfte für die Familien der Patienten.«

»Werden wir je zurückkehren?«

»Selbstverständlich. Wir geben unser Haus hier nicht auf.« Mutter glättete mir die Haare, wie sie es immer getan hatte, als ich noch klein war. Ich hasste es, weil sie mir damit meine sorgfältige Frisur ruinierte. »Es wird auch dir guttun, ein Weilchen weg zu sein. Daddy hat behauptet, dass Jack vorhat, wegzuziehen. Er versucht, einen anderen Arzt zu finden, der in Wedding Tree arbeiten möchte. Wenn ihm das gelingt, wird dein Leben viel leichter werden.«

Ich wollte nicht nach Dallas. Meiner Mutter sagte ich, dass ich meine Freundinnen nicht verlassen wollte, aber in Wahrheit hasste ich es, Jack zu verlassen. Mir war zwar klar, dass das vollkommen unlogisch war, aber das Herz ist eben manchmal unlogisch.

Mutter versuchte, mich zur Vernunft zu bringen. »Du kannst ihn dir doch nicht allen Ernstes zurückwünschen, Kat. Selbst wenn er sich von ihr scheiden ließe, würde er durch dieses Kind immer an sie gebunden sein, und du würdest einen geschiedenen Mann heiraten. Schlimmer noch, du würdest einen Mann heiraten, der dich wegen einer anderen sitzen lässt. Das kannst du doch nicht wollen. Den Rest deines Lebens würdest du ihn nicht mehr aus den Augen lassen, um dich zu vergewissern, dass er so etwas nicht noch mal tut.«

In gewisser Hinsicht hatte sie natürlich recht. Mein Stolz rebellierte bei dem Gedanken, nur die zweite Wahl zu sein. Aber dennoch – ach, wenn er mich gefragt hätte, hätte ich ihn ohne zu zögern zurückgenommen. Ich hätte Wedding Tree zusammen mit ihm verlassen und wir hätten irgendwo anders neu beginnen können, und …

Diese Gedanken schwirrten mir durch den Kopf, als ich in dem schäbigen kleinen Gemeindekrankenhaus auf dem Weg zu meinem Vater war. Auf den Gängen stank es entsetzlich nach Desinfektionsmitteln, Alkohol und Krankheit.

Jack kam aus dem Zimmer, gerade, als ich dort angelangt war. Beinahe wären wir zusammengestoßen. »Kat«, sagte er und hielt mich an den Armen fest, damit ich nicht stolperte.

Ich wollte ihm die kalte Schulter zeigen, einfach an ihm vorbeilaufen und so tun, als hätte ich ihn nicht bemerkt, aber ich schaffte es nicht. Ich wollte und brauchte mehr.

Also richtete ich mich hoch auf und starrte ihn an. Seine Ohren wurden rot, und in seinen Augen lag so viel Elend, dass es mich fast gerührt hätte. Vielleicht rührte es mich tatsächlich, zumindest ein wenig; aber mein eigenes Leid war so überwältigend, dass jeder Schmerz, den er fühlte, nur ein Bruchteil dessen war, was er verdient hatte.

»Sag mir, warum du das getan hast.« Meine Stimme klang schrill, sie gefiel mir selbst nicht.

»Ich kann es dir nicht sagen.«

»Versuch es. Ich finde, das bist du mir schuldig.«

»Manche Dinge passieren eben. Es ist unentschuldbar.«

»Kannst du dich nicht wenigstens ansatzweise bemühen, mir die Sache zu erklären?«

»Ich … ich habe mich in sie verliebt.«

»Du liebst sie?«

»Willst du es wirklich hören, wenn ich das sage?«

Nein. Du sollst sagen, dass du mich liebst! *A*m liebsten hätte ich mich auf dem Boden zusammengerollt wie ein Kleinkind. Stattdessen fragte ich: »Bist du dir sicher, dass das Baby von dir ist?«

»Sie heißt Elise. Und ja, sie ist mein Kind.«

Ich wollte keine Schwäche zeigen, doch es gelang mir nicht. Tränen traten mir in die Augen. »Und was ist mit mir? Du hast mich in eine schreckliche Lage gebracht. Was soll ich tun, Jack?«

»Du wirst einen anderen Mann finden, einen anständigen Mann, der es wert ist, dein Mann zu sein; einen Mann, der dich so lieben wird, wie du es verdient hast.«

»Macht es dir denn gar nichts aus – der Gedanke an mich mit einem anderen Mann?«

»Ich versuche, nicht daran zu denken.«

»Ich kann nur an dich mit dieser Frau denken.« Dieser Gedanke quälte mich immer wieder, und ich verging vor Zorn.

Auch jetzt stieg wieder siedende Wut in mir auf. »Ich verstehe einfach nicht, was du in ihr siehst. Sie ist so fremd, so klein, und so … so seltsam.«

»Das möchte ich mir nicht anhören.«

»Und dieser ganze Spionagequatsch – ich glaube kein Wort davon.«

»Es spielt keine Rolle, was du glaubst.«

»Sie hat dir eine Falle gestellt, stimmt's?«

Seine Miene verschloss sich, die Lippen waren fest zusammengepresst. Diesen Ausdruck kannte ich nur zu gut. Wenn er diese Miene aufsetzte – er wirkte dann wie ein störrisches Muli –, drang nichts mehr zu ihm durch. »Ich kann nur eines sagen: Es tut mir sehr leid, wie ich dich behandelt habe.«

»Diese Stadt ist nicht groß genug für uns beide.« Ich merkte, dass dieser Satz aus einem Film stammte und ziemlich albern klang, aber er stimmte. Ich reckte das Kinn hoch. »Wenn ich es recht verstanden habe, ziehst du weg?«

»Ja. Sobald ich einen Arzt gefunden habe, der die Praxis deines Vaters übernimmt, bin ich dir aus dem Weg.«

»Tu das, Jack. Du und deine ausländische Frau und dieses komische Kind – geht mir aus dem Weg! Haltet euch von mir fern!«

Ich stolzierte den Flur hinab, vorbei am Zimmer meines Vaters. In dem Moment hätte ich es nicht ertragen, ihn zu sehen. Ich war ihm böse, dass er einen Schlaganfall gehabt hatte – obwohl ich natürlich wusste, dass er nicht daran schuld war und das mit Sicherheit nicht gewollt hatte. Trotzdem war ich ihm böse; böse, weil Jack wegen ihm und seiner Praxis noch in Wedding Tree war, böse, weil er mit Jack noch etwas zu tun haben wollte. In diesem Moment kehrten sich meine Gefühle für Jack um. Sie waren zwar immer noch vorhanden und genauso intensiv, aber was Liebe und Sehnsucht gewesen war, wurde zu Hass und rasender Wut.

In den nächsten Monaten war diese Wut meine Rettung. Sie sorgte dafür, dass ich nicht zerbrach, bis ich einen anderen Mann kennenlernte.

70
Amélie, 1946

Auch bei Jack und mir änderte sich etwas nach unserem heftigen Liebesspiel. Ich wartete in jener Nacht auf ihn und knipste das Licht an, als er ins Schlafzimmer kam. Roses und Wilburs Rat folgend hatte ich eine kleine Nachricht unter Jacks Kissen gesteckt: J'ai aimé faire l'amour avec toi – ich liebe die Liebe mit dir.

Er sah aus wie ein Mann, der gerade aus einer Schlacht zurückkehrte.

»Was ist los?«, fragte ich und richtete mich auf. »Was ist passiert? Ist etwas mit Dr. Thompson?«

»Nein. Allerdings hatte ich am Abend eine Auseinandersetzung mit Kat.« Er lockerte seine Krawatte.

Mein Magen schnürte sich zusammen. »Offensichtlich hat dich das ziemlich mitgenommen.«

Er schüttelte den Kopf. »Es hat mich mitgenommen, dass ein Patient gestorben ist.«

»Ach Jack! Ist er an der Grippe gestorben?«

»Nein. Er war neunundachtzig und hatte eine ganze Reihe von Krankheiten. Er war seit geraumer Zeit bettlägerig.«

»Das tut mir leid.«

»Ich glaube, er ist jetzt im Himmel und hat keine Schmerzen mehr. Aber trotzdem war es sehr schwer für seine Frau und seine Kinder.« Er zog sein Jackett aus und hängte es in den Schrank.

»Und für dich auch.«

»Es ist niemals einfach, einen Patienten zu verlieren.« Er streifte die Krawatte ab. »Obgleich ich sagen muss, dass es leichter ist, sich von jemandem zu verabschieden, der ein langes, erfülltes Leben gelebt hat. Jedenfalls leichter, als Soldaten zu verlieren, die jünger waren als ich.«

»Das kann ich gut verstehen. Das muss furchtbar für dich gewesen sein.«

»Es belastet mich immer noch.«

»Ich weiß, dass du alles getan hast, um sie zu retten.«

Er seufzte lange und schwer. »Wenn es mir nicht gelang, hatte ich keine Zeit, um sie zu trauern, denn ich musste mich schon um den nächsten Patienten kümmern, und dann um den übernächsten, und so weiter. Es gab immer eine lange Schlange von Verwundeten. Ich habe heute noch Albträume, dass jemand stirbt, weil ich mir zu viel Zeit für den Patienten vor ihm genommen habe.« Er sank neben mir auf die Bettkante. »Das Einzige, was schlimmer wäre, als einen Patienten zu verlieren, weil ich zu langsam war, wäre es, einen zu verlieren, weil ich ihn nicht sorgfältig genug behandelt habe. Manchmal frage ich mich, ob ein Soldat wegen mir gestorben ist.«

Ich legte die Hand auf seinen Rücken. »Dr. Thompson hat dir doch gesagt, dass ein Arzt nicht Gott ist. Das ist niemand von uns, Jack. Wir sind alle nur Menschen, und manchmal sind wir Menschen, die im Dunkeln herumtasten.« Mir fiel ein, dass Joshua einmal etwas Ähnliches gesagt hatte und dass mir das viel Kraft gegeben hatte. »Wenn wir kein Licht sehen können, müssen wir in die Richtung gehen, die am wenigsten düster erscheint. Wir müssen darauf vertrauen, dass wir zum nächsten richtigen Schritt geführt werden.«

»Ich habe immer darum gebetet, dass es so wäre.«

»Dann musst du Vertrauen haben, dass es so ist.«

Er sah mich an, und zwar so, wie er es seit unserer Ankunft in Wedding Tree nicht mehr getan hatte. Es war ein Blick, der bis in meine Seele drang. Ich fühlte eine Verbindung zu ihm, die bis in unser innerstes Sein hineinzureichen schien. Die Stimmung zwischen uns wurde gelöster. »Danke dir, Amélie«, flüsterte er. Einen Moment lang dachte ich, dass er mich umarmen würde.

Stattdessen stand er auf und holte eine Decke aus dem Schrank, um sie auf dem Boden auszubreiten.

»Lass das doch, Jack«, sagte ich leise. »Das Bett ist groß genug.«

Ich sah, dass er schluckte. »Amélie, was heute Nachmittag passiert ist, tut mir leid.«

»Warum denn?«

»Weil die körperliche Liebe nicht so sein sollte. Sie sollte zärtlich sein.«

»Ich glaube, dass es alle möglichen Spielarten gibt. Hat es sich denn nicht gut angefühlt?«

»Oh mein Gott.« Sein Blick wärmte meine Haut. »Ich habe kaum noch an etwas anderes denken können.«

»Na dann …« Ich schlug die Decke zurück und klopfte aufs Bett.

Er schüttelte den Kopf. »Ich habe so viele Menschen verletzt. Es kommt mir verkehrt vor, wenn ich jetzt die Freuden des Ehelebens genieße.«

»Ach so.« Liebte er Kat doch noch? Hatte er nicht gesagt, er habe eine Auseinandersetzung mit ihr gehabt? Meine Brust schnürte sich zusammen. »Nun, Jack, willst du dich denn von mir scheiden lassen?«

»Nein.«

Ich schluckte. Mein Mund war trocken. »Wenn wir geschieden wären, könntest du Kat heiraten.«

»Nein. Jetzt würde sie mich nicht mehr haben wollen. Das wusste ich in dem Moment, als ich beschlossen habe, dich hierher zu bringen. Diese Brücke ist überschritten und abgebrannt. Und selbst wenn es nicht so wäre, glaube ich nicht, dass ich ….«

Er hörte zu reden auf.

»Was?«

Er sank wieder auf die Bettkante, stützte die Unterarme auf die Knie und schüttelte den Kopf. »So vieles ist nicht so, wie ich es mir vorgestellt hatte. Ich wollte ein ehrlicher Mann sein, ein redlicher Mann, ich wollte das Richtige tun.«

»Das bist du doch auch, und das hast du auch getan.«

»Ich habe viele Menschen verletzt, die ich liebe.«

»Was du getan hast, hast du aus Großherzigkeit getan. Du bist am schlimmsten verletzt worden, und zwar durch meine Schuld.« Ich legte ihm wieder die Hand auf den Rücken. »Du bist ein wundervoller Mann, und ich möchte dir gern geben, was du möchtest. Bitte, Jack, sag mir, was du möchtest.«

Er drehte sich um und sah mich an. Seine Augen brannten sich in meine ein, sein Blick war klar und hell. »Dich, Amélie, ich will dich.«

Ich streckte die Hand nach ihm aus, und er warf sich in meine Arme. Er küsste mich, liebkoste mich, seine Hände und seine Lippen hinterließen brennende Spuren auf meinem ganzen Leib. Ich tat bei ihm dasselbe und erforschte seinen Körper mit den Fingerspitzen und den Lippen. Er legte sich auf mich, und ich hieß die Wärme willkommen, die sein Körper mir spendete.

Als wir uns vereinigten, wussten wir genau, was wir zu tun hatten – wie wir uns bewegen sollten, wie wir die Seufzer und das Stöhnen des jeweils anderen zu deuten hatten, was wir als Nächstes tun sollten. Er drehte sich mit mir um, sodass ich oben lag, und der Übergang war nahtlos. Er streichelte wieder diesen kleinen süßen Punkt zwischen meinen Beinen, während er mich ausfüllte, und meine Lust wurde immer größer, bis ich laut aufschrie. Er stöhnte leise und erreichte gleichzeitig mit mir den Gipfel der Lust. Ich lag auf ihm, noch immer mit ihm verbunden, erfüllt von einer Freude, die ich so noch nie empfunden hatte, und einem köstlichen Zugehörigkeitsgefühl.

Als wir uns trennten, stellten wir beide fest, dass auf dem Laken ein Blutfleck war.

»Ist alles in Ordnung mit dir?«, wollte er wissen.

»Ja. Ich glaube …« Es war mir schrecklich peinlich. »Ich habe wohl meine Menstruation bekommen.«

»Ach so.« Er klang irgendwie matt.

Enttäuschung stieg in mir auf, und zugleich eine gewisse Verwunderung darüber. Wäre ich denn gern schwanger gewesen? Ja, wenn ich jetzt darüber nachdachte, natürlich. Es hätte mich mit Jack verbunden. Ich liebte ihn. Oh mein Gott, ich liebte ihn.

Ich bemühte mich um einen zwanglosen Ton, der nicht meiner Gemütslage entsprach. »Tja, nun – vermutlich bin ich also nicht schwanger.«

Er lächelte schief. »Ich bin nicht davon ausgegangen, dass du wieder zur Jungfrau geworden bist.«

Ich wusste nicht, was ich darauf sagen sollte. Seine Miene wirkte seltsam angespannt. War er enttäuscht oder erleichtert? War er wieder zornig, weil er an all die Lügen dachte, die ich ihm aufgetischt hatte? Ärgerte er sich, dass er mich umsonst nach Wedding Tree gebracht hatte?

Denn … oh mein Gott! Wenn ich nicht schwanger war, hätte ich in Reno bleiben und unsere Ehe annullieren lassen können. Jack hätte Kat die Sache in aller Ruhe erklären können, und keiner sonst in der Stadt hätte je erfahren müssen, dass es mich in seinem Leben gegeben hatte.

Aber es war anders gekommen. Ich fragte mich, ob er das jetzt bereute.

Natürlich bereut er es, dachte ich. Er konnte doch gar nicht anders, er war auch nur ein Mensch.

Ich schlüpfte in meinen Morgenmantel, holte eine Binde aus meinem Koffer – zum Glück hatte ich noch ein paar übrig – und auch den Gürtel mit den Strapsen, an denen man die Binde zwischen den Beinen befestigte. Ich griff nach meinem Schlafanzug und schlich leise ins Bad. Dort säuberte ich mich und kehrte mit einem Waschlappen ins Schlafzimmer zurück, mit dem ich versuchte, die Flecken aus dem Laken zu entfernen. Als ich ins Zimmer trat, verließ Jack es, um ins Bad zu gehen.

Als er zurückkam, legte er sich zu mir ins Bett, doch er blieb steif auf seiner Seite liegen, sodass ich nicht die Möglichkeit hatte, mich an ihn zu schmiegen, wie ich es gern getan hätte. Enttäuschung lag schwer auf meiner Brust, und ich ging davon aus, dass auf seiner Reue lastete. Wir bewegten uns nicht, und wir redeten auch nicht, aber wir waren beide noch sehr lange wach.

Ich wusste nicht, ob er meine Nachricht gefunden hatte. Aber am Morgen lächelte ich, als ich unter meinem Kissen eine Nachricht von ihm fand. Moi aussi – ich auch.

71
Amélie, 1946

»Kommt rein, kommt rein!« Adelaide McCauley stand an der Schwelle ihres hübschen, im viktorianischen Stil errichteten Hauses an der Oak Street. Ich trat ein, und sie umarmte mich zur Begrüßung. Jack, Caroline und Bruce folgten.

Im Haus duftete es appetitlich nach frisch gebackenem Brot, sautiertem Knoblauch, Kräutern und Gewürzen.

»Amélie, Jack, darf ich euch Kurt Sullivan vorstellen. Er ist der Vorsitzende der lokalen Handelskammer, und das hier ist seine Frau Alice. Sie ist eine hervorragende Gärtnerin und Mutter dreier reizender Jungs. Kurt, Alice, das hier sind Jack und Amélie O'Connor. Jack ist Arzt, und seine Frau ist kürzlich aus Frankreich hierher gezogen.«

Nachdem wir uns die Hände geschüttelt hatten, führte uns Addie ins Wohnzimmer und stellte uns dem Chef einer lokalen Baufirma, Henry March, und seiner Frau Frieda sowie dem Vertreter eines Eisenwarengeschäftes, George Ruston, und seiner Frau Poppy vor.

Danach brachte sie uns zu einem großen, schlanken Mann, der am Kamin stand. »Das ist mein Mann Charlie«, stellte sie ihn mir vor. »Er und sein Vater leiten den hiesigen Holzhandel.«

Jack begrüßte Charly mit einem Handschlag. »Hallo! Wie geht es deinem Fuß?«

»Viel besser, wirklich schon viel besser.« Charlie betrachtete mich mit unverhohlener Neugier. »Das also ist deine Ehefrau. Wie gefällt es dir in Amerika?«

»Alles in allem sehr gut. Es ist ein wundervolles Land, die Leute sind freundlich, und in den Läden gibt es reichlich Lebensmittel.«

»Unter den Nazis war es wohl sehr schwierig«, sagte Kurt.

»Ja, das stimmt. Es waren wirklich schwere Zeiten.«

»Amélie hat ihr Zuhause und ihre ganze Familie im Krieg verloren«, sagte Caroline. »Und sie hat für den französischen Widerstand als Spionin gearbeitet, Kurierdienste geleistet und Dokumente gefälscht.«

»Ach, wirklich?«, rief Adelaide. »Du bist ja eine wahre Heldin.«

»Nein. Ich tat nur, was ich konnte, um meinem Land zu helfen. Die Helden waren Männer wie Charlie und Bruce und Jack, die ihre Heimat verlassen und für die Freiheit gekämpft haben. Ihnen kann ich gar nicht genug danken.«

Zum Glück wandte sich das Gespräch rasch anderen Themen zu. Jack berichtete, dass er am kommenden Montag zu einem Symposium über Infektionskrankheiten nach New Orleans fahren wollte; Charlie erklärte, dass es im Holzhandel jetzt vorgefertigte Spaliere gebe, und der Bauunternehmer meinte, der Trend gehe momentan hin zu Bungalows im sogenannten Ranch-Stil. Caroline gab eine lustige Geschichte zum Besten, wie begeistert ich von amerikanischen Waschmaschinen war.

Schließlich bat uns Adelaide zu Tisch. Zum Hauptgang gab es ein köstliches kreolisches Garnelengericht. Die Gäste versuchten wiederholt, das Gespräch wieder auf mich und den Krieg zu lenken. Ich versuchte, das Thema abzuwehren, weil es mir zunehmend lästig wurde.

»Stimmt es, dass Sie Dr. Thompsons Praxis übernehmen?«, fragte Kurt Sullivan schließlich Jack.

»Zeitweise.«

»Zeitweise? Warum nicht dauerhaft? Wedding Tree braucht unbedingt einen Arzt. Im Stadtrat haben wir erst kürzlich darüber gesprochen.«

»Ich bin zusammen mit Dr. Thompson auf der Suche nach einem Arzt, der hierher ziehen möchte. In der Zwischenzeit bleibe ich natürlich.«

Meine Hände verknoteten sich auf meinem Schoß. Es bekümmerte mich sehr, dass Jack Wedding Tree meinetwegen verlassen wollte, aber ich konnte natürlich verstehen, dass er Kat das Leben nicht noch schwerer machen wollte.

»Wohin ziehen Sie denn?«, wollte Mrs Sullivan wissen.

»Das ist noch nicht ganz klar.«

»Warum wollen Sie dann überhaupt wegziehen?«

»Bleiben Sie doch einfach!«, schaltete sich Mr March ein. »Ich könnte Ihnen ein wundervolles Haus bauen. Im Osten der Stadt habe ich ein paar Grundstücke, auf denen wir Ranches in Ziegelbauweise errichten. Als Kriegsveteran bekommen Sie einen Kredit zu extrem günstigen Bedingungen.«

Ich spürte, wie Jack neben mir erstarrte. Mittlerweile verstand ich mich recht gut darauf, seine Körpersprache zu deuten, zumal wir uns in der letzten Woche viel näher gekommen waren. »Ja nun, ich fürchte, die Lage ist etwas kompliziert«, erwiderte er.

»Wie meinen Sie das?«, fragte Mr Ruston nach. »Warum ist das denn so kompliziert? Autsch!« Er warf einen Blick auf seine Frau.

»Tut mir leid, mein Schatz.« Sie lächelte ihn besänftigend an. »Ich bin dir aus Versehen auf den Fuß getreten.«

Frieda, die ihm gegenüber saß, fing an zu kichern.

Adelaide stand auf. »Wer hätte gern einen Nachschlag?«

»Ich nicht.« Mr Sullivan klopfte sich auf den Bauch. »Ich bin pappsatt.«

Die anderen stöhnten zustimmend.

»Ich helfe dir beim Abräumen, Addie«, sagte ich, nahm den Teller von Mr Sullivan, der neben mir saß, legte ihn auf meinen und folgte Adelaide in die Küche.

»Es tut mir leid, dass das Ganze etwas peinlich wurde«, sagte sie.

»Du kannst doch nichts dafür. Ich gewöhne mich allmählich daran.«

Ich kehrte ins Esszimmer zurück und räumte das restliche Geschirr ab. »Was soll ich denn mit den Überbleibseln machen?«, fragte ich Adelaide.

Caroline kratzte gerade die Reste aus den Töpfen in den Mülleimer, was ich kaum mitansehen konnte. Adelaide lächelte. »Sammle sie doch auf einem Teller, dann werfen wir sie für die Vögel und die Eichhörnchen in den Garten.« Sie wandte sich der Kaffeemaschine zu, dann steckte sie den Kopf ins Esszimmer. »Kaffee und Nachtisch gibt es im Wohnzimmer«, verkündete sie.

»In der Zwischenzeit kann ich ja im Garten diese Fertigspaliere zeigen, falls sich jemand dafür interessiert«, bot Charlie an.

Ich entschuldigte mich kurz und ging ins Bad, wo ich ein paar Mal tief durchatmete, um etwas ruhiger zu werden.

Auf dem Rückweg zur Küche sah ich durchs Fenster Adelaides Mann, der Caroline, Bruce und Jack den Garten zeigte. Gerade wollte ich mich wieder zu Adelaide in die Küche gesellen, da hörte ich, wie im Wohnzimmer Jacks Name fiel. Ich trat etwas näher und lauschte.

»Jack war mit der Tochter des Arztes, Kat, verlobt – sieht umwerfend aus, das Mädchen –, und dann kehrte er als verheirateter Mann mit dieser Französin heim«, erzählte einer der Männer. Ich war mir nicht sicher, wer es war, aber der Stimme nach war es George Ruston.

»Oh weh, wie peinlich«, sagte einer der anderen.

»Wartet, es kommt noch schlimmer: Kat hat den Brief, in dem Jack die Verlobung auflöste, nie erhalten. Amélie hatte ihn nämlich vorsätzlich nicht aufgegeben. Und die arme Kat hat die ganze Zeit ihre Hochzeit geplant und erfährt dann, dass ihr Verlobter ihr weggeschnappt worden ist. Und das Schlimmste an der Sache: Amélie hat Jacks Handschrift gefälscht und Kat weiterhin Liebesbriefe geschickt.«

»Warum um alles in der Welt sollte sie so etwas tun?«

»So viel ich verstanden habe, war sie sich nicht sicher, ob sie wirklich nach Amerika wollte, denn offenbar ging es ihrer Mutter nicht so gut. Deshalb wollte sie Jack etwas Gutes tun und seine Chancen bei Kat aufrechterhalten.«

»Sehr sonderbar.«

»Alles an ihr ist sonderbar. Ich bin mir nicht sicher, ob sie ein Mädchen ist, das Jack normalerweise geheiratet hätte.«

»Das ist wirklich zu schade. Er hatte hier ja wirklich die rosigste Zukunft und war allseits beliebt.«

»Das ist jetzt nicht mehr so.«

»Warum hat er sie denn überhaupt geheiratet?«, fragte eine der Frauen. »Sie ist ja ganz nett und sehr charmant, aber Kat … na ja, Kat sieht aus wie Miss America.«

»Es gibt da ein Baby«, sagte der Mann.

Eine andere Frau keuchte empört auf. »Na, wenn das nicht der älteste Trick der Welt ist!«

»Kat ist am Boden zerstört. Ich habe gehört, dass der Doktor und seine Familie ein paar Monate aus der Stadt weg wollen«, sagte die erste Frau. »Die offizielle Geschichte lautet, dass Dr. Thompson in ein Sanatorium geht, aber damit gewinnen alle auch ein bisschen Zeit und Abstand, bis Jack einen anderen Arzt findet, der die Praxis übernimmt.«

»Zu schade, dass er aus Wedding Tree wegmuss«, sagte einer der Männer. »Er wirkte nicht sehr glücklich darüber, nicht wahr?«

»Absolut nicht. Ich bin heute an einer Sträflingskolonne vorbeigekommen. Diese Burschen wirkten total resigniert. Jack sah vorhin genauso aus, als er erzählt hat, dass er aus Wedding Tree wegziehen wird.«

»Du hast recht mit deiner Vermutung, dass die Leute Jack schneiden«, sagte die Frau. »Ich habe gehört, dass Ben Campbell ihm gestern deutlich die Meinung gesagt hat. Er hat ihm wohl klipp und klar zu verstehen gegeben, dass sein Verhalten nicht dem eines Gentleman entspricht. Jack hat ihn zwar zurechtgewiesen und gemeint, dass er nicht über Dinge reden solle, von denen er keine Ahnung habe, aber ich fürchte, so etwas bekommt er ziemlich regelmäßig zu hören.«

»Ja«, sagte der Mann, bei dem ich davon ausging, dass es sich um Mr Ruston handelte. »Gestern hat er ein paar Freunde im Drugstore begrüßt, und deren Frauen haben sie einfach weggezogen. Sie wollten nicht, dass ihre Männer mit ihm redeten. Es ist wirklich eine Schande, dass sich ein solch tüchtiger junger Mann derart im Spinnennetz einer Frau verfangen hat.«

»Na ja, es ist ja wohl nicht ausschließlich ihre Schuld«, sagte eine der Frauen. »Um ein Kind zu zeugen, braucht es zwei.«

»Ja, aber ihr wisst doch, was man sich immer über diese Französinnen erzählt – die wissen ganz genau, wie sie sich einen Mann angeln können. Wie ich gehört habe, sind dort alle ganz scharf darauf, sich einen amerikanischen Mann zu schnappen. Und man kann es ihnen kaum verübeln, wenn man bedenkt, wie schlimm es dort drüben aussieht. Trotzdem ist es nicht richtig.«

»Sie hat ihm sicher nicht die Pistole auf die Brust gesetzt«, sagte die Frau.

»Na ja, aber vielleicht etwas anderes.«

Alle lachten.

Ich bekam weiche Knie. Oh, mon Dieu – warum wurde mir erst jetzt richtig klar, was ich Jack antat? Ich nahm ihm seine Heimat und seine Freunde, wegen mir verlor er vor den Menschen, die er achtete, das Gesicht! Ich vereitelte all seine Zukunftspläne.

In welch grauenhafte Lage hatte ich diesen Mann gebracht? Er war ein guter Mensch, ein anständiger, freundlicher Mann, der nur versucht hatte, mir zu helfen. Und wie dankte ich ihm das? Ich ruinierte sein Leben. Ein Mann wie Jack hatte eine geachtete, anständige Frau an seiner Seite verdient, keine Lügnerin und Betrügerin, die ihn mit List und Tücke dazu verleitet hatte, ihn zu heiraten. Jack hatte wahrhaftig etwas Besseres als mich verdient.

Er war ein Mann, der sein Wort hielt, und deshalb würde er zu mir halten, selbst wenn ich ihn komplett unglücklich machte. Er hatte diese Entscheidung gefällt, als er mich hierher gebracht hatte. Wie hatte er es formuliert? Diese Brücke ist überschritten und verbrannt.

Das waren nicht die Worte eines liebenden Mannes. Na ja, diese Feststellung war auf Kat gemünzt gewesen, aber ich vermutete, dass sie ihn trotz allem zurücknehmen würde. Doch selbst unabhängig von Kat musste ich mich der kalten, harten Wahrheit stellen: Jack war mit einer Frau belastet, die er nicht liebte. Ich brachte ihm nichts als Scherereien ein.

Jack hatte es verdient, mit einer Frau verheiratet zu sein, die ihn anbetete, so, wie ich ihn anbetete. Es war nicht fair ihm gegenüber, dass er sich allein durch sein Pflichtgefühl an mich gebunden fühlte. Er hatte eine glückliche Ehe verdient.

Die kleine Gruppe kehrte ins Haus zurück. Ich setzte ein Lächeln auf und ging in die Küche, wo Addie Kuchen aufschnitt.

»Ist alles in Ordnung?«, fragte Jack, der ebenfalls in die Küche gekommen war. »Du siehst nicht so aus.«

Seine Aufmerksamkeit rührte mich. »Ich habe ein bisschen Kopfweh.«

»Ich hole dir eine Tablette.« Er ging hinaus zu seinem Auto, in dem seine Arzttasche lag.

Ich wusste, was ich zu tun hatte. Bei der Erkenntnis, die mich so unvorbereitet und hart wie eine Nazifaust getroffen hatte, wurde mir schwindelig. Ich liebte Jack, und deshalb musste ich ihn verlassen. Wegen mir ging es ihm schlecht, ich stand ihm bei allem, was er wollte und was er verdient hatte, im Weg. Ich musste gehen, denn er war viel zu anständig, um mich zu verlassen.

Und ich musste es so tun, dass sein Pflichtgefühl ihn nicht weiter plagte und er in den Augen seiner Mitbürger und Freunde gut dastand.

Er kehrte mit den Tabletten zurück. Ich nahm zwei und spülte sie mit einem Glas Wasser hinunter. Wie sehr ich mir wünschte, dass sie auch gegen den Schmerz in meinem Herzen helfen würden!

»Möchtest du lieber heim?«, fragte er mich.

»Ja, sobald es geht, ohne dass es zu unhöflich wirkt.«

Er lächelte auf eine rührend konspirative Weise. In diesem kurzen Moment fühlte es sich tatsächlich so an, als wären wir wirklich ein Team, ein Paar; er und ich gegen den Rest der Welt. »Ein Arzt hat immer eine Ausrede«, flüsterte er mir zu; dann wandte er sich an Adelaide. »Kann ich mal kurz euer Telefon benutzen? Ich muss in der Praxis anrufen.«

»Na klar. Das Telefon ist gleich dort drüben.« Sie führte ihn in den Flur.

Als er den Raum verließ, zwinkerte er mir zu. Mein Herz schnürte sich zusammen, und ich musste die Tränen wegblinzeln.

72
Amelie, 1946

Ich wartete bis zum Montag nach dem Mittagessen, denn danach wollte sich Jack auf den Weg zu seinem Symposium in New Orleans machen. Caroline fuhr ihn nach Hammond zum Bahnhof. Ich lehnte es ab, mitzufahren, und behauptete, Elise bräuchte ihr Mittagsschläfchen. Sobald der Wagen nicht mehr zu sehen war, packte ich meine Sachen.

Am Sonntag war ich mit Elise im Kinderwagen zur Bushaltestelle gelaufen, während Jack seine Patienten besuchte und Caroline und Bruce in der Kirche waren. Ich fand heraus, dass um zwei Uhr ein Bus nach Baton Rouge abfuhr. Von dort aus gab es eine Verbindung nach Reno.

Nun zog ich mein blau-weiß gepunktetes Kleid an und schlüpfte in meinen Mantel, weil es draußen kühler geworden war. Elise steckte ich ebenfalls in ihr Mäntelchen und setzte sie in den Kinderwagen. Zum Schluss legte ich eine Nachricht, die ich auf Englisch verfasst hatte, auf den Küchentisch.

Lieber Jack,

ich fahre nach Reno, um unsere Ehe annullieren zu lassen. Das ist möglich, weil sie auf einem Betrug beruht.

Ich weiß, dass dir Elise sehr ans Herz gewachsen ist, doch leider muss ich dir etwas gestehen, auch wenn es mir sehr schwerfällt: Sie ist nicht dein Kind. Aber es ist besser, wenn du die Wahrheit erfährst, denn ich kann mit dieser Lüge nicht mehr leben. Du bist nicht der Vater. Ich habe dich angelogen, weil ich dafür sorgen wollte, dass Elise in Amerika aufwächst. Ich hoffe, du kannst mir verzeihen.

Inzwischen habe ich erkannt, dass wir beide zu verschieden sind, um ein Leben lang zusammenzubleiben.

Ich hoffe, dass deine Freunde und Verwandten dir meine Schuld nicht zum Vorwurf machen. Es tut mir unendlich leid, dass ich deinen Namen und deinen Ruf beschmutzt habe.

Elise und ich kehren nach Frankreich zurück, denn dort gehören wir hin. Ich werde dafür sorgen, dass dir die Annullierungsunterlagen an diese Adresse zugeschickt werden.

Danke für alles.

Amélie, die alles von ganzem Herzen bereut.

Eine andere Nachricht schrieb ich auf Französisch und steckte sie unter sein Kopfkissen. Sie lautete:

Lieber Jack,

bitte erklär deinen Freunden und Angehörigen alles mit dem anderen Brief. Es tut mir sehr leid, dass ich dich in eine derart schwierige Lage gebracht habe. Jetzt kannst du hoffentlich in Wedding Tree bleiben. Bitte schiebe alle Schuld auf mich. Zeig allen anderen den anderen Brief und rede ruhig schlecht über mich, wenn es dir hilft.

Du sollst wissen, dass ich dich mehr achte und bewundere als jeden anderen Mann, den ich je gekannt habe. Es war mir eine Ehre, deine Frau zu sein. Ich beneide Kat oder auch jede andere Frau, die du irgendwann einmal lieben wirst und die deiner Liebe würdig ist.

Je t'aime toujours,

Amélie

Bevor ich den Brief unter das Kissen steckte, hob ich es hoch und atmete ein letztes Mal Jacks Duft tief ein. Ich wollte ihn so verinnerlichen, dass ich ihn jederzeit heraufbeschwören konnte, wenn ich mich vergewissern musste, dass das Leben lebenswert war. Wenn es einen solchen Mann auf dieser Welt gab, dann war sie vielleicht doch kein so schrecklicher Ort.

Der Wind schlug mir ins Gesicht, als ich aus dem Haus trat. Elise protestierte, und ich wickelte sie fest in ihre Decke ein. Sie war ohnehin ziemlich schlecht gelaunt, weil sie ihr Mittagsschläfchen verpasste. Die Kälte würde wohl kaum dazu beitragen, ihre Stimmung zu heben.

Unendlich niedergeschlagen machte ich mich auf den Weg zur Bushaltestelle. Mit einer Hand schob ich den Kinderwagen, in der anderen trug ich meinen Koffer. Leid und Verzagtheit waren mir wahrhaftig nicht unbekannt, aber diesmal war es anders. Diesmal gab es keinen Krieg, dessen Ende ich herbeisehnen konnte, und keinen Neuanfang, auf den ich mich freuen konnte. Eine Zukunft ohne Jack konnte nie so hell sein wie die wenigen lichten Momente, die ich mit ihm geteilt hatte. Diesmal ließ ich meine innigsten Hoffnungen und Sehnsüchte hinter mir.

Mir graute bei dem Gedanken, noch einmal ganz von vorn anzufangen. Ich hatte nicht die geringste Absicht, nach Frankreich zurückzukehren, denn ich wollte unbedingt mein Versprechen gegenüber Yvette halten und Elise in Amerika großziehen. Das war auch Jack bestimmt völlig klar. Doch in meinem englischen Brief hatte ich das geschrieben, um Kat oder auch andere, denen er den Brief zeigen würde, in Sicherheit zu wiegen, dass ich wirklich und wahrhaftig weg war.

Ich hatte keine Ahnung, wie ich es alleine in diesem neuen Land schaffen sollte. Ich hatte die leise Hoffnung, dass ich in Reno vielleicht eine Stelle als Näherin oder als Zimmermädchen ergattern könnte, doch wie sich die Arbeit mit der Fürsorge um ein Kind vereinbaren ließ, wusste ich nicht. Vielleicht würde Gott mir helfen, falls ich nicht zu weit von dem abgewichen war, was er verzeihen konnte. Und wenn er mir nicht helfen wollte, dann vielleicht wenigstens Elise.

Die sechs Block bis zur Bushaltestelle fühlten sich an jenem Tag wie sechs Kilometer an. Am Vorabend hatte es geregnet, sodass tiefe Pfützen meinen Weg behinderten.

Endlich kam ich dort an. Die Busfahrscheine wurden in einem kleinen Lebensmittelgeschäft verkauft. Nachdem ich einen Fahrschein nach Reno gekauft hatte, nahm ich Elise aus dem Wagen und setzte mich mit ihr auf eine Bank. Eine Frau in einem Mantel mit schwarzen Noppen ließ sich neben uns nieder. Bei dem schwarz-gelb gestreiften Schal, den sie sich um den grauhaarigen Kopf geschlungen hatte, musste ich an eine Biene denken.

»Warten Sie auf jemanden?«, fragte sie.

»Nein«, erwiderte ich und hoffte, das Gespräch damit beendet zu haben. Doch diese Hoffnung war vergeblich.

»Dann reisen Sie also weiter?«

Ich nickte.

»Ich bin hier, um meinen Sohn abzuholen. Er ist vor Kurzem aus der Marine entlassen worden.«

»Wie schön«, sagte ich.

»Wie alt ist denn Ihr Kind?«, fragte sie.

»Neun Monate.«

»Die Kleine ist wirklich ganz entzückend.«

Sie lächelte Elise an, dann begann sie, Verstecken mit ihr zu spielen. Elise lachte und gurrte. Das schwächte meinen Entschluss, mich nicht auf sie einzulassen. »Sie können gut mit Kindern umgehen«, bemerkte ich.

»Tja, das sollte ich wohl. Ich habe sechs Kinder aufgezogen, und jetzt habe ich zehn Enkelkinder, und ein weiteres ist unterwegs. Mein ältester Enkel ist fünfzehn. Ich kann kaum glauben, dass ich schon so alt bin, um ein Enkelkind in diesem Alter zu haben. Er stammt von meinem ältesten Sohn Steven. Steven ist verheiratet mit einem Mädchen aus …«

Ich blendete ihre Worte aus und dachte an Jack. Wie hätte unser Kind wohl ausgesehen? Sehnsucht wallte in mir auf. Wenn ich schwanger gewesen wäre, wäre alles ganz anders gekommen.

Ich musterte die Tankstelle auf der gegenüberliegenden Straßenseite. Es war ein kleines, windschiefes, mit Schindeln gedecktes Häuschen, kaum größer als ein Gartenschuppen, mit zwei Zapfsäulen davor und einer angebauten Garage. An der ersten Zapfsäule stand ein leerer schwarzer Chevrolet Sedan. Durch die offene Tür des Häuschens sah ich einen kleinen, etwa vierjährigen Jungen mit dunklen Haaren und Pausbacken. Er hüpfte auf und ab, offenbar wollte er die Aufmerksamkeit seiner Mutter erheischen, die gerade ihre Rechnung bezahlte.

Das Kind von Jack und mir hätte vielleicht so ausgesehen, schwirrte mir durch den Kopf.

»… und mein zweitältestes Enkelkind ist dreizehen«, plapperte die Frau munter weiter. »Es ist ein Mädchen. Sie ist völlig vernarrt in Pferde, und …«

In dem Tankstellenhäuschen reichte der Mitarbeiter der Frau ihr Wechselgeld. Sie beugte sich herab und gab dem kleinen Jungen eine Münze. Es musste ein Penny gewesen sein, denn er hüpfte zum Kaugummiautomaten und wollte die Münze hineinstecken, doch sie entglitt seinen dicken Fingerchen. Er kniete sich hin und suchte danach.

Vor der zweiten Zapfsäule hielt ein großer blauer Buick. Der Tankwart tippte an seine Kappe, um sich von der Frau und dem Jungen zu verabschieden, und schlenderte hinaus, eine Zigarette im Mundwinkel.

Der Fahrer des Buick öffnete das Fenster. Ach du meine Güte, es war Minxy! Ich sank auf der Bank zusammen und zog den Mantelkragen hoch, weil ich nicht erkannt werden wollte. Das Herz schlug mir bis zum Hals.

Gleich darauf wurde mir klar, dass meine Befürchtung absurd war: Minxy würde überaus erfreut sein, wenn sie mitbekam, dass ich den Ort verließ. Und da sie in dem Geschäft für Kinderbekleidung so gehässig gewesen war, hatte ich wahrhaftig keinen Grund zur Sorge, dass sie nun die Straße überqueren würde, um mich in ein Gespräch zu verwickeln.

Nein, es war nicht Besorgnis, die mich zusammensinken ließ in der Hoffnung, unsichtbar zu werden, sondern die Scham. Ich schämte mich, weil ich Jacks Ruf geschadet hatte, ich schämte mich, in Wedding Tree gesehen zu werden, ich schämte mich, mich jetzt gleich leise, still und heimlich davonzustehlen. Oh mein Gott, ich war durchdrungen von Scham.

Neben mir plapperte die Frau – ich nannte sie in Gedanken die Bienenfrau – unaufhörlich weiter. » … ihre Mutter hat im Krieg in Covington in der Kaffeemühle gearbeitet, und …«

Mein Blick war immer noch auf die Tankstelle gerichtet. Mir wurde klar, dass ich mir wegen Minxy nicht die geringsten Sorgen zu machen brauchte, denn sie schaute überhaupt nicht in meine Richtung. Sie plauderte mit dem Tankwart und stieg aus ihrem Wagen. Offenbar kam sie von irgendeinem noblen Mittagessen, denn sie trug ein weinrotes Kleid mit einem engen Rock und Stöckelschuhe. Ich sah, wie sie mit schwingenden Hüften in die Tankstelle ging und um den kleinen Jungen herumging, der immer noch sein Geld suchte. Minxy nahm einen Schlüssel, an dem ein großes hölzernes L befestigt war, von einem Haken an der Wand und wandte sich nach links. Dort befand sich wohl die Damentoilette.

Der Tankwart beobachtete sie ebenfalls. Seine Zigarette baumelte an seinen Lippen, während er den Tankdeckel des Buick aufschraubte und den Tankstutzen einführte. Minxy war verschwunden, aber sein Blick blieb an der offenen Tür haften, ihre Rückkehr erwartend.

Irgendetwas an diesem Bild kam mir falsch vor. Mein Magen krampfte sich in einer instinktiven schrecklichen Vorahnung zusammen. Mein Blick fiel auf das glühende Ende seiner Zigarette, und ich sah, wie etwas Glut herunterfiel.

Und plötzlich ertönte ein lautes Zischen, dann ein dumpfer Knall, und es gab einen grellen Blitz.

Mon Dieu! Sofort fiel mir das französische Bauernhaus ein. Aber diesmal wusste ich, was ich zu tun hatte. Ich sprang hoch.

»Was ist denn los?«, fragte die Frau.

Ich drückte ihr Elise in die Arme. »Nehmen Sie mein Kind und gehen Sie in den Laden.«

Ich stürzte über die Straße. Die Zapfsäule brannte lichterloh, das Feuer kroch über das Pflaster hin zu dem Gebäude. Doch mein Hauptaugenmerk galt dem Tankwart. Der rechte Ärmel seines Hemdes und das Hosenbein seiner Gabardineuniform hatten Feuer gefangen. Er drehte sich im Kreis, fuchtelte mit den Armen herum und schrie.

Ich stieß ihn auf den Boden, obwohl wir nur wenige Meter vom Feuer entfernt waren, und wälzte mich mit ihm hin und her, um die Flammen zu löschen. Wir landeten in einer großen

Pfütze, und ich hörte, wie die Flammen an seiner Kleidung und vielleicht auch auf seiner Haut zischend ausgingen.

Ich sprang auf und zerrte ihn am Rücken seiner Jacke hoch. Woher ich die Kraft nahm, weiß ich nicht. »Rennen Sie weg!«, befahl ich ihm. »Auf die andere Straßenseite! Los!«

Er starrte mich völlig benommen an. »Rennen Sie!«, herrschte ich ihn an und gab ihm einen Schubs. »Über die Straße! Jetzt!«

Er stolperte in die angegebene Richtung.

Die Flammen loderten hoch. Minxys Wagen hatte Feuer gefangen, und auch eine Ölkanne neben der Zapfsäule brannte lichterloh. Der Wind trug Funken zu dem Chevrolet und zu den Holzschindeln des Tankstellenhäuschens.

Ich stürzte ins Innere. Dort versuchte die Frau, ihr Kind unter einem Tisch hervorzuzerren, auf dem Dosen mit Motorenöl gestapelt waren. Ihr Rock war so eng, dass sie sich nicht hinknien konnte. »Mein Auto!«, kreischte sie völlig aufgelöst. »Ich muss mein Auto in Sicherheit bringen.«

»Nein, dafür ist jetzt keine Zeit mehr.« Ich kroch unter den Tisch und packte das Kind.

»Hey!« Sie versuchte, mir ihren Jungen aus den Armen zu reißen, aber ich richtete mich auf und eilte mit ihm zur Tür. Sie folgte mir, während ich an ihrem Wagen vorbei zu einer kleinen Wiese neben dem Gebäude hastete.

Eine weitere Explosion ertönte. Ich drückte die Frau auf den Boden, legte den kleinen Jungen auf sie und bedeckte die beiden mit meinem Körper. Glas- und Metallsplitter regneten auf uns herab. Schließlich stand ich auf und zog beide hoch. »Rennen Sie auf die andere Straßenseite! Sofort!«

Die Frau nahm ihr heulendes Kind in die Arme und stolperte weg vom Feuer hin zur Bushaltestelle.

Ich drehte mich um und schätzte die Lage ein. Soeben war der Wagen der Frau explodiert. Das Feuer war auf das Häuschen übergegangen, und Minxy befand sich immer noch darin.

Ich riss mir den Mantel vom Leib, tauchte ihn in eine Pfütze und hastete zu dem Gebäude. Bei einer der Explosionen waren die Scheiben zu Bruch gegangen, die Flammen tanzten nun um den Tisch mit dem Motorenöl.

Meinen Kopf mit dem Mantel schützend, rannte ich nach links in die Richtung, in der ich die Toilette vermutete. In all dem Rauch konnte ich kaum etwas sehen. Ich hämmerte auf die Toilettentür.

Minxy hatte von all dem Chaos offenbar noch nichts mitbekommen. »Besetzt! Warten Sie, bis Sie an der Reihe sind!«, schrie sie.

»Feuer!«, schrie ich und rüttelte an der Tür, die natürlich verschlossen war.

Ich rannte zur Kasse in der Hoffnung, dass dort ein Ersatzschlüssel für die Toiletten lag. Gott sei Dank fand ich einen mit einem L-förmigen Anhänger in der Schublade unter der Kasse. Ich rannte zurück und schloss die Tür auf in dem Moment, als Minxy die Spülung betätigte.

»Wie kannst du es wagen!«, fauchte sie mit zornig funkelnden Augen, als sie mich erblickte.

»Hier brennt's.« Ich holte tief Luft. Die dicke Metalltür der Toilette hatte den Rauch und offenbar auch den Lärm abgehalten. »Wir müssen sofort weg.«

Sie riss erstaunt die Augen auf, als sie den Rauch roch und die Flammen vor der Tür sah. »Oh mein Gott! Oh Gott!«

»Komm schon, wir müssen hier raus.«

»Ich kann dort nicht raus. Es brennt.«

»Hier kannst du jedenfalls nicht bleiben. Hier gibt es kein Fenster und auch sonst keinen Fluchtweg.«

Ich zerrte an ihr. Sie blieb wie angewurzelt stehen.

Ich warf meinen Mantel über ihren Kopf. Die Dunkelheit schien sie zu beruhigen wie einen Papagei, dessen Käfig mit einer Decke zugedeckt wird. »Komm einfach mit mir mit«, befahl ich ihr. »Halt dich an mir fest und lauf neben mir her.«

Die Rauchschwaden waren so dicht, dass ich kaum etwas sehen konnte. Ich hielt die Luft an und führte sie aus dem Gebäude heraus zu der kleinen Wiese. Erst dort nahm ich ihr den

Mantel vom Kopf. Blinzelnd starrte sie auf das Gebäude, dessen Dach in diesem Moment einstürzte.

»Wo ist mein Wagen?«

»Er ist explodiert.«

»Das ist unmöglich«, erwiderte sie. »Der ist doch niegelnagelneu.«

Manchmal ist die Kluft zwischen dem, was man möchte, und dem, was man bekommt, so groß, dass der Verstand sich weigert, das Geschehen zu erfassen. »Komm mit.« Ich zerrte sie über die Straße. Kurz bevor wir an der Bushaltestelle angelangt waren, ertönte eine weitere markerschütternde Explosion.

Der Fahrscheinverkäufer stand fassungslos vor dem Laden. Als er mich kommen sah, lief er mir entgegen. »So etwas hab ich in meinem ganzen Leben noch nie gesehen. Und dabei war ich im ersten Krieg.«

»Ich war im zweiten«, erwiderte ich.

Er hielt mir die Tür auf und streckte die Hand aus. »Bitte, Ma'am, ich nehm Ihnen Ihren Mantel ab.«

Ich stellte fest, dass mein Mantel versengt, schmutzig und tropfnass war. Dankbar überließ ich ihn dem Mann, dann ging ich in den Laden und nahm der Bienenfrau Elise ab.

Ihr hatte es zum Glück die Sprache verschlagen. Der Fahrkartenverkäufer übergab mir meine Handtasche und die Tasche mit den Babysachen, die ich auf der Bank hatte liegen lassen. Er stellte meinen Koffer neben mir ab.

In dem Moment fuhr der Bus vor. Die Tür ging pfeifend auf, und ein Mann um die Dreißig sprang aus dem Bus. »Was zum Teufel ist dort drüben los?«

Die Frau, die Elise gehalten hatte, rannte schluchzend zu ihm. Er drückte sie fest an sich. »Hi, Mom. Was ist denn dort drüben passiert?«

In der Ferne ertönten Sirenen. Der Busfahrer erhob sich hinter dem Lenkrad und trat schnaufend aus seinem Gefährt, um den seitlichen Gepäckraum zu öffnen und eine Tasche herauszuholen. Der junge Mann, offenbar der Sohn der Bienenfrau, nahm sie ihm ab.

»Fahrgäste, die nach Baton Rouge wollen, bitte rasch einsteigen«, rief der Busfahrer. »Der Bus muss weg von diesem Feuer.«

»Die kleine Dame hier will mit«, sagte der Fahrkartenverkäufer und stellte meinen Koffer in den Laderaum.

»Der Kinderwagen muss auch mit«, sagte ich.

»Der ist zu groß«, entgegnete der Fahrer. »Das verstößt gegen die Vorschriften.«

»Sie kann mitnehmen, was immer sie will«, erklärte ihm der Fahrkartenverkäufer. »Sie hat gerade vier Menschenleben gerettet.«

Ich kletterte in den Bus. Er war nur halb voll. Die meisten Leute starrten aus den Fenstern auf die brennende Tankstelle zu ihrer Rechten. Einige gafften auch mich an.

Die Sirenen kamen näher.

Ich setzte mich mit Elise in eine leere Reihe auf der linken Seite. Elise fuhr mit ihrem Händchen über mein Gesicht. Als sie die Hand wegzog, war die Innenfläche kohlschwarz.

Ach du meine Güte. Ich sah an mir herab. Mein Kleid war mit Matsch bespritzt, es wies mehrere Brandlöcher auf und der Saum war angesengt. Meine Hände waren schwarz, meine Arme und offenkundig mein Gesicht ebenfalls. Ich sah wohl aus, als hätte ich mich in einem Kohlehaufen gewälzt.

Na ja, der Dreck war nur äußerlich, die Schandflecken meiner Seele hatte ich nicht vermehrt. Diesmal war völlig klar gewesen, was ich zu tun hatte, und es waren keine Lügen nötig gewesen, um mein Tun zu rechtfertigen.

Als ich mich zurücklehnte, fiel mir der Schonbezug im Kopfbereich auf. Gut, dass es so etwas hier gab, dachte ich. In Frankreich hießen solche Schonbezüge »Antimakassar«, denn bis zum Anfang des zwanzigsten Jahrhunderts pflegten Männer Haaröl aus Makassar zu benutzen, gegen das man die Polstermöbel schützen wollte.

Ich drückte Elise fest an mich und wünschte mir, dass es Antimakassars gäbe, um diejenigen, die ich liebte, gegen die Folgen meiner Verfehlungen zu schützen.

73
Kat, 1946

Mutter und ich bemerkten den Rauch auf unserem Rückweg vom Krankenhaus gegen vier Uhr. Dicke Schwaden stiegen in den Himmel auf, eine riesige, böse Wolke, die sich zusammenballte und vom Wind durcheinandergewirbelt und über die ganze Stadt geweht wurde.

»Grundgütiger, was brennt denn da?«

»Ich weiß es nicht«, sagte Mutter. »Hoffentlich nicht unser Haus.«

Aber die Rauchwolken wirkten zu dunkel, es sah nicht so aus, als ob ein Haus brannte. Kurz vor Wedding Tree fingen wir an zu vermuten, dass es die Tankstelle war.

Ich wäre gern dorthin gefahren, um zu sehen, was passiert war, aber Mutter wollte heim und unser Haus kontrollieren.

»Warum denn? Dem Haus ist bestimmt nichts passiert. Es liegt doch auf der gegenüberliegenden Seite des Ortes.«

»Ja, aber ich muss mich trotzdem vergewissern. Wenn etwas Schlimmes passiert, muss ich mich vergewissern, dass unser Leben nicht davon betroffen ist.«

Sehr interessant, diese Bemerkung, doch über ihre Bedeutung machte ich mir erst viel später Gedanken. Ich trat zusammen mit Mutter ins Haus und rümpfte die Nase bei dem öligen Gestank des Rauches, der in der Luft hing. Ich hatte vor, kehrtzumachen und zur Tankstelle zu fahren, um herauszufinden, was dort los war, doch dann klingelte das Telefon. Ich ging dran.

»Du errätst nie, was passiert ist!« Es war Minxy. Sie klang völlig atemlos.

»Brennt die Tankstelle?«

»Ja. Ja! Und ich war auf der Toilette, als es losging.«

»Wirklich? Du warst dort? Geht es dir gut?«

»Ich habe mein nagelneues Auto verloren. Es ist explodiert.«

»Oh nein!«

»Doch. Und meine neuen Schuhe – die roten Stöckelschuhe – sind ruiniert. Und mein weinrotes Kleid ist von Brandlöchern übersät. Aber ich bin durch ein Inferno gelaufen, ein brennendes Inferno, und habe es überlebt. Du wirst nie erraten, wer mich gerettet hat.«

»Wer denn?«

»Die Kriegsbraut.«

Ich setzte mich auf den Boden und lehnte mich an die Wand. »Nein!«

»Doch. Sie hat Ernie gerettet und Mrs Anderson und den kleinen Lukie, und dann hat sie mich rausgeholt.«

»Was hatte sie denn an der Tankstelle zu suchen? Ich wusste gar nicht, dass sie einen Führerschein hat.«

»Sie hat auf der gegenüberliegenden Straßenseite auf den Bus gewartet.«

»Auf den Bus?« Jetzt verstand ich gar nichts mehr. »Wohin denn? Wohin wollte sie fahren?«

»Sie ist in den Bus nach Baton Rouge eingestiegen.«

»Warum das denn?«

»Keine Ahnung. Aber wie ich später erfahren habe, saß sie dort mit Mrs Palinsky auf der Bank, und dann gab es einen großen Knall, und Ernies Kleidung hat Feuer gefangen. Blitzschnell hat sie ihr Baby Mrs Palinsky in den Arm gedrückt und ist über die Straße gestürmt, um zu helfen. Sie hat sich auf Ernie gestürzt und ist mit ihm in einer Matschpfütze herumgerollt. Und dann ist sie in das Gebäude gerast und hat Mrs Anderson und den kleinen Lukie rausgeholt. Mrs Anderson wollte zu ihrem Auto und wegfahren, aber Amélie hat das Kind gepackt, und Mrs Anderson blieb nichts anderes übrig, als ihr zu folgen. Und dann hat Amélie die beiden auf den Boden geschubst und sie mit ihrem Körper geschützt, als das Auto explodiert ist.«

Fassungslos drückte ich den Telefonhörer ans andere Ohr. »Warte mal – Amélie hat all das getan?«

»Jawohl! Und dann ist sie noch mal in das Gebäude, um mich rauszuholen. Ich war auf der Toilette. Ich hatte zwar etwas knallen hören, aber ich dachte, es sei Ernies Radio, das wohl etwas zu laut eingestellt war, und dann habe ich mich geärgert, als an die Tür gehämmert wurde, weil ich dachte, irgendwer wolle mich zur Eile antreiben.«

Ich presste den Hörer wieder aufs rechte Ohr.

»Also hat sie den Ersatzschlüssel geholt und die Tür aufgesperrt und mich rausgeholt. Sie hat mir ihren Mantel über den Kopf gestülpt. Er war patschnass und schmutzig und verkohlt und stank grässlich nach Rauch, aber es war mein Glück, dass sie das getan hat. Daddy meint, das hat wahrscheinlich meine Haare vor dem Feuer geschützt. Und dann hat sie mich auf die andere Straßenseite gezerrt, gerade noch rechtzeitig, bevor ein weiteres Auto explodiert ist. Ich erinnere mich nicht mehr genau daran, wie wir dort rausgekommen sind, alles war dunkel und voller Rauch, und Daddy meint, wahrscheinlich hatte ich einen Schock. Und dann – na ja, dann hat sie ihr Baby und ihre Handtasche und ihren Koffer genommen und ist in den Bus gestiegen.«

Mein Herzschlag beschleunigte sich. »Sie ist weg aus der Stadt?« Ich stand auf. »Warum denn?«

»Das weiß keiner. Ich habe versucht, Caroline zu erreichen, aber sie geht nicht ans Telefon.«

74
Amélie, 1946

In Baton Rouge musste ich umsteigen und hatte noch ein bisschen Zeit. Ich setzte Elise in den Kinderwagen und ging mit ihr auf die Toilette, um den Ruß abzuwaschen und mich umzuziehen. Mein Gesicht und meine Hände waren kohlschwarz, und ich hatte ein paar Verbrennungen an Händen, Armen, Füßen und Beinen. Meine Haare waren unten auf einer Seite versengt. Ich schnitt die Stelle mit meiner Nagelschere ab und machte eine Stufe hinein, und dann passte ich die andere Seite entsprechend an. Ich fand meine neue Frisur überraschend gut gelungen. In dem Moment war ich richtig dankbar für meine Locken, denn Locken können allerlei Unregelmäßigkeiten kaschieren. Konnte ein Mensch eine lockige Seele haben? So eine hätte ich dringend gebraucht.

Ich wusch mir im Waschbecken die Haare mit der Handseife. Die Frauen, die hereinkamen und hinausgingen, bedachten mich zwar mit seltsamen Blicken, aber das war mir egal. Sollten die Leute mich ruhig abfällig betrachten – das spielte keine Rolle, solange es nicht auf jemanden abfärbte, den ich liebte.

Es war schon dunkel, als wir in den Bus nach El Paso einstiegen. Wir fuhren und fuhren und fuhren. Die Fahrt dauerte die ganze Nacht und den ganzen nächsten Tag, und unterwegs hielten wir in tausend kleinen Orten. Elise war so unleidlich, dass ich schon befürchtete, sie würde wieder krank. Sie wollte krabbeln, aber in einem Bus kann man ein Baby nicht krabbeln lassen. Ich stellte sie auf den Sitz neben mich, sang ihr leise etwas vor, spielte Patschehändchen mit ihr und las ihr etwas aus den drei Bilderbüchern vor, die ich eingepackt hatte. Ich fütterte ihr kleine Häppchen von Sandwiches und anderen Kleinigkeiten, die ich an den Zwischenstopps kaufte. Eine Frau mit einem starken texanischen Dialekt saß mehrere Stunden neben uns und half mir, Elise zu beschäftigen. Als es in unserer zweiten Nacht im Bus dunkel wurde, schlief Elise endlich tief und fest ein. Ich schloss die Augen und versuchte ebenfalls zu schlafen.

Doch es gelang mir nicht, obwohl ich todmüde war. Ich fand keine bequeme Lage. Mein Rücken schmerzte, meine Arme schmerzten, meine Beine schmerzten. Ich hatte mir Muskeln an Körperstellen gezerrt, von denen ich gar nicht gewusst hatte, dass es dort Muskeln gab.

Doch am heftigsten schmerzte mein Herz. Es zerriss mir die Seele, wenn ich daran dachte, was ich Jack angetan hatte; dass ich ihn verletzt hatte, seinen Ruf beschmutzt hatte, sein Leben vergiftet hatte.

Es stand für mich völlig außer Frage: Ihm wäre es weit besser ergangen, wenn er mich nie kennengelernt hätte.

Und dennoch – Gott steh mir bei – konnte ich unsere gemeinsame Zeit nicht voll und ganz bereuen; denn zusammen mit ihm hatte ich Tiefen der Seele entdeckt, von denen ich nichts geahnt hatte. Er hatte mir gezeigt, dass es in dieser Welt Mitgefühl, Güte und Selbstlosigkeit gab – trotz allem, was ich durchgestanden hatte, allem, was ich verloren hatte, und all den Sünden, die ich begangen hatte. Er hatte mir geholfen, meinen Glauben an Gott wiederzufinden.

Der Schein von Straßenlaternen drang durch meine geschlossenen Lider. Ich blinzelte und richtete mich auf. Wir fuhren soeben durch eine Stadt. Der Bus hielt an mehreren Ampeln, bog mehrmals ab und rollte schließlich in einen hell erleuchteten Busbahnhof ein.

Ruckelnd kam er zum Stehen. Der Fahrer schaltete den Motor aus und öffnete die Tür.

»El Paso!«, verkündete er.

Er kletterte hinaus und öffnete die Ladeluken an der Seite des Busses. Aus dem Fenster beobachtete ich zwei Männer in Greyhound-Uniformen, die das Gepäck herauswuchteten und auf dem Pflaster abstellten. Ich nahm die Babytasche und meine

Handtasche, dann hob ich Elise behutsam hoch. Sie schlief nun so tief, dass sie sich in meinen Armen ganz schlaff anfühlte.

Weil ich sie nicht aufwecken wollte, wartete ich, bis alle anderen ausgestiegen waren. Erst dann stieg ich ebenfalls aus.

Draußen legte ich Elise sanft in ihren Kinderwagen. Ich wollte sie auf keinen Fall aufwecken. Ohne den Kopf zu heben, beugte ich mich zu meinem Koffer hinab. Doch als ich nach dem Griff langte, kam mir eine Männerhand zuvor.

Etwas an dieser Hand ließ mein Herz schneller schlagen. Ich hob den Blick, betrachtete den Arm, dann die Brust und schließlich das Gesicht, das zu dieser Hand gehörte.

Es verschlug mir den Atem, und ich dachte, dass ich einer Sinnestäuschung erlegen war. Vielleicht hatte ich doch zu viel schädlichen Rauch eingeatmet? »Jack?« Meine Stimme klang, als ob sie nicht von mir stammte.

»Amélie.« Er lächelte mich an.

»Was machst du denn hier?«

»Ich bin dir nach.«

Ach du meine Güte. Hatte ich wieder etwas vermasselt? Wegen mir verpasste er sein Symposium in New Orleans. Er hatte seine Patienten in Wedding Tree allein gelassen, seine Schwester, seine Mutter und Dr. Thompson. Ich runzelte die Stirn. »Habe ich dir weitere Schwierigkeiten eingebrockt?«

»Das kann man so sagen.«

Mein Herz sank mir in die Kniekehlen. »Jack, es tut mir so …«

»Wenn du noch einmal sagst, dass dir etwas leidtut, lege ich dich übers Knie und versohle dich.«

»Wie bitte?«

»Das ist eine Floskel.«

»Ach so.« Verunsichert und ein wenig benommen sah ich ihn an. Er lächelte. Was er vorhin gesagt hatte, klang ein bisschen … anzüglich. »Was bedeutet es denn?«

»Es bedeutet, dass …« Er schüttelte den Kopf. »Ich sag's dir später. Jetzt gibt es Wichtigeres zu besprechen.« Er spähte in den Kinderwagen. »Wie geht es Elise?«

»Gut. Sie war zwar ziemlich anstrengend, aber jetzt schläft sie tief und fest.«

»Gehen wir in den Wartesaal und versuchen, sie nicht aufzuwecken.«

Er legte mir die Hand aufs Kreuz. Es war nur eine kleine Berührung, aber sie ging mir durch Mark und Bein. Ich erzitterte.

»Du hast keinen Mantel an.«

»Nein.«

»Ich habe gehört, was damit passiert ist.« Er hielt mir die Tür zur Wartehalle auf, und ich schob den Kinderwagen hinein. Er steuerte eine ruhige Ecke an, fern der Fahrkartenschalter und der wartenden Passagiere.

»Setz dich doch«, meinte er und deutete auf eine Bank.

»Wenn es dir recht ist, bleibe ich lieber stehen.« Bei der Résistance hatte ich gelernt, dass das in gefährlichen Situationen besser ist. »Wie kommt es, dass du vor mir hier angekommen bist?«

»Ich bin geflogen.«

Ich war immer noch völlig verdutzt, ihn hier zu sehen. Einen Moment lang stellte ich mir vor, dass er seine Arme bewegt hatte wie ein Vogel. »Mit dem Flugzeug?«, fragte ich schließlich.

Er nickte. »Caroline hat mich in New Orleans angerufen. Ich wollte gerade in mein Hotel einchecken. Sie hat mir erzählt, was an der Tankstelle passiert ist.«

»Das hat sie gewusst?«

»Soll das ein Witz sein? Der ganze Staat weiß es, vielleicht sogar das ganze Land.«

»Wirklich?«

»Amélie, als sie anfing, mir von dem Feuer zu erzählen und dass du dort warst, dachte ich, dass du … ich dachte, du wärst …« Er senkte den Blick und räusperte sich. »Ich dachte, sie riefe mich an, um mir zu sagen, dass ich dich verloren hätte. Doch dann berichtete sie mir von all deinen Heldentaten, aber ich konnte nur an eines denken: dass du und Elise unversehrt wart. Schließlich hat sie mir deine Nachricht vorgelesen.«

»Diejenige, die ich auf den Küchentisch gelegt hatte.«

Er nickte. »Ich habe ihr sofort gesagt, dass du lügst und dass Elise definitiv mein Kind ist; dass du versucht hast, mir einen Vorwand zu liefern, mich von dir zu trennen, und dass sie kein Wort davon gegenüber irgendjemandem verlauten lassen sollte.« Er sah mich streng an. »Du wirst nie mehr behaupten, dass Elise nicht mein Kind ist. Ist das klar? Haben wir uns verstanden?«

Ich nickte.

»Schwöre es.«

»Ich – ich schwöre es.«

»Gut. Jedenfalls habe ich Caroline gebeten, unter dem Kopfkissen in unserem Bett nachzusehen.« Er lächelte schief. »Sie hat mir auch diesen Brief vorgelesen.«

Ich runzelte die Stirn. »Aber der war doch auf Französisch.«

»Ihr Französisch ist genauso gut wie meines. Wir hatten dasselbe Kindermädchen.«

»Ach so.« Daran hatte ich nicht gedacht. Ich hatte nur daran gedacht, dass den ersten Brief ruhig lesen konnte, wer wollte, der zweite unter dem Kopfkissen jedoch ausschließlich für Jack bestimmt sein sollte. Was genau hatte ich eigentlich geschrieben?

»Du hast ihn mit Je t'aime toujours unterschrieben.«

»Ja, nun, das ist … das ist auch so eine Floskel wie die, dass du mich gern übers Knie legen und versohlen würdest.«

Er grinste. »Stimmt das?«

»Was denn?«

»Was du geschrieben hast. Stimmt das?«

Der Mann war unmöglich. Was wollte er eigentlich von mir? Mich demütigen? Mich dazu bringen, etwas zu sagen, wozu ich meinem Gefühl nach kein Recht hatte? Oder wollte er mich zu einer weiteren Lüge verleiten? Nein, ich wollte ihn nicht mehr belügen, nie mehr! »Natürlich liebe ich dich. Warum sollte ich dich sonst verlassen?«

Er brach in schallendes Gelächter aus – er warf den Kopf zurück und lachte! »Das ist bestimmt das Lächerlichste, was ich je gehört habe.«

Allmählich wurde ich wütend. Ich war müde und zerschlagen,

meine Verbrennungen schmerzten, mein Herz tat weh. Und jetzt wurde ich auch noch beleidigt! »Ist es lächerlich, wenn ich möchte, dass du ein glückliches Leben führst, ein gutes Leben, das Leben, auf das du ein Anrecht hast, zusammen mit deinen Freunden und Verwandten in deiner Heimatstadt? Ist es lächerlich, nicht zu wollen, dass die Leute dich wegen mir schneiden?«

»Es ist lächerlich, sich darum zu scheren, was andere Leute denken.«

»Jack, ich habe die Leute bei Addies Abendessen reden hören. Sie glauben, dass ich dir eine Falle gestellt habe. Du tust ihnen leid. Sie finden, dass du etwas Besseres verdient hast. Und das stimmt.«

»Ich muss selbst entscheiden, wer die Beste für mich ist.«

»Nein. Ich habe dir keine Wahl gelassen. Ich habe dich belogen und die Wahrheit meinen Absichten entsprechend verbogen.«

»Du warst nicht die Einzige, die die Wahrheit verbogen hat, Amélie.« Er kam mir näher. Sein Blick wirkte ernst. »Auch ich habe sie verbogen, um sie meinem kindlichen Ideal, wie das Leben sein sollte, anzupassen. Ich habe Kat einen Heiratsantrag gemacht, weil sie so schön ist und weil wir schon lange miteinander gingen. Es erschien mir wie der nächste logische Schritt, vor allem, weil ich vorhatte, in die Praxis ihres Vaters einzusteigen.«

Er umfasste meine Arme. »Ich habe mir eingeredet, dass wir eine gute Ehe führen würden, weil wir uns nie gestritten hatten. Ich habe nicht darüber nachgedacht, dass das vielleicht daher kam, weil wir uns nicht viel zu sagen hatten; dass dieser Mangel an Konflikten ja vielleicht auf mangelnde Nähe hinwies. Sich nicht zu streiten – das allein reicht nicht als Grund, zu heiraten.«

»Hast du sie denn nicht geliebt?«

»Ich habe geglaubt, dass ich sie liebte. Aber dann hast du mir gezeigt, was wahre Liebe ist. Erst als du und Elise in mein Leben getreten seid, habe ich verstanden, was Liebe bedeutet.«

Er nahm meine Hände. »Amélie, ich war stur und unnachgiebig. Ich habe nur die Lügen gesehen und nicht die Wahrheit, die dahinter stand. Ich habe vor allem daran gedacht, welche Fehler du gemacht hast, und habe nie die gütigen Absichten und deinen Mut und deine Liebe zu Elise gesehen, den Grund für all deine Handlungen. Es tut mir unendlich leid.«

Mein Herz hämmerte gegen meine Rippen. Ich versuchte, die Schwingen der Hoffnung davon abzuhalten, sich in meiner Brust zu weiten.

»Amélie, es spielt keine Rolle, wo wir leben. Wedding Tree ist nicht meine Heimat. Du und Elise, ihr seid es. Und was du bei diesem Feuer getan hast – meine Güte, Amélie, du hast dein Leben für Fremde und eine Frau, die dich schlecht behandelt hat, aufs Spiel gesetzt.«

»Ich habe nur getan, was getan werden musste.«

»Das würden nicht alle so sehen. Sehr wenige würden alles aufs Spiel setzen, um das Richtige zu tun. Aber Amélie – du hast das immer getan. Für dein Land, für Yvette, für Elise, und für mich.« Er zog mich zu sich heran. »Und wenn du jetzt glaubst, dass ich dich gehen lasse, dann kennst du mich nicht sehr gut.«

»Was willst du mir damit sagen, Jack?«

»Dass ich dich liebe. Ich möchte mit dir zusammen leben und Kinder bekommen und alt werden. Willst du mit mir verheiratet bleiben und wahrhaftig meine Frau sein?«

Ich sah ihn an. Plötzlich verschwamm er, weil mir Tränen in die Augen stiegen.

»Nur, wenn du wahrhaftig mein Mann sein willst.«

»Das bin ich bereits.« Er umarmte mich und küsste mich lange und leidenschaftlich. Als wir uns wieder voneinander lösten, betrachtete er mich so liebevoll, wie ich es nie zu träumen gewagt hätte. »Sehen wir zu, dass wir nach Hause kommen.«

75
Kat, 2016

Ich sitze da und lasse die Geschichte in mich einsickern. Das, was Amélie mir erzählt hat, vermengt sich mit meinen Erinnerungen. Sie schweben nun in meinem Kopf herum wie Flocken in einer Schneekugel.

Am Tag nach dem Feuer lautete die Schlagzeile in der Zeitung: »Kriegsbraut trotzt Inferno und rettet vier Leben.«

Schlagartig war Amélie von einer Persona non grata zu einer Berühmtheit geworden. Alle schwärmten von ihrer Charakterstärke, ihrer Selbstlosigkeit, ihrem Großmut. Carolines Geschichten über Amélies Tätigkeit bei der Résistance wurden wiederholt und klangen jedes Mal, wenn sie zum Besten gegeben wurden, unfassbarer und fantastischer. Selbst Daddy stimmte in die Lobgesänge ein.

»Eine Frau, die so etwas tut – nun, manchmal ist Gottes Hand im Spiel, wenn eine bestimmte Person an einem bestimmten Ort zu einer bestimmten Zeit bestimmte Dinge tut. Ernie und Minxy und die Andersons würden bestimmt übereinstimmend sagen, dass es Amélie vorbestimmt war, in Wedding Tree zu sein.«

Na toll, dachte ich. Mein eigener Vater glaubte, Gott habe dafür gesorgt, dass Jack mich für dieses Franzosenweib fallen ließ. Caroline hatte das Gerücht in Umlauf gesetzt, dass Amélie losgezogen war, um eine kranke Verwandte zu besuchen. Der ganze Ort plante, sie bei ihrer Rückkehr als Heldin zu empfangen. Ich konnte nicht rasch genug von Wedding Tree fortkommen.

Meine Gedanken kehren wieder zu Amélies Worten zurück.

»Hat Jack all das am Busbahnhof wirklich gesagt?«

»Ja.« Sie wirkt ein bisschen traurig, doch ihr Blick wirkt freundlich. »Ich habe es dir nicht erzählt, um dich zu verletzen.«

Ich winke ab. »Ach, all dieses Zeug, dass er dich mehr geliebt hat als mich, interessiert mich keinen Deut. Selbstverständlich hat er dich mehr geliebt, er hatte mit dir geschlafen. Männer denken mit ihrem Geschlechtsteil. Sie setzen Sex mit Liebe gleich.«

Amélies Brauen schießen hoch, als wäre sie darüber erstaunt. Woher kommt das? Sie ist doch auch eine Frau, und außerdem ist sie Französin.

Ich beuge mich vor. »Ich will nur eines wissen: Hat er wirklich diese anderen Worte geäußert?«

»Welche anderen Worte?«

Ihre Weigerung, das Offenkundige zu sehen, ärgert mich. »Hat Jack wirklich gesagt, dass ich sehr schön war?«

»Ach so. Ja, ja, natürlich, Kat.« Anmutig wie ein Vögelchen neigt sie den Kopf. »Er hat oft gesagt, wie schön er dich fand. Und das warst du auch. Du warst wunderschön und bist es heute noch.«

Ich lehne mich zurück und drücke in Gedanken diese Aussage wie eine geliebte Puppe an meine Brust. »Das ist alles, was ich je hatte, musst du wissen.« Mir ist klar, dass ich nie besonders schlau oder witzig oder tapfer war. »Ich hatte nur meine Schönheit.«

»Geht es nicht allen so?«

»Nein.« Ich will mir von ihr nicht meine Besonderheit wegnehmen lassen, indem ich so tue, als sei es nichts Besonderes. »Nicht alle sind wahrhaft schön.«

In ihren Augen fängt sich das Licht wie bei einer Eule in der Nacht. »Oh doch. Manche natürlich mehr als andere, und bei manchen zeigt sich die Schönheit eher innerlich als äußerlich.«

Ich denke kurz darüber nach. »Nun ja, vermutlich hast du recht. Zu Letzteren gehörst wohl auch du.«

Sie lacht, als hätte ich etwas ausgesprochen Witziges gesagt. »Das kann ich nicht beurteilen. Wie heißt es immer: Die Schönheit liegt im Auge des Betrachters.«

»Jack gehörte zu den Menschen, die innerlich wie auch äußerlich reichlich damit gesegnet waren.«

»Ja, das stimmt.« Sie neigt wieder den Kopf. »Und wie war das bei deinem Mann?«

»Ach, der – nun, er sah gut aus. Er war sehr attraktiv. Dazu trug natürlich auch sein Reichtum bei.«

Amélie lacht wieder. Bin ich denn wirklich so witzig?

»Er hat mich angebetet«, sage ich.

»Dann kannst du dich sehr glücklich schätzen. Ich hoffe, das war gegenseitig.«

Ich nicke, auch wenn ich mir nicht ganz sicher bin. So viele Erinnerungen schwirren mir durch den Kopf, er kommt mir immer noch vor wie eine frisch geschüttelte Schneekugel.

»Ich habe mich oft etwas gefragt.« Amélie beugt sich vor. »Weder du noch deine Eltern sind je nach Wedding Tree zurückgekehrt. Nicht einmal für den Umzug. Wenn ich mich recht entsinne, ist ein Umzugsdienst gekommen und hat alles eingepackt und nach Dallas gebracht. War das wegen mir und Jack?«

»Nein. Nein, ganz und gar nicht!« Damals freilich hätte ich alles getan, um nur ja keinen Fuß mehr nach Wedding Tree zu setzen, aber das binde ich ihr jetzt natürlich nicht auf die Nase. »Ich habe meinen Mann in Dallas kennengelernt. Er war orthopädischer Chirurg, hast du das gewusst? Er schickte einige seiner Patienten in das Sanatorium, in dem Daddy behandelt wurde, und wir sind uns gleich in der ersten Woche nach unserer Ankunft begegnet. Nach drei Monaten waren wir verlobt, und fünf Monate später verheiratet. Er hatte Angst, ich würde ihm entkommen, wenn er mich nicht ganz schnell heiratet. Er war bis über beide Ohren in mich verliebt. Er konnte kaum glauben, dass ein Mann eine andere Frau mir vorziehen würde. Er meinte, Jack müsse verrückt sein.«

Amélie lächelt. »Genau so sollte ein Ehemann denken.«

»Er war sehr beliebt. Alle Schwestern schwärmten für ihn. Orthopädische Chirurgen scheffeln eine Menge Geld, und er verstand sich darauf, sein Geld gut anzulegen: Öl und Computer und all die Dinge, die nach dem Krieg plötzlich sehr gefragt waren. Seine Praxis befand sich in Dallas, und natürlich haben wir dort auch gelebt. Mutter hat festgestellt, wie viel Spaß es ihr machte, in einer Stadt zu leben, und Daddy und sie wollten in meiner Nähe wohnen. Deshalb beschlossen sie, in Dallas zu bleiben. Und was den Umzug angeht – nun, Daddy konnte nicht mit anpacken, und für meine Mutter war es viel zu viel. Hugh – so hieß mein Mann – hatte Geld wie Heu, und deshalb hat er sich um alles gekümmert.«

»Sehr schön.«

»Ja.« Eine Zeit lang sitzen wir stumm da, und die Erinnerungsfetzen lassen sich in meinem Kopf nieder, nur einer schwirrt immer noch herum. »Was war eigentlich mit diesen Babys auf dem Schiff? Hat Jack dir diese Geschichte geglaubt?«

Amélie nickt. »Sobald er merkte, dass er mich kannte – richtig kannte, meine ich, also mein Herz und meine Motive kannte –, wusste er, dass ich bei so etwas nie lügen würde. Und dann kam raus, dass es noch einmal passiert war. Eine andere Gruppe Kriegsbräute wurde auf der Zebulon B. Vance von England nach Amerika gebracht – einige kamen aus England, andere aus Frankreich, Italien und Deutschland –, und das Gleiche ist abermals passiert. Die Frauen mussten die mitgebrachte Säuglingsnahrung abgeben, die fertigen Fläschchen wurden den Frauen gereicht, und sieben Babys sind gestorben. Die Armee hat versucht, das den Müttern in die Schuhe zu schieben; es hieß, ihr Hygienemangel sei daran schuld.« Amélie hielt inne. »Jack hatte Tränen in den Augen, als er es mir erzählte.« Leise fügt sie hinzu: »Er war ein so lieber Mann.«

Wieder nagt der alte Neid an mir. Ich versuche, ihn zu bekämpfen, indem ich mich an ein Bild meines Hospizbetreuers erinnere: Neid und Missgunst fressen die Seele auf, hat er mir mal gesagt. »Also waren du und Jack glücklich?«

»Oh ja, sehr glücklich. Er hat mich geliebt, geachtet und geschätzt, und umgekehrt war es genauso. Ich glaube, mehr kann man sich in diesem Leben nicht erhoffen.«

»Ja.« Auch Hugh hat mir dieses Gefühl vermittelt. Ich bin mir nicht sicher, ob ich es vollkommen erwidert habe. Ich hoffe, dass es so war. Ich hoffe, dass er es dachte.

»Nun«, sagt Amélie. »Hast du die Antworten bekommen, die du von mir haben wolltest?«

»Ich weiß nicht«, erwidere ich. »Ich bin mir nicht sicher, ob ich die richtigen Fragen gestellt habe.«

Wieder lacht Amélie verständnisvoll. »Wer macht das schon? Obwohl die richtigen Fragen manchmal vielleicht sogar wichtiger sind als die Antworten.«

»Du hast mir im Grunde gar nicht die Gelegenheit dazu gegeben. Du hast darauf bestanden, die Geschichte so zu erzählen, wie du sie erzählen wolltest.«

Sie zuckt auf diese leicht amüsierte französische Art mit den Schultern. »Es ist mein Leben. Wenn ich meine Geschichte erzähle, habe ich das Recht, sie so zu erzählen, wie ich es für richtig halte.« Sie lächelt. »Jetzt bin ich damit fertig, und du kannst mich gern fragen, was du willst.«

»Ich glaube, ich habe genug gehört«, erwidere ich.

Wieder lacht sie, als hätte ich etwas Witziges gesagt. Sie blickt auf die Uhr und steht auf. Ich nehme meinen Stock und erhebe mich ebenfalls.

»Nun, Kat, es war schön, dich zu sehen.«

»Ich dachte, du hast beschlossen, nicht mehr zu lügen.«

Abermals bringe ich sie damit zum Lachen. »Anfangs war ich nicht gerade begeistert, aber du bist wie guter Wein, Kat. Du bist im Alter viel besser geworden.«

Ach ja? Ich dachte, das Alter bringt nichts als Verfall. Es freut mich, dass sie etwas anderes behauptet, auch wenn ich ihr nicht recht glaube.

Sie steht da, die Hand auf dem Türknauf. »Glaubst du jetzt, nachdem du meine ganze Geschichte erfahren hast, dass du mir verzeihen kannst?«

»Ich hoffe es.« Mein Hospizberater sagt mir, dass es wichtig ist für meinen Seelenfrieden; meine Religion sagt mir, dass es unabdingbar ist für meine unsterbliche Seele. »Ich werde es versuchen.«

»Dann wird es dir auch gelingen.« Sie öffnet die Tür und reicht mir die Hand.

Impulsiv beuge ich mich vor und drücke ihr verlegen einen Kuss auf beide Wangen. Es bringt mich durcheinander, dass ich etwas mir so Wesensfremdes tue. Ich glätte mein Kleid und hänge mir die Handtasche an den Arm.

Sie tätschelt mir die Schulter und winkt. »Au revoir, Kat.« Damit kehrt sie in ihre Wohnung zurück.

»Auf Wiedersehen«, sage ich und will die Tür schließen.

»Ach, lass sie ruhig offen«, ruft sie.

Ich gehe, merkwürdig gerührt bei dem Gedanken, dass zwischen uns eine offene Tür steht.

Anmerkungen

Dieser Roman ist frei erfunden, aber ich habe versucht, die historischen Ereignisse so genau wie möglich zu beschreiben.

Eines dieser Ereignisse war die Rafle du Vélodrome d'Hiver, eine riesige Razzia, die die französische Polizei unter der jüdischen Bevölkerung in Paris am 16. und 17. Juli 1942 vornahm. 13.152 Juden wurden verhaftet, darunter 5802 Frauen und 4051 Kinder. Sie wurden ins Vélodrome d'Hiver, ein überdachtes Radrennstadion, gepfercht und dort bei akutem Wasser- und Nahrungsmangel und ohne Zugang zu Toiletten festgehalten, bis sie in Viehwaggons nach Auschwitz transportiert und dort ermordet wurden.

Bei dieser Razzia wurde über ein Viertel der insgesamt 42.000 Juden verhaftet, die von Frankreich nach Auschwitz verschleppt wurden. Nach Kriegsende kehrten nur 811 Juden nach Frankreich zurück. 1995 entschuldigte sich der französische Präsident Jacques Chirac für die französische Polizei, die den Nazis bei dieser Razzia als Handlanger gedient hatte.

Ein weiteres Ereignis, das in diesem Roman beschrieben wird, ist l'épuration sauvage à la libération: Nach der Befreiung Frankreichs entlud sich die Wut der Bürger auf alle Personen, denen Verbrüderung mit dem Feind, also Kollaboration mit den Nazis, vorgeworfen wurde. Sie gipfelte in Selbstjustiz und Säuberungsaktionen. Nach der Landung der Alliierten wurden rund zehntausend Menschen ohne ein Gerichtsverfahren getötet, und zahllose weitere wurden misshandelt. Frauen, denen angelastet wurde, sich mit dem Feind eingelassen zu haben, wurden öffentlich gedemütigt. Rund zwanzigtausend Frauen in ganz Frankreich wurde der Kopf kahl geschoren. Diese Frauen, die sogenannten »femmes tondues«, mussten anschließend nahezu nackt durch die Stadt laufen und wurden mit Müll beworfen, verflucht, getreten und geschlagen.

Um zu etwas Erfreulicherem überzugehen: der U.S. War Bride Act ermöglichte es in der Zeit vom 28. Dezember 1945 bis zu seiner Aufhebung im Dezember 1948 rund hunderttausend ausländischen Bräuten, in die Vereinigten Staaten einzureisen. Diese Frauen waren nicht den Immigrationsgesetzen unterworfen, konnten also die strikten Einwanderungsquoten umgehen.

Das Rote Kreuz unterstützte das Militär und das Außenministerium darin, die ausländischen Bräute nach Amerika zu bringen. Die Organisation unterhielt Treffpunkte für die Frauen, bot Kurse über das Leben in Amerika an und begleitete die Bräute bei der Überfahrt. Auf zweien solcher Überfahrten wurden Todesfälle aufgrund von Magen-Darm-Infektionen gemeldet. Das eine Schiff legte am 2. Mai in Le Havre ab, das andere am 24. Juni in Southhampton. Damit es in den zeitlichen Ablauf meiner Geschichte passt, veränderte ich das Abfahrtsdatum und schuf damit eine fiktive Reise, aber ich habe mich bemüht, die Bedingungen auf dem Schiff möglichst nah an den historisch gesicherten Fakten zu schildern.

Anfangs versuchte das Militär, die Todesfälle der mangelnden Hygiene der Mütter zuzuschreiben, doch schließlich fand man heraus, dass sie auf die mangelnde Hygiene auf den Schiffen zurückgingen.

Dank

Für diesen Roman habe ich unglaublich viel recherchiert. Beim Schreiben durchforstete ich immer wieder alte Zeitungsartikel, zeitgeschichtliche Literatur und persönliche Berichte. Besonders hilfreich fand ich unter anderem »When Paris Went Dark: The City of Light Under German Occupation 1940–1944« von Ronald C. Rosbottom, »Fleeing Hitler: France 1940« von Hanna Diamond, und »Americans in Paris: Life and Death under Nazi Occupation« von Charles Glass.

Mein besonderer Dank gilt dem National World War II Museum in New Orleans und der Website uswarbrides.com, auf der amerikanische Kriegsbräute ihre Erfahrungen schildern.

Herzlichen Dank auch an William »Wild Bill« Correll aus Madison, Mississippi für seine Erinnerungen an Frankreich während des Zweiten Weltkriegs und vor allem auch für seine Dienste im Kampf um die Freiheit. Wild Bill diente bei der 100. Infanteriedivision der US-Armee und wurde von der Französischen Ehrenlegion mit einer Tapferkeitsmedaille ausgezeichnet. Danke, Bill, für deinen großen Einsatz, deine Einsichten, deine Erinnerungen und deine Freundschaft.